LA CHICA DEL LAGO

LA TRAMA

La chica del lago

Mikel Santiago

Primera edición: noviembre, 2025
Primera impresión en Colombia: enero, 2026

Impreso en Colombia-*Printed in Colombia*

ISBN: 978-628-7634-97-8

Impreso por Editorial Nomos, S.A.

Ni una batalla de tinta y papel sin mi aliada,
amiga y editora, Carmen Romero

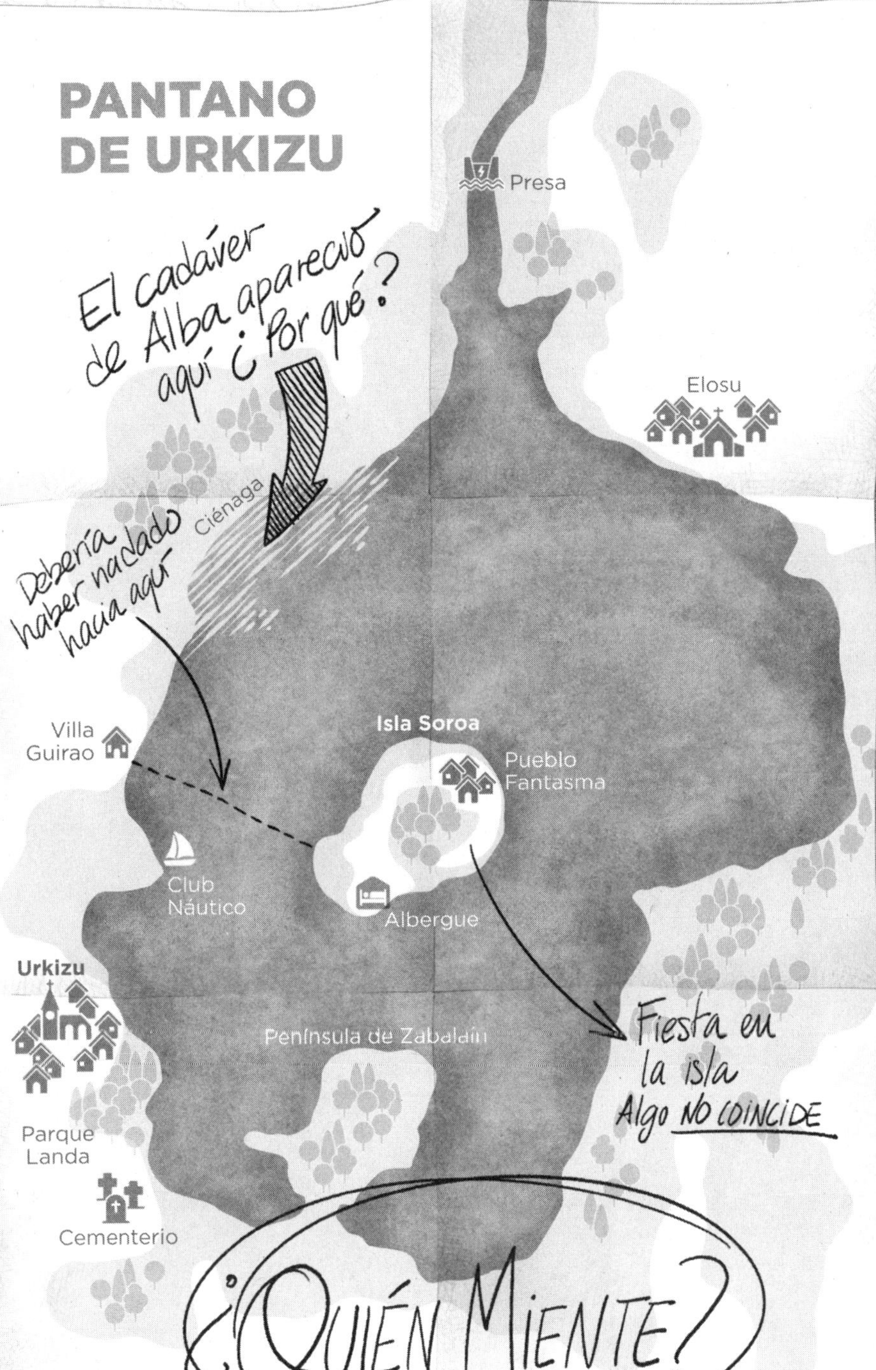

PANTANO
DE URKIZU
Presa
El cadáver
de Alba apareció
aquí ¿Por qué?
Elosu
Ciénaga
Debería
haber nadado
hacia aquí
Villa
Guirao
Isla Soroa
Pueblo
Fantasma
Club
Náutico
Albergue
Urkizu
Península de Zabalain
Fiesta en
la isla
Algo NO COINCIDE
Parque
Landa
Cementerio
¿QUIÉN MIENTE?

No sabía qué hacer con él. ¿Sujetarle la cabeza? Estaba sangrando por la boca, por los oídos. ¿O mejor dejarle donde estaba?

Alguien gritaba desde la acera.

—¡Estoy llamando al 112! ¿Qué calle es esta?

Yo arrodillada en el asfalto, junto a mi viejo amigo, ni siquiera pensaba que ese coche podría girar en redondo y atropellarme a mí también.

Entonces él, Jokin, abrió los ojos por última vez. Esos ojos verdes que siempre me habían parecido su mejor baza.

Movió los labios. Estaba a punto de decir algo.

PRIMERA PARTE

La muerte de Jokin Elizegi

1

Lo había reconocido esa tarde, en la conferencia, sentado entre otras cuatrocientas personas que atiborraban la Sala BBK de la Gran Vía bilbaína. La verdad es que fue una sorpresa extraña. Ni en un millón de años me hubiera esperado verle en la presentación de una de mis novelas. Sencillamente, Jokin no era el tipo de persona que te imaginas leyendo un best seller, o asistiendo a presentaciones de libros...; ni siquiera le pegaba aquel teatro con sus bonitas butacas color burdeos.

Pero de pronto recordé que hacía tan solo un mes, en el funeral de mi padre, se había acercado a darme un abrazo que resultó quizá demasiado largo. Y que parecía terriblemente afectado esa tarde, tal vez más de la cuenta. ¿Por eso había venido a verme? ¿Quizá el accidente de mi padre había despertado en él antiguos vínculos? No lo sé. Era raro, pero hay un montón de cosas raras en el mundo.

Entonces el presentador volvió a la carga con su siguiente pregunta.

—Con solo tres novelas te has convertido en el fenómeno editorial del país. ¿Cómo digieres tantísimo éxito?

—Oh... Bueno...

Solté una de mis respuestas enlatadas. Algo sobre los sueños que se hacen realidad y del valor de creer en una misma. Un poco de emoción que rompí con un chiste sobre «lo mucho que me gustaría que mis sueños de adelgazar se cumplieran también». El público aplaudió entre risas y yo me hice la sorprendida.

—Ahora en serio... —dije mirando aquellos rostros ilusionados, expectantes, sin poder evitar oír una voz interna que clamaba: «Mentirosa, estafadora..., deberían lincharte aquí y ahora»—. Es un verdadero halago. Os lo agradezco a todos, de corazón.

Era la cuarta ciudad de una gira de doce para presentar *El baile de las sombras*, mi tercera novela, y el evento estaba resultando un éxito total. Aunque yo no había podido verlo, mi asistente y *community manager*, Marta Donada, había subido ya unos cuantos vídeos a mi cuenta de Instagram en los que se apreciaba una larga cola de (principalmente) lectoras esperando para entrar. Mucha gente se había quedado fuera y los libros se estaban agotando en el estand de venta que se había habilitado en el vestíbulo junto a un *roll-up* que anunciaba:

QUINTANA TORRES
La nueva dama del thriller

(«Reina absoluta del timo», debería decir).

Después de unos veinte minutos de toma y daca con aquel presentador de habla engolada, que parecía enamorado de su propia voz, llegó por fin el turno del público. Aquí, las cosas se pusieron más divertidas. *El baile de las sombras* era la tercera —¿y última?— entrega de la serie de la inspectora Susana Barrios. Y claro, la pregunta se volvía obligada.

—¿De verdad será la última? ¿De verdad nos harás esto?

Risas y murmullos.

—Nunca se sabe —respondí con diplomacia—, pero por ahora creo que la inspectora Barrios se merece unas vacaciones, ¿no?

Risas, aplausos..., siguiente pregunta.

—Me ha encantado que Barrios por fin confiese su amor por el comisario Bañuelos —dijo una mujer de la primera fila—. ¡Ya era hora de que algo le saliera bien en el amor!

—Sí, querida, eso mismo pienso yo.

—¿Hay algo de ti en ella? Quiero decir, tenéis la misma edad... Yo os imagino casi iguales. ¿Cuánto de Quintana hay en la inspectora Barrios?

Me quedé callada pensando en una buena respuesta. «¿Que es una tía del montón con una vida sentimental de mierda?».

—Bueno, tenemos muchas cosas en común, aunque yo no soy tan valiente. ¡Eso sí te lo puedo asegurar!

(Ja, ja, ja).

Hubo otras preguntas, todas de mujeres. «¿De dónde sacas las ideas para esos misterios tan complicados?», «¿cómo te documentas?..., «¿hay que tener alma de detective para escribir así?». (Desde luego, y ser alguien con una capacidad rayana en la neurosis para prever fatalidades). Entonces un chico levantó la mano.

Tendría unos treinta años, gafitas de pasta, aspecto de cultureta.

Ojo cuidado.

—Señorita Torres, empiezo diciéndole que me ha encantado la adaptación de Netflix de su primera novela, *La chica del lago*; prácticamente la devoré de una sentada.

—Muchas gracias —respondí, ¿qué más podía decir?

—Me ha fascinado enterarme de que la historia narra hechos reales... Algo que pasó en su juventud. ¿Es cierto?

«Vaya, un recién llegado a la secta...», pensé.

Bebí agua. Me reacomodé en la silla. No me gustaba demasiado hablar de ello, pero el estreno de Netflix había reavivado el interés por *La chica del lago*. Sobre todo el documental que habían lanzado ese mismo año: *La verdad detrás de «La chica del lago»*.

—Sería más correcto decir que está «basada» en hechos reales —repliqué—. Cuando yo tenía diecisiete años, una chica de mi pueblo se ahogó en un pantano. —Hice un breve silencio—. Durante unos días se creyó que podría tratarse de un crimen. *La chica del lago* está basada en las investigaciones y teorías que surgieron en aquellos días.

—Alba —dijo entonces aquel joven—. La chica «real» se llamaba así, ¿verdad?

Sentí que se me erizaba la piel del cuello, como si alguien hubiera abierto una ventana y una corriente de aire frío se hubiera colado en aquel escenario. Ese nombre todavía me provocaba muchas cosas y, casi de manera inconsciente, busqué a Jokin entre el público.

—Alba... —repetí—. Sí. Así se llamaba...

Pensé que el cultureta se daría por satisfecho. Ya había tenido su minuto de gloria. Y parecía el clásico enteradillo al que le gustaba precisamente eso: deslumbrar. Pero ahí seguía, de pie y con el micro en la mano.

—En *La chica del lago*, lo que parece un accidente termina siendo un asesinato —continuó en medio del tenso silencio que se había hecho en la sala—. En el caso real, el de Alba, parece que también hubo dudas, ¿verdad?

Bueno, pues esto es lo que pasa cuando usas a los muertos para vender novela, ¿eh?

Lancé una mirada de auxilio al presentador, que parecía estar en la luna de Valencia.

—Como le he dicho antes —respondí intentando controlar un ligero temblor en la voz—, hasta que no se encontró el cuerpo, se trató como un caso de desaparición. Fueron cuarenta y ocho horas. Aunque después la autopsia estableció que había sido...

—Sí, lo sé: un accidente —me cortó él—, pero ¿no es cierto que la familia de Alba intentó reabrir el caso? ¿Que hubo flecos sin explicación en toda la historia?

—¡Vaya! —intervino el presentador—. Aquí la gente viene con los deberes hechos, ¿eh?

Se oyeron algunas risas, pero en general el público permanecía callado. Quizá intuían la tensión que comenzaba a provocarme aquel tipo. Pensé en esa palabra que había utilizado: «flecos». Es cierto que quedaron algunos asuntos sin explicación; incluso un diario desaparecido (el diario íntimo de Alba), que la familia esgrimió como uno de los argumentos para defender sus «dudas razonables» respecto a la muerte de la joven...

—Te repito que fue un accidente —dije, ya tuteándole—. Sin embargo, es cierto: la familia de Alba no quedó demasiado conforme con el desenlace de la investigación. Pero al final, como digo, la autopsia determinó que no había ningún indicio criminal en su muerte. —Y lancé una mirada de fuego al presentador, que (por fin) pareció despertar.

—Desde luego, está claro que aquella primera novela sigue suscitando muchísima curiosidad… —terció—. Pero mejor que nos centremos en la novedad, ¿os parece? ¿Hay alguna otra pregunta?

Superado el momento de tensión, respondí a otras cuatro lectoras mucho más amables, que parecían querer recalcar adrede su distancia con el cultureta, y dimos el acto por clausurado.

Mientras el público me despedía con un aplauso, mis ojos se movieron nerviosamente buscando la cara de Jokin, que había desaparecido como por arte de magia, casi como si solo hubiera sido una aparición fantasmal.

Salvo que no lo era. Apareció un poco más tarde.

2

Las firmas tenían lugar en el vestíbulo del teatro, que estaba abarrotado de gente cuando llegué.

«Un ejemplar por persona», rezaba un cartel a mi lado. «No se firmarán trilogías completas».

Solo llevaba cuatro años en la profesión de «autora de éxito», pero ya tenía ojo para calcular que aquello podría alargarse durante varias horas si no me daba algo de prisa. Al principio, nada más publicar mi primera novela, me encantaba charlar con todo el mundo, saber su opinión o escuchar sus historias. Pero en los últimos tres años, la gente que asistía a las firmas se había multiplicado por diez y yo tenía, forzosamente, que aprender a sobrevivir. Así que me limité a escribir NOMBRE y firma. Nada de «con cariño» o «deseando que lo disfrutes»..., y, por supuesto, nada de aceptar frases personalizadas como «de tus tías Maribel y Conchi».

O sea, me había convertido en un robot que sonreía y dibujaba.

Qué bien.

Entre los primeros de la cola estaba el tipo de las gafitas y las preguntas impertinentes.

—Perdone si antes le he molestado con tantas cuestiones. —Hablaba con una sonrisa—. No todos los días puede uno conversar con una de sus autoras favoritas. Y el caso de Alba me ha parecido muy oscuro y misterioso.

—Lo fue —dije mientras firmaba su ejemplar de *La chica del lago.*

—Solo una pregunta más… En la novela, la policía interroga a los amigos de la víctima… ¿Te interrogaron a ti también?

«Oh, por Dios, y el tipo sigue y sigue».

Mi asistente dio un paso adelante.

—Hay bastante gente esperando —le dijo Marta—, si le disculpa…

—Está bien —intervine; el chico era intenso pero no tenía mala intención—. En efecto, yo fui una de las últimas personas que vieron a Alba con vida aquella noche, y por lo tanto, tuve que prestar declaración. Fueron unos momentos muy difíciles para todos, la verdad.

—Gracias. —Recogió el libro que yo le tendía—. Esta primera novela me parece insuperable.

«Y a mí», pensé yo.

Al cabo de una hora había conseguido despachar un tercio de la fila. Tenía los dedos sucios de tinta, los labios resentidos de tanto sonreír y las rodillas gastadas de levantarme para hacerme una foto con cada lectora que pasaba por allí. Pero todavía quedaba un montón de gente.

Entonces, justo después de atender a un grupo de lectoras que había venido en bloque desde Santander a por su firma y su foto, volví a sentarme y miré al siguiente en la fila.

Era él, Jokin.

Estaba quieto allí, sin moverse, y tuve que hacerle un gesto con la mano para que se acercara. Lo primero que me llamó la atención fue el bastón que utilizaba para caminar. ¿Desde cuándo? ¿Qué le habría ocurrido? Bueno, sabiendo la mala vida que llevaba en su día, casi cualquier cosa era posible.

Vino cojeando con cierta reserva, probablemente a causa de su timidez.

Un chico espigado, con el pelo largo, enmarañado, barba de tres días. Vestía una trenca de color caqui y botas de monte, como si acabara de salir de esa cabaña donde —según había oído— vivía desde hacía siglos, como un ermitaño.

—Qué ilusión, Jokin —le dije intentando no mirar la empuñadura de su bastón—. Te he visto antes sentado en las butacas. ¿Qué tal estás?

Él asintió nervioso, como si todo aquello lo sobrepasara.

—Bien..., bueno..., me ha gustado mucho la presentación, Quintana. Eres..., guau, eres grande.

—Gracias... En el fondo sigo siendo la misma, ¿eh?

Le temblaban las manos cuando colocó el libro sobre la mesa, y detecté el inconfundible aroma del alcohol en su aliento.

—¿A quién se lo dedico? —le pregunté, pensando en que lo más probable era que quisiese regalárselo a otra persona; a su hermana Edurne, por ejemplo.

—Pon lo que quieras —respondió—. Lo que suelas poner.

Decidí esforzarme un poco con esta dedicatoria. Escribí un «con cariño para mi viejo amigo de Urkizu». Después, mientras cerraba el libro para entregárselo, vi que había algo más sobre la mesa. Un sobre negro que Jokin había dejado allí.

—¿Y esto?

—Es... para ti —balbuceó Jokin—, para que lo abras después... o cuando puedas.

Lo miré a los ojos. A esos dos ojos verdes y tristes que parecían vibrar por alguna razón. ¿Miedo? ¿Timidez? Volví a recordar ese instante en el funeral de mi *aita*, ese abrazo quizá demasiado largo, demasiado sentido. Y me temí cualquier cosa.

—De acuerdo, Jokin, lo abriré después. —Coloqué el sobre en la pila de regalos que solían ir cayendo en las firmas de libros—. Me ha encantado verte.

Jokin recogió su ejemplar y se quedó quieto observándome en silencio.

—¿Algo más? —volví a decir como para dar por terminado aquel intercambio.

—El sobre —insistió—. Es importante, míralo, ¿vale?

—Okey, lo haré —prometí.

Después salió de allí sin decir adiós siquiera. Yo lo seguí con la mirada mientras se perdía entre la multitud que aún llenaba aquel vestíbulo del teatro, envuelto en un aura extraña, intrigante... ¿Qué había en ese sobre negro?

Antes de que pudiese pensar en nada más, apareció otro lector con su flamante ejemplar de mi nueva novela.

—¿Puedes dedicárselo con mucho cariño a mi tía María Isabel?

3

Las firmas se alargaron tanto que la sala tuvo que cerrar y condujimos a parte de la fila a la calle, donde terminé firmando ejemplares sentada en un banco. Algo que, según mi *community manager*, «molaba» mucho en las redes, aunque era un palizón de aúpa.

Después de eso, yo no estaba demasiado católica, pero hice el esfuerzo de ir a cenar al restaurante que habíamos reservado y luego hice otro esfuerzo y me tomé una copa en la terraza del hotel Radisson. Estábamos allí sentadas en unos cómodos sofás, bajo un cielo de estrellas, en una noche extrañamente calurosa para el mes de mayo en Bilbao.

—Hoy hemos batido el récord de gente rara —decía Marta, sin despegar la vista de su iPhone—. Primero ese friki de las mil preguntas, y luego el rarito de la cazadora caqui... Olía a ginebra barata que echaba de espaldas.

—Jokin Elizegi —murmuré despacio—, ese era un amigo mío de la infancia...

—Vaya... Perdón.

—No, si es cierto: apestaba a alcohol. Y me ha sorprendido verlo en la presentación. Nunca me hubiera imaginado que le podían interesar mis libros...

Entonces recordé ese sobre negro que me había entregado «para que lo mirase más tarde».

—Oye, Marta, ¿dónde has puesto los regalos de los lectores?

Ella alzó la mirada, pensativa.

—Te los he dejado en la habitación, ¿por?

Allí estaba yo, sentada en aquel sofá con un maravilloso gin-tonic en la mano y un cigarrillo en la otra, después de un día agotador de prensa y firmas, recordando la mirada penetrante de Jokin y sus palabras: «El sobre. Es importante, míralo, ¿vale?».

—Ahora vengo —dije levantándome.

Marta asintió distraída, sin dejar de consultar el móvil, y respondiendo, uno a uno, a los cientos de comentarios del último *reel* que había subido a Instagram.

Entré en el bar y cogí el ascensor hasta la quinta planta, donde estaba mi suite. El servicio de noche había dispuesto la habitación para dormir: un albornoz, un par de zapatillas y una bomba de sales de baño. Toda una invitación para sumergirme durante el resto de la noche en esa bañera. «En cuanto vuelva», pensé.

Marta había dejado aquella pila de cosas metida en dos bolsas encima del escritorio. Fui sacando todos aquellos obsequios —bombones, flores, ejemplares de autores autopublicados y demás—, hasta que encontré lo que buscaba. Aquel sobre negro de Jokin Elizegi que yacía en el fondo de una de las bolsas.

Por un segundo, mi imaginación se activó con unas cuantas posibilidades. ¿Quizá era una declaración de amor tardía?

En ese caso sería realmente tardía. Jokin y yo nos conocíamos desde niños. Él era el hijo de Ramiro, el encargado de mantenimiento del pueblo, que trabajaba en la misma oficina municipal que mi padre, y habíamos jugado mucho de pequeños. Después, en la adolescencia, nos separamos. Yo fui arrastrada a la esfera de familias y de gente del Club, que no tenía nada que ver con el hijo de un peón. Y Jokin, por lo que había oído, fue cayendo en un terrible agujero de drogas y alcohol. Un destino trágico para un chico que siempre consideré muy inteligente.

En cualquier caso, habíamos sido amigos de infancia, habíamos compartido mundos imaginarios y eso es algo que nunca se olvida. Ni aunque pasen veinte años.

Cogí el sobre y me senté a los pies de aquella cama *king-size*.

—Vale, veamos a qué viene tanto misterio, Jokin —murmuré mientras lo rasgaba.

Dentro había una sola cosa, según pude comprobar. Un fino papel brillante. Rasgué el resto del sobre para extraerlo.

Se trataba de una fotografía. La fotografía de un objeto.

Tuve que acercarme al cabecero de la cama y encender una de las lamparitas de noche, a cuya luz, pude por fin apreciar aquello con todo detalle.

En la fotografía se veía un libro de tapas amarillas, de piel, con un pequeño candado incrustado en su lomo, apoyado en una mesa de madera oscura. El libro era el objeto principal del retrato.

No, no era un libro.

Era un diario.

Lo reconocí en el acto, aunque me resistía a creerlo. Por

mucho que mi mente intentó poner todas las trabas posibles, no podía negar lo que mis ojos estaban viendo.

«Es imposible», pensé mientras advertía que mis manos habían comenzado a temblar. El pequeño candado, el lomo anaranjado…

Yo había visto ese diario de policuero unas pocas veces, de eso hacía veinticinco años, siempre en manos de Alba.

Casi al instante vino a mi mente la conferencia de esa noche. El chico preguntón que quería saber más cosas sobre aquel caso. «¿No es cierto que la familia de Alba intentó reabrir el caso? ¿Que hubo flecos sin explicación en toda la historia?».

¿Podía ser algún tipo de broma friki orquestada por ese mamoncete? Eso fue lo primero que pensé. Quizá alguien pretendía cazarme con una cámara oculta durante las firmas. Un tiktoker en busca de fama. Un programa de televisión que quería echarse unas risas a mi costa… ¿Con un asunto tan truculento como este?

Y además, ¿cómo habrían convencido a Jokin para que participara en algo así?

Volví a mirar la foto. No parecía antigua. El papel fotográfico era nuevo, como si la acabaran de revelar en una tienda, y el tamaño de la foto correspondía al ratio de las realizadas con un teléfono móvil.

Y no había smartphones en 1999, que fue cuando el diario desapareció.

Aquello era un hecho poco conocido y yo ni siquiera lo había mencionado en mi novela; tampoco se aludía a ello en el documental de Netflix. Alba tenía un diario (de tapas de policuero de color amarillo, un candado, igual que el de la foto) en el que escribía a todas horas. También lo llevaba consigo aquella última noche de su vida, en las hogueras de San Juan, y hubo quien dio por hecho que lo había lanzado al fuego. Pero más tarde su familia insistió en que eso no tenía sentido.

Y muchos pensábamos lo mismo.

Acerqué un poco más aquella foto a la lamparita de noche. Detuve la mirada en cada detalle. Impreso con un punzón sobre el cuero de las tapas, había dos iniciales: A. F. Alba Fernández. La foto se había sacado desde arriba; el diario estaba apoyado sobre una mesa de madera oscura y la madera tenía una veta muy específica, nudos y ondulaciones de un color rojizo. ¿Nogal?

Había acercado tanto la foto que la lamparita me quemó el pulgar. La solté sin querer, y la foto descendió haciendo espirales hasta el suelo y quedando del revés.

Entonces vi que había algo anotado en el reverso: un número de teléfono y una palabra.

«Llámame».

4

Cogí el teléfono con una mano mientras sostenía la foto con la otra. Estaba nerviosa, alterada... Tenía un enfado de la hostia. ¿Era una broma? ¿A cuento de qué venía aquello?

Empecé a marcar el número, pero me frené antes de teclear la última cifra.

«Espera un segundo, Quintana, baja esos humos».

No era la primera vez que recibía un mensaje extraño o incluso amenazante a propósito de *La chica del lago*. La novela había sido un éxito tan grande, tan sonado, que despertó también a una turba de «ofendidos» y mucha gente criticó que la campaña de promoción «usará la tragedia de una muerte real» para vender más libros. (Bueno, y en el fondo, ¿no era verdad?). Las redes se llenaron de críticas y yo recibí unos cuantos mensajes en mis cuentas públicas. Algunos con insultos. Otros directamente con amenazas.

«Solo eres una niña pija del Club Náutico».

«¿Quién te crees que eres para echar mierda sobre todo un pueblo? Espero que no se te ocurra acercarte por aquí nunca».

«Quédate en Madrid. Como vuelvas por aquí, terminarás en el fondo del pantano».

Desde entonces, la editorial había tomado el control de mis redes y mis cuentas de correo, y ahora Marta se encargaba de todo eso. El «ruido» había ido decayendo con la segunda y tercera entrega de la trilogía Barrios (principalmente porque las nuevas novelas estaban ambientadas muy lejos de allí: en Llanes, Asturias, y Portbou, Girona), pero la premisa era que nunca debía contactar con nadie por otro medio.

Por eso me detuve. ¿Podía tratarse de algún tipo de emboscada extraña?

Pensé que quizá sería inteligente hablar primero con mi editora, Ana Pons; contarle que ese viejo amigo de mi infancia había aparecido de la nada con una invitación tan insólita, tan extraña. Casi podía anticiparme a su respuesta: «Ni se te ocurra llamarle, cariño. No hay loco bueno».

Pero después recordé los ojos de Jokin, sus palabras: «Es importante».

Había algo en esa mirada que era sincero. Que estaba exento de amenaza. Todo lo contrario. Había miedo, urgencia. Y estaba segura de que Ana Pons me impediría saber por qué.

Así que lo hice. Apreté el botón de llamada.

El teléfono dio varios tonos, tantos que ya estaba a punto de colgar cuando sonó un chasquido al otro lado de la línea.

—¿Jokin? Soy Quintana.

Escuché un sonido semejante a un bostezo.

—¿Estabas dormido? Ni he mirado la hora...

—N-nooo... —dijo él con voz cavernosa—. Está bien... está bien. Estaba esperando. Has visto la foto, ¿no?

—Sí… y, como te puedes imaginar, tengo un montón de preguntas. ¿Es lo que estoy pensando? ¿El diario de Alba?

—Lo es.

—Pero ¿estás seguro?… Quiero decir, ¿es el auténtico?

—Totalmente auténtico —respondió él.

—¿De dónde lo has sacado?

—Prefiero no hablar mucho por teléfono —dijo—. ¿Podemos vernos?

—¿Ahora? Pero, Jokin… Estoy en el hotel, molida, y…

Pensé en proponerle el día siguiente, pero tenía el vuelo a las diez de la mañana. El resto de la semana iba a estar dando vueltas, de gira, prensa…

—¿Qué tal te iría la semana que viene? Podría ir al pueblo.

—He venido desde allí solo para verte… —me cortó Jokin—. Esto es importante, ¿entiendes? Es algo importante… de vida o muerte.

—¿Qué?

—Lo entenderás todo. Alba dejó escritas cosas terribles… Cosas que destruirían vidas, si llegan a saberse.

—¿Las vidas de quién? —Noté que me temblaba un poco la voz—. ¿A quién te refieres?

—No, por teléfono no —insistió Jokin—. Voy donde tú me digas. ¿Sigues en Bilbao?

Estuve a punto de darle la dirección del hotel, pero entonces se activó una alarma. «Espera un poco, a este tío no le has visto en mil años. ¿Y si trama algo?».

—¿Quedamos en El Corte Inglés, junto a Gran Vía? —propuse.

—De acuerdo. ¿En unos diez minutos?

Dije que sí, colgué y empecé a arrepentirme. Había dejado un gin-tonic arriba, en la terraza. Había pensado en terminármelo y bajar a la habitación a darme un largo baño y quizá sacar a «Richard», mi compi de viaje, de su caja... ¿Iba a cambiar una buena noche de relax por un posible lío? Solo una idiota sin cabeza se metería en un fregado como ese...

Miré el reloj.

«Será un visto y no visto», pensé.

Y me dirigí a la puerta.

5

Salí por la puerta del Radisson a la Gran Vía. A esas horas (las once y diez de un miércoles) no había demasiada acción. Siendo una zona eminentemente comercial, estaba todo cerrado a excepción de un pequeño bar donde ya tenían la persiana a medio bajar. Las aceras estaban casi desiertas, salvo por la presencia de algunos vagabundos que se disponían a pasar una noche más a la intemperie.

Daba algo de respeto caminar por allí.

Crucé la calle y me dirigí hacia Alameda Urquijo. Los sintecho no me asustaban, pero vi algunas siluetas al fondo que me inquietaron un poco. Apreté el paso y llegué enseguida al semáforo situado en la confluencia de ambas calles. Allí no había nadie.

«Vale, me lo imaginaba», pensé.

Saqué un cigarrillo del paquete de Marlboro que llevaba en el bolso. Al encendérmelo, miré hacia atrás y me pareció ver a un hombre de pie, parado a unos veinte metros. Como si mi gesto le hubiese pillado por sorpresa, comenzó a alejarse en dirección contraria.

Bueno…, pero eso podrían ser paranoias mías. Si algo me sobra es imaginación y capacidad de ver posibilidades fatales en cada esquina. Por eso me dedico a lo que me dedico.

Seguí fumando y esperando, cada vez más nerviosa. Consulté el reloj, los diez minutos ya habían pasado hacía tiempo. ¿Quizá Jokin había calculado mal? Volví a mirar hacia atrás, hacia los lados… Después metí la mano en mi pantalón y saqué aquella foto de nuevo.

«Lo entenderás todo», había dicho Jokin, «Alba dejó escritas cosas terribles… Cosas que destruirían vidas, si llegan a saberse».

Así que el diario no estaba ni quemado, ni triturado ni en el fondo del pantano. ¿Era posible que Jokin fuese a aparecer con él después de veinticinco años?

Pues mejor que lo hiciera ya, porque estaba a punto de darme la vuelta y largarme de allí.

Entonces levanté la vista y le vi. Un silueta que avanzaba penosamente desde el otro lado de la Gran Vía, ayudándose con un bastón. Le saludé agitando la foto en el aire. Él también me vio y alzó la mano. Venía con prisa. Y yo me relajé por fin. Un minuto más y me hubiese vuelto al hotel.

El semáforo estaba en rojo y los dos nos quedamos detenidos a un lado y otro de la ancha Alameda Urquijo. Hasta que se puso en verde y Jokin fue el primero en echar a andar, así que decidí esperarle en mi lado.

Y puede que esa decisión me salvase la vida aquella noche.

Después tuve que contarle todo esto a la policía, por eso guardo ese recuerdo perfectamente ordenado en la cabeza. La cosa ocurrió así:

Jokin había comenzado a cruzar muy despacio, el bastón no le ayudaba mucho que se diga, y cuando estaba a mitad de camino oímos algo: un potente rechinar de neumáticos y el rugido de un motor procedente del fondo de la calle.

Él miró hacia allí, sorprendido. Y recuerdo con total claridad que se detuvo y buscó mi mirada. Todavía puedo ver esos dos ojos verdes clavados en mí. Esa expresión de terror. Él lo sabía. En ese instante ya sabía lo que iba a pasarle.

A partir de ahí, todo sucedió en cuestión de segundos. El coche apareció como un toro embravecido derrapando en un estruendo de cilindros y neumáticos chirriantes. Era un mastodonte. Uno de esos SUV que parecen tanques (después me preguntarían por el color, la marca..., pero no pude recordar nada demasiado bien, solo que era «grande y negro»).

Jokin estaba en medio del paso de cebra y se había quedado quieto, petrificado, mirando ese coche que venía directo hacia él. Pero ¿qué hacía? ¿Por qué no se movía?

—¡Corre! —le grité.

Mi voz actuó como un resorte. De pronto, Jokin despertó. Apretó el paso, pero con su bastón no era demasiado rápido. Y el coche seguía avanzando.

Así que tiró el bastón y empezó a saltar a la pata coja, desesperado.

Yo me había quedado quieta, o más bien clavada en la acera, y casi sin darme cuenta envolví aquella fotografía en mi mano. La arrugué dentro de mi puño, presa del horror. Desde ese instante ya no recuerdo lo que hice con ella, porque, en ese momento, el coche se estampó contra él.

El golpe fue brutal. Le dio de lado, como a un muñeco. ¡PUFFFFF! Y salió volando por los aires en medio de un ruido de cristales rotos (un faro del coche). Después cayó otra vez sobre el asfalto y pude ver cómo su cabeza rebotaba contra el suelo antes de que su cuerpo diese un par de vueltas y se parara.

El coche se había detenido como a veinte metros de allí. Sus grandes luces rojas de freno iluminaban el asfalto y me imaginé que el conductor acabaría de darse cuenta de lo que había hecho.

Yo, por mi parte, tenía las dos manos en la cabeza y la boca abierta. Estaba como en shock, repitiendo «Dios mío» sin moverme.

No era solo yo: nada ni nadie se movía. El coche que había arrollado a Jokin seguía quieto. Pude distinguir una sombra en el asiento del conductor, pero la ventana continuaba cerrada. ¿Qué hacía? ¿Por qué no se bajaba inmediatamente? ¿A qué estaba esperando?

Miré hacia atrás. Un mendigo se había puesto en pie entre sus cajas.

También, desde el fondo de Alameda Urquijo, vi a un hombre salir de un taxi estacionado en su parada.

Entonces corrí hacia donde se encontraba Jokin. El aire olía a neumático, a plástico... A sangre. Jokin estaba tendido en el asfalto, inmóvil, aunque respiraba a sacudidas.

Oí gritos a mi alrededor. El sintecho gritaba: «¡Lo ha matado! ¡Lo ha matado!», una y otra vez.

Me arrodillé junto a mi viejo amigo, tendido en una posición imposible. Sin duda, las dos piernas rotas. Y una gigantesca deformidad en el costado donde había recibido el impacto.

Un hombre de camisa blanca venía apresurado hacia mí.

—¡Se escapa! —gritaba señalando hacia delante.

En efecto, aquel monstruo había arrancado de nuevo. Se impuso el rugido de su motor acelerando antes de salir a toda velocidad calle abajo. Ese hombre de camisa blanca, que resultó ser un taxista, corrió detrás de él como si pudiera darle alcance. Pero el SUV se perdió en la noche y el taxista se rindió con un grito: «¡¡¡Malnacido!!!».

Ahora el caos y el desconcierto eran totales. ¡Lo había atropellado y se daba a la fuga!

Pero no tenía tiempo de pensar en eso.

Yo estaba conmocionada.

—¡Jokin! —grité—. ¡Ayuda! ¡Ayuda, por favor!

No sabía qué hacer con él. ¿Sujetarle la cabeza? Estaba sangrando por la boca, por los oídos. ¿O mejor dejarle donde estaba?

Alguien gritaba desde la acera.

—¡Estoy llamando al 112! ¿Qué calle es esta?

Yo arrodillada en el asfalto, junto a mi viejo amigo, ni siquiera pensaba que ese coche podría girar en redondo y atropellarme a mí también.

Entonces él, Jokin, abrió los ojos por última vez. Esos ojos verdes que siempre me habían parecido su mejor baza.

Movió los labios. Estaba a punto de decir algo.

Empezó a sacudirse violentamente. Escupió sangre, que le manchó la barbilla.

Me cogió de la solapa del *blazer* y tiró de mí hacia abajo. Quería decirme algo, pero no tenía ya apenas fuerzas…

Yo pegué la oreja a esos labios y oí:

—Vuelve a casa.

—¿Qué?

—Tu… padre…

—¿Mi padre? ¿Qué?

Pero Jokin había tomado aire por última vez en su vida. Y cuando soltó ese aliento, tan solo noté el calor en mis mejillas.

6

Habían pasado cincuenta siglos. O media hora, quién sabe… El tiempo es voluble cuando estás en shock. En mi cabeza se repetía el ruido de ese golpe seco. El rechinar de las ruedas. El cuerpo de Jokin dando vueltas sobre el asfalto hasta pararse…

Estaba sentada en el portón abierto de una ambulancia, mirando cómo dos hombres con chalecos reflectantes y pantalones verdes trataban de reanimar a Jokin Elizegi. Nunca había visto una RCP en vivo, una RCP de verdad (no un cursillo), y jamás, ni en mil años, sería capaz de imaginar el aplomo, la insistencia y la energía con los que se emplea esa gente. Rodeados del silencio de una decena de curiosos, se empeñaban en hacer su trabajo: intentarlo mientras quede un gramo de esperanza.

Pero claro, no había nada que hacer.

Y mientras tanto (suena horrible, pero…), mi mente tiraba de mí hacia la suite del Radisson, al albornoz, las zapatillas y la bomba de sales aromáticas. Supongo que un psiquiatra diría que se trataba de algún tipo de mecanismo mental para huir del horror. No lo sé. Pero lo cierto es que, en aquel momento, solo era capaz de pensar en volver a mi habitación y meterme en aquella bañera con función jacuzzi.

Era mucho mejor que pensar en Jokin, tendido en el suelo como un muñeco, escupiendo sangre.

Vuelve a casa.

Tu padre.

«¿Mi padre? ¿Qué?».

—No hay nada que hacer.

Abrí los ojos y allí había un hombre de pelo blanco y cejas muy gruesas y oscuras.

—Lo hemos intentado, pero creo que ha fallecido apenas unos segundos después del golpe. Lo siento muchísimo. ¿Era su pareja? ¿Un familiar?

—Un amigo de la infancia —dije.

—Lo siento mucho —repitió el médico—. Ha fallecido casi en el acto. No creo que haya sufrido demasiado, por si le vale de algo...

«Como mi padre», pensé, en otra de esas asociaciones locas que mi cabeza estaba haciendo esa noche. «Mi padre tampoco debió de sufrir demasiado. Se cayó por las escaleras de su casa y se rompió el cuello. Cuando lo encontraron, estaba frío. Llevaba dos días muerto. ¿Sabe?».

Vuelve a casa.

Tu padre.

«¿Mi padre? ¿Qué?».

El médico seguía allí, mirándome.

—La policía ha terminado de tomar declaración a uno de los testigos. Ahora quieren hablar con usted —informó muy despacio, señalándome a una pareja uniformada—. Dicen que es importante hacerlo cuanto antes, pero no sé si está usted preparada...

—Estoy perfectamente —aseguré.

—Le puedo dar unos calmantes si quiere.

—No hace falta, de verdad. Estoy perfectamente.

Me puse en pie y me dirigí hacia la pareja de policías, hombre y mujer, que esperaban a unos cinco metros de la ambulancia. Según empecé a andar, noté que la cabeza se me iba un poco.

Después no fue solo un poco... Joder, me estaba escorando del todo.

—Estoy perfectamente. Se lo juro —repetí mientras me iba cayendo.

Creo que tuve la buena idea de poner las manos delante.

Después sonó croc y todo se fundió en negro.

7

«Ha sufrido usted un pequeño mareo…».

Mi padre también tenía mareos. Había empezado a padecerlos casi un año antes de su accidente. Al principio no le dimos mayor importancia. Fue a un neurólogo, que le dijo que su cabeza estaba estupenda, aunque, claro, la edad ya se iba notando. ¿Había tenido algún despiste últimamente?… No obstante, las caminatas alrededor del pantano y las montañas, sus horas de pesca y su afición por los sudokus mantenían a Bernardo Torres, viudo de setenta y tres años, en perfecta forma física y mental. Sin embargo, tuvimos un pequeño susto a principios de abril. Mi padre estaba en la oficina de correos del pueblo y se mareó, al punto que terminó sentado en el suelo, ayudado por algunos vecinos y conocidos que andaban por allí. Es lo bueno de los pueblos. El caso es que solo una semana más tarde…

—¿Dónde estoy? —pregunté en voz alta.

—En una ambulancia. —Era el médico de pelo blanco y cejas oscuras—. Ha sufrido usted un mareo y se ha caído.

En efecto, cuando mis ojos lograron enfocar lo que me rodeaba, vi el techo de una ambulancia.

—Parece que se ha abierto una pequeña herida de la frente. ¿Puede seguir mi dedo con la mirada? —dijo aquel hombre de aspecto bonachón.

Lo hice. Era fácil. Derecha. Izquierda.

—Escuche, vamos a llevarla al hospital. ¿Quiere avisar a alguien?

La primera persona que me vino a la cabeza fue mi hermana Leire, pero ella estaba en Vitoria. Seguramente acababa de dormir a sus mellizas, y quizá se había dormido también, reventada después de uno de sus largos días de mamá, directora de academia de baile y mujer-para-todo. Además, llevaba un mes sin hablarme con ella.

«No, definitivamente no es el mejor momento para intentar retomar nuestra relación», pensé.

—Marta Donada, de la editorial —dije—. Está en el hotel Radisson.

—De acuerdo. Ahora no se preocupe por nada más. Nosotros nos hacemos cargo.

Noté un pinchazo en el brazo. Levanté un poco la mirada y vi que el enfermero me había clavado una jeringa.

—¿Qué es eso?

—Un calmante —dijo—. Tranquilícese: cierre los ojos y descanse, ¿okey?

Lo hice. Cerré los ojos, pero Jokin volvió a aparecer. Su mirada verde, su barbilla manchada de sangre. Sus palabras... *Vuelve a casa... Tu padre...*

«¿Volver a casa? ¿Mi padre? ¿Qué?».

¿Qué significaba aquello?

Y de pronto todo esto ya no me parecía tan duro ni tan

estresante. Mi corazón empezó a latir más despacio. La ambulancia ni siquiera había puesto las sirenas, aunque íbamos bastante rápido. Yo comencé a flotar en una niebla púrpura acolchada y calentita.

Entonces me pareció escuchar una conversación en la parte delantera del vehículo.

—Es una escritora famosa. ¿La conoces? Quintana Torres.

—¡No jodas!, la he leído.

—¿Qué tal?

—La primera novela estaba bien, pero las otras dos… pst. Es como si no las hubiera escrito la misma persona.

En eso estaba de acuerdo.

Muy de acuerdo.

8

Cuando abrí los ojos, había una cara mirándome. Esta vez era una cara familiar. Unas cejas finas, una nariz terminada en una bonita esfera..., labios largos y una barbilla hendida.

—¿Javi? ¿Qué haces aquí?

Era la segunda persona de mi pasado que aparecía aquella noche, como salida del cuento de Dickens, solo que este segundo fantasma tenía un rostro atractivo. Se trataba de Javi Porta, ni más ni menos. El chico de los recados que se convirtió en el poli del pueblo.

—La Ertzaintza de Gasteiz me ha llamado para darme la noticia.

De pronto volvió a mí todo el asunto, como una cascada de agua gélida. Jokin, el atropello. Cerré los ojos, solo quería despertarme en otro sitio.

—Han matado a Jokin.

—Lo sé —dijo Javi—. ¿Cómo estás? Me han dicho que te has caído.

—Sí, me mareé, pero estoy bien. ¿Y tú? ¿Qué haces aquí?

—Bueno, en la Ertzaintza me han pedido que fuera a darle la noticia a Edurne.

—Joder, vaya trago. Lo siento.

—No me suelen tocar muchas de estas, la verdad. —Forzó una sonrisa.

Javi era el poli local de Urkizu (el trabajo que había tenido mi padre toda la vida) y estaba segura de que nunca había sufrido un percance similar. Como mucho, retirar un gato muerto de la carretera.

—Edurne me ha pedido que la traiga a Bilbao, quería ver a Jokin... Le he dicho que probablemente no iba a poder verlo aún, pero ella ha insistido. Así que he ido a la comisaría a gestionarlo y allí me han explicado lo tuyo. Dicen que ha sido un ataque de estrés agudo.

—Algo agudo ha sido, eso está claro...

—Parece que lo has visto todo —dijo—, que estabas con él cuando...

—Sí, así es. Se ha muerto en mis brazos... Joder... —Noté que el llanto vencía la barrera del miedo.

Javi se sentó a un lado de la cama y me cogió la mano.

—No te aguantes las lágrimas, Quintana. Tienes que llorar.

Y lo hice. Lloré. Por mucha vergüenza que me diera hacerlo delante de él. Javi no era un completo desconocido, pero igual que Jokin, habían pasado muchísimos años desde la última vez que bebimos una cerveza juntos.

—¿Te encuentras mejor? —Me ofreció un pañuelo de papel.

—Sí, gracias... Supongo que necesitaba soltar un poco.

—Oye, ¿por qué estás aquí sola? —me preguntó—. ¿No has llamado a nadie?

Negué con la cabeza.

—Pedí que avisaran a mi asistente, pero no sé qué ha pasado.

—¿Y tu hermana? —dijo Javi—. ¿Quieres que la llame yo?

—No creo que sea buena idea, y en realidad no pasa nada.

—¿Que no pasa nada? Joder, yo diría que pasa mucho, Quintana.

Le expliqué que era muy tarde, que mi hermana terminaba molida casi todos los días y que por eso no quería despertarla.

—Además, es que... tuvimos un bronca muy fuerte hace como un mes. No he vuelto a hablar con ella.

—¿Una bronca?

—Mi padre, la casa, la herencia... Ya sabes.

Supongo que nos habíamos dejado llevar por el estrés y la inmensa tristeza que nos embargaba a las dos, pero lo cierto es que había sido algo muy amargo y violento. Con las cenizas de mi *aita* aún calientes, Leire había empezado a hablar de vender la casa de Urkizu, algo que me había dolido profundamente, pero sobre todo me dolió el hecho de que Gari, mi cuñado, metiese las narices en el asunto.

«Cuanto antes os la quitéis mejor. Esa casa son todo gastos».

Era fácil decirlo para ellos dos, que tenían su precioso chalet con terreno a las afueras de Vitoria. Para mí, en cambio, aquella casa era lo más parecido a un hogar que me quedaba en el mundo. Y me cerré en banda, le expliqué a Javi.

—¿A vender? —preguntó él.

—Le dije que no iba a vender todavía y que tenía que pensarlo.

—¿Pensarlo?

—Quizá yo misma estuviera interesada en quedarme con la casa.

Era algo bastante irracional y lo sabía. ¡Yo, que nunca había querido volver al pueblo y ahora estaba planteándome comprar la casa de mi padre! Leire me dijo que me estaba dejando llevar por el sentimentalismo. Me intentó poner una fecha límite.

«Tenemos algunos problemas de pasta y no voy a esperar eternamente».

Yo le contesté que no aceptaba fechas ni límites.

Ella me colgó el teléfono.

Y ahí había quedado la cosa.

—¿Y no hay nadie más a quien quieras llamar? ¿Tu novio o marido? Me refiero al tipo que te acompañaba en el funeral de tu *aita*.

—Eduardo —dije—. No, mejor que no. Es otra larga historia...

Javi arqueó las cejas, pero creo que pilló el subtexto al vuelo. Mejor no hacer más preguntas.

—Entonces ¿cómo se llama tu asistente? ¿Y dónde la encuentro?

—Marta Donada. Debería estar en el Radisson, posiblemente, dormida en su habitación... No creo que haga falta despertarla.

—En esto eres igual que tu padre: lo de «no molestar a nadie».

—Puede ser, pero te prometo que mañana, en cuanto amanezca, empezaré a llamar a todo el mundo.

—Oye, explícame algo —cambió de asunto—. ¿Cómo has terminado quedando con Jokin? ¿Seguíais viéndoos?

—Qué va... Ha sido toda una sorpresa. La última vez que

nos cruzamos fue en el funeral de mi *aita*, en abril... Hoy ha asistido a la presentación de mi libro, se ha acercado en las firmas y, bueno..., me ha traído una cosa.

—¿Una cosa?

Me quedé callada. De pronto me vino a la mente todo el asunto del sobre y la foto, pero ¿qué había hecho yo con la foto? Recordé que la llevaba en la mano en el momento del atropello. Y fue como si una fría hoja de metal me atravesara la espalda.

—¿Dónde está mi bolso? —pregunté—. ¿Lo has visto?

—No, pero lo puedo buscar.

Se puso a ello y tardó un minuto en localizarlo en un armario junto con mi ropa. Mi conjunto de conferencia: *blazer* de lana virgen de Alexander McQueen, blusa de seda negra Yves Saint Laurent y unos pantalones negros, que alguien —con bastante tacto— había colgado con mimo en unas perchas.

Me lo trajo a la cama y rebusqué dentro hasta dar con el sobre negro. Pero estaba vacío.

—Había una foto —dije.

—¿Una foto?

—Sí. Creo que... tiene que estar en alguna parte. Quizá en la ambulancia... La llevaba en la mano cuando vi el atropello.

—¿Una foto de qué, si puede saberse?

—¿Recuerdas el diario de Alba? El que desapareció.

Noté que algo cambiaba en la expresión de Javi. ¿Se tornó en preocupación?

—¿Lo dices en serio?

—Al menos tenía la misma forma y color —afirmé—, aunque después de veinticinco años es difícil estar segura... Joder, espero que la foto no se haya perdido. ¿Puedes hablar con la gente de las ambulancias? Llevaba escrito el teléfono de Jokin en la parte de atrás... O quizá se me cayera en plena calle, no estoy segura. No recuerdo nada, la verdad.

—Lo haré, tranquila... Pero ¿qué hacía Jokin con esa foto? ¿Para qué te la había llevado?

—Buena pregunta —dije yo—, la misma que yo le habría hecho si hubiese tenido tiempo...

Javi se quedó callado. Supongo que esperaba que le contase algo más.

—Lo llamé desde el hotel. Fue una llamada corta, pero dispuso de tiempo para decir unas cuantas cosas. Quería hablarme del diario. Me dio a entender que lo tenía y lo había leído.

De nuevo, el rostro de Javi se nubló, como si aquello le estuviera provocando alguna intensa emoción.

—¿Te dijo algo más?

Negué con la cabeza.

—Insistió en que quedásemos. Lo hicimos, en la calle, cerca del hotel..., y llegué justo para ver ese accidente... El coche... apareció de pronto y lo lanzó por los aires... —Me detuve, tragué saliva; la imagen de un Jokin moribundo y escupiendo sangre no era algo por lo que pudiera pasar alegremente—. Aunque le dio tiempo a decir una última cosa... Dijo que «volviera a casa» y mencionó a mi padre justo antes de morir. No sé por qué, pero esas fueron sus últimas palabras. «Tu padre».

—¿«Tu padre»?

—Quiso decir algo más..., pero no pudo.

Javi se quedó callado.

—¿Qué se sabe del coche? —pregunté—. ¿Lo han encontrado?

Me respondió que aún no.

—Pero lo encontrarán pronto. El atropello ha sucedido en el centro de Bilbao. Hay un millón de cámaras. Fijo que ha sido algún borracho... ¿Tú viste algo? ¿La matrícula?

—No, nada... Solo que era un coche oscuro. Un SUV.

—Okey, tranquila. Como te digo, ahora está todo en manos de la poli. Hablando de eso, creo que piensan tomarte declaración en cuanto estés lista.

—Claro. Cuando quieran...

Se levantó.

—Bueno, ahora que veo que sigues siendo dura como una roca, creo que iré a ver cómo está Edurne. La he dejado en el Anatómico Forense.

—De acuerdo. Javi...

—¿Qué?

—Solo una cosa. Supongo que en algún momento os entregarán los efectos de Jokin... Quizá llevaba el diario consigo. ¿Puedes estar un poco atento?

—Claro, hablaré con Edurne.

—Gracias, Javi. Gracias por venir a verme. —Me esforcé en sonreír.

Él me cogió de la mano.

—No estés sola, ¿vale? Llama a alguien en cuanto puedas.

—Lo juro.

«Javi Porta el Santo», pensé mientras lo veía salir por la puerta. Siempre encargándose de todo el mundo.

Un buen tipo de manual.

9

Al cabo de media hora, se pasó por allí un médico joven con unas gafas de pasta muy gruesas. Me revisó la herida, mandó hacer la cura y me informó de que los mareos y los desmayos entraban dentro de lo normal después de un shock como el que había sufrido.

—De todas formas, esta noche la pasas aquí, y mañana por la mañana vamos a realizarte un escáner para quedarnos tranquilos. Si todo va bien, te daremos el alta.

—Mañana por la tarde tendría que estar en Valladolid. Tengo una presentación.

—No creo que ocurra —respondió sonriendo.

Se marchó y volví a quedarme sola. Eran las dos y cuarto de la madrugada y estuve tentada de llamar a Marta para decirle que necesitábamos cancelar Valladolid y avisar en las redes cuanto antes, pero no quería despertarla para eso, de modo que le puse un wasap y esperé a que lo viera al despertar.

Tenía el móvil en la mano y se me ocurrió mirar las noticias. ¿Habría salido la noticia del atropello en prensa?

Pues sí, allí estaba:

ATROPELLO MORTAL EN BILBAO

Bilbao, 22 de mayo de 2025

Un trágico atropello ha tenido lugar la pasada noche del miércoles en el centro de Bilbao. Un vehículo a gran velocidad ha arrollado mortalmente a un peatón en la confluencia de la Gran Vía con Alameda Urquijo. El conductor se ha dado a la fuga.

El suceso ocurrió alrededor de las 23.20, cuando la víctima cruzaba correctamente por el paso de peatones. Los agentes analizan las cámaras de seguridad de la zona y recopilan los testimonios de varios testigos.

Ampliaremos detalles en las próximas horas.

La prensa ya estaba detrás de la noticia. ¿Cuánto tardaría en enterarse de que yo (Quintana Torres) estaba en el lugar de los hechos? Me puse un poco tensa y terminé llamando a Marta, solo para descubrir que tenía el móvil desconectado.

Así que fui directamente al «cerebro». Ana Pons. Le puse un wasap, esperando que lo leyera al día siguiente temprano («Llámame cuando puedas»), pero nada más enviarlo empezó a sonarme el teléfono. Era ella.

—¡Quintana! Ya me ha dicho Marta que ha sido todo un éxito... ¿Qué tal estás?

—Pues... tumbada en la cama de un hospital.

—¡¡¡Qué!!!

Le conté a mi editora toda la historia, punto por punto, incluyendo el motivo que me había llevado a quedar con ese viejo amigo de la infancia en plena noche. Ana Pons conocía la historia del diario. Era una de las subtramas que habíamos discutido durante las correcciones de *La chica del lago*. De hecho, era una subtrama que habíamos eliminado por su complejidad.

—Madre mía... ¿Estás segura de que es el mismo diario? ¿Y de que la foto es reciente? Eso sería un terremoto.

—Hace casi veintiséis años de todo esto, pero creo que la foto era real.

—¿Era?

—Bueno, resulta que la he perdido en el momento del atropello. Aunque puede que la recupere. Ha venido por aquí un amigo del pueblo, Javi Porta. Es el policía local. Me está ayudando.

—Perfecto —dijo Ana—. En cuanto la tengas, ponla a buen recaudo. Habrá que analizarla con lupa antes de decir nada. O encontrar el diario... Quizá ese pobre hombre lo tenía en alguna parte.

Pude notar esa energía de Ana Pons al otro del teléfono. Podía apostar a que ya estaba pensando en cómo manejar todo esto para conseguir más prensa. Casi me arrepentí de habérselo contado...

—En cualquier caso —continuó—, hay que asegurarse bien. De momento, voy a hablar con Irene Pérez, de Comunicación, para que prepare una nota, un pésame educado. Algo que te desvincule, pero que se note tu afecto por ese lector y viejo amigo. Entretanto, evita hablar con ningún periodista.

—De acuerdo... —Tanta autoridad y determinación resultaba balsámica.

Ana Pons era una mujer de casi sesenta años, con una extensísima carrera a su espalda. Había vivido los tiempos dorados de la industria y se las había visto con casi todas las vicisitudes que uno podría imaginar en lo que autores y prensa se trataba.

—Y permíteme que te dé un consejo, querida —añadió—. Los policías no son curas ni psiquiatras. Y todo lo que digas mañana en la declaración podría terminar en las rotativas.

—¿Qué quieres decir?

—Bueno, conoces de sobra las presiones que ha ejercido la familia Guirao contra el documental, la serie y todo lo relacionado con el caso. Ese asunto del diario de Alba..., hasta que no tengamos certezas, quizá sea mejor que no lo comentes demasiado. ¿Me sigues?

—Sí.

—Limítate a los hechos. Era un viejo amigo, quedasteis para tomar una copa y ocurrió esa desgracia. Si hay algo turbio en todo esto, la poli terminará enterándose, ¿no?

—Supongo que sí.

—Okey. Te dejo. Voy a llamar al Radisson para que despierten a Marta. La necesitamos ya en el hospital.

Marta apareció cuarenta minutos después, con el pelo revuelto y órdenes de guardar la puerta e impedir, llegado el caso, el acceso a nadie de la prensa. Se sentía un poco culpable por haberse ido a la cama sin enterarse de nada.

—Oí las ambulancias desde el hotel, pero no podía imaginarme que tendría algo que ver contigo. Sinceramente. Pensaba que te habías ido a dormir.

—Fue culpa mía por no avisarte, Marta. Nadie se lo hubiera imaginado, así que tranquila. Hay una cama libre, si quieres puedes tumbarte. Le diré a Ana Pons que vigilaste la puerta con una escopeta en la mano.

Pero Marta dijo que, como mucho, ocuparía el butacón. Se había traído el portátil y se puso a trabajar en sus temas de redes sociales mientras yo intentaba dormirme, cosa harto complicada. La ansiedad me recorría de los pies a la cabeza, y también las preguntas, muchas preguntas. Aunque Javi había sido tajante en lo del accidente —«Seguro que ha sido algún borracho»—, yo empecé a verlo todo como en su conjunto. Jokin nervioso, entregándome la foto en la firma de libros. Jokin incidiendo en que el diario era un «asunto de vida o muerte». La escena del atropello, que se repetía en bucle en mi cabeza..., y después, Jokin, moribundo en el asfalto diciéndome aquello...

Tu padre.

«¿Y si todo esto tiene alguna relación? ¿Y si no fue cosa de un borracho? ¿Y si alguien quiso acallar a Jokin?».

Terminé llamando a una enfermera y le pedí algo para conciliar el sueño. (Si no podía conseguir las mejores drogas en un hospital, ¿dónde?) Me trajeron un par de pastillas y por fin caí en un profundo sueño. Y bueno, por supuesto, QUINTANA PRODUCTIONS tenía unas cuantas películas para estrenar aquella noche.

En mi sueño, Jokin estaba muerto en mis brazos, pero hablaba como si la muerte no le inhabilitara para ello.

—Escúchame, Quintana. Tienes que volver a Urkizu. Allí está todo.

—¿El diario?

—El diario y el asesino. Nos han matado a todos. A mí, a tu padre...

Después me despertaba y me encontraba en el hospital. Era de noche, noche cerrada, y yo quería avisar a alguien («¡Hay un asesino!»). Bajaba de la cama y entonces notaba que el suelo se hallaba encharcado. No solo eso. Estaba sucio. Lleno de ramitas y restos de vegetación.

Era el agua del pantano.

Un psicólogo me dijo que lo que importa en un sueño es «lo que sientes» cuando estás en él. Y yo sentía terror. La horrible sensación de que había alguien oculto entre las sombras. Por supuesto era ella. Escondida detrás de las cortinas. Completamente empapada. Vestía la misma ropa con la que se había ahogado. El pelo sobre la cara, una cara pálida, hinchada, terrible.

—Alba...

Ella abría la boca como si fuera a decir algo, pero en vez de eso, comenzaba a vomitar lodo. Un limo negro y brillante como el que se acumulaba en el fondo del pantano y que olía a muerte, a podredumbre.

Supongo que grité y me tiré de los pelos enloquecida por aquella visión. Pero solo era un sueño, ¿o no?

10

Los policías se presentaron a primera hora de la mañana. Eran los mismos que había visto por la noche en la escena del accidente. Ella era un chica que podría aparecer en cualquiera de mis novelas: de unos treinta, vaqueros, chaqueta y pelo negro en coleta. El hombre, en cambio, tenía el aspecto más rutinario y malcarado que puedas imaginarte. Me recordó al tipo del quiosco donde compraba tabaco y alguna revista ocasional en mi calle de Alonso Martínez.

—Agentes Beitia y Salazar —se presentaron—. ¿Cómo se encuentra?

Marta, que se había despertado con una bonita tortícolis, pidió permiso para bajar a desayunar mientras los agentes me tomaban declaración.

—Claro —le dije—. Date una buena vuelta.

Nos quedamos a solas. Los polis comenzaron dándome el pésame por la muerte de «mi amigo». Después me preguntaron qué tal estaba de mi golpe. Les dije que tenía un TAC programado esa mañana, pero que podía anticipar que no sería nada.

—¿Lo han cogido? —pregunté—. Al del coche.

Noté que la pregunta los sorprendía un poco. Se miraron con frialdad.

—Todavía no —respondió la agente Beitia—, aunque tenemos algunas imágenes captadas por varias cámaras de seguridad. Parece que, nada más salir de Bilbao, el coche se desvió hacia las Encartaciones, por el corredor del Cadagua, pero a partir de allí se pierde el rastro. Posiblemente se movió por carreteras secundarias en cuanto pudo. En cualquier caso, se ha emitido una orden de busca y captura...

El poli con cara de quiosquero interrumpió con un carraspeo.

—No vamos a robarle mucho tiempo —dijo—. Tenemos ya las declaraciones de dos testigos: un taxista y un turista que llamó al 112. Pero parece que usted estuvo más cerca del accidente. Nos interesan todos los detalles que pueda darnos.

Sacó una grabadora y la colocó en la mesilla de noche.

—Javi Porta, el policía municipal, nos ha contado que Jokin Elizegi era un viejo amigo de la infancia, de su pueblo.

Yo asentí en silencio, preguntándome si también les habría mencionado el asunto de la fotografía o el diario.

—¿Puede decirlo en voz alta? —El agente Salazar señaló la grabadora.

—Sí, éramos amigos de la infancia —respondí.

—¿Y habían quedado esa noche?

—Sí... Bueno, apareció por las firmas y me dejó su teléfono... —maticé—. Después lo llamé desde el hotel y quedamos para vernos en la esquina de El Corte Inglés. —No era ninguna mentira, solo una verdad a medias, que los polis parecieron encajar perfectamente.

—Usted se alojaba en el Radisson, ¿verdad?

—Eso es. Salí del hotel, crucé la calle...

—¿A qué hora fue eso? —volvió a interrumpirme, con bastante prisa y poca educación.

—Pues no lo sé... Unos cinco o diez minutos antes del accidente.

—Pongamos las once y cuarto. Okey. Siga.

—Fui caminando por la Gran Vía y me paré en la esquina con Alameda Urquijo. Allí no había nadie, así que esperé un rato. Me encendí un cigarrillo...

—¿Por qué no quedaron en el hotel directamente? —intervino entonces el poli.

Qué buena pregunta, pensé.

—Verá, no sé cómo decirlo con suavidad... Jokin y yo fuimos amigos en la infancia. Llevaba sin verle mucho tiempo y preferí quedar en un sitio neutral.

—De acuerdo, continúe.

—Estuve un rato esperando. Entonces vi a Jokin aparecer en la otra acera... Se detuvo junto a la tienda de Stradivarius. El semáforo se puso en verde para los peatones y él comenzó a cruzar. Justo en ese momento vimos aparecer el coche como un bólido por la calle que corta.

—Alameda Urquijo.

—Eso es. —Asentí con un gesto—. Todo fue cuestión de segundos. Jokin intentó llegar a la acera, pero el coche venía como un misil. Le dio de costado. Él saltó por los aires y rebotó en el capó.

Se hizo un silencio, la voz había comenzado a temblarme.

—Yo... tardé un poco en reaccionar, la verdad. El coche se había detenido como a veinte metros del cuerpo y pensé que el conductor se bajaría..., pero nadie hacía nada. Entonces salí corriendo hacia mi amigo. Estaba en el suelo, todavía vivo... Alguien gritó preguntando por el nombre de la calle... ¡Ah!, y oí al taxista advirtiendo de que el coche se iba. Era cierto: arrancó a toda velocidad y huyó calle abajo.

—¿Puede describir el vehículo?

—¿No lo han visto en las cámaras?

—Bueno, aún seguimos recolectando grabaciones. Todo lo que nos diga puede ser de ayuda. Empecemos por la matrícula: ¿se quedó con alguna letra o número?

Yo negué con la cabeza, pero Beitia me insistió:

—Inténtelo unos segundos, no hay prisa.

Cerré los ojos. Nada.

—Vale, de acuerdo. ¿Modelo?

—Creo que era un Mercedes, pero no sé, no estoy segura. Negro. Con lunas tintadas —añadí—. Aparte de eso, no recuerdo nada fuera de lo común..., pero se le rompió un foco al golpear a Jokin y debe de tener un bollo impresionante en el capó.

—Entendido. —La chica me miró a los ojos—. ¿Hay alguna cosa más que quiera compartir con nosotros? ¿Algo que pueda ser de utilidad?

Me quedé callada pensando en la foto de Jokin del diario... y en todas las teorías que se me habían ido ocurriendo la noche pasada. ¿Era el momento de hablar de eso, de contarles mis sospechas?

Pero Ana Pons había sido muy clara en sus advertencias. «Todo lo que digas puede terminar en las rotativas». Así que tomé una decisión: esperar a que la policía diera nuevos pasos.

—Eso es todo por mi parte —dije al fin.

11

Tal y como suponía, el TAC no encontró nada en mi cabeza, tan solo mi viejo y obsesivo cerebro de siempre. El médico que vino a darme el alta me advirtió, no obstante, de que tendría que andar con ojo una temporada.

—Una vez descartado lo fisiológico, parece que su desmayo de anoche fue una respuesta emocional intensa al atropello. Es un cuadro que podría evolucionar a un trastorno de estrés postraumático. ¿Sabe lo que es?

Le respondí que sí. En la documentación de mis novelas, había aprendido mucho sobre la psicología de la víctimas y los traumas mentales, incluso los de quienes, como yo, solo eran testigos de algo tan terrible.

—Le recomiendo que guarde reposo por lo menos durante dos semanas. Observe cualquier síntoma de ansiedad generalizada, recuerdos intrusivos, pesadillas... Quizá necesite apoyo de un profesional de la salud mental.

—¿Dos semanas?

—Como mínimo —dijo el doctor.

La noticia fue como un jarro de agua fría. Estábamos en

plena gira de promoción y todavía quedaba un largo calendario de presentaciones por delante. La Feria del Libro de Madrid, sin ir más lejos, comenzaba en una semana. Además tenía programadas entrevistas en muchas radios y en un importante programa de televisión.

—Vamos paso a paso —dijo Ana Pons, en la llamada que hicimos una hora más tarde, desde mi habitación del Radisson (donde habíamos extendido la reserva un día más)—. Es lógico que el médico sea precavido..., pero no creo que sea necesario tumbar toda la gira. ¿Por qué no te tomas el resto de la semana libre, incluyendo el finde? Solo tendríamos que cancelar dos cosas. Vuelve a Madrid, descansa, y vemos cómo estás el domingo...

Bueno, debo reconocer que la perspectiva del reposo me atraía bastante. Llevaba casi un mes sin parar; sin pasar por mi apartamento de Madrid, sin tener ni un minuto para pensar. Y era algo que había hecho conscientemente al principio. Mi padre había muerto en abril, en un accidente casero tan estúpido que costaba creerlo. Solo dos semanas después, Eduardo, el tío con el que tenía una relación, confesó que «el amor se había acabado» y que «no quería seguir engañándome ni engañándose».

O sea, que la gira me había venido de perlas para escapar de Madrid y vivir de hotel en hotel, desayunando cada día en un sitio diferente, visitando ciudades, firmando libros y tomándome todas las copas del mundo, casi a cualquier hora, porque eso es lo que se hace en las giras, y más aún cuando nos encontramos tres o cuatro escritores en una feria.

Pero también era cierto que estaba cansada. Añoraba mi barrio de Madrid, mi cafecito de la plaza Santa Bárbara, donde a veces me sentaba a escribir. Mi supermercado, mis cuatro buenos amigos, el quiosquero que me ponía mala cara porque siempre me terminaba recogiendo los paquetes y el correo...

En fin, acepté la idea de las vacaciones hasta el domingo. «Menos da un piedra», valoré. Y Marta se puso a buscar un avión para esa tarde.

El desayuno en el hospital —un café, dos galletas y un plátano— había sido a las siete de la mañana, así que me moría de hambre. Subí al restaurante de la última planta y me senté a comer un brunch: huevos benedict y un bloody mary. Estaba en ello cuando me sonó el teléfono.

Era Javi Porta:

—¡Tengo tu foto!

—¿En serio?

—La recogieron del suelo, en el lugar del accidente. Está en bastante malas condiciones, arrugada y sucia, pero se distingue el diario. Y el teléfono de Jokin está escrito detrás.

—Entonces es esa.

Yo recordé que la había apretado dentro de mi puño al ver el atropello. Seguramente, la dejé caer allí mismo cuando salí corriendo hacia mi amigo.

—¿Han encontrado algo más? —pregunté finalmente.

—No llevaba nada más que un teléfono, una cartera con un par de billetes, tíquets de autobús y la llave de una habitación. Se alojaba en una pensión del Casco Viejo. Allí han encontrado una bolsa de deporte con una camiseta, una botella de ginebra y medicación.

—O sea, que no llevaba el diario encima.

—No. Y ojo al dato: la medicación eran antipsicóticos.

—¿Qué?

—Pastillas para la esquizofrenia. Al parecer se lo habían diagnosticado hacía unos años.

—Joder, no lo sabía.

—Ni yo... Edurne me lo ha comentado hoy. Además, llevaba tiempo en un programa de rehabilitación por el alcohol, ¿sabías eso?

—Eso ya me suena más... Oye, ¿le has preguntado a Edurne por el diario?

—No he encontrado el momento, pero ella me ha dicho que le gustaría hablar contigo. Fuiste la última persona que estuvo con Jokin y, bueno, entiendo que quizá quiere que le cuentes cómo fue...

—¿Que cómo fue? —Sentí un escalofrío—. Pues bastante horrible.

—Lo imagino, pero tú eres escritora. Quizá puedas hacer algo de literatura y maquillar la escena.

—Se puede intentar...

—El funeral es mañana por la tarde —dijo Javi—. Sin cuerpo presente, porque todavía están con la autopsia, pero lo mejor es cerrar el capítulo cuanto antes. Supongo que te será absolutamente imposible, pero quería avisarte en cualquier caso.

Yo pensé que Marta ya debía de tener los nuevos vuelos a Madrid y me moría de ganas de llegar a mi casa, deshacer la maleta y pasarme los próximos días leyendo tumbada en la cama. Pero entonces, volvió a resonar esa frase de Jokin: «Vuelve a casa».

—... aunque en el fondo —concluí mi reflexión en voz

alta—, ya va siendo hora de que me pase por casa de mi *aita* para echar un vistazo. Bueno..., lo pienso, ¿vale?

—Vale, Quintana, avísame si te decides, ¿okey? Si no, te enviaré la foto por correo.

—Okey.

Colgué a Javi un poco revuelta.

Le daba un sorbo a mi bloody mary, todavía con el teléfono en la mano, cuando recibí un wasap de Ana Pons.

Mi editora no daba rodeos:

> Finalmente tu nombre ha salido publicado, aunque hemos conseguido que no aparezcas mencionada como testigo...

Y un link a una noticia de *El Correo* de Álava.

La Ertzaintza solicita colaboración ciudadana para localizar el vehículo implicado en el atropello mortal en Bilbao

Bilbao, 22 de mayo de 2025. – La Ertzaintza ha hecho un llamamiento a la ciudadanía para recabar cualquier información que ayude a identificar y localizar el vehículo implicado en el atropello mortal ocurrido en la noche de ayer en el centro de Bilbao.

El trágico suceso tuvo lugar sobre las 23.20 horas en la intersección entre la Gran Vía y Alameda Urquijo y costó la vida a Jokin Elizegi Ibarra, de 44 años. Según testigos presenciales, un SUV de color «negro» y posiblemente de marca Mercedes circulaba a gran velocidad cuando embistió al peatón que cruzaba por un paso habilitado. El conductor no se detuvo tras el impacto y se dio a la fuga, dejando a la víctima tendida en la calzada.

Elizegi, natural de Urkizu, había asistido esa tarde a una presentación literaria de su amiga y antigua vecina, la escritora superventas Quintana Torres.

La Ertzaintza ha abierto una investigación y está revisando las imágenes captadas por las cámaras de tráfico de la zona, aunque por el momento no se ha logrado identificar con claridad la matrícula...

Leí aquello pensando en que mucha gente (incluida mi hermana Leire) estarían viendo la noticia o tardarían muy poco en hacerlo..., y justo en ese momento —casi como si fuera telepatía—, la pantalla del teléfono mostró una llamada entrante.

12

—No me lo digas —dije al descolgar—, te has enterado por *El Correo.*

—Pues no —respondió mi hermana Leire—. Me acaba de llamar Ainara para informarme. Y menos mal, porque si es por ti...

Eso significaba que todo el pueblo estaba ya al tanto.

—¿Qué te ha contado exactamente?

—Que Jokin fue a verte a la presentación del libro y después lo atropellaron. ¿No es eso?

—Bueno, hay algo más —dije yo—, he pasado la noche en el hospital, Leire, aunque gracias a Dios ya me han dado el alta.

—¡¿Qué?!

Tuve que apartarme el teléfono del oído para no quedarme sorda.

Le conté la misma historia que había relatado a los polis. Me salté la parte de la foto y del diario.

—Pero ¿qué haces quedando con Jokin a las tantas de la noche?

—Yo qué sé —resoplé—, me dio un poco de pena.

—Joder, Quintana... ¿A quién se le ocurre? Jokin lleva años muy mal. Cada vez peor. Me han contado que lo echaron del Club hace unas semanas, que iba borracho como una cuba. Quizá no miró bien al cruzar.

—No, no, el semáforo estaba en verde para peatones. Toda la culpa fue del coche.

—Joder, Quintana... —repitió una vez más—. Ha tenido que ser algo muy fuerte. ¿Cómo estás?

No quise preocupar demasiado a Leire. Le dije que había sido un «pequeño mareo» y el médico me había ordenado reposo. Y también que valorara acudir al psicólogo. Por lo demás, estaba perfectamente: dos brazos, dos piernas, todo en su sitio.

—El funeral de Jokin es mañana —añadí.

—Me viene fatal. Tengo clases hasta las diez de la noche. ¿Tú vas a ir?

—La verdad es que me lo estaba planteando —respondí—. Me he cogido el resto de la semana libre e igual aprovecho para pasar por casa de *aita*. En algún momento habrá que empezar a mirar algo de sus papeles...

—Te lo agradecería —dijo Leire—. Nosotros nos hemos encargado de unas cuantas cosas, pero hay una lista interminable de asuntos pendientes.

Estuvimos hablando de toda esa lista de tareas que mi hermana tenía apuntadas (para algo era doña perfecta) y que habíamos dejado «congeladas» debido a nuestro mosqueo del mes pasado. La verdad es que los muertos dejan un bonito lío a su espalda, sobre todo cuando tienen cuentas de bancos, seguros, contratos de telefonía, terrenos familiares y planes de pensiones. Además, Hacienda, con su empatía de siempre, te urge a que rellenes mil formularios en menos de un año, no sea que te vayas a hacer rico y ellos sin enterarse…

Entonces salió el tema de la casa.

—¿Has pensado en lo que comentamos?

—Si te soy sincera, no he tenido demasiado tiempo.

«Ni tampoco demasiadas ganas», tendría que haber añadido.

—Bueno, he dejado pasar un mes tal y como pediste, Quintana. Y una casa como esta tiene un problema nuevo cada semana. No sé si te has fijado en el suelo de la terraza de atrás: está cubierto de musgo resbaladizo. Y pronto habrá que arreglar el tejado también… Menos mal que Rober y Almudena están un poco encima. Pero no podemos pedirles que se dediquen a cuidarnos la casa para siempre.

Rober y Almudena eran nuestros vecinos más cercanos. Tenían llave de nuestra casa y le echaban un vistazo de vez en cuando. De hecho, fue el propio Rober quien encontró a mi padre aquel domingo de abril, muerto al pie de las escaleras, después de que Leire —mosqueada por unas cuantas llamadas sin responder de mi *aita*— le pidiera que se acercase para asegurarse de que todo iba bien.

—Gari ha estado mirando un poco el mercado inmobiliario de Zabalain, que ahora mismo es una zona muy cotizada. Es una casa de trescientos metros cuadrados, bastante bien conservada, con un terreno junto al lago… Gari ha calculado que podríamos empezar pidiendo quinientos mil euros.

—Joder, ¿en serio?

—Por supuesto, y si estás interesada, accederíamos a que nos comprases nuestra parte.

—Leire, yo no tengo tanto dinero.

—¿Y lo de la serie de Netflix? Pensaba que eso se pagaba muy bien.

—Eso lo utilicé para quitarme la hipoteca de Madrid.

—Bueno... pues, ¿qué quieres hacer? Algo habrá que hacer, ¿no? Mantener la casa cerrada no es una opción. Se está estropeando a pasos agigantados.

—Es verdad. Tienes razón y entiendo que no soy nada racional con este tema, pero es que no puedo imaginarme perder este sitio, Leire. Es mi única casa y... ¿qué vamos a hacer con todas las cosas de *aita*? ¿Los muebles? ¿Los cuadros?

—Habrá que meterlos en alguna parte... o tirarlos. Si la casa sigue vacía, dentro de poco estarán enmohecidos.

—Todo esto me supera, de verdad.

—¿Y Eduardo? —dijo entonces Leire—. Quizá le interese entrar a medias contigo..., no lo sé.

—Bfff... Has ido a tocar un buen tema.

—¿Qué pasa?

—Que ya no estamos juntos.

—¡¿Desde cuándo?!

Entre sorbo y sobro de bloody mary, le conté la historia de nuestra ruptura a grandes rasgos.

—... ni siquiera yo entiendo lo que ha pasado. Estábamos bien, haciendo lo mismo que siempre. Íbamos al cine, al teatro, viajábamos juntos... y teníamos dos o tres noches de sexo a la semana. Joder. Y el sexo era bueno... Pero de pronto, de buenas a primeras, empezó a ennegrecerse. Cada día más gruñón...

—¿Así sin más?

Lo pensé un poco.

—Bueno, ha pasado que yo me convertí en una escritora

famosa de la noche a la mañana y él sigue como estaba. Y creo que al final no lo ha podido digerir.

—¿En serio?

—No lo sé... Es solo una teoría. Le pedí que no me llamara. Prefiero evitar las clásicas conversaciones culpables de después de romper. Están llenas de cagadas.

—En eso tienes razón... Bueno, lo siento un montón, Quintana. Eduardo nos caía...

«... bien», terminé yo mentalmente.

Sí, de hecho era el mejor tío que había encontrado en años.

—En fin —siguió Leire como para cambiar de tema—, piensa lo de la venta, ¿vale? Con doscientos cincuenta mil euros, te podrías comprar algo en Urkizu, si eso es lo que quieres.

Me quedé callada. ¿Eso es lo que quería? Ni siquiera podía responder a esa pregunta. Era un mar de dudas.

Así que hice lo que se hace cuando no tienes ni idea de lo que quieres, pero tampoco quieres joder a nadie con tu maldita indecisión: dije que sí, me dejé llevar.

—Un amigo de Gari tiene una inmobiliaria y nos ha recomendado adecentarla un poco antes de sacarle fotos y recibir visitas. Habrá que ponerse a ello, ¿eh?

—Okey, me encargaré de eso.

Colgué a mi hermana justo cuando Marta Donada se acercaba con su portátil.

—Hay un vuelo a Madrid esta tarde, a las cinco en punto. Lo cojo, ¿verdad?

—No —dije—, cambio de planes.

—¿Qué?

—Necesito alquilar un coche. Y también que me acompañes a comprarme ropa. Ropa para un funeral.

13

A Marta no le parecía buena idea dejarme conducir. De hecho, fue todo un problema convencerla de que no llamase a Ana Pons para chivarse de mis planes. Pero le dije que esa era la única manera posible de llegar a mi pueblo. La otra, conectando autobuses, me llevaría una eternidad. Y Bilbao no quedaba tan lejos.

—Estaré perfectamente —le aseguré—, pero si te quedas más tranquila, duermo esta noche en el hotel y salgo mañana, ¿de acuerdo?

Eso pareció convencerla. Por otro lado, Marta sí que tenía una familia y un noviete la mar de majo en Madrid, y llevaba casi diez días seguidos conmigo. Le di mi bendición para que se largase en el avión de esa tarde.

Tras una larga siesta, salí a dar un paseo por Bilbao. Hice un par de compras extra en El Corte Inglés, bajé al Casco Viejo y comí un par de *pintxos* y un vino a modo de cena temprana. Después regresé al hotel y cumplí con la promesa que me había hecho a mí misma la noche de la muerte de Jokin. Llené la bañera, disolví la bomba de sales y me sumergí en el agua caliente durante una hora.

Logré no pensar en nada. O al menos, parar mis pensamientos antes de que se convirtieran en terribles espirales de obsesión.

«¿Qué iba a contarme Jokin? ¿Qué leyó en el diario?».

Ya vestida con un albornoz y una toalla a modo de turbante, me tumbé en la cama y me dediqué a repasar las redes sociales. Marta había publicado el comunicado de cancelación del bolo de Valladolid alegando «razones imprevistas de salud», y muchos de los 114.000 seguidores de Instagram se habían volcado a escribir mensajes de ánimo y de apoyo. Estuve leyendo los comentarios (que Marta iba respondiendo uno a uno con un corazón) para ver si alguien mencionaba el atropello de Jokin en el centro de Bilbao.

Solo había una cuenta, llamada LibrosDeZOE, que hacía una mención un poco imprecisa: «¿Tiene algo que ver con el atropello del fan que murió anoche en Bilbao? Lo siento muchísimo». A este comentario habían respondido dos personas, preguntando por el atropello, y LibrosDeZOE había posteado el link a la noticia en *El Correo* de Álava.

Confiaba en que aquello fuera un pequeño fuego que se extinguiese por sí mismo.

Abrí mi portátil y me puse a revisar emails atrasados. Tenía doce mensajes de mi agencia. Ofertas para traducciones, propuestas para participar en ferias, encuentros... Y también tenía pendiente leerme los guiones de la segunda temporada de la *Inspectora Barrios*, pero nunca hallaba el momento. ¿O sencillamente no me apetecía demasiado?

Y por supuesto, dentro del grupo de «tareas procrastinadas por razones difíciles de explicar», estaba el borrador de un correo que llevaba dos meses redactado, esperando a un clic para ser enviado.

Estimada Ana:

Muchas gracias por enviarme esta nueva (y generosa) propuesta para convertir la trilogía de la inspectora Barrios en una tetralogía.
Me faltan palabras para agradecer vuestro apoyo y confianza continua desde la primera novela; sin embargo, lamentablemente, debo comunicarte que he decidido poner punto final a esta serie.
Imagino que este correo no te pilla del todo por sorpresa, pero voy a intentar poner en palabras lo que llevo diciendo con la boca pequeña desde hace demasiado tiempo.
La chica del lago fue una novela «fácil» para mí. Tardé solo dos años en escribirla, quizá porque era una historia que siempre había llevado dentro. Dicen que todo el mundo tiene una novela «natural». *La chica del lago* fue, claramente, la mía.
El problema vino después, con ese éxito brutal, arrollador de la primera novela, que ahora casi percibo como una maldición. Parece que se nos ha olvidado, pero la segunda entrega fue un camino tortuoso entre mi falta de inspiración y mis bloqueos personales. En aquel momento agradecí y acepté la ayuda de vuestra *coach*, para llevar a buen término el borrador que tenía empezado. La tercera entrega no ha sido muy diferente. Otra agonía.
He intentado ver este problema desde todos los ángulos. Un éxito demasiado temprano, excesiva autoexigencia..., pero en el fondo creo que todo es más sencillo. *La chica del lago* era la crónica novelada de una historia real (algo así como *A sangre fría* de Truman Capote) y creo que ahí está la clave del asunto. Quizá yo sea una buena escritora, pero no una gran inventora de tramas o personajes. Quizá lo que deba hacer es seguir

encontrando otros casos reales en los que basar nuevos libros... y dejar de estirar el chicle de una serie y un personaje que están muertos dentro de mí.

La realidad es esa. Y ha llegado el punto en el que quiero que todo esto termine. Creo que un paréntesis de reflexión y calma pueden ser beneficiosos. Acabaré la promoción tal y como hemos acordado y me pondré a buscar una buena historia que contar. Pero claramente, no será la cuarta parte de Susana Barrios.

Espero que entiendas mis motivos.

Agradeciendo siempre vuestra apuesta sin fisuras y vuestra confianza en mí, un abrazo,

Quintana Torres

Mi dedo índice bailó un rato sobre el *mousepad*. El cursor del ratón se movió en círculos alrededor del botón de ENVIAR. Y noté que se me aceleraban los latidos.

Pero después hice lo mismo que había hecho las últimas ¿diez? veces, esto es: cerrar el borrador y decirme a mí misma que quizá era demasiado pronto y postergar esa «verdad» para otro día.

SEGUNDA PARTE

Volver

14

JOKIN ELIZEGI IBARRA

Con profundo dolor, comunicamos el fallecimiento de Jokin Elizegi Ibarra, natural de Urkizu, ocurrido el pasado miércoles 21 de mayo en Bilbao a la edad de 44 años.

Su hermana Edurne, su cuñado Víctor y su sobrino Ander, junto con el resto de los familiares y amigos, agradecen las muestras de cariño y apoyo en estos difíciles momentos.

La misa funeral en su memoria se celebrará el próximo viernes 23 a las 19.00 h en la iglesia de San Miguel de Urkizu.

Goian bego.

Alquilé un coche en AVIS y salí a media tarde de Bilbao. Conduje cuarenta minutos, me desvié antes de llegar a Vitoria y tardé otros veinte en llegar al pantano de Urkizu.

A esa zona algunos la llaman «la Suiza vasca»: a los pies del Parque Natural del Gorbea se abre un paisaje de particular belleza, entre montañas verdes, lagos represados y pueblitos idílicos, con sus vacas y ovejas pastando en verdes praderas. A la orilla de uno de esos pantanos es donde se ubica Urkizu, que es el pueblo más grande de la zona —el que tiene supermercado, oficina de Correos e incluso un polideportivo—, aunque la población alrededor del pantano se reparte entre otras entidades como Elosu y los barrios dispersos que se suceden por la orilla, como el de Zabalain, donde mi padre vivió toda la vida.

Eran las seis y media de la tarde cuando llegué a las afueras del pueblo. Pensé que, entre el buen tiempo y el funeral, el centro estaría lleno de coches (era un centro muy pequeño), de modo que aparqué junto al cementerio y fui caminando por el sendero GR que recorría toda la orilla del pantano en círculo. Catorce kilómetros que se podían completar en cuatro horas a paso normal o en unas dos en bicicleta.

La cumbre del Gorbea dominaba la vista. A sus pies, los inmensos bosques del parque natural dibujaban una especie de manto de mil colores (verdes, naranjas, negros y amarillos) que se derramaba hasta la misma orilla del pantano. Y el agua, como un espejo perfecto, multiplicaba por dos el paisaje de árboles, montañas, casitas y pequeños pueblos.

Vi un par de veleros navegando muy despacio (apenas hacía viento ese día) y una motora fondeada junto a la isla de Soroa con un par de cañas tendidas. También se distinguían unas cuantas piraguas de colores. Imaginé que ya habrían llegado los primeros visitantes del albergue juvenil de Soroa, donde había trabajado Jokin Elizegi toda su vida.

Pasé por el parque de Landa, un sitio donde yo solía ir a

escribir en completa soledad cuando era adolescente. Ahora tenía bancos, máquinas para hacer ejercicio y un modernísimo espacio de recreo para niños, con columpios, redes, torreones..., y después entré en el pueblo por la calle de Elizalde, una vía peatonal, empedrada a la antigua, donde se sucedían los bares de poteo y restaurantes. Ya se notaba la llegada de la primavera y el buen tiempo, que se reflejaba en un ambiente más animado. Visitantes, excursionistas y los clásicos veraneantes que tenían piso o casa en el pueblo y que venían a pasar los primeros fines de semanas soleados en meses.

Aún quedaban veinte minutos, así que entré en el Ramón a comprar tabaco y tomarme un café. Tenía pocos clientes a esas horas: algunos hombres jugando al mus, una pareja de senderistas (¿franceses?) mirando un mapa... Noté que varios levantaban la mirada al verme entrar. ¿Me reconocían o solo era una interesante novedad en aquella tasca?

Pedí un cortado a la chica de la barra, una muchachita de pelo teñido de rojo, y le pregunté si Pizza Sicilia estaba ya operativa (me temía que se iba a hacer tarde para una compra de urgencia).

Me dijo que sí. Después, cuando regresó con el cortado, percibí esa especie de tímida sonrisa que siempre venía a resultar en lo mismo:

—Eres Quintana Torres, la escritora, ¿verdad?

—La misma. —Sonreí.

Entonces ella fue a buscar algo a una esquina de la barra. Una novela mía.

—¡Me tienes completamente enganchada!

—Gracias. ¿Quieres que te la firme?

—Genial, a mi hermano le va a flipar también. Está haciendo un trabajo sobre el libro.

—¿Un trabajo?

—Para el instituto de Uretamendi. ¿Lo conoces?

—Claro... Yo fui a ese insti... ¿En serio que ahora les mandan leer mi libro?

Inmediatamente pensé en alguien que podría estar detrás de eso.

Me tomé el café en una de esas mesitas altas de fuera, fumando y mirando la calle, que no había cambiado en un cuarto de siglo. En Madrid veías nacer y morir negocios en cuestión de meses. Aquí, en cambio, la mercería de Izaskun, donde mi madre me compraba las medias con doce años, seguía en pie. Lo mismo que la tienda de Antena y TV (¿en serio alguien arreglaba su televisión en 2025?). O la panadería Ojanguren...

¿Quieres saber lo que es la eternidad? Es fácil: vete a un pueblo. El tiempo pasa más despacio. Einstein todavía es un niño en pantalones cortos.

15

Me sorprendió que no hubiera apenas gente alrededor de la iglesia. Tanto que llegué a pensar que me había equivocado de día. Pero al entrar por la puerta, vi a don Iñaki, el cura del pueblo, saludando en el primer banco. Dos voluntarias de la parroquia se afanaban en preparar el altar, donde solo había una gran corona de flores en representación de Jokin. Su cuerpo, imaginé, aún seguiría en el Instituto Anatómico Forense de Bilbao.

Busqué a Javi entre el público presente, que no era demasiado. La iglesia de San Miguel de Urkizu, de estilo gótico tardío, no llegaba esa tarde ni a la definición de «medio vacía».

Y daba lástima, la verdad.

La familia de Jokin —Edurne, su marido y su hijo— ocupaba la primera bancada a la derecha. La adyacente la copaban algunas mujeres del pueblo y las dos sacristanas. Y a partir de ahí, el paisaje era desolador. Una, dos o tres personas por banco a lo sumo. No tardé en reconocer las anchas espaldas de Javi Porta, enfundadas en una chaqueta de cuero, y su bonita cabeza con el pelo negro cortado a maquinilla.

—Hola —dije al llegar a su altura.

—¡Quintana! —susurró mientras me dejaba un hueco a su lado—. Me alegro de que hayas podido venir. —De una forma cariñosa, me tocó la tirita que llevaba en la frente—. ¿Cómo va esto?

—Mejor. Apenas me duele, pero sigo tomando los analgésicos. —Callé unos segundos, mientras miraba a mi alrededor—. Qué poca gente, ¿no?

—Ya… Una pena…

Don Iñaki por fin había subido al altar. Hizo la señal de la cruz y comenzó la misa.

—En el nombre del Padre, del Hijo y del Espíritu Santo…

El organista tocaba una pieza que podría ser de Händel.

Era el segundo funeral al que asistía en muy poco tiempo: el de mi *aita* se había oficiado tan solo un mes atrás, y no podría haber sido más diferente que el de Jokin. Aquella otra vez, la iglesia estuvo abarrotada; el coro del pueblo —al que habíamos pertenecido mi hermana y yo— vino al completo a cantar varias piezas… y un *txistulari* tocó el *Agur Jaunak* a la salida de la misa. Hoy en cambio todo era un frío silencio, las palabras de don Iñaki reverberaban en el templo.

Empecé a fijarme en la poca gente que sí había asistido. Cotillear es el deporte número uno en los pueblos, ¿no? Sentado delante de nosotros había un tipo de rasgos latinoamericanos y aspecto muy humilde que rezaba con fervor, la visera roja cogida entre las manos. ¿Algún amigo de Jokin? Más adelante, en el tercer banco de la izquierda, creí reconocer a un viejo profesor del instituto.

—¿Ese no es Carmelo Caramelo? —Le di un codacito a Javi.

—El mismo —respondió susurrando—. Ahora es el director del cole.

Pensé que era todo un detalle por su parte. Uretamendi era el colegio más grande de la zona, al que habíamos ido todos los niños de por allí. Al menos, alguien había tenido la sensibilidad de mostrar su respeto por la memoria de Jokin.

Don Iñaki proseguía con sus ritos iniciales y yo iba ahondando en mi distracción, buscando alguna cara conocida de refilón. Entonces me di cuenta de que no era la única que estaba «echando el periscopio». Al girar el rostro hacia las bancadas traseras, me topé con alguien que me miraba con fijeza. Era una mujer alta, espigada y de pelo completamente encanecido recogido en una coleta. Se me heló la sangre al darme cuenta de que se trataba de la tía de Alba.

Aparté la mirada tan rápido como fui capaz y me quedé mirando al frente.

—Mierda —mascullé.

—¿Qué?

—Lidia Guirao está ahí atrás.

—¿Y qué?

—Que me odia.

—No te odia.

—¡Chis! —nos dijo alguien por detrás.

Nos quedamos callados mientras yo sentía los ojos negros de aquella mujer clavados en la nuca. Era una presión que casi cortaba el aire. Y no eran imaginaciones mías. Sabía a ciencia cierta que Lidia me la tenía jurada. La productora de la serie me había hecho llegar una denuncia, firmada por la familia Guirao (o sea ella, la matriarca), en la que se oponía frontalmente «al rodaje de la ficción» basada en *La chica del lago*, la cual consideraban «una interpretación dolorosa y terrible de una tragedia que marcó la vida de nuestra familia». La demanda había vuelto a repetirse con la grabación del documental y la propia Lidia había intentado hacerme llegar una carta a través de la editorial en la que pedía, de forma bastante vehemente, que se dejara de hacer negocio con la memoria de su sobrina Alba.

Esperé algo así como tres eternos minutos antes de girarme para ver si Lidia me seguía mirando, pero, para mi sorpresa, su banco se había quedado vacío.

Llegamos a la homilía y don Iñaki dedicó unos instantes a recordar a Jokin, un chico del pueblo siempre vinculado al albergue de la isla de Soroa, el lugar donde vivía en contacto con sus dos grandes pasiones, la naturaleza y los libros. Después de él subió Carmelo a leer unas palabras de despedida que había preparado para Jokin. «Le recuerdo como un chaval fantasioso, con una imaginación siempre encendida, que nos sorprendía con sus ideas —contó—. Aunque tuvo una vida difícil, creo que alcanzó cierta paz en su edad adulta gracias sobre todo a la ayuda de su hermana Edurne».

Pensé que era un gran detalle por parte de Carmelo haber escrito aquello sobre Jokin. También me pareció que nuestro antiguo profe de gimnasia estaba muy cambiado. Le recordaba como un tío robusto, un profe enrollado con los alumnos que además fue el primer orientador que tuvo el colegio. Pero ahora estaba chupado, con el cabello ralo, unas gafitas redondas y la voz apocada y fina. Era como si la vida le hubiera pasado por encima a él también.

De la homilía pasamos a la liturgia y ahí se entonó el «Santo, santo». No había mucho *feeling* que se diga. Solo la primera bancada de mujeres, a pleno pulmón, elevaban sus desafinadas voces para acompañar a don Iñaki, que tampoco era un tenor que digamos.

Entonces noté que Javi se ponía a cantar también. Me quedé mirándole, entre la risa y la sorpresa, porque era extraño y casi ridículo verle entonar el «Santo, santo», pero entonces comprendí que lo hacía para evitar esa sensación de vacío y soledad que nos rodeaba aquella tarde. Terminé uniéndome a él, elevando el volumen lentamente y tratando de empastar la afinación (doce años en el coro te enseñan eso como poco).

Nos sonreímos. Estábamos casi hombro con hombro y por un instante creo que nuestras manos llegaron a rozarse. Y de pronto, noté algo. Una especie de electricidad.

«¿Qué coño estás haciendo?», me preguntó una vocecilla desde la esquina conservadora de mi cerebro. «El tío está casado».

«Cierra el pico, vieja bruja», respondí mentalmente. «Yo no estoy haciendo nada. Solo está... pasando».

Cuando terminó la canción le di un suave puñetazo en el hombro y noté que él se abalanzaba un poco hacia mí. Y por primera vez se me ocurrió que quizá sus sentimientos no habían cambiado tanto desde aquella tímida carta de amor que me había escrito hacía más de veinticinco años.

Pero la emoción se desvaneció tan pronto como terminó la misa.

Javi miró su teléfono, donde algunos mensajes reclamaban su atención. No pude evitar echarle un ojo al nombre de la remitente: ESTEFANÍA.

—Tengo que irme —me dijo—. ¿Vas a quedarte un segundo para hablar con Edurne?

—Sí, supongo que sí.

Él sacó entonces una cosa de su chaqueta: la foto que Jokin me había entregado después de las firmas.

—Qué desastre, está hecha polvo. Parece que le pasó un coche por encima.

—O dos —asintió Javi—, la encontramos de puro churro. Lo cierto es que ahora, arrugada y un poco descolorida, costaba distinguir algo con claridad.

—¿Te has fijado en la mesa que se ve debajo? —dije entonces. Javi se inclinó para echar un ojo—. Madera oscura, yo diría que nogal —añadí—. ¿Te suena de algo?

—No..., ¿por qué?

—Bueno..., por nada —dije—. Solo que la mesa y el diario existieron juntos alguna vez, en alguna parte... Quizá sea otro hilo del que tirar: mesas de nogal. ¿Cuántas crees que puede haber en el mundo? ¿Mil millones?

Javi me miró arqueando las cejas como si estuviera escuchando hablar sobre el «milenarismo».

—¿Te vas a quedar después? —cambió de tema.

—Todo el fin de semana.

—¿En casa de tu padre?

—Sí.

—Vale... Si necesitas cualquier cosa, pégame un toque, ¿okey?

—Okey. —«Quizá lo haga...».

Y se marchó dejándome con el corazón a un ritmo un poco acelerado.

16

Edurne estaba junto al presbiterio recibiendo la típica oleada de besos y abrazos de la gente que se había acercado por allí. Yo miré al fondo de la iglesia una vez más, solo para asegurarme de que, en efecto, Lidia se había marchado. Pero ¿qué hacía Lidia Guirao allí? ¿Qué relación podría tener con Jokin Elizegi? O quizá era solo una casualidad.

Me encaminé por el pasillo central hacia Edurne, sintiendo cómo los nervios crecían en mi interior a cada paso que daba... No me había preparado ninguna mentira, pero tampoco me apetecía entrar en detalles sobre la muerte de Jokin.

«Tu hermano murió rápido, escupió sangre un par de veces y mencionó a mi padre antes de estirar la pata».

Y precisamente esa era una de las cuestiones que se agolpaban en mi cabeza. Una de tantas.

Esperé un poco mientras otras personas se acercaban a hablar con Edurne, que estaba visiblemente emocionada. Era una mujer menuda, más bajita que Jokin, y con los mismos ojos verdes que su hermano. Yo la recordaba como una niña tímida, siempre un poco mal vestida, un poco mal peinada. Había cierta leyenda negra sobre su casa y su padre, Ramiro, el encargado de mantenimiento del pueblo, un viudo conocido por sus borracheras y sus broncas que vivía apartado en los bosques de Urkizu... Aunque nunca fue más allá de un simple rumor.

Carmelo Ortiz acababa de dar el pésame a Edurne y vino hacia mí. Pasó a mi lado como un fantasma, creo que ni me vio. (¿O quizá no quiso verme?).

Justo detrás venía don Iñaki.

—Quintana —me dijo—, ¿cómo estás? Qué alegría verte por aquí.

Nos dimos un abrazo. Solo un mes atrás, en el mismo sitio, yo estaba deshecha en lágrimas y don Iñaki también. Mi padre y él habían sido compañeros de pesca, incluso de vinos (no se lo digas al Vaticano) y había oficiado un funeral emocionante.

—Es un bonito detalle que hayas venido —continuó don Iñaki—. Edurne te lo va a agradecer muchísimo.

Yo pensé que don Iñaki, como casi todo el pueblo, creía que estaba allí por otro motivo. La prensa solo había llegado a publicar que Jokin había venido a mi presentación esa tarde y —que yo supiera— nadie había mencionado nuestra cita nocturna.

Pero entonces don Iñaki se acercó a mi oído y me susurró:

—Eres escritora... Intenta que tus palabras sean un consuelo.

Se apartó guiñándome un ojo y me hizo dudar. ¿Sabía lo que había pasado?

Por fin terminaron los últimos abrazos, los últimos besos, y Edurne se quedó sola. Me acerqué tímidamente.

Pude notar, por sus ojos, que se emocionaba al verme. Apretó los labios mientras le daba el pésame, pero entonces me abrazó y se echó a llorar. Aquello fue como un reventón. La congoja pudo con ella y yo me mantuve firme mientras recibía aquella descarga de lágrimas en el hombro. Noté que don Iñaki se llevaba a Víctor, su marido, y a su hijo hacia la salida de la iglesia.

—Perdona... perdona... —retrocedió un paso—, no sé qué me ha dado. Había aguantado bastante serena, pero te he visto y...

—Sé de lo que hablas.

Edurne se secó con un pañuelo de papel.

—No quiero molestarte, Quintana..., pero dicen que estuviste con Jokin esa noche. En el momento del accidente. Yo... Quizá te parezca algo raro, pero no dejo de pensar en...

—Claro, tranquila —respondí—, yo también quise saberlo todo cuando lo de mi *aita*...

Mi padre murió un sábado a la noche, aunque no encontramos su cadáver hasta el día siguiente. Me obsesionaba la idea de que hubiera tenido una muerte lenta y no paré hasta conseguir que una forense me entregase un informe completo, en el que se detalló que su muerte había sido «rápida».

—Lo siento mucho —se apresuró a decir Edurne—. Aquello fue otro accidente injusto. Tu *aita* estaba perfectamente. Se fue demasiado joven.

—Gracias. ¿Quieres que vayamos a alguna parte a hablar o... aquí mismo?

Ella asintió: allí estaba bien. Las voluntarias recogían el altar, pero por lo demás nos hallábamos solas en la iglesia. Nos sentamos en el primer banco. Edurne ya parecía algo más tranquila después de su explosión de lágrimas.

—No ha venido demasiado gente —dijo, como disculpándose—, lo cierto es que Jokin no tenía mucha vida social en el pueblo. Se pasaba el día en la isla. Se compró una cabaña con la poca herencia que nos dejó mi *aita*.

—¿Seguía trabajando en el albergue?

—Sí, como ayudante. También mantenía algunos viejos contratos de mi *aita*, cuidando algunos chalets de veraneo..., pero no es que trabajase mucho. No estaba muy bien de salud, ¿sabes? Y fue muy raro que fuese a una presentación de tu libro.

Yo me quedé callada. «A mí también me lo pareció», pensé.

—Jokin llevaba años sin salir del pueblo... Como mucho, del valle. No sé ni cómo se las arregló para llegar a Bilbao.

—¿En serio?

—Cuando Javi Porta vino a avisarnos de que mi hermano había sufrido un accidente en Bilbao, lo primero que le dije era que no me lo creía. ¡Bilbao! Pero si eso era para él como irse a Nueva York... ¿Habíais quedado para veros o algo?

Negué despacio con la cabeza.

—En realidad, apareció por sorpresa en las firmas... Pero me dio su teléfono. Quería hablarme de una cosa. ¿Recuerdas a Alba Fernández? La chica que murió en el pantano.

—Sí, claro... Difícil olvidarse de eso...

Saqué la foto que Javi acababa de entregarme y se la mostré por delante y por detrás.

—Esa es la letra de Jokin —dijo Edurne observando el reverso—, pero ¿qué es ese libro?

—Alba tenía un diario íntimo que desapareció después de su muerte —le expliqué—. Es un hecho poco conocido.

Edurne movió la cabeza como si no acabara de entender. Claro, pensé, ella era mucho mayor. De hecho, creo que ya no estaba en el colegio cuando Alba vino a pasar ese año. Y el asunto del diario solo fue un rumor en aquellos días.

—Esa noche, cuando llamé a Jokin por teléfono, me dijo que había encontrado el diario… Que lo tenía, que lo había leído…, y esta foto era la prueba.

Edurne me miraba como si le estuviera contando una de las historias de marcianos de su hermano pequeño.

En ese preciso instante oí un ruidito. Levanté la vista y percibí una sombra moviéndose al otro lado de la puerta de la sacristía. ¿Una de las voluntarias? Podría ser, pero juraría que había estado escuchándonos.

Bajé la voz:

—Es posible que lo tuviera en alguna parte, o entre sus cosas… Es un cuaderno de tapas amarillas, con un candadito… Puede que…

Edurne negó con la cabeza.

—No sé de qué me estás hablando, Quintana —replicó al tiempo que me devolvía la foto—, pero hay algo que deberías saber: mi hermano sufría de esquizofrenia. Es un diagnóstico que llegó tardísimo en su vida, casi con treinta y cinco años. Llevaba sufriendo síntomas desde la adolescencia: delirios, paranoia, alucinaciones… Ya sabes lo fantasioso que era, todas esas historias que se inventaba sobre ovnis y conspiraciones. Pero resultó que no se trataba solo de fantasías… Hace treinta años, la salud mental era un tabú. Nadie hablaba de ello: si tenías depresión o ansiedad, pues te la comías. Mi padre jamás pensó en llevarlo a un especialista y el pobre hombre tuvo que enfrentarse a todo eso en soledad… Empezó a beber para resistir las crisis, pero así solo las agravaba.

Edurne se emocionó al contármelo. Se tapó los ojos y yo respeté el silencio.

—Hace nueve o diez años, un psicólogo nos planteó la posibilidad de que mi hermano estuviera enfermo. Desde entonces, su vida fue una batalla por dejar el alcohol... y casi lo había logrado. Con la medicación, el ejercicio..., incluso había vuelto a trabajar en el albergue. Pero entonces tuvo un pequeño accidente en el trabajo. Creo que todo empezó ahí.

—¿Un accidente?

—A primeros de este año... —dijo Edurne—. Se hizo daño en un pie y tuvo que quedarse en casa varias semanas sin poder trabajar. Tampoco podía salir a darse sus paseos, que le venían tan bien... Quizá todo eso influyó... Recuerdo que fui a visitarle a mediados de febrero a su cabaña de la isla. Entonces fue cuando noté su aliento y reconozco que me enfadé muchísimo. ¿Cómo podía haber recaído? ¡Con todo lo que nos había costado salir! Pero él estaba como ido... Le pregunté qué le pasaba y me dijo que «cuanto menos supiera, mejor», y realmente parecía tener una idea en la cabeza. Una de esas ideas fijas que solían obsesionarle. Le pregunté si seguía tomando la medicación y me juró que sí, pero yo empezaba a dudarlo. Fui a hablar con Carmelo y le conté todo, desesperada...

—¿Carmelo Ortiz, el profesor? —dije—. Le he visto antes...

—Sí. Carmelo fue uno de los apoyos fundamentales de Jokin en todo el proceso de rehabilitación: era su padrino.

Aquello me hizo parpadear. Yo conocía el mundo del alcoholismo a raíz de la documentación de mi segunda novela, y sabía que un «padrino» es un alcohólico que tiene ya su recorrido en la rehabilitación y que se nombra para apoyar a alguien en su propio proceso. ¿Carmelo era un alcohólico?

—Sé lo que estás pensando. Sí... Carmelo también tuvo una guerra parecida. Pero no me corresponde a mí contar esa historia —dijo con reserva—. Lo importante es que lo ayudó muchísimo. Fue a hablar con Jokin, y por lo visto había comenzado a obsesionarse de nuevo con alguna de sus fantasías..., aunque no quería explicar nada. Nos pusimos de acuerdo para intentar que dejase la cabaña y viniera a nuestro apartamento. Jokin se negó. Quizá debimos insistir más, pero la vida es tan cabrona... Yo no doy abasto en mi trabajo. Y mi marido está pasando por algunos problemas. Cuando quisimos darnos cuenta, Javi Porta estaba tocándome al timbre para comunicarme la fatal noticia.

De nuevo le asaltaron las lágrimas. La tristeza... Le cogí la mano y guardé silencio. Volví a mirar hacia la puerta de la sacristía. Eché la vista a atrás. La iglesia estaba vacía, pero no podía desprenderme de la sensación de que alguien nos observaba desde alguna parte.

Edurne volvió a respirar hondo, a sobreponerse.

—Tú lo viste esa noche, ¿verdad? Al final...

—Sí.

—Solo dime un cosa. ¿Sufrió?

—No —respondí categóricamente—. Fue muy rápido, Edurne. Creo que ni él mismo supo lo que pasaba.

Intenté mantener la mirada fija en esos ojos que eran también los de su hermano, pese a que mi mente había lanzado una imagen a traición: la de Jokin muriéndose en mis brazos mientras decía dos palabras: «Tu padre».

Edurne se enjugó las lágrimas.

—Me alegro de que estuvieras allí, con él... en ese momento... Os tenía cariño. A ti y a tu padre. Él siempre le trató bien.

—Mi padre... —repetí—. ¿Sabes si tenían relación últimamente?

—Bueno, tu padre era de los pocos que le trataban bien, ya sabes. Solían conversar…, se dirigía a él como a una persona normal…

Entonces oímos unos pasos. Eran Víctor y su hijo Ander. Edurne hizo un gesto para que la esperasen un instante, y acto seguido me cogió la mano.

—Gracias por venir, Quintana, y por contarme todo esto. Me he quedado más tranquila…

«Pues me alegro», pensé, «porque yo, justo lo contrario».

17

Edurne se marchó con su familia y yo me quedé sola en el primer banco, sumida en mil pensamientos y una sensación: la de que había algo más en la historia de Jokin Elizegi. ¿Qué pasó a primeros de año para que todo cambiara? Empezó a beber y a ir cuesta abajo después de ese accidente en el albergue de la isla de Soroa. ¿Y si toda la historia comenzaba allí?

Era tarde, la iglesia estaba ya vacía y me levanté para irme antes de que echasen la llave y me viese obligada a pasar una noche de penitencia. Pero en ese instante noté un movimiento con el rabillo del ojo. La puerta de la sacristía (que daba al presbiterio, a unos pocos metros de donde yo estaba sentada) se hallaba entornada. ¿Había una persona allí?

—¿Hola? —dije en voz alta.

No respondió nadie, pero yo tenía la certeza de que había visto algo moverse ahí dentro. Alguien que posiblemente llevaba un buen rato agazapado, en silencio, poniendo la oreja a la conversación que acababa de tener con Edurne.

—¿Don Iñaki?

Caminé despacio hacia la puerta. Seguramente era una de las voluntarias cotilleando, pero prefería salir de dudas.

Según me iba acercando, percibí una sombra moverse a gran velocidad. Reconozco que eso me hizo frenar en seco durante unos segundos, pero entonces me di cuenta de que, fuera quien fuese, estaba escapando.

Apreté el paso. Empujé la puerta y entré en la sacristía. En la primera sala, la principal, no había nadie. Tan solo el alba y la casulla de don Iñaki, colgadas en un perchero; una mesa de despacho… Entonces oí los pasos alejándose por el fondo de un pasillo que conectaba con otras estancias (recordaba la sala de catequesis y algún vestidor o almacén). Antes de que llegara a enfilarlo, escuché un portazo. Me asomé y vi que se trataba de la puerta de acceso a la calle.

Alguien acababa de salir apresuradamente de la iglesia. Podía incluso escuchar unos pasos corriendo por la calle.

Nunca he sido la más valiente del regimiento, pero supongo que tenía suficientes motivos para querer saber quién escapaba de esa manera. Corrí hasta el fondo del pasillo y abrí la puerta. La salida privada de la sacristía daba a una callejuela. Miré a un lado y al otro. ¿Hacia dónde habría ido?

«Derecha o izquierda», pensé, «elige».

Corrí hacia la derecha y me encontré dando una gran vuelta al ábside de la iglesia. Llegué a la plaza, que a esas horas estaba bastante concurrida. Niños jugando en unos columpios y gente sentada en la terraza del café Naroa, disfrutando del sol de la tarde y de las bonitas vistas del pantano.

«Mierda», pensé, «camino equivocado».

Volví sobre mis pasos, de nuevo hasta la puertecita que ahora había quedado cerrada. La pasé de largo y llegué a la entrada principal de la iglesia. Una de las voluntarias estaba fuera, con una bolsa de basura y una escoba.

—¿Acaba de salir usted por la puerta de la sacristía? —le pregunté.

Ella se encogió de hombros.

—¿Qué ha pasado?

Le expliqué que me había parecido ver salir a alguien a toda velocidad. Volvimos juntas hasta la entrada de la sacristía, por la parte de fuera. La voluntaria me mostró un pequeño taco de madera en el suelo.

—La había dejado abierta —dijo sacando unas llaves—, con el taco puesto.

Abrió la puerta y volvió a colocarlo.

—O sea, que ha podido ser cualquiera.

—Seguramente algún crío —respondió—. No sería la primera vez que se cuelan a trastear por aquí.

Me tuve que conformar con esa explicación. Salí de allí, de nuevo rodeando la iglesia, y me vi cruzando la plaza en dirección a la salida del pueblo... Como digo, había mucha gente en la terraza del Naroa y de pronto empecé a notar miradas, susurros: «La escritora», «Quintana Torres»...

A menudo se me olvida que mi cara ha salido varias veces en un programa de televisión de mucha audiencia. Que mi foto, en grande, ocupa la contraportada de uno de los libros más vendidos del país en los últimos años... Y súmale a todo eso que soy la hija del antiguo poli del pueblo.

Apreté el paso hasta el parque de Landa, y desde allí tardé poco en llegar al cementerio, en cuya explanada de entrada había aparcado. Me dirigía hacia el coche de alquiler, cuando vi que la puerta del camposanto estaba abierta de par en par y sentí una ráfaga de aire soplando desde el interior.

No había vuelto desde el funeral de mi *aita*.

El cementerio daba servicio al pueblo de Urkizu (dos mil quinientos habitantes en temporada baja) y Elosu (ochocientos en un buen día), los pueblos que habían sobrevivido a la creación del embalse en 1957. Otros no tuvieron tanta suerte y se sumieron bajo las aguas. De modo que era un camposanto bastante grande para pertenecer a un pueblo de tamaño medio.

Bajé por una avenida central hasta el panteón de mi familia, en un rincón pacífico y soleado junto a la escultura de un pequeño ángel. Allí, en la pared, había una placa de mármol con un nombre recién impreso, Bernardo Torres 1951-2025, justo debajo del de mi madre, Carmina Izpiarte 1950-1999, los dos últimos de una lista que continuaba hacia atrás, principalmente con miembros del clan Torres (la familia de mi padre), hasta un total de once nombres cuyos restos habían reposado allí desde principios del siglo pasado.

Alguien, supuse que Leire, había puesto flores nuevas, pero se habían desparramado. Las ordené como pude, quité algunos hierbajos y algo de basura que se había acumulado sobre la lápida.

Después me senté allí y estuve un rato callada, mirando a ninguna parte, recordando viejos tiempos.

18

Mi madre murió cuando yo tenía diecisiete años. Fue un golpe muy duro para todos, pero, en mi caso, la cosa fue un poco más allá. Durante una época, empecé a pasar horas sentada junto a su tumba, en el cementerio de Urkizu. Cada vez que regresaba de Madrid, normalmente los sábados por la tarde, la gente me encontraba allí sentada, hablando entre dientes…, llorando o riendo.

Lógicamente, mi padre se enteró y se preocupó bastante. Me buscó un psicólogo en Madrid, donde yo, oficialmente, expuse mi teoría sobre el más allá y los fantasmas. Mi lógica resultaba aplastante: era imposible que alguien tan vivo, tan inteligente, tan bello como mi madre desapareciera sin más. Solo seis meses de enfermedad y esa mujer perfecta, sana, maravillosa… ¿se había desintegrado?

«No, la energía no se destruye, solo se transforma», afirmaba yo.

Y el psicólogo asentía. Dijo que estaba de acuerdo con la teoría (para eso era psicólogo, qué coño) y me propuso que «intentásemos encontrar esa energía que había cambiado de lugar», ¿dónde estaba?

Así que a eso nos dedicamos durante varios meses a una visita por semana. Yo le hablaba de mi madre. Le explicaba que era sencillamente inconcebible que ella «no estuviera allí». Que todos los consejos que me dio, las canciones al piano, las horas que pasó peinándome, los cuentos que me leía para dormir..., que todo eso no podía haberse ido para siempre.

Me dejó hablarle de ella y yo le conté cosas sobre mi madre, como, por ejemplo, que en realidad nunca perteneció a Urkizu. No había nacido para vivir en un pueblo, sino en una gran capital. Era una mujer sofisticada: leía, escuchaba música, amaba el teatro y la pintura; nos educó en el gusto por el arte y las letras.

«El hombre es hombre porque sueña con mundos mejores. Y el arte es la expresión de ese sueño infinito».

Esta mujer excepcional, que se murió en su cama escuchando a Debussy en un CD, fue la precursora de un montón de cosas en el pueblo: fundó el club de lectura, el grupo de teatro (que todavía sigue en funcionamiento) y ayudó a revitalizar el coro, entre otro millón de proyectos.

Además, me bautizó Quintana, como a la hija de una de sus autoras favoritas, Joan Didion. «Siempre supe que serías escritora. Lo vi en sueños».

Por eso me parecía imposible que se marchara sin más.

Alguien así prevalece.

El viento sopló otra vez, silbando contra los bordes de las tumbas, y sentí que no estaba sola. Escuché unos pasos en la grava, a la vuelta de otro gran panteón. ¿Me había seguido alguien? ¿Otra vez la sombra huidiza de la iglesia?

Me levanté y caminé hacia allí. Y nada más llegar, me detuve y tragué saliva.

—Hola, Quintana. —Lidia Guirao me miraba con un gesto duro y penetrante.

Yo me quedé paralizada. No sabía muy bien qué hacer o qué decir. Llevaba años sin ver a esa mujer, sin tenerla delante... Supuse que me habría visto salir de la iglesia y había venido a arreglar cuentas conmigo. Con esa «escritorzuela» que se había atrevido a usar la historia de su sobrina para llenarse el bolsillo.

Nos mantuvimos las dos calladas, enfrentadas, aquello parecía un duelo en el lejano Oeste. Incluso soplaba algo de viento por las avenidas del cementerio.

—¿A qué has venido...? —balbucí al fin.

—A lo mismo que tú, supongo —dijo ella mostrándome unas flores secas que llevaba en la mano.

Entonces me di cuenta de que estaba junto a su panteón familiar: el de los Guirao. Había un par de jarrones con flores. Lidia de negro...

—¿Quién?

—Ernesto —dijo ella—, en enero.

—¡No lo sabía! Lo siento mucho.

Ernesto era el marido de Lidia. Un médico que también fue muy amigo de mis padres. Que ayudó muchísimo a mi madre cuando le detectaron su mal.

—¿Estaba enfermo?

—Tuvo alzhéimer, después se complicó todo... Al menos fue rápido.

—Lo siento de veras —repetí—, no me había enterado...

—Gracias, Quintana. Y yo siento lo de tu *aita*... Aunque tuvimos nuestras diferencias, supongo que recuerdas que hubo tiempos felices.

De pronto me asaltó una imagen nítida de mi infancia: Ernesto y mi padre tomando unas cervezas junto a la barbacoa; Lidia y mi madre, sentadas en el jardín de la casa Guirao, con dos preciosos vestidos de verano. Mi ama se giraba y me sonreía: «Quintana, ven a probar la limonada».

—Bueno —empezó a despedirse Lidia—, solo espero que estéis bien.

Se dio la vuelta como para irse. Era difícil saber si me había seguido o si habíamos coincidido por casualidad, pero sea como fuere, pensé que no quería desaprovechar la oportunidad.

—Lidia —la llamé—, un segundo, por favor.

Ella se detuvo y se giró.

—Quiero decirte que siento mucho haber removido vuestros recuerdos con mi libro. Nunca fue mi intención molestaros.

Las palabras brotaban casi solas. Llevaba mucho tiempo queriendo estar frente a frente con Lidia y poder decirle todo esto.

—No hace falta hablar de ese asunto, Quintana.

—Para mí sí. Quiero disculparme. Jamás me imaginé que *La chica del lago* tendría semejante repercusión. Pensaba que iría directamente a la estantería de novela negra..., no que se iba a convertir en el libro más vendido del año.

Lidia me observaba con una expresión pétrea.

—Sé que posiblemente me odiáis. Tú, Anita...

—Anita no te odia —me cortó—. ¡Cómo te vamos a odiar! Has venido a nuestra casa desde que eras una niña. Anita te adoraba, ¿has olvidado todo eso?

Noté que las lágrimas acudían a mis ojos. Logré retenerlas como una llama dentro de mis mejillas.

—... pero la situación nos superó, Quintana. Imagínatelo:

años intentando borrar un recuerdo y de pronto te estalla en la cara. Que se revelara que todo estaba basado en hechos reales... Eso fue algo que vosotros promovisteis activamente y nos dolió.

—Lo sé —bajé la vista— y lo siento de verás. Reconozco que yo no supe pararlo. Quizá me faltó madurez, pero no puedes imaginarte la vorágine en la que me vi metida de pronto.

Ella respiró hondo, como si también le costara todo lo que estaba ocurriendo.

—Bueno, me alegro de haberme encontrado contigo, la verdad. Llevaba años queriendo aclarar esto.

—Gracias. Yo también.

—¿Vas a ir por el Club algún día? Seguro que a Anita le encantará volver a verte.

—No lo sé —admití—, voy a quedarme todo el fin de semana arreglando papeles donde mi *aita*.

—¿Qué vais a hacer con la casa? —preguntó entonces.

—Leire quiere vender... Yo no lo tengo claro.

—Bueno. Si os decidís, avisadme. Yo estaría interesada.

Me hubiera gustado preguntarle por el funeral de Jokin, pero Lidia miró su reloj y, sin decir nada más, se despidió dando la conversación por terminada.

La vi desaparecer por el camino del cementerio y entonces me acerqué a su panteón familiar. En efecto, allí estaba esculpido, en letras nuevas, el nombre de Ernesto y su apellido Uribe (no tan conocido, ya que la familia importante de la zona era la de Lidia; incluso a Anita, su hija, la conocíamos como Anita Guirao).

Me vino a la mente, por un segundo, la imagen de Ernesto sentado en nuestra cocina, explicándole a mi madre lo que significaba ese «diagnóstico» que le habían dado en el hospital de Cruces. Con palabras cariñosas, cogiéndola de la mano mientras mi madre trataba de hacer bromas sobre el tema.

Pero la mirada de Ernesto era terrible. Siempre lo recordaré. Aunque intentaba sonreír, su mirada lo anticipaba todo aquel día.

19

Conduje por la carretera que rodeaba el pantano todavía con las emociones a flor de piel, pero satisfecha por lo que acababa de suceder. Había escrito una carta a Lidia hacía tres años, pidiéndole disculpas por todo lo que el libro y su éxito habían desatado. Pero ella nunca contestó... y haber podido aclarar la situación me había sentado estupendamente.

Llegué con el ánimo más ligero hasta el brazo de tierra que conectaba Urkizu con la península de Zabalain. El pequeño puente elevado —construido en 2001, ya que el pantano solía inundar la vieja carretera— estaba lleno de pescadores que se apostaban a la caída del sol. Cuando los peces valiosos (los depredadores como el lucio) espabilaban y salían a cazar al amparo de la noche.

Crucé el puentecillo y entré en la península. Allí comenzaba un amplísimo robledal que albergaba un camping (del Uxue, que ocupaba toda la orilla norte), un parque recreativo con barbacoas y columpios y, un poco más apartada del mundanal ruido, la zona de chalecitos.

Era un viernes de mayo y el camping estaba lleno de autocaravanas y tiendas dispuestas a lo largo de la orilla. Olía a barbacoa y sonaban guitarras y risas a esas horas de la tarde.

Me fui alejando del núcleo de la entrada y conduje entre robles y pinos, hacia el extremo occidental de la península, donde reinaba la calma y el silencio de «las casas del lago», como las llamaban en el pueblo.

Allí la carretera se convertía en una pista de hormigón cubierta de espinas rojizas y hojarasca. Pasé de largo un total de siete casas más o menos nuevas y llegué a la parte «antigua», a las últimas dos de la carretera. La casa de mi *aita* permanecía oscura, cerradas las contraventanas y retirados los tiestos de flores de las repisas. Muerta y callada...

Apagué el motor y me quedé mirando el porche acristalado que se atisbaba desde fuera. Era como si estuviese a punto de encenderse una luz y mi padre fuese a aparecer por la puerta, con su ropa de estar en casa, su barba bien rasurada y su pelo perfectamente peinado, un hábito de sus años de policía que nunca había perdido.

«¿Qué tal le va a mi hija por la capital de reino? ¿Cómo van tus libros? Te he cocinado tu plato favorito»... Siempre con esa sonrisa que era capaz de ablandar mis preocupaciones y mis agonías. Y después le daría un abrazo y cenaríamos algo rico, que él habría preparado solo para mí, hablaríamos de mis aventuras por Madrid y de los cotilleos del pueblo y nos veríamos una buena película de su colección de DVD clásicos. «Nada de Netflix. Las películas que merecen la pena están todas aquí». Y me quedaría dormida en el sofá, con el fuego de la chimenea. Y él me pondría una manta, me daría un beso en la frente... y el mundo sería «más amable, más humano, menos raro».

«Joder, *aita*, ¿por qué te has tenido que ir...?».

Supongo que había subestimado todo lo que iba a sentir al regresar a casa. Las lágrimas brotaron incontenibles mientras recordaba tantas y tantas cosas que habían sucedido en ese lugar. Todavía podía ver a mi *aita*, en un día de verano, pintando la valla. O segando la hierba con su vieja Outils Wolf. O limpiando el kayak con el que salía a dar paseos o pescar... Había sido tanta vida que parecía otra, la vida de alguien que una vez fue feliz. Las Navidades, los cumpleaños, los días de invierno en los que la humedad del pantano se te colaba por los huesos, los días ardientes de verano en los que pasábamos la tarde sentados bajo la sombra de un árbol, donde habríamos puesto una mesita y una jarra de limonada...

Estuve allí parada un buen rato, no sé cuánto, pero cuando regresé de mis pensamientos, tenía frío y un cigarrillo a medias entre los labios. Y las mejillas se me habían empapado de lágrimas.

Entonces algo me «despertó». Un ruido de pisadas. Una sombra que se movía a toda velocidad a mi lado. Di un respingo cuando una linterna se encendió en la oscuridad e iluminó la ventanilla del coche, cegándome por completo.

—¡Quintana!

—¡Joder!

La linterna se apartó, apuntó hacia el suelo y entonces pude ver a un hombre, con barba poblada, gafitas, embutido dentro de un pulóver de color rojo.

—¡Rober! —dije mientras me secaba los ojos rápidamente.

Roberto, el vecino de al lado, era unos años más joven que mi padre, además de nuestro antiguo profesor de Ciencias, que ahora se dedicaba a escribir guías de naturaleza y que no estaba demasiado acostumbrado a la acción. Noté que se había asustado más que yo.

—Perdóname. Es que he visto el coche y no lo reconocíamos...

—Es de alquiler —expliqué mientras bajaba la ventanilla al completo.

Me fijé en que llevaba uno de esos bastones con punta en la otra mano.

—Pues sí que venías en pie de guerra... —bromeé.

—Bueno, es que últimamente hay mucho mangante por esta zona... y desde que no está tu padre, en fin, creo que nos hemos vuelto más miedosos.

—Pues siento el susto.

—Tranquila, pero será mejor que salgas y saludes a Almudena, que está con los prismáticos en casa y a punto de llamar al 112.

Me reí. Salí del coche y miré hacia la casa de Rober y Almudena, donde las luces del salón estaban encendidas. Pude adivinar una silueta delgada junto a la ventana. Levanté el brazo y me pareció que ella hacía lo propio.

—En realidad, es ella la que me ha dicho que viniera a echar un vistazo —dijo Rober—. Creo que últimamente lee demasiadas novelas negras, como las tuyas.

—Dale un abrazo de mi parte, por favor.

—¿Por qué no se lo das tú misma? Pásate a cenar, le alegrará verte. Además, estoy seguro de que me va a enviar con un túper de sopa. Ahórrame el viaje.

—No te preocupes —dije—, hoy pediré pizza para cenar. Pero aceptó un café mañana o pasado, ¿vale?

—Claro. ¿Necesitas algo? ¿Leña? Aunque sea primavera, la casa tiene que estar helada.

—No, tranquilo. En caso de que me falte algo, os iré a dar la tabarra.

—Sabes que estaremos encantados de compartir nuestro insomnio crónico contigo —bromeó Roberto.

—Gracias. —Casi sin pensarlo le di un abrazo.

—Hey, y bienvenida —dijo él—. Te hemos echado de menos.

20

Dejé mi coche fuera y entré en el jardín. El Scenic de mi padre continuaba aparcado cerca del cobertizo, cubierto por un montón de hojas y polvo. Leire me había dicho que la batería solía descargarse a menudo y que convenía arrancarlo un poco y darle una vuelta, o el motor se iba a pudrir ahí parado. Por lo demás, el jardín parecía una selva y decidí intentar pegarle una segada ese mismo fin de semana.

La casa estaba helada. Quizá hacía más frío dentro que fuera, algo lógico por la condensación de la humedad. Habían pasado varias semanas desde la muerte de mi padre y ni Leire (mi superocupada hermana, madre y profesora de baile con academia propia) ni yo habíamos vuelto mucho por allí.

Cerré la puerta, di tres vueltas de llave y eché el pestillo, casi como un automatismo. Mi padre, un poli viudo al cargo de dos hijas, siempre insistía en lo mismo: «Tres vueltas de llave, pestillo y cadena. No sabéis lo fácil que es para un ladrón abrir una cerradura sin vueltas de llave».

No había luz. Recordé que Leire me había dicho que la desconectaron la última vez que estuvieron por allí, así que fui al cuadro que había junto a la puerta y levanté el diferencial. Se encendió la lámpara y se iluminó aquel viejo recibidor. Las paredes ocres con la viga de madera vista, la alfombra persa que compraron en Estambul hace mil años, la vieja cómoda de madera con sus jarrones... Alguien —quizá Leire— había recogido un montón de correo del buzón y lo había apilado allí. Cartas que seguían llegando para mi *aita*. Mensajes del banco, facturas de teléfono..., cosas que ya empezaban a reclamar nuestra atención.

«Nos están cobrando un montón de cosas», decía Leire. «Hay que empezar a cancelarlo todo». Y en esto tenía razón. Habíamos dejado pasar demasiado tiempo.

Es lo que todo el mundo te aconseja, ¿no? «Evita precipitarte». Pero ahora teníamos muchos asuntos que resolver. Hacienda. El banco. El teléfono. La compañía de gas, de luz, de agua... En fin, que la perspectiva era mareante, pero nada en comparación con la sola idea de vender esa casa y tener que vaciarla algún día.

Me acerqué a las escaleras. Me agaché y acaricié aquel punto donde mi *aita* había terminado sus días. El lugar desprendía una especie de aroma amargo, como amoniaco... Supuse que tenía algo que ver con el hecho de que su cuerpo hubiera permanecido casi dos días enteros allí, al pie de la escalera, con el cuello roto hasta que Rober lo encontró. La forense nos aseguró que todo fue rápido. Violento pero casi indoloro. «Me habéis comentado que la semana pasada sufrió un mareo... Posiblemente fue lo mismo, aunque con la mala suerte de que ocurrió en las escaleras».

Había pasado poco más de un mes, yo había llorado lo indecible, había procesado muchas cosas..., pero estar allí volvió a traérmelo todo a la mente.

El recuerdo de ese día fatídico. El 20 de abril de 2025.

Era un domingo de Pascua. Yo estaba en Madrid, donde había pasado un fin de semana de trabajo intenso con la planificación de la promo de *El baile de las sombras*. Por fin, a las ocho y media de la tarde, terminé de enviar mis últimos mails a unos y otros, y le dije a Eduardo que me había ganado una tarde de cine y cena.

Salimos por Madrid. Fuimos a los cines Callao a ver *Todo lo que no sé*, que se había estrenado ese mismo viernes. Y después al Villa Capri, mi italiano favorito. Nos sentamos en la terraza, aunque hacía frío, pero yo quería fumar. Pedimos unas cervezas. Hablamos de la peli y de la vida en general. Dos amigos nuestros acababan de separarse y también les dedicamos algo de chismorreo mientras mirábamos la carta y nos decidíamos por un antipasti.

Entonces sonó el teléfono y era mi hermana Leire.

Lo cogí con aire chisposo y divertido. ¿Qué tal estás, hermanita? Pero al otro lado de la línea, Leire estaba llorando, incapaz de articular palabra. Yo recuerdo cómo se me heló la sangre... Solo podía ser una cosa. Había ocurrido una desgracia. Y recuerdo que pensé: «¿Quién?».

Entonces Gari cogió el teléfono y fue él quien me lo dijo.

—Siento mucho tener que darte la noticia, pero tu padre ha fallecido. Ha sido un accidente en su casa.

Recuerdo aquel momento en la terraza del Villa Capri. Se me cayó la cerveza al suelo: se rompió el vaso. Se me nubló la vista. De pronto, todo era borroso. Como si estuviera cayendo por un tobogán infinito y oscuro... Rompí a llorar sobre la mesa, montando un bonito espectáculo mientras balbuceaba cosas ininteligibles. Así que Eduardo me quitó el móvil de la mano, habló con Gari y este le explicó la situación. Le dijo que nos olvidáramos de conducir, así que cogimos un taxi allí mismo, en la terraza del restaurante, y le preguntamos si tenía cuerpo para llevarnos al norte.

Llegamos muy tarde, de madrugada. La casa estaba todavía cerrada por orden judicial, pero se había montado una «base» improvisada en la de Rober y Almudena. Fue allí donde me enteré de que había sido Roberto quien había encontrado el cadáver de mi padre. Estaba tomando su segundo whisky, sentado junto con don Iñaki en el sofá, con la cara todavía pálida y los ojos enrojecidos, recordando...

—Abrí la puerta y ahí le vi... con los ojos abiertos.

Leire y Gari habían estado de viaje todo el fin de semana. A su regreso habían intentado hablar con mi padre y, tras varias llamadas al fijo y al móvil, habían empezado a preocuparse. Yo estaba en el cine con el teléfono apagado, de modo que terminaron contactando con Rober y Almudena. Mi padre y mis vecinos se habían intercambiado las llaves. Con ellas en mano salió Rober a echar un ojo, aquella tarde de domingo.

Almudena, pese a no tener cuerpo para mucho, se encargó de ponernos a todos de cenar, preparó una habitación para Eduardo y para mí... Nuestra casa seguía tomada por la policía. Había sido una muerte violenta y se debía llevar a cabo un procedimiento. Una investigación mínima de la policía científica y, por supuesto, una autopsia.

Esa noche, en casa de Almu y Rober, incapaces de pegar ojo, mi hermana y yo nos preguntamos muchas cosas.

¿Cómo pudimos dejar a *aita* solo en casa?

¿Cómo no se nos ocurrió que podía tener un accidente en las escaleras, o cocinando o...?

Llevaba un par de meses sufriendo vértigos. Él mismo había renunciado a conducir y la semana anterior había tenido un vahído en la oficina de correos del pueblo.

—No sirve de nada culpabilizarse —insistía Almudena—. Ha sido un accidente terrible. Algo que les pasa a muchos mayores... Nadie ha tenido la culpa.

Pero Leire y yo nos mirábamos. Las dos, cada una con sus propios motivos. Yo con mi «estoy hasta las cejas de trabajo», ella con su negocio y sus dos hijas... No podíamos evitar pensar que mi padre seguiría vivo si nos hubiéramos tomado más en serio lo de sus mareos.

El timbre del teléfono fijo me sacó de aquellos recuerdos. Fui corriendo a la cocina y lo descolgué de la pared. Uno de esos viejos modelos con cable rizado y dial de disco. Mi padre, por si todavía no lo he dicho, era un melancólico de las cosas antiguas. Le habíamos comprado un móvil hacía dos años, pero siempre lo tenía apagado.

—¿Dígame?

—Quintana —dijo la voz de Almudena—, siento el susto. Nos estamos volviendo viejos y miedosos...

—No te preocupes por nada. De hecho, os tendría que agradecer que cuidéis tan bien de la casa.

Ella se rio.

—Me ha dicho Rober que te vas a quedar a dormir en ese trozo de hielo. ¿Estás segura?

—Sí.

—Tengo sopa, ¿quieres un túper?

—Nooo. Muchas gracias. No quiero molestaros. Suficiente acción os he dado ya para esta noche.

—Para nada. A Rober le viene bien andar..., últimamente lo tengo todo el día pegado al culo.

Me reí.

—Oye, me he enterado de que los chavales de Uretamendi han empezado a leer mi libro en clase de Literatura. ¿Tienes algo que ver con eso?

Almudena se rio.

—Se llama hacer justicia —dijo—. Tenemos una best seller en el pueblo y ¿miramos para otro lado?... Carmelo, el nuevo director, era un poco reticente... Pero está siendo todo un éxito.

Almudena y Rober se habían jubilado dos años atrás de sus empleos como profesora de Literatura y profe de Ciencias respectivamente. Pero Almudena no sabía pararse quieta y seguía dinamizando el club de lectura del pueblo. Además, era la responsable del «libro viajero», un armario situado en el mirador de Haizegazti en el que había una pequeña biblioteca donde uno podía coger y dejar libros.

—¿Vendrás mañana a tomar café? —me preguntó.

—Mañana o pasado, pero os aviso con tiempo —respondí.

—Vale, porque tengo una propuesta indecente para ti. Algo sobre una autora dando una charla a los alumnos de un insti, pero te lo contaré con unas pastitas.

21

Subí a la primera planta y entré en mi dormitorio. Lancé mi bolsa de viaje sobre la cama y me quedé un instante contemplando mi habitación, que seguía como siempre, con esa decoración que había quedado congelada en 1999 y que yo nunca había querido alterar en lo más mínimo... Un póster de Itoiz. Uno de Nirvana y otro de Pixies. Una cama nido con un colchón de puntitos rosas. Una estantería de libros que recogía, prácticamente, toda mi biografía lectora entre los ocho y los diecisiete años (Los Cinco, Sherlock Holmes, *Momo*, *La historia interminable*, *El Club de la Buena Estrella*, *Siddhartha*, *El perfume*...).

«Cuando no sepas dónde ir, vuelve al principio».

Siempre me había gustado dejar aquello como estaba. Mis peluches de colores ochenteros y mis fotos pegadas con chinchetas. Era un bálsamo en la vida saber que una vez fui una chica de catorce años que soñaba con convertirse en Michael Ende (y lo peor de todo: estaba segura de poder conseguirlo).

El gran espejo de pie, donde tantas veces me había mirado de niña, de adolescente, devolvió la imagen de una mujer de cuarenta y tres años, que, metiendo tripa y sin respirar, tenía hasta un buen tipito. La americana negra ayudaba a perfilar bien una silueta tirando a tosca. Mi media melena rubia era una de mis mejores bazas. Además, el caos de la creación me había bendecido también con una cara agradable y unos bonitos ojos claros.

Había traído poca ropa en la maleta. El pijama, de seda, no aguantaría ni un combate en aquella casa-nevera. Así que me lo puse solo como una primera capa. Rebusqué hasta dar con un viejo pijama de invierno. Me lo planté encima y empecé a estornudar al instante (alergia a los ácaros), y también un deslustrado albornoz. Las pintas que llevaba eran legendarias.

Llamé a Pizza Sicilia y pedí una cuatro quesos y cuatro latas de cerveza. Después, entre estornudos, bajé a la cocina y cogí un vaso de la alacena... Mi padre tenía una colección de buenos whiskies escondida detrás de un cuadro en el salón. Vagué hasta allí como un fantasma, mirando nuestros cuadros, nuestras viejas fotos... recordando con amargura tantos y tantos momentos.

Abrí el mueble bar y me serví medio vaso de Teeling, antes de acercarme a la chimenea. Había una pila de leña dispuesta a un lado, con palitos y astillas grandes. Cogí una pastilla de encendido, un par de cartones, dos ramitas. El fuego comenzó a danzar ante mis ojos.

Di un trago al whisky y me quedé mirando la repisa, donde había un montón de viejas fotos de la familia. Me detuve concretamente en una en la que estábamos todos en ese mismo salón, en unas Navidades de 1995 o 96. Yo era una chavalita de trece años, con pintas de grunge y el pelo de color rosa. Leire, en cambio, con una faldita plisada y un jersey de angora, a sus quince años era la guapa oficial del cole. En el pueblo siempre decían: «Una hermana se llevó el cuerpo, la otra el cerebro».

Joder, qué consuelo.

Mi madre, Carmina (de la que Leire había salido como una copia exacta), posaba como la dama que era, siempre elegante. Una mujer de gran ciudad que mi padre decía que «había secuestrado y traído a vivir a orillas de un lago encantado».

Él la abrazaba en la fotografía. La miraba embobado, enamorado. «Nunca comprenderé por qué tu madre eligió a un pánfilo como yo», solía decir.

—Por vosotros dos. —Brindé al aire con un par de lagrimones brotándome de los ojos—. Me alegro de que estéis juntos por fin.

22

Salí al jardín de la parte de atrás. Como me había dicho Leire, estaba asilvestrado, y la madera de la terraza, enmohecida. El sendero de gravilla que conectaba el embarcadero y el cobertizo estaba medio comido por la hierba. «Mañana segaré un poco», pensé de nuevo. Me encendí un cigarrillo y me senté en el banquito que estaba pegado a la ventana. Pasé un rato fumando y bebiendo, atenta a los ruidos del pantano. Las ranas, el viento, los pájaros nocturnos.

Al cabo de media hora escuché la moto de Pizza Sicilia petardeando fuera. Salí a por ella y noté la mirada del chico al verme aparecer con aquellas superpintazas.

—Buenas noches —dijo—. Me ha costado encontrar la casa. Pero la pizza está caliente.

—No te preocupes.

En ese momento vimos un resplandor a lo alto, entre las montañas.

—Viene tormenta —resopló sin poder evitarlo—, y todavía me quedan varias por repartir.

Le di una buena propina y le deseé suerte. Después volví

adentro, cerré la puerta con llave («Tres vueltas de llave, pestillo y cadena») y coloqué la caja de pizza y las latas de cerveza en la mesita baja del sofá.

Traje un plato, un cortapizzas y algunas servilletas de papel de la cocina... y ya solo faltaba una cosa antes de empezar a cenar: poner una de nuestras viejas películas. Las películas de *aita* que habíamos visto, una y otra vez, desde hacía ¿cuántos años? Y que eran ya una pequeña tradición. Una tradición que me disponía a honrar, claro que sí.

La colección de DVD de mi padre estaba repartida en varias estanterías. Éxitos de los ochenta y noventa como *Hannah y sus hermanas*, *Magnolia*, *Drácula de Bram Stoker*, *Un pez llamado Wanda*... Elegí *Beautiful Girls*. Metí el dedo en el centro, presioné y la saqué del estuche. Después encendí el DVD y apreté el botón para abrirlo.

La bandeja del disco se desplegó, pero no estaba vacía. Había otro DVD metido dentro.

Era un disco blanco, regrabable, de la marca Verbatim. ¿Una peli pirata? Me extrañaba un poco en mi padre, que ni usaba plataformas ni tenía por costumbre piratear nada.

Usé mi otro índice libre para sacar aquel disco de allí y vi que tenía algo escrito a rotulador en la superficie: «Interrogatorios. Caso Alba. Junio 1999».

¿Qué?

23

Un trueno acababa de retumbar en alguna parte, lejos, en lo alto de las montañas, y yo sentí como una corriente eléctrica me recorría el gaznate.

¿Qué demonios hacía eso allí?

«Interrogatorios. Caso Alba. Junio 1999».

Casi sin pensarlo, devolví *Beautiful Girls* a su estuche y regresé el otro disco a la bandeja. Empujé un poco y el motor deslizó el DVD al interior del aparato.

Encendí la tele. El contenido del disco ya estaba en la pantalla.

Se trataba de una grabación policial que yo conocía. La había visto un par de veces mientras me documentaba para la novela..., pero sobre todo, y lo más importante: yo había estado allí.

El cuadro mostraba una sala de interrogatorios de la comisaría de Urkizu. Había tres personas en ese momento. Reconocí a mi padre apoyado de pie en una esquina, en silencio, vestido con su uniforme de policía local, con el pelo negro y no canoso, que era como le habíamos visto en los últimos quince años. Sentados en la mesa y de espaldas a la cámara se distinguía bien a dos agentes de la Ertzaintza, de la unidad de Homicidios, creía recordar. Uno con gafitas, regordete. El otro era un tiarrón con barba. No había nadie más, de momento.

Los dos ertzainas mantenían una conversación en susurros. Entonces se abría la puerta y entraban dos personas. La primera, un chaval con tupé y una chupa de cuero llena de tachuelas.

«Bienvenidos a 1999», pensé.

Se trataba de Luken, el novio de Alba por aquel entonces. Un joven de dieciocho años, con restos de acné, una tirita en la ceja y medio ojo morado.

Lo acompañaba su padre, un tasquero muy conocido de Elosu, con cara de estar tremendamente preocupado.

—¿Luken Arroniz? —preguntó el ertzaina de barba, aunque no esperó su respuesta—. Siéntate, por favor.

Yo también me senté en el sofá que había frente a la tele. De pronto, todo el hambre que tenía se me había desvanecido de golpe. Me olvidé de las cervezas, volví a rellenarme el vaso de whisky, le di un sorbo y me encendí un cigarrillo, hipnotizada por las imágenes.

El vídeo tenía una pequeña rotulación en la esquina inferior derecha. Era el 24 de junio de 1999.

El día de la desaparición de Alba.

Recordaba perfectamente aquella mañana...

24

Era jueves y tanto Leire como yo dormíamos en nuestras camas, con las persianas echadas, recuperándonos de la fiesta de la noche anterior.

La noche de las hogueras era la primera fiesta del verano. En Urkizu se celebraba en el parque de Landa, donde se repartía chocolate con churros y se encendía una gran pira bajo la atenta vigilancia de Ramiro Elizegi, el padre de Jokin, que iba armado con una manguera por si el fuego se descontrolaba.

Esto estaba bien para los niños, los jubilados y los padres de familia, pero los jóvenes de la zona teníamos otro plan para esa noche: la sanjuanada alternativa de la isla de Soroa, bien alejada de las miradas controladoras de nuestros padres y donde, además, podías desaparecer con tu ligue entre los árboles y jugar al «yo te lo enseño si tú me lo enseñas».

Era una fiesta muy exclusiva. Para empezar, no podías llegar si no tenías alguna embarcación, un bote, un pedalo o un kayak, lo que fuera. Además, al ser la isla central de pantano, acudían allí chavales de los dos pueblos: Elosu y Urkizu.

El punto de reunión era la gran explanada que había detrás del albergue juvenil, que todavía no había recibido a sus primeros ocupantes. Allí se encendía una hoguera y se organizaba un botellón durante el cual quemábamos los apuntes del curso, los libros de matemáticas o la foto del chico que no nos hacía ni caso. Tampoco faltaba algo de música, tabaco de la risa y otro recital de drogas. Y eso era más o menos la fiesta: beber, fumar, buscar un ligue y hacer el idiota como solo los chavales de diecisiete años saben hacerlo.

Pero aquel año era especial para unos cuantos de nosotros. El curso había acabado y se abría a nuestros pies un largo verano... El último de nuestra etapa adolescente para muchos. Después de ese año, algunos se marcharían para siempre a estudiar fuera (a Madrid, a Barcelona..., al extranjero).

Aquella noche, además, pasó de todo: hubo una pelea. Unos tíos rompieron la ventana del almacén del albergue y robaron un extintor. Un chaval se quemó intentando saltar la hoguera... Y al término de la noche, al parecer, no todo el mundo regresó de la isla...

Eran las nueve de la mañana cuando mi padre levantó las persianas de mi habitación. Recuerdo verle vestido con su uniforme, diciéndome que me levantara..., e inmediatamente supe que algo iba mal. ¿Había encontrado el hachís que escondía en el cajón de mi escritorio? ¿Le había pasado algo a mi madre?

—Poneos las batas y bajad a la cocina —dijo.

Leire y yo obedecimos calladas; puedo decir que estábamos acojonadas. Parecía algo muy grave. Nos sentamos, y mi *aita* nos sirvió dos tazas de café negro.

—Necesito que estéis espabiladas para esto. Una amiga vuestra está desaparecida: Alba Fernández Guirao.

25

Luken Arroniz

Vídeo interrogatorio n.º 1. 24 de junio de 1999. 10.34 a. m.

—Luken —empieza a decir el policía con gafitas en el vídeo—, ¿sabes por qué te hemos hecho venir?

—Ni idea —responde él con un tono un tanto chulesco—. Yo no he hecho nada.

Un breve silencio. Miradas.

—Bueno, eso es lo que vamos a aclarar. Cuéntanos qué hiciste anoche.

—¿Anoche? —Luken mira entonces a su padre, que le hace un gesto para que responda—. Estuve en una fiesta.

—La Sanjuanada, ¿verdad? En la isla de Soroa.

—Eso es.

—¿Cómo llegaste hasta allí?

—En mi lancha.

—¿Fuiste solo?

—No. Llevé a un par de colegas.

—¿Y volviste con ellos?

Aquí Luken duda un instante.

—No. Mis amigos se volvieron en otro bote, yo... volví solo.

El ertzaina apunta algo en su cuaderno.

—¿A qué hora fue eso, más o menos?

—Bfff... ¿Cómo voy a saberlo?

—Esfuérzate. ¿Más tarde de la medianoche?

—Más tarde de la medianoche seguro.

—Vale. Vale. Muy bien... Y cuéntanos con quién estuviste anoche.

—Pues con varias personas. Mis colegas Andoni y Karra... Otra gente conocida.

—¿Conoces a Alba Fernández?

—Sí.

—¿Estuviste con ella?

—Sí.

Nada más contestar, la cara de Luken se transforma como si hubiera tenido un presentimiento.

—¿Le ha pasado algo?

El otro poli, el forzudo, interviene en la conversación.

—¿Por qué lo preguntas?

—No sé... —Luken ha perdido el tono chulesco de repente—. Porque estoy sentado en una comisaría y me habéis preguntado por ella...

—¿Qué tipo de relación tienes con Alba, Luken?

—¿Le ha pasado algo, sí o no?

Por su voz, se diría que Luken empieza a estar preocupado.

—Está desaparecida —dice mi *aita* desde la esquina de la sala—. Nadie sabe qué ha sido de ella desde anoche.

—¿Qué?

Mi padre, que conoce a Luken mejor que los otros dos polis, le explica la situación. Lidia, la tía de Alba, la ha echado en falta nada más despertarse, sobre las ocho y media de esa mañana del 24 de junio. Despertó a su hija Anita, que debería haber vuelto con ella... y Anita le dijo que Alba iba a volver «sola». Fue entonces cuando llamó a la policía.

—Vamos a intentar reconducir esto —dice el primer poli—. ¿Puedes responder a la pregunta que te he hecho? ¿Qué relación tienes con Alba?

Luken se ha quedado callado, como si estuviera en shock.

—Responde, Luken —dice su padre.

—Somos... novios.

—¿Novios?

—Bueno, estamos enrollados.

—¿Desde cuándo?

—Un par de meses, desde Semana Santa.

—¿Y va todo bien entre vosotros? —pregunta el de gafitas.

—Pues sí... ¿A qué te refieres?

—A si tenéis problemas.

—No...

—¿Y qué pasó anoche? ¿Como es que no la llevaste contigo de vuelta? Tenías una lancha, ¿no? Y es tu novia...

—Alba dijo que se volvía con su prima —replica Luken—. Había venido con ella y me dijo que tenía que volver con ella y con sus amigos. Habían quedado a la una para regresar todos juntos.

—Pues sus amigos dicen otra cosa.

—¿Ah, sí? Y ¿qué dicen?

—Dicen que se quedó contigo. Que ellos la dejaron en la isla...

—¡Mentira! ¡Mienten!

El grito de Luken es tan potente que se distorsiona en la grabación. Ahora está asustado.

—Vale… De acuerdo, explícanos entonces tu versión.

—Es lo que os he dicho. Ella me dijo que se volvía con la misma gente con la que había venido. Nos despedimos y…

—¿Dónde estabais?

—En el poblado fantasma.

—¿Qué?

Mi padre les explica que se trata del despoblado de Garaio, un antiguo barrio que quedó abandonado tras la creación del embalse y donde ahora hay algunas casas en estado ruinoso y precintadas, pero que los jóvenes no hacen caso a los precintos y van allí a «ponerse a cubierto».

—¿Y dónde está eso? —pregunta el poli—. ¿No tenemos un mapa a mano?

—No hace falta —interviene mi padre—. ¿Puedo usar esto? —Señala una pizarra vileda.

Coge un rotu y dibuja el perfil de la isla y marca dos puntos. El poblado de Garaio y la explanada del albergue.

—O sea, que estabais en el poblado y ella se marchó.

—Eso es —confirma Luken—. Era la una de la madrugada. Nos despedimos. Ella se metió en el bosque…, yo me quedé esperando un rato. Estuve por lo menos diez minutos allí, terminándome un cigarrillo. Después arranqué y me marché. Daba por hecho que ella se iba a encontrar con ellos.

—Pero ¿qué clase de novio no la acompaña para asegurarse de que se encontraba con sus otros amigos?

—Se lo propuse, pero Alba no quiso.

—Ah, no… y ¿por qué?

Se ve a Luken dudar, pero finalmente termina hablando.

—Porque anoche me peleé con uno de ellos. —Señala la tirita que lleva en la ceja.

—¿Una pelea? —dice el poli barbudo—. Interesante. ¿Con quién?

—Con Oliver Prieto.

—Es un chico del pueblo —aclara mi padre.

—El hijo del alcalde, ni más ni menos —añade el padre de Luken.

—¿Y se puede saber el motivo de la pelea?

—Bueno, Oliver era el ex de Alba. Estaba loco de celos y me la tenía jurada... Pero además, pasó otra cosa.

—¿El qué?

—Intentó quitarle algo a Alba.

—Algo. ¿Puedes ser más específico?

—Su diario —obedece Luken—. Intentó quitarle su diario.

26

Me despertó el timbre de la casa. Me había quedado dormida en el sofá, con una manta encima. La pantalla de la tele estaba en negro, aunque no lograba recordar en qué momento la había apagado. En la chimenea, el fuego se había reducido a cenizas.

El timbre sonó de nuevo y por fin consiguió sacarme de mi crisálida. Aturdida y gruñona, me senté y miré a mi alrededor. Tengo un despertar malísimo a lo que esa mañana había que sumarle una bonita resaca. La botella de Teeling estaba sobre la mesa, junto a un cenicero lleno de colillas. ¿Cuántos vasos me bebí anoche?

Me levanté y recordé que iba en pijama y con un jersey encima. Me coloqué la manta sobre los hombros en un intento (infructuoso) de estar presentable. Al pasar frente al espejo del recibidor me atusé un poco el pelo. Seguía pareciendo la novia cadáver, pero conseguí cierta simetría en aquella maraña de cabello rubio.

—¿Sí?

—¿Quintana?

«Mierda», mascullé entre dientes mientras veía a Javi Porta por la mirilla. «Pero ¿a qué viene a estas horas?».

Retrocedí dos pasos de vuelta al espejo. Estaba horrible, aunque ¿qué iba hacer? ¿Dejarle fuera?

Fui a la puerta. Las llaves estaban puestas con tres vueltas. La abrí, quité el pestillo de arriba y una cadena. Javi apareció al otro lado, resplandeciente con unos vaqueros, una chaqueta de cuero y una camiseta blanca que le caía como a un maniquí.

—Ah del castillo... —bromeó—. Te encierras bien, ¿eh?

—Manías de mi padre. ¿Qué hora es?

—Las nueve de la mañana. ¿Te he despertado? El mensaje parecía urgente...

—¿El mensaje? —Fruncí el ceño—. ¡Ah!

Y entonces lo recordé. Anoche, después de la tercera o cuarta copa, le había puesto un mensaje de WhatsApp:

> Javi, he encontrado algo muy intrigante en casa de mi aita. Llámame cuando puedas

—No lo he leído hasta hace una hora —dijo—. Te he intentado llamar, pero tienes el móvil apagado...

—Me habré quedado sin batería —supuse—. Perdona, te habrás mosqueado.

—Un poco —admitió Javi—. Bueno, ¿qué es eso tan intrigante?

Lo invité a pasar, pero según lo hacía, recordé la botella de whisky, el cenicero lleno de colillas sobre la mesa del salón.

—Espera un segundo, ¿quieres un café? —Indiqué el camino a la cocina—. Creo que necesito un chute de cafeína antes de enfrentarme a esto.

Entramos en la cocina, que a esas horas recibía toda la luz de la mañana. El bote de café estaba en su sitio y la moka, sobre la chapa. La abrí para limpiarla y vi que tenía una carga de café reseco (¿el último que se preparó mi padre?). La vacié, puse café nuevo, agua y la coloqué en el fuego.

—Siéntate y vigila el café —le dije—. Ahora vengo.

Javi obedeció en silencio y yo fui al salón y ordené a toda prisa. La botella de Teeling al mueble bar, con el vaso. El cenicero afuera, a la terraza. Y de paso dejé las puertas abiertas para que se aireara un poco la casa.

El café ya estaba subiendo cuando llegué de vuelta a la cocina. Javi se había levantado a retirarlo.

—¿Cómo lo tomas? —pregunté—. No tengo leche.

—Solo está bien, con una de azúcar.

Elegí un par de alegres tacitas de la alacena. Serví el café, el azúcar.

—Siento no tener nada más que ofrecerte. No hay ni unas míseras galletas. La nevera está vacía... ¡Ah! bueno, tengo restos de pizza fría.

—Ya he desayunado —dijo Javi—. Pero anda, siéntate y cuéntame qué demonios ha pasado.

Tome un sorbo de café y traté de ordenar los acontecimientos para no parecer una loca.

—Después del funeral estuve hablando con Edurne. Luego salí de allí y llegué a casa. ¡Ah!, y antes de eso me encontré en el cementerio con Lidia Guirao.

—¿En serio?

—Sí... fue un momentazo. Pero me alegro. Pusimos las cartas boca arriba.

—Bien.

—Volví a casa, pedí pizza para cenar y pensé en ponerme

una película, como siempre hacía cuando venía de visita. Ya sabes que mi *aita* tiene una buena colección de DVD clásicos...

—Sí, una vez me prestó su colección completa de Kurosawa —asintió Javi.

—El caso es que iba a ponerme una de esas pelis antiguas, pero al abrir el reproductor encontré un DVD regrabable. Alguien, supongo que mi *aita*, se lo había olvidado allí. Entonces me puse a verlo... Y me quedé helada: eran los interrogatorios de 1999. Los que se hicieron tras la desaparición de Alba.

Javi, que en ese momento estaba dando un sorbo a la taza, hizo un aspaviento. Se le derramó algo de café.

—¿Qué?

—Ven —me puse en pie—, te lo enseñaré.

Fuimos al salón y le mostré el disco regrabable, que seguía en el reproductor. Después encendí la tele y le di al «Play». Y volvimos a ver aquel encuadre de la comisaría de Urkizu, mi *aita* (joven) y los dos policías sentados a la mesa. Entonces se abría la puerta y entraba el chico por la puerta.

—Luken Arroniz... —murmuró Javi—. Joder, qué joven.

—¿Sigue por el pueblo?

Javi asintió.

—Ahora lleva el bar de su padre, en Elosu... y los problemas los da de otra forma. Ruido, desórdenes públicos... Vamos, el mismo macarra de entonces.

—Bueno, como comprenderás, a partir de aquí ya no pude pegar ojo...

Javi miraba la tele como quien ve un fantasma. Ambos escuchamos preguntar al ertzaina: «Luken, ¿sabes por qué te hemos hecho venir?», y cómo este respondía: «Ni idea. Yo no he hecho nada».

Javi se sentó en el sofá y se quitó la chaqueta. Pude ver sus brazos sobresaliendo por las mangas minúsculas de su camiseta blanca. Tenía un bonito par de brazos coronados por dos manos muy fuertes. Desde luego, ya no era aquel chaval espigado y lleno de granitos de 1999.

Casi sin pensarlo, me senté a su lado. Atraída como un metal a un imán...

—¿Cuánto has visto? —preguntó con el café entre las manos, pero sin despegar los ojos de la pantalla—. ¿Quiénes salen?

—Hasta donde recuerdo, están los interrogatorios de Oliver, Luken y Anita. Me quedé dormida en algún momento, después de escribirte el mensaje. Supongo que salimos todos.

—Pero ¿qué hacía tu padre viendo esto?

—Eso es lo mismo que yo me pregunto. Este asunto fue muy doloroso para mi padre... Le enfrentó a un montón de gente del pueblo, incluso a sus grandes amigos, como Lidia y Ernesto. Por eso pensaba que habría tirado todo este material a la basura.

—Entonces ¿sabías que lo guardaba?

—Claro —dije tomando otro poco de café—. Hace cinco años, cuando preparaba *La chica del lago*, le pedí a mi padre toda la documentación que pudiera conseguir sobre el caso de Alba. No le hizo demasiado gracia; de hecho, lo primero que dijo fue «Me parece una idea nefasta».

—¿En serio? —Sonrió Javi—. Pensaba que tu padre te apoyaba más.

—Y lo hacía. Pero yo llevaba ya tres novelas y no conseguía más que cartas de rechazo. Entonces, una colega de mi taller de escritura me contó que había conseguido publicar una de detectives y me dijo que estaban muy en boga. Así que pensé en aquel viejo caso de Alba... y se me empezó a ocurrir la idea de la trama.

—Y tu padre te ayudó.

—Supongo que son cosas que se hacen por una hija. Pidió algunos favores en la comisaría de Vitoria y reunió todo este material en contra de su voluntad. Por eso me ha chocado tanto encontrarme el DVD. ¿Esto fue lo último que hacía mi padre antes de morir? No tiene sentido.

—Quizá el disco llevaba más tiempo aquí...

—No —respondí tajante—, anoche eché cuentas. La última vez que estuve en casa fue en febrero. Y vimos *La conversación*, de Coppola. Además, mi *aita* era muy cinéfilo. Se ponía una de sus pelis casi todas las semanas.

—¿No ha venido nadie más desde entonces? ¿Leire?

Negué con la cabeza.

—Leire ha venido una o dos veces, a vaciar la nevera, apagarla... Pero dudo mucho que sea ella la que puso esto. La casa está como mi *aita* la dejó. Incluso la cafetera tenía café viejo...

El vídeo continuaba en la televisión.

«Somos... novios».

«¿Novios?».

«Bueno, estamos enrollados».

«¿Desde cuándo?».

«Un par de meses, desde Semana Santa».

—La verdad es que es extraño —dijo Javi.

—Es mucho más que eso, Javi —respondí yo—. Primero lo de Jokin: la foto del diario, esa frase de «Vuelve a casa» y la mención de mi *aita* en su último aliento. ¿Y ahora esto? No me digas que es una casualidad. Tiene que estar relacionado. Aquí pasa algo raro.

—De acuerdo, admito que puede haber una conexión. Pero ¿cuál?

Me entraron ganas de fumar. Me levanté y salí a la terraza, donde había dejado mi paquete de Marlboro. Me encendí uno, apoyada en el marco de la puerta. Noté que Javi me lanzaba una mirada de reproche. «Con lo deportista que es, seguramente desprecia a las fumadoras», pensé.

Eché una calada y lancé el humo fuera.

—Ayer, en el funeral, hablando con Edurne, me enteré de que Jokin llevaba unos cuantos meses muy inestable. Había vuelto a beber...

—¿Es que lo había dejado alguna vez? —preguntó Javi.

—Fuera bromas. Edurne me contó que Jokin asistía a rehabilitación y llevaba tiempo en dique seco. En Navidades estaba bien, pero de pronto, en enero o febrero, le pasó algo. Algo que lo trastornó lo suficiente para recaer. Y yo me pregunto: ¿y si fue por el diario?

Javi soltó un largo suspiro, como diciendo «¿otra vez eso?».

—¿Le preguntaste a Edurne por el diario?

—Sí, pero ella no sabía nada... Aunque Jokin parecía «tener una idea fija en la cabeza». Me dijo que hablase con Carmelo.

—¿Carmelo Caramelo?

—Al parecer era el padrino de Jokin en el asunto de la rehabilitación. Por eso fue ayer al funeral. ¿Tú sabías que Carmelo tuvo problemas con el alcohol?

—No tenía ni idea —dijo Javi—. Solo sé que desapareció unos años y regresó convertido en un gurú de la meditación. Suele montar sesiones de *mindfulness* en el frontón del pueblo. Una vez tuve que atender una queja de una vecina que protestaba porque el ayuntamiento permitía «sectas» en Urkizu.

—Vaya... Desde luego que está cambiado el pueblo —dije yo.

Javi se rio y yo fumé otra larga calada.

—En fin —continúo diciendo—, sabemos que Jokin estaba muy desestabilizado, que bebía otra vez por algo que le pasó a primeros de año —resumió—. ¿Qué más?

—Bueno, imagínate que el motivo de todo eso sea el diario.

—Vale. Me lo imagino, sigue.

—Jokin lo encontró, no sé ni cómo ni dónde..., y al leerlo descubrió «algo que podría destruir vidas», que fue la frase que él utilizó por teléfono.

—¿Crees que eso es posible? Lo de destruir vidas con un diario.

—Bueno, si se demostrara que el diario era suyo (y esto es algo que una prueba de ADN o un análisis grafológico podrían resolver), cualquier cosa que apareciera allí se tomaría como una confesión. Y Alba lo escribía todo en su diario, eso «se sabía».

—¿Se sabía? ¿Cómo?

—No me digas que no estás al tanto de ese tema... ¿En qué planeta vivías en 1999?

—Buff —se rio Javi—, en uno muy lejano... ¿Te acuerdas de que yo era el chico de los recados? No tenía demasiado tiempo para nada que no fuera estudiar y ayudar en la tienda de mi familia.

—Cierto... —dije—. Bueno. Todo el mundo sabía que Alba escribía en su diario. Ella decía que la ayudaba con sus «movidas» (y tenía unas cuantas). Escribía a todas horas y al parecer, lo hacía sobre todos nosotros.

—Nosotros.

—La gente del pueblo, la gente que la rodeaba. Recogía sus impresiones sobre nosotros, a veces no eran demasiado buenas.

—¿Cómo lo sabíais? Era un diario.

—Bueno —dije—, es que Anita lo leyó y nos lo contó al resto.

La cara de Javi era un poema.

—Anita, su prima..., ¿leyó su diario?

—Las cosas no eran tan idílicas en la casa de los Guirao, al parecer. Alba estaba allí contra su voluntad, porque su padre estaba metido en un follón de órdago en Madrid. Y a Anita tampoco le debía hacer demasiada gracia compartir su maravillosa vida de hija única. Un día se coló en su cuarto y —según ella, por accidente— leyó un par de páginas del diario. Al parecer, Alba era una estupenda cronista de la vida del pueblo. Había un montón de cosas: relaciones sexuales, secretos que habían llegado a sus oídos...

—Joder...

—De modo que sí: es factible que el diario contenga secretos.

—De acuerdo —dijo Javi—. Vamos a poner que Alba dejó escrito algo muy fuerte sobre alguien del pueblo. Después muere, su diario desaparece, Jokin lo encuentra veinticinco años más tarde, lo lee...

—Y también muere —completé de pronto.

—Así es...

—¿Se sabe algo del atropello? ¿Han averiguado algo más?

—No que yo sepa... La policía suele ser muy discreta con estas cosas. Quizá lo tengan ya, pero deben asegurarse primero, pedir una orden... Líos. Pero volvamos al asunto. ¿Dónde entra tu padre en toda esta película?

—Mi padre era el policía del pueblo en 1999. Y la persona que más sabía del caso de Alba. Quizá Jokin decidió confiarle algo que había encontrado en el diario y se puso a revisar aquel viejo caso.

—¿Por qué?

—No lo sé —dije—, tú eres el poli, ¿no?

—Yo solo me dedico a echar multas y a bajar gatos del árboles, Quintana. Y tu padre, siento decirlo, tampoco era Ellery Queen... Pero en fin, si me pones a prueba, diría que si un poli vuelve a revisar unos interrogatorios de hace más de veinticinco años, es por un buen motivo.

—¿Y cuál crees que es ese motivo?

—A saber... Quizá algo le hizo dudar.

—Exacto —coincidí—, algo que apareció veinticinco años más tarde. Casi me da miedo decirlo...

—Pues dilo —respondió Javi con seguridad—. Ve al grano.

Terminé mi cigarrillo y lo aplasté contra el cenicero.

—¿Y si descubrió al asesino de Alba?

27

Una ráfaga de viento rizó el agua del pantano, movió los árboles y sacó unas cuantas colillas del cenicero... Nos habíamos quedado callados, pensando en esa oscura teoría.

Solo la televisión rompía aquel tenso silencio:

«... me la tenía jurada... Pero además, pasó otra cosa».

«¿El qué?».

«Intentó quitarle algo a Alba».

—Yo leí la autopsia y era concluyente, Quintana: se ahogó sola, intentando nadar —dijo Javi—. No había señales de violencia en su cuerpo.

—Lo sé. Yo también la leí. Incluso le raparon el pelo para encontrar huellas de dedos.

—Sí que te estudiaste el tema...

—En profundidad —repliqué—. La parte forense era lo más sustancioso para una novela criminal. ¿Sabías que hubo dos autopsias?

—No había llegado tan lejos.

—Los Guirao trajeron sus propios forenses de Madrid para hacerla.

—Pero ¿por qué?

—Querían que se reabriera el caso. No estaban conformes con la conclusión de la policía, y expusieron dos argumentos al juez. El primero tenía relación con el lugar donde apareció el cuerpo. La ciénaga de Elosu.

—¿Qué pasaba con eso?

—Ellos defendían que si Alba hubiese querido nadar hacia el pueblo, habría tomado la línea más recta, que es donde se encuentra la casa familiar de los Guirao. Pero la ciénaga está al oeste, cerca de Elosu. ¿Por qué nadó en esa dirección?

—Yo oí que habían sido las corrientes del pantano.

—Esto es algo que pusieron en duda con sus peritos: decían que no había habido tanta actividad esos días para justificar un desplazamiento tan grande. Además, un detective traído *ex profeso* desde París expuso otra teoría: la del homicidio por omisión. ¿La conoces?

—Ni idea —dijo Javi—, ilústrame...

—El asesino recoge a Alba en algún punto de la isla y la lleva en una embarcación al centro del pantano, a un lugar lejos de todas las orillas. Allí, de alguna manera, la obliga a saltar o la engaña para que lo haga (ya que los zapatos y la chaqueta de Alba se han encontrado secos en el embarcadero) y después se aleja dejándola sola en la oscuridad. Alba, por lo que se sabe, no es una nadadora excepcional. En una situación así podría haberse puesto nerviosa, entrado en pánico y ahogado de una forma aparentemente accidental mientras que su asesino volvía a la isla a depositar los zapatos y la chaqueta en el embarcadero, para terminar así de cuadrar el relato.

—Homicidio por omisión —dijo Javi pensativo—. La verdad es que me suena mucho. ¿No era así como terminaba tu libro?

—Exacto —dije yo—, utilicé esa teoría para escribir el *modus operandi* de la asesina.

«Fusilado como todo lo demás», pensé para mis adentros.

—La policía consideró que era muy rebuscada —seguí yo—, no le prestaron mayor atención. Y el detective se volvió a París después de cobrar su cheque.

Se hizo un pequeño silencio.

—Has dicho que la familia Guirao expuso dos argumentos —dijo Javi—. Este era el primero. ¿Y el otro?

—La desaparición del diario. Lidia afirmaba que eso no tenía sentido. Si Alba había dejado su ropa en el embarcadero, ¿por qué no dejó también el diario? Nunca se separaba de él... y menos desde que Anita cometió «el desliz» de leerlo.

—Pero ¿no dijeron que lo había lanzado a la hoguera?

—Eso nunca convenció a Lidia. Y a mí tampoco, si te soy sincera. Como escritora, lo último que haría sería quemar un manuscrito. Para los Guirao, todo era parte de lo mismo: alguien quería callar a Alba y lo hizo por partida doble. Primero la mató y después destruyó su diario.

—Pero entonces, veinticinco años más tarde, aparece Jokin con esa foto.

—En efecto..., y nos enteramos de que el diario sigue vivito y coleando.

Javi se quedó pensativo.

La declaración de Luken había terminado ya y la televisión emitió unos cuantos segundos de nieve. Después volvió a mostrarse el cuadro de la sala de interrogatorios. Ahora era Oliver el que entraba por la puerta, acompañado de su padre y de un abogado.

—Anda, mira quién está ahí —dijo Javi—. Esto es como viajar en el DeLorean...

Cogí el mando del DVD y le di a la pausa. Un primer plano de Oliver, el hijo del alcalde Prieto, quedó congelado en la pantalla.

—Tú también apareces, y yo… Tenía una pinta horrible en 1999.

—Qué va —negó él—, eras guapísima.

Soltó aquello casi como si se le hubiera escapado. Yo sentí que me ruborizaba un poco y se hizo un silencio incómodo.

—Me gustaría hacer una copia de esto —dijo entonces—. ¿Me lo prestarías?

—Sin problema…

Iba a decir algo más, pero entonces empezó a vibrarle el móvil en alguna parte del interior de su chaqueta. Lo sacó y lo sostuvo entre las manos unos segundos, tiempo de sobra para ver que se trataba de ESTEFANÍA otra vez.

Bueno, soy escritora y, por lo tanto, una gran cotilla. Me fijé en su rostro. En un pequeño suspiro silencioso que dejó escapar al ver el nombre de ella. Y en que estuvo tentado a arrastrar el icono de llamada a la zona de «Rechazo».

Pero finalmente lo cogió.

—Sí, dime… —respondió mientras se levantaba como un resorte y salía disparado en dirección a nuestro jardín—. En el pueblo, comprando pan… —le escuché decir según salía y se alejaba de la casa camino del embarcadero.

«¿En el pueblo? ¿Comprando pan?».

He de admitir que aquello resultaba interesante, tanto que estuve a punto de salir a fumar y poner la antena.

Pero no soy tan mala.

Javi regresó unos minutos más tarde.

—¿Qué tal está Estefanía? —pregunté. (Bueno, un poco mala sí soy).

—¡Oh! Bien, en su línea... Ya sabes... Te manda recuerdos —dijo mientras se ruborizaba.

«Qué mal mientes», pensé.

—Ahora tengo que marcharme. ¿Te importa que me lleve esto? Lo guardaré como oro en paño.

—Más te vale —dije yo.

Abrí el reproductor de DVD y saqué el disco. Se lo entregué. Después le acompañé a la puerta. Iba a salir cuando se giró de golpe y casi me choco con él.

Nos quedamos muy cerca.

—¿Estarás hasta mañana entonces?

—Sí —dije—, el lunes tengo lío en Madrid, hay que continuar con la promo..., pero creo que volveré la semana que viene, o en cuanto pueda. Hay que seguir investigando esto.

—¿Investigar?

—Bueno —respondí—, aquí ha pasado algo, claramente. Y mi padre tenía algo que ver.

—Quintana... —empezó a decir—. Ten cuidado, ¿vale? Me refiero a que... puede haber muchas explicaciones bastante más aburridas y rutinarias que la teoría de la conspiración. Y recuerda que el médico te ordenó reposo.

Me limité a decirle que me portaría bien, aunque percibí en el fondo de sus ojos un matiz de ¿preocupación?

—Este fue un asunto feo... y, como bien sabes, hay mucha gente en el pueblo a la que no le hizo demasiada gracia revivirlo.

—Gracias por el consejo. —Le miré a los ojos—. Tendré cuidado.

Había algo más en la mirada de Javi, pero no quiso seguir hablando. Nos dimos dos inocentes besos en la mejilla y me prometió que me devolvería todo al día siguiente.

Le acompañé con la mirada mientras surcaba el jardín. No pude evitar pensar que había algo raro en su actitud, pero después, al llegar a la cancela, se giró y me mandó una de esas angelicales sonrisas suyas.

Alcé la mano para decir adiós. Después, cerré la puerta.

Tres vueltas de llave, pestillo y cadena.

TERCERA PARTE

Inmersión

28

La caldera se resistió un poco, pero logré encenderla y subí a darme una larga ducha en la que, curiosamente, no pensé en el DVD ni en el diario..., sino en Javi y en sus brazos sobresaliendo por las mangas de esa camiseta demasiado pequeña, y en la forma en la que se había girado repentinamente hacia mí al salir de la casa... Como si estuviera a punto de cogerme por la cintura y darme un beso apasionado, surgido de la nada.

Antes de meterme en la ducha, hurgué en mi maleta en busca de una de mis últimas adquisiciones: Richard. Un valioso compañero de viaje que además estaba impermeabilizado —en la caja aseguraba que era apto para la «Diversión acuática: gracias a su acabado impermeable, puedes usar el juguete sexual de forma segura en la ducha o en la bañera»—, pero nunca lo había probado realmente. ¿Sería Richard un buen submarinista?

Resultó que sí. Bajo el agua caliente, dediqué un buen rato a soñar diferentes desenlaces para la escena en mi recepción. «Le cojo de la chaqueta y lo meto en casa, donde seguimos besándonos mientras el móvil empieza a sonarle otra vez. ¿Estefanía? No… no lo cojas…, quédate conmigo».

«Quédatteeeeee».

Al regresar a la habitación, tenía una llamada perdida de Eduardo en mi teléfono. Y también un mensaje de audio en WhatsApp.

«Hola, Quintana, me he enterado por Ana Pons de lo que te pasó en Bilbao. Solo llamaba para saber si estás bien. ¿Has vuelto a Madrid? Si necesitas cualquier cosa, estoy aquí, ¿vale?».

Escuché dos veces el audio y reconozco que me dejé acariciar por sus palabras…, aunque después pensé: «¿Ana Pons se lo ha dicho?». Pero Ana sabía que ya no estábamos juntos. Entonces ¿por qué le había avisado? ¿Es que mi vida daba tanta lástima? Podía imaginarme a Ana haciendo de madre: «Ya sé que no estáis juntos, pero es que Quintana se ha quedado tan sola… ahora que su padre ha muerto. Su hermana ni le habla; sus pocos amigos se han olvidado de ella… ¿No podrías pegarle un toque?».

Se me agrió la sangre y decidí postergar mi respuesta. No necesitaba la pena de nadie. Estaba sola, siempre había estado sola. ¿Y qué? A mis cuarenta y tres años, Edu había sido, probablemente, mi última oportunidad de tener una pareja estable. Iba a convertirme en una de esas escritoras raras que viven con sus gatos. Ahuyentaría a los niños a escobazos. Prepararía pócimas y sortilegios de amor y los vendería a cambio del alma de alguna pura doncella.

¿Algún problema con eso?

Estaba pensando en todo esto mientras me secaba el pelo con una toalla, hundiéndome en un bonito pozo de autocompasión, cuando de pronto escuché un ruido. Algo que procedía de dentro de la casa.

La bruja comeniños se quedó quieta, sin respiración. Había sido algo así como un golpe seco. ¿El pasillo?

Estaba desnuda, con una toalla alrededor del cuerpo. No era el modelo que elegiría para enfrentarme a un intruso, que digamos. Rápidamente busqué algo que pudiera servir de arma: tenía un cúter en el tarro de bolis del escritorio, así que lo cogí y salí caminando sobre la vieja madera, que crujió bajo mis pasos. Las puertas de los dormitorios estaban abiertas. Fui pasando de una a otra, encendiendo luces y mirando en su interior. Nada, ni en la de Leire ni en la de mi padre. Solo quedaba una puerta, al fondo del pasillo. La del despacho de *aita*.

El viento silbaba por encima del tejado. Los árboles crujían afuera, en el jardín. Me detuve en la entrada del despacho, y empuñé mi cúter con fuerza.

—¿Hola?

Giré despacio la manilla. La puerta chirrió al abrirse... Mis ojos registraron la habitación rápidamente: estaba vacía. ¿Entonces?

Mi corazón seguía latiendo bien fuerte. Me quedé unos segundo allí parada, observando la penumbra. Las persianas estaban a medio cerrar, entraba algo de luz y se respiraba ese familiar aroma a madera vieja y humedad mezclado con el de los libros que poblaban el largo armario estantería.

De pronto una ráfaga de viento empujó la puerta del balcón y volvió a cerrarla y así descubrí el origen de golpe que me había sobresaltado. La puerta del balcón estaba abierta. ¿Desde cuándo? ¿Cuánto tiempo llevaban abiertas esas puertas?

Crucé la habitación y fui a cerrarla. Había un pequeño felpudo que estaba completamente húmedo y vi marcas de agua en el suelo. Las persianas a medio echar habían evitado males mayores. Las subí para que entrase la luz del mediodía. Hacía bueno, pero el viento venía frío. Arriba, entre las altas cumbres, se veían unas nubes de aspecto amenazador. Quizá lloviese esa tarde.

Me di la vuelta y observé aquel viejo santuario donde mi padre pasaba horas. El despacho era la antigua habitación principal de la casa, que mi *aita* había reconvertido en un estudio años después de la muerte de mi madre. Tenía un techo a dos aguas, una chimenea —que subía desde el salón— y un ventanal con balcón y vistas al embalse. Lo había decorado con los antiguos muebles de mis abuelos: un gran armario estantería a rebosar de libros y un escritorio de caoba que por lo menos tenía cien años.

El sillón de despacho estaba girado. Lo acaricié. Pude imaginarle allí sentado, leyendo el periódico, haciendo un sudoku con la chimenea encendida y algo de música saliendo de la radio…

—Aita…

(¿No fue así la última vez que le vi?).

—Quintana, ¿te marchas ya?

—Sí… Prefiero salir pronto y así no pillo el atasco de la entrada en Madrid.

—Vale, hija mía. Conduce con cuidado, ¿eh?

—Claro, aita…

—¿Has pensado ya en ello? ¿Vas a hablar con tu editora?

Ese fin de semana habíamos hablado largo y tendido sobre «el asunto» de lo que él llamaba «el comité Rumpelstiltskin» en honor al cuento del enanito que convertía la paja en oro.

—Quintana, hagas lo que hagas, no te engañes a ti misma. Si no quieres seguir, ahora es el momento.

—Bfff... La verdad es que no sé muy bien qué hacer...

—¡Pues ser tú misma! —estalló entonces.

Todavía se me ponían los pelos de punta al recordar su enfado.

—A mí me gustaban tus primeras novelas... ¿Por qué no vuelves a ellas?

—No es tan fácil, aita*: el público, la editorial..., las expectativas.*

—A la mierda con las expectativas, Quintana. Un gran artista tiene que estar dispuesto a perder su reputación en cada nueva obra. Hija, hagas lo que hagas en esta vida..., no seas una estafa, por favor.

Aquella frase me dolió como duelen las verdades: profundamente. Estuve a punto de marcharme así, en frío. Pero él se levantó.

—No te vayas enfadada. Dame un beso. ¿Sabes que tu madre siempre decía que serías una gran escritora? Cuando estabas dentro de su barriga. Decía: esta niña se llamará Quintana. Y será escritora...

—Lo sé.

Yo, que había construido mi vida en torno a ese sueño, cada día tenía más dudas sobre esa premonición. «En vez de convertirme en Almudena Grandes, me he quedado en una Grande de la Mentira». Pero no dije nada. Le di un beso muy breve y él me preguntó cuándo pensaba volver.

—No lo sé —dije fríamente—, tengo mucho trabajo... Aunque parezca mentira.

Habían pasado tres meses desde entonces y no dejaba de repetirme que fui una idiota por marcharme así, por decir aquello... De haber sabido que aquel sería el último beso que le daría a mi padre...

Me senté en su sillón. El cuero estaba frío. El escritorio estaba lleno de aquel caos habitual de cosas. Un tarro de bolis, un reloj de mesa, un flexo. Una bandeja repleta de facturas. Un calendario que había llegado hasta el jueves 10 de abril y donde había algo apuntado:

P. DE VEGA

Aquel era el último apunte, pero ¿qué era? ¿El nombre de alguien? Patricia, Pablo, Patxi. ¿Se reunió con ese alguien aquel día? No me sonaba ningún «De Vega». Quizá fuese un comercial o un empleado del banco. Quizá no fuese nadie..., pero, al igual que los vídeos en el reproductor de DVD, era lo último que escribió en su calendario. Y pensé que me gustaría saber de quién se trataba.

Seguí observando aquel escritorio como si contuviera un mensaje. Acaricié la madera con mis dedos, entonces me fijé en que era una madera oscura, ¿como la que aparecía en la foto del diario? No, esa era nogal y el escritorio de mi padre era un poco más rojizo, de caoba. Además, en la foto de Jokin se apreciaba un trozo de alfombra verde que no pertenecía a este despacho.

¿Dónde estaba aquel lugar? ¿Era la casa de Jokin?

«Desde luego —pensé—, parece el primer lugar donde ir a buscar si quisieras encontrar ese diario».

Mi mente se ocupó en asuntos más terrenales. Leire me había hablado de un montón de papeleo que teníamos que localizar. Contratos de mil cosas. Abrí el cajón, que estaba a rebosar de carpetas. Mi padre tenía un buen sentido del orden y clasificaba todo su papeleo en carpetas de cartón. Además, en una de las esquinas encontré la caja del móvil Nokia que le habíamos regalado dos años atrás, por su cumpleaños, y que mi padre había prometido tener «cargado» en todo momento. Algo que nunca hacía. Odiaba esos cacharritos.

Empecé a sacar carpetas y a desplegarlas sobre el escritorio. Supuse que lo que tenía que hacer era ir abriéndolas e inventariar su contenido. Menos mal que mi padre siempre escribía un título. «Contratos 2024», «Instancia ayuntamiento tema ruidos camping 2024», «Facturas 2024»...

Así es como llegué a la última de todas, la que estaba colocada en el fondo. Se trataba de una carpeta de color azul. Había una sola palabra escrita sobre ella:

ALBA

Solo con leer ese nombre de cuatro letras, sentí un escalofrío de los pies a la cabeza. Saqué la carpeta de allí y la coloqué en el centro de la mesa, apartando otras carpetas. La abrí muy despacio. En su interior había un par de cajas de DVD. La primera (rotulada como «Autopsia») contenía el informe escaneado de la autopsia de Alba junto con una colección de terribles fotografías que se hicieron el día del hallazgo de su cadáver, en la ciénaga cercana a Elosu.

Nunca, hasta que empecé a preparar mi novela, había visto aquellas fotos. Se habían mantenido en secreto y era por una buena razón.

La Ertzaintza halló el cuerpo de Alba entre los juncos de la ciénaga. Quizá habrían tardado todavía más en dar con ella de no ser porque un pescador dominguero se la topó de bruces.

Dicen que el hombre se puso a gritar del horror. El cuerpo, después de más de cuarenta y ocho horas sumergido, había vuelto a la superficie en un estado horrible, hinchado, carcomido, con los ojos protuberantes mirando al cielo y las manos levantadas como un Cristo Redentor.

Eran de esas imágenes que no se olvidan nunca. En mi caso, las pesadillas habían sido prácticamente semanales. Después fueron espaciándose hasta casi desaparecer…

La segunda caja, que estaba vacía, aparecía rotulada como «Interrogatorios comisaría Urkizu, 24 junio 1999». Era, claramente, el origen de ese DVD que había encontrado cargado en el reproductor del salón. La abrí. En el lado interior de la carátula había una lista de nombres escrita a mano:

LISTA DE TESTIMONIOS:
Luken Arroniz
Oliver Prieto
Anita Guirao
Gurutze Azkargorta
Quintana Torres
Javier Porta
Jokin Elizegi

Aquellos eran los viejos archivos del caso, los que mi padre debió de pedir a sus colegas de Vitoria cuando le rogué que me ayudara con la documentación de la novela. Se componían de varios informes (autopsia, interrogatorios, observaciones) que me leí de arriba abajo en su día. Por eso me llamó la atención algo que estaba justo debajo de los DVD: un mapa de la isla de Soroa.

Era el mapa que distribuían entre los chavales del albergue. En él se anotaban las cosas importantes: la ubicación del albergue, las duchas, la zona de actividades, los senderos. Distinguí perfectamente la letra de mi padre en las diferentes anotaciones en los márgenes. ¿Cuándo había escrito todo eso?

El caso de Alba

Entre las 22.00 y las 23.00, todo el mundo llega a la isla.

23.30 aprox., se enciende la hoguera.

23.45 aprox., pelea entre Oliver Prieto y Luken Arroniz. ¿Motivo? Al parecer Oliver intenta quitar el diario a Alba. ¿Por qué?

0.00, el grupo se separa. Alba se va con Luken, los demás en la explanada.

1.00, Alba dice que ha quedado para volver con sus amigos. Luken se marcha. Alba va a buscar a sus amigos, pero ¿no los encuentra?

ALGO NO COINCIDE.

ALGUIEN MIENTE.

29

Oliver Prieto
Vídeo interrogatorio n.º 2. 24 de junio de 1999. 11.29 a.m.

—Siéntate, Oliver. ¿Quieres beber algo? ¿Agua?

—Nada, gracias.

En la sala de interrogatorios, el elenco ha variado respecto al interrogatorio de Luken. Un joven Oliver Prieto vestido con camisa azul y unos chinos (aquel aspecto flamante que yo recordaba a sus diecisiete años). Lo acompaña su padre, el alcalde Eloy Prieto, y un tipo trajeado que comienza a hablar nada más sentarse:

—En primer lugar, si me permiten presentarme, soy Borja Urturi, abogado del señor Prieto. Quisiera establecer una cosa antes de nada. Entendemos que el chico está aquí solamente en calidad de testigo, ¿es correcto?

—Correcto —responde el poli barbudo—. De momento solo queremos hacerle preguntas sobre la noche pasada.

—Muy bien, pues adelante.

Oliver está tranquilo. Tamborilea con los dedos sobre la

mesa, mira a un lado y al otro con curiosidad, como si aquello fuera algo divertido que después contará a sus colegas en el salón social del Club Náutico.

—Oliver, creo que a estas alturas ya sabes lo que ha ocurrido, ¿verdad?

—Sí, me lo han contado —dijo él—. Alba está desaparecida, ¿no?

—Correcto, quisiera que nos contaras cuándo fue la última vez que la viste.

—¿Quieren decir... en la fiesta?

—Bueno. La última vez —responde el poli—, aunque no fuera en la fiesta.

El abogado carraspea un instante, pero no dice nada.

—Bueno, a ver. Estuvimos cenando en el Club todos juntos. Después salimos sobre las diez y media en mi lancha.

—Con «todos juntos» te refieres a...

—Alba, su prima Anita, Gurutze Azkargorta y yo —dice mirando a mi padre.

—Vale, continúa, por favor.

—Una vez en la isla, fuimos todos a la hoguera. Allí ya había bastante gente y hacía muy buena noche. Colocamos unas toallas en el suelo y estuvimos allí echando el rato.

—¿Bebiste alcohol? ¿Alguna droga?

Oliver mira al abogado como si pudiera escaquearse de responder a eso.

—¿Tengo que...?

—Responde, hostia —sentencia su padre, cuya voz suena como un trueno.

—Pues sí. Bebimos unas latas de cerveza...

—¿Te emborrachaste?

—No entiendo a qué vienen esas preguntas —interviene el abogado—. Mi cliente está aquí en calidad de testigo…

—Como testigo que es, debemos asegurarnos de que estaba en condiciones para «atestiguar». Además, sabemos que hubo una pelea entre Oliver y Luken Arroniz. Solo queremos confirmar su versión de los hechos.

—¿Te peleaste con ese chaval? —se mosquea su padre.

—Sí, bueno, nos soltamos un par de puñetazos.

—¿A cuento de qué fue la pelea? —pregunta el policía.

—Pues no recuerdo bien —responde Oliver rascándose la nariz—. Luken es un macarra… Siempre está buscando un motivo…

—Luken dice que saliste con Alba unos meses y que no soportabas la idea de que ya no estuviera contigo. Y que habías intentado quitarle un diario…

—Pero ¡qué puto montón de mentiras!

—O sea, ¿afirmas que Luken miente?

—Te recuerdo que hay más testigos de ese momento… —añade el poli de barbas.

Oliver está a punto de decir otra vez que no, pero hay algo, un reflejo, que le hace detenerse.

—Bueno…, es cierto que todo empezó por el diario. Fue una tontería en realidad.

—Vale. Vayamos al principio. ¿Es verdad que habías tenido una relación con Alba?

Oliver toma aire y lo suelta lentamente. Después comienza a hablar.

—Sí… unos meses. Ella es la prima de Anita Guirao, una muy buena amiga. Me la presentó en la fiesta de arranque de curso del Club.

—¿El Club Náutico?

—Exacto. Pero lo nuestro duró más bien poco. Hasta Navidades.

—¿Qué pasó?

—Me dejó, sin más.

—¿Por Luken?

—No lo sé... Seguramente lo apuntó en su diario. Lo apunta todo allí...

—¿Ese es el problema? ¿Por eso intentaste quitárselo?

Oliver se calla un instante. Hace un gesto un poco nervioso con las manos. Después mira a su padre, que le devuelve una mirada muy dura.

—No sé cómo decirlo... Alba es un tía con un montón de movidas, ¿sabes? Al parecer su padre está metido en líos muy gordos en Madrid y a ella, en fin, se la ve muy tocada... Dice que escribe como terapia, pero en realidad le gusta descojonarse de la gente.

—¿Cómo lo sabes? ¿Has leído el diario?

—Yo no.

—¿Quién?

—No quiero complicarle la vida a nadie. No soy un chivato.

Se hace un corto silencio. Entonces el abogado interviene.

—¿Esto es realmente importante?

Los polis se miran unos a otros.

—Vale. Cuéntanos cómo empezó la pelea.

—Bueno, yo estaba un poco borracho, Alba andaba con el imbécil de Luken y supongo que se me cruzaron los cables al verlos. Este año hemos tenido alguna que otra bronca con él...

—Se cuelan en la piscina del Club por la noche —dice

Eloy, el alcalde— y alguien robó un Optimist de la escuela de vela... Bernardo ya está al corriente de todo esto.

Mi padre asiente.

—Digamos que Luken y sus amigos son problemáticos —confirma mi *aita*.

—Prosigue, Oliver.

—Bueno, los vi cotillear, mirarme entre risas... Entonces me acerqué y le dije a Luken que tuviera cuidado. Que Alba lo escribía todo en su diario y que igual le daba por hablar del tamaño de su minipolla.

—¿Así, con esas palabras?

—Sí... y, bueno, así empezó la bronca. Alba se puso borde. Yo le dije que rompiera las páginas en las que me mencionaba. Luken reaccionó en plan gallo y nos dimos un par de tortas. Nada más.

—¿Qué pasó después?

—Alba se marchó con Luken. Nosotros continuamos la fiesta.

—¿Hasta qué hora?

—No lo sé... La hoguera se apagó sobre la una. Comenzó a hacer frío, así que cogimos el bote y nos fuimos de allí.

—Luken dice que Alba había quedado con vosotros para regresar al pueblo.

—Sí, pero no vino. Estuvimos buscándola un buen rato, por el bosque. Cada uno tomó un camino y estuvimos llamándola a gritos, pero no apareció. Así que dimos por hecho que había vuelto con Luken.

—Pero Alba dejó a Luken a esa misma hora. ¿Cómo es posible que no coincidierais?

—Ni idea... Quizá Alba se encontró con alguien más.

El abogado de Oliver se encoge de hombros.

—¿Quedaba alguien más en la isla a esa horas?

El ertzaina mira un papel, después mira a mi padre.

—Tres personas: Jokin Elizegi, Javier Porta y... Quintana Torres.

30

Sobre la una del mediodía, las tripas empezaron a rugirme. El desayuno había sido escaso, la nevera estaba vacía y no me apetecía comerme un trozo frío de pizza. Pensé en que podría aceptar la invitación de Rober y Almudena, pero me daba un poco de vergüenza asaltarlos de buenas a primeras, así que mi segunda mejor opción era ir al pueblo a comer algo rápido y volver para seguir con el papeleo, quizá con algo de jardinería también.

Hacía un día luminoso pero frío. Me puse una chaqueta cortavientos y fui a la planta baja. Justo antes, al pasar junto a la cómoda de entrada, vi las llaves del Scenic de mi padre y pensé que sería bueno darle un arreón al motor. Mi padre había dejado de conducir y era yo quien solía mover un poco el coche cada vez que venía de visita.

Salí de casa, cerré con tres vueltas de llave y caminé por el jardín. El Scenic de mi padre estaba como siempre, medio polvoriento, desordenado... Había unos cuantos tíquets de gasolina, de un restaurante y alguna tarjeta de parking en la bandejita central. El ambientador de pino que ya no ambientaba nada. Y una pegatina de la ITV que ya había caducado.

El motor estaba helado. Hice como cinco intentonas hasta que por fin arrancó, después me bajé para abrir las puertas del jardín, cuyas bisagras chirriaron como en un cuento de terror gótico. Lo cierto es que Leire tenía razón: un mes sin atenderla, y la casa empezaba a estar llena de problemas...

Conduje por la orilla inmersa en mil pensamientos. Esa última carpeta que mi padre había abierto antes de morir. Ese apunte en el calendario: «P de Vega». ¿Una cita con alguien?

Volví a aparcar junto al cementerio e hice el mismo camino que la tarde anterior, solo que esta vez me dirigí a la plaza. Además del café Naroa, había visto un restaurante nuevo y, por supuesto, estaba el *batzoki*, donde siempre se comía bien.

Era la hora del vermut y la plaza estaba llena de niños jugando, padres vigilantes con su aperitivo en mano y otros más ociosos sentados en las terrazas de los bares disfrutando de los rayos del sol del mediodía. Y de nuevo (quizá solo fuese mi paranoia) volví a sentir mil miradas clavadas en mí. Pero esta vez la cosa fue a más. Alguien gritó mi nombre desde una de las mesitas.

—¡Quintana! ¡Eh!

Me giré y vi que una mujer sentada a una de las mesas del café Naroa me saludaba. Llevaba un vestido morado, un turbante a juego, cadenas de oro y unas gafas de pasta gruesa dorada que Elton John mataría por tener.

—¿Gurutze?

Ella se levantó y desplegó su fantástico outfit de astróloga de televisión mientras daba palmas de felicidad.

—¡Qué alegría!

Me senté con ella solo para que dejáramos de ser el centro de atención de la plaza. ¿Hacía cuánto que no veía a Gurutze? Quizá tres años, pero seguía igual. Exagerada, teatral, grandilocuente...

—¿Qué demonios haces aquí, escritora de éxito? —preguntó.

—Buscando un sitio para comer —le dije.

—Me refiero aquí —señaló con el dedo hacia abajo—, en Urkizu.

—He venido a... Bueno, a varias cosas —dije—. ¿Te has enterado de lo de Jokin? Ayer fue su funeral.

Ella hizo un gesto con la cabeza, que no supe cómo interpretar.

—¿Tienes tiempo para un Spritz? —dijo—. Es la hora del Spritz.

Gurutze levantó la mano y llamó a una camarera. ¿Había servicio de terraza? ¿Spritz de aperitivo? «Este pueblo ya no es lo que era», pensé.

—El turismo lo cambia todo. Para bien y para mal. Ahora salimos en las guías: Urkizu, «la base perfecta para explorar la pequeña Suiza». El hotel balneario no da más de sí y están planteándose construir otro... —Bebió un trago de su Spritz—. Oye, ¿de verdad fuiste al funeral de Jokin? Me enteré de la noticia, pero yo no voy a funerales. Los odio. Me deprimen. Dicen que lo atropelló un coche en Bilbao, ¿no? Y que había estado en una presentación tuya.

—Exacto.

Vino la camarera y pedí un Aperol. Gurutze pidió otro para ella y le dio matarile al que tenía en la mesa. Me encendí un cigarrillo y expulsé el humo mirando hacia el agua. Había un grupo de unas quince piraguas remando. Los chavales del albergue, supuse. Pescadores en las orillas. Una motora tirando de un esquiador acuático a lo lejos.

—Da gusto ver el pueblo tan vivo, ¿no?

—Sí. ¿Sabes que los franceses lo están comprando todo?

—¿Franceses?

—Lo que oyes. Están comprando todo lo que se vende. Uno ha comprado la casa de los Lekerika. Un millón de euros a tocateja. Dicen que la van a convertir en un hotelito. ¿Qué vais a hacer con la de tu padre?

Hice un pequeño silencio, sobre todo para contrarrestar la intensidad del diálogo con Gurutze, que a veces era como una metralleta.

—Mi hermana quiere vender —dije—. A mí me cuesta solo planteármelo.

—Te entiendo…, pero ahora se ha revalorizado todo. Es un buen momento. Tú estás en Madrid, ¿verdad? ¿Por qué nunca nos vemos?

Odio esa pregunta, ¿y por qué nunca me llamas? Aunque lo cierto es que, en los últimos años, apenas pisaba Urkizu más que para ir al súper o comprar tabaco, por no hablar del Club…, pero en vez de responder acabé encogiéndome de hombros.

—Ya sabes, la vida… —dije como para no contestar nada en concreto—. ¿Qué es de la tuya, por cierto?

—Como tú, a caballo entre dos mundos. Mis padres están mayores y, como hija única que soy, me estoy comiendo el pastel yo solita. Mi *aita* está perdiendo la cabeza poco a poco y mi madre hace como que no pasa nada. Dice que mi padre siempre ha sido así, despistado.

—Lo siento mucho.

—Es lo que toca a nuestra edad. Es la gran decadencia, ¿eh? El cuerpo empieza a fallar. Los padres empiezan a fallar. ¿Sabes que he empezado a correr? ¡A mis cuarenta! Bueno, en realidad es más bien andar a buen paso, pero lo importante es sudar la camiseta, ¿no? Me doy una vuelta al pantano y...

Gurutze iba directa a otro de sus interminables monólogos. Menos mal que apareció la camarera con dos relucientes Aperol Spritz que parecían dos rubíes atravesados por la luz de la tarde. Gurutze se autoinvitó a uno de mis cigarrillos. Después brindamos:

—Por la juventud —dijo ella—. Cuando éramos bellos...

Choqué mi copa pensando en esa frase y en las jóvenes caras de Oliver, Luken, Anita... que había visto la noche anterior en el DVD de mi padre.

—¿Qué tal está todo el mundo? Oliver, Anita... Me enteré de lo de su padre.

—Sí. —Gurutze lanzó una flecha de humo al aire—. Pobre Ernesto, otro que perdió la cabeza. Los últimos meses le traían a veces por el Club. Siempre vestido de punta en blanco y el pelo bien peinado... Un dandi hasta el final, ¿eh?

Yo también lo recordaba así, un tipo elegante, atractivo... Aunque mi recuerdo de él siempre lo asociaba con mi madre. Ernesto solía venir por casa después de su trabajo, a visitar a mi madre y darnos una segunda opinión sobre los tratamientos y decisiones que se estaban tomando.

—¿Sigue Anita con su escuela del remo? —pregunté como para espantar esos demonios.

—Claro, es un éxito total. Hay lista de espera y alumnos que vienen desde todas partes, incluso del extranjero.

Anita Guirao había sido bicampeona nacional de remo y medalla de plata en las olimpiadas de Pekín 2008. Al término de su carrera había fundado una importante escuela de remo en Urkizu que era un centro de referencia a nivel nacional.

—Sé que lleva años intentando ampliarla —continuó explicándome mi amiga—, pero el ayuntamiento no acaba de darle los permisos... Aunque ya conoces a los Guirao. Lo terminarán consiguiendo.

Yo pensé en Lidia y sus presiones para detener el rodaje de mi serie y el documental. En ese caso, quizá por una vez, no lo habían conseguido.

—¿Y Oliver? —pregunté—. Le vi en la tele, en un programa de cocina. Estaba cambiado...

—Calvo, quieres decir —matizó Gurutze con una sonrisa malvada.

Aunque Oliver Prieto seguía siendo un tío guapo, con unas facciones afortunadas y un cuerpo alto y bien proporcionado, había experimentado algunos «cambios capilares» importantes en los últimos años. Básicamente, su cabello había abandonado la cabeza en busca de tierras más fértiles, y ahora lo tenía por barba.

—En este momento es toda una estrella. Literal: se rumorea que los de Michelin están a punto de darle la primera.

—No tenía ni idea.

—Ha pasado de hacer hamburguesas con queso a ser un chef de prestigio.

Nos reímos.

—¿Y tú? ¿Algún proyecto interesante en el horizonte? —le pregunté entonces.

—Estoy esperando un par de cosas —dijo con importancia—. Una serie de HBO. Y un tema de teatro en Madrid que ojalá salga, porque me encanta.

Gurutze era una de esas actrices marcadas por un papel. En su caso, el de sor Miren, la monja de *Flores del pasado*, una teleserie de la sobremesa nacional que había durado ocho temporadas y sumado cientos de capítulos.

—Y tú, ¿qué, Quintana? A tu hermana Leire la hemos visto más, pero tú has estado desaparecida.

—Bueno, ya sabes: Madrid te atrapa.

Y no era del todo mentira. La ciudad tenía esa fuerza centrípeta. Primero la universidad, con todo lo que ello implica (incluidas las fiestas, los amigos, los novietes y los viajes). Los primeros trabajos basura (camarera, dependienta, recepcionista)... y, más tarde, aquel puesto en una agencia de publicidad donde dejé ocho preciosos años de mi vida escribiendo eslóganes y *copies* para todo tipo de anuncios.

—He venido poco por el pueblo, a visitar a mi padre principalmente..., y después he estado bastante liada con esto de los libros. Muchos viajes...

Lo cierto es que no había socializado apenas en los últimos años. Y el éxito abrumador de *La chica del lago* y todo lo que trajo consigo habían sido otro acicate para poner tierra de por medio.

—Mira que ni asomarte por el Club...

—Es cierto... —Me sentí culpable, una pizca solo—. Me daba pudor acercarme por allí. Ya sabes. Pensaba que no sería bien recibida...

—¿Por Lidia? ¡Qué dices! Bueno, es verdad que a Lidia no le hizo ninguna gracia lo de tu novela y eso. Pero al resto del pueblo le ha venido estupendamente. A mí me pareció excelente. Está todo muy bien retratado: los personajes... Siempre me he preguntado si yo era Lucía, la chica que soñaba con ser actriz.

—Saqué algunas cosas de ti, claro.

Pensé en el personaje de Lucía. Una chica algo gruesa, muy acomplejada, que odiaba a Nina (el *alter ego* de Alba), por haberle robado al amor de su vida. No, realmente, no estaba tan alejada de Gurutze.

—Me encanta una frase que dice en el libro: «No hay piedad para los feos». ¿En serio lo dije alguna vez?

—Eso me lo inventé.

—Pues podría haberlo dicho. En aquella época sufrí mucho por mi aspecto. Tú lo sabes... Y Alba no era lo que se dice una santa. —Sonrió—. En cualquier caso, me alegra no ser la asesina en el libro... Aunque reconozco que se me heló la sangre leyendo la escena de la Noche de San Juan en la isla. Eso lo escribiste tal cual...

Eso me hizo recordar el video del interrogatorio que había visto la noche anterior. En su testimonio, Gurutze había explicado que, mientras que Oliver y Anita salían a buscar a Alba por el bosque, ella se había quedado esperando en la barca.

POLICIA: ¿Viste u oiste a alguien?

GURUTZE: Nada. Era como si todo el mundo se hubiera esfumado de pronto. Después aparecieron Oliver y Anita, cada uno por su lado. Dijeron que Alba se habría marchado seguramente con Luken. El frío apretaba, así que nos fuimos.

—Nunca he dejado de sentirme algo culpable por aquella decisión, ¿sabes? —dijo Gurutze.

—¿Culpable tú?

Ella dio un largo trago a su Spritz.

—Creo que podríamos haber insistido un poco más... No lo sé... Oliver estaba muy seguro, y supongo que Anita y yo nos dejamos llevar. Y ella era su prima. Era la que tenía que llevarla de vuelta a casa... En fin. Supongo que en aquel momento nadie podía imaginarse que Alba estaba todavía en alguna parte de la isla.

«¿Haciendo qué? Esa era la gran cuestión».

—En fin, cambiemos de tema... Esta noche hay una fiesta en el Club y toca una banda en directo. Sería una gran ocasión para dejarte caer.

—¿Una banda? ¿En el Club?

—Sí, ya sabes. Ahora tenemos los «sábados de puertas abiertas». El bar hace mucha caja, pero lo cierto es que se cuela bastante chusma.

—Pensaba pasarme el fin de semana en casa, arreglando papeles y cosas de mi *aita*. No tengo mucho cuerpo de fiestas, la verdad...

Gurutze se había quedado callada.

—¿En qué piensas?

—Hablando de gente que se cuela en el Club, acabo de recordar cuándo fue la última vez que vi a tu *aita*. Estaba con Jokin, precisamente.

—¿Con Jokin?

—Jokin tuvo una pelea en el Club Náutico y tu padre lo sacó allí.

—¿Una pelea? Mi padre no me contó nada.

—Fue algo sin importancia. Jokin debía de estar muy bebido y entró allí sin permiso. Tuvo un encontronazo con Oliver Prieto, pero tu padre lo sacó de allí antes de que la cosa fuese a más.

—Sí —dije pensativa—, eso le pega. Nunca dejó de ser el sheriff del pueblo. ¿Cuándo dices que fue eso?

—A primeros de abril —respondió Gurutze—. Ahora que

lo pienso, fue la última vez que vi a cualquiera de ellos con vida...

Sopló una ráfaga de viento frío que se llevó las colillas del cenicero y me hizo temblar de los pies a la cabeza.

31

Aquella anécdota de mi padre y Jokin en el Club me tuvo pensativa mientras almorzaba un menú de fin de semana en el *batzoki*. Edurne había dicho que mi padre era una de las pocas personas que trataban a Jokin con cierto tacto. (Como se suele decir «Es un loco, pero es un loco del pueblo»). ¿Quizá eso explicaba la pesadumbre de Jokin el día de su funeral? ¿O que le dedicase la última palabra que dijo con su último aliento?

Volví a casa y me eché en la cama. La noche anterior había sido muy mala y me dormí enseguida.

Y tuve un sueño horrible.

Cuando volvía a abrir los ojos era noche cerrada. «Pues sí que he dormido», pensaba. Me levantaba y me acercaba a la ventana. Era una noche de luna llena y el pantano era una balsa de plata. Ni el aire se movía..., pero entonces, junto a la pequeña playa de ribera que había en nuestro jardín trasero, vi algo flotar.

En mi sueño, yo sabía lo que era.

Alba.

«Nunca debí ver aquellas fotografía de la autopsia».

Estaba lejos pero podía verla, no me preguntes cómo (cosas de los sueños). Su cuerpo largo, blanco, su melena flotando, abierta como una estrella de mar. Su cara hinchada, su boca abierta por la que entraban y salían pequeños gusanos.

Yo seguía en la ventana de mi habitación, mirando ese cadáver flotar. Pero entonces ella se movía.

Se arrastraba fuera del agua, a cuatro patas, como una fiera salvaje. De pronto levantaba el cuello de una manera imposible (o lo tenía roto) y me miraba fijamente. Podía ver el brillo de la luna en sus ojos sin fondo.

Y entonces echaba a correr hacia la casa y yo bajaba volando por las escaleras. Mi padre siempre nos decía aquello de «tres vueltas de llave, pestillo y cadena», pero, por alguna razón, sabía que en ese sueño la puerta se había quedado abierta.

Y así era.

Por supuesto, llegaba tarde. Alba estaba allí, de pie en mi vestíbulo, descalza, goteando agua.

—Vuelve a la isla. Encuentra mi diario.

Me desperté sobresaltada.

Eran las seis de la tarde. Las noches anteriores habían sido terribles, el cansancio de la gira de promoción también pesaba, y supongo que mi cuerpo había reclamado una tregua. Pero resultaba imposible sobreponerse a todo lo que estaba ocurriendo, y aquella pesadilla era la muestra de que mi inconsciente clamaba por una respuesta.

Oí un trueno todavía muy lejano, en las montañas. Las ramas del cerezo que veía por mi ventana se agitaban por un viento cada vez más intenso.

Era sábado a la tarde, al día siguiente me marchaba pronto

para Madrid, así que pensé en segar un rato. Al menos la parte del césped más pegado a la casa. Ya volvería para terminar el resto.

Me puse unos vaqueros desgastados, una sudadera vieja, unas botas de goma. Las llaves del cobertizo estaban colgadas de un barbo disecado que teníamos junto a la entrada. Las cogí y salí por la puerta de atrás. El aire estaba húmedo, pero no hacía mucho frío esa tarde. Caminé por encima de aquella hierba demasiado alta, repleta de chiribitas y meacamas.

Abrí el candado (que también empezaba a necesitar un poco de 3-en-uno) y tiré del gran portón de madera, que siempre se cerraba solo. Para eso teníamos un taco de madera junto a la entrada. Calcé la puerta con ello y entré. La segadora permanecía pegada a la pared de la izquierda, junto con un par de bidones de gasolina y un viejo generador diésel que mi padre compró durante una época en la que los apagones eran bastante habituales en la zona. Pero entonces, otro objeto me llamó la atención poderosamente.

El kayak de mi padre —un viejo modelo biplaza de color azul— estaba montado en dos tacos de madera y con el remo colocado dentro.

Y entonces recordé esa pesadilla que había tenido durante la siesta. Alba diciéndome que fuera a la isla a por su diario. A la isla donde Jokin tenía su cabaña…

Jokin me dijo «que volviera a casa». ¿Y si se refería a *su* casa en la isla?

Volví a mirar el cielo. Atardecía, pero aún tenía un par de buenas horas de luz. Y la tormenta parecía retenida en lo alto de las montañas.

¿Y si cambiaba mis planes de segar la hierba por una visita a la isla de Soroa?

32

Lo hice como hago un buen montón de cosas en mi vida: sin pensar demasiado. Un presentimiento, ¿una poderosa corazonada?, me gritaba que aquello, justo aquello, era algo que debía hacer cuanto antes.

Volví a la casa y rescaté unas botas de trekking del armario de la entrada. Me hice una pequeña mochila con una linterna, una toalla y unos calcetines.

Después, regresé al cobertizo. El kayak tenía una buena capa de polvo encima y encontré una araña cómodamente instalada en uno de sus compartimentos estancos. Supuse que mi padre no lo había usado en todo el invierno y, de nuevo, me asaltó un pensamiento: el verano pasado, según lo guardaba, ¿se habría imaginado que era la última vez? Pero nadie vive pensando en que la muerte llegará antes de la siguiente Navidad, ¿no?

Planté la toalla para sentarme encima y evitar mojarme las posaderas más de lo necesario, y lancé la mochila y los zapatos dentro. Arrastré la barca por la proa hasta el agua, me arremangué un poco el pantalón y pisé aquella tierra lodosa y fría hasta que el kayak flotó lo suficiente para montarme y terminar de empujarme con un remo. De pronto me deslizaba por el agua. ¿Hacía cuánto tiempo que no tenía esa sensación? De niña, como casi todos los críos de la zona, había tomado clases de vela y había participado en el equipo de remo del pantano. Después, en la adolescencia, todo el mundo se pirraba por tener una lancha a motor (eras guay o un maldito perdedor con una barca a remos)... Y ahora supongo que estaba en la edad en la que «el ejercicio te viene bien», «conectas con tu ser», «abrazas los árboles y remas en kayak».

Fui bogando despacio. El viento me ayudaba y el kayak se propulsaba con facilidad en aquella superficie plana, creando una estela de ondulaciones en el agua negra y profundísima del pantano.

En cuanto superé la península, apareció el casco urbano de Urkizu, coronado por la aguja de la iglesia y la pared del frontón. La terraza del café Naroa estaba a rebosar de gente que se dejaba acariciar por los últimos rayos de sol del día. Aunque soplaban ráfagas de un viento frío y cortante que auguraba una noche de tormenta.

Seguí remando; un poco más al oeste distinguí el animado puerto del Club Náutico, repleto de embarcaciones y veleritos. Casi seguido estaba la casa de los Guirao, una mansión en toda regla en la que yo había estado muchas veces, ya que Anita siempre celebraba su cumpleaños en el jardín de la casa. Allí vi la primera actuación de magia de mi vida. Y también a la primera sirvienta doméstica con cofia.

El viento sopló un poco más frío y los cantos de los pájaros se volvieron extraños mientras observaba aquel lugar que estaba incrustado como una esquirla de cristal en mi memoria. Un cristal afilado que seguía haciéndome heridas cada vez que lo tocaba.

Remé con fuerza hasta perder la casa de vista.

Tardé unos quince minutos en arribar a la isla de Soroa. En los últimos veinticinco años apenas había vuelto por allí. Algunos días que salía a pescar con mi *aita*, parábamos en el embarcadero para descansar y comernos un bocata, pero poco más. Había muchos otros sitios a la orilla del pantano con menos recuerdos (malos) para nosotros. Así que dejábamos Soroa para los domingueros, los excursionistas o los adolescentes, que seguían yendo a las ruinas de Garaio a fumar porros o tener sus primeros escarceos sexuales en las noches de verano.

Amarré en el embarcadero, donde a esas horas de la tarde no había más que una lancha. De hecho, toda la explanada frontal del albergue parecía extrañamente vacía, ¿se habían marchado los críos? Con el viento empujando las hojas de algunos árboles, parecía la escena de una película postapocalíptica.

Me calcé las botas de trekking y me dirigí caminando hasta la zona de los barracones. Eran media docena de cabañas de madera que podían alojar a un centenar de niños y niñas; normalmente de colegios del País Vasco, aunque también llegaban desde La Rioja o Burgos. Yo misma había estado allí unas cuantas veces de cría. Días de sol y baños en el lago y noches de hogueras, historias de terror y de pasar mucho frío...

Según me iba acercando, noté que todo el lugar olía a nuevo. La madera estaba lijada y barnizada. Los tejados, limpios.

El césped, replantado, y había gravilla nueva en los senderos. Edurne había mencionado unas «obras de restauración» que habían tenido lugar a primeros de año y parecía que era cierto: la diputación se había puesto las pilas después de siglos de tener el albergue hecho unos zorros.

Me adentré entre las cabañas esperando oír el murmullo de la juventud por algún lado..., pero aquello era como una ciudad fantasma. Las puertas tenían los candados echados. las contraventanas estaban cerradas. Llegué al final de aquella especie de calle, donde se alzaba un viejo almacén, y allí por fin escuché algo. Un ruido de un taladro. Golpes de martillo.

Me dirigí hacia aquel sitio, rodeando el edificio.

33

El responsable de aquel ruido era un hombre bajito y robusto, de rasgos latinoamericanos, que había visto el día anterior en la iglesia y que enseguida reconocí como la persona que estaba sentada frente a mí. Ahora llevaba una visera roja en la cabeza y se afanaba arreglando unos toboganes flotantes.

—¡Hola!

Alzó la mano para saludar. Después se quitó unos auriculares de los oídos.

—Con Dios —respondió él.

Su acento me recordó al del portero hondureño de un edificio en el que viví en Madrid. Me acerqué sorteando las embarcaciones y plataformas flotantes que inundaban aquella explanada frente al almacén.

—Creo que le vi ayer, en el funeral de Jokin —dije al llegar a su altura—. Me llamo Quintana Torres.

Me quedé aguardando la clásica reacción —«¿Es usted la escritora?», acompañada de una sonrisa—, pero el hombre se limitó a levantarse la visera, secarse el sudor de la frente y tenderme la mano con indiferencia.

—Edwin Rodríguez, para servirle. ¿Amiga de Jokin?

—Desde la infancia —respondí sin entrar en más detalles—. ¿Trabajaba aquí con usted?

—Así es. Pobre Jokin, tuvo mala suerte...

Yo me quedé callada unos segundos, pensando en eso de la suerte.

—¿Tiene un minuto para charlar?

—Claro, señora. Esto está muy tranquilo.

—¿No hay niños hoy?

—Acaba de marcharse una excursión. Hasta el 1 de junio no empiezan las colonias... ¿Quiere un café?

Un café, dije, buena idea.

Entramos dentro. El almacén, un hangar que llevaba allí también desde tiempos inmemoriales, estaba dedicado a albergar la maquinaria de jardinería, herramientas y repuestos necesarios para el mantenimiento del albergue. Había también *racks* llenos de piraguas y paddles, todo en perfecto orden.

Edwin tenía montada una oficinita en una de las esquinas de aquel hangar. Una cafetera, un póster de una chica en topless y un radiador eléctrico le daban el toque hogareño a su antro.

Me ofreció una silla y un café. La verdad es que olía maravillosamente y acepté.

—Es de mi tierra, Comayagua... —dijo mientras echaba unas cucharaditas en un filtro—. Arábica pura, de primera.

—Huele muy bien.

Se hizo un pequeño silencio, que rompió con voz tranquila.

—¿Qué se le ofrece entonces, señora?

«Qué se me ofrece», pensé, «buena pregunta».

Había ido allí sin un plan claro, siguiendo una corazonada. Jokin me había dicho «Vuelve a casa», y es lo que había hecho. ¿Qué más tenía que hacer ahora? Decidí empezar por el principio:

—Pues verá... La verdad es que es algo difícil de explicar. Jokin vino a verme a Bilbao la noche en que lo atropellaron y...

—¡Anda! Así que es usted esa escritora famosa...

—La misma —respondí con una media sonrisa—. ¿Le gusta leer?

—No. Los libros nunca fueron mi fuerte, señora. Mi mujer sí que lee mucho. —Se quedó pensando—. Jokin también leía. Siempre estaba con algún libro...

—¿Le conocía bien?

—Digamos que teníamos trato. Nos solíamos ver todas las semanas, compartíamos algún café y alguna charla. Casi siempre hablando de trabajo, en realidad. ¿Por qué?

—Bueno, lo cierto es que todo esto del accidente me ha dejado temblando. Era un viejo amigo de mi niñez y he sentido la necesidad de saber algo más de su vida. Edurne me dijo que estaba pasando una mala racha los últimos meses, ¿es cierto?

Edwin asintió en silencio. Era un hombre de movimientos pausados. Tras poner a hervir el agua y colocar dos tacitas junto a la máquina de café de filtro, se sentó en la silla.

—Su padre, Ramiro, era el antiguo guarda del albergue. Me dio el trabajo cuando se jubiló y solo me pidió una cosa: que siguiera empleando a Jokin.

Otro silencio. La melita empezó a burbujear. Vi las primeras gotas de café cayendo en la jarra.

—Le digo esto porque siempre he tenido el máximo respeto por Ramiro y su hijo. No me gusta hablar mal de nadie. Y menos de alguien que me ha ayudado en la vida. Yo vine de Honduras sin nada, ¿sabe?

—No le pido que hable mal, Edwin... Ya sé que Jokin tenía problemas. Me interesa saber cómo le había visto usted en los últimos meses. Si había percibido algo raro, fuera de lo normal...

Edwin se lo pensó un poco. Se quedó mirando la cafetera, hasta que estuvo medio llena. Se levantó y sirvió las dos tazas.

—Yo le daba las labores más sencillas. Limpiar los jardines, lijar y barnizar... Hacía bien el trabajo.

Volvió con las dos tazas, se sentó.

—Tuvo una baja muy larga... Se rompió unos tendones del pie derecho. Después de eso..., bueno, empezó a venir muy poco. Creo que no se recuperó del todo, ¿sabe? Ahí empezó a ir mal.

«Otra vez con el decoro», pensé.

—No se preocupé, Edwin —dije—, conozco la historia de Jokin y el alcohol. Me lo contó su hermana.

Por toda reacción, Edwin arqueó las cejas en silencio. Bebió un poco de café y yo hice lo mismo. La verdad es que estaba delicioso.

—El pobre chico era un alma en pena —empezó a decir—. Yo iba de vez en cuando a su cabaña a llevarle alguna cosa. Comida, alguna revista... Me sentía un poco culpable, para ser sincero.

—¿Por qué?

—Bueno, creo que no tendría que haberlo dejado solo con aquellos armarios.

—¿Los armarios?

—Estábamos desmontando una vieja fila de armarios que cubrían toda esa pared. —Señaló hacia una esquina donde ahora había una hilera de armarios metálicos nuevos—. Pesaban una barbaridad y le dije que no lo hiciera solo, pero él insistió que podía. Entonces uno de ellos se le cayó en el pie según lo estaba desatornillando. Y creo que esos dolores pudieron con él. Creo que le devolvieron las ganas de beber...

—No creo que fuera únicamente eso —intenté aligerar un poco esa culpa—. Dicen que un alcohólico lo es para toda la vida... ¿Ha dicho que le visitaba a menudo? ¿En su cabaña?

—Eso es. Una vez a la semana —dijo Edwin—. Mi mujer preparaba una baleada muy rica, que a Jokin le gustaba mucho, y le llevaba un poco todos los lunes antes de volver al pueblo.

—¿Y cómo le veía?

—Mal, ya le digo. En los últimos dos meses noté que ni se aseaba, vivía prácticamente a oscuras, con las contraventanas echadas... Cuando iba por allí, cogía la comida, me daba las gracias, pero nunca me dejó pasar dentro. No sé... A veces llegué a pensar que tenía otros problemas. Parecía temeroso por algo.

—¿Temeroso?

—Siempre que abría la puerta miraba a todas partes, como si estuviera alerta..., pero quizá fuese alguno de sus males —dijo señalándose la cabeza—. Jokin, además del alcohol, sufría mucho de los nervios.

Una manera suave de llamar a la esquizofrenia, pensé. En cualquier caso, esa actitud paranoica y obsesiva coincidía con lo que Edurne me había contado. Pero ¿por qué? ¿A cuento de qué había comenzado Jokin a enredarse en esas ideas obsesivas?

Tenía mis sospechas.

—¿Alguna vez le habló de un diario o algo así? —pregunté de sopetón.

Pillé a Edwin bebiendo un sorbo de su café, aunque no pareció inmutarse lo más mínimo.

—¿Un diario? No que yo sepa, señora.

—Me ha dicho que le veía siempre con un libro… —dije—. ¿Quizá le vio alguna vez con un cuaderno de tapas amarillas, con un pequeño candado?

Aquello provocó algo en él. Lo vi claro en sus ojos. Un recuerdo.

—¿Un cuaderno amarillo? —repitió.

—Espere.

Busqué dentro de mi bolso. La foto estaba muy estropeada pero, al mostrársela, tuve la certeza de que Edwin lo reconocía.

—Sí —dijo—. Eso lo encontró aquí… Fue el mismo día del accidente.

—¿Se refiere al accidente con los armarios?

Sin decir otra cosa, Edwin se levantó de la silla y me hizo un gesto para que le siguiera. Nos dirigimos a esa pared que estaba completamente recubierta de armarios metálicos.

—Estos se utilizan para almacenar chalecos salvavidas, remos, flotadores… Los que estaban antes ya estaban roñosos. Llevaban cuarenta años aquí, me dijeron. Fíjese en la parte de abajo, ¿ve ese rodapié?

Una especie de rodapié metálico discurría por la parte baja de la pared. Lo observé sin ser capaz de entender a qué venía aquel «tour del cachivache».

—Lleva cables y tuberías por dentro —siguió diciendo Edwin—. Y eso provoca que los armarios no se puedan pegar del todo a la pared. Dejan un hueco de unos tres o cuatro centímetros. Cuando estábamos retirando los armarios viejos, en ese hueco aparecieron un montón de cosas, porquerías que se habían ido acumulando a lo largo de los años...

Comencé a sentir un ligero temblor en las tripas.

—Siga.

—Fue a finales de enero, como le digo. Un día oscuro en el que llovía a mares. Yo estaba trabajando en la pared contraria, montando los *racks* de las piraguas y los paddles. Jokin iba ya por el tercer armario. Lo acababa de retirar y, como siempre, encontró algunas cosas al otro lado.

Noté que se me aceleraba el pulso.

—Teníamos una bolsa de basura puesta en el centro para ir tirando toda la porquería que aparecía. Jokin estaba allí, con un buen montón de cosas que habían salido detrás del último armario. Entonces se quedó mirando algo. Era un cuaderno amarillo como el de esa fotografía... Se puso a gritar y dar brincos... Parecía muy emocionado. Dijo un nombre, aunque no recuerdo cuál.

—¿Alba?

—Eso es —respondió él.

Me tuve que apoyar un instante en una de las barcas que había apiladas.

—¿Está seguro de que ese era el nombre que decía?

Edwin asintió con la cabeza.

—Y el cuaderno, ¿está seguro de que era este? —Le mostré otra vez la foto.

—Yo estaba subido en una escalera, a unos cinco metros y estaba muy oscuro..., pero Jokin lo llevó bajo una luz. Lo abrió. Se puso a leerlo.

—¿Qué pasó luego?

—Le hice una broma. Le dije que cualquier tesoro que encontrase había que repartirlo entre dos…

—¿Y qué hizo con ello?

—No lo sé. Supongo que lo guardó en su mochila. Después siguió con los armarios… Y fue esa misma tarde cuando uno de ellos se le cayó en el pie. Lo tuve que llevar al hospital. Y cogió la baja ese día.

—¡Edwin, esto es muy importante! —dije mientras sacaba un cigarrillo del bolsillo de mi chaqueta—. ¡¡Lo que usted me acaba de contar es importantísimo!!

—Señora —señaló el cigarrillo—, esto está lleno de cosas inflamables…

Salí fuera todavía con los nervios a flor de piel. Me encendí el cigarrillo y fumé mientras trataba de encajar las piezas. Edwin salió detrás.

—¿Quién era Alba? —preguntó.

—Una vieja amiga de nuestra juventud, una chica que murió hace años… Creo que Jokin encontró un diario suyo que se daba por perdido.

—Vaya…, así que eso hizo que Jokin se emocionara tanto.

«Y algo más», pensé para mis adentros, pero me lo callé. Además, Edwin tampoco parecía demasiado interesado en esos asuntos «etéreos» y extraños. Se quedó allí en silencio un par de minutos, sin decir o preguntar nada más, casi por educación. Al final, se disculpó asegurando que debía volver a sus tareas.

—Tengo que meter todo al almacén antes de que anochezca.

—Claro, claro, perdón… ¿Me puede indicar cómo llegar a la cabaña de Jokin? —pregunté—. Me gustaría ir a verla, saber dónde vivía.

Edwin hizo un gesto que podía significar «complicado».

—Está un poco apartada de todo. ¿Conoce la isla?

Le dije que sí.

—Al noroeste, a unos diez minutos andando desde el poblado de Garaio. Se encontrará una especie de cierre de madera un poco disimulado. Jokin no quería que llamase mucho la atención por los chavales. Ya sabe, son unos bárbaros por aquí. ¿Piensa ir a la cabaña ahora? Queda poca luz y esto se pone realmente oscuro por la noche.

—Tengo linterna.

—Bueno —volvió a colocarse la visera en la cabeza—, si necesita algo más, estoy aquí hasta las ocho.

—Gracias, Edwin —dije—. Me ha sido de mucha ayuda.

Con el corazón todavía acelerado, me encaminé a lo alto de la colina. Según subía, fui tratando de reconstruir aquella historia. Jokin había encontrado el diario detrás de un viejo armario del almacén. Pero ¿cómo había terminado allí?

La respuesta más sencilla (lo que a menudo equivale a decir «la correcta») es que Alba lo colocó allí en algún momento de aquella última noche. Pero ¿cómo entró en el almacén?

«¡Espera! Claro...: ¡la ventana!».

Eso también tenía explicación. En la Noche de San Juan de 1999 pasaron muchas cosas además de la pelea entre Luken y Oliver y la posterior desaparición de Alba. El primer incidente de la noche fue aquella hoguera tan grande, tan exagerada. Alguien había traído palets de madera de una obra y el fuego cobró tal calibre que empezó a extenderse por el césped. Algunos chavales de Elosu decidieron romper una ventana del almacén donde sabían que había un extintor. Jokin los abroncó por hacerlo y cuando los chavales hubieron gastado el extintor en las llamas, él mismo se coló y abrió la puerta para devolver el extintor a su sitio.

Así que el almacén estaba abierto aquella noche. Alba lo sabía. ¿Se coló allí dentro para esconder su diario? Pero ¿por qué lo dejó caer al otro lado del armario?

Demasiadas preguntas sin respuesta, aunque eso era lo de menos. Por fin se explicaba dónde lo había encontrado Jokin, y también cuándo: en enero de ese año, el mismo día que tuvo un accidente que lo postró en la cama... Eso seguramente le dio muchísimas horas de lectura (que era un ávido lector también era una pista para entenderlo todo).

Y todo lo que había ocurrido a continuación —su recaída, su muerte— fue una consecuencia directa de ese hallazgo fortuito.

Pero ¿dónde estaba el diario ahora?

34

Llegué a lo alto de la colina y pensé en llamar a Javi, pero el teléfono no daba señal. Bueno, lógico, la cobertura ya era mala en muchas zonas de Urkizu, así que en la isla debía de ser un milagro.

Desde allí arriba se tenía una buena vista de la parte sur del pantano y la península de Zabalain. Una larga franja de luz anaranjada doraba el paisaje a esas horas, aunque muy pronto el sol se escondería tras las montañas. Pensé que me quedaba poco tiempo si quería llegar a la cabaña de Jokin...

Pero ¿qué pretendía hacer allí? ¿Ver si había alguna ventana abierta por la que colarme?

«Bromeas».

«Por supuesto (... que no)».

Miré el bosque que tenía ante mí y volví a pensar en Javi.

«Me vendría muy bien algo de ayuda», me dije mientras lo intentaba una vez más con el móvil, pero definitivamente no había cobertura. Además, qué demonios, pensé que Javi estaría con Estefanía, haciendo lo que quiera que las parejas del pueblo hacen los sábados por la tarde, y quizá no era cuestión de molestar con más alucinantes noticias sobre diarios y personas muertas.

Así que devolví el teléfono a la chaqueta y me puse andar.

La isla de Soroa tiene una extensión de casi cien hectáreas, principalmente de bosques. Una gran reserva natural que apenas había sido alterada desde la creación del embalse en 1957. Los robledales convivían con pinares y algún hayedo, todo creciendo salvaje y, por eso, la isla tenía fama de ser un laberinto por el que podías perderte durante horas y del que algunos decían que provenía su nombre (*zoroa* es «loco» en euskera), aunque esto solo era una leyenda urbana. Otros decían que Soroa era el apellido del dueño original de los terrenos.

Un sendero bastante ancho conectaba la colina con un merendero nuevo situado a menos de un kilómetro del albergue. El merendero se había construido en el mismo lugar en el que originalmente se celebraba la Sanjuanada «alternativa» hasta que se prohibió terminantemente a raíz de los sucesos de 1999. Un prado de hierba rodeado por un gran bosque, el mismo por el que nos perdíamos de niños. En el que los grupos de amigos solían pasar las aburridas tardes de sábado, o en el que las parejitas iban a esconderse por la noche.

Por la noche…

Me acerqué al centro exacto donde acostumbrábamos a montar la gran hoguera de San Juan, con una pila de maderos, apuntes, libros de texto… Incluso (al estilo de los nazis en 1933) alguna que otra novela mal avenida.

Si cerrabas los ojos, podía volver a ver aquella gran hoguera. Sus grandes llamas danzando, hipnóticas, aquella Noche de San Juan de 1999.

—Eh, ¿no es demasiado grande? Quiero decir…: ¿no nos hemos pasado echando cosas?

Lo cierto es que la hoguera de aquella noche nos impresionaba a todos. Te ardían las mejillas y las pestañas y tenías que echarte para atrás si no querías empezar a sudar como un pollo.

Una espiral de chispas de oro se elevaba hacia las estrellas. Una guitarra sonaba en alguna parte (alguien cantaba «Cien gaviotas», de Duncan Dhu). Risas, botellas de cerveza, un porro que pasaba de mano en mano. Luces de linternas destellando entre los árboles del bosque. Miradas que se entrecruzaban en silencio, de un lado a otro de la gran hoguera... Yo estaba allí, sentada en la hierba, bebiendo de una botella de cerveza de litro y entonces me topaba con los ojos de Javi Porta. El chico que jamás me había planteado que podría llegar a gustarme. Y sin embargo...

—¿No has notado que Porta no te quita ojo? —me susurraba Anita después de darme un codazo—. Lleva todo el curso así.

Nosotros, los chicos y chicas del Club, que vivíamos en nuestro mundo de príncipes y princesas, siempre le habíamos conocido como «el chico de los recados». Con su aspecto aseado, pelo cortado a cepillo y su discreción. Su familia tenía una tienda de ultramarinos en el centro y, casi como si fuera un chiste con su apellido, Javi trabajaba llevando pedidos a las casas de la península. Tenía una especie de motocarro que se podía oír a kilómetros de distancia. «Ahí viene el chico de los Porta con el pedido», decía mi padre. «Dadle veinte duros de propina, ¿eh?».

Mi padre le tenía cariño, quizá porque él también había sido «un chico del pueblo». Siempre que venía por casa, le ofrecía un vaso de agua o le daba una buena propina. Y nos lo ponía de ejemplo cuando Leire o yo nos quejábamos por lo que fuera. «Aprended un poco de ese chaval. Trabajando y estudiando a la vez».

—Al chico de los recados le gusta Quintana... —empezó a canturrear Anita aquella noche.

Y yo la mandé callar.

—Eh, tiene una moto muy chula —bromeó Oliver—. Te puede llevar de paquete junto a las naranjas y los melones.

Y risas y más risas.

Pero ¿no era cierto que yo también había empezado a fijarme en él? Mis ojos fueron los primeros en saberlo, porque comenzaron a buscarle casi sin yo darme cuenta. Cada vez que venía por casa y entraba hasta la cocina, o en el instituto. Su espalda recta. Sus brazos. Esa sonrisa que me encantaba provocarle con alguna frase sarcástica... «¿Cuándo vas a ponerle un silenciador a tu moto?».

Y después empecé a darme cuenta de que no era solo cosa mía. Que él también me miraba un microsegundo más de la cuenta. Que quizá aceptaba los vasos de agua de mi padre para estar un rato más por casa. «Algún día tienes que enseñarme eso que escribes».

Pero claro, por alguna estúpida razón (y de razones estúpidas está la vida llena), no me sentía capaz de admitir todo esto ante mí misma, y mucho menos ante mis sofisticados e interesantes amigos del Club.

Y aquella noche, sentada en aquella hierba, nos mirábamos a los ojos cuando alguien dijo:

—¡Vamos a jugar a un juego! Beso, verdad o consecuencia.

El viento azuzó los árboles y me hizo despertar. El merendero estaba desierto. ¿Cuánto llevaba allí soñando despierta? El cielo lucía cada vez más oscuro y volvió a retumbar un trueno. Levanté la vista y comprobé que las nubes avanzaban muy despacio, como grandes carabelas, hacia el interior del valle.

Más me valía darme prisa.

Desde aquel claro partían varios senderos y todos se adentraban en el robledal. Cogí el más ancho y eché a andar. Pronto, la frondosidad del bosque comenzó a filtrar la poca luz que le quedaba a la tarde y, en un abrir y cerrar de ojos, me vi rodeada por un bosque oscuro y silencioso y empecé a temer que, tal y como había dicho Edwin, aquello se pondría realmente difícil a la vuelta. Me planteé desandar el camino y usar el kayak para circunvalar la isla. Pero después pensé que sería más fácil seguir el mapa en tierra que a bordo de un kayak.

Saqué la linterna de la mochila, la encendí y tragué saliva.

Muchas veces, cuando una está sola consigo misma, decide tirar para adelante y ya está.

Bueno, resultó que esta decisión fue pesando más y más a cada paso que daba. Una se piensa que la naturaleza debe ser amable por algún motivo, pero a la naturaleza —como a los dioses clásicos— los humanos le importamos un bledo.

Primero tuve que sortear una zona invadida por la maleza. Los zarzales me arañaron la chaqueta, las manos e incluso me abrieron la mejilla... ¿Es que nadie desbrozaba los senderos? Después me encontré una zona anegada de agua. Hundí las botas y se me empaparon los calcetines. Y como guinda del pastel, me tropecé con una raíz del suelo y me caí de bruces en el barro. Súmale la oscuridad y el no tener ni idea de a dónde estaba yendo..., y la aventura empezó a resultar angustiosa.

Estaba ya sopesando muy seriamente la idea de darme la vuelta y volver corriendo donde el bueno de Edwin, cuando el bosque empezó a diluirse y me pareció avistar una de las orillas. Comencé a ver formas familiares: paredes de piedra, muros semiderruidos...; era el pueblo fantasma de Garaio. Una antigua aldea que tuvo que abandonarse durante la construcción del embalse y cuyas ruinas eran ahora cobijo de porretas, parejitas y amantes de lo paranormal (el sitio estaba lleno de leyendas y fantasmas, incluso había ido la tele alguna vez). Me sorprendió que estuviera tan silenciosa un sábado a la noche. ¿O quizá era demasiado pronto? Paseé por entre aquellos restos de botellas rotas, pintadas con declaraciones de amor o insultos variados. Llegué al agua y seguí adelante por el sendero, que ahora discurría cerca de la orilla.

«Al noroeste desde Garaio», había dicho Edwin.

El agua reflejaba esos últimos brochazos de luz azul metálica del cielo. Yo era solo una silueta negra que rasgaba la oscuridad con una débil linterna. Mi imaginación de escritora estaba enardecida en aquel escenario de cuento de terror.

Tardé otros buenos diez minutos en encontrar esa especie de cerrado del que Edwin me había hablado. Era un viejo palet de madera reaprovechado como puerta, apoyado sobre una alambrada de cable. Al otro lado había una maraña de arbustos y maleza que parecía no llevar a ninguna parte, pero como yo sabía que había «otra parte», empujé la puerta y me colé dentro.

La cabaña de Jokin apareció después de aquella pared de vegetación, asentada en una parcela de tierra llana, junto a dos grandes robles y un fragmento de orilla junto a la que descansaba una chalupa.

La luz de una media luna regaba aquel pequeño claro, y me permitió vislumbrarla. Era una cabaña de madera prefabricada, bastante más grande que un bungalow, pero que tampoco llegaría a los ochenta metros de planta. Había un montón de madera apilado junto a una pared y se podía distinguir el cuerpo de una chimenea de estufa metálica trepando por un costado.

No sé si era el *momentum* o mis fantasías..., pero aquel sitio parecía emanar una fuerza oscura. Y justo a esa hora, al comienzo de la fría noche en el pantano, era cuando comenzaban los sonidos más extraños. Los graznidos de los cuervos, el croar de las ranas, los frufrús del carrizo y las estridulaciones de las cigarras me acompañaron mientras me aproximaba conteniendo el aliento a aquella casa que parecía no querer ser molestada.

35

Di un pequeño rodeo de reconocimiento, apuntando con mi linterna a las ventanas, que tenían los postigos echados. Edwin me había dicho que Jokin vivía prácticamente encerrado en sus últimos días de vida y parecía cierto. Probé a abrir uno, pero estaban sujetados por dentro, aunque tenía pinta de un mecanismo de gancho muy primitivo.

«No debería ser muy difícil forzarlo».

«¿En qué demonios estás pensando?».

«Y después romper una ventana..., pero ¿con qué?».

«Te lo diré una sola vez: ESTO ES UNA PROPIEDAD PRIVADA».

Seguí recto y llegué hasta la orilla. Una barca de polietileno blanco, bastante sucia, estaba apoyada sobre la hierba y amarrada a un tronco mediante una cadena y un candado. Pero los remos estaban sueltos, dentro de la embarcación. («Perfecto para reventar un postigo»).

Necesitaba pensar un instante, así que me encendí un cigarrillo y fumé mirando la negrura del pantano. Desde allí se distinguían las luces de la orilla. Había destellos de colores en un punto, incluso llegaba el ligero rumor de ¿música?

Era el Club Náutico, e inmediatamente recordé que Gurutze me había hablado de un concierto esa noche. Terminé el cigarrillo mientras captaba el sonido de la música en directo reverberando en la naturaleza abierta del pantano.

Después volví la vista a la casa. Me quedé observándola y pensando: ¿para qué había ido allí si no era para intentar ver algo más?

Claro que sería un delito de allanamiento, pero yo me sentía invitada. Jokin había muerto en mis brazos después de enseñarme una foto de ese diario. Había muerto en mitad de una frase sobre «mi padre». Y yo me veía con derecho a terminar esa frase.

Volví a acercarme, esta vez por la parte frontal. La puerta principal estaba en lo alto de una corta escalerita, bajo un avance de madera que dotaba a la casa de un pequeño recibidor al aire libre.

Al aproximarme con la linterna, noté de inmediato que había algo raro en la puerta. La iluminé de cerca y entonces me di cuenta, con un escalofrío, de que no iba a necesitar romper ningún postigo ni reventar ninguna ventana.

La puerta estaba abierta.

Mi primera reacción fue echarme para atrás. Dar unos cuantos pasos y alejarme.

—¡¿Hola?! —grité hacia el interior—. ¿Hay alguien?

La casa permanecía en silencio, igual de oscura y quieta que antes.

Me acerqué de nuevo, muy despacio. Sin subir la escalera, a través de la barandilla, volví a iluminar la puerta. ¿La habían forzado? Busqué roces o partes astilladas, pero no había ningún signo de violencia. ¿Quizá Jokin se la dejó así en un descuido la última vez que salió de allí?

Sin moverme del sitio, y sintiendo que el corazón me subía hasta la boca, traté de decidir qué hacer. ¿Era posible que alguien hubiera entrado a robar? No sería la primera vez que una esquela publicada en un periódico provocaba un robo. Y esa cabaña tan aislada era un golpe realmente fácil. Pensé en eso que había dicho Edwin: los chavales de la zona. Igual alguno se habría enterado de la muerte de Jokin y había ido allí con alguna idea no muy clara, puede que en busca de algo de valor... O sencillamente a buscar un sitio donde hacer el botellón o juntarse con su chavala. Tampoco sería la primera vez que los chicos del pantano hacían una cosa así.

En cualquier caso, aquello no dejaba de ser una gran oportunidad para entrar a echar un vistazo, ¿no?

«Será entrar y salir», pensé. «Después llamaré a Javi y daré la voz de alarma. Lo prometo».

Respiré hondo un par de veces y me encaminé hacia las escaleritas, que crujieron en cada maldito peldaño. Después empujé la puerta e iluminé todo lo que pude el interior de aquella cabaña.

Desde el umbral, pude atisbar unos cuantos metros de la vivienda. El lugar era un caos total. La cocina estaba llena de trastos sin fregar, la zona de estar (un sofá esquinero y una mesilla) se encontraba repleta de botellines de cerveza, libros y revistas por el suelo. ¿Lo habían registrado o es que Jokin era un puto desastre? Bueno, de esto último no tenía dudas.

Nada más poner los pies dentro, percibí un olor característico: el del alcohol. Aquello era un espacio abierto y poco compartimentado. El salón y la cocina componían una sola pieza, y solo había dos puertas. Calculé que una correspondería al dormitorio y la otra quizá al baño.

Me acerqué a la cocina: platos sucios, una sartén, botellines de cerveza, incluso me pareció detectar algún ser vivo correteando en aquella confusión del fregadero. Había algunos armarios abiertos por los que asomaban cazuelas, pero nada me pareció demasiado interesante.

Seguí hacia el espacio del salón, presidido por una estufa de metal negro. Allí había una estantería que alguien había vaciado con velocidad. El suelo, el sofá y la mesilla estaba llenos de libros tirados por doquier. Edwin me había recordado que Jokin era un gran lector y aquella montaña de ejemplares así lo confirmaban. Repasé algunos de los títulos con mi linterna. Detecté varios de la saga de *Caballo de Troya,* de J. J. Benítez. Otros de ovnis, conspiraciones de la Casa Blanca y grandes enigmas de la historia. Ese era el tipo de literatura con la que Jokin alimentaba su fértil imaginación desde crío.

Lo que estaba claro es que alguien había registrado aquello en busca de algo. ¿Dinero? Lo dudaba.

Un diario me parecía una explicación muchísimo más factible.

Seguí con mi investigación. Jokin no tenía tele, pero sí una cadena musical encima de una vieja cómoda de madera. Por aquí también habían pasado las manos del ladrón. Había tazas y vajilla rota en el suelo. Una foto enmarcada de la isla que alguien había desmontado de la pared. Cajones fuera de sitio...

La puerta del dormitorio, al otro lado de la cabaña, estaba entornada. Me acerqué despacio, metí la linterna en el vano y atisbé el interior antes de entrar.

Lo primero que vi fue un gurruño de mantas y sábanas sobre una cama deshecha. Una pila de ropa tirada a un lado. Más desorden..., pero al menos no había nadie.

Di dos pasos dentro del dormitorio. Distinguí un armario de Ikea a un lado, y al otro, frente a la ventana, un escritorio y una silla. Esa fue la parte que me atrajo de inmediato. El escritorio tenía los cajones abiertos.

Me acerqué e iluminé aquello con mi linterna.

Me llamó la atención un sobre de revelado o satinado, de esos que te dan en las tiendas de fotografía. En el centro, impreso en tinta roja ya algo desgastada, destacaba el logo de una reconocida firma de cámaras.

Lo cogí y miré su interior. Eran fotos que ya había visto, copias de la que Jokin me había traído a las firmas de Bilbao.

Las fotos del diario de Alba.

Las saqué y las coloqué sobre el escritorio. Eran todas idénticas a la que me había entregado a mí: un total de seis fotos en las que se veía el diario de tapas amarillas apoyado en una mesa de madera oscura, y un fragmento de alfombra verde.

¿Para qué habría hecho tantas copias?

La foto que Jokin me dio en Bilbao se hallaba muy deteriorada. Esas en cambio estaban nuevecitas. Decidí que aquello sería un hurto menor. Cogí una de ellas y la volví a estudiar a la luz de mi linterna, concretamente el dibujo de la mesa sobre la que descansaba el diario, la veta de la madera de nogal. El escritorio de Jokin era de una tonalidad más clara, roble posiblemente; no era la misma mesa.

Entonces ¿dónde se había tomado la foto?

El sonido de una ráfaga de aire acalló los mil ruidos del pantano. Movió los postigos y me asustó. ¿Había oído algo ahí fuera? Era imposible ver nada con las contraventanas cerradas a cal y canto.

Me guardé aquella foto y volví a iluminar la mesa en busca de cualquier otro detalle. La luz temblorosa de mi linterna recorrió las cuatro esquinas de ese pequeño buró de madera clara. Los dos cajones estaban vacíos a excepción de una caja de chinchetas, una Biblia y una baraja de cartas. Si alguna vez contuvieron algo, ese algo ya había volado.

Con muy poca esperanza, seguí mi registro. Abrí los armarios solo para comprobar que Jokin era igual de desordenado por dentro que por fuera; ni rastro de algo mínimamente parecido a un cuaderno de tapas amarillas lleno de terribles secretos. Miré debajo de la cama y vi cosas que no creerías (pero ninguna era el diario).

Y justo entonces, según estaba allí agachada, pude oír un ruido muy familiar...: el de unas bisagras que gruñían al abrirse. Una puerta que alguien estaba empujando lentamente. ¿Cuál?

36

Alcé la vista y apunté con mi linterna. No se trataba de la puerta del dormitorio, eso estaba claro. Pero el ruido era más que evidente. Estaba ocurriendo a pocos metros de mí, en la pieza principal de la cabaña.

Me puse en pie y salí del dormitorio.

—¿Hola?

Escruté aquella oscuridad y, junto a la cocina, vi una puerta abierta, la segunda que había visto antes: la del cuarto de baño. Dirigí allí el haz de mi linterna e iluminé un alicatado claro, un lavabo, un inodoro...

«Qué demonios», pensé según me acercaba. «¿Se ha abierto sola?».

Pero no, claro que no se había abierto sola. Tardé unos pocos segundos en caer en la cuenta.

La sombra (porque eso fue todo lo que llegué a distinguir) permanecía quieta, pegada a la pared que acababa de dejar atrás. Pude escuchar su movimiento y me giré solo a tiempo de ver un bulto negro viniendo hacia mí a toda velocidad. Sin mediar palabra, me dio un empujón tan inesperado que perdí el equilibrio. Caí de culo contra la mesa y las sillas del comedor. La linterna rodó debajo de los muebles del frente de cocina y a partir de ahí mi única luz fue el débil resplandor lunar que se colaba por la puerta.

Pude fijarme en sus zapatos, unas botas de monte marrón oscuras o negras que salieron corriendo hacia la salida de la cabaña. Llevaba la cabeza tapada con algo, quizá un pasamontañas, y una especie de bolso a un lado. No me dio tiempo a mucho más. Ni alto ni bajo, ni gordo ni delgado... No tenía luz y la sombra iba muy rápido. Huyó disparada al exterior mientras yo observaba paralizada.

Tardé en reaccionar, lo reconozco. Lo primero que me vino a la mente fue «quédate quieta y no te pasará nada». Pero entonces, lentamente, recobré algo de frescura mental. La sombra había permanecido agazapada en el cuarto de baño desde el principio. Ahora huía. Eso significaba que yo tenía cierto potencial de amenaza que no estaba usando.

Me puse en pie. Sobre la encimera había un bloque de cuchillos. Saqué uno bien grande, el clásico cuchillo de asesino en serie, y me dirigí a la puerta, muy despacio, anticipando una emboscada.

La noche estaba en silencio. No había nadie en la orilla, y tampoco en el lado contrario. La sombra ya había desaparecido en alguna dirección. ¿Cuál? Agucé el oído. Escuché un crujir de arbustos y maleza en la parte de atrás. Salté las escaleras y corrí a rodear la cabaña.

—¡Quieto! —grité—. ¡Policía!

Vale, era un poco exagerado, pero quizá funcionase, ¿no?

En todo caso, costaba ver algo en aquella oscuridad y, genia que es una, me había dejado la linterna en la cabaña.

Me adentré por donde pude en aquella confusión de maleza y arbustos mientras seguía escuchando la desesperada huida de esa sombra hacia alguna parte. Parecía estar, como yo, luchando por abrirse camino en semejante maraña de ramas y tallos espinosos…, pero creo que, en su caso, tenía mucho más claro que yo hacia dónde dirigirse. Llegué a una especie de callejón sin salida. Me costó un par de arañazos extra en la mejilla darme cuenta. Y en ese instante escuché algo.

Silencio.

¿Se había parado? ¿Dónde estaba? ¿Qué hacía?

Me quedé quieta yo también, escuchando más y más silencio (regado con el cantar de las ranas, la brisa, los cotorreos de alguna chotacabra), hasta que de pronto BRUMMM, me sobresaltó una suerte de explosión que enseguida clasifiqué como un motor.

El motor de una lancha.

Oí cómo hacía dos intentos de arranque hasta que por fin se puso en marcha. Seguramente habría venido en ella y la habría ocultado en algún punto de la orilla. ¡Y ahora se marchaba!

Rápidamente volví sobre mis pasos hacia el claro de la cabaña. Corrí hasta el agua, donde la barca de Jokin permanecía arrumbada. Y entonces, a unos veinte metros de distancia, vi aparecer una motora de color claro. A falta de más luz, solo con el tenue resplandor plateado de una luna cobijada entre algodones, fui capaz de distinguir las formas de un único tripulante.

Siguió alejándose sin que yo pudiera detectar nada más que el ruido y el color claro de su casco. Ni un nombre, ni una matrícula ni ningún otro detalle que me permitiera diferenciarla.

Pero al menos pude seguir su curso. En dirección a la orilla oeste. Pude acompañar con la mirada su silueta cortada contra las luces de Urkizu.

Y así es como pude saber a dónde se dirigía.

Me apostaría mi inexistente fortuna a que la lancha iba directa al Club Náutico.

37

Perdí unos minutos preciosos intentando soltar la barca de Jokin, pero estaba muy bien amarrada con aquella cadena. Supuse que la llave del candado estaría en alguna parte de la cabaña, pero no tenía tiempo para ponerme a buscarla. Así que entré en la casa, recogí mi linterna, cerré la puerta como pude y salí zumbando por el camino de vuelta al albergue.

Tuve un novio deportista que me metió en el rollo de correr. Después el tío me dejó por una triatleta, pero al menos me había enganchado al deporte. En Madrid salía a correr tres noches por semana con un grupo de mujeres. Y aunque tenía el cuerpo un poco desentrenado, machacado con tanta gira y tanta fiesta, esa forma física de fondo ayudó a que tardase algo menos de quince minutos en llegar de nuevo al albergue. El lugar estaba completamente a oscuras y recordé que Edwin me había dicho que se largaba de allí a las ocho. Ni siquiera me detuve a comprobarlo. Fui directa a mi kayak, solté amarras y me puse a remar guiándome solo por las luces de la orilla.

El viento era más fuerte a esas horas y la temperatura había bajado bastante desde mi remada anterior. Fui pelándome de frío mientras apretaba con el remo y maldecía entre dientes. Pero al menos tenía una buena vista de la orilla y remé en línea recta. A medida que me iba acercando al Club Náutico, escuchaba con mayor nitidez el sonido de la banda, el rumor de una fiesta... Sentí un cosquilleo en las tripas. ¿Qué iba a hacer cuando llegara? ¿Dar la voz de alarma? Lo mejor sería llamar a Javi y explicárselo todo a él, pero estaba segura de que no tendría cobertura hasta acercarme bien a la orilla.

La gran cristalera del salón social estaba iluminada y se veían luces de colores danzando contra el techo. Había gente en la terraza y me llegó el eco de las risas y el griterío. Parecía que había montado un buen guirigay, algo que me sorprendió un poco, aunque luego recordé lo que Gurutze me había dicho sobre las noches de puertas abiertas.

El Club Náutico fue fundado en los años setenta por un selecto grupo de «colonos» entre los que figuraban los Betolaza, los Landa, los Prieto (la familia de Oliver) y, por supuesto, los Guirao, cuyo apellido llevaba allí desde los tiempos de la construcción del embalse. Francisco Guirao había sido el ingeniero jefe de aquella obra y también un tipo muy listo que compró todas las tierras que —sabía— iban a convertirse en una apetecible orilla una vez que se inundara el embalse y las vendió más tarde a precio de oro.

El proyecto original del Club había sido mucho más humilde, pero terminó ampliándose hasta llegar ocupar casi quinientos metros cuadrados de la orilla. Ahora albergaba un restaurante y un salón social, ambos conectados por una magnífica terraza con vistas al pantano y orientación sur. Además, tenía una biblioteca y un gimnasio.

Hasta que en el año 2005 se inauguró un polideportivo

municipal en la carretera entre Urkizu y Elosu, su piscina de verano era el objeto de deseo de muchísimos chavales de la zona, y recuerdo las broncas que había con gente que se colaba por las noches para darse un chapuzón, Luken Arroniz entre ellos. Además de eso, el Club ofrecía un hangar de hibernaje, un taller de reparaciones y una escuela de vela. Lógicamente, su temporada buena empezaba en primavera y terminaba alrededor del 15 de octubre. En invierno decaía mucho. El restaurante seguía funcionando y el salón social se alquilaba para alguna conferencia o la fiesta de Nochevieja del pueblo.

Mi madre había sido una socia selecta (ella era muy amiga de Lidia Guirao y de los Prieto) y tanto Leire como yo habíamos sido «chicas del Club» desde niñas. Habíamos hecho vela, esquí acuático y windsurf desde que teníamos diez años. Habíamos asistido a todas aquellas fiestas del calendario «de socios». La de primavera, la de los disfraces de julio, los concursos de pesca, las regatas... Era una pequeña y feliz sociedad en todo su esplendor. Pero ahora (por lo que contaba mi padre) el Club había entrado en cierta decadencia. Resultaba, fundamentalmente, demasiado caro, había otras alternativas más económicas y, quizá, es que el mundo había cambiado.

Así que la nueva junta de socios estaba intentando aportar nuevas ideas para sacar rendimiento al viejo edificio. Y supuse que aquel fiestón con banda de rock era una de ellas.

Los tres pantalanes estaban a rebosar de embarcaciones. Barcas amarradas a otras barcas, motoras, piraguas... Supongo que una manera como otra cualquiera de poder evitar los controles de alcoholemia. Me aproximé remando despacio mientras buscaba algo así como una lancha de casco blanco.

Había unas cuantas por allí, aunque claro, no podía estar segura de que alguna de ellas fuera la que acababa de escapar de la isla.

Tendría que ir una por una.

Remé hasta la rampa de botadura que había en uno de los lados del edificio. Cogí uno de los cabos guía y tiré de él para atracar el kayak y evitar hundirme los pies (no me había descalzado esta vez).

Lo primero que hice nada más pisar tierra fue sacar mi teléfono de la mochila. Miré la pantalla y vi que había recuperado la cobertura. Y llegados a este punto de la película, me pareció apropiado molestar a Javi Porta.

Le llamé, pero... «El usuario está apagado o fuera de cobertura».

Así que empecé a ponerle un mensaje de voz por WhatsApp. Intenté resumirle todo lo que había pasado esa tarde en la isla de Soroa: «Jokin encontró el diario de Alba detrás de un viejo armario», «alguien ha entrado en la cabaña, tengo motivos para pensar que está en el Club Náutico, ven cuando puedas...».

Pero después de estar casi dos minutos grabando un pedazo de pódcast, mandé el audio a la papelera y lo cambié por un sucinto: «Llámame cuando puedas».

Arriba, en la terraza, había un verdadero gentío en ese momento. Caminé pegada a la pared, evitando las miradas indiscretas de los «fiesteros» y con la vista fija en todos esos botes que flotaban apelotonados en el embarcadero.

¿Alguno que pudiera parecerse a la motora de color blanco que acababa de ver partir de la isla? Lo cierto es que había unas cuantas embarcaciones parecidas. La que yo estaba buscando había llegado de las últimas. Así que caminé por encima del primer pantalán hasta el fondo. Allí había un par de buenas candidatas. Las revisé con disimulo..., aunque ¿cómo saber si era una de las que habían llegado en los últimos quince minutos? De repente se me ocurrió que el motor de la que yo buscaba debía de estar aún caliente. Me agaché junto a la primera y toqué la chapa del motor. Frío. En cuanto a la otra, tuve que subirme al bote para hacer la misma comprobación. Y tampoco estaba demasiado caliente.

En el pantalán del centro me encontré con un grupo de chavales subidos en una lancha. Estaban fumándose algo muy verde que olía a kilómetros de distancia.

—Chicos, ¿habéis visto llegar a una lancha hace unos diez o quince minutos? Era una lancha a motor, blanca...

Se miraron entre ellos con esa cara de circunstancia. Supuse que era difícil de recordar algo en esa niebla púrpura en la que seguramente estaban flotando. Pero uno de ellos se levantó y señaló al pantalán del fondo.

—A mí me ha parecido ver una lancha blanca llegando hace un rato.

—¿Dónde?

—Allí al fondo. Venía rápido...

—¿Has visto al que la conducía?

Se encogió de hombros.

—¿Eres poli o qué?

—¿Y si lo fuera?

—No tienes pinta de poli.

Miré fijamente el canuto que llevaba en la mano. Me hubiese encantado sacar una placa de policía y acojonarle un poco, pero lo único que tenía en mi chaqueta era un bolígrafo.

Los dejé riéndose de mí y caminé hasta la última dársena. Allí había tres buenos candidatos a ser la lancha que buscaba. Fui haciendo la prueba del motor y una de ellas resultó que tenía el motor bien caliente. Llevaba un nombre escrito en la proa: DAPHNE 3, y una raya verde recorriéndole el casco. Era probablemente mi mejor candidata.

Ahora solo debía encontrar a su dueño y preguntarle si acababa de darme un empujón mientras huía de un allanamiento de morada.

Empecé a caminar rumbo al Club Náutico. La terraza estaba llena de gente, pero entonces vi una silueta en lo alto. Mirándome fijamente.

—¡Eh! ¡Usted! ¿Se puede saber qué demonios hace ahí abajo?

38

Primero fruncí el ceño, mirando a esa figura que me observaba desde la barandilla. Pero después noté algo muy familiar en él.

—¿Oliver?

Se rio.

—¡Anda, sube antes de que llame a la policía!

Subí las escaleras de madera que conectaban los pantalanes con la terraza. Habría una docena de personas fuera, fumando y bebiendo en unas cuantas mesas altas que estaban distribuidas por allí. Reconocí un par de viejas caras del Club, por lo demás todo el mundo era nuevo. Dentro del salón social se veía más gente. La banda tocaba un tema de El Último de la Fila y la gente lo coreaba:

Donde estabas entonces,
cuando tanto te necesité…

—Si no lo veo, no lo creo. ¡Quintana Torres! —sonrió Oliver mirándome de arriba abajo (y posiblemente percatándose de las pintas de leñadora que llevaba esa noche)—. Las fotos de tus contraportadas te hacen justicia. Estás igual.

A mí me hubiera gustado poder decir lo mismo, pero casi sin querer se me fueron los ojos a su calva.

—Ya lo sé... Estoy como una bola de billar, ¿eh? —dijo pasándose la mano por la coronilla—. ¿Hace cuánto que no nos vemos? Pensaba que ya nunca venías por aquí.

—En realidad, he venido siguiendo a una lancha —solté.

—¿Una lancha?

Yo me quedé callada. ¿Qué iba a contarle a Oliver exactamente? ¿Que acababa de entrar en la cabaña de Jokin y me había topado con un ladrón? Quizá era algo demasiado intenso para nuestra primera charla en muchos años.

—He tenido un encontronazo en el pantano —dije al fin—. El tipo me ha pasado rozando y casi me vuelca el kayak.

—¿Has venido en kayak? —preguntó divertido—. ¡Qué deportista! Ya decía yo que no ibas precisamente con un conjunto de noche.

—Qué gracioso. Ahora en serio. ¿Conoces al dueño de una lancha llamada Daphne 3?

Negó con la cabeza.

—No creo que sea socio, seguro que es de algún macarra de Elosu. Le encontraremos y le daremos una paliza, ¿vale?

—¿Llevas mucho tiempo aquí fuera? Quizá la hayas visto llegar: es una motora blanca...

—Joder. Esto está lleno de gente y de motoras blancas, Quintana. Yo acabo de salir, estaba buscando a Gurutze.

—¿Por?

—Lleva un rato desaparecida y es mi *dealer* de cigarrillos —dijo Oliver—. ¿Tienes tabaco?

Saqué mi paquete de Marlboro y le ofrecí uno.

—No recordaba que fumaras.

—Solo cuando bebo —respondió—. Fumador social, ya sabes...

Le di fuego y saqué otro para mí. Me lo encendí. En ese momento, se abrieron las puertas de la terraza y aparecieron unas tías de nuestra quinta, dos caras que me sonaban del instituto, que me devolvieron a los tiempos en los que yo salía y me ponía las patas a beber. Pero mientras que yo había cambiado (ahora ya no salía para beber, me tomaba mis tragos en casa), ellas parecían haberse quedado en 1999. Se rieron mientras sacaban unos cigarrillos, todavía coreando la última canción. El ruido de la fiesta y del gentío que llenaba el salón social nos acalló durante unos segundos, hasta que las gruesas puertas acristaladas volvieron a cerrarse.

—Lo cierto es que esto está a reventar —comenté—. Creo que no había visto el Club tan lleno desde hace años.

—Es la nueva política de la junta: sábados abierto al público, el restaurante sirviendo menús del día... —Miró a las chicas que se reían entre estrepitosas carcajadas—. Si quieres mi opinión, esto está cada día más lleno de gentuza. La lían un sábado sí y otro también.

Una de las recién llegadas estaba tan borracha que se tropezó con una de las mesas y derribó unos vasos vacíos. Pude notar la expresión de absoluta mala baba de Oliver al verlo. Él se giró enseguida hacia mí y cambió el gesto.

—Oye, pero hablemos ti. ¿Qué haces por el pueblo? Espera, no me lo digas: viniste al funeral de Jokin.

—Vaya, las noticias vuelan por aquí —dije soltando una flechita de humo al aire.

Oliver fumó antes de responder.

—Ya sabes cómo es esto. Chismelandia. Le atropellaron al salir de tu presentación, ¿no?

—Más o menos.

—Pobre hombre, vaya final... Yo también me propuse ir a verte a Bilbao, pero al final se me cruzó un tema de trabajo. Estamos abriendo un nuevo restaurante y está siendo una locura.

—¿Otro? —Recordé que Gurutze me había hablado de una futura estrella Michelin. Y, si mis cálculos no fallaban, era el cuarto negocio que Oliver tenía en la zona. Nada mal para un chico que no veía clara su vida a los diecisiete años.

Aunque, por supuesto, Oliver Prieto no era cualquier chico. Ni su familia, cualquier familia.

—Lo de la tele ha empujado un montón —explicó—. Tenemos nuevos inversores... Además, esta zona está subiendo como la espuma. Cada día hay más turismo.

—Me alegro por ti.

—Gracias, Quintana. Yo también me alegro por ti. Siempre dije que lo conseguirías. Aunque en tu novela me pusiste a caldo, ¿eh? Pero no importa, sin rencores. Lo más importante es que yo no fui el asesino.

Yo le sonreí en silencio. Bueno, ¿para qué mentir? Todo lo que escribí sobre él (a través del personaje llamado Mateo) era verdad. Una vez, cuando yo era una tímida adolescente que se pintaba las uñas de negro y escribía prosa poética, Oliver me dijo que «tendría que quitarme todos esos pájaros de la cabeza y estudiar algo de provecho». Y convertirme, seguramente, en una de esas personas que trabajaban para pagarse un psicólogo que las ayude a seguir trabajando para pagarse un psicólogo... Pero bueno, veinticinco años mediante, no me apetecía revisar los errores del pasado.

—Yo era un idiota entonces... —dijo Oliver como si me leyera el pensamiento—, bueno, todavía sigo siéndolo. Tú en cambio siempre fuiste inteligente. Supiste ver más allá de este estúpido pueblo. Soñaste a lo grande.

—Todos éramos otra persona —dije yo, aunque en el fondo no lo pensaba.

«Todos seguimos siendo la misma persona esencialmente. Yo sigo siendo una friki, tú un maldito narcisista. Incluso Jokin nunca dejó de ser un pobre diablo».

Eso me trajo algo a la memoria.

—¿Puedo preguntarte algo sobre Jokin? Gurutze me contó que tuvo una bronca aquí en el Club. Y que mi padre terminó sacándolo a rastras. ¿Sabes de lo que te hablo?

Noté que el tema le ponía tenso. Solo había que fijarse en la calada extralarga que le pegó al cigarrillo antes de responder.

—Ahora me siento un poco mal por todo eso... Quizá me pasé con él, pero lo cierto es que iba muy borracho.

Oliver se detuvo un instante antes de seguir hablando.

—Fue un sábado hace semanas... a primeros de abril —dijo fumando otra vez—. Jokin iba como una cuba. Intentó entrar en la biblioteca y se lo impedimos. Se puso a gritar y a amenazar a todo el mundo. Menos mal que tu padre se hizo cargo, porque yo le hubiera soltado un par de hostias.

La «biblioteca» era una especie de sanctasanctórum del Club Náutico. Un salón de la primera planta, decorado al estilo inglés, con anaqueles llenos de libros, mesas de lectura y cómodos sofás. Obviamente, de uso exclusivo para socios.

—Pero ¿qué le pasaba?

—No tengo ni idea. Había entrado en el bar y se había bebido dos copazos. Eso me lo contó Roger, el camarero...

Parecía inquieto, como si estuviera esperando a alguien. Al cabo de un rato, se escurrió escaleras arriba. Roger, que ya le había echado el ojo, fue a por él. Le dijo que la biblioteca era solo para socios y que debía marcharse. Pero entonces Jokin aseguró que tenía una cita.

—¿Una cita? —le interrumpí—. ¿Con quién?

—Nunca lo dijo. Yo creo que se lo inventaba y punto... El caso es que hubo un forcejeo, un par de empujones. Yo estaba en la oficina de la planta de arriba y salí al oír el alboroto. Jokin andaba ya de los nervios, gritando que le dejasen pasar. Entonces empezó a proferir unas amenazas muy extrañas...

—¿Amenazas?

Oliver terminó el cigarrillo y lo aplastó contra la parte baja de la barandilla mientras expulsaba el humo lentamente. Después miró a un lado y al otro antes de responder, casi susurrando:

—No te lo vas a creer, pero Jokin empezó a decir que tenía el diario de Alba. Que lo había leído y que conocía un montón de secretos terribles de todos nosotros. Por si fuera poco, dijo que muy pronto los publicaría en todas partes y que nos hundiría. A todo el maldito Club. Así lo dijo.

Me quedé callada. Ahora la que daba una larga calada era yo. El ruido a nuestro alrededor se había amortiguado en mi cabeza.

—Te has quedado en shock, ¿eh?

Iba a explicarle a Oliver que aquello no era nada nuevo para mí, pero pensé que podía seguir jugando mis cartas.

—¿Dijo algo más?

—No le dimos tiempo. Lidia Guirao estaba allí... Te puedes imaginar la impresión que le causó la escena. Yo le cogí de las solapas y con ayuda de Roger lo empecé a sacar a rastras. Y justo entonces apareció tu padre, que estaba leyendo el periódico... No sé cómo demonios lo hizo, pero en un minuto había logrado calmarle y se lo llevó de allí.

—El diario —dije yo—. ¿Crees que lo tenía?

Oliver miró a un lado y al otro.

—Al principio pensé que seguramente sería otra de las fantasías de Jokin; supongo que impulsadas por tu libro, la serie, el documental... Aunque después pasó algo. Tanto Anita como yo recibimos una cosa.

—¿Una cosa?

Los ojos de Oliver se perdieron por encima de mis hombros y parecieron reconocer a alguien.

—Pssst —dijo bajando la voz—. Mejor hablamos en otro momento. Mira quién viene por ahí...

39

Anita Guirao siempre había sido el sinónimo de una belleza elegante. Incluso con unas mallas y una chaqueta cortavientos, su paso arrastraba miradas y curiosidad. Había algo en ella que iba mucho más allá de su preciosa cabellera roja, sus ojos verdes rasgados o su atlética fisonomía. Era el porte. La elegancia aristocrática que la envolvía al andar, hablar, sonreír, impresionaba a cualquiera.

Incluso a mí.

—Quintana, qué sorpresa —dijo acercándose.

Yo sonreí con timidez, no sabía qué esperarme de aquel reencuentro. Aunque Lidia me había querido tranquilizar al respecto, yo siempre había pensado que Anita me podría guardar algún rencor por todo lo que había pasado con la novela, o, sencillamente, porque ella era la asesina en *La chica del lago*.

«La hija única que odió que le hicieran sombra».

De ahí la sorpresa cuando llegó hasta mí y me abrazó.

—¡Cuántas veces me he acordado de ti, Quintana! No sabes la ilusión que me hace verte.

—A mí también —contesté tímidamente—, la verdad.

Allí estaba yo, emocionada al reencontrarme con mi vieja

amiga Anita. La chica rica que, no obstante, llevaba cierta tristeza en su mirada. La chica que se pasaba el día remando en el pantano y que un día ganó una medalla olímpica.

La verdadera chica del lago.

—¿Sabes que me he leído todos tus libros? —dijo—. Me encantan.

Yo estaba a cuadros, debo decir. No se me ocurría qué responder.

—Y para que lo sepas: no me importó terminar siendo la asesina en *La chica del lago*.

Oliver se echó una gran risotada.

—Es la declaración de paz más rápida que he visto en mi vida. Y menos mal, porque Quintana estaba como un flan.

Yo solo acerté a reírme, porque era cierto.

—¿Qué haces aquí? —preguntó entonces Oliver—. Pensaba que no venías a la fiesta.

—No tenía intención —respondió Anita—, pero el estruendo llega hasta casa, y mi madre me ha pedido que venga a echarte la bronca.

Oliver volvió a reírse.

—¿En serio?

—Bastante en serio... ¿Cuándo tenéis pensado parar la música?

—Umm... ¿a medianoche?

—Creo que tendría que ser antes —replicó Anita—. Mi madre no puede dormir.

Y lo dijo con la absoluta seguridad de que sus órdenes se cumplirían.

—De acuerdo, veré lo que puedo hacer, ¿eh? Quintana, ¿hasta cuándo te quedas? ¡Organicemos una cena por los viejos tiempos!

—Me parece una gran idea —aplaudió Anita.

—Pues... la verdad es que pensaba irme mañana mismo... —dije—, pero creo que volveré pronto. Quedan un montón de cosas que resolver en casa de mi *aita*.

—Bueno, pues avisa, por favor. Tenemos muchas ganas de ponernos al día con la grandísima Quintana Torres.

Nos despedimos de Oliver, que se dirigió al bar, supuse que para ejecutar la «orden remota» de Lidia Guirao (que en el fondo era la reina y señora de todo aquello) y yo me quedé a solas con Anita, lo cual no dejaba de ser extraño.

—¿Quieres tomar algo? —preguntó entonces Anita.

Yo recordé que había ido allí tras el tipo de la motora, pero de nuevo me pareció un tema demasiado intenso para sacar en el reencuentro con mi vieja amiga. «Quizá pueda preguntar por esa lancha más tarde», pensé.

—Creo que me sentará bien una copa —dije encogiéndome de hombros.

—Vale —dijo Anita—, pero vayamos a la biblioteca. ¡Ahí dentro no nos vamos a oír!

Era cierto. Según entramos y comenzamos a cruzar el bar, la banda arrancó con otro temazo: «El límite del bien y del mal», de La Frontera, y el público se puso a corear el estribillo como si fuera la última noche en el mundo. Y era cierto que había un montón de gente desconocida, pero también distinguí una docena de caras. Amigos del Club, viejas glorias del insti... Menos mal que no me topé con nadie de frente, al menos hasta que llegamos al pasillo que conectaba el bar-restaurante y las escaleras de la biblioteca. Justo en ese instante, vimos salir a un tipo del baño. Noté que

Anita se detenía de súbito y yo —sin entenderlo aún— hice lo mismo.

El tipo iba subiéndose la bragueta y reconozco que mis ojos comenzaron a observarle justo en ese abultado punto de sus vaqueros. Después trepé por un brazo bastante bien musculado y decorado con algunos tatuajes. Una camiseta sin mangas. Una cara interesante, dos ojos color azul claro y una melena absolutamente blanca.

Le reconocí, obvio. Era (con veinticinco años más) el mismo chaval que había visto en la televisión de mi padre solo un día antes, sentado en una sala de interrogatorios de la Ertzaintza.

Luken Arroniz. El novio de Alba en aquella trágica Sanjuanada.

—Vaya, vaya, vaya... —Se detuvo a nuestro lado—. Quintana Torres y Anita Guirao. Las dos *celebrities* del pueblo juntas.

—Luken Adonis —dije yo volviendo al viejo mote que usábamos con él.

—¿Qué haces aquí? —le espetó Anita con bastante rudeza.

—Creía que era entrada libre.

—Sí, pero está reservado el derecho de admisión... —respondió ella, secamente— para ciertas personas.

Luken negó con la cabeza mientras sonreía.

—Siempre tan especialitas. Bueno..., estaré junto al escenario, viendo a la banda, por si queréis venir a echarme.

Y dicho esto, pasó muy cerca, casi rozándome el hombro mientras me clavaba una miradita. Y yo sentí unas cosquillas por todo el cuerpo. La verdad es que Luken resultaba un tipo desagradable, problemático, maleducado..., pero siempre me había dado toneladas de morbo. Era una de esas atracciones del todo imposibles. O es que yo estaba un poco salida últimamente.

—Veo que algunas cosas no han cambiado nada —dije según tomábamos las escaleras hacia la primera planta—. Luken sigue colándose cuando puede.

Anita suspiró.

—Solo espero que Oliver no le vea o tendremos una escena.

Llegamos a la primera planta, donde el ruido del jaleo se amortiguaba un poco. Dos puertas a la izquierda y entramos en aquel amplio espacio de la biblioteca, iluminada con dos grandes arañas de luz amarilla y varias lámparas de mesa y de pie, distribuidas entre un profuso mobiliario de mesillas, cómodas y bloques de sofá. No pude evitar observar las mesas de madera oscura donde algunos socios leían el periódico y otros jugaban a las cartas. ¿Podrían ser las de la foto? Pero no había alfombras verdes y la madera de aquellas mesas era mucho más rojiza que la de la foto.

Habría una decena de personas a esas horas, leyendo el periódico y tomando una copa tranquila, pese al ambientazo de la planta baja. Algunas caras me eran muy familiares. Estaba, por ejemplo, el hijo pequeño de los Betolaza, Asier. Y también la nueva alcaldesa, Karmele Iraizgorta, que me saludó en la distancia (habíamos tenido cierta relación a raíz de la grabación del documental). Y a lo lejos, sentado a solas en un butacón con vistas al bosque, reconocí a Carmelo.

Noté que levantaba la vista y nos miraba a través de sus pequeñas gafitas redondas.

—Oye —dije según tomábamos asiento en un apartado bloque de sofás—, no sabía que Carmelo fuera socio.

—Uno de los más recientes —comentó Anita—. Y menos mal que sigue entrando gente, porque la membresía ha decaído mucho. ¿Sabes? Todo esto de las fiestas con entrada libre tiene mucho que ver con ello.

—Algo me contó mi *aita*, sí...

Anita bajó la vista. Supongo que la mención de mi padre le había pillado por sorpresa.

—Aprovecho para darte el pésame. Estuve en el funeral, pero estabas muy ocupada... y...

—No hace falta que te disculpes, Anita. No hemos estado en las mejores relaciones últimamente.

—Así es, la cosa ha sido bastante tensa... Aunque mi madre ya me ha contado que ayer os visteis en el cementerio.

—Sí. Fue una casualidad..., una gran casualidad. Llevaba mucho tiempo queriendo disculparme con ella..., con vosotras. Por cierto, ahora que lo mencionas, también me enteré de lo de tu padre. Lo siento mucho.

—Gracias —dijo Anita—, en el caso de mi padre fue una liberación, créeme. Llevaba años ido... completamente.

De nuevo, me vino a la mente una imagen de Ernesto, allí mismo, en la biblioteca del Club, charlando con mi padre y riéndose los dos a carcajadas. Y ahora solo eran dos fantasmas del pasado. Esperaba que al menos se hubieran encontrado en el más allá.

Entonces, un camarero pasó por nuestro lado y pedí un gin-tonic; Anita, un botellín de agua mineral. En ese instante, una mujer vino a saludarla y a quejarse por el ruido del «concierto». Anita la atendió con mucha educación y le comentó que se trataría el tema en la siguiente junta. Entretanto, yo volví a fijarme en Carmelo.

El ahora flamante director del colegio Uretamendi vestía un jersey negro de cuello vuelto y unas pequeñas gafitas de lectura que le conferían un aire intelectual. Supongo que, con los años, a todos nos empieza a gustar el confort, pero lo de Carmelo sorprendía. Siempre le había visto como alguien alternativo (de joven llevaba incluso un pendiente de aro) y ahora parecía una versión deslavazada de un rico de pueblo. Quizá todo fuese culpa de ese nuevo cargo de director de instituto. O de la edad. Quién sabe.

La mujer se marchó y volvimos a quedarnos solas. Anita hizo un gesto con los ojos que valía por un millón de palabras —«Otra socia cabreada por lo mismo, pero el Club necesita la pasta»—. Yo la disculpé con una sonrisa.

—Respecto a lo de mi madre y tu novela..., solo quiero que sepas que a mí, personalmente, no me molestó lo más mínimo. Al revés: creo que escribes maravillosamente. Cuando la estaba leyendo, recordaba aquellos días tan bonitos... Me hiciste llorar mucho con tus descripciones.

—Gracias, Anita.

—Tu madre siempre decía que serías una gran escritora y creo que acertó de pleno. ¿Cómo llevas el éxito?

Ahora a la que le entraron ganas de soltar una lagrimita fue a mí.

—La verdad es que he pasado de ser una desconocida con una vida pequeñísima a salir en la portada de los periódicos. Yo pensaba que un éxito tan tardío no me afectaría..., pero, por muy fuerte que te creas, te termina afectando.

Anita sonrió con algo de tristeza en los ojos.

—Sé de lo que hablas, ¿eh? —dijo ella—. Conozco muy bien las «facturas» del éxito.

Entonces recordé que estaba hablando con Anita Guirao.

Campeona de remo individual en España, Europa, medalla de plata en las olimpiadas de Pekín 2008...

—Siempre he pensado que lo llevabas bien —dije.

—Quintana, yo llevo yendo a terapia desde los diecisiete años.

—¿En serio?

—Empecé a ir a raíz de lo de Alba..., pero mi carrera deportiva ha sido un gran desafío siempre. Hay toda una lista de enfermedades mentales asociadas al éxito, ¿eh? —sonrió con tristeza.

—Joder, lo siento mucho, Anita. ¿Cómo estás ahora?

—¿Ahora mismo? Pues ya que lo preguntas, metida en un divorcio bastante malo.

Gurutze ya me lo había avanzado, pero me hice la sorprendida.

—¿En serio?

—Mi ex quiere quedarse con la mitad de mi escuela de remo —siguió diciendo—. El tipo del que me enamoré, el tipo por el que habría hecho cualquier cosa... Increíble, ¿no? Solo me alegro de no haber tenido hijos. ¿Tú?

—Tampoco...

Se suele decir que todos contamos con un escaparate y una trastienda. Y la mala costumbre de comparar nuestra «trastienda» con el escaparate de los demás. Toda la vida había pensado que Anita era una persona perfectamente feliz y que yo era una perdedora de manual. Y mira tú por dónde, ahora cualquiera diría que estábamos las dos en la misma liga.

En ese momento vi al camarero aparecer por el fondo de la sala. Llevaba una bandeja con mi copa, el agua de Anita y también una taza de café. Se detuvo, en primer lugar, junto a la mesa de Carmelo y depositó allí la taza. «¿También acaba de llegar?», pensé.

Después se acercó a nuestra mesita y colocó las bebidas sobre dos posavasos del Club. Cogí mi gin-tonic y le pegué un largo y merecido trago. Anita no parecía tener tanta sed.

—De hecho, yo también acabo de quedarme sola —confesé.

Anita arqueó las cejas.

—¿El chico con el que viniste al funeral de tu padre?

—Eduardo —asentí—. Otra factura del éxito...

No sé si fue el gin-tonic o la compañía de una amiga con la que de pronto me puse a hablar de Eduardo.

—Él también es escritor. Antes de conocernos había publicado una novela maravillosa sobre su infancia que no vendió demasiado. Pero bueno, él se lo tomó con filosofía. La culpa era de otros por no entenderle, ¿no? Yo estaba peor, ni siquiera conseguía editorial. Entonces, una amiga del mundillo me chivó que estaban buscando autores nuevos de género negro. ¿Tenía alguna buena idea policiaca? ¡Que si tenía una buena idea! ¡Tenía *la* idea! Se me ocurrió utilizar la historia de Alba y escribir *La chica del lago*..., entre otros motivos porque estaba harta de recibir cartas de rechazo a mis novelas. Me lancé a la aventura y de pronto la aventura me devoró. La primera semana vendimos nada menos que diez mil ejemplares, eso suponía casi el triple de lo que Edu había vendido en dos años. Pero en fin, era un milagro y brindamos por ello. Y no paramos de brindar. Había nuevas reimpresiones casi cada semana y yo iba notando que el ánimo de Edu se iba oscureciendo. Comenzó a reírse de todo. A criticar la industria. A hablar de lo injusto que era este mundillo..., hasta que un día nos dieron la noticia de que había superado los doscientos mil ejemplares. Esa tarde por fin le ganó el resentimiento: durante una cena con unos amigos, dijo que mi libro triunfaba porque era simple entretenimiento. «Una lectura fácil».

—Ay, no...

—Sí... Y ahí empezó a cambiar todo. Duramos un par de años más..., pero el avión estaba tocado.

—Conozco muy bien el caso. Tengo compañeras con maridos que no han sabido gestionar su éxito. Por mucho que insistan en la igualdad, los hombres siguen queriendo ser el personaje protagonista de la película.

En ese instante sonó un teléfono. Era el de Anita. Lo cogió y habló bajo. Me pareció entender que era su madre. «Sí, ya se lo he dicho: dice que lo cortan en breve... Sí, ahora, voy... Sí, mamá, precisamente estoy aquí con Quintana... Sí... Sí...».

Colgó con una sonrisa.

—Perdona. Mamá... Ya sabes cómo es.

—Tranquila.

—Te manda recuerdos. Dice que vengas a cenar un día a casa.

—Oh..., pues claro. Me encantaría.

—Que no sea todo venir por malas noticias... Mi madre me dijo que te vio en el funeral de Jokin ayer.

—Así es.

—Pobre hombre, pero ¿es verdad que fue a tu presentación en Bilbao? —preguntó Anita—. Me cuesta imaginarme a Jokin fuera de Urkizu, y menos esperando una cola de firmas.

—A mí también me sorprendió verle, pero, bueno, es que Jokin no vino exactamente a por una firma.

Anita parpadeó.

—¿Y a qué fue entonces? —preguntó con un ligero temblor en la voz.

Por un instante, dudé si debía soltar aquella bomba. Pero quizá es que ya no podía aguantármela dentro, o puede que Anita me despertase mucha más confianza de la que había podido imaginar.

El caso es que lo solté:

—Jokin vino a hablarme del diario de Alba.

40

Anita tenía un temple de hielo, pero ese hielo se resquebrajó ligeramente al oír aquello.

—¿Qué? —tartamudeó apenas—. ¿El diario?

Asentí con la cabeza.

—Dijo que lo tenía, que lo había encontrado...

Se hizo un silencio de varios segundos entre nosotras. Yo observé su reacción. Había algo detrás de sus ojos. ¿Miedo? ¿Curiosidad?

—Oliver me ha contado que algo parecido ocurrió aquí mismo, ¿verdad?

—Así es —respondió Anita—, un asunto de lo más desagradable. Al parecer Jokin había intentado entrar en la biblioteca y Roger, el camarero, le paró los pies. Estaba borracho... —señaló la puerta de entrada— y se puso muy violento. Empezó a gritar que tenía el diario de Alba. Mi madre estaba aquí sentada; con toda la flema que ella tiene y casi le da un ataque de nervios.

—¿Volvisteis a ver a Jokin después de ese día?

Anita negó con la cabeza.

—Lo intenté, para serte sincera, pero no cogía el teléfono. Después se nos fue olvidando el asunto. —Hizo una pausa—. Pero hace solo dos semanas hemos recibido algo. Mi madre no sabe nada y te pido por favor que no lo comentes.

—¿De qué se trata?

—De una fotografía del diario. Alguien la dejó en el buzón de casa y Oliver ha recibido otra igual. Nada más. Ni un mensaje, ni una nota... Solo una foto.

«Así que era eso», pensé recordando el tema que Oliver había dejado en el aire.

Yo hurgué en mi mochila hasta sacar la copia que había tomado prestada en la cabaña de Jokin. La puse sobre la mesa.

—Me dio otra a mí —dije—; en la presentación de Bilbao.

Anita la cogió entre los dedos, con mucha discreción.

—Dios mío..., así que no éramos solo nosotros.

—Parece que no.

—¿Te dijo algo más? —Anita me devolvió la fotografía, que coloqué en la mesilla—. ¿Te enseñó el diario?

—Bueno... Vino a las firmas y me dejó su teléfono. Me dijo que era algo urgente y le llamé desde el hotel. Fue una conversación bastante corta. Solo dijo que tenía el diario. Que lo había leído y que conocía algunos secretos que «podrían destruir vidas». Esas fueron sus palabras exactas. Después quedé con él en la calle. Pero antes de que pudiera decirme nada más, ocurrió el accidente. Delante de mis ojos.

—Joder.

Era raro escuchar un taco en boca de Anita. Bebió otra vez como para limpiarse la lengua.

—Estábamos a punto de encontrarnos cuando apareció ese coche... Vi cómo lo embestía y lo mataba... —Di un trago al gin-tonic—. Murió en mis brazos, Anita.

Se hizo un silencio entre nosotras. Ella se había llevado una mano al pecho. Se levantó y vino a sentarse a mi lado. Me cogió de la mano.

—Pero ¿qué se sabe de eso? ¿Han encontrado ya al conductor?

—No que yo sepa. Supongo que están en ello.

—¿Y tú cómo te encuentras?

—Voy poco a poco. Tuve un pequeño ataque de ansiedad... Pasé una noche en el hospital, pero ahora estoy bien. Por lo demás, me reconforta pensar que al menos Jokin murió con una amiga de la infancia a su lado.

Me sobrevino la imagen de Jokin, su cabeza apoyada sobre mi brazo, su boca con un hilo de sangre, diciendo aquellas últimas palabras: «Tu padre...».

—Pobre hombre —dijo Anita—. Tuvo una existencia miserable... Su padre era un hombre salvaje. Y Jokin era un niño sensible... Quizá por eso tenía todas esas fantasías..., ¿no crees?

—Bueno. Yo no estoy tan segura de que esto sea una fantasía, Anita.

Mi amiga bebió despacio otra vez.

—¿Crees que es posible que encontrara el diario? Oliver dice que la foto puede ser un montaje..., que es otro de los delirios de Jokin el Cuentacuentos... De todas formas, ¿dónde ha estado el diario estos veinticinco años?

—En la isla —dije sin entrar en más detalles.

—¿Qué? ¿Cómo lo sabes?

—Dejémoslo en que tengo motivos para pensarlo.

—Pues ahora, sí o sí, tienes que venir a casa a hablar con mamá. Ella siempre ha defendido lo mismo: que Alba no pudo lanzar el diario al fuego. Ese libro era demasiado importante para ella..., casi como una terapia. Mi madre siempre pensó que se lo habían robado aquella última noche. De hecho, alguien lo había intentado ya.

—¿Cómo?

Anita dio otro sorbo a su botellín de agua mineral, después echó la vista atrás para asegurarse de que seguíamos solas en el bloque de sofás.

—Sucedió en nuestra casa, poco antes de la muerte de Alba. Alguien entró a su habitación y la registró... ¿No lo sabías?

—No tenía ni idea.

—Pensaba que tu padre te lo habría contado alguna vez.

—No —negué con la cabeza—, ni una palabra.

Anita perdió la vista en un recuerdo.

—Era final de primavera... Habíamos pasado la tarde en el pantano, bañándonos, tomando el sol en el jardín... Regresamos a la casa a ducharnos, a prepararnos para cenar, cuando Alba vino corriendo y preguntó «si alguien había estado registrando su habitación». Dijo que había encontrado la ropa movida, cosas fuera de sitio como si alguien hubiera estado buscando algo. Subimos todos de inmediato. Mis padres, yo... Gurutze andaba también por allí.

—¿Y?

—Bueno. Alba nos mostró algunos cajones desordenados, cosas fuera de sitio, pero no faltaba nada de valor. Ella tenía un pequeño joyero sobre la mesa y no echaba nada en falta. Mi padre fue corriendo a su habitación, donde guardaba una colección de relojes de lujo... Tampoco faltaba nada.

—¿Y el diario?

—A salvo —dijo Anita—. Alba lo tenía perfectamente escondido en otra parte de la casa. No se fiaba de nadie y reconozco que yo tuve algo de culpa en eso... Supongo que recordarás que lo leí...

Asentí en silencio.

—Unas pocas páginas. Fue un error, lo sé..., pero en realidad ella lo había dejado abierto sobre la mesa. Yo entré a su habitación a buscar un libro que le había prestado. Entonces me lo topé, completamente abierto. Lleno de dibujos y letras grandes, me llamó la atención leer el nombre de Oliver y, bueno..., ¿quién hubiera podido resistirse?

—Yo tampoco me puedo resistir... ¿Qué había allí?

—En fin... hablaba de Oliver en la cama. No muy bien, por cierto. Dejémoslo ahí. Pero para mí, que era una niña cándida y virginal, fue como un shock. No pude aguantarme el secreto demasiado tiempo. Se lo conté a Guru. Y Guru se encargó de que lo supiera todo el mundo.

—Lo recuerdo. ¿Qué pasó con lo del robo?

—Mi madre llamó a tu padre, que vino y echó un vistazo. Dijo que aquello no tenía demasiado sentido como robo, que quizá había sido una travesura de algún invitado. Ya sabes: eso de mirar en el cajón de las bragas. Nos preguntó quién había estado por casa ese día. Se lo dijimos...

—¿Y quién había estado?

—Pues un montón de gente... Mis padres tenían unos invitados a comer. Yo había pasado la maňna con Oliver y Gurutze. Oliver se fue al mediodía. Y a la tarde, Alba cogió un pedalo y se fue a buscar a su nuevo noviete.

—¿Luken?

—Estuvo toda la tarde por allí. Entrando y saliendo. Fumando en la hamaca. A mí me ponía de los nervios, y a mi madre también. Pero ¿qué podíamos hacer? Alba estaba ahora con él... y teníamos que ser corteses. Yo siempre he pensado que fue él. Aunque hubo una persona más en la casa esa tarde: Javi Porta.

Oír el nombre de Javi Porta fue como una sacudida.

—¿Javi?

—Vino a hacer el reparto semanal. Como estábamos todos en bañador, mi madre le pidió que entrase directamente y dejase el pedido en la despensa. Tu padre habló con él, también con Luken. Por supuesto, nadie sabía nada. Pero el caso es que parecía evidente que alguien había registrado la habitación de Alba.

—¿Y no tomaron huellas ni nada por el estilo?

—No... Supongo que mi madre no quiso pasar a mayores. Además, mi padre tenía ciertas sospechas que iban por otros derroteros y esa noche encontró a «su ladrona». ¿Te acuerdas de Mary, la interna?

—¿Mary? —dije recordando a una mujer pelirroja, guapa, que vestía con uniforme. (Yo nunca había visto a nadie con cofia excepto en las películas).

—Al parecer, mi padre llevaba un tiempo sospechando de ella. Aprovechó todo aquello para mirar en su habitación y debió de encontrarle algo. La despidieron ese mismo día y te puedo asegurar que fue un disgusto terrible. Llevaba muchos años en la casa. Así que, de cara a mis padres, ella fue la culpable de aquel incidente... Cosa que a mí nunca me terminó de convencer.

Sobra decir lo interesante que me pareció todo aquello. Yo me había terminado mi gin-tonic y de pronto escuchamos algo..., o más bien dejamos de escucharlo. La música de la banda había cesado de golpe y se oyeron unos gritos en la planta de abajo.

Las cabezas de los socios se giraron casi a la vez y en ese momento vimos a alguien aparecer por la puerta de la biblioteca.

Era Gurutze, y llegaba muy alterada.

—Anita, Quintana..., por favor... ¡Os necesitamos abajo!

Gurutze era actriz y sabíamos de su inclinación por el drama, pero nos pareció que estaba realmente alterada. Se acercó hasta nuestra mesa de forma muy apresurada.

—¿Qué ocurre? —le urgió Anita.

—Oliver y Luken. Han empezado a discutir y de pronto han llegado a las manos.

—¿Qué?

—Están en el bar... ¡Vamos!

Yo recogí la foto y bajamos a todo correr por las escaleras. Entramos en el salón social a punto de ver cómo se habían formado dos grupos, cada uno encargado de «contener» a los dos rivales.

Oliver sangraba de la nariz y pedía a gritos que le soltaran. Por su parte, Luken (cuyo único daño visible era un desgarro en su camiseta) sonreía mucho más tranquilo.

—Soltadle, sí, qué cojones, soltadle...

—¡Ya está bien! —exclamó Anita mientras se apresuraba hacia el centro del salón.

Yo fui detrás y nos detuvimos justo en el espacio que había quedado vacío, entre Oliver y Luken.

—Llamad a la policía —gritó Oliver—. Voy a denunciar a ese cabrón.

—Pero ¿qué demonios ha pasado? —preguntó Anita.

—Le he dicho que se tenía que marchar y me ha soltado una hostia. —Se llevó las manos a la nariz, que todavía sangraba—. Vamos, llamad a Javi Porta o a la Ertzaintza.

Anita y yo nos miramos en silencio. Por muy amigas que fuéramos de Oliver, nos imaginábamos que la historia no era tan sencilla.

—Sácalo de aquí —me dijo Anita, con un gesto hacia Luken.

Asentí, me di la vuelta y me encaré a Luken, que seguía tan tranquilo.

—¿Qué coño ha pasado, Luken?

—Ha pasado lo que él quería..., exactamente eso —dijo—. Ha venido de malas maneras. Me ha dicho que me fuera a la calle y le he dicho que vale, en cuanto acabase la copa que me había sacado (pagando una buena pasta, por cierto). Entonces me ha empujado...

—Y tú, siguiendo el principio de ecuanimidad, le has dado un guantazo en todas las narices.

—Bueno, también me ha llamado rata y chusma.

—Vale. ¿Has terminado tu trago?

—No.

—Bien, pues cógelo y vamos fuera.

—¡No! De aquí no se va nadie —gritó Oliver desde atrás—. Voy a empapelar a ese macarra de mierda.

—Te vas a ganar otra hostia —replicó Luken.

Lo cogí del brazo y lo empujé hacia la calle.

—¡Vamos!

Muy bien, aquí llega la parte de la historia en la que yo cuento que tuve un rollete con Luken hace mil años. De hecho, fue el primer tío al que besé con catorce años, en una de esas noches de verano en las que juegas a «beso, verdad o consecuencia». Aquella noche, Luken querría haber llegado un poco más lejos (él tenía quince y las hormonas en ebullición), pero yo le paré los pies.

De modo que aquello me confirió una suerte de ventaja estratégica en el Club. Empujé su metro ochenta y pico hasta la puerta y lo saqué de allí mientras Anita y Gurutze se encargaban de apaciguar a Oliver, que seguía haciendo su paripé de macho alfa, prometiendo una dolorosa venganza desde la distancia.

41

Llegamos a la terraza, que estaba mucho más vacía que antes. El viento pegaba fuerte y mucha gente había decidido coger sus botes y largarse antes de que llegase la tormenta. Llevé a Luken hasta las escaleras del embarcadero, bajamos al pantalán y allí, por fin, lejos de todas las miradas, saqué mi paquete de Marlboro. Le ofrecí uno y él lo aceptó.

—¿Qué coño os pasa? —dije—. Ya tenéis una edad para estas mierdas.

—Ha empezado él, Quintana.

—Me da igual. ¿A qué coño vienes al Club si sabes que Oliver va a reaccionar así?

—Reaccionar, ¿cómo? No le he visto en mil años... Pensaba que se habría muerto, en el mejor de los casos. Además, los tíos de la banda son amigos míos.

—¿Y no dan más bolos en otra parte? Joder, Luken.

—Mira, Quintana, Oliver es un idiota. Siento mucho decírtelo, porque sé que sois amigos. Pero tu amigo es un idiota. Lo ha sido siempre. Y los idiotas se merecen que les rompan la nariz de vez en cuando...

Yo no pude evitar reírme un poco. En el fondo, las cosas no habían cambiado demasiado en los últimos veinticinco años. Oliver era el niño bien que se creía el rey del mambo; Luken, un Rolling Stone que no se dejaba pisar por nadie.

—Por cierto, siento lo de tu *aita* —dijo después de un silencio—. ¿Qué tal estás?

—Bien, gracias. —Fumé una larga calada—. Pasándolo como puedo. Y arreglando temas. Los muertos dejan un montón de trabajo.

—Lo sé, mi padre se murió hace dos años.

—Vaya, lo siento.

Levantó la mano como si no hiciera falta sentirlo.

—Y en mi caso, también me comí un marrón: me dejó su bar. ¿Te acuerdas de la tasca de mi viejo? El trabajo que juré que nunca cogería...

Sí recordaba ese bar para pescadores y gente mayor junto al agua, en Elosu. Lo cierto es que era un agujero. Un pozo de borrachos.

—¿Tienes familia? —le pregunté.

—Una hija y una ex. ¿Y tú?

—Ahora mismo, mi hermana Leire es todo lo que puedo llamar familia. Estoy planteándome adoptar un gato.

Luken soltó una carcajada entre unos dientes quizá demasiado separados.

—Te vi ayer en el funeral de Jokin —añadió de pronto.

—¿Estabas? Yo no te vi.

—Pegado a la puerta —respondió—. Digamos que las iglesias me producen sarpullido. Pero quise decirle adiós. Era un puto descerebrado, como yo, y por eso me caía bien. Su padre Ramiro era amigo de mi padre. Solía venir al bar, y después Jokin cogió el relevo... Muy bien cogido, por cierto.

Luken hizo el gesto universal del trago largo.

—He oído la historia. Consiguió dejarlo, pero volvió a caer, ¿no? —dije yo.

—Sí, este año le he tenido que parar los pies un par de veces. La última, precisamente, el día del funeral de tu padre.

Otra vez Jokin y mi padre en la misma frase, pensé.

—¿Qué pasó?

—Vino por el bar y se puso a beber sin freno. Un vino, otro, y otro... Le tuve que parar casi después de doce vinos. Le dije que no le servía más, y se quedó tirado en la barra. Estaba muy afectado... No paraba de hablar de tu padre. Casi parecía que se sintiera responsable.

—¿Responsable?

—No me preguntes por qué. Estaba ahí, sentado en el taburete, pegándose puñetazos en el pecho, lamentándose por algo...

Yo recordé también la extraña actitud de Jokin en el funeral de mi *aita*. Sus últimas palabras. Entonces algo, una idea, empezó a formarse en algún punto recóndito de mi mente.

—Te has quedado blanca —dijo Luken.

—Sí, perdona... Es que el día está resultando un poco intenso...

—No tenía que haberte mencionado a tu *aita*.

—No es eso.

Entonces Luken hizo algo bastante inesperado. Me acarició la mejilla. Fue un gesto sorprendente. Extraño y cálido, nada lascivo.

—¿Qué haces?

—Nada... Que me he acordado de aquella vez que te besé.

—Vamos, Luken. —Me reí, pero lo cierto es que me había puesto roja—. Ha pasado un siglo, lo menos.

—Además, hay algo que quiero decirte: me leí tu libro.

—¿En serio?

—Ya sé que es una fantasía, pero te agradezco que mi personaje no fuese malo al final.

En el libro había un personaje llamado Bruno, un camello de los bajos fondos que era el último en ver con vida a Nina (tal y como Alba se llamaba en la novela). Bruno había sido el sospechoso número uno durante toda la novela, pero al final resultó inocente. Y claro, estaba totalmente basado en él.

—Pues de nada —dije.

—Es una chorrada, pero me gustó que al menos, en la ficción, alguien me hiciera justicia. Lo de Alba es una puta lacra que he llevado encima toda la vida, ¿sabes? Me ha costado muchísimas cosas. Amigos, trabajos..., incluso salud —dijo tocándose la cabeza—. Es algo que tengo que agradecer a tus amiguitos: Anita, Gurutze, Oliver..., que se encargaron de que todo el mundo pensase que yo había tenido algo que ver en aquello.

—Ellos solo dijeron lo que habían visto.

—Mintieron —dijo Luken—. Uno de ellos tuvo que encontrarse con Alba aquella noche en la isla. Soroa es grande, pero no tanto como para perder a una chica de diecisiete años.

Yo recordé otra vez los testimonios que mi padre estaba viendo en su DVD y las anotaciones que había en su despacho: *Alguien miente.*

—Pero bueno, dejemos esa mierda del pasado —siguió Luken—. También me gustó la descripción que hacías del personaje en tu libro...

—¿Tu descripción? La verdad es que no me acuerdo bien.

—Sexy y macarra —respondió con una sonrisa— y con unos bonitos brazos.

Dijo eso mientras hinchaba el bíceps derecho. La verdad

es que había olvidado por completo ese parrafito en particular. Y cuando lo escribí, no contaba con que Luken fuese a leerlo jamás y mucho menos que le «gustara tanto».

Yo miré ese bíceps creciendo. Noté cómo me sonrojaba ligeramente. La verdad es que el tío tenía un polvo. Uno de esos rápidos y salvajes es un cuarto de baño.

—Bueno —dije—, como bien dices, es pura fantasía... Espero que no te flipes.

—No me flipo. Pero si un día vienes por el bar, te invito a una copa, ¿vale? —Y me dio con la yema del dedo en la punta de la nariz.

Yo me quedé callada. No quería decir nada, aunque debo admitir que me sentía halagada por sus intenciones. Hacía bastante que nadie me lanzaba los trastos de esa manera.

Luken terminó su cigarrillo, lo arrojó al pantalán y lo aplastó con el pie.

—Bueno, el sexy macarra se pira antes de que tu amigo el idiota vuelva a aparecer.

—De acuerdo...

Se dio la vuelta y comenzó a caminar hacia el tercer embarcadero. Yo le seguí con la mirada al principio. Luken tenía una bonita vista trasera. Pero había algo todavía más interesante en la escena: el hecho de que se dirigiera justo hacia el Daphne 3.

Casi sin darme cuenta comencé a seguirle al fondo del pantalán. Luken continuó andando hasta el final. Donde estaba amarrada la lancha de color claro. Al notar que yo iba tras sus pasos, frenó y se dio la vuelta.

—Vaya. ¿Quieres que te lleve a alguna parte?

Yo no tenía ninguna buena explicación para seguirle, así que decidí cortar por lo sano.

—¿Ese es tu bote? —Señalé la motora.

—El mismo, ¿por qué?

Me quedé callada unos cuantos segundos. Valorando mi próximo paso.

—¿Puedo preguntarte cuánto tiempo llevas en la fiesta?

—Joder, pues no lo sé, ¿una hora? Acababa de terminarme una birra cuando he ido a mear y os he visto a Anita y a ti. ¿Por?

Una hora, pensé. Eso coincidía...

—¿Te puedo preguntar de dónde venías?

—Pues de mi bar. Hoy he cerrado un poco antes solo para venir aquí... Pero ¿qué demonios pasa por esa cabecita?

—Nada —dije al fin—. Nada, imaginaciones mías.

Luken saltó a su lancha.

—En fin. Mi invitación sigue en pie. —Cogió el tirador del motor—. Una copa, algo de cena... y lo que surja. —Guiñó un ojo.

Arrancó aquella motora que podía (o no) ser la misma que me había parecido ver partir desde la isla de Soroa.

Y salió de allí.

Un par de relámpagos restallaron en lo alto. El sonido del trueno llegó pocos segundos después..., y eso significaba que la tormenta ya estaba casi encima.

42

Caminé de vuelta a la terraza. Gurutze estaba allí, con una copa en la mano. Era evidente que nos había visto a Luken y a mí ahí abajo. Cuando llegué a su altura, fue directa al grano.

—¿De qué estabais hablando?

—De nada —dije— y de todo.

—Oliver quiere denunciarlo, aunque dudo que lo haga.

—Luken, por supuesto, dice que ha empezado Oliver.

—Por supuesto —repitió Guru con sorna—. ¿Qué va a decir? Aunque es cierto que Oliver está un poco alterado últimamente. Digamos que el éxito no le sienta bien… y tampoco algunos malos hábitos.

Dijo esto señalándose la nariz.

—¿Polvitos?

—¿No lo habías notado? —Le asombró mi gesto de sorpresa.

—No, pero me lo creo. ¿Dónde está ahora?

—Anita se lo ha llevado arriba, a la oficina. La fiesta está oficialmente *kaputt*. La banda acaba de anunciar que se termina el concierto.

—Bueno, al parecer estaban metiendo mucho ruido, ¿no?

—No lo sé —dijo Guru—, yo he ido a comprar tabaco al pueblo y acababa de entrar por la puerta cuando me he encontrado la bronca.

—Así que tú también estabas perdida por ahí... —pensé en voz alta.

—¿Perdida? ¿Qué quieres decir?

—Nada, nada —dije pensando en que esa noche todo el mundo parecía haber estado «en otra parte»—. Cosas mías.

—Oye, ¿quieres una copa? —dijo entonces.

—Na —miré al cielo—, he venido con el kayak de mi padre y creo que es mejor que me pire antes de que sea demasiado tarde. Despídete por mí de Anita y Oliver, ¿vale?

Entonces, para mi sorpresa, Gurutze miró a ambos lados y me cogió del brazo, al tiempo que susurraba:

—¿Dónde tienes el kayak?

—En la rampa. —Señalé hacia el lugar donde lo había dejado.

—Vamos, te acompaño un segundo.

Fuimos hasta allí en silencio. Estaba claro que ella quería decirme algo, así que ni siquiera hice el esfuerzo de preguntarle nada. Llegamos a la rampa, que estaba oscura y tranquila, lejos de las conversaciones. Y por un instante me recorrió un escalofrío. Gurutze era corpulenta. Si quisiera estrangularme o golpearme con un remo y matarme, yo se lo habría puesto muy fácil.

—Antes, en la biblioteca, Anita y tú hablabais de la foto, ¿verdad?

—¿La foto? —Me hice la tonta.

—La que tenías sobre la mesa. La del diario.

Se hizo un corto silencio.

—¿Así que tú también has recibido una?

Gurutze asintió con la cabeza.

—Como todos.

—¿Quiénes son todos?

—Anita y Oliver, por lo menos. Quizá más gente... Alguien las fue dejando en los buzones de las casas. ¿Cómo te llegó a ti?

—A mí me la dio Jokin en persona.

—¡O sea, que era él! —dijo Gurutze—. Bueno, eso tranquilizará a Oli... A mí no me importa demasiado todo este asunto, ¿eh? Yo nunca le hice nada a Alba. Al contrario, era ella la que se burlaba de mis sueños de ser actriz..., ¿lo recuerdas?

Yo lo recordaba, claro. Alba tenía esa lengua afilada y rápida cuando se trataba de repartir veneno. Aunque lo cierto es que Gurutze tampoco se quedaba corta. Y realmente, ella había tenido una movida con Alba.

Ocurrió durante uno de los ensayos del teatro del insti. Estábamos preparando *Bodas de Sangre*, de Lorca, con Almudena como directora, y Guru pilló a Alba y a Oliver en pleno morreo en bambalinas. Creo que fue la última en enterarse de que estaban liados (Oliver era su *crush* de toda la vida y supongo que nadie quiso decírselo). Bueno, ese día Gurutze salió roja al escenario, hizo su papel entre lágrimas y después, en los vestuarios, dejó escapar aquella lindeza:

—Como su familia está en bancarrota ya sabemos lo que ha venido a buscar a Urkizu. Es una puta buscona.

Por supuesto, Alba lo oyó y no se calló. La llamó «foca charlatana» y se metió con sus dotes de actriz: «Si el talento fuera pelo, ya estarías calva».

Aquel comentario de Alba fue como un dardo envenenado. Gurutze por aquel entonces ya nos había hablado de su vocación de convertirse en actriz y de hacer las pruebas del RESAD en Madrid. Y aquello le sentó como un tiró en las tripas, claro.

No llegaron a las manos por un pelo. Y yo fui una de las encargadas de atemperar el tema... Anita se llevó a Gurutze y yo me llevé a Alba, que tenía los ojos llenos de lágrimas.

—*Mi familia no está en la bancarrota, joder, qué os habéis creído que sois aquí.*

Después me dio un empujón y se largó de allí.

Gurutze seguía en silencio, en aquella rampa oscura del Club, y yo pensé en lo bien que había disimulado el tema el día anterior mientras tomábamos el vermut.

—¿Por qué dices que tranquilizará a Oliver? —pregunté.

—Bueno... Ya te he dicho que está muy tenso últimamente y este asunto del diario es parte de ello. No sé si recuerdas que Anita llegó a leer parte del diario... Alba dejó escritas algunas cosas sobre él. Cosas privadas, que no deben ser demasiado, ¿cómo decirlo?..., bonitas. Supongo que le preocupa que todo esto termine en la prensa. Ya sabes, ahora es un tipo importante y algo así sería como un torpedo en la línea de flotación.

Había algo de maldad en sus palabras, casi parecía recrearse en las penas de Oliver. Pero lo cierto es que aquello era otro golpe en el mismo clavo: Oliver quería conseguir el diario de Alba a toda costa hace veinticinco años... ¿Para ocultar el qué?

—Pero con Jokin muerto... —siguió diciendo Gurutze—, supongo que el problema se arregla, ¿no?

—Yo no diría tanto. El diario está en alguna parte... La cuestión es dónde.

Gurutze se quedó callada. En la penumbra de aquella rampa solo acerté a distinguir sus pequeños ojos brillando, pensativos. Entonces restalló un relámpago en lo alto y fue como si se rompiera el hechizo.

—Bueno —dije—, me marcho.

—Okey, pero que no sea la última vez que nos veamos, ¿eh?

Se lo prometí.

43

Los rayos y truenos comenzaban a sucederse y el viento traía las primeras chispas de lluvia. Yo me puse a remar aprisa. No es que me importara que me lloviese encima, pero no me gustaba la idea de estar en medio del pantano cuando empezase la tormenta eléctrica. Había oído historias de gente alcanzada por rayos, y siempre acababan mal.

En cualquier caso, la remada nocturna me vino de maravilla para asentar unas cuantas ideas. Esa noche, en tan solo cuarenta minutos en el Club, habían pasado muchas, muchísimas cosas. El asunto de Jokin y su trifulca en la biblioteca. Mi reencuentro con Anita. La historia del «intento de robo» del diario en 1999... Y esa tremenda borrachera de Jokin después del funeral de mi padre, que Luken me había contado.

«Parecía sentirse responsable».

Los escritores conocemos muy bien nuestras cabezas. Vivimos de ellas y, por lo tanto, somos grandes expertos en darnos cuenta de cuándo han empezado a funcionar.

Y esa noche, mientras remaba rítmicamente cortando el

frío, sentí que mi cabeza era una locomotora de mil toneladas arrancando muy despacio, tratando de encontrar una conexión entre varios acontecimientos que parecían ligados de alguna manera.

Que mi padre sacara a Jokin del Club aquella noche. Que Jokin estuviera tan deprimido el día de la muerte de mi *aita*. Que lo mencionase en su último aliento...

Vuelve a casa... Tu padre.

Remaba en medio de aquella oscuridad, con los repentinos relámpagos amenazando en lo alto, guiándome solo por las luces de la orilla.

Y sin más, toda la historia volvió a mí.

Una historia que comenzaba la noche del 23 de junio de 1999. La Noche de San Juan en la que Alba, por algún motivo, perdió todos los botes que salían de la isla y murió más tarde, ahogada, mientras intentaba regresar a nado.

Antes de eso se coló en el almacén por una ventana rota y escondió su diario detrás de aquellos pesados archivos de metal. ¿Por qué? ¿Tenía miedo de algo? ¿O quizá, como no podía dejar que se mojase, solo quería asegurarse de que nadie lo encontrara hasta que volviera a buscarlo?

Pero claro, Alba murió esa noche, así que nunca sabremos qué la llevó a esconder allí el diario. Mucha gente la había visto con él en las manos, cerca de la hoguera... La explicación más sencilla era que lo había quemado.

Pero veinticinco años después, Jokin está retirando aquellos viejos armarios de metal y lo encuentra por accidente. Enseguida comprende lo que supone ese hallazgo. Aprovecha una baja para leer el diario y se entera de algo: un secreto terrible que lo desestabiliza totalmente. ¿Cuál? ¿Por qué acude al Club Náutico? ¿Con quién había quedado?

Mi padre lo saca de allí. Lo lleva de vuelta a casa. Y la tarde de su funeral, Jokin está destrozado. ¿Por qué?

Después, en algún momento, se dedica a enviar cartas anónimas con una fotografía del diario. ¿Para qué? ¿Se estaba recreando en su fantasía? ¿O nos estaba enviando un mensaje?

Y sobre todo y lo más importante.

¿Por qué mencionó a mi padre antes de morir?

Empezó a chispear más fuerte, el ruido de la lluvia cayendo sobre el pantano me rodeó en un inmenso crepitar. Ya no me quedaba mucho, pasé junto a Urkizu, que dormitaba bajo el mal tiempo. Vi luces en el bar Naroa, cuya terraza estaba desierta. En el parque de Landa, un columpio se balanceaba fantasmagóricamente bajo la luz de una farola.

La campana de la iglesia dio las once de la noche.

Empezó a llover con ganas cuando me acercaba a la negra península de Zabalain. Pasé frente a la casa de Rober y Almu. Las ventanas estaban encendidas. ¿Viendo la tele hasta tarde? Apreté la remada para llegar cuanto antes. La casa de mi *aita* apareció tras unos árboles y en ese preciso instante noté algo en mis vaqueros: la vibración de mi móvil.

Alguien me llamaba, pero ya estaba lloviendo de verdad. Además, la toalla que usaba de asiento estaba completamente empapada y tenía los vaqueros mojados. Di dos paladas con fuerza y encallé la proa. Salté por encima de la popa y fui a refugiarme bajo el tejado de la terraza. Entonces saqué el teléfono del bolsillo.

Era Javi Porta.

—Joder, por fin logro dar contigo —dije—. ¿Dónde estabas?

—Ocupado. ¿Qué es lo que pasa?

—Pues de todo, Javi... Tengo un montón de cosas que contarte. ¿Puedes hablar?

Se hizo un silencio al otro lado de la línea. No supe cómo interpretarlo.

—¿Javi?

—Sí... Dame solo un segundo, ¿vale?

Esto último lo dijo en un susurro. A continuación, se dirigió con una frase ininteligible a alguien. ¿Estefanía? Me sentí fatal por estar perturbando la paz de su hogar en plena noche, pero lo cierto es que esto podía tratarse como un asunto profesional.

—Vale, listo —dijo Javi un minuto después—. ¿Qué ocurre?

—En primer lugar, y lo más importante: alguien ha entrado a robar en la cabaña de Jokin.

—¿Qué?

—Lo que oyes. He estado allí hace tres horas aproximadamente. Estaba patas arriba... y creo que me he topado con el ladrón.

—Pero ¿qué estás diciendo? ¿Qué hacías allí?

—Es una historia muy larga. Encontré unos viejos papeles de mi padre en su despacho, decidí ir a darme un paseo por la isla y...

—Pero ¿por qué fuiste a la cabaña de Jokin?

—No lo sé... Curiosidad... A veces pisar el terreno te da ideas. El caso es que llegué allí y vi la puerta abierta de par en par. No había ningún signo de que la hubieran forzado..., así que decidí echar un vistazo.

—«Decidiste echar un vistazo» —repitió Javi con algo de sorna.

—Sí. Y resulta que había alguien escondido en el cuarto

de baño. Me ha empujado y ha salido corriendo. Tenía una motora oculta en alguna parte de la orilla.

—Pero ¿quién? ¿Has podido verlo?

—No... Todo estaba muy oscuro y ha pasado muy rápido. Después ha arrancado su lancha y se ha ido zumbando por el pantano, pero estoy prácticamente segura de que ha amarrado en los pantalanes del Club Náutico. Lo he seguido hasta allí remando.

—A ver, a ver, espera un instante. ¿Dices que has remado?

—Con el kayak de mi padre.

Un corto silencio.

—¿A qué hora ha pasado todo esto?

—Diría que hace una hora y pico... —respondí—. Te he llamado pero estabas apagado.

—Estábamos en el cine.

—Lo siento.

—Vale, pero continúa. Has llegado al Club...

—Allí le he perdido el rastro. Había una fiesta y un montón de botes y motoras amarradas en los pantalanes. Yo iba buscando una de color claro, que hubiese llegado hacía poco. Había varias que encajaban... y resulta que una de ellas pertenecía a Luken Arroniz.

—¿Luken? ¿En el Club?

—Había un concierto y era un día de puertas abiertas.

—Sigue sin tener sentido.

—Ciertamente... Aunque él asegura que venía de cerrar su bar en Elosu. Supongo que eso es algo que se puede chequear, ¿no? Su coartada y esas cosas...

Javi calló por un instante.

—Lo primero es dar aviso a la Ertzaintza —dijo—. Yo solo soy un poli local y el robo en la cabaña de Jokin le compete a la autonómica. Pero me temo que tendrás que estar disponible mañana. Seguramente quieran hablar contigo.

—De acuerdo —respondí.

Al día siguiente tenía previsto marcharme pronto, pero pensé que esto merecía la pena.

—En cuanto a Luken —prosiguió Javi—, le pegaré un toque.

—No estoy diciendo que haya sido él, ¿vale? Había más gente por allí.

Y pensé en Oliver, en Anita, en Gurutze. Todos parecían haber estado perdidos durante el rato en el que había sucedido el robo en la cabaña. Pero no dije nada, para no complicar más el asunto.

—De acuerdo, Quintana. Madre mía. Te dejo sola un rato...

Un nuevo relámpago iluminó el cielo y el pantano al mismo tiempo. El viento empujaba la lluvia contra la terraza y empezó a mojarme, por mucho que me pegara contra la pared.

—Escucha, hay algo más que quiero contarte, Javi. —Me refería a la conversación con Edwin y el asunto de los archivos—, pero ahora estoy helada y tengo el culo mojado. ¿Me das cinco minutos para que entre en casa?

—Claro.

Colgué la llamada, fui corriendo a sacar el kayak del agua y lo arrastré hasta el cobertizo. Quizá me llevase algo más de la cuenta el hacerlo. El caso es que cuando le volví a llamar desde el vestíbulo de mi casa, tardó algo así como diez tonos en coger.

—Perdona —dijo—, no lo tengo muy fácil para hablar ahora.

Noté un tono de angustia o de incomodidad en su voz y me di cuenta de que, de nuevo, me estaba dejando llevar por mi egoísmo. Si Javi y Estefanía habían ido juntos al cine era posible —incluso probable— que ahora estuvieran en casa a punto de coronar su cita con algo de sexo rutinario y satisfactorio («garantía de orgasmo o le devolvemos su dinero»). Y yo allí, dando la matraca con mi diario desaparecido.

—Vale, perdona —me apresuré a decir—. Hablamos mañana más tranquilos, ¿vale?

—Okey —dijo Javi—. Ahora, por favor, quédate en casita una noche entera, ¿eh? Enciérrate con llave y pasador. Y mañana te llamo.

—Con llave y pasador —repetí—, a la orden.

—Buenas noches, Quintana.

—Buenas noches, Javi.

Colgué sintiendo una mezcla de emociones. Quizá, en lo más remoto de mi calenturienta imaginación, había fantaseado con que Javi lo dejaría todo para venir esa noche y escucharme hablar de mis fantásticos descubrimientos. Pero claro, estaba Estefanía...

Y después me preguntan por qué escribo novelas. ¡La realidad es tan decepcionante...!

44

Estaba en el vestíbulo de casa, con el culo mojado y la cabeza dando vueltas a mil kilómetros por hora con todas las cosas que habían pasado hasta ese momento. Pero ya no había mucho más que hacer; además, estaba destrozada después de aquella tarde de running y kayak. Decidí que lo mejor iba a ser un miligramo de orfidal con un trozo de pizza fría y una de las cervezas que sobraron ayer. Pero lo primero era lo primero. Tres vueltas de llave, pestillo y cadena.

Me acerqué a la puerta, metí la llave y le di las tres vueltas de rigor. Y después, al igual que mi padre había hecho siempre, corrí el pasador y puse la cadena. Y dejé la casa perfectamente cerrada.

«Tres vueltas de llave, pestillo y cadena».

Clanc.

Clanc…

…, ¿clanc?

Entonces pasó algo. Una bombilla se encendió en mi cabeza. Una luz.

Clanc.

Me quedé quieta frente a la puerta, con la mano todavía en el extremo de la cadena.

—Tres vueltas de llave, pestillo y cadena —repetí en voz alta—. Espera un segundo…

Cerré los ojos intentando recordar algo… ¿Alguna vez nos habíamos parado a pensar en ese detalle?

Un detalle ínfimo, pero que ahora, a la luz de las nuevas informaciones que habían llegado, cobraba importancia.

«Mi padre siempre se encerraba por dentro».

Noté que el corazón comenzaba a acelerarse en mi pecho.

¿Era aquella la conexión que estaba buscando?

Pero era una conexión terrible, oscura…

La respuesta la tenían Rober y Almudena. Recordé que había visto luz en su casa. ¿Era demasiado tarde para tocarles el timbre? Miré mi reloj. Las once y media de la noche. Quizá sí, pero qué demonios. Sabía que no iba a poder dormir con esa pregunta en la cabeza.

¡Vamos!

Descorrí la cadena, abrí el pestillo, di las tres vueltas de llave.

Abrí la puerta y salté al jardín.

Ni siquiera pensé en ponerme un chubasquero y la lluvia me envolvió mientras corría entre los robles, escuchando mis pisadas en la gravilla del camino. Mi respiración acelerada y mi corazón pegando tumbos dentro del pecho.

«¿Es posible que nadie se haya dado cuenta de esto hasta hoy? Ni Leire. Ni Gari… ¿Ni yo?».

Seguía habiendo luz en la casa de Rober y Almudena. Empujé la cancela de su jardín, surqué el caminillo y llegué a la puerta principal. Sonaba la televisión. Música, voces... Yo iba tan acelerada que casi pego un timbrazo largo, pero tuve la buena cabeza de no hacerlo. Había visto a Roberto muy nervioso la noche que mi llegada y no quería ser la responsable de ningún infarto.

En vez de eso, di unos cuantos toques con mi anillo en el cristal de la ventana.

Enseguida oí cómo alguien bajaba el volumen de la tele. Unos pasos hasta la puerta y se encendió un foco que había sobre el dintel. Después escuché un ruido de varias vueltas de llave. Parece que en esa casa también se estilaba lo de cerrar por dentro a las noches.

—¡Quintana!

Roberto me miraba sorprendido. Llevaba puesta una bata de poliéster con motivos escoceses y unas pantuflas. Solo entonces me di cuenta de lo poco oportuno que era todo.

—Siento mucho molestaros tan tarde —arranqué—, pero es que necesito preguntarte algo.

—Claro —dijo Rober extrañado—, pero pasa, pasa..., estás empapada.

Yo hubiera preferido permanecer fuera y hablar a solas con él, pero todavía me quedaba un resquicio de buena educación esa noche. Entré al vestíbulo que conocía tan bien. El suelo enmoquetado, la cómoda de madera oscura llena de fotografías. *El Ángelus*, de Millet, colgado encima, con sus dos campesinos orando en una llanura agrícola. Mi hermana y yo habíamos pasado muchísimas horas en aquella casa cuando éramos pequeñas, jugando con los pocos juguetes de ese hogar sin niños, mientras nuestros padres charlaban en sus citas de adultos. Y después, cuando mi madre falleció, se convirtió en lo más parecido a un refugio. Almudena nos invitaba a comer un día sí y otro también. Nos ponía la tele. Nos agasajaba con cuentos y regalos, mientras mi padre, seguramente, se moría de dolor en casa.

Seguí a Rober por el pasillo hasta el saloncito. Almudena estaba sentada en su sofá, con una bandejita sobre la que había un plato donde descansaba la piel de una naranja. A su lado tenía un radiador eléctrico encendido.

—¡Quintana! Pero qué cara de frío traes —dijo palmeando el cojín del sofá—. Siéntate aquí junto al radiador.

Lo hice, me senté y Rober me ofreció algo de beber. Le dije que no.

—Pero ¡qué te ocurre! Parece que hayas visto un fantasma.

—Bueno, algo parecido... —respondí.

Roberto cogió el mando de la tele y la apagó. Se sentó en una butaca que había enfrente. Noté que cruzaban una mirada de preocupación.

—Sé que todo esto es muy extraño —empecé a decir—, pero tengo que haceros una pregunta sobre aquel día que encontraste a mi padre, Roberto.

Él parpadeó al oír aquello. Miró a su mujer, después volvió a fijar la vista en mí.

—Adelante, ¿qué necesitas saber?

Pensé que quizá era mejor hacer una pregunta general. La memoria es muy voluble y no quería condicionar el relato.

—¿Puedes contarme cómo sucedió todo aquella tarde?

—De acuerdo. —Inspiró hondo, como cogiendo fuerzas—. ¿Por dónde quieres que empiece?

—Leire te llamó desde Vitoria aquel domingo, ¿no?

Roberto bajó la mirada, entrecruzó los dedos de las manos, recordando.

—Me dijo que no lograba dar con tu *aita*... Habían pasado el fin de semana fuera y le había estado llamando toda la tarde, pero tu *aita* no cogía el teléfono. Me pidió que fuera a ver si todo iba bien. Lo hice.

—Vale..., fuiste a la casa —dije yo.

Roberto guardó silencio unos segundos y continuó.

—Llegué allí y vi que el coche estaba en su sitio. Así que no se había ido a ninguna parte... Después toqué el timbre, pero tu *aita* no aparecía. Había una luz dada, la del vestíbulo, y ahí empecé a preocuparme un poco. Toqué la puerta unas cuantas veces y le llamé en voz alta. Entonces volví corriendo a por la copia de las llaves. Regresé, abrí la puerta y... me lo topé al pie de las escaleras.

A Roberto le tembló un poco la voz. Podía imaginarme que aquello le había supuesto un shock y recordarlo no resultaba nada fácil. Para mí tampoco. Pero ese día era necesario.

—O sea, que abriste la puerta principal.

—Sí.

—Así... Tan sencillo como eso... No tuviste problemas.

Roberto dudó un instante, entonces Almudena se echó hacia delante en su sofá.

—Quintana, ¿puedo preguntarte a qué viene esto? Cariño, sabes que estamos aquí para lo que necesites, pero nos ayudaría entender por qué vienes a estas horas de la noche... y con esas preguntas tan tristes.

Yo tomé aire profundamente.

—¿No os dais cuenta? El pestillo no estaba echado, ni la cadena... y las llaves estaban quitadas —dije—, de otro modo no hubieras podido entrar.

—Supongo —dijo Rober mirando a su mujer.

Yo me quedé callada sintiendo que la garganta se me cerraba y que me costaba respirar.

—Mi padre siempre cerraba la puerta —dije al fin—. Era muy maniático con eso. Tenía hasta una frasecilla que nos repetía cada vez que entrábamos en casa: «Tres vueltas de llave, pestillo y cadena».

Aquella idea me atravesó como una certeza absoluta. Y no solo eso..., de pronto terminé de conectar todas las piezas. Incluida la de Jokin.

—¿Cómo no nos hemos dado cuenta hasta ahora? ¿Cómo se nos ha podido escapar ese detalle? —Me puse en pie y noté que me mareaba un poco.

—Quintana, ¿estás bien?

Pero Rober y Almudena eran ahora como una visión borrosa. Empecé a ver la escena como si mirase a través de un ojo de pez.

—¿No lo entendéis? Había alguien con él ese día... No hay otra explicación.

—¿Alguien? —dijo Almudena—. ¿Qué quieres decir?

—Que no fue un accidente —completé yo—. La muerte de mi padre... no fue un accidente.

—Por favor, Quintana...

—Fue un asesinato.

Aquella palabra, dicha en voz alta, terminó de incendiarlo todo. La ansiedad tomó el control de mi cuerpo, de los pies a la cabeza. Almudena se había llevado las manos a la boca. Rober también se levantó.

—Vamos a tranquilizarnos. Quizá estás sacando una conclusión precipitada. Hay muchas explicaciones para que la puerta estuviera...

Escuchaba su voz como algo lejano. Palabras tranquilizadoras que podrían tener sentido en otro contexto, pero no en el mío.

«Jokin vino a verme para decírmelo. Ahora lo entiendo todo. Sus últimas palabras; su abrazo en el funeral de mi padre; incluso su muerte... ¡Su atropello!».

—¿Jokin? —oí a mi lado—. ¿Te refieres a Jokin Elizegi?

Entonces me di cuenta de que había dicho todo eso en voz alta.

—Perdonad —dije—. Tengo que hacer una llamada... Tengo que...

Salí a trompicones del salón, me encaminé por el pasillo mientras escuchaba la voz de Roberto llamándome por detrás. «Vuelve Quintana, espera».

Llegué a la puerta, afuera llovía, pero de pronto todo había dejado de importarme. Saqué el teléfono. Llamé a Javi Porta, tenía que explicárselo todo. Era una gran conspiración.

Pero de nuevo daba sin servicio.

¡Maldito Javi!

Caminé como una zombi por el jardín bajo una cortina de agua. Escuché a Rober llamarme: «¡Vuelve a casa, Quintana, te vas a coger una pulmonía!».

Sin hacerle caso, volví a marcar. Otro número en mi teléfono.

En aquella irrealidad que me rodeaba, decidí que era lo que tenía que hacer.

—Emergencias, dígame...

Tomé aire una vez más y lo dije. Y no podía imaginarme lo que estaba a punto de provocar con aquellas cuatro palabras.

—Me llamo Quintana... Quintana Torres... Quiero denunciar un asesinato.

CUARTA PARTE

«Era más de lo que nunca habíamos visto»

45

Un viento enloquecido azotó el pantano y el robledal durante horas. Se rompieron unas cuantas ramas y se cayó la línea telefónica. Los rayos golpearon la tierra e incendiaron un pino en el alto de Ekigiz. Y hubo que lamentar dos heridos en un accidente de coche en la R-1818 provocado por la mala visibilidad que trajo aquella tromba de agua.

Y entretanto, Rober consiguió meterme de nuevo en casa, empapada hasta los huesos, temblando de frío y de miedo a partes iguales. Me puso una manta sobre los hombros y arrimó el radiador a mis piernas mientras Almudena preparaba un cacao caliente.

Yo les daba las gracias con la cabeza, puesto que seguía al teléfono.

La operadora del 112 había transferido mi llamada a la central de la Ertzaintza en Vitoria. Allí, durante media hora, charlé con un policía que se dedicó a tomar mis datos y a cerciorarse de que mi llamada tenía la más mínima enjundia, que no era una broma de mal gusto ni el producto de una imaginativa borrachera.

Recuerdo que su primera pregunta me impactó:

—¿Está usted en peligro?

—No..., creo que no...

—¿Quién ha sido asesinado?

—Mi padre.

—¿Está usted segura de que ha fallecido?

—Bueno..., sí.

Lo cierto es que —para trabajar como escritora— me estaba costando explicarme, pero el policía demostró tener bastante paciencia. Quizá estaba aburrido o puede que algo en mí le intrigara, pero el caso es que me dio el tiempo a organizar mi narración. Comencé relatándole la muerte «accidental» de mi padre hacía poco más de un mes —«Bernardo Torres. Seguro que puede encontrar el informe que hizo la policía...»— y le expliqué que tenía motivos «de peso» para creer que presentaba «un indicio de criminalidad». Le hablé del detalle de la puerta y de su manía de encerrarse siempre por dentro.

—De hecho, creo que puede tener relación con otra muerte sucedida en Bilbao hace solo tres días.

Jokin Elizegi. Otro «accidente». Otra idea que había entrado esa noche en mi cabeza como un vendaval. El atropello de Jokin me había parecido una casualidad demasiado grande desde el primer momento... Ahora, esa «casualidad» se conectaba a la perfección con el resto de la historia. Jokin encontró el diario a finales de enero y habló de él a mi padre, estaba segura de ello. Eso provocó que mi padre volviera a revisar el viejo caso de Alba..., y en cuestión de cuatro meses desde el descubrimiento, ambos sufrieron dos terribles accidentes mortales.

En este punto, el policía ya había tenido suficiente. Me

dijo que esperase a contar el resto a los agentes de investigación.

—¿Está usted en casa? —preguntó.

—No..., con unos vecinos.

—De acuerdo. Permanezca allí hasta que lleguen los investigadores, por favor.

—Okey.

Colgué y permanecí sentada, con el teléfono en la mano, todavía temblando de los nervios.

No lo sabía entonces, pero ese toque al 112 había desencadenado una verdadera explosión interna dentro de la Ertzaintza. En esos momentos, sin yo saberlo, se habían activado un montón de alarmas en varias comisarías y jefaturas del territorio. La más cercana (Vitoria) recibió un aviso urgente por una «denuncia de doble homicidio», así como las policías municipales (incluida la de Bilbao). Digamos que, por hacer una analogía con la guerra, yo había elevado el nivel de alarma de todo el País Vasco en unos cuantos grados.

Entretanto, seguía sentada en el sofá del salón con la manta sobre los hombros y el cacao caliente que Almudena había traído mientras hablaba con el 112. Ellos se habían marchado a la cocina para dejarme intimidad. Ahora podía oírlos hablando entre susurros.

—Hablaré con ella —dijo Almudena al final.

Aparecieron en el salón y se sentaron a mi lado. Parecían dos padres inexpertos dudando en cómo plantear una charla delicada con su hija adolescente.

—Quintana, ¿quieres cambiarte de ropa? Tengo algo que puede valerte o podemos cruzar a tu casa a por lo que necesites.

—No —dije—, me han dicho que no entre en la casa. Supongo que van a enviar a la Científica a sacar huellas.

—De acuerdo, claro.

Se hizo un silencio. Rober y Almudena intercambiaron una mirada.

—Hemos oído lo que le has contado a la policía —empezó a decir Almudena—. Como comprenderás, estamos todavía temblando. Y entendemos perfectamente tu preocupación, Quintana. Sin embargo, hay una cosa... —Miró a Rober un segundo, como si se debatiera entre hablar o callar.

—¿Sí? —dije yo como para ayudarla.

—Mira, Quintana, no sé si sabías que tu padre empezaba a tener algunos achaques.

—¿Achaques? ¿Te refieres a sus mareos?

—Bueno..., a algo más —dijo ella—. En los últimos meses también tuvo algunos despistes. Un día se olvidó de una cena que habíamos organizado. Otro día, Roberto se encontró su coche abierto de par en par... Supongo que son cosas de la edad, pero creemos que es importante que lo sepas. Puede que eso explique el asunto de la puerta...

—No sabía nada de esos despistes... —dije con la voz entrecortada—. La última vez que estuve con él, todo fue normal.

—Como te digo, era algo que había comenzado solo unos meses antes del accidente. Se lo comentamos a Leire..., pero a ti no te veíamos casi nunca.

Yo me quedé callada pensando. Mi padre estaba mayor. Era lógico que tuviera olvidos... ¿Se habría olvidado de encerrarse por dentro aquel último día de su vida? Pero ¿y el asunto de los viejos DVD? ¿Y aquella extraña actitud de Jokin tras su muerte? Aunque claro, todo eso también podía achacarse al estado mental de Jokin.

Miré a Rober y Almudena.

—¿Creéis que me he vuelto loca?

—No —se apresuró a contestar Rober—, pero estás muy nerviosa, Quintana. Algo más que comprensible teniendo en cuenta todo lo que te ha pasado últimamente. Has estado expuesta a muchísima tensión...

—... y volver a casa de tu padre no creo que haya ayudado demasiado —añadió Almudena—. Leire me ha dicho que tuviste algunas dudas sobre su accidente, ¿verdad?

—¿Leire? Pero ¿es que habéis hablado con ella?

—Bueno, nos ha parecido que todo esto le concernía directamente.

—Joder... ¿Y qué ha dicho?

—Está de camino.

—No, no... ¡No deberíais haberla molestado!

—Lo siento, Quintana, pero no te veíamos bien y no sabíamos a quién llamar.

De pronto, el hecho de tener que hablar con mi hermana y explicarle todo me hizo ver la situación desde otro ángulo. Desde otros ojos. Unos ojos «cuerdos».

Empecé a pensar que había montado un lío gigantesco por nada. Podía imaginarme a mi cuñado mirándome con ese ceñito arrugado y pensando: «Siempre has estado como una puta cabra, pero esto es ya el siguiente nivel».

La ansiedad volvió a recorrerme el cuerpo como una culebra de acero. Empecé a sentir que no podía respirar. Me levanté, di un par de pasos en la alfombrilla... Me faltaba el aire en aquel salón y estaba a punto de irme otra vez a la calle, de salir corriendo en alguna dirección, cuando noté que alguien me sujetaba por la muñeca. Era Almudena. Nunca en mi vida la había visto tan seria.

—Escucha, cariño. Estás teniendo un ataque de pánico y debes pararlo.

Abrió la mano y me mostró una pequeña pastilla.

—Es lorazepam. Creo que lo necesitas.

—¿Lorazepam? Pero…

La tomé sin pensarlo. Me hubiese tomado cualquier cosa para frenar aquel dolor.

Después, Almudena me acompañó hasta una habitación y me dijo que me quitara los zapatos y me tumbara.

—Cierra un poco los ojos y descansa.

Creo que me dormí casi antes de poder decir algo más.

46

Cuando me desperté, había gente en la casa de Rober y Almudena. Se oían conversaciones en la cocina, en el salón. ¿Cuánto tiempo había estado dormida? Afuera seguía lloviendo y, por la luz que pude distinguir entrando por entre las lamas de la persiana, ya había amanecido.

Me quedé quieta en la cama, tratando de escuchar algo, pero el sonido llegaba embarullado.

—... lo que está claro es que han sido demasiadas emociones juntas —decía una voz que reconocí como la de mi hermana—. También ha roto con su novio. Me lo contó anteayer...

—Pobre. No nos había dicho nada.

Me molestó que Leire hablase tan libremente de mis miserias, pero en fin, supongo que me lo había buscado. Yo era la apestada con problemas mentales que llamaba al 112 y terminaba encerrada en una habitación, medicada y con un pronóstico incierto.

La historia se contaba sola.

«Quintana Torres ingresa en un centro de reposo mental».

«La famosa autora de novela policiaca sufre un colapso nervioso cuando visitaba su pueblo. Durante la tarde de hoy será ingresada de urgencia con una camisa de fuerza y un lapicero entre los dientes».

Levanté la manta y vi que al menos seguía con mi ropa interior puesta. Almudena me había ayudado a quitarme la ropa húmeda antes de caer rendida, y me había prestado una camiseta. El efecto hipnótico del lorazepam me mantenía en un estado de feliz aturdimiento, cosa que me ayudó a sobrellevar el golpe cuando empecé a recordar la noche anterior, la llamada al 112... «Quiero denunciar un asesinato».

—Dios mío.

Busqué mi móvil por todas partes y al final lo encontré en el suelo. Tenía una llamada de Ana Pons... ¿Ana? Entonces me di cuenta de que ya era domingo y de que, en teoría, habíamos quedado para hablar sobre la semana.

«Pues mucho me temo que van a ser todo malas noticias».

Eran las ocho de la mañana. Olía a café y a tostadas. Seguramente Rober y Almudena habrían preparado un buen desayuno para todo el mundo. La casa de mis vecinos, que en los días posteriores a la muerte de mi padre había servido como cuartel general, volvía a convertirse en el gabinete de crisis de aquella otra «tormenta» que yo había desatado con mi llamada.

Pero nadie me molestaba. Imaginarían que seguía dormida y yo no quería levantarme. No tenía fuerzas ni ganas de enfrentarme a todo aquello.

Un coche llegó y frenó frente a la casa. Oí que se abría una puerta y unos pasos por el jardín. Un timbre, ¿quién sería?

Un minuto más tarde, alguien dijo: «Iré a ver si está despierta», a lo que siguieron unos pasos por el pasillo, hasta mi puerta.

—¿Quintana?

—¿Sí...?

Era mi hermana Leire. Entró y cerró la puerta tras de sí. Como siempre, aunque tuviera que salir de casa en modo emergencia, iba perfecta, con el pelo recogido en una coleta y un traje de chaqueta color beige. Unos pendientes preciosos y la cara limpia con un color maravilloso. Se acercó a la cama, me cogió de la mano.

—¿Cómo te encuentras?

—Bien... ¿Cuánto llevas aquí?

—Poco, en realidad. Anoche nos llamó Almudena para avisarnos de que te habías quedado dormida, nos pilló de camino pero nos dimos la vuelta y acabamos de llegar. Teníamos que abrirle la puerta de casa a la policía.

—¿A la policía?

—Claro —dijo Leire—. Les llamaste tú, ¿recuerdas? —Me guiñó el ojo y me pasó la mano por el cabello en un gesto de cariño.

—Lo siento mucho, Leire, de verdad. Sé que estás liadísima en tu vida y no necesitas más problemas...

—Anda, cállate: soy tu hermana.

—Entonces ¿ha llegado la poli? ¿Han entrado en la casa de *aita*?

Asintió.

—Han venido los mismos agentes que estuvieron por aquí cuando lo de *aita*. Y ahora acaban de llegar otros dos policías de Bilbao.

—¿Tanta gente? —Mi voz sonaba temblorosa.

—Si te soy sincera, hay un pequeño cisco montado ahí fuera. Y todo el mundo quiere hablar contigo... ¿Qué tal estás?

—Pues todavía estoy en shock, Leire... No sé si estoy loca o si he hecho lo correcto, pero de pronto lo vi claro.

—Lo sé. Rober me ha puesto al día.

—Y te parece que estoy como una cabra, ¿no?

Leire se quedó callada unos segundos, antes de responder a mi pregunta.

—Al principio me he enfadado. He llegado a pensar que estabas montando todo este lío para llamar la atención, o para tocarme las narices con lo de la venta de la casa…, pero Javi Porta no ha contado el resto.

—¿Javi?

—También está por aquí. —Leire arqueó las cejas.

—¿Qué os ha contado?

—Para empezar, el asunto de Jokin. La foto del diario que te entregó en la firma de libros de Bilbao. Lo del DVD que encontraste en casa de *aita*… Todo.

«¡Vaya! Gracias por guardar nuestro secreto, Javi», pensé.

—Entiendo que todo esto te haya afectado al punto de llamar a la policía y decir todas esas cosas. —Sonrió—. Pero da igual, lo hiciste por *aita*, por una buena razón. Lo demás no importa. —Volvió a acariciarme el cabello.

—¿Y tú qué piensas? —le pregunté—. *Aita* siempre cerraba la puerta. Lo sabes tan bien como yo.

—Lo sé, pero últimamente estaba un poco raro. Creo que Almudena ya te ha adelantado algo. Tenía despistes. Hacía cosas raras. Estaba a punto de hablar contigo cuando ocurrió el accidente.

—¿Qué cosas raras?

—Pues, por ejemplo: se fue de viaje con el coche, él solo.

—¿Qué?

—Sí. Cogió el coche y se fue durante tres días, él solo, por ahí…

—¿Cuándo?

—Como dos semanas antes de caerse por las escaleras, puede que menos. Roberto encontró el Scenic abierto de par en par, y vio que había una maleta dentro. Ellos sabían que *aita* había tenido mareos y que, en teoría, no podía conducir... y me llamaron para avisarme. Así que yo llamé a *aita*. Me dijo que le había apetecido hacer un viaje, que llevaba mucho tiempo sin coger el coche e irse a ninguna parte.

—Pero ¿a dónde se fue?

—No me lo quiso decir... Solo que había hecho un viaje por la costa.

—¿Él solo?

—Sí...

—¿Por qué demonios me estoy enterando de todo esto ahora?

—Joder, Quintana, porque no me dio tiempo a contártelo... Todo ocurrió justo antes del accidente. Tú estabas enfrascada en tus líos de libros y yo en mi vida. ¿Cada cuánto hablamos por teléfono? Además, él me pidió que no te dijera nada.

—¿Y qué es lo que pensáis? ¿Que *aita* empezaba a tener alzhéimer?

—No lo sé. Lo del viaje puede que solo fuera una crisis de la edad; quizá quería probarse a sí mismo que todavía era autónomo..., pero lo cierto es que *aita* estaba muy despistado. La noche del accidente, pudo haberse olvidado de cerrar la puerta..., y nada más.

Yo me quedé callada, digiriendo esta nueva información que me hubiera venido de perlas la noche anterior, justo antes de llamar al 112 y montar la de Dios es Cristo. No sabía si sentirme dolida, triste o idiota.

—Oye, los policías están ahí fuera y quieren tomarte declaración —siguió diciendo Leire—. Lógicamente, no se van a marchar hasta que hablen contigo.

—Claro.

—Pero después, creo que necesitamos sentarnos un segundo y hablar de ti.

—¿De mí?

—De ti... y de toda esta historia del asesinato de *aita*, del viejo caso de Alba... En fin, creo que el tema de Jokin te ha podido afectar más de la cuenta.

—Me imaginaba que ibas a decir esto.

—Desde fuera es lo más razonable, ¿no? He llamado al hospital de Cruces y he hablado con el médico que te dio el alta. Me ha dicho que puede ser todo un rebote de aquella crisis de ansiedad que tuviste. Un hombre murió en tus brazos, Quintana, alguien a quien conocías... No se puede vivir tan alegremente después de eso. Y ahora vas y regresas sola a la casa donde falleció tu padre... Además, Javi me ha contado que anoche te enfrentaste a un ladrón, o algo así... Soy tu hermana y te digo que estoy preocupada por ti.

—Por mi salud mental, quieres decir.

—*Aita* me dijo que estabas pasando un mal momento con las novelas. Que tenías problemas. No me contó demasiado. Pero ahora, con la ruptura de Edu, quizá se te hayan juntado demasiadas cosas, cariño. Y no queda nadie en este mundo para decirte lo que yo voy a decirte ahora, y por eso me toca hacerlo. ¿Te has planteado volver a la terapia?

«Volver a la terapia», la frase resonó en mi cabeza.

—¿Tan mal me ves? —bromeé.

—Bueno, Quin, hoy cuando he abierto la casa me he encontrado unas cuantas cervezas, colillas, trozos de pizza... Incluso un vaso que olía a whisky. ¿Crees que esa es manera de cuidarte?... Además no sería la primera vez que reaccionas así ante un suceso parecido. Quiero decir, fantaseando...

Sabía que Leire se refería a cuando mi madre murió y yo continuaba intentando hablar con ella porque me negaba a creerlo. Ahora mi padre había muerto y yo volvía a negar la muerte, ¿era eso? Me lo había inventado todo porque, sencillamente, era incapaz de digerir aquel accidente.

Tenía que haber algo más.

Las personas no se van de un día para otro.

Las personas no nos dejan colgadas en medio de la vida.

—Reconozco que últimamente he bebido un poco más de la cuenta. La gira, Eduardo... De acuerdo, vale, igual me he pasado un pelín... Pero no creo que esto tenga nada que ver con nada. Esto es otra cosa, Leire.

—No lo sé, Quintana —dijo ella—. Solo sé que te quiero... y quiero que estés bien. Y eso incluye cuidarte un poco. ¿Me prometes que lo pensarás?

Sentí que las lágrimas acudían a mis ojos. Le apreté la mano. Iba a decirle que sí, pero en ese instante llamaron a la puerta.

47

—Necesitaríamos hablar con Quintana Torres, si está disponible.

—Claro —dijo Leire—, pasen, pasen.

Al otro lado de la puerta reconocí algunas caras familiares. Dos de ellos eran los policías que se hicieron cargo de las diligencias a la muerte de nuestro *aita*. Básicamente, los tipos que «echaron» un ojo a la casa aquel triste domingo tras el hallazgo de su cuerpo.

Pero además estaban los agentes que me habían interrogado en el hospital de Bilbao, después de la muerte de Jokin. La chica atractiva de la coleta negra y el agente que me recordaba a mi quiosquero de Madrid con tanta *malafollá*.

Fueron estos últimos los que entraron finalmente en la habitación. Los otros dos policías se habían esfumado.

—Buenos días, Quintana. ¿Nos recuerda? —dijo la chica.

—¿Agentes Beitia y Salazar? —respondí.

—Buena memoria.

Yo estaba sentada en la cama, apoyada en el cabecero y las piernas tapadas con la manta. Leire sentada a mi lado, en un borde del colchón. Los polis miraron alrededor, creo que querían sentarse. La habitación de invitados de Almudena y Rober era amplia, tenía un escritorio y una silla.

—¿Y sus compañeros? —pregunté por los que había visto desaparecer.

—Han terminado y se marchan —respondió ella—. Pertenecen a la comisaría de Vitoria y ahora el caso ha pasado a la central, o sea: nosotros. Y puesto que hicimos las diligencias en Bilbao, la jefatura ha decidido que también seamos nosotros los que hagamos esta primera entrevista. ¿Está de acuerdo en que le grabemos esta primera declaración?

—No veo por qué no.

—¿Quieres que me quede? —preguntó Leire entonces.

—No, tranquila —dije yo—. Estaré bien.

Me dio un beso en la frente y salió de allí. Noté cómo el agente Salazar la seguía con la mirada. La verdad es que mi hermana tenía un buen tipito, pero ese fue un gesto soez por su parte.

Después, una vez que la puerta estuvo cerrada, la agente Beitia tomó la silla, se acercó a la cama y sacó un cuaderno de anillas en el que había apuntado una serie de cosas. Salazar permaneció de pie, mirando los cuadros que decoraban la habitación, perdiendo la mirada en el techo.

—Bueno, señorita Torres —dijo Beitia—, lo primero es que espero que se encuentre mejor. Sus vecinos nos han contado que ayer estaba bastante alterada.

—Estoy mejor, gracias.

—Si le parece, vamos a empezar repasando los hechos: anoche, sobre las doce menos cuarto, llamó usted al 112 para denunciar un homicidio. ¿Correcto?

—Correcto.

—Usted indicó al agente de emergencias que tenía motivos para creer que la muerte de su padre había sido un asesinato…, algo que habría ocurrido un mes antes.

—El 20 de abril, eso es.

—¿Lo sigue pensando?

—¿Cómo?

—Bueno, no se lo tome a mal, pero recibimos muchísimas denuncias que son producto de un momento de ansiedad. En su caso, esta misma semana estuvo usted ingresada por un ataque nervioso.

Guardé silencio. Claramente, aquella mujer me estaba ofreciendo la posibilidad de retractarme de todo. Pedir perdón por las molestias y que todo el mundo se volviera a su casa. Y quizá era lo que cualquiera en su sano juicio hubiese hecho.

Pero no yo.

—Sigo convencida de lo que dije —respondí.

El otro policía (Salazar) resopló de una manera que me pareció insultante. Como si pensara que todo aquello era una idiotez y que yo les hacía perder su preciado tiempo. Se acercó a donde su compañera y le cogió el cuaderno de entre las manos.

—Le voy a leer la transcripción de su denuncia —dijo—. Por si quiere matizar algo.

Leyó lo siguiente:

—«Mi padre solía encerrarse por dentro cuando estaba en casa. Era una manía que nos había inculcado desde niñas. Acabo de enterarme de que, cuando lo encontraron, su casa estaba abierta: no tenía la llave echada, ni el pestillo ni la cadena. Es muy extraño».

Hizo una pausa, levantó los ojos del papel, me miró. Después siguió leyendo:

—El operador de emergencias preguntó: «¿Se ha planteado que quizá haya otro motivo? Quizá iba a cerrar la puerta cuando se cayó...».

»Usted: "No funcionaba así. Él entraba y cerraba. Además, cuando lo encontraron estaba en pijama, no iba a ir a ninguna parte. Conozco a mi padre. La casa debería estar cerrada y no lo estaba".

»Emergencias: "¿Y cuál es su teoría de lo ocurrido?".

»Usted: "Bueno, creo que alguien estaba con él cuando se cayó por las escaleras. Quizá le empujaron. Después, esa persona abandonó la casa y cerró de portazo".

Hasta ahí la transcripción, y después un profundo silencio.

—¿Suscribe estas palabras? —preguntó Salazar—. ¿O hay algo que quiera cambiar, matizar...?

—Nada.

Otro silencio bastante largo.

—Mientras usted dormía, hemos hablado con su hermana y sus vecinos. Nos han explicado que su padre, Bernardo Torres, sufría algunos despistes y olvidos últimamente.

—Lo sé.

—¿Y no lo ha considerado como una posible explicación? ¿Que este asunto de la puerta fuese un olvido?

—Es una posibilidad, lo admito. Pero es que hay otras cosas. Han ocurrido más cosas...

—¿Se refiere a todo ese asunto del diario desaparecido?

Eso me pilló de sorpresa.

—¿Qué saben de eso?

—Hemos hablado con el agente local... ¿Porta? —preguntó. Yo asentí con la cabeza—. También nos ha puesto al día del robo en la cabaña de Jokin Elizegi y de ese asunto de la foto que Jokin le entregó a usted en la firma de libros... Que, por cierto, quizá debería usted haber mencionado en el hospital.

Me puse un poco roja y maldije a Javi Porta por ser tan bocazas.

—No pensé que fuera relevante —respondí.

—¿Y lo piensa ahora? —intervino entonces Salazar con un tono de hastío.

Yo tomé aire. Quizá era el orfidal, pero lo cierto es que logré hablar de una manera atemperada, aunque ese poli estaba comenzando a tocarme el higadillo.

—Bueno... El jueves, cuando hablamos en el hospital, no creía que Jokin hubiera hallado el diario de Alba. No di crédito a esa historia y preferí no mencionarlo. Pero ahora estoy prácticamente segura de que Jokin decía la verdad. Que encontró ese diario.

—¿Lo ha visto?

—No.

—¿Entonces?

—Es una larga historia.

—Tenemos tiempo. —Beitia lo dijo casi con afecto—. Hemos venido hasta aquí solo para hablar con usted.

Me acercaron la grabadora y yo me puse a hablar sin interrupciones. Conté la historia de una tirada: empecé por la Noche de San Juan de 1999 y el pequeño «error» que llevó a Alba a quedarse sola en la isla; la desaparición de su diario; las sospechas que llevaron a su tía, Lidia Guirao, a intentar reabrir el caso. Y veinticinco años más tarde, el hallazgo de Jokin tras los armarios del almacén de la isla; su caída en desgracia y su trifulca en el Club Náutico... Luego la muerte de mi padre; la visita de Jokin a Bilbao; sus últimas palabras. Y mi llegada al pueblo. Descubrir que mi padre estaba mirando aquellos viejos vídeos de 1999. El robo de la cabaña.

Creo que no me guardé nada. Ni siquiera la parte más truculenta del asunto: mis sospechas de que el atropello de Jokin bien pudiera estar relacionado con todo esto.

Mientras que Beitia escuchaba en silencio y tomaba alguna nota, el agente Salazar lo hacía de brazos cruzados y morro torcido, como si todo aquello fuese la mayor tontería que le habían contado en su vida. Logró contenerse hasta el final, pero supongo que cuando eres un bocazas, mantener los labios cerrados debe de ser una presión insoportable.

—Es obvio que tiene usted una imaginación portentosa, señora Torres —dijo cuando acabé de hablar.

—Gracias —respondí dedicándole una fiera mirada.

—Solo hay un problema —continuó diciendo sin cambiar un ápice su pose chulesca—. La policía necesita algo más que humo para trabajar.

—¿Humo? —protesté.

—Humo, sí. A menos que nos traiga ese diario donde, supuestamente, descubriremos la identidad del asesino de Jokin y de su padre, todo esto se queda al nivel de una buena historia de intriga —expuso, complacido por haber encontrado el símil correcto—, una novela de las suyas…

Aquello me removió por dentro, tanto que ya no puede reprimir la mala leche.

—¿Y el hecho de que mi padre estuviera viendo esos DVD? ¿No les dice nada?

—Hay mil motivos que podrían explicar eso, señora Torres. Su padre estaba jubilado, los jubilados se aburren…

—Mi padre odiaba aquel caso —protesté ya con un enfado evidente—. Le puedo asegurar que no los veía para pasar el rato.

Beitia carraspeó, pero fue el agente Salazar quien retomó su discurso.

—Puede que Jokin le recordara el tema. Usted misma ha dicho que era un chico obsesivo. Yo qué sé... Hay mil explicaciones tanto para esto como para su puerta sin cerrar... —Salazar tomó aire, pero solo para darse una pausa antes de rematar el asunto—: Mire, le voy a hablar con sinceridad. Si no fuera usted quien es, no estaríamos aquí. La policía no se moviliza por una denuncia con tan pocas evidencias. Pero usted fue testigo de un accidente mortal hace cuatro días. Y es una persona pública que goza de cierto crédito... Digamos que hemos tenido la deferencia de venir a escucharla. Y vamos a emplear el día de hoy en registrar su casa y la cabaña de ese chico... Pero lo cierto es que ningún juez del mundo va a darle una oportunidad a esta historia, a menos que nos proporcione algo más que un argumento de novela.

—Me está molestando usted.

—En ese caso, por el bien de todos, me voy a tomar un poco el aire. —Le devolvió el cuaderno a su compañera—. Patricia, te espero fuera. A ver si llegamos a comer a Bilbao. —Y, sin más, salió de la habitación.

A mí me ardían las tripas. Estuve a punto de mandarlo al infierno, pero la agente Beitia me hizo un gesto con la mano. Detuvo la grabadora.

—Salazar sabe tocar las narices como nadie, pero en el fondo tiene razón, Quintana —resumió, tuteándome por primera vez—. El elemento central de tu acusación es ese diario...

—No... —dije yo—, no lo es. Olvídate del diario y centraos en la muerte de mi padre. Lo que deberíais hacer es comprobar las cosas. Tomar huellas en la casa. Volver a revisar la autopsia. Ver si lo que yo les he dicho encaja de alguna manera. ¿Como es que no se le ocurrió a nadie antes?

—Tranquilízate —dijo Beitia—. Todo eso se va a hacer, ¿de

acuerdo? Vamos a llevar a cabo el procedimiento completo. En primer lugar, analizar la cabaña de Jokin en busca de huellas.

—¿Y la casa mi padre?

—Esta tarde vendrá la Científica. Pero viendo que ha pasado más de un mes, será un milagro que encuentren algo... Aun así, vamos a pedir una autorización para rastrear sus últimas llamadas telefónicas. También revisaremos el informe del mes pasado y la autopsia.

—Entiendo. Gracias.

Se levantó y recogió su grabadora y su cuaderno. Pero antes de que cruzase la puerta, le lancé una última cuestión:

—¿Alguna novedad sobre el coche que atropelló a Jokin?

Ella negó con la cabeza.

—Sigue desaparecido.

—Pero ¿habéis conseguido algo más? ¿La matrícula? Me dijisteis que era cuestión de horas...

Ella se debatió entre si respondía esa cuestión o no. Finalmente, se acercó y habló en voz baja:

—Resulta que la cámara que podría haberla captado estaba estropeada aquella noche. Cosas que pasan en la vida real.

—¿Entonces?

—Por ahora solo sabemos que se trata de un coche grande, SUV, de color negro... Y en el País Vasco hay casi doscientos mil coches que encajan en esa descripción.

Yo me quedé callada un instante.

—Buscad a alguien del pueblo.

—¿Qué?

—En esa lista de doscientos mil coches, mirad si aparece alguien de Urkizu.

Ella se quedó en silencio un instante, sopesando aquello. Después cogió la manilla de la puerta.

—Nos pondremos en contacto si necesitamos algo más, ¿okey? No te vayas muy lejos.

—Tendría que volver a Madrid en algún momento.

—Madrid está bien. Pero no salgas del país sin avisar —terminó diciendo antes de marcharse y dejarme allí, dándole vueltas a todo aquello.

48

Todavía tumbada en la cama, escuché cómo la agente Beitia se despedía y salía por la puerta. Logré captar un murmullo de una conversación en el jardín, supuse que hablaba con ese cabestro de Salazar. ¿Qué le estaría diciendo? ¿Realmente importaba? Había dejado muy claro que él no iba a dar un duro por mi historia... Solo esperaba que Beitia fuera un poco profesional. Había percibido un destello en esa última mirada suya. ¿Me haría caso y filtraría la lista de vehículos en busca de alguna coincidencia en Urkizu?

Habría que verlo, aunque prefería no hacerme ilusiones.

Un coche arrancó y salió de allí, después la casa quedó en silencio. ¿Se había ido todo el mundo?

Entretanto, mi estómago había comenzado a rugir. Bueno, al menos esa parte de mi cuerpo funcionaba a la perfección. «Estaba como una cabra, pero comía como un caballo».

Me levanté y me calcé los zapatos. Salí de la habitación y me dirigí a la cocina. Allí estaba Almudena preparando una gran bandeja de empanadillas de atún con tomate.

—¿Te acuerdas? Era uno de tus platos favoritos.

—Claro que me acuerdo —dije sentándome a la mesa—. ¿Cuántos miles de empanadillas me he comido en esta casa?

Ella se rio.

—Por cierto, ¿dónde está todo el mundo?

—Tu hermana y Gari han ido al pueblo a un recado. Rober también se ha marchado. ¿Quieres un café?

—Me da vergüenza admitirlo, pero me muero de hambre.

Eso era todo lo que Almudena necesitaba oír. Me sirvió café de una melita, y puso un par de rebanadas de un maravilloso pan de pueblo en la sartén. Sacó mantequilla, mermelada, un paquete de magdalenas y una caja de galletas.

—¿Cómo ha ido la cosa?

—Bffff..., mejor no preguntes. Tengo suerte de no haber acabado con una camisa de fuerza.

—Tú nunca acabarás así —dijo ella—, tienes la cabeza más dura que una roca.

—No creo que el mundo opine lo mismo que tú.

—Te conozco desde que eras un renacuajo, Quintana. Siempre has sido como un directo a la mandíbula. Recuerdo el día que me preguntaste por qué no teníamos hijos. O cuando le preguntaste a tu madre si iba a estar viva la Navidad siguiente. Cuando quieres saber algo, vas a por ello, sin medias tintas. A mí no me extrañó tu llamada al 112.

—Me lo tomaré como un halago.

—No —dijo Almudena—, solo es un hecho. Y tu madre lo decía también. Quintana sufrirá más en la vida, porque necesita respuestas para todo. En cambio, Leire es capaz de cerrar los ojos cuando hace falta. Sabe acomodarse a la existencia.

—¿Eso decía mi madre?

—Eso y muchas cosas más. Como que algún día serías una gran artista. Precisamente por ese afán de verdad.

—Pues, llegados a este punto, creo que preferiría ser cualquier otra cosa, Almudena. Esto pesa demasiado, ¿sabes?

—La pregunta es si puedes ser otra cosa… ¡Ay, las tostadas!

Tanta filosofía existencial y las tostadas habían comenzado a echar humo en la sartén. Almudena les dio la vuelta y bajó el fuego.

—En fin…, solo quiero decirte que no pienso que estés loca. Esta mañana ha venido Javi Porta por casa. Nos hemos sentado todos en el salón y hemos hablado mientras cafeteábamos. Nos ha contado todo el asunto de Jokin. En las noticias no decían nada sobre ti y el atropello… ¡Lo viste morir! ¿Sabes que hay gente que se pasa años traumatizada por algo así?

—Lo que sé es que Javi es un poco bocazas.

—Javi te tiene mucho cariño, ¿lo sabes? Y estaba preocupado por ti. Todos lo estamos…

Di un sorbo a mi café, en silencio.

—Bueno, no te quiero agobiar. Nos tienes aquí para lo que necesites. Solo quiero que sepas que me parece normal que hayas llegado a ciertas conclusiones en todo este asunto de Jokin y tu padre. Es lo que cualquier mente con un poco de imaginación haría.

—O sea, que tú también piensas que es una fantasía.

—Digamos que prefiero pensarlo. Me aterra la posibilidad de que tengas razón. Además, hay algo que quiero contarte: unos días antes de la muerte de tu *aita*, vi a Jokin saliendo de su casa.

—¿Qué?

—Sí. Se lo he contado a Javi y a los ertzainas. Yo volvía de hacer la compra en el pueblo y le vi salir del jardín. Me llamó la atención, la verdad. Me pregunté a qué podría haber ido a casa de tu padre.

Me quedé callada, pensando en eso.

—¿Recuerdas la fecha exacta?

Almudena frunció el ceño.

—Podría intentarlo.

Se dirigió a un calendario de pared que tenía colgado junto a la puerta. Lo descolgó y lo trajo sobre la mesa.

—Fue en abril —dijo pasando las páginas hasta situar el mes—. Yo había ido a la compra, que hago los lunes. Diría que fue este lunes. —Señaló un día del calendario—: 7 de abril.

—A primeros de abril —murmuré—. Oliver me contó que Jokin tuvo una trifulca en el Club un sábado a primeros de abril. Ese día, mi padre lo sacó de allí… ¿Y vino por aquí el lunes siguiente?

—Quizá quería darle las gracias.

—O algo más —dije yo.

Almudena me clavó los ojos, en silencio.

—El diario, ¿verdad?

Di un sorbo al café y volví a explicarle a Almudena lo que había contado a los polis. La historia que me había referido Edwin. El hallazgo del diario durante la reforma del albergue, en enero de ese mismo año… Hasta el DVD que mi padre estaba viendo en la tele.

—Desde luego, tiene que haber una razón de peso para que tu padre volviera sobre ese tema… —empezó a decir Almudena—. 1999 fue el peor año de su vida. Por un lado, el caso de Alba fue algo terrible que nos sacudió a todos. Pero a él, que era el poli local, mucho más. Le hizo enemistarse con mucha gente. El padre de Oliver le pidió explicaciones, Lidia y Ernesto, que habían sido sus amigos de toda la vida, también le presionaron... y, por si fuera poco, fue el año en que enfermó y falleció tu madre... Ay, Carmina...

Almudena suspiró y perdió la mirada, brillante, en algún punto del pasado.

—Había empezado el año perfectamente —continuó a los pocos segundos—. Todavía recuerdo que aquella Nochevieja fuimos a vuestra casa a lanzar unos cohetes. Esa noche fue la primera vez que la oí toser así. Ella dijo que se había debido de enfriar. Por lo demás, estaba estupenda, vestida con aquel conjunto de noche. Lista para el cotillón del Club.

—El cotillón... Casi lo había olvidado. Nunca más fuimos después de aquel año.

Bueno, es que la siguiente Navidad, mi madre ya no estaba; de hecho, ni siquiera celebramos la Navidad... Pero Almudena y yo recordamos juntas aquel último cotillón. Una fiesta de «etiqueta»: los chicos de traje, las chicas con vestidos de gala. Alba llamando la atención con un vestido rojo superajustado, los labios pintados del mismo color fuego y su pelo negro cortado a media melena. Como decía la canción de Tom Petty, «los chicos explotaban con ella / era mucho más de lo que nunca habían visto», y es que era cierto. Nosotras, todas, parecíamos unas niñas comparadas con ella.

—Venía de otro mundo, la verdad —dijo Almudena—. Una persona excepcional y muy machacada por la vida. Una chica brillante. Solo había que leer alguna de sus redacciones para darse cuenta de que tenía un grado de madurez altísimo.

—¿Escribía bien? —pregunté.

—Era maravillosa —respondió Almudena.

Y casi sin quererlo, me retrotraje a un viejo recuerdo de 1998. Una fría tarde de otoño en el parque de Landa.

Yo solía ir a escribir allí, a las mesas del merendero. Me gustaban las vistas del pantano, pero sobre todo la inmensa soledad de aquel lugar en otoño e invierno. Sin embargo, un día, nada más llegar, me encontré con que una persona había ocupado la mesa en la que yo solía sentarme. Era Alba. Estaba allí, pero ¿haciendo qué? Entonces me di cuenta de que estaba escribiendo también... Y yo pensé: «¡Qué demonios! ¡Este era mi rincón secreto!».

Habían pasado ya dos semanas desde su trifulca con Gurutze. Al día siguiente hicieron las paces en el Club (algo auspiciado por Anita, claro), pero yo seguía un poco mosqueada con ella por aquel empujón que me había dado. Y porque ella me había acusado a mí cuando dijo «No se qué os creéis que sois...».

Me sorprendió verla allí, sola, escribiendo como solía hacerlo yo. Lo de aislarse del mundo no le pegaba nada a ese estereotipo de «chica popular» que yo tenía de ella. Enrollada con el guapo oficial del pueblo (Oliver) y con la mitad de los tíos del instituto soñando con ponerse a la cola...

Bueno, me senté en la mesa más alejada de ella y me puse a lo mío... Yo, por aquel entonces, escribía cuentos de dos o tres páginas... Justo acababa de publicar uno en la revista del instituto y eso me había animado a seguir con otro. Así que estuve escribiendo un rato, un poco incómoda y fastidiada por la presencia de Alba (en aquellos días necesitaba yo una soledad escandalosa para concentrarme).

Entonces, de pronto, vi que ella se levantaba y venía directa hacia mí.

«Oh Dios, ¿además quiere hablar conmigo?».

—Hola —dijo sentándose en mi mesa, junto a mi cuaderno, que entrecerré a velocidad—. Me leí tu relato, el que se publicó en la revista del cole...

El cuento se titulaba Aves de paso *y estaba enormemente orgullosa de ello. Todo mi pequeño mundo (empezando por mi madre) me había dado la enhorabuena por él... Así que esperé que Alba fuera a hacer lo mismo.*

—No está mal —dijo entonces—. El estilo es sencillo, pero la idea es bonita.

—Ah... —dije sin saber qué más decir.

Después noté que me ponía roja. «¿Un estilo sencillo? ¿De qué demonios vas?».

—¿Estás escribiendo algo más? —dijo Alba apuntando a mi cuaderno, que yo había medio cerrado.

—Sí... Bueno... Alguna cosa supongo que igual de sencilla.

Alba sonrió. Supongo que captó mi irritación.

—No quería molestarte, ¿eh? Ya te he dicho que me gustó. Yo también le doy al lápiz, ¿sabes? —dijo levantando aquel cuaderno de tapas amarillas de policuero y un candadito de oro.

—Ya...

—Pero lo mío es otro rollo —continuó—. No me invento personajes. Los saco de la realidad. Bueno, pero algún día me gustaría escribir ficción... Como tú.

En aquel momento no me di cuenta de que Alba quizá estaba intentando acercarse a mí y hablar de cosas de escritores. Pero yo estaba demasiado dolida con eso del «estilo sencillo».

Me limité a cerrar los labios y asentir. Después se hizo un silencio incómodo.

—Bueno, Quintana Torres —dijo al fin—. Te dejo que sigas escribiendo.

—OK —respondí.

—Y ojalá publiques otro cuento pronto.

Se levantó y se marchó con su diario de policuero amarillo debajo del brazo. Y reconozco que en aquel momento pensé: «Bien, ojalá no vengas más por aquí». Aunque su comentario sobre mi estilo es algo que sigo recibiendo hoy en día (a mucha gente incluso le parece algo bueno). Y cada vez que lo leo en alguna crítica, recuerdo que Alba fue la primera persona que me habló de ello con sinceridad.

Almudena y yo nos habíamos quedado suspendidas en un recuerdo.

—Hoy en día tenemos un nombre para gente como ella —añadió ella—: altas capacidades.

—¿En serio? —dije—. ¿Alba era una genio? Nunca lo hubiera dicho... Yo recuerdo que tenía muchos problemas en el cole.

—Es cierto que tuvo muchos líos. Hacía pellas, llegaba tarde a las clases o no atendía... Al menos, conmigo, era buena alumna. Le interesaba la literatura y sacaba sobresalientes. Pero después, por ejemplo, dejaba un examen de matemáticas en blanco. O se enfrentaba a un profesor... Tuvo algún problema con Rober por su mal comportamiento.

—¿Es posible tener un problema con Rober? ¡Si era el profe más *tranqui* del insti!

—Pues los tuvo. Tuvieron que reunirse los dos varias veces con Carmelo.

—Carmelo. —Recordé haberle visto la noche anterior en el Club, con sus nuevas «pintas» de aristócrata de pueblo—. Era su orientador, claro.

—Sí —dijo Almudena—. Se involucró mucho con ella. Supongo que veía todo ese potencial malgastado e intentó reconducirlo... La muerte de Alba fue un golpe tremendo para él.

—Me he enterado hace muy poco de que Carmelo era el padrino de Jokin. En Alcohólicos Anónimos.

Almudena cambió el gesto al oír aquello. Me di cuenta de que aquel tema no era algo agradable para ella.

—Carmelo lo pasó muy mal con ese tema. Cogió una excedencia al año siguiente de morir Alba. Prácticamente desapareció. Yo no me enteré hasta mucho más tarde, pero ese tema debió de hundirle hasta el punto de que empezó a beber.

—Madre mía, ¿cómo es que no he sabido nada de esto?

—Porque muy poca gente estuvo enterada. Y los que lo sabíamos supimos actuar con discreción... Ahora, con mucho esfuerzo, ha conseguido reincorporarse a la vida profesional. Es algo digno de admiración, ¿sabes? Que en la actualidad sea el director de un instituto. Lo digo porque es mucho mejor que esta historia no se conozca demasiado.

—Lo comprendo.

En ese momento me interrumpió un ruido procedente de mi habitación. Mi teléfono estaba sonando.

—Perdona.

Me levanté y fui a por el teléfono. La pantalla estaba iluminada y el nombre de mi editora destacaba como un grito lanzado a cientos de kilómetros de distancia.

49

Ana Pons sonaba con su energía habitual aquella mañana de domingo.

—¿Cómo está mi escritora favorita?

—Pues verás... Un segundo, que salgo a fumar.

Cogí mi paquete de tabaco y pasé junto a la cocina, haciéndole un gesto a Almudena. Afuera hacía un día espléndido después de la tormenta, pero el jardín estaba mojado. Fui hasta la vieja barbacoa de piedra de la esquina y me encendí el cigarrillo mientras observaba la casa de mi *aita*.

—Pero ¿dónde estás? —me preguntó—. Oigo pajarillos y silencio rural. Eso no es Madrid.

—No es Madrid, no. Estoy en Urkizu.

—¿Qué? Pero ¿qué haces allí?

—Si te lo cuento, te caes de la silla.

Intenté por todos los medios salvarle el cuello a Marta Donada, pero era bastante difícil, ya que ella tenía «el encargo» de montarme en un avión y asegurarse de que llegaba a Madrid desde Bilbao. Le insistí a Ana en que yo le había pedido expresamente que no le dijera nada, pero creo que

Marta iba a tener una mala mañana después de aquella llamada.

—No lo entiendo —protestó—. Pensaba que confiabas en mí.

—Y confío —respondí—, pero eran demasiadas explicaciones, Ana. Y yo estaba siguiendo una corazonada.

—¿Y has acertado?

—Puede —dije.

Ana Pons guardó silencio. Tal vez en otras circunstancias me hubiera seguido preguntando, pero la noté un poco tirante. Quizá mi jugarreta le había molestado.

—Eres libre de ir donde quieras, Quintana, faltaría más. Pero tenemos una promoción en marcha. Y esta semana es vital: sabes que empieza la Feria, e Irene ha conseguido una entrevista en *La Trinchera*.

—¿Qué? ¿En *La Trinchera*? Yo pensaba que no llevaban a escritores.

—Pues contigo harán una excepción. Quizá porque eres, oficialmente, el libro más vendido del país esta semana...

—¿Qué?

—Lo que oyes. ¡Enhorabuena! Pensaba darte la noticia esta noche, cenando en Madrid..., pero dudo mucho que llegues a tiempo para cenar.

Esto de las «grandes noticias» era algo que pasaba con Ana Pons desde siempre, y no por eso dejaba de ser algo surrealista. Yo estaba allí, en mi pequeño mundo, pisando el césped húmedo de Urkizu, fumando mientras observaba las vistas del pantano. Y al otro lado del teléfono, alguien me hablaba de cosas gigantescas. Convertirme en la autora más vendida del país. Una entrevista en el programa líder de audiencia de la televisión. Y siempre tenía la misma sensación: la de que yo estaba escuchando una conversación dirigida a otra persona.

—¿Qué me dices? —repitió Ana—. ¿Crees que llegarás esta noche?

Estaba acostumbrada a hacer ese viaje de vuelta siempre que visitaba a mi padre. Si salía después de comer, me daría tiempo de llegar a Madrid, superar el atasco de entrada, regar mis plantas, cambiarme y estar lista para la cena.

Pero no era un día normal y así se lo dije a Ana.

—Esta tarde, un equipo de la Científica va a venir a recoger huellas dactilares a la casa de mi padre.

—¿Qué? Pero ¿os han entrado a robar?

—No —dije yo—, es otra cosa...

Se lo expliqué y el grito que Ana Pons dio a continuación me ensordeció.

Y claro, ahora sí que se vio obligada a preguntarme de qué demonios estaba hablando.

Me dejó explicárselo sin interrumpirme ni una sola vez, tanto que tuve que asegurarme en un par de ocasiones de que ella seguía allí. Al término de la conversación, después de un corto silencio, dijo:

—¿Le has contado todo esto a la policía?

—Sí.

Oí una larga respiración al otro lado.

—¿Crees que he hecho mal? —pregunté.

—No —se apresuró a decir—, pero debes estar preparada. Esta es una historia demasiado jugosa y es posible que se vaya de madre.

—Te refieres a los periódicos...

—Es una historia perfecta, Quintana: la escritora de misterio que regresa al escenario de sus novelas para resolver un crimen real.

Casi inmediatamente vino a mí la cara de ese policía, Salazar, que había sugerido algo similar. Por otro lado, pude imaginarme que Ana Pons también estaba pensando en cómo sacar partido de la situación, en caso de que llegara a darse.

—No te voy a engañar, hay que prepararse para todo y, a poder ser, rascar algo... —dijo ella—. Pero ya hemos escarmentado sobre este tema. Además, creo que no te hace ninguna falta.

—Estoy de acuerdo.

—Escucha. Arregla tus asuntos y vuelve en cuanto puedas. Nos gustaría tenerte en la editorial mañana para preparar la entrevista de la tele. ¿Puedes comprometerte a eso?

—De acuerdo —dije—. Mañana estaré en Madrid pase lo que pase.

Estaba a punto de colgar cuando Ana dijo algo más:

—Otra cosa, Quintana: ¿te has planteado tu seguridad personal?

—¿Qué?

—Bueno, si tuvieras razón en todo esto, alguien va tras el diario de Jokin. Y tú fuiste la última persona que estuvo con él.

—No lo había pensado, la verdad —dije tragando saliva.

—Bueno, por ahora no nos precipitemos. Regresa a Madrid y controlaremos la situación desde aquí.

50

Leire y Gari volvieron por allí a la hora del almuerzo. Yo acababa de darme una ducha y estaba pensando en lo bien que me vendría poder entrar a la casa de mi padre para coger algo de ropa, pero tendría que esperar a la tarde para eso.

Entonces oí llegar el coche, el timbre de la casa y algo de conversación en el vestíbulo. Leire entró mientras yo terminaba de vestirme. Me dijo que querían invitarme a comer en el Club.

—Almudena ha hecho empanadillas —respondí.

—Lo sé, pero quisiéramos tener una conversación privada contigo.

Así que le pedí mil disculpas a mi querida vecina, a quien no le importó lo más mínimo —«Las tendrás para cenar. O te las llevarás en un túper»—, y salí fuera, donde Gari esperaba al volante de su Mazda. Nos dijimos «hola» con un poco de frialdad —normal, teniendo en cuenta que en nuestra última conversación le llamé «metomentodo» y él a mí «tarada con ínfulas»— y nos fuimos de allí hablando de lo bien que se conservaban Almudena y Rober, de las nuevas cabañas de lujo que había inaugurado el camping y del montón de turistas que se veía por la zona para ser todavía mayo. Hablando de cualquier otra cosa, como si fuera un día normal en nuestras vidas.

Llegamos al Club que, tras la noche de fiesta, había regresado a la normalidad. Había una docena de veleros Optimist desplegados en la rampa de embarque y un montón de niños y niñas embutidos en sus chalecos salvavidas, listos para comenzar una clase de vela. Era la hora del aperitivo y la terraza estaba hasta la bandera, pero no tanto como la noche anterior. En los pantalanes había cuatro o cinco embarcaciones. No pude evitar recordar el Daphne 3 y mi última conversación con Luken.

—Vamos, hemos reservado una mesa dentro.

Mi hermana fue saludando, repartiendo besos y abrazos. Fue y seguía siendo la hermana popular. La rubia guapa de la sonrisa resplandeciente. La chica que lo hizo «todo bien», incluyendo buscarse al marido perfecto. Y no podía dejar de interpretar ese papel. Supongo que, a los cuarenta y cinco, todos estamos atrapados en un personaje. Y de cuánto odias o amas a tu personaje depende tu felicidad y tu salud mental.

Roger, el jefe de camareros, nos recibió con la cordialidad de siempre, quizá un poco más. No había tenido la oportunidad de darnos el pésame por nuestro padre y lo hizo entonces. Nos había preparado una mesa junto a la ventana, con un jarrón de flores frescas. ¿Algo de beber? Todavía tenía fresca la bronca de Leire sobre mis malos hábitos, pero fue ella la que pidió una botella de prosecco.

—¿Prosecco? —bromeé—. ¿Estamos celebrando algo?

—Bueno —dijo Leire misteriosamente—, quizá...

Tuve la sospecha de que se guardaba un as en la manga,

pero no soltó prenda en toda la comida. Hablamos de otras mil cosas. Asuntos pendientes de mi *aita*; por ejemplo, el coche. Había que cancelar el seguro y venderlo, pero antes de eso había que pasarle la ITV, que se había caducado. También nos estaban cobrando por un seguro médico privado, por la suscripción a una revista de pesca, por…

Fuimos repartiendo un poco aquel «bacalao» de tareas. Luego, con el segundo plato, pasamos a hablar de sus mellizas y los nuevos desafíos que planteaba su preadolescencia. Martina parecía estar metida en una carrera por ser la más lista de la clase, mientras que Olivia pasaba de todo y vivía centrada en sus dibujos, su música y su equipo de baloncesto. Bueno, en eso (el ser un poco friki) se parecía a mí.

Después Leire me dijo que se estaba planteando cerrar la academia de baile.

—¿En serio?

—Me asan a impuestos, me suben autónomos, todo son cornadas por todas partes. He pensado en alquilar el local y dedicarme a otra cosa.

—¿A qué?

—No lo sé…, pero quizá haya llegado el momento de replantearse la vida. Hacer algo más tranquilo. Soy una buena profe de yoga.

Aquello me pareció extraño. Leire se llevaba quejando de su academia mucho tiempo, pero nunca se había planteado otra opción. Gari ganaba un sueldo decente, aunque necesitaban los ingresos del negocio para mantener su nivel de vida.

Estábamos terminando el segundo plato; por fin, Leire alzó su copa y dijo:

—Lo del prosecco sí era por una razón: tenemos una noticia buenísima que darte, Quintana. Esta mañana he recibido una llamada de Lidia Guirao. Nos ha hecho una oferta brutal por la casa de *aita*.

A Leire y a Gari se les escapaban las sonrisas. No podían reprimir su excitación. Le dije que lo soltara ya, que me estaba poniendo nerviosa.

—¿Recuerdas que el amigo de Gari, el de la inmobiliaria, nos había hablado de quinientos mil euros?

—Sí.

—Bueno, pues Lidia ha subido un poco la cosa —dijo con una sonrisa nerviosa—. Ofrece ochocientos cincuenta mil euros por la casa y el terreno.

—¿Qué?

—Lo que oyes, Quintana. ¡Un pastón!

—Pero ¿cómo? —titubeé—, no lo acabo de entender.

—¿Qué hay que entender?

—Ese precio. Además, ¡ayer estuve con Anita y no me dijo nada!

—Ya sabes que los Guirao tienen mil negocios y puede que Anita no esté enterada de todo. Lidia nos ha contado que tienen una empresa que está invirtiendo en vivienda turística por la zona. Y la casa de *aita* es perfecta para un Airbnb. ¿Qué te parece? ¡Te has quedado muda!

Era cierto, me había quedado muda, sorda y ciega. En ese momento solo podía pensar en una cosa.

—¿Por qué ofrecería tanta pasta?

—¿Qué? —Leire arqueó las cejas.

—No sé... ¿No te parece raro?

—Venga ya, Quintana, no me digas que aquí también estás viendo conspiraciones.

—Solo digo que es extraño. La gente que tiene dinero, como Lidia, lo tiene porque lo sabe cuidar. Y ofrecer algo tan fuera del mercado es, cuando menos, sospechoso.

Gari había logrado morderse la lengua exactamente treinta segundos. Pero no pudo contenerse ni uno más.

—Ha pujado alto para quitarse competencia y comprar ya. Le interesa la casa y nos ha dado una fecha límite para responder.

—¿Cuándo?

—Esta semana que entra —dijo Leire.

—¿Esta semana?

—Sí —mi hermana me miró muy seria—, y te ruego que lo consideres. No hace falta que te diga lo bien que nos vendría a nosotros el dinero. Yo podría dejar la academia, dedicarme a las niñas una temporada (que lo necesitan) y buscarme otro trabajo más llevadero. Quizá a ti no te importen estas cosas, pero…

—Sí me importan —dije por ser educada—, es solo que…

Volví a caer en mis demonios. En mi resistencia irracional a desprenderme de la casa de mi padre. Además, había algo violento en toda la situación. Esa oferta absurda, las prisas por aceptar, ¿o eso se lo habían inventado para presionarme?

—Es una oportunidad única —insistió Gari—. Cuatrocientos veinticinco mil por cabeza. Con ese dinero te puedes comprar lo que quieras en Urkizu. También puedes comprarnos tu parte de la casa, por supuesto. Pero, lógicamente, ahora estaríamos hablando de otro precio.

—¿Cuatrocientos veinticinco mil euros? —dije casi riéndome—. No tenía los doscientos cincuenta, y ahora es casi el doble.

—Por eso mismo sería una estupidez dejarlo pasar, Quintana.

Le sonó el teléfono a Gari y fue providencial, porque estaba a punto de decir algo sobre esa «estupidez» y sobre su maldita manía de meterse en los temas de mi familia. Pero se levantó a tiempo y se alejó unos metros de la mesa.

—Sé que no es el mejor día para hablar de esto, Quintana, pero Lidia dice que tiene otras propiedades en el punto de mira y...

—Son especialistas en meter presión —resoplé yo.

—Con esa oferta se lo puede permitir. Por favor, piénsalo un poco. Sé que te sientes muy apegada a la casa de *aita*. Que ha sido tu refugio y tu hogar estos años..., pero las cosas están como están. *Aita* se ha ido —se le encogió la voz— y hay que pasar página. La casa no te va a devolver a los muertos...

Gari se acercó entonces y le ofreció el móvil a Leire. Ella lo cogió y enseguida me di cuenta de que era algún problema.

—Olivia está sin llaves, fuera de casa. Nos vamos a tener que marchar.

—Claro..., tranquila.

Me quedé sentada en la mesa mientras veía a Leire y Gari salir por la terraza y pensaba en lo que acababa de decirme. Cuatrocientos veinticinco mil euros. Para ella, era el precio de su libertad. Poder cerrar la escuela y dedicarse a ser madre y profe de yoga. Y desde luego era un buen pellizco..., pero ¿no estaba ocurriendo todo demasiado rápido?

No podía dejar de pensar en que había un trasfondo oscuro en esa oferta de Lidia Guirao y decidí que había llegado la hora de tocarle el timbre y hablar con ella.

Me levanté y fui a pagar a la barra, pero Roger me informó de que Leire ya se había hecho cargo de todo. Me despedí y salí por la terraza por el lado oeste. El camino de la orilla continuaba desde allí a través del bosque y terminaba en la finca de los Guirao, cuyo tejado podía verse sobresaliendo de las copas de los árboles, a lo lejos.

Estaba bajando las escaleritas desde el Club cuando vi a un tipo subido en una escalera de aluminio. Se encontraba de espaldas, haciendo algo en lo alto de uno de los mástiles de bandera que quedaban junto a los pantalanes, pero pude reconocer dos cosas en él: su uniforme de policía y un bonito trasero.

51

—¡Quintana! —exclamó Javi desde lo alto de la escalera—. ¿Qué haces aquí?

—Dar un paseo, ¿y tú? ¿Qué andas haciendo?

—Pues verás… Mejor bajo y te lo explico.

Me fijé en que Javi estaba manipulando algo que podía ser perfectamente una pequeña cámara fijada con abrazaderas a lo alto del mástil. Después bajó las escaleras y admito que me fijé muy bien en sus piernas mientras lo hacía. El uniforme le sentaba como un guante.

—¿Cómo estás? Iba a pasarme en un rato por la casa de Almudena.

—Me he acercado a comer con Leire y Gari —expliqué—. En fin, ya sabes, han venido por lo de anoche…

—Lo sé —dijo él mientras doblaba la escalera y la apoyaba en el suelo—. Yo también he estado en casa de Almudena a la mañana.

—Y, según me han dicho, no eres muy bueno guardando secretos, ¿eh? —Lo dije con cierta sorna, pero creo que Javi se sentía verdaderamente culpable por ello.

Se giró, se rascó la cabeza.

—Espero que no te haya molestado, solo pensaba en defenderte.

—¿Defenderme?

—La patrulla que vino de Vitoria estaba a punto de darse la media vuelta cuando se enteró de que te habías tomado un tranquilizante. Pensaron que todo había sido un delirio... Yo les dije que no, que tenías una serie de buenos motivos para haber llamado al 112. Aunque quizá te precipitaste un poco.

—Lo sé... Te llamé a ti en primer lugar, pero estabas desconectado.

—Apago siempre el teléfono por la noche, Quintana.

—No importa —continué—, supongo que tarde o temprano esto tenía que salir a la luz, aunque ahora todo el mundo piense que estoy de psiquiátrico.

—Yo no lo pienso. Hay unas cuantas cosas raras en todo este asunto y, por mi parte, también quiero llegar al fondo de la cuestión. Tu padre era mi amigo.

—Lo sé.

Entonces, Javi me mostró algo que llevaba entre los dedos. Una pequeña tarjeta SD como las que usan en las cámaras fotográficas.

—¿Y eso?

—¿Sabes guardar un secreto? —preguntó sonriente—. Desde hace unos meses están robando diésel de los motores de las embarcaciones. Creemos que es alguien de la zona, pero la Ertzaintza no ha prestado demasiada atención al tema. La junta del Club votó por la colocación de unas cámaras, pero es un tema peliagudo por la Ley de Protección de Datos. Así que decidí tomar un pequeño atajo mientras la cosa se aprobaba de manera oficial.

—¿Una cámara?

—Una cámara de fototrampeo. —Señaló a lo alto de la farola—. Se utilizan para detectar y grabar vida silvestre, normalmente de noche. La tengo instalada ahí arriba desde abril...

Javi se quedó mirándome con una extraña sonrisa en los labios. Yo, que había salido del restaurante ofuscada después de la charla con mi hermana, todavía no me caía del guindo.

—Pensé que sería interesante echar un vistazo a lo que grabó anoche —dijo Javi.

Y yo, por fin, abrí mucho los ojos.

—¡Joder!

Cambio de planes. La visita a Lidia Guirao podía esperar. Javi me dijo que se dirigía a la oficina del pueblo a cargar la tarjeta SD en su ordenador. ¿Quería acompañarle?

Fuimos al parking del Club, donde Javi tenía aparcado su coche patrulla con el rótulo del ayuntamiento de Urkizu. Nada más montar, miró el móvil que había dejado allí. Tenía una llamada perdida.

—Son los de la Científica...

Después de un montón de síes y de noes, se despidió con un «gracias, estaremos atentos a vuestra llamada».

—Acaban de terminar en la cabaña de Jokin. Dicen que van a comer y después irán a tu casa. Nos avisarán.

—¿Han encontrado algo en la cabaña?

—Parece que la puerta no estaba forzada. El que entró tenía la llave. Ahora están sacando huellas.

—Encontrarán las mías —dije yo.

—Espero que alguna más —replicó Javi—. También han

interrogado a Edwin, el encargado. Les ha dicho que estuviste hablando con él sobre Jokin.

—Sí, esa es la parte que no te conté anoche.

—Pues tenemos un rato. Los vídeos tardarán en descargarse.

Entramos en aquella oficina que, durante muchísimos años, fue el lugar de trabajo de mi padre. Recuerdo que de niña me sentía tan orgullosa de que mi *aita* fuese el policía del pueblo que en cuanto podía me colaba en su oficina, o llevaba a mis amiguitas ahí dentro para mostrarles el sitio donde mi padre realizaba su «importantísima» labor (y él siempre terminaba echándonos con una sonrisa).

Nos sentamos en el escritorio de Javi y no pude evitar fijarme en que era de madera oscura, aunque no era la mesa de la foto del diario (aquello parecía wengué). Por lo demás, estaba bastante ordenadito. El escritorio de una persona dice mucho de ella. El mío, en Madrid, era un cisco de cosas que procrastinaba, libros por leer y «pongos» (mecheros, bolis, flores, un azucarillo) para los que nunca encontraba un sitio mejor. «Caótica, apegada», habría dicho un «lector de escritorios», y en el caso de Javi, el diagnóstico sería: «Pulcro y ordenado, quizá un poco aburrido. Necesita un empujoncito en la vida. ¿Un cachete en ese trasero tan redondito?».

«¡Basta! Que estás muy salida...».

Javi sacó la tarjeta de memoria y la metió en un lector de tarjetas conectado a un viejo PC. Una ventanita del sistema operativo informó del contenido de la misma. Había un montón de archivos:

—Se activa por movimiento, y mira —dijo—, anoche hubo bastante, al parecer. La tarjeta está casi llena.

Había más de cincuenta archivos que él «arrastró» de la

tarjeta al PC... Una ventanita del sistema operativo nos informó de que esta operación iba a tardar diez minutos, tiempo que utilicé para contarle la historia del hallazgo de Jokin tras los armarios metálicos del almacén que Edwin me había relatado la víspera. También le puse al día de mis últimas «pesquisas» y la cronología de hechos que había esbozado con Almudena aquella mañana durante el desayuno.

—Almudena también me contó que había visto a Jokin salir de la casa de tu *aita* —dijo Javi pensativo—. Son demasiadas casualidades, ¿no?

—Sí. Creo que todo empieza a conectarse. Esta semana, en Madrid, volveré a ver los testimonios del DVD.

—¿Te vas?

—Esta noche —le confirmé—. Tengo muchas cosas pendientes y la editorial me reclama.

—Claro. —En el tono de Javi pude notar un poco de desilusión—. Bueno, yo también veré el DVD. A veces cuatro ojos ven más que dos... Mira, esto ya se ha cargado.

Estaba sentada en una silla con rueditas y la empujé para aproximarme al monitor. Eso hizo que me quedase bastante cerca de Javi, hasta el punto de que me llegó el olor a jabón de su ropa mezclado con algo de sudor. Él llevaba una camisa azul de manga corta y los brazos al aire. Coloqué mi brazo muy cerca del suyo. «Detente».

—¿A qué hora crees que llegarías al Club anoche?

—Sobre las nueve y media —dije.

—Y esa lancha que viste partir de Soroa... ¿Crees que te llevaba mucha ventaja?

—Unos quince o veinte minutos.

—Vale, vamos a coger todo lo que se grabó desde las nueve y lo vamos mirando.

Empezamos a pasar grabaciones. Eran tomas nocturnas, pero había suficiente luz de las farolas del embarcadero y las luces de la terraza como para distinguir un poco las formas que se movían por los pantalanes. Botes que llegaban y personas que se bajaban y caminaban en dirección a la terraza, que estaba fuera de plano, ya que el objetivo de Javi había sido vigilar las embarcaciones. Reconocí a ese grupo de chavales con los que había hablado nada más llegar. Al parecer se habían tirado allí toda la noche, fumando hierba al amparo de la oscuridad. Después vimos llegar otro bote con dos mujeres, que pasaron muy cerca de la cámara.

—¿Las reconoces?

—No.

Pero justo entonces, por la parte alta de la pantalla, vi desfilar una figura que me llamó la atención.

—¡Espera!

Casi sin pensarlo apoyé la mano sobre la de Javi para que parase el vídeo.

Lo hizo.

—¿Qué?

Empujé su mano con la mía, para llevar el cursor hasta esa figura.

—Ese tipo... Creo que le reconozco, ¿puedes echarlo para atrás?

Durante tres o cuatro segundos, mantuve la mano pegada a la suya... Después, la retiré y noté que me subía un poquito de color a las mejillas, menos mal que Javi estaba atento a la pantalla.

Rebobinó el vídeo y volvimos a pasar la grabación con los ojos puestos ahora en el tipo que iba a aparecer en la parte «alta» de la imagen. De hecho, vimos cómo, en primer lugar, asomaba por allí una lancha de color blanco, muy cerca de donde yo había desembarcado con mi kayak.

—Una motora blanca —dijo Javi.

—Sí...

Era una zona un poco alejada de las farolas y la terraza, pero se veía claramente a alguien amarrando la lancha y saltando sobre el pantalán. A continuación, el personaje (vestido muy oscuro) caminaba rumbo a las escaleras de la terraza. Y era en ese punto, donde la luz de la fiesta lo iluminaba por unos breves segundos.

—Está muy borroso. —Javi pausó la grabación.

—Da igual, sé perfectamente quién es.

—¿En serio?

Asentí con la cabeza. Había algo, un pequeño detalle que lograba distinguirse perfectamente en el fotograma: un jersey negro de cuello vuelto que yo había visto la noche pasada en alguien sentado en la biblioteca del Club.

—Es Carmelo.

52

—Pero ¿estás totalmente segura? —preguntó Javi—. Yo aquí solo veo una mancha borrosa.

—Es él, te lo aseguro.

—¿Carmelo? Pero ¿por qué?

—Bueno... Era el padrino de Jokin y una de las personas que más trato tenían con él... Quizá sabía algo sobre la existencia del diario...

Javi pasó la grabación otras dos veces intentando ampliarla todo lo que pudo. Era cierto que apenas se distinguía el rostro de Carmelo, y, aun así, yo ya sentía la corazonada ardiendo en mis entrañas.

—¿Sabes dónde vive?

—No me costará encontrarlo. Pero ¿qué quieres hacer? Este vídeo no serviría como prueba de nada. Además, podría meterme en líos...

—No lo mencionaremos —le prometí—, pero hagámosle un visita. Vamos a pincharle un poco a ver si sangra.

—Pero ¿no te ibas hoy?

—No me importa conducir de noche. ¡Vamos!

Javi buscó la dirección de Carmelo Ortiz en los datos de Tráfico. Vivía en una casita a las afueras de Urkizu, en lo que llamábamos «la carretera vieja», una antigua regional que bordeaba el pantano y que ya estaba en desuso, puesto que había una flamante autovía a pocos kilómetros.

Tardamos un rato en salir de la oficina municipal, ya que Javi tuvo que atender a dos vecinos que acababan de entrar por la puerta. Uno venía a denunciar unas obras sin licencia que tenía debajo de casa y le molestaban; otro venía a avisarle de que había una vaca fuera de control en las prados de Haizegazti.

Cosas de la vida en los pueblos.

Javi tomó nota de ambas cosas y salimos de allí. Me preguntó si no me importaba pasar primero por Haizegazti en busca de la vaca extraviada y le dije que claro. De hecho, tenía ganas de verle en acción, lidiando con una vaca loca.

Para cuando llegamos, había ya algunas personas rodeando a la vaca, que caminaba tranquilamente por una acera, cerca del Asador Borda. Javi salió del jeep y cogió una vara de avellano que llevaba en el maletero. (Después me enteré de que el tema del ganado rebelde era una de sus ocupaciones habituales). Con bastante aplomo, redirigió la vaca hacia los terrenos de pasto de Haizegazti y cerró la cancela abierta que había sido el origen del problema.

Volvió al jeep y le dije que estaba impresionada.

—Eres como un Cocodrilo Dundee versión rural.

—Las vacas son fáciles —dijo—. Me alegro de que no me haya tocado una cabra.

Condujimos entre prados y bosquecillos, atravesando aquella brillante campiña mojada. Era primavera y los campos todavía estaban sin segar (eso llegaría en junio), así que el verde se desparramaba, invadía la carretera y trepaba por los palos de las cercas. Un viento cálido mecía fresnos, abedules, robles... y nos traía una fragancia de tierra, flores y ganado. Y yo iba feliz y contenta sentada junto a Javi Porta, mirándole de reojillo de vez en cuando y pensando que en algún momento tendríamos que hablar de nuestra cosas. De nuestra vieja historia que se nos quedó pendiente.

Volvimos a girar hacia el pantano y embocamos la carretera vieja, que llevaba muchos años deteriorándose sin que nadie invirtiese demasiado dinero en ella. Aquel era el lugar más sombrío del valle. La naturaleza había ido reclamando su espacio y había puntos en los que la maleza prácticamente arañaba el coche.

—¿Cómo vamos a encontrar nada en este sitio? —dije yo cuando perdimos la señal GPS—. No tenemos Maps.

—El mapa lo tengo aquí. —Se dio dos toquecitos en la frente—. Recuerda que yo era el chaval de los recados. Me conozco el valle de pe a pa.

Frenó junto a una pista forestal que se hundía en el bosque de ribera. Nos metimos por allí hasta llegar a un lugar bastante apartado y penumbroso cerca de la orilla, donde se ubicaba un chalecito compacto, de una sola planta, con algo de terreno y un invernadero a un lado.

Dos perros salieron a nuestro encuentro: uno pequeño, suelto, vino ladrando como una pandereta; el otro, un mastín, levantó la cabeza junto a la casa. Joder, era gigante, me alegró ver que llevaba atada una cadena.

Javi se bajó del jeep y yo le seguí, aunque no me hacía ninguna gracia ese perrito enano que ya estaba ladrando fuera del coche. Javi Dundee se agachó y le regaló un par de caricias entre las orejas.

—Buen chico…

El perrito se dejó acariciar y, de nuevo, quedé impresionada con las dotes de Javi con el mundo animal.

—Vamos —me animó mientras echaba a andar sin miedo hacia la casa, pese a que ese mastín imponía bastante.

Yo lo seguí un pasito por detrás, sin dejar de observar a la bestia que guardaba el caserío y que se irguió al ver que nos acercábamos. Miré la cadena, recogida a su lado, e intenté calcular cuánta largura tendría.

—Oye, Javi…

—Tranquila —dijo—, solo quiere saludar.

Se agachó a pocos metros de esa mala bestia y el perro se le acercó manso.

—San Javi de Asís —dije yo—, el santo que hablaba con los animales…

—Más bien el recadero que llevaba la compra de casa en casa. Eso te hace coger maña con los perros. O eso, o te devoran.

Entonces oímos una puerta abriéndose. Carmelo apareció al otro lado. Llevaba una bata puesta y sujetaba la puerta, que solo tenía abierta por la mitad.

—Vaya… Quintana Torres y Javier Porta, ¿a qué debo este honor?

—Una reunión de antiguos alumnos —bromeé.

—¿Podemos hablar contigo un minuto, Carmelo? —preguntó Javi.

El director del Uretamendi nos miraba con recelo, estaba claro que no le hacía ninguna gracia nuestra visita.

—¿Hay algún problema? —respondió él con hosquedad.

—Ninguno. Solo queríamos charlar de un amigo común —intervine yo—: Jokin Elizegi.

Dejé caer la bomba y me quedé esperando su reacción. Carmelo se mantuvo callado unos cuantos segundos. Después terminó de abrir la puerta.

—Me imaginaba que vendríais por eso.

Vimos que sujetaba una escopeta de caza en la mano.

53

Javi me cogió del brazo y me echó a un lado, colocándose entre nosotros.

—¿Qué demonios haces? —le increpó al director.

Carmelo mantenía la escopeta apuntando al suelo.

—Protegerme.

—¿De qué?

—No lo sé. De cualquier cosa. Están pasando cosas muy raras últimamente.

—Estoy de acuerdo. —Salí de detrás de Javi—. Por eso queremos hablar contigo.

—¿Hablar? ¿De qué?

—De Jokin y del diario de Alba.

Carmelo no pudo ocultar su sorpresa y yo supe que mi farol había dado en el centro exacto de la diana. Noté la mirada de Javi sobre mí.

«Menudos ovarios tienes, Quintana», murmuró entre dientes.

Entonces Carmelo giró la escopeta con cuidado hasta dejar la culata apoyada en el suelo y abrió la puerta de par en par.

—Adelante.

—Oye, ¿tienes licencia para esto? —preguntó Javi según entrábamos en el vestíbulo de la casa.

—Era de mi padre y tuve que sacarme la licencia al heredarla. No viene mal tener un arma cuando vives en un sitio aislado. Aunque sea para asustar al personal.

—Bueno —dije—, con el mastín sería suficiente.

Pasamos al salón de la casa, que estaba decorada en lo que podría denominarse «estilo tibetano». Imágenes de Buda, muebles envejecidos, pintados en colores intensos, alfombras, pufs... Carmelo nos indicó un tresillo orientado hacia el gran ventanal de la casa, que tenía las vistas al pantano.

—¿Puedo ofreceros un té?

Javi dijo que no, pero yo acepté. Carmelo fue a la cocina a calentar agua y nosotros nos miramos sin decir nada, supongo que estábamos flipando con todo. Desde aquel recibimiento a golpe de escopeta hasta esa casa decorada como un templete budista. Yo recordé lo que Javi había contado sobre las sesiones de meditación en el frontón del pueblo que organizaba Carmelo.

—Todo es importado de Nepal e India —dijo cuando regresó al salón con una bandeja con tazas, té y unas galletitas de aspecto irresistible—. Viajo allí un par de veces al año, a retiros de yoga y meditación.

Cogí una galleta, me la metí a la boca y pensé: «El clásico budista con escopeta».

—Me gustaría disculparme por esta bienvenida que os he dado... Pero he tenido un par de sustos últimamente.

—¿Sustos? —pregunté.

—Hace una semana me despertaron los perros. Había alguien merodeando entre los árboles de la orilla —señaló al pantano—, y anteanoche también me pareció ver a alguien muy cerca de la casa.

—Ha empezado la temporada y hay muchos visitantes por la zona —dijo Javi—. Te recomiendo que guardes la escopeta, no vaya a ser que la líes a tiros con un francés extraviado.

—Creo que no se trata de ningún francés —replicó Carmelo misteriosamente.

Se levantó y se dirigió a un pequeño buró que tenía junto a la ventana. Sacó algo de allí y volvió a los sofás.

—Habéis dicho que venís a hablarme de Jokin, ¿no? Entonces esto quizá os interese. —Nos mostró un sobre negro—. Hace una semana, alguien dejó esto en mi buzón.

Abrió el sobre y extrajo una fotografía idéntica a la que Jokin me entregó el pasado miércoles.

—¿Sabéis lo que es?

Javi me miró, yo le miré a él. Por toda respuesta abrí mi bolso, hurgué en el bolsillo interior hasta dar con otro sobre negro idéntico donde guardaba una copia arrugada y descolorida de la misma foto. Se la enseñé a Carmelo y por fin provoqué algo parecido a una reacción en aquel tipo tan flemático.

—¿Quién te la dio? —preguntó con voz temblorosa.

—El mismo Jokin en persona, la noche en la que fue atropellado.

Pude ver que Carmelo musitaba un «Dios mío» con los labios.

—Parece que quería enviar un mensaje —continué—. Anita, Gurutze y Oliver también han recibido una. Y a saber cuántas personas más.... —Pensé un instante mis siguientes palabras—. Anoche, en su cabaña, encontré varias copias.

Me quedé callada mirando a Carmelo y esperando una reacción a esta última frase.

—¿En su cabaña...? —preguntó tímidamente al fin.

—Sí. Estuve allí, Carmelo. Anoche. Y tú también, ¿no?

—¿Qué?

Javi me estaba clavando los ojos, pero yo estaba ya decidida a llegar hasta el final.

Carmelo se había quedado mudo. Y entonces se llevó las manos a los ojos, por debajo de sus gafitas redondas.

—De acuerdo —suspiró—. Supongo que no hace falta seguir mintiendo.

Volvió a levantarse y se perdió en la cocina. Oímos un ruido de cajones y cubiertos, regresó y colocó una llavecita sobre la mesa.

—Jokin la solía tener bajo uno de los tiestos, junto a la puerta. Yo lo sabía. Se la había visto coger muchas veces, cuando dábamos nuestros largos paseos.

—O sea, que lo admites —respondió Javi—. ¿Estuviste anoche en casa de Jokin?

Asintió con la cabeza.

—¿Qué hacías allí?

—Lo mismo que tú, supongo. Buscar el diario.

—¿Lo encontraste?

Negó con la cabeza.

—Creo que alguien se me adelantó.

—¿Qué quieres decir?

—Que alguien ya había registrado la cabaña cuando yo llegué.

Crucé una mirada con Javi. Aquello se complicaba a cada minuto.

—Ayer, cuando llegué, me encontré la puerta abierta y la

llave puesta. Supongo no era el único que sabía ese truco... Así que entré y no hice mucho más que mirar en ese montón de libros desparramados. Entonces te oí gritar y me escondí en el cuarto de baño... Siento mucho el empujón. Pero si habéis venido a por el diario, aquí no lo encontraréis...

—Pero ¿cómo sabías que lo tenía Jokin?

Carmelo respiró hondo y se recostó en el sofá.

—Me lo dijo él. Fue la última vez que hablamos —recordó—. En marzo de este año. Su hermana me había pedido que fuese a verlo porque estaba muy preocupada por él. No sé si sabéis que Jokin era alcohólico. Llevaba casi un año sin beber.

—Lo sabemos —dije para ahorrarle demasiados rodeos—. Nos lo contó Edurne.

—Entonces quizá sepas que yo fui su padrino en la rehabilitación. Lo acompañé a su primera reunión de Alcohólicos Anónimos y le guiaba en los doce pasos.

Carmelo se quedó callado un instante, quizá se preguntaba si habríamos llegado a la siguiente conclusión: que ser padrino de un alcohólico era algo que solo hacía otro alcohólico.

—Jokin había conseguido mucho. Llevaba once meses sobrio. Y entonces tuvo una recaída... El día que fui a su cabaña había estado bebiendo. Pero había algo más. Estaba asustado. Jokin tenía rasgos esquizoides y paranoicos y tomaba una medicación, así que lo primero que le pregunté fue si la seguía tomando. Entonces me contó lo que había pasado. Había encontrado el diario de Alba...

—Detrás de unos armarios metálicos en el albergue —intervine.

Carmelo arqueó las cejas, sorprendido.

—Veo que tú también vienes con los deberes hechos. En efecto, lo encontró allí, perdido, después de veinticinco años.

Y fue casi un milagro que lo descubriera precisamente él. Cualquier otro lo hubiera tirado a la basura sin mirarlo, pero Jokin lo reconoció en el acto. Alba había sido su amiga. O, al menos, él decía que había sido su amiga...

—¿Alba y Jokin?

—Bueno, Jokin era un bicho raro en el instituto. Alba también. Sé que en alguna ocasión ella le defendió de Oliver, que siempre estaba burlándose de él. Le llamaba «Rainman» y cosas por el estilo... El caso es que Jokin conocía el diario. Se lo llevó a casa y empezó a leerlo...

Carmelo se detuvo un instante. Supongo que percibía nuestra gigantesca curiosidad.

—Era un diario que Alba había comenzado en septiembre, cuando se mudó a Urkizu. No sé cuánto tardó Jokin en leerlo entero. El caso es que encontró algo en aquel diario que lo perturbó profundamente... Empezó a beber. Primero en el bar de Elosu, donde Luken... Después en su cabaña. Dejó de coger mis llamadas o las de Edurne... Tampoco me abrió la puerta la vez que fui a visitarle...

—¿Por qué crees que hizo eso?

—No lo sé, aunque tengo una ligera sospecha. Es posible que Alba escribiera algo sobre mí en su diario.

Sonó como una confesión que le quemase en los labios.

—¿Sobre ti?

Carmelo se quitó las gafas y se frotó los ojos. Aquello le estaba costando muchísimo. Después, tomó aire y prosiguió:

—Llevo mucho tiempo callándome esto...

54

—Recuerdo el primer día de aquel curso 98/99. Juan Carlos, el antiguo director, me llamó para explicarme que se incorporaba una nueva alumna «de urgencia». Era la sobrina de Lidia Guirao. Se llamaba Alba, procedía de Madrid y era mejor «no hacer demasiadas preguntas». Aunque no tardé en enterarme de quién era su padre...

—Samuel Fernández —aclaré—. Fue a la cárcel por desviar doscientos millones de pesetas.

—Sobresaliente en historia —dijo Carmelo—. En efecto, la hermana de Lidia, Valentina, le pidió que la alojase en Urkizu durante un curso escolar, mientras se calmaban las cosas en casa. Y así es como llegó a nosotros...

»Todavía la estoy viendo entrar en mi despacho, vestida con unos pantalones anchos, una sudadera dos tallas más grande, un piercing. Y en la cara, la expresión más pura de una adolescente rebelde, enfadada, aburrida y dolida con el mundo. Todo a la vez. Se sentó, puso un pie sobre la silla y me dijo que me ahorrase el discurso de bienvenida, que pensaba volver a Madrid en una semana. La idea de pasarse el curso entero en "aquel pueblo fantasma" había sido una locura de su madre, pero eso era algo que ella iba a cambiar...

—También nos lo dijo a nosotros —recordé yo—. Al principio, odiaba el pueblo. Pensaba que todos éramos unos paletos. No hablaba con nadie.

—¿Y qué pasó? —preguntó Javi.

—Supongo que Urkizu resultó no ser tan malo —continuó Carmelo—. Alba empezó a integrarse lentamente. Anita, su prima, fue su gran apoyo. La llevaba al Club, le presentaba a sus amigas... —dijo mirándome—. Y Alba empezó a dejarse llevar, a divertirse. Windsurf, vela, fiestas...; sobre todo fiestas y chicos. Alba iba muy rápido en algunas cosas. Quizá demasiado rápido.

—¿Cómo sabes todo eso?

—Bueno, teníamos una reunión semanal de seguimiento y me contaba muchas cosas. Yo era un tío de veintiocho años, con anillos en las orejas y pintas rockeras. Imagino que conectamos. Me hablaba del asunto de su padre y del infierno que había estado viviendo en Madrid, perseguidos por la prensa y con una situación muy tensa en casa. También me habló de su antiguo colegio, un sitio pijo de la capital, donde había sido víctima de bullying en algunas ocasiones, lo pasó fatal... Fue entonces cuando un psicólogo le sugirió empezar a escribir en un diario.

—Como una forma de terapia.

—Así es. Además, Alba era muy buena observadora. Podría haberse convertido en una buena periodista, o una buena escritora como tú, Quintana...

Eso me recordó a lo que me había contado Almudena: que Alba era una alumna brillante en Literatura.

—Pero en otras asignaturas era terrible —dijo Carmelo—.

Yo intentaba encarrilarla, apoyarla en todo lo que podía. Empecé a pasar más tiempo con ella. Además de la orientación, nos quedábamos algún rato después de clase. Quizá ese fue mi error...

—¿Un error? —dije notando que mi voz temblaba un poco.

—Alba era una chica muy madura. Excepcionalmente madura... y bella. Reconozco que podías llegar a olvidarte de que tenía diecisiete años... Pero nunca hice nada de lo que deba arrepentirme.

—¿Te encandilaste de una niña de diecisiete años?

Era asqueroso. Pero al mismo tiempo, vi algo en el rostro de ese hombre que me conmovió. Noté que sus ojos se llenaban de lágrimas.

—Yo era un profesor..., pero también era una persona. Reconozco que me hice muy amigo de ella. Me caía bien, empatizaba con ese lado trágico que tenía. Y quería ayudarla a ser feliz... Aunque supongo que alguien empezó a sospechar algo. Ya sabéis cómo son las malas lenguas. Un día Alba entró en el despacho, enfadada y me lo soltó en la cara. ¿Yo le gustaba? Me quedé..., en fin, no sabía ni dónde meterme. Fui sincero. Le dije que era muy atractiva, pero que sobre todo me gustaba ella, su personalidad, y que disfrutaba su compañía... Le pregunté por qué estaba tan enfadada, y ella me respondió con un «los hombres en general sois basura», y se largó por la puerta. Fue antes de las vacaciones de Semana Santa y recuerdo que ya entonces pensé que a Alba le había sucedido algo...

Javi y yo nos miramos en silencio.

—¿A qué te refieres?

—Le pasó algo. Ya no era la chica que yo había conocido, que hacía chistes mordaces y sabía divertirse. Dejó de salir con sus amigos y empezó a pasar horas encerrada en su cuarto, escribiendo en el diario... Al menos eso es lo que me contó Anita. Porque también abandonó mis sesiones de orientación.

—¿Cuándo dices que pasó esto?

—Abril, mayo, no podría asegurarlo. Fue un cambio paulatino... Comenzó a ir mal en todas las asignaturas, incluso en las de Almudena... Empezó a faltar a clase. Yo intentaba hablar con ella, y ella evitaba las reuniones. Su padre acababa de ingresar en prisión y yo lo achaqué a eso, pero un día, por el pasillo del cole, me pareció ver que tenía un cardenal en un brazo. Le pregunté por ello, y me mintió diciendo que se había dado un golpe.

—¿Crees que alguien le hacía daño?

—Siempre lo sospeché. Todo encajaba con el comportamiento de alguien que ha sido agredida de alguna manera. Es como si se hubiera apagado. Estaba triste, se encerró en sí misma.

—¿Con quién salía entonces? —preguntó Javi.

—Lo acababa de dejar con Oliver. Hablé con él... Yo sabía que Oliver no lo había digerido del todo bien (rompió una ventana el día que cortaron) y que era un tío con cierta inclinación a la violencia. Bueno, la charla fue fatal... Se levantó, me amenazó con llevarme a juicio por sugerir que él le había hecho algo a Alba... Después hablé con Lidia y con Anita, que apuntaron a Luken, un tío problemático y que estaba muy metido en el tema de las drogas. Tampoco fue nada fácil aquella charla. Luken dijo que «Alba y él eran solo amigos» y que Alba «necesitaba desconectar de todo por alguna razón». La conclusión es que a ella le pasaba algo, pero nadie sabía explicar el qué... Lo dejé caer entre algunos de sus profesores, y todo el mundo opinaba que Alba estaba cambiada, pero ignoraban la razón. Entonces ocurrió algo que me demostró que iba por el camino correcto: alguien quiso borrarme del mapa.

—¿Cómo?

Carmelo hizo una pausa. Se tomó su té en silencio antes de continuar.

—Alguien colocó unas bragas en mi despacho. Las encontró la mujer de la limpieza, el lunes 21 de junio, solo tres días antes de la desaparición de Alba. Enseguida se dio aviso al director, que me llamó para preguntarme por ello. Se lo dije claramente: alguien las había puesto ahí para hacerme daño..., aunque no lograba entender el porqué... Él me dijo que se investigaría a fondo todo aquello. Me dio un voto de confianza. Pero al cabo de tres días, Alba desapareció. Y entonces el mundo se me cayó encima.

—¿Eran de Alba? —pregunté—, las bragas...

Carmelo había perdido la vista en alguna parte.

—Lo eran. Lidia lo confirmó..., y con Alba desaparecida, la policía cayó sobre mí como un halcón. Registraron mi casa, me tomaron muestras, me prohibieron moverme del pueblo, aunque yo tenía una coartada para esa noche...

—¿Cómo es que nunca me enteré de esto? No aparece en ningún informe policial.

—Se llevó con mucha cautela. El colegio quiso evitar el escándalo a toda costa. Y como digo, yo tenía una buena coartada para aquella noche... Pero Alba apareció muerta al cabo de dos días, de modo que nunca pudo aclarar qué hacía su ropa interior en mi despacho. Mi reputación quedó en entredicho y ni siquiera esperé a que me echaran. Me despedí yo mismo... Cogí esa excedencia que mucha gente achacó a mi «relación» con Alba… y me largué del pueblo. Viví con mi hermano una temporada. Después me pasé unos años vagando sin rumbo, cayendo lentamente en una depresión primero, en el trago después. De lo único de lo que estoy seguro es de que alguien me la jugó.

—¿Quién crees que fue? —preguntó Javi.

—No lo sé —dijo Carmelo—. Pero tuvo que ser alguien con acceso al colegio. Un alumno, un profesor… o quizá alguien de fuera que se manejaba bien en los pasillos del Uretamendi.

Se hizo un silencio en la habitación. Afuera, a lo lejos, oímos el motor de una fueraborda por el pantano. El perro pequeñito de Carmelo se echó a ladrar.

—¿Qué pasó después? —pregunté.

—Volví al pueblo en el año 2005, ya convertido en un alcohólico. Vine a vivir aquí, a la casa de mis padres, y una noche estampé mi coche contra un árbol. Curiosamente fue tu padre, Bernardo, el que me sacó de allí. Me llevó a su oficina y me puso a dormir en un colchón. Al día siguiente se presentó con un cancarro de café y me dijo que esa misma mañana iba a llevarme a Vitoria, a la asociación del Alcohólicos Anónimos. No había opción a negarse. Era eso o una denuncia, así que acepté. Y en aquel viaje le conté toda mi historia… Le hablé de Alba, de su cambio de la luz a la oscuridad… y de la trampa que alguien me había tendido en el colegio.

—¿Y?

—Tu padre me dijo que «estaba seguro» de que la Noche de San Juan pasó algo más en aquella isla. Que alguien mintió. Pero que posiblemente nunca sabríamos la verdad. «Es un caso cerrado y todavía no ha aparecido la prueba que se necesita para reabrirlo».

—El diario —dije yo.

—Exactamente. —Carmelo cogió otra vez la foto entre sus manos—. Y ahora, veinticinco años después, he tenido una nueva oportunidad de saber lo que le ocurrió a Alba. ¿No harías cualquier cosa por leerlo?

55

Salimos de la casa de Carmelo envueltos en un escalofrío, todavía con esa historia revoloteando como un pájaro oscuro en nuestros corazones. Carmelo nos había acompañado hasta la puerta en silencio y había preguntado algo a Javi: «Supongo que debo quedarme en casa esperando, ¿verdad?».

Y Javi le había dicho que no tenía más remedio que denunciarlo por allanamiento.

—¿En serio vas a hacerlo? —le pregunté según nos acercábamos al jeep.

—Es mi deber —respondió Javi—. Ha confesado que entró en la casa de Jokin sin permiso.

—Bueno, eso también lo hice yo. ¿Vas a denunciarme? Además, yo me creo su historia.

—Bueno, pues que la explique ante la policía, Quintana. Pero no podemos ocultarle esto a la Ertzaintza, o el delito lo estaríamos cometiendo nosotros. En cuanto a ti... Bueno... Al menos tú llamaste para denunciar el robo.

No dije nada. En el fondo, aunque se dedicara a rescatar vacas descarriadas, Javi era un agente de la autoridad.

Y supongo que Carmelo tenía una buena explicación que dar.

—Son las ocho. ¿Te llevo a casa? —me preguntó de vuelta en el jeep.

Me convenía salir cuanto antes para evitar la noche en la carretera a Madrid, pero había algo esencialmente erróneo en la idea de marcharse.

—La verdad es que me cuesta irme justo ahora —tuve que admitir—. Esto empieza a cobrar sentido, cada vez más...

—Me alegro de que le veas el sentido —Javi arrancó el coche—, porque para mí todo es un lío mayúsculo.

—¿Qué es un lío? Yo lo tengo todo bastante claro...

—Será porque te pasas el día escribiendo novelas complicadas —dijo él—, y yo devolviendo vacas a su sitio. Bueno, y que siempre has sido una tía inteligente...

Yo le miré con los ojitos grandes.

—A ver, ¿qué es lo que no entiendes? Parece que Alba fue víctima de una agresión en 1999. Alguien le hizo algo terrible y ella cambió por completo, ¿no?

—Vale, hasta ahí de acuerdo.

—Sigamos. Ese «alguien» seguramente sabía que Alba lo escribía todo en su diario. Se puso nervioso y trató de controlar aquello. Cuando Carmelo comenzó a indagar, le colocó esas bragas para quitarlo de en medio.

—En caso de que sea cierto —apuntó Javi.

—¿Crees que puede haber mentido?

—Bueno, nos ha contado su versión, ¿no? Y ha reconocido que se sentía atraído por Alba...

Tenía razón, pensé. Aunque me costaba creer que Carmelo fuese un abusador.

—La cuestión es que Alba murió y su diario desapareció.

Y esa «mano negra» ha vivido tranquila durante veinticinco años, hasta que Jokin descubrió el diario y cometió la torpeza de conseguir que todo el mundo lo supiera, mandando esas fotos.

—Eso es algo que sigue teniendo poco sentido para mí —dijo entonces Javi—. ¿Qué objetivo perseguía Jokin con eso?

—No lo sé... ¿Desestabilizar a todos? Aunque consiguió algo muy diferente: despertar a un asesino.

—O sea, que no has cambiado de idea. Sigues pensando que se trata de una conspiración. Que alguien mató a Jokin... y a tu padre.

—Lo dejaré de pensar en cuanto la policía atrape al conductor que atropelló a Jokin. O en cuanto aparezca el diario y descubramos que Alba solo escribía historietas calenturientas y nada más... Pero, por el momento, y hasta que llegue algo así, creo que hay un asesino suelto.

Conducíamos de vuelta por la vieja carretera y Javi digirió todo esto en silencio, pensativo. Me encantaba contar de nuevo con alguien con quien poder charlar y que fuese tan calmado, casi como la superficie de un lago. Un lago en cuyas profundidades palpitaban cosas... ¿Algún día llegarían a emerger?

—¿Qué piensas?

—Pues no sé... Creo que te vendrá bien un cambio de aires, Quintana. Ir a Madrid quizá te dé un poco de perspectiva. En el fondo, ¿qué más puedes hacer aquí?

—Hablar con gente —respondí yo—: Oliver, Luken, Gurutze, Anita... Volver a repasar la historia de aquella noche en la isla. Preguntarles cómo era su relación con Alba. Saber qué secretos suyos podrían haber acabado en ese diario. Azuzar el avispero a ver si pica alguien...

—Yo también estaba en la isla aquella noche —dijo entonces Javi—. ¿Quieres preguntarme algo?

—¿Tú? Bueno... Se puede decir que a ti te tuve controlado toda la noche.

—No toda —respondió él guiñándome el ojo—. Yo también fui sospechoso, ¿o no lo recuerdas?

«Que si no lo recuerdo...», pensé.

56

Había visto ese testimonio de Javi Porta en dos ocasiones. La última, hacía dos noches, sentada en el sofá de mi *aita*.

POLICÍA: Explícanos otra vez lo de tu viaje por el pantano.

JAVI: ¿Se refiere al final de la noche?

POLICÍA: Sí.

JAVI: Bueno… Pues lo que les he contado es que salimos de la isla en mi bote. Yo llevaba de vuelta a Quintana y a Jokin. Primero la dejé a ella en casa. Después continué con Jokin hasta el embarcadero de Urkizu.

POLICÍA: Correcto. Pero en vez de amarrar allí, volviste al pantano.

JAVI (duda mirando a mi padre): Sí, eso es…

POLICÍA: ¿A dónde ibas?

JAVI: A la casa de Quintana.

Mi padre se despega de la pared, mira a Javi con los brazos cruzados.

BERNARDO: ¿Qué?

JAVI: Sí… Es que quería decirle algo más. Hablar con ella.

POLICÍA: ¿Lo hiciste?

JAVI (cabizbajo): La verdad es que no. Llegué a Zabalain y vi que todo estaba a oscuras... No me atreví a tocar el timbre. Me volví a casa...

POLICÍA: Y todo ese trayecto suma casi media hora, ¿no?

JAVI: Sí.

POLICÍA: Media hora en la que nadie puede dar fe de dónde estabas.

JAVI (bajando la mirada): Correcto.

Los polis, por supuesto, quisieron saber de dónde venía aquella historia. Y Javi siguió explicándolo todo (con mi padre presente en la sala de interrogatorios, lo cual era, quizá, lo más fuerte del tema).

Les contó que aquella Noche de San Juan, tras la trifulca de Oliver y Luken (que terminó con Alba y Luken marchándose de la hoguera y perdiéndose por el bosque), los demás nos sentamos junto al fuego a jugar a «beso, verdad o consecuencia» (el estúpido jueguito que estaba de moda ese año). En el juego, un «amo» hacía girar una botella en círculo. Cuando la botella terminaba de girar, apuntaba a alguien y ese alguien se convertía en el «esclavo», que podía elegir entre tres opciones: besar a quien le dijeran; responder con la verdad absoluta a una pregunta; o atenerse a las consecuencias...

Y todo comenzó cuando la botella que Oliver había puesto a girar me apuntó a mí.

—Quintana es mi esclava —se rio Oliver—. Elige beso, verdad o consecuencia.

Mis amigos ya estaban al tanto del «roce» que había entre Javi y yo. De modo que yo sabía que a) si elegía beso, Oliver diría «con Javi Porta»; b) si elegía verdad, Oliver me preguntaría si me gustaba Javi Porta. Ambas situaciones eran inadmisibles. Así que elegí consecuencia y Oliver me ordenó dar una vuelta a oscuras por el bosque ¡con Javi Porta!

—Media hora mínimo —dijo—, de reloj».

—No me acuerdo ni de qué hablamos durante ese rato —recordó Javi, mientras iba conduciendo muy despacio.

—¿Hablar? ¡Si fuiste callado todo el tiempo!

—¿En serio?

—Apartando las ramas, preocupado porque yo no me tropezara con nada... Desde luego, pensé que eras muy buen chico. Yo iba muy tranquila...

«Aunque quizá te podrías haber lanzado un poquito más», pensé. «¡Estuvimos solos en la oscuridad y ni me tocaste!».

Tardamos como cuarenta minutos en dar aquella vuelta a la isla. Por descontado, esto despertó mucho interés en la sala de interrogatorios:

POLICÍA: ¿Os encontrasteis con Luken o con Alba durante el paseo?

JAVI: No... Pero supongo que habían ido a Garaio y tampoco pasamos muy cerca.

POLICÍA: ¿Por qué supones que habían ido a Garaio?

JAVI: Bueno, es donde van las parejitas... No sé si me entiendes...

POLICÍA (arquea las ceja): OK. Continúa, estabais dando una vuelta...

Javi les contó que íbamos hablando del futuro, de lo que íbamos a hacer el siguiente año. Yo iba a ir a la universidad, a estudiar Periodismo en Madrid, Pero Javi no tenia demasiados planes. Quería hacer algo cerca de allí, porque no podía dejar a su familia tirada con la tienda.

Cuando regresamos a la zona del albergue, la gente ya había comenzado a largarse. La hoguera se consumía y el frío apretaba. Así que todo el mundo estaba cogiendo sus botes, lanchas, piraguas y marchándose de vuelta al pueblo, donde la fiesta continuaba. Había barracas, autos de choque, *txosnas*, bocadillos... Cuando llegamos al embarcadero, encontramos a Gurutze sola, sentada en la motora de Oliver.

—¿Dónde está el resto, Guru?

—Anita y Oliver han ido a buscar a Alba. No tenemos ni idea de dónde se ha metido. Yo me he quedado aquí por si aparece.

—¿Necesitáis ayuda? —pregunté.

—Suponemos que andará con Luken —dijo ella—. ¿Tú vienes con nosotros, Quintana?

Dije que sí.

—¿Y tú, Javi? —le pregunté—. ¿Tienes cómo volver?

Javi señaló una chalupa que quedaba en el embarcadero, con dos remos puestos.

—¿Estás seguro de que eso flota? —le vacilé.

Y Javi, que en toda la noche no había dejado de ser extremadamente tímido, que había desaprovechado unas cuantas buenas ocasiones en la oscuridad del bosque..., por fin se llenó de valor y dijo:

—Te lo demostraré. ¿Quieres que te lleve a casa?

Lo dijo tan bajito que le tuve que pedir que lo repitiera.

—Te... puedo llevar... Así no tienes que esperar...

Y reconozco que me puse a temblar como un flan. Miré a Gurutze, que sonreía con algo de picaresca...

—Bueno, la verdad es que me estoy muriendo de frío... —respondí.

—Vale —dijo Javi con una repentina seguridad—. ¡Pues vamos!

Yo miré a Gurutze, que se reía (posiblemente pensando «qué excusa más mala»), y me despedí.

Caminamos juntos hasta el embarcadero. Javi se metió primero en la barca y la sujetó mientras yo bajaba, y ya estaba sentada en el banquito, emocionada por el paseo nocturno que estábamos a punto de tener... cuando oímos a alguien que venía corriendo desde lejos.

—¡Esperad! ¡Esperad! ¿Podéis llevarme?

Era Jokin Elizegi.

—¡Oh, Dios, Jokin! —Javi se echó una carcajada mientras tomaba otra curva cerca de los pastos de Haizegazti.

—Tenías que ver la cara que pusiste, ¿te acuerdas? —Me reí con él.

—Perfectamente. Vino diciendo que sus colegas le habían dejado tirado en la isla.

—Y no supiste decirle que no... —completé yo—. Aunque eso te chafase el plan con la chica que te gustaba...

Me di cuenta, demasiado tarde, de que había dicho eso en voz alta. Pero bueno, de todas formas, ya era hora de tocar este tema, ¿no? De poner las cartas boca arriba, aunque fuera veinticinco años después.

Javi se había puesto un poco rojo.

—Me gustabas, sí —admitió—. Me gustabas mucho, Quintana...

—Pues no se te notaba nada. Podrías haber llevado a Jokin primero al pueblo, y después terminar llevándome a casa... Yo te lo hubiera recompensado...

—¿En serio? —dijo Javi claramente azorado—. Joder, qué idiota fui... He sido siempre bastante tímido. Pensaba que yo no te gustaba. Solo era el hijo del frutero.

—Bueno, y yo, la hija de un municipal. No éramos tan diferentes. Y además, yo también te había echado el ojo...

Estábamos ya acercándonos a la península, Javi había vuelto a incrementar el ritmo e iba demasiado rápido para mi gusto.

Le dije que pisara el freno un poco. Se hizo un silencio largo en el coche, mientras cruzábamos el puente. Después, según entramos en la península, Javi volvió a hablar.

—Te envié una carta aquel verano. Nunca me respondiste.

—Lo sé —dije yo—, y lo siento... Pero mi vida había cambiado demasiado en solo dos meses. Alba había muerto. Los médicos habían desahuciado a mi madre y todo lo que yo quería era gritar bien fuerte que el mundo era una gran mierda. Además, nos habíamos ido todos a Barcelona, a un apartamento que mi padre había alquilado junto a un hospital donde hicimos un último intento con un tratamiento experimental...

Tuve que parar un segundo para tragar saliva y retener las lágrimas. Javi iba muy despacio por el robledal.

—Tu carta llegó en el peor momento. Mi madre murió... Yo me había matriculado en la universidad en Madrid, pero ni siquiera sabía muy bien qué hacer. Me quedaba allí una semana, volvía a casa para estar con mi padre o para pasarme horas en la tumba de mi madre. No quería ver a nadie... Luego empecé con un psicólogo. Me vino bien. Y por fin pude reengancharme al curso... Pero, como te digo, fue el peor año de mi vida.

—Lo siento mucho, Quintana.

—Y yo siento no haberte respondido, Javi. Después ya fue muy tarde... Tú empezaste con Estefanía. Pensé que no tenía sentido escribirte a esas alturas... Aunque siempre me he preguntado qué hubiera pasado esa noche si Jokin no llega a aparecer...

—¿Qué hubiera pasado? —repitió Javi.

Habíamos llegado ya a mi casa. Había dos coches de la Ertzaintza aparcados fuera. Javi frenó un poco más atrás. Se giró hacia mí y yo sentí que me palpitaba todo el cuerpo.

—Me casé con Estefanía, eso es lo que pasó —dijo Javi de pronto—. No estaba enamorado de ella, pero me gustaba, y todo el mundo decía que hacíamos buena pareja. Y ahora, dieciséis años más tarde, somos como dos extraños. ¿Sabes? Vivimos en la misma casa, pero como si fuéramos dos sombras que a veces ni se tocan... Yo quise tener hijos, ella no..., y creo que ahora no somos felices. Solo vamos tirando, como tanta gente.

—¿Por qué me cuentas todo esto, Javi?

—Porque yo también me he hecho esa pregunta mil veces, Quintana. Un millón de veces... ¿Qué habría pasado?

No dijo nada más. Se quedó callado. Los labios cerrados, esos labios tan bonitos rodeados de un poco de barba. Esa barbilla con hoyuelo. Yo estaba girada hacia él..., me incliné ligeramente. Entreabrí los labios... ¡Venga! ¡Al infierno con todo! Si tenía que pasar, que pasara.

—Disculpen.

Había un policía frente a nosotros.

—¿Quintana Torres? Me han comunicado que necesitaba usted algunas cosas de la casa, ¿verdad?

57

Estaba tan acalorada, me iba el corazón tan rápido, que tuve que salir del coche y encenderme un cigarrillo. Javi se había quedado en el interior, agarrando el volante con las dos manos y con la vista perdida al frente. ¿Qué nos había pasado ahí dentro? Te lo digo yo: veinticinco años de ganas de contarse algo habían reventado de pronto.

—Necesito mi equipaje —le dije al policía—, está todo en la habitación de arriba... Y las llaves del coche de alquiler.

—¿El Scenic o el Toyota?

—El Toyota. El Scenic es de mi padre.

—De acuerdo —dijo el poli—, pues acompáñeme.

Miré a Javi, que seguía con la vista perdida al frente. «Voy, ¿vale?». Él asintió con un gesto triste. Había hablado mucho, quizá de más. ¿Tal vez ahora se arrepentía? No lo sé, pero lo cierto es que en algún momento tendríamos que terminar aquella conversación.

Entré en la casa con los pies enfundados en plástico, un gorro y unos guantes. Había dos agentes más sacando fotos, buscando huellas por todas partes... Un agente me acompañó escaleras arriba y me pidió caminar con cuidado. La parte alta de las escaleras estaba llena de precintos y plásticos. Había una agente sacando fotos y otro tumbado a ras de suelo, buscando cosas con una pinza.

—Pelos, cualquier cosa —me explicó.

No me atreví a preguntar nada más, pero lo vi claro: si mi padre había sido «empujado», aquel era el punto donde podría haber ocurrido un potencial agarrón, una pelea, lo que fuera…

Llegué a mi habitación, donde rehíce mi maleta (aunque dejé la mitad de la ropa allí). Después, me condujeron al despacho y me pidieron un permiso firmado para llevarse el teléfono móvil de mi *aita*, que iban a analizar también. «De acuerdo, pero no creo que lo usara mucho, sobre todo llamaba con el fijo». Me dijeron que alguien —supuse que la agente Beitia— se había tomado mi denuncia con algo de seriedad y había ordenado una «exploración completa» de las últimas llamadas y mensajes de mi *aita*. Solo para descartar «cosas raras».

—¿Quiere llevarse algo de aquí?

Yo estaba de pie frente al escritorio y entonces mis ojos fueron a parar al calendario de mesa. El jueves 10 de abril, que era la última hoja que mi padre había pasado y donde había algo apuntado:

P. DE VEGA

—P. de Vega —dije en voz alta—. Se me había olvidado.

—¿El qué? —dijo el policía.

—Mi padre apuntó esto… Fue la última anotación de su calendario.

—¿Alguien conocido?

—No que yo sepa. No me suena de nada.

«Le preguntaré a Leire», pensé después. «Un apunte del 10 de abril, diez días antes de su muerte. El último apunte. ¿Quién puede ser P. de Vega?».

58

Tardé algo así como media hora en salir de allí y, cuando lo hice, había más gente frente a la casa. Roberto y Almudena por un lado, Javi por otro y una chica que no había visto nunca, una rubita que hablaba con Javi, entre risas. ¿Quién era?

Almudena y Rober se acercaron y me ayudaron a cargar mis cosas hasta el coche de alquiler.

—Los polis me han dicho que todavía tienen un rato. ¿Podéis encargaros de cerrar la casa?

—Claro —dijo Almudena—, pero ¿de verdad vas a ir conduciendo hasta Madrid? Vas a hacer todo el camino de noche…

—Estaré bien, he hecho ese trayecto mil veces…

—Sí, pero con la nochecita que has pasado…

Les prometí que pararía si notaba el más ligero síntoma de cansancio. Entonces Almudena me entregó un túper gigantesco lleno de empanadillas de atún y tomate, que coloqué bajo el asiento del copiloto. Le dije que eran «muchas» y Rober hizo un par de bromas sobre la «otra tonelada y media» de empanadillas que quedaban en la casa. Entretanto, yo miraba de reojillo a Javi, que seguía charlando con esa otra chica, una rubita vestida con una gabardina. ¿Quién era?

Finalmente se acercaron donde nosotros.

—Eres Quintana, ¿verdad? ¡Dios mío! ¡Qué emoción! Soy muy fan de todas tus novelas.

—Muchas gracias —dije sonriendo.

Pensé que sería una vecina de la zona que tenía sin fichar, pero enseguida noté que ni Roberto ni Almudena la saludaban como alguien conocido.

—Me llamo Arrate López, soy periodista para *El Correo.* ¿Tienes un minuto?

—¿Periodista?

—Solo será un minuto —me aseguró—. Estamos siguiendo la denuncia que realizaste anoche. —Señaló la casa de mi padre—. ¿Es cierto que crees que se cometió un asesinato?

—Yo… —titubeé mirando a mis amigos. ¿Qué era aquello?

—Has relacionado la muerte de tu padre con el atropello de Jokin Elizegi en Bilbao.

Noté que se me helaba la sangre. Miré a Javi, que se encogió de hombros. Parecía tan sorprendido como los demás.

—Eso es información confidencial —fue todo lo que se me ocurrió responder.

—Bueno…, no tan confidencial, me temo —dijo la periodista.

Se hizo un silencio hondo entre nosotros.

—Me tengo que marchar. —Abrí la puerta del conductor.

—Solo quiero hacerte una pregunta. ¿Es cierto que hay nuevas evidencias en el caso de Alba Fernández Guirao? ¿Ha aparecido el diario extraviado?

Me quedé sin palabras. ¿De verdad sabía todo eso? ¿Quién demonios había hablado más de la cuenta?

Entonces Rober se puso en medio y la apartó con un suave empujón.

—Y ella le ha dicho que no quiere hablar...

—¡Solo estoy haciendo mi trabajo! —protestó la chica.

Yo ya había conseguido subirme al coche. Cerré la puerta. Ya al volante, miré a Javi, a Rober, a Almudena... y pensé que me hubiese gustado despedirme de otra forma.

—¡En cuanto termine por Madrid os veo! —les grité por la ventanilla.

—Marcha tranquila —dijo Roberto—. Cuidaremos de la casa.

Javi no decía nada. Solo me miraba. Yo le devolví una sonrisa... y después, antes de que esa periodista metete pudiera volver a la carga, arranqué y pisé el acelerador para poner tierra de por medio cuanto antes.

59

Conduje durante una hora sumida en la paranoia. Iba mirando por el retrovisor, pensando que quizá esa periodista habría cogido el coche y me seguiría a alguna parte. Pero ¿de dónde coño había salido?

Y sobre todo: ¿quién demonios se había ido de la lengua?

Pensé en llamar a Ana Pons para avisarle de que la prensa se había enterado de todo, pero no me apetecía admitir que en el fondo era culpa mía. Ella ya me había advertido de que llamar a la policía podría resultar en una filtración. Y vaya si había acertado... ¿Habría sido ese agente cabestro? ¿Salazar?

Me apostaría cualquier cosa a que había sido él, que casi se había pitorreado de mí en la entrevista. Aunque después pensé que había otras personas a las que les había contado todo: Rober, Almudena, Anita Guirao... ¡Ay, Dios! Claro que se lo había contado a Anita. Y tal vez Anita se lo hubiera contado a Gurutze. Y puede que Gurutze...

Paré en Burgos, entre otras razones porque eran las once de la noche y llevaba desde el mediodía sin probar bocado.

A esas horas no me la quise jugar y paré en un restaurante de carretera. Hacía mil años que no me comía una de esas hamburguesas de precio sospechosamente bajo, pero tengo que admitir que me encantó.

Sentada a una mesita clavada al suelo, rodeada de adolescentes que miraban sus ruidosos móviles, repasé mi teléfono. Tenía varios mensajes. Uno era de Javi:

> Siento mucho lo de la periodista. Pensaba que solo era alguien curioseando. Espero que llegues bien a casa. Hablamos

Otro de Rober:

> Estamos haciendo guardia por aquí. Han traído un fotógrafo, pero no les vamos a dejar pasar. Aun así, prepárate, porque parece que van a publicar todo esto...

Cometí el error de pedir un café de postre. La hamburguesa bien, pero el café era terrible. Me lo tomé mirando las noticias en internet. Al menos, a esas horas, mi historia no estaba en ninguna parte. ¿Cuánto iba a tardar en salir?

Pero de nuevo, ¿debía preocuparme? Siempre podría negarlo todo... o decir que había hecho esa llamada como producto de un mal momento. La muerte de Jokin me había afectado... y lo de mi padre estaba todavía tan reciente.

Era cuestión de elegir un titular: «Quintana Torres, la escritora best seller, detrás de un caso de doble asesinato». O bien: «Quintana Torres ha debido de chupar una rana y tiene alucinaciones».

Salí de Burgos. Me quedaban dos horas y media de carretera, pero de pronto todo el cansancio del día acudió en tromba a reclamar su espacio. Por un instante me planteé buscarme un sitio para dormir y salir de madrugada a Madrid, aunque después pensé en lo mucho que me apetecía llegar a mi casa esa noche. Regar mis plantitas. Desayunar en el bar de mi barrio a la mañana siguiente, pasar por el quiosco a recoger el correo y paquetes que seguramente se acumulaban allí...; por no hablar de que había quedado con Ana a las diez en punto en la editorial.

«Venga, un último esfuerzo», me dije, siendo consciente de que esta es la frase que se dicen muchos de los que terminan estampados contra el arcén.

Era noche cerrada y lo único bueno del asunto fue que la carretera se había ido vaciando de coches. Yo conducía con la ventanilla bajada, fumando y escuchando un programa de Radio 3 mientras mis pensamientos iban y venían sin orden ni concierto. Pensaba en la historia de Carmelo. Estaba segura de que el diario había vuelto a aparecer..., pero ¿de qué más podía estar segura? ¿Realmente alguien asesinó a Jokin Elizegi? ¿A mi padre? ¿A Alba? En el fondo, Javi tenía razón: ¿qué más podía hacer yo? Ahora todo estaba en manos de la policía, y he de reconocer que verlos trabajar en casa de mi padre había sido algo balsámico. ¿Encontrarían algo sospechoso? ¿Lograrían dar con el coche que atropelló a Jokin? Quizá todo fuese cuestión de tiempo. O puede que todo terminase igual que el caso de Alba, veinticinco años atrás: en un par de accidentes de muy mala fortuna que una mente imaginativa (la mía) había logrado hilar de una manera bastante colorista.

Había pasado Lerma, el bonito municipio que para muchos viajeros en bus es sinónimo de una parada, un bocata y un descanso de «veinte minutos» en la mitad del camino. Además, cosas de la vida, Lerma me recordaba a un fin de semana romántico con Eduardo. Era un sitio precioso y allí fui feliz…

Iba pensando en todo eso cuando me deslumbró una luz. Miré por el retrovisor y vi un foco, que al principio confundí con el de una moto.

Pero no… Después de un segundo vistazo, me di cuenta de que era un coche.

Un coche con un faro roto.

60

El faro de ese coche tuerto estaba como desnivelado. Me deslumbraba y no me dejaba ver mucho más. Conducía más o menos a mí misma velocidad (ciento treinta) y no se me despegaba... ¿De dónde había salido y por qué no me adelantaba? Empujé el retrovisor con un gesto seco, desviando el haz cegador, y me concentré en mirar hacia delante. En el programa de Radio 3 estaban poniendo la mítica versión de «Así habló Zaratustra», de Eumir Deodato, y aquel paisaje castellano, regado con la luz de la luna, se convirtió en el telón de fondo perfecto para una música llena de intriga cósmica.

Y hablando de intrigas, el coche tuerto seguía detrás. No adelantaba, ¿por qué? Pensé que quizá iba cómodamente pegado a mi trasero. A fin de cuentas, apenas podía alumbrar la carretera... ¿Era por eso? Volví a mirar, a intentar distinguir algo de él, pero era imposible. Ahí seguía, a unos veinte metros, pegado a mi cola y deslumbrándome con su único faro.

Entonces apareció un camión en el sentido contrario y, por un instante, esa luz me permitió distinguir el frontal del coche. Se trataba de un SUV de color negro cuyo foco derecho estaba roto, destrozado. Quizá también percibí algunas abolladuras en el morro... y de pronto se me heló la sangre.

¿Un coche negro con un faro roto?

El camión pasó de largo y las luces se apagaron, pero yo había visto lo que había visto. Un coche negro, grande, con un golpe muy aparatoso en la parte delantera. ¿Quién se resistía a sumar uno más uno?

Ese era el coche que había atropellado a Jokin en Bilbao. ¿Una casualidad que hubiera aparecido detrás de mí en plena noche? No..., solo había una explicación posible: venía a por mí.

Una cosa es escribir novelas de acción, describir aguerridos personajes que saben mantener la sangre fría en situaciones límite... Otra muy distinta es estar viviendo una.

Lo primero que hice fue apagar la radio y buscar mi teléfono, que había dejado en el bolsillo interior de mi chaqueta. Tenía que llamar a alguien. ¿A quién? Seguro que Javi ya lo había desconectado a esas horas. ¿Otra vez al 112? ¿Con la misma carraca de ayer?

Había dejado la chaqueta sobre el asiento del copiloto, pero, con los nervios y mis manazas, terminó cayéndose al suelo. Intenté cogerla por una manga, pero no fue una buena idea. A ciento treinta kilómetros por hora y nerviosa, pegué un volantazo que casi me salgo de la carretera.

«Déjate de hostias y conduce».

Volví a coger el volante y miré otra vez por el retrovisor. El otro coche se había acercado un poco. El maldito foco desviado era una aguja de luz que me cegaba. Pude oír su motor como el bramido de un monstruo.

Yo había alquilado un coche pequeño, un utilitario de pocos caballos. A la carrera, me ganaría seguro. No obstante, pensé que podría intentarlo, al menos para comprobar si de verdad me estaba siguiendo.

Decidí hacerlo paulatinamente (el motor tampoco daba para mucho más). Empecé a pisar el acelerador poco a poco y la aguja del velocímetro fue subiendo de ciento treinta a ciento cuarenta. Después, paso a paso hasta ciento cincuenta. Y el coche iba como un maldito cohete. Temblando por los cuatro costados. Entonces miré por el retrovisor. Había conseguido alejarme del SUV negro..., le había sacado una distancia de, por lo menos, cien metros.

Estábamos en algún punto cercano a Aranda de Duero donde la carretera hace unas curvas largas pero peligrosas. En mis muchos viajes de ida y vuelta desde Madrid había visto no pocos coches estampados en los arcenes de esa carretera. Y yo no era una conductora excepcional, que digamos, y mucho menos por la noche.

Y aún menos cuando estaba muerta de miedo.

Tomé una de esas curvas con las dos manos tan prietas al volante que pensé que dejaría impresas las líneas de las palmas... Mi cochecito se inclinaba por efecto de la fuerza centrífuga hasta el punto de que oí chirriar los neumáticos. ¿A cuánto iba? Joder, estaba tomando la maldita curva a ciento sesenta kilómetros por hora... ¿Estaba loca? No sé lo que iba a hacerme ese SUV, pero a este paso me iba a matar yo sola.

Llegó una recta y frené un poco. Bajé a ciento cuarenta, que era una velocidad más racional (dentro de la puta locura incontrolable que era ese cohete de andar por casa) y volví a mirar por el retrovisor. El faro ciclópeo de mi perseguidor apareció al cabo de unos pocos segundos tras la curva... Apenas había conseguido ganar distancia…, pero en ese instante vi un cartel que indicaba la salida 140 a Honrubia de la Cuesta en un kilómetro. Y me dije que esa era mi mejor opción. Aunque tendría que hacerlo a lo bruto…

Reduje la velocidad a ciento veinte kilómetros por hora y vi cómo el mastodonte se acercaba lentamente hacia mí. Bueno, eso era justo lo que yo quería.

Apareció el siguiente cartel de la salida. A setecientos cincuenta metros. A quinientos metros…

Me preparé. Por supuesto, sin reducir un ápice mi velocidad y mucho menos encender un intermitente. El otro coche ya se había vuelto a colocar a solo veinte metros de mi parachoques.

El cartel de la salida estaba ya a cien metros, pero yo mantuve la velocidad como si fuera a pasármelo. Entonces vi el ramal dibujarse en el suelo: era uno de esos carriles que tienen unos cuantos metros de largura. Conduje en paralelo durante cinco, seis, siete segundos… hasta que vislumbré una baliza de plástico verde que indicaba el carril de salida. Y ese fue el momento en el que pegué el volantazo.

Bueno, ya he dicho que no era la más habilidosa al volante y mi maniobra no salió exactamente como calculaba. Iba más rápido de lo que creía y el frenazo que pegué hizo que el coche derrapase. Giré el volante intentando controlar el rumbo, pero golpeé contra un costado de la baliza al salir tan bruscamente. Al mismo tiempo escuché una tremenda pitada por parte del coche que me había venido siguiendo. Lo mandé al infierno mentalmente mientras intentaba recuperar el control de mi pequeño cascarón, que había salido rebotado contra un talud de tierra y piedrilla a ciento veinte kilómetros por hora. Rocé todo el lateral, me cargué el espejo y un foco…, pero eso no fue lo más peligroso. Como en cualquier salida de autopista, se hacía una curva (señalizada con un límite de cuarenta kilómetros por hora) a la que yo llegaba más o menos al doble o triple de velocidad.

Así que reboté por tercera vez, en esta ocasión contra los quitamiedos del lado izquierdo.

El coche acabó dando vueltas como una peonza y tuve la enorme suerte de que no me salí por ningún lado, ni volqué, ni venía ningún vehículo en sentido contrario por el enlace de la autopista... Básicamente me quedé parada en el arcén, junto a un caminillo que se abría a la derecha. Me dolía todo el cuerpo: el cuello, la pierna derecha, los brazos... Pero me quité el cinturón y salí de allí, dejando el coche abandonado a su suerte.

QUINTA PARTE

Madrid

61

Abrí los ojos y lo primero que vi fue la ventana de mi dormitorio. Un tiesto con unos preciosos geranios un poco pochos. La fachada del edificio de enfrente, los balcones, la sombrilla de color naranja... Estaba en Madrid. ¿Cómo había llegado hasta allí?

Me dolía el cuello, la pierna... Entonces recordé el accidente.

—*¿De verdad que se encuentra usted bien? —El conductor de la grúa del seguro se había preocupado bastante—. ¿No quiere que la acerque al hospital?*

No paró de darme la murga con eso, mientras me traía hasta Madrid, cargando mi maltrecho vehículo de alquiler.

—*Ha debido de ser un buen golpe. A veces, los temas de cervicales no salen hasta un par de días más tarde...*

Le dije que estaba bien. Había esperado sentada casi dos horas, en la entrada de aquel pueblo, medio escondida detrás de unos arbustos. Pensaba que el coche tuerto daría la vuelta en algún momento, que volvería a por mí..., pero no lo hizo. Y después de un buen rato me dije que quizá estaba equivocada, que me había dejado llevar por la paranoia..., lo cual era bastante lógico, a fin de cuentas. De modo que no llamé a nadie. Decidí no añadir más problemas a los que ya había creado. No quería seguir alimentando a ninguna periodista con más historias escabrosas.

El coche había quedado muy abollado, aunque milagrosamente todavía arrancaba. El tipo de la grúa me preguntó qué demonios había pasado y le conté que un animalito salvaje se me había cruzado y me había hecho perder el control. Por lo poco que sabía, en esa zona había jabalíes y le eché la culpa a uno. El de la grúa me dijo que había tenido bastante suerte... ¿Quería llamar a la policía y dar parte? No era del todo obligatorio, ya que no había heridos o daños materiales importantes (solo un toque en un quitamiedos y en la baliza).

—No hace falta —dije—. Solo quiero irme a casa.

El gruista no debía de verme pinta de haber bebido o quizá se apiadó de mí por otro motivo; el caso es que no forzó la situación. Rellené un parte e hicimos un montón de fotos. El coche estaba asegurado a todo riesgo con una franquicia de quinientos euros (de la que no me iba a librar). Pero, además, según él, la aseguradora llevaría a cabo una investigación... «Le llamarán», me dijo cuando llegábamos a las inmediaciones de la plaza de Santa Bárbara.

Y yo pensé: «Que se pongan a la cola».

Y así es como había llegado a Madrid.

Me estiré en la cama. Miré el reloj. Eran las ocho y media de la mañana. Me senté en un borde del colchón y me quedé mirando por la ventana, dejándome acariciar por ese sol maravilloso que tanto había echado de menos. El ruido de la ciudad subía desde la calle. La energía que lo inundaba todo y distaba tanto de mi silencioso pantano... Era agradable volver a casa.

El apartamento había permanecido abandonado durante un mes y allí también se había detenido el tiempo. En el salón, sobre el escritorio donde escribía mis novelas, había unos cuantos tochos con diferentes galeradas, correcciones, notas..., un tarro de bolis, un montón de post-its... El cartel de la serie de Netflix con la cara de Alina Semprún (la actriz que daba vida a Nina) mirando fijamente desde las profundidades del pantano:

LA CHICA DEL LAGO

Basada en el best seller de Quintana Torres

Las flores estaban mustias y había dos manzanas podridas en mi frutero. La nevera contenía una botella de vino blanco, un yogurt, un poco de pavo duro como la suela de un zapato y un brick de leche cortada. Lo saqué todo de allí (menos el Godello) y lo tiré a la basura. Después metí el túper de empanadillas de Almudena, que era, junto con mis maletas, lo único que había salvado del coche. Me duché y me fui a la calle a desayunar.

¡Cómo se puede añorar tanto un cafecito de tres al cuarto! Ya no estaba aquella camarera con la que había hecho tan buenas migas durante el invierno, pero todo lo demás seguía en su sitio. Un café con unos churros, un vaso de zumo y un periódico de papel en una mesita soleada. No tenía tiempo para leérmelo entero, así que me dediqué a ojear las primeras páginas mientras desayunaba. El quiosquero de la esquina ya había levantado la persiana y pensé que seguramente tenía unos cuantos paquetes esperándome allí. Era un hombre de gesto cabreado (me recordaba a ese poli cabestro que había conocido en Urkizu) y pude imaginarme que estaría contento por todo el espacio que le estaría ocupando tras un mes sin pasar por allí.

Esa misma mañana lo solventaría y además le compraría tabaco, chicles, la *National Geographic* y una novela de bolsillo. Para compensar.

Pasé un rato disfrutando de ese momento de rara armonía. Leyendo un suplemento cultural, pensando en todas esas cosas que me apetecía ver en Madrid algún día «cuando tuviera tiempo».

Tan solo llevaría allí unos quince minutos y de pronto noté que la mesa vibraba debajo del periódico. Lo aparté y vi que tenía nuevos mensajes en la pantalla de mi móvil. De Javi Porta, Almudena y mi hermana Leire.

Todos enviaban el mismo link a *El Correo* de Álava.

Lo abrí. Leí aquel titular y murmuré un taco por lo bajini.

EXCLUSIVA

INVESTIGACIÓN DE *EL CORREO* DE ÁLAVA,

por Arrate López

El secreto del pantano: Quintana Torres denuncia un doble homicidio y lo vincula con la historia en la que basó su best seller.

Una famosa escritora, un diario desaparecido y dos muertes bajo sospecha: ¿qué oculta la historia real detrás de *La chica del lago*?

URKIZU, GASTEIZ. – El nombre de **Quintana Torres** siempre ha estado ligado al misterio. Su primera novela,

La chica del lago, fue un fenómeno editorial que catapultó su carrera y reavivó el interés en un viejo caso cerrado: la muerte de **Alba Fernández**, una adolescente encontrada sin vida en el pantano de Urkizu hace ya 25 años. La historia oficial hablaba de un accidente. La novela insinuaba algo más.

Hoy, ese misterio vuelve a agitarse.

Según ha podido saber *El Correo* de Álava a través de **fuentes cercanas a la escritora**, Quintana Torres sospecha que la muerte de su padre en abril de este año —registrada como un accidente doméstico— **no fue fortuita**. Las mismas fuentes afirman que la autora ha vinculado este hecho con **otro suceso reciente**, también calificado como accidental: el **atropello mortal de un hombre en Bilbao**, ocurrido la pasada semana y del que ella fue testigo directo.

La escritora, que ha rehusado hacer declaraciones públicas, se habría mostrado «convencida» en círculos privados de que **ambas muertes están relacionadas** con **el diario original de Alba Fernández**, un cuaderno desaparecido a raíz de la muerte de la adolescente en 1999 y que —según afirman allegados a Torres— podría contener información clave sobre lo que realmente ocurrió aquella noche en el pantano.

«No es paranoia. Es miedo. Quintana cree que están silenciando a quienes saben demasiado», asegura una fuente del entorno de la autora.

La ficción de Torres podría no ser tal ficción...

¿Fuertes cercanas a la autora? ¿De qué estaban hablando? ¿Quién demonios había sido?

El teléfono empezó a vibrar con una llamada de un número desconocido. Lo apagué sin más. Después recibí otros dos wasaps: uno era de Eduardo, por supuesto con ese link y una sola frase:

> Qué demonios es esto? Estás bien?
> Necesitas ayuda?

El otro era de Ana Pons, también con el link a la noticia.

> Cógete un taxi y vente directa a la
> editorial

Cosa rara en mí, dejé el último churro en el plato. Doblé el periódico y lo abandoné sobre la mesita. Fui a la calle a parar un taxi mientras notaba nuevas vibraciones en mi bolsillo —llamadas, wasaps...—, que decidí no mirar siquiera.

Se había abierto la maldita caja de los truenos y era mejor ponerse a cubierto.

62

El cónclave se celebraba a puerta cerrada en una sala de reuniones de la primera planta, en el número 23 de la calle Luchana, la sede de Penguin Random House en Madrid. Alrededor de una mesa demasiado grande estábamos Ana Pons, Irene Pérez y Marta Donada, aunque sabía que buena parte de los otros ciento cincuenta empleados de la oficina de Madrid se hallaban con las orejas y miradas puestas en nuestra reunión.

—Ya es tendencia en Twitter —dijo Irene escrutando su iPhone—, en solo una hora.

—La noticia perfecta para un lunes sin noticias —asintió Ana Pons.

—*El Español* también lo acaba de sacar en portada —dijo Marta.

—Y *La Vanguardia* le dedica un espacio —añadió Irene.

Los móviles echaban humo mientras el mío permanecía apagado. Habíamos decidido que era un buen primer paso: desconexión total, cuarentena, cordón sanitario, confinamiento.

El segundo era no salir de esa sala de reuniones sin tener un «plan claro» de actuación.

—Lo primero y más importante es tu seguridad personal —empezó a decir Ana—. Estamos pensando en trasladarte a una ubicación secreta en Madrid.

—¿Un hotel?

—No. Es mejor un domicilio particular. Juan Balaguer, el director editorial, nos ha ofrecido su apartamento en Goya. Te quedarás ahí mientras sigas en Madrid. También estamos estudiando la posibilidad de contratar un servicio de seguridad privada.

—¿Un guardaespaldas? —pregunté.

—Más bien un conductor mazado —dijo Ana—, que te lleve y te traiga.

—Pero ¿vamos a seguir con la promo?

Mi pregunta fue como una contraseña de dispersión: Irene Pérez salió fuera a atender una llamada, y Marta Donada también buscó una excusa para desaparecer. ¿Alguien quería un café?

Nos quedamos Ana y yo a solas.

—Pensaba que ya habíamos hablado de esto, Quintana.

—Sí, pero eso fue la semana pasada. Las cosas han cambiado… mucho.

—Lo sé… y respetaré completamente tu decisión si quieres parar ahora. Pero al mismo tiempo, y perdóname el cinismo, esto es el caramelo que cualquier escritor querría.

Bueno, no había que ser muy lista para darse cuenta de que Ana Pons estaba apretando el botón de las reimpresiones por debajo de la mesa. «Marchando 100.000 ejemplares de *La chica del lago*, LA NOVELA QUE INSPIRÓ EL CRIMEN. ¿Podemos poner eso en la faja?».

—¿Recuerdas la historia de la desaparición de Agatha Christie?

La conocía.

—¿Y si estuviéramos ante algo parecido?

En 1926, Agatha Christie era una escritora moderadamente conocida en Gran Bretaña. Acababa de publicar *El asesinato de Roger Ackroyd*, que había sido un boom de ventas, pero estaba lejos de ser el personaje público que conocemos... Hasta que un día de la Navidad de ese año, Christie desapareció sin más. Hallaron su coche accidentado y con los faros rotos muy cerca de un lago, y se temió que quizá se había suicidado... Su marido era un militar de gatillo flojo con otras mujeres, y Christie sufría graves crisis por esa razón. La noticia de la desaparición de la prometedora novelista sacudió el país. Más de diez mil voluntarios (que incluyeron a personalidades como el ministro de Interior o al afamado sir Arthur Conan Doyle) se dedicaron a buscarla durante once días..., hasta que, al final, un músico que trabajaba en la orquesta de un lujoso balneario de Yorkshire la reconoció entre las clientas que se sentaban a cenar en el restaurante. Se había registrado con un nombre falso, Teresa Neele, afirmando ser una ciudadana de Sudáfrica que había extraviado su equipaje... Ella aseguró que no recordaba nada y todo quedó como un episodio de amnesia disociativa provocada por el shock del accidente... Pero para ese entonces Agatha Christie ya se había convertido en una leyenda en el país.

—Y esto mismo podría pasarte a ti, Quintana. Si manejamos la situación con cuidado, llegarás a toda esa gente que todavía no te ha leído, o que no te conoce.

—Mi denuncia es real. Todo lo que te he contado es cierto...

—Y no lo dudo ni por un instante. Soy la primera interesada en que la policía aclare esto. Y si la muerte de tu padre fue... otra cosa, que se encuentre al culpable. Pero no podemos olvidar que eres un personaje público, que todo esto está, de alguna manera, relacionado con tus novelas.

—Esto va más allá de mis novelas, Ana. Es el caso de Alba, su diario.

—Pero tú tienes la sartén por el mango. ¿No lo ves? —Levantó el iPhone y me enseñó la edición digital de *El País*—. Acaban de sacarlo en portada: «Quintana Torres protagoniza un misterio digno de sus novelas». Cuando hablo de que tienes el poder, me refiero a esto: a tu presencia mediática. ¿Qué crees que está pasando en las jefatura de la Ertzaintza ahora mismo? Estoy bastante segura de que los teléfonos llevan sonando toda la mañana. Y de que habrá más de un jefazo que ya anda con la oreja calentita de escuchar al político de turno. Ese poder va a hacer que las cosas funcionen. Que la policía se ponga las pilas e investigue a fondo...

No dije nada, pensé que Ana tenía razón en eso.

—Solo te estoy diciendo que no es el momento de meter la cabeza en la arena como si hubieras hecho algo malo. Todo lo contrario: es el momento de dar la cara y creer en tu historia.

—De acuerdo. ¿Qué tienes en mente?

Ana sonrió al ver que su elocuencia daba frutos.

—Irene está preparando ya un segundo comunicado para la prensa, que además nos servirá para tu entrevista de mañana.

—O sea, que lo de *La Trinchera* también sigue en pie.

—Los hemos consultado y ellos dicen que van a por todas. Y es la ocasión perfecta para aclararlo todo, Quintana. El programa más visto del país.

—¿Qué voy a decir?

—La idea es admitirlo todo. Hiciste esa denuncia porque encontraste «indicios suficientes» de que algo no encajaba en la muerte de tu padre. No quieres entrar en detalles porque eso podría afectar a la investigación policial. Tenemos que hacer hincapié en eso constantemente: confiamos en la acción de la justicia y nos atendremos a sus resultados.

—¿Y sobre Jokin?

—Jokin era tu amigo. Una persona inestable, tendente a la fantasía, pero tu amigo... Cuando te habló del diario por primera vez, pensaste que se trataba de una de sus «creaciones», pero después has encontrado motivos para considerar que era cierto. El diario está en alguna parte y podría ser el móvil de estas muertes... Aunque, de nuevo, la policía es la que está trabajando en ello.

—¿Y todo eso lo voy a decir en la tele nacional?

—Esa es la idea, Quintana. Es un gran discurso que dejará a todo el mundo contento, no desmentimos nada, pero tampoco nos escondemos, algo que sería contraproducente. Lo más importante ahora es preservar tu imagen pública. Evitar que a alguien se le ocurra pensar que es todo una campaña de marketing...

Bueno, ya era un poco tarde para eso. Irene volvió a entrar en la oficina a las once de la mañana y nos mostró un tuit de una importante periodista cultural con más de dos millones de seguidores:

> Leído el bombazo publicado hoy por *El Correo* de Álava sobre Quintana Torres y su «misterio del pantano» en versión *true crime*. Solo espero que esto no sea otra maniobra de marketing perfectamente orquestada para

seguir vendiendo libros a costa de los muertos. En este caso, a costa de la memoria de su propio padre... Aunque cualquier cosa es posible en este mundo editorial de hoy en día. No olvidemos que la chica trabajó unos cuantos años en el mundo de la publicidad.

Otros tuits y comentarios del estilo no se habían hecho esperar. Y de pronto veíamos elevarse una verdadera ola de odio popular.

—Esto era lo último que me hubiera esperado… —dije.

—Tranquila —respondió Ana—, aguanta hasta mañana y callaremos un montón de bocas.

63

Pasé la tarde en la editorial, ensayando como si estuviese en clase de teatro con trece años. Irene y Ana me iban lanzando preguntas y repreguntas y yo intentaba ajustarme al discurso. Todo lo que estuviese fuera de lo «pactado» era un error. Nada de dar demasiada información personal. Nada de opinar sobre el impacto de esa historia en las ventas de mis libros. Y por supuesto, no hacer valoraciones sobre el trabajo de la policía. Admitiríamos cualquier resultado basado en su investigación.

—¿Admitirías haberte equivocado?

—Sí.

—¿Te sentirías culpable por haber malgastado los recursos de la policía?

—No.

—¿Admites que todo esto puede ser producto de tu imaginación?

Puede. Puede. Puede.

Claro que puede.

Después abandonamos aquella sala de reuniones cuya atmósfera ya estaba cargadísima tras varias horas allí metidas, cruzamos la oficina de la editorial rodeados de silencio y miradas cautas, y bajamos hasta el parking donde nos esperaba un elegante coche de los que se usan para llevar VIPS. Cruzamos el centro de Madrid hasta el barrio de Salamanca, en el que tenía su pisazo el director editorial, Juan Balaguer. Entretanto, casi en paralelo, habíamos mandado a Marta Donada a por mis cosas a Alonso Martínez.

Marta regresó cuarenta minutos más tarde, con la cara todavía sonrosada por la emoción.

—No había nadie —dijo empujando mi *trolley* hasta la cocina—. Quiero decir, en la calle o en los alrededores. También he regado las plantas.

—Gracias, Marta —dije—. ¿Has cogido mi ordenador?

—¿Había un ordenador?

—Estaba en una maletita aparte, sobre la cama.

—¡Lo siento! Si quieres vuelvo a por él...

—No, tranquila..., no creo que lo necesite estos días...

Juan Balaguer estaba de viaje en Estados Unidos y teníamos el piso para nosotras. Ana Pons encargó una cena a domicilio a un restaurante que había por la zona y la trajeron sobre las nueve. Un par de platos de carne, una botella de rioja y tarta de postre; lo dispusimos todo sobre la isla de la cocina y nos sentamos a cenar allí mismo. Para cambiar de tema, nos dedicamos a cotillear sobre la lujosa cocina de Juan y la decoración de su casa de doscientos metros cuadrados, llena de pinturas y esculturas de arte moderno (su mujer era marchante, me contó Ana, y en sus paredes colgaban obras de Miró y Miquel Barceló, entre otros).

Después, cuando terminamos la cena, fuimos al salón,

donde Ana parecía manejarse como pez en el agua (muchas reuniones de fin de semana). Abrió un mueble bar secreto y nos servimos un par de copas. Sentadas en dos butacones, junto a la ventana con vistas a Madrid, sacó el tema del contrato que llevaba meses en mi tejado.

—No queremos que tus reticencias sean por un tema económico. Hablé con Juan ayer a la noche y estamos de acuerdo. Vamos a mejorar la oferta.

Y entonces soltó un número y se quedó tan ancha. Yo me quedé de una pieza.

—¿Por novela?

—¿No querías comprarte una casita en Cádiz? —Sonreía.

Rápidamente pensé en la casa de mi padre, en la oferta de Lidia Guirao y en que, con ese dinero, podría comprar mi mitad a Leire.

La verdad es que casi me dieron ganas de reír.

—Pero queremos mantener la serie —añadió Ana de inmediato—. La inspectora Susana Barrios tiene que continuar. Esa es nuestra única condición.

«Claro», pensé, «la máquina de hacer dinero debe seguir funcionando».

Y mi mente voló a ese email sin enviar que reposaba en mi carpeta de borradores. Y en las últimas palabras que mi padre me dijo sobre ese tema: «Hagas lo que hagas, no te engañes a ti misma, Quintana. Lucha por lo que siempre quisiste escribir. A mí me gustaban tus primeras novelas».

—¿Y? —me espoleó Ana.

—No sé qué decir... Es mucho dinero y...

—¡Pues di que sí! —exclamó ella entre risas—. ¡Y brindemos!

Alzó su copa hacia mí, pero yo mantuve mi whisky en el regazo.

—El caso es que hay algunos aspectos..., digamos, creativos, que me gustaría cambiar. Tengo otros proyectos en mente. Otras historias que quiero contar. Hay una novela histórica a la que llevo dando vueltas desde hace mucho...

—Y habrá tiempo para todo eso —replicó Ana Pons—. Vas a tener una carrera larga, Quintana. Pero esto es como un edificio. Los fundamentos tienen que ser sólidos. Y ahora el público no se espera ningún cambio radical. ¿Entiendes? Lo hemos hablado otras veces.

—Lo sé..., pero...

—Sé lo que vas a decirme. La perspectiva de una nueva trilogía te agobia, ¿no? Pero sabes que te vamos a ayudar, como hemos hecho siempre.

«Precisamente ahí está el problema», pensé mientras daba un largo trago al whisky.

—Bueno, piénsalo, ¿vale? Ha sido un día muy largo. —Se puso en pie—. Te dejo descansar. Mañana vendré pronto y nos iremos de compras. Después, tenemos reserva en The MadRoom a las 17.00. Vas a estar es-pec-ta-cu-lar.

Nos despedimos y me quedé sola en aquella casa extraña, sin demasiadas ganas de dormir. Me serví otro whisky del bar del director editorial. La verdad es que tenían gusto para el arte y los licores. Después vagué por el pasillo con mi copa, mirando los cuadros y pensando en el dinero que Ana Pons acababa de poner sobre la mesa. «¿Qué demonios tienes que pensar? Joder. Es un pastón, te vas a arreglar la puta vida».

Me acordé de Yera, una chica con la que trabajé en un café de Madrid antes de colocarme en la agencia de publicidad. Yera siempre defendía que el dinero era el mejor invento de la humanidad, libertad en estado puro. «Vamos, no me jodas», decía, «la gente que asegura que el dinero no da la felicidad es porque nunca ha sido pobre». Yera provenía de una familia muy humilde de Alcobendas. Su padre era taxista. Su madre, limpiadora. «Toda nuestra maldita vida hemos sufrido para llegar a fin de mes».

Yera dejó el café y se puso a trabajar en una zapatería. Era una chica muy atractiva, «con buen chasis», como se suele decir. Un día entró por la puerta un hombre bien trajeado, con cara de despistado. Yera se pasó una hora probándole zapatos. Después se fueron a cenar juntos.

Pasados los años, Yera se presentó en mi caseta de la Feria del Libro de Madrid. Resultó que había visto mi cara en un expositor de una librería del aeropuerto. ¡Mi querida colega de la cafetería es ahora una grandísima escritora! Apareció con dos churumbeles y un marido feuchillo, pero ella estaba deslumbrante en un vestido rojo, joyas y un peinado de peluquería de por lo menos cien euros. «Ahora soy rica. Era mi destino, y soy feliz».

Pensé en Yera. ¿Por qué no podía dejarme llevar por toda esa buena suerte? ¿Por qué tenía que encontrarle un maldito fallo a todo?

«Coge el dinero y corre», hubiera dicho mi amiga. Y pensé en la casa de mi padre en Urkizu. En la oferta de Lidia Guirao, que podría tumbar con todo ese dinero… El problema es que era un dinero envenenado de mentiras. ¿Qué diría mi padre?

«Prefiero que la casa arda hasta sus cimientos».

Era como si lo oyese dentro de mi cabeza.

Fui a la habitación en la que habían dejado mi equipaje. Una habitación de invitados que era como un salón de grande, con un baño en suite y un precioso lienzo presidiendo el cabecero de la cama. Abrí mi maleta y saqué mi pijama, mi neceser... Mi teléfono también estaba allí, apagado desde las once de la mañana por orden de Ana Pons. «Lo mejor ahora mismo es el silencio».

Había sido una primera medida de urgencia, pero pensé en unas cuantas personas que posiblemente estarían preocupadas por mí, empezando por Leire.

Así que lo encendí, introduje la clave y esperé sentada en el borde de la cama a que cogiera red. En unos pocos segundos comenzó a caer un verdadero chaparrón de notificaciones. Llamadas perdidas, mensajes de WhatsApp, audios, correos..., y aquello fue como un baño de realidad. Entonces caí en la cuenta de la dimensión que había cobrado todo el asunto.

Fui revisando cada notificación sin responder a nadie. Había mensajes de colegas escritores, de amigos de Madrid, de periodistas y blogueros; había mensajes de mis antiguos jefes, de exnovios, de mis vecinos de Alonso Martínez, incluso de mi peluquera. Joder, aquello era un petardazo. Lo había visto todo el mundo. Todo el maldito mundo.

Leire me decía lo siguiente en un audio:

«Te he intentado llamar pero estás desconectada. Bueno, hemos leído la noticia. ¿A quién demonios se le ha escapado todo esto? He llamado a Almudena y me ha dicho que varios periodistas han ido llegando durante la mañana y han acampado frente a la casa de *aita*. Rober ha tenido que salir a decirles que se largaran de allí, y finalmente la Ertzaintza ha colocado un coche patrulla para controlar que nadie haga ninguna tontería... Solo espero que estés bien. Y que esto no sea, como dicen por ahí, alguna maniobra de marketing de tu editora... Cuenta conmigo, ¿vale? Te quiero».

Esa última frase me dejó pensando. Hasta ese momento había culpado a ese policía, Salazar, de la filtración de la noticia. Pero ¿era posible que todo fuera cosa de Ana Pons? Desde luego ella (la editorial) tenía mucho que ganar con este asunto. *La chica del lago*, que ya había vendido cerca de dos millones de ejemplares, recibiría un nuevo empujón.

«Toda esa gente que todavía no te ha leído, o que no te conoce...».

Ana sabía envolverlo todo con sus buenas palabras, con sus buenas intenciones, ¿no había sido igual con el lanzamiento de la novela? Recordé la primera vez que nos sentamos en su despacho de Madrid y me dijo «que había una gran oportunidad en el hecho de que la novela estuviera basada en una historia real».

«Si lo manejamos con cuidado, respetuosamente, podría ayudar mucho».

Exactamente la misma frase que había empleado esa tarde. Pero ¿qué pasó después? Hicieron lo que les dio la gana. Pusieron aquella frase en la faja de la novela, en la grandísima lona que se desplegó en Callao, en los expositores de libros, en los anuncios del periódico: «Novela basada en un crimen real».

—Esto no es lo que habíamos pactado —le dije enfadada por teléfono—. El caso de Alba nunca llegó a considerarse un crimen.

—Marketing pensó que sería más efectiva, pero es cierto, creo que deberíamos incluir la palabra «parcialmente».

—Y quitar la palabra «crimen».

—Y quitar la palabra «crimen» —aceptó ella.

Pero el daño ya estaba hecho. Con una primera tirada que rondaba los cien mil ejemplares y un éxito casi instantáneo, aquella frasecita quedó gradaba en la retina del público. Y cuando llegó la siguiente edición, rotulada como «Parcialmente basada en hechos reales», a la gente ya le importó bastante poco. La leyenda ya estaba creada. El rumor lanzado. El bulo dando vueltas. La nota de prensa hablaba de un «caso cerrado, pero con algunos interrogantes abiertos».

El drama estaba servido y yo no pude pararlo.

¿Estábamos repitiendo la misma historia? ¿Estaba volviendo a enredarme en las artimañas de Ana Pons?

Me tumbé en la cama y me quedé mirando al techo, que era alto y tenía unas recargadas molduras. El colchón era maravilloso, el cubrecamas estaba hecho de un tejido suavísimo. Y todo esto me gustaba. Las comodidades que da el dinero, ¿eh? ¿Por qué no reconoces que, en el fondo de tu alma, siempre has querido esto? ¿Que Eduardo tenía razón cuando te dijo que nunca habías dejado de ser una niña rica que vino a Madrid a jugar a ser una superviviente de gran ciudad? (Lo decía en broma, con tono cariñoso, pero con un pequeño atisbo de rencor).

Levanté el teléfono a la altura de mis ojos. Había otro audio que quería escuchar. El de Javi Porta:

«Hola, Quintana... Te he llamado dos veces, pero estás fuera de cobertura. Bueno, acabo de ver la que se ha liado. Solo quiero asegurarte que nada de esto ha salido de mí. He llamado a la Ertzaintza y he intentado hablar con los agentes que llevan el caso... La ertzaina, Beitia, me ha dicho que hablarían contigo esta semana. Estamos todos muy preocupados. ¿En serio vas a ir mañana a *La Trinchera*? ¿No deberíais replantearos eso? Llámame cuando sientas que quieras charlar un rato...».

Me dejé acariciar por la voz de Javi, aunque, de nuevo, sus

últimas palabras no hicieron más que ahondar mis dudas sobre acudir a la televisión. ¿Me estaba dejando arrastrar por la elocuencia de mi editora? ¿No deberíamos parar todo eso ahora que estábamos a tiempo?

Me puse a grabar un audio para responderle, pero estaba cansada y no tenía chispa para sonar medianamente graciosa. ¿Y eso me importaba? Bueno, reconozco que sí... Tiene gracia lo rápido que se me había metido ese chico entre las uñas, en el pelo, en los ojos... Ahora quería ser graciosa y chispeante con él (lo primero que hacía con todos los chicos que me empezaban a gustar). Recordé nuestra última escena en el coche, frente a la casa de mi padre, girados el uno frente al otro, mirándonos los labios. ¡Qué tensión, joder!

Hice algo tan infantil como ampliar su foto de perfil en WhatsApp en la que aparecía él solo, sonriente, haciendo cumbre en alguno de los montes que rodeaban Urkizu. ¡Oh, no! Primera foto voyeurizada. Y sabes que solo es el principio del tobogán del enamoramiento. O llamémoslo encandilamiento. El caso es que podía imaginarme la escena del coche de otra manera. Ese silencio entre nosotros. Esa tensión cuando admitió que había «pensado mil veces» en aquella última vez.

En mi versión alternativa no aparecía ningún policía a interrumpirnos. Yo le cogía de la mano, le decía que siempre me había gustado, que sentía mucho que tuviera problemas con Estefanía y que... bueno, prefería callarme «sé que no es fácil para ti». Entonces él extendía su mano y me cogía dulcemente la barbilla. Sin decir nada (porque cualquier palabra lo hubiera estropeado todo) movía su cuerpo en mi dirección. Me rodeaba la nuca con una de sus grandes manos. Yo abría los labios y me giraba un poco para recibir los suyos. Y el beso explotaba como una bomba entre nosotros. Era como si nos hubiéramos electrocutado al mismo tiempo. Tanto que ponía las manos en sus mejillas como si tuviera miedo de caerme dentro de sus labios. Pero entonces seguía. La descarga se volvía amable, placentera. Yo lanzaba una de mis manos a su pecho y por fin podía recorrerlo. Era precioso, tal y como siempre imaginé. Y sus brazos y sus muslos... Le di un repaso a todo mientras le mordía la boca y perdía el control de la situación.

«Joder, Javi, creo que te voy a invitar a que subas a casa».

Me levanté de la cama un poco acalorada y fui a por mi equipaje. Rebusqué en mi maleta hasta encontrar a Richard.

Antes de empezar la operación «vamos a la cama», me fijé en una cosa más: tenía siete llamadas perdidas de Gurutze. ¿Siete? Parecía algo urgente, pero no me apetecía exponerme a una larga conversación a esas horas de la noche. Cogí a Richard y fui a llenar la bañera de agua.

Una escritora siempre termina sus historias.

64

Ana Pons llegó a las nueve de la mañana con un doble espresso macchiato, unos minicroissants y un regalo: unas gafas de sol de Gucci, de marco cuadrado, perfectas para disimular mi cara, ya que ese día íbamos a salir a la calle a comprar ropa y a la peluquería.

«Es como ponerse la máscara del Zorro», me dijo.

Yo había pasado una noche horrible, ni siquiera un orfidal había conseguido aplacar los nervios que me suscitaba lo que se me venía encima. Pero ¿qué hacer a esas alturas? Me sentía igual que esas novias que el día de su boda están llenas de dudas. ¿Vas a cancelar un banquete de trescientas personas? Solo que a mi banquete de ese día estaban invitados unos cuantos millones (1,7 exactamente, según el último *share* del programa).

—No te preocupes, hemos pactado una serie de preguntas —dijo Ana con su habitual superseguridad en sí misma—. Empezarán muy suave, hablando de otras cosas. Habrá solo dos preguntas sobre el tema, muy al final.

Consiguió relajarme y verme más confiada (justo lo que

necesitaba después de una noche de dar vueltas en la cama destrozándome los dientes).

Desayunamos repasando la prensa. Hoy era día de artículos de opinión y grandes reflexiones de los *monosabios* de la crítica literaria. En *El Confidencial*, un opinador profesional se preguntaba si el mundo literario realmente se merecía estar en manos de «celebrities y best sellers que parecen más interesados en el marketing que en lo que dejan escrito en sus libros». No estaba del todo en desacuerdo con él, pero era igualmente cierto que hay mucho escritor frustrado soltando veneno en las páginas de los periódicos. (Por cierto, mi ex Eduardo también tenía una columna de opinión). Parece que esto de vender mucho es como ser rubia y guapa: sería demasiado injusto que, además, fueses lista. Un best seller *tiene* que ser malo por obligación. O de lo contrario, todo se iría al traste, ¿no? El equilibrio cósmico reventaría en mil pedazos y los escritores de tres al cuarto que venden poco saldrían a las calles armados con machetes.

Por lo demás, todo el mundo estaba a la expectativa. «QUINTANA TORRES NOS VISITARÁ ESTA NOCHE EN LA TRINCHERA. ¿Hablará de la denuncia de asesinato de su padre?».

Había ya más de mil comentarios en mi último post de Instagram.

El coche elegante seguía aparcado en la misma plaza del garaje subterráneo. El chófer también me pareció el mismo y me pregunté si habría pasado la noche guardando mi puerta. Salimos de allí en plan *Pretty Woman*, con mis gafas cuadradas de Gucci, a recorrernos el barrio de Salamanca en busca de un outfit para el programa de la tarde.

Ana Pons me llevó a sus tiendas favoritas en Serrano y Velázquez. Finalmente opté por un conjunto de pantalón y top negros muy discreto. Ana dijo que me prestaría unos zapatos y un bolso y lista. En The MadRoom me hicieron un corte a tres cuartos y un tratamiento de color. Después se nos juntó Irene Pérez, de Comunicación, y fuimos a comer a La Bien Aparecida, uno de mis restaurantes favoritos de Madrid, donde repasamos mis frases una y otra vez. Todo eso me mantuvo entretenida más o menos hasta la hora de irse al Palacio de la Prensa, en Gran Vía, donde se grababa el programa.

Llegamos a la vez que otra invitada (no diré su nombre, llamémosla «la Diva»). Bueno, esta mujer fue un lío desde el primer momento. Apareció con un caniche enano que «tenía que ir con ella a todas partes sí o sí». Pero el perrito, nada más entrar por la puerta de artistas, sacó los dientes y salió disparado por los pasadizos traseros del teatro. Después nos llevaron directas a los camerinos, que estaban ubicados en los sótanos. Había uno más grande que el otro; la Diva dijo que, si no importaba, cogiese yo el pequeño porque «ellos eran dos».

Quince minutos más tarde, estaba sentada frente a un espejo mirándome nerviosa y dándome cuenta de lo que estaba pasando. «Vas a salir ahí fuera, delante de todo el país, y vas a hablar del asesinato de tu padre, del de Jokin. ¿Cómo coño has llegado hasta aquí?».

Reconozco que comencé a cabrearme con la situación. «Tendríamos que haber parado todo esto, no estoy como para dar una entrevista».

Entonces noté la vibración de mi teléfono en el bolso. No había vuelto a mirarlo desde la mañana, cuando había respondido a los audios de mi hermana Leire y de Javi Porta («Tranquilos estaré bien»). Lo saqué y vi el nombre de Gurutze en la pantalla. Y entonces recordé las siete llamadas perdidas del día anterior. Lara, la maquilladora, estaba atendiendo a la invitada del perrito (que no paraba de ladrar) y pensé que era un momento igual de malo que cualquiera para atender a Gurutze. Además, tendría la oportunidad de colgarla en cuanto llegase mi turno.

—¡Gurutze!

—Quintana, te he llamado... *bzz*... mil veces...

—Lo sé, perdona, llevo un día de locos... Ahora mismo estoy a punto de entrar en la tele.

—Lo sé... *bzzzyer*... Lo vi en tu Instagram... *bzzzz*... *La Trinchera*, ¿verdad?... *bbszzz*... Mzzdrid. —Se oía de pena.

—Tienes mala cobertura —dije—, o quizá sea yo. Estoy en un sótano. Puede que aquí no se oiga.

—Te decía que yo estoy en Madrid también. Vine ayer a la noche, por eso te llamé.

—¿En Madrid? Vaya, no sabía que tenías previsto venir.

—Y no estaba planeado —dijo Gurutze—, pero leí el reportaje que salió en *El Correo*... *bzzzz*... importante decirte... *bzzz*... sobre tu padre.

La cobertura estaba fatal, pero escuché aquellas últimas palabras perfectamente y me quedé fría.

—¿Mi padre?

—... *bzzz*, *zzz*...

Más ruido.

—¿Gurutze? ¿Qué querías decirme sobre mi padre?

—Sí... yo pensaba que había... *bzzz*... preguntaba si *bzzz* lo sabías... *bzzzz*... fin de semana... *bzz*... sábado.

Me había quedado en silencio. Había imaginado que Gurutze iba a llamarme solo para cotillear, pero aquello tenía otra pinta. ¿De qué estaba hablando?

Me levanté de la silla y me encaminé a la salida.

—¿Puedes repetir? No te oigo bien.

De nuevo ruido de nieve. Pasé junto a la puerta del otro camerino, donde Lara estaba peinando a la Diva, que sujetaba su perrito entre los brazos. Lara me miró a través del espejo.

—No necesitas peinado, ¿verdad? Es que vamos muy justos.

—No —respondí yo—, solo maquillaje.

—Vale —dijo ella—, voy en un minuto.

Le hice un gesto de okey con el pulgar, antes de seguir adelante por el pasillo en busca de algo de cobertura. Había una puerta al fondo. Era una salida de emergencia.

—¿Gurutze? ¿Sigues ahí?

—Sí, *bzzzz*... Te decía que yo no le había dado ninguna importancia..., pero entonces, ayer a la mañana, me desperté y me dije: «¡Espera! Esto podría ser importante»... *bzzzz*...

—¿Importante? ¿El qué?

La señal volvió a irse. Yo estaba ya al final del pasillo frente a esa puerta de emergencia. Al otro lado se oía un murmullo de gente. ¿Era el escenario? Además, había un cartel en letras rojas que decía NO ABRIR.

—Gurutze, por favor, dame un minuto.

—No te oigo bien, Quintana —dijo ella—, pero espera un segundo, que me llaman. —Oí los pasos de Gurutze dirigiéndose a la puerta y hablando con alguien—: ¿Dígame? Sí, es aquí... Vaya, qué casualidad. ¿Para mí? Le abro...

—¿Guru?

La cobertura era casi peor allí, al fondo del pasillo. Tenía que subir a la primera planta. Sin pensarlo dos veces, empujé la puerta de emergencia y casi al instante empezó a sonar una alarma. Había un montón de gente al otro lado, era el público, que estaba entrando por la calle. La sirena de incendios hizo que mucha gente se girara hacia mí y comenzara a sonreír, a señalarme.

—¡Cierra! —gritó alguien. Era uno de los chicos de la producción, que venía corriendo—. Esta puerta no se puede abrir.

—¡Lo siento! —dije echándome para atrás.

El tipo me cerró la puerta en las narices y yo me quedé otra vez en el pasillo con aquella alarma rompiéndome los tímpanos durante otros quince segundos. Volví a colocarme el teléfono en la oreja.

—¿Gurutze? ¿Gurutze?

Pero Gurutze no estaba ahí. Entonces me entró un mensaje:

No te oigo nada. Te llamo en un minuto

Regresé a los camerinos, donde Lara ya había terminado de preparar a la Diva y me esperaba con cara de pánico.

—Perdona, es que he recibido una llamada y no había cobertura.

—Aquí abajo es terrible —dijo ella—. Lo mejor es el hueco de las escaleras, pero ahora no tenemos mucho tiempo. Andamos un poco justos...

Me senté en la silla, frente al espejo, con el teléfono boca arriba. Lara me hablaba mientras me iba poniendo una base, y recuerdo verme reflejada en el espejo. Era como si tuviese un visión en blanco y negro de mí misma.

«Guru, llama, por favor».

De pronto me entró un terrible presentimiento. ¿Qué quería decirme Gurutze?

Pasaron dos, tres, cinco, diez minutos. Gurutze no llamó.

Lara ya había terminado y yo me levanté como un resorte y fui corriendo al hueco de las escaleras. Llamé por teléfono..., pero ahora era ella quien no tenía cobertura.

—¿Estás lista? —La regidora apareció a mi lado—. Vas la primera.

—Sí.

Miré mi teléfono por última vez.

—Eso tendrás que dejarlo en el camerino.

65

El programa fue... Bueno, creo que a estas alturas ya lo ha visto todo el mundo. ¿Qué más se puede añadir? Yo estaba demasiado nerviosa, demasiado distraída, no fui nada rápida con las respuestas. Tampoco resulté graciosa, ni lo intenté. Esa llamada de Gurutze me había puesto en tensión. ¿Qué era lo que quería decirme sobre mi padre? ¿Qué era eso que «le había llamado la atención»? ¿Eso que era IMPORTANTE?

Yo estaba allí sentada, en el escenario del programa más visto del país, y solo quería salir de allí para hablar con ella.

En todo caso, como una buena soldado, respondí a las preguntas sobre «el reportaje» de *El Correo* de Álava ateniéndome al discurso que habíamos ensayado, aunque, quizá, porque era imposible evitarlo, dejé caer algo de mala baba y de recelo sobre las reacciones que había suscitado la historia.

—Jamás se me ocurriría usar la muerte de nadie para hacerme publicidad. La muerte de mi padre ha sido el golpe más duro de mi vida... Si hubiera querido publicidad, no habría llamado al 112...

Eso, al menos, quedó muy natural. Cuando se televisara

esa noche, alguien comentaría en Instagram que «había sonado absolutamente honesta»; aunque después de ese vendrían otros muchos comentarios negativos: «Parecía estar en otro mundo...», «¿Se había fumado un porro?», «Pues yo no me creo nada de su pose de víctima. ¿Por qué vas a un programa de la tele dos días después de denunciar el asesinato de tu padre?».

Lo cierto es que salí de allí con una sensación de agobio, de haberlo hecho mal y de que no debería haber aceptado nada de eso. La Diva esperaba con su caniche entre bambalinas: «Has estado genial, querida», dijo con algo de condescendencia. «Todo tuyo», repuse sin ganas de ser educada. La regidora me invitó a sentarme en la salita de espera para ver el resto del programa, pero le dije que prefería marcharme. «¿Necesitas un coche?», preguntó. Respondí que no. En realidad, no sabía a dónde ir o qué hacer en ese momento. Desconocía la dirección de Gurutze en Madrid.

Fui al camerino a por mi teléfono. No había llamadas, pero pensé que quizá todo tenía que ver con la cobertura. Subí las escaleras hacia la salida. Ana Pons e Irene se hallaban sentadas entre el público. Me imaginé que allí seguirían y decidí que así estaba bien. Prefería llevar esto por mi cuenta.

Llamé a Gurutze. El teléfono dio tres tonos y saltó el contestador.

—Gurutze, soy Quintana, ya he terminado. Me gustaría verte. ¿Dónde podemos quedar? ¿Estás en tu casa? Llámame cuando puedas.

Pude oír los aplausos del público para recibir a la Diva. Yo estaba en la puerta del teatro. ¿Qué hacer? Bueno, decidí atemperarme un poco. Quizá Gurutze había salido a la calle y se había olvidado el móvil. Quizá se estaba duchando... El caso es que fue ella quien me llamó siete veces ayer noche, ¿a qué venía tanta pachorra ahora?

«Vamos a darle media hora», pensé, «exactamente media hora».

Volví adentro y me senté en esa salita de sofás incómodos con una tele grande, con el teléfono a mi lado, el volumen a tope. Había comida, pero no tenía hambre. Y no podía parar de mover la pierna, nerviosa, esperando a que Gurutze me devolviera la maldita llamada.

Mientras tanto, la Diva arrancaba aplausos al público con sus respuestas. Aplausos y risas que irritaban a su cachorrito, que volvió a escaparse por el escenario generando una de esas situaciones caóticas y absurdas que tanto gustan a la audiencia. En el fondo me alegré de que sucediera todo eso y que, de alguna manera, ayudase a olvidar mi pobre actuación como primer plato.

Terminó la grabación y recibí una llamada, pero era de Ana Pons:

—¿Dónde estás? ¡Hay que celebrarlo!

Me encontré con Irene y Ana en la salida. Ellas parecían encantadas de cómo había salido todo, aunque yo sabía la verdad: había sido un tostón. Posiblemente editarían la mitad de la entrevista de cara a la emisión de la noche. O quizá la quitasen del todo.

—¡Qué exagerada!

Cogimos un taxi y nos alejamos de la zona. Paramos en un sitio que conocía Irene, con una terraza donde se podía fumar y tomar unas cañas relajantes. Lo cierto es que estaba superaliviada por terminar con el asunto de la tele, pero no podía sacudirme la inquietud por ese repentino silencio de Gurutze. La llamé otras dos veces, sin resultados.

—¿Qué te pasa? —preguntó mi editora—. No dejas tranquilo el teléfono.

—Una amiga que anda por Madrid —dije sin ser demasiado específica—, pero no coincidimos.

Irene y Ana Pons conversaban sobre el programa —«Ha quedado genial y lo más importante: habéis hablado de la novedad y del éxito de ventas. La historia de tu llamada y la denuncia ha quedado bien, en su sitio», blablablá—, pero yo solo era capaz de pensar en quién podría conocer la dirección de Gurutze en Madrid. ¿Quizá Leire? No, no creo que mi hermana y ella tuviesen tanta relación. ¿Anita? Puede que Anita.

Me terminé mi caña de dos tragos y pedí otra. Después cogí el teléfono y escribí un wasap a Anita.

Hola! Soy Quintana. Te sabes la dirección de Gurutze en Madrid?

Estuve a punto de añadir algo más, como para justificar aquella pregunta, pero no encontré la manera de hacerlo.

Me encendí otro cigarrillo mientras miraba el mensaje que acababa de enviar. WhatsApp indicaba que estaba sin recibir. ¿Quizá Anita era otra de esas «minimalistas digitales» que apenas usan los móviles más que para mirar la hora?

Pero no, finalmente contestó:

Hola! Estuve una vez hace mil años en su apartamento. Se encontraba cerca del Mercado de la Cebada, pero no recuerdo la dirección concreta. Por qué? Quieres darle una sorpresa? Puedo preguntar por ahí... Eso sí, recuerdo que vivía al lado de un restaurante chino bastante bueno

Ana Pons e Irene seguían con sus cotilleos del programa. La Diva les había parecido demasiado estrafalaria. «Una mamarracha, si te soy sincera». Entonces Irene comentó que su agente se había sentado junto a ellas en el teatro. Al oír la palabra «agente», se me ocurrió algo. Abrí Google y busqué a Gurutze como actriz. Tenía un portfolio publicado en la web de una agencia de representación de actores. Había un teléfono de contacto y ni siquiera me lo pensé demasiado. Llamé, pero el teléfono saltaba directamente a un buzón de voz:

«Estás hablando con Arista Management. Deja tu mensaje después de la señal».

Colgué sin decir nada. En el fondo, ¿quién iba a darme la dirección personal de un representado?

Eran ya las ocho y media de la tarde y Ana dijo que podríamos pedir una cena en casa y ver el programa «en directo» (que se emitía a las 21.40). Yo no estaba muy segura de qué hacer. Me levanté para ir al baño y entré en el bar. Y según lo hacía, me sonó el teléfono.

66

—¿Hola? Soy Jaime Blanco, de Arista Management —dijo una voz seria y grave—, tengo una llamada perdida tuya.

—¡Ah! Hola... Me llamo Quintana Torres, soy una amiga de Gurutze Azkargorta.

Silencio.

—¿Quintana Torres la escritora? ¡Vaya! —La voz había cambiado de tono (a uno más alegre)—. ¡Guru nos ha hablado mil veces de ti! Está muy ilusionada con participar en alguna de tus series...

—Lo sé, pero te llamo por otro asunto. ¿Tienes la dirección de Gurutze en Madrid? Es que estoy intentando localizarla para una cosa.

—¿La dirección? Bueno. La puedo buscar..., pero te puedo dar su teléfono. Igual es más rápido.

—Ya lo tengo, pero no me coge —dije yo—. Y como estoy a un taxi de distancia, he pensado que...

El agente de Guru dudó un poco. En el fondo yo podría ser una impostora, alguien interesado en sonsacarle esa dirección por algún extraño motivo. Pero supongo que después se lo pensó dos veces. ¿Quién se inventaría semejante trola? Además, yo era una persona interesante (productora ejecutiva de una serie en Netflix) con la que podía ganarse un punto fácilmente. Me pidió un minuto para revisar la última factura que Gurutze le había enviado, donde constaba su dirección madrileña.

—Calle del Humilladero. Entonces ¿está en Madrid? —preguntó nada más darme piso y puerta—. Pensaba que había ido una temporada al pueblo.

—Yo también —dije.

Le di las gracias. Colgué. Salí del baño y regresé a la terraza.

—¿Os importa ir yendo? —le dije a Ana Pons—. Voy a pasarme a visitar a mi amiga, será solo un rato. Después nos vemos en casa.

—Claro. ¿Seguro que quieres ir sola?

—Sí.

Me cogí un taxi allí mismo y salí en dirección a La Latina, una carrerita que nos llevó a bajar hasta Ventura Rodríguez y de ahí a Bailén, para evitar un tramo cortado en el centro. Después de veinte minutos, pillamos un atascazo tremendo a la altura de San Francisco el Grande. Estuve como cinco minutos allí sentada, pero la cola no avanzaba nada y en realidad estaba a solo unos cientos de metros. Así que pagué y salí del taxi, siguiendo mi Google Maps.

El atasco era de órdago. A decir por el montón de luces y sirenas que se veían más adelante, había habido algún tipo de accidente. Y parecía algo grave. Una moto de la Policía Nacional pasó a toda velocidad por la Carrera de San Francisco.

A medida que me acercaba empecé a ver una multitud. Una furgoneta de Telemadrid mal aparcada en la plaza de la

Cebada, dos ambulancias. Yo empecé a ponerme nerviosa mucho antes de llegar a la boca de Humilladero. Allí ya costaba avanzar un poco. La gente se quedaba parada por las aceras, y al fondo había un cordón policial. ¿Justo allí?

La calle estaba cortada. La calle de Gurutze. Había una ambulancia aparcada frente a un portal, y vi a cuatro zetas de la Policía Nacional en fila. Yo me fui acercando lentamente, esquivando curiosos, con el corazón latiéndome cada vez más aprisa.

«No puede ser», pensaba mientras notaba la boca y la garganta secas. «No puede estar pasando otra vez».

Llegué el límite del cordón. Había un policía nacional por allí, velando por que nadie rompiera el sello. Alguien me empujó.

—Oiga, por favor. —Le hice un gesto al policía, pero el tío desvió la mirada.

Había una señora a mi lado, de unos cincuenta años. Le pregunte a ella:

—¿Qué ha pasado?

—Dicen que han matado a alguien. Un riña doméstica. Algo de maltrato.

—Otra mujer que matan —dijo una chica a su lado, jovencita, con piercings y aspecto borroka—. ¡Como si fuéramos corderos del sacrificio!

Bueno, eso consiguió relajarme. Gurutze no tenía pareja que yo supiera, así que ella no podía ser. Entonces vimos que se encendía un foco a un lado. Era un equipo de los informativos de Telemadrid, que estaba realizando una entrevista. Yo me acerqué un poco, a trompicones, a poner el oído. La presentadora hablaba en ese momento a cámara:

—... vecina la que encontró el cadáver. Regresaba de hacer

su compra cuando detectó que la puerta estaba abierta y pensó que quizá se la habría dejado así por error…

Entonces la cámara apuntó a una mujer de unos sesenta años con el pelo teñido de rojo y los ojos irritados de haber estado llorando.

—La he llamado un par de veces y después he empujado la puerta porque olía a quemado. Y la he encontrado en la cocina, tumbada de espaldas en medio de un charco de sangre. —Hizo una pausa para secarse los ojos con un clínex—. Me he puesto a gritar pidiendo auxilio y otro vecino ha llamado a la policía… Y yo mientras tanto he quitado el cazo que tenía puesto al fuego.

—¿La conoce usted mucho? —le preguntaba la presentadora.

—Es una mujer que vivía sola. Pero da igual, podría haber sido cualquiera. Este barrio está abandonado desde hace años. La policía ni pasa. ¡Hay que hacer algo con tanta delincuencia!

—Es actriz —dijo entonces la chica que tenía al lado—. Ha salido mucho en la tele.

Yo estaba bastante cerca y lo escuché perfectamente: «Es actriz».

—¡Oiga! —grité—. ¡Oiga! ¿Cómo se llama la mujer?

Pero había un gran tumulto y no se me oía nada. Así que cogí aquella cinta de plástico, la levanté y pasé por debajo. Enseguida noté que el policía se acercaba a mí para placarme.

—¿Cómo se llama? ¿Gurutze? —dije mientras llegaba atropelladamente al lugar de la entrevista.

—Tiene un nombre vasco, sí…

Entonces oímos una especie de murmullo generalizado. «¡La sacan! ¡Está saliendo!». Y era verdad, acababa de aparecer una camilla por el portal. El número 7 de la calle Humilladero.

—Tiene que volver detrás del cordón —dijo el policía cogiéndome del brazo.

—¡Es mi amiga! —grité soltándome de su mano y corriendo entre lágrimas.

Estaban conduciendo la camilla entre el portal y la boca trasera de la ambulancia. Conseguí correr unos diez metros antes de que el agente me interceptara y me dijera que me quedase quieta o me detendría. Y entonces la vi. Gurutze iba tapada hasta el cuello, pero con una mascarilla de plástico en la cara.

—¡Está viva!

La metieron en la ambulancia con prisas, cerraron los portones con fuerza y arrancó un ulular estridente de sirenas mientras el vehículo giraba y enfilaba el otro lado de la calle, donde la policía ya había preparado un hueco suficiente para que pudiera salir, escoltada por dos motos.

—¿A dónde la llevan?

—No lo sé, quédese por aquí y ahora le informo —dijo el poli mientras me acompañaba de nuevo tras el cordón policial, donde bramaba la multitud enfurecida.

Un grupo de chicas, todavía convencidas de que era un ataque machista, coreaban consignas sobre el tema; otros gritaban sobre la inseguridad del barrio; otros elevaban el tono y se metían con la inmigración...

Quizá yo era la única que no decía nada. Mareada, salí de esa multitud al punto del desmayo. Encontré un banco y me senté. En el bar que había justo enfrente acababa de comenzar *La Trinchera*.

Me encendí un cigarrillo y me eché a llorar.

67

No sé cuánto tiempo estuve sentada en ese banco, mirando la televisión, hasta que me vi a mí misma aparecer en el escenario de *La Trinchera*. Una sonrisa nerviosa. La mirada perdida en alguna parte... Mientras yo apuraba un cigarrillo entre lágrimas en un banco de La Latina, millones de personas debían de pensar en lo afortunada que era. «Esa chica está en la cresta de la ola» y todo eso. Pero la chica de la cresta de la ola se hallaba, en esos precisos instantes, hecha una verdadera mierda. Asustada, sola, sintiéndose culpable... «Deberías haber buscado a Gurutze nada más salir del programa. Ella quería decirte algo».

—¿Hola? —dijo alguien a mi lado—. Tú eras la amiga de esa chica, ¿verdad?

Era el agente que me había frenado antes, cuando traspasé el cordón. Me pidió algún tipo de identificación, y, después de echarle un vistazo, me dijo que habían llevado a Gurutze al Gregorio Marañón.

—¿Cómo está ella?

—Grave, por lo que he oído —dijo él, que por fin empatizaba un poco—, pero parece que la han logrado estabilizar.

Solo me quedaba una cuestión, me daba hasta miedo planteársela.

—¿Han cogido al culpable?

El agente negó con la cabeza.

—Mejor que vayas al hospital, creo que los de Homicidios están allí y querrán hacerte alguna pregunta.

Llegué al Gregorio Marañón media hora más tarde, entré por Urgencias y me identifiqué como una «amiga íntima» de Gurutze Azkargorta, que acababa de ser ingresada. A la administrativa de admisiones se le oscureció un poco el gesto y me dijo que pasara un segundo a la sala de espera. «¿Ha avisado a alguien más? ¿Está usted sola?».

Y yo me planteé qué significaban esas preguntas. ¿Era demasiado tarde? ¿Había muerto en el camino? No me atreví a preguntar nada más. Fui a la salita de espera, que a esas horas estaba bastante llena, y saqué el teléfono de mi bolsillo. ¿A quién debía llamar? ¿A quién debía avisar?

Anita Guirao estaba en lo alto de mi lista de mensajes recientes. Ella era amiga de Gurutze; de hecho, mucho más amiga que yo. Conocía a sus padres y sus primas. Decidí que era la idónea para difundir aquello de la manera correcta, aunque me daba un palo terrible llamarla. Pensé en ponerle un mensaje, pero después cambié de idea. No iba a enviarle un maldito wasap para algo así.

Marqué su número.

—¡Hey! Te acabo de ver en *La Trinchera* —dijo según me cogía—. ¿Has encontrado a Guru?

Anita «digirió» la noticia con un hondo silencio. Hizo algunas preguntas con voz trémula: «Pero ¿cómo está?», seguido de algo que podría ser (en esos estándares gélidos de su temperamento) algo semejante a un llanto contenido. Intenté tranquilizarla repitiendo la palabra «estabilizada», aunque tuve cuidado de no dar demasiadas esperanzas.

Después hice otras tres llamadas: a Ana Pons (por mucho coraje que me diera), a Javi Porta (que, como siempre, tenía el móvil apagado) y a mi hermana Leire. El mensaje era sucinto: había aprendido las consecuencias de hablar demasiado. Les dije que «Gurutze había sido víctima de un atraco en su domicilio de Madrid. Estaba herida, en estado grave, por lo que sabía. Yo me había acercado al Gregorio Marañón y pretendía pasar allí el tiempo que hiciera falta hasta que llegase algún familiar».

Las reacciones, Javi aparte, no tardaron demasiado. Ana Pons me dijo que era «un horror» y que venía inmediatamente al hospital. Leire me llamó y empezamos a hablar, pero en ese mismo instante aparecieron dos agentes de la Policía Nacional y un médico y le dije a mi hermana que le llamaba luego.

Me llevaron a un despachito donde se presentaron. Los agentes Santiago Cortes y Mario «algo» (no llegué a captar su apellido), ambos de Homicidios de la Policía Nacional. Los acompañaba el doctor Luis del Oso, que fue el primero en hablar para informarme de la situación de Gurutze.

—La cosa está complicada, no le voy a engañar. Su amiga ha sufrido una agresión con arma blanca que le ha causado lesiones muy graves en órganos vitales. Parece que el ataque tuvo lugar hace un par de horas y en ese tiempo, hasta que la han encontrado, ha perdido mucha sangre; al llegar aquí estaba casi en parada cardiorrespiratoria y hemos hecho todo lo posible para estabilizarla. Ahora mismo permanece ingresada en la Unidad de Cuidados Intensivos, con un pronóstico muy crítico. Ha entrado en coma y, en este momento, no podemos saber con certeza cómo evolucionará...

Recuerdo que recibí todo esto como un frío sopapo. La misma sensación que cuando Gari me dijo, por teléfono, que mi padre había muerto.

¿Muerto? Pero ¿está bien?

Entonces le pregunté al médico si podría hablar con ella.

—Señora, le repito que su amiga está en coma. Inconsciente.

—¿Puedo verla?

El médico negó con la cabeza.

—Le avisaremos en cuanto sea posible.

El médico se levantó y me dejó a solas con los policías. Y de nuevo, todo se repetía, con otras palabras, en otro sitio, pero todo era igual: dos polis y dos miradas llenas de interrogantes. Sin embargo, yo había aprendido la lección: nunca ocultes nada a un poli. Todo termina saliendo a la luz de alguna manera... Además, en el caso de Gurutze, tenía un mensaje importante que darles.

—Tengo razones para creer que mi amiga sigue en peligro —arranqué.

Noté que aquello provocaba una reacción en los dos agentes.

—¿Puede repetir eso?

—Creo que alguien ha intentado asesinarla para evitar que me dijera algo... y quizá lo intente de nuevo.

Los policías se miraron en silencio.

—Su amiga está en cuidados intensivos ahora mismo —dijo el más alto de los dos (Santiago)—, es una zona de acceso restringido.

—Pongan a alguien a vigilarla —insistí—, lo digo muy en serio.

Les conté quién era yo y quién era Gurutze. Les conté todo lo que había pasado esa tarde.

—Ella ha venido a Madrid solo para hablar conmigo. Quería decirme algo... seguramente relacionado con la muerte de mi padre.

Resulta que el otro agente, Mario, estaba casado con una gran lectora mía. Y les sonaba todo este asunto de la novela «basada en hechos reales» y mi reciente denuncia.

—Si quieren saber más, hay un artículo en *El Correo* de Álava. O pueden ver mi entrevista de *La Trinchera* de esta misma noche.

El poli alto dijo que quería hacer algunas llamadas y me pidió que esperara allí. En realidad, dijo «No se mueva» (que sonó a una orden severa). Me trajeron un café y algo de comer y estuve en la sala sentada unos veinte minutos hablándole al otro poli de cosas triviales. Quería saber cómo era estar en *La Trinchera*. También me preguntó si le firmaría un libro para su mujer. Le prometí que lo haría.

Por fin regresó su compañero, que se dejó caer en la silla con un aire de fatiga. Tenía un teléfono en la mano donde había debido de apuntar unas cuantas notas.

—Bien. Acabo de colgarle a un colega de la Ertzaintza. No termino de atar todos los cabos, pero tengo lo principal: su llamada al 112 de anteanoche y su denuncia. Por ahora no hay demasiadas pruebas de que la muerte de su padre no fuese un accidente.

—Bueno, eso es lo que dicen ellos.

—Esto es un oficio, señora, como otro cualquiera. Pero le garantizo que, en la mayoría de los casos, acertamos. Aunque también cometemos errores, claro.

—¿Le ha contado también la historia del atropello en Bilbao?

—Sí… y, desde luego, debo admitir que todo esto tiene un aspecto muy extraño. Le puedo asegurar que vamos a investigarlo a fondo. La primera pregunta que tengo para usted es ¿qué hacía a las nueve y media de la noche llegando a casa de su amiga?

Pensaba que ya lo había explicado, pero no me importó volver a hacerlo. Les hablé de la llamada de Gurutze («Tenía algo que contarme sobre mi padre»), de la poca cobertura del sótano y de su silencio posterior.

—¿Tiene usted idea de quién podría querer hacer daño a su amiga?

—Podría darle unos cuantos nombres.

—Pues hágalo —dijo el policía—, no nos cuesta nada realizar un rápido chequeo de sus coartadas…

Hasta ese punto de la historia, yo había obrado con bastante prudencia en cuanto a mis sospechas. Pero la historia había girado en una dirección terrible y sanguinaria. Mi padre, Jokin… y ahora Gurutze. Había un asesino suelto y estaba segura de que no se trataba de alguien lejano. Todo lo contrario: era alguien que tenía más bien cerca.

De modo que incluí todos y cada uno de los nombres que mi padre había escrito en aquel mapa de sospechosos. Luken, Javi, Anita, Oliver…

—De acuerdo —dijo el poli—. Pero ¿dice que toda esta gente es de su pueblo? En ese caso, quien fuera habría tenido que hacer un viaje relámpago a Madrid. Y eso debería ser fácil de comprobar.

—Entiendo.

—Aparte de esto, ¿sabe si alguien la había amenazado recientemente?

—No que yo sepa.

—¿Conocía a alguna expareja con la que hubiera tenido problemas? ¿Algún compañero de trabajo? ¿Algo que pudiera motivar algo así?

Negué con la cabeza.

—De acuerdo —Santiago cruzó una mirada con su compañero—, esto va a ser todo por ahora. ¿Qué va a hacer usted? ¿Tiene algún sitio donde quedarse en Madrid?

—Sí..., pero esta noche no me moveré de aquí, hasta que llegue la familia de Gurutze.

—Okey, comprendo.

—¿No van a poner a ningún policía a guardar la habitación?

Santiago sonrió al oírme repetir aquella petición tan extraña.

—Le puedo asegurar que su amiga está ahora mismo bien protegida en la UCI. No creo que deba usted preocuparse.

—¿No lo cree? Han hecho esto para evitar que hable... Lo lógico es que lo vuelvan a intentar...

—Verá —dijo el policía al final—. No es la primera vez que un yonqui entra por las bravas en una casa para robar. Incluso con un arma. Y esa podría ser una explicación de lo que ha pasado esta noche... Vamos a esperar el resultado forense para obrar en consecuencia. El tipo de heridas y cómo fueron infligidas nos pueden dar una idea de si fue un intento de asesinato en frío o algo improvisado... Si quiere, puedo hablar con el jefe de servicio y conseguir un permiso especial para que pueda pasar la noche con ella, pero le repito…

«Sí, ya lo sé», pensé, «es mucho más fácil para todos que esto sea un hecho aislado. Un caso que se pueda cerrar fácilmente, ¿no?».

No lo dije, claro. Hay que tener amigos en todas partes.

68

La primera persona en aparecer por allí fue Ana Pons, que venía con el gesto desencajado y una palidez mortal en el rostro. Creo que era la primera vez en todo este embrollo que la veía realmente asustada. El hecho de que la muerte hubiera danzado tan cerca, allí mismo, en Madrid, cambiaba mucho las cosas.

«La muerte te puede tocar también a ti», supongo que era lo que estaba pensando. «No te acerques demasiado a esta apestada».

Así que la pobre tenía un bonito dilema ese día. Yo era su niña mimada, alguien a quien debía cuidar y proteger... Pero al mismo tiempo, su «gallina de los huevos de oro» estaba maldita. ¿Quién quiere estar cerca de alguien que atrae infortunios, asesinatos y extraños accidentes? ¿Y si el asesino pensaba que yo tenía el diario de Alba? O peor todavía: que se lo había dado a ella para que lo publicara.

Un asesino que podía entrar en casas, subir escaleras y clavar su largo estilete en las gargantas de mujeres indefensas.

Un asesino que campaba por Madrid.

Todo estaba en su mirada aquella noche, cuando apareció por allí y nos fuimos a cenar algo a la cafetería del restaurante.

—Creo que debes salir de la ciudad hasta que todo esto se aclare, Quintana. ¿No te gusta Cádiz? Nosotras nos encargaremos de la prensa..., hay que manejar esto con cuidado.

Aquella noche, lo reconozco, estaba harta de sus «hay que manejar», «hay que controlar»... Sobre todo con Gurutze debatiéndose entre la vida y la muerte en el hospital. ¿Es que no era capaz de empatizar mínimamente con la situación?

—No vamos a «manejar» nada, Ana —dije de pronto—, no quiero más comunicados ni más maniobras.

Noté que a mi editora se le abrían mucho los ojos y yo misma me sorprendí de mi vehemencia.

—¿Qué quieres decir?

—Que ya está bien... Me arrepiento de haber salido en la tele. Creo que ha sido un error. Creo que no me has aconsejado bien.

—Pero, Quintana, escúchame...

—No, Ana. Escúchame tú a mí ahora. Quiero parar todo esto. No habrá más mensajes, ni notas de prensa desde la editorial. Hay gente muerta, ¿entiendes? Y creo que Gurutze... Creo que la noticia ha tenido algo que ver en esto. Si hubiéramos llevado todo en secreto... Pero alguien lo ha filtrado... y no puedo estar segura de quién ha sido.

—No pensarás...

—No culpo a nadie. Solo a mí misma por ser tan débil y dejarme convencer para seguiros el juego. Pasó igual con el lanzamiento de *La chica del lago*... Nunca debí aceptar aquella publicidad. Fue todo una estratagema, como el «error» en la faja. «Basado en hechos reales», ¡quisisteis ponerlo desde el primer día!

—Quintana, creo que estás triste y enfadada y tienes motivos para ello —dijo Ana—, pero no vuelques tu ira sobre nosotros. Somos una empresa con cuenta de resultados. Y nos diste tu bendición… Hemos vendido muchos libros y tú has ganado mucho dinero.

—Lo sé y vuelvo a decirte que la principal responsable de todo esto soy yo. Por eso también soy la que va a terminar con este asunto. Se acabó.

—¿Se acabó? ¿Te refieres a la gira?… De acuerdo. Podemos cancelar los compromisos restantes. Y sobre la Feria del Libro de Madrid, quizá pidamos ponerte solo el último fin de sem…

—No, Ana. Y también quiero recuperar mi contraseña de las redes sociales —interrumpí—. Quiero llevar el control.

—Piénsalo un poco, Quintana, por favor.

—Lo he pensado. Llevo mucho tiempo haciéndolo. Quizá ese sea el problema… En ocasiones hay que dejarse aconsejar por las tripas. Y las tripas me llevan doliendo demasiado tiempo.

Saqué todo aquello de dentro. Es lo que pasa en noches como aquella, en las que la vida te enseña los dientes y te recuerda que esto es un mundo salvaje y que a veces hay que ser fuerte y no tener miedo a decir exactamente lo que quieres.

Por primera vez desde que la conocía, Ana Pons dejó las zalamerías a un lado. Sacó brillo a su coraza, aparcó la sonrisa y la postura maternal y encajó aquel golpe con mucha elegancia.

—De acuerdo. Tú mandas, Quintana.

La cena terminó en un incómodo silencio. Ana se levantó, hizo unas cuantas llamadas y luego me preguntó si deseaba volver al apartamento de Juan Balaguer. No intentó convencerme cuando le dije que prefería quedarme junto a Gurutze hasta que llegasen los refuerzos. «Muy bien», dijo, «pero supongo que querrás cambiarte, ¿no? En todo caso tienes las llaves. Vuelve cuando lo necesites».

Se despidió con frialdad, aunque insistió en que contase con ella para lo que pudiera necesitar.

No mencionó el contrato. Los nuevos libros. Y menos mal, porque aquella noche lo habría hecho volar todo por los aires.

69

En torno a la una de la mañana, por fin, alguien llamó a los «familiares de Gurutze Azkargorta» a través de la megafonía de la sala de espera.

Yo estaba medio adormilada en uno de esos incómodos asientos de plástico. Me levanté como un resorte y caminé hasta la zona de admisiones temblando de los pies a la cabeza. Allí podía pasar de todo y lo más lógico, dadas las circunstancias, era que Gurutze no llegase al día siguiente.

Pero estaba viva.

—Hemos conseguido estabilizarla en su coma —me explicó el mismo doctor que me había atendido al llegar—. Si quiere puede pasar a verla, aunque continúa inconsciente. ¿Ha avisado a su familia?

—Sí, deben de estar de camino —dije—. ¿Podré quedarme con ella esta noche?

—Creo que podemos hacer una excepción, si no le importa dormir en una butaca de lo más incómoda. La UCI no tiene butacones cama.

La imagen de Gurutze en aquella habitación de la Unidad de Cuidados Intensivos es algo que no creo que pueda olvidar mientras viva. Mi amiga estaba conectada a todas las máquinas imaginables. Su cara, medio tapada por una mascarilla de plástico. Sus ojos, orillados de una especie de línea morada. Su piel absurdamente pálida, y su melena rizada esparcida por la almohada. La habían vendado hasta el mismísimo cuello. Solo una de sus manos, de la que partían un par de vías, quedaba al descubierto bajo las mantas.

Me acerqué muy despacio y la cogí entre mis dedos. Estaba fría. Si no fuera porque aquella máquina que le insuflaba aire hacía mover su pecho, diría que me puse a hablar con una muerta.

—Gurutze, soy Quintana —dije.

Me respondieron las máquinas. El fuelle del respirador artificial. El pitido del monitor del pulso cardiaco.

—Lo siento mucho... Lo siento de veras... Ojalá pudieras oírme... ¿Puedes oírme?

Pensé en esas cosas que se cuentan de los pacientes que entran en coma. Que a veces son capaces de mover los párpados ligeramente, o extender un poco los dedos para enviar un mensaje..., pero los dedos de Guru estaban quietos. Y helados.

—¿Quién ha sido, Guru? ¿Quién te ha hecho esto?

De nuevo silencio. La habitación estaba en penumbras, solo una pequeña luz de cabecera encendida. Me senté junto a ella. Observé ese cuerpo envuelto en sábanas y vendas. Otra vez el rostro medio tapado por la mascarilla. Otra vez los ojos hinchados, rodeados de moretones. Otra vez el pecho subiendo y bajando al ritmo de esa máquina.

Hacía solo unas horas que habíamos hablado por teléfono.

Leí el reportaje que salió en El Correo... bzzzz... importante decirte... bzzz... sobre tu padre.

—¿Para qué me has llamado, Gurutze? ¿Para qué?

Recordé que toda la historia empezó igual, en una noche de hospital, solo que entonces era yo la que estaba tumbada en una cama. Pero el resto guardaba una simetría siniestra con la noche en la que Jokin intentó hablar conmigo. En aquella ocasión hubo también una llamada incompleta. Un mensaje a medias. Algo sobre «mi padre».

—¿El qué?

Intenté evocar la última conversación que habíamos tenido en la rampa de botadura del Club Náutico. Ella me habló de la fotografía del diario, que también había recibido, y me dijo que «no le importaba demasiado todo el asunto».

Yo nunca le hice nada a Alba. Al contrario, ¿recuerdas aquella vez que se burló de mí?

También había dicho que Oliver estaba «muy tenso últimamente y este asunto del diario es parte de ello... Alba dejó escritas algunas cosas sobre él. Cosas privadas...».

¿Oliver?

Carmelo también le había mencionado, y su agresividad («rompió una ventana» el día que Alba le dejó). Además, como me habían recordado los testimonios de los DVD de mi padre, Oliver fue el responsable de aquella pelea en la Noche de San Juan. Y el motivo era el diario.

Bueno, los vi cotillear, mirarme entre risas... Entonces me acerqué y le dije a Luken que tuviera cuidado. Que Alba lo escribía todo en su diario...

El mismo diario que ahora amenazaba con surgir de entre

las tinieblas del tiempo. ¿Y arruinar su carrera como estrella de la gastronomía?

Se trataba solo de una teoría, de acuerdo, pero si buscaba a alguien con un motivo, Oliver sería claramente sospechoso. Y de hecho, era el primer nombre que había dado esa noche a los policías.

«¿Oliver Prieto?», había dicho el poli, «Oiga, ¿qué pasa en su pueblo? ¿Son todos estrellas de la tele?».

70

Fue una noche larguísima. Llevaba la ropa que me había puesto para ir al programa y en mi bolso no tenía nada que me ayudase a dormir, solo tabaco que, además, no podía usar porque no quería abandonar la habitación bajo ningún concepto. Será que he visto muchas películas de suspense en las que un asesino remata a su víctima en la cama del hospital con un cojín en la cara..., pero las palabras tranquilizadoras del poli no acababan de cuajar en mí.

Desperté unas cuantas veces alterada por la visita de las enfermeras, que entraban y salían para comprobar las constantes de Gurutze, el estado de las máquinas y que todo siguiera en su sitio.

—Oiga, ¿está usted bien?

—Sí, perdone...

Y cada vez que abría los ojos me encontraba allí, en ese lugar extraño, junto al cuerpo de Gurutze, que respiraba con la ayuda de un ventilador mecánico, con su melena esparcida por la almohada y esa máscara en la cara. Era como despertarse en una pesadilla, una y otra vez.

«Realmente ha pasado. Han intentado matarla».

El butacón de las visitas no era precisamente una *king size*, pero después de un rato logré coger postura y dormir durante unas horas. Cuando abrí los ojos de nuevo eran las siete de la mañana y mi teléfono estaba vibrando. En la pantalla apareció un nombre.

—¿Anita?

—Estamos llegando a Madrid, hemos salido de madrugada —susurró por encima del ruido de la carretera.

—¿Estamos?

—Oliver y yo —dijo—. Traemos a la madre de Gurutze...

—¿Dices que vienes con Oliver?

—Sí, ¿por qué?

—Por nada.

—¿Sigues en el hospital?

—Sí, he pasado la noche con Guru. —Alcé los ojos, mi amiga continuaba siendo un cuerpo inmóvil—. Todo igual.

—Te vemos en un rato.

Colgué y me quedé pensando en eso que había dicho el policía de Homicidios. Si fuera alguno de esos, «habría tenido que hacer un viaje relámpago a Madrid. Y eso debería ser fácil de comprobar». ¿Era posible que Oliver hubiera venido a Madrid la tarde anterior, acuchillar a Gurutze y regresar al pueblo?

De pronto, todo volvió a caer en la irrealidad. ¿En serio había llegado a pensar que Oliver podría asesinar a Gurutze?

Pero es cierto que Oliver era un tipo violento, siempre lo había sido. Aquel año protagonizó unas cuantas escenitas en el cole.

Recordé, por ejemplo, el día en que Oliver y Alba cortaron. Fue cerca de las navidades y fue otro pequeño evento en aquel accidentado año de Alba en Urkizu.

Todo había comenzado a la mañana, cuando en el instituto corrió la noticia de que Oliver había roto una ventana del cuarto de baño en un arranque de furia, y de que le sangraba la mano, por lo que le habían llevado a la enfermería. Enseguida fuimos allí a ver qué pasaba y lo encontramos envuelto en lágrimas. ¿Qué había ocurrido? ¿Una pelea? Oliver no dijo nada. Nos pidió que nos largáramos.

Solo Anita fue capaz de hablar con él esa tarde y enterarse de algo. Alba había dejado a Oliver. Había sido algo seco, repentino... Y Oliver no se lo había tomado demasiado bien. Resulta que el chico popular que rompía corazones aquí y allá se había enamorado hasta las trancas de Alba. «Dice que fantaseaba incluso con casarse con ella», nos confió Anita. «Y Alba se negó a darle ninguna explicación, aunque Oliver piensa que ella está con otro».

La única persona que se alegró de todo esto fue Gurutze, claro, que no tardó en decir que «ella ya se lo imaginaba» y que «Alba no pegaba nada con Oliver». En cuanto a los demás, vimos que aquello iba a ser un problemón para nuestro pequeño grupo del Club. Anita era la mejor amiga de Oliver... Pero Alba era su prima. ¿Qué iba a pasar ahora?

Se daba la circunstancia, además, de que ese mismo viernes se celebraba una de las fiestas más esperadas del calendario: la Noche del árbol, el 21 de diciembre, en la que se encendía el árbol de Navidad y se invitaba a una chocolatada a los socios.

Recuerdo que Leire y yo estuvimos toda la tarde haciendo cábalas sobre qué pasaría esa noche. Bueno, nos imaginamos que alguno de los dos no vendría. O Alba o Oliver..., aunque yo apostaba por Alba. A fin de cuentas, ella no era del pueblo, ¿no? Pero nos equivocábamos de pleno.

Resultó que el asunto de la ruptura había escalado hasta llegar a Lidia Guirao, que al parecer dijo que Oliver tendría que «encajar el golpe». De modo que aquella noche, Alba apareció junto con el resto de los Guirao (Ernesto, Anita) en la fiesta y, bueno, pasó lo que tenía que pasar.

Después de la chocolatada se dio pasó a la discoteca, en la que ya solo nos quedábamos la gente joven. Bueno, por aquel entonces yo no tenía novio y el chico que me gustaba (Javi) no era del Club. En todo caso, mi hermana Leire trataba de liarme con un chico de la cuadrilla de Gari. «Que te pega un montón», me decía. Bueno, hice un esfuerzo. Estuve bailando un poco con él (aburriéndome, tengo que admitir, porque no me gustaba nada, y menos su manera de bailar estilo urogallo) hasta que oímos que se montaba un pequeño jaleo. La fiesta se paró en seco.

Parece que Oliver estaba borracho cuando se levantó y se dirigió a hablar con Alba, que estaba bailando con un grupo de amigos en el centro de la pista. Era la típica escena miserable del ex dolido y borracho buscando dar pena, pero Alba no estaba por la labor. Le dijo que se largase y la dejase en paz. Oliver insistió y se montó una pequeña gresca con uno de los que bailaban con Alba... (quizá su nuevo ligue), aunque el fuego se apagó muy pronto. Como siempre, Anita llegó para separarlos. Oliver se fue a su casa con el rabo entre las piernas y las aguas volvieron a su cauce.

La fiesta continuó y el DJ siguió pinchando bastante buen material. Del *«Deeper Underground»* de Jamiroquai, pasamos a *«Believe»* de Cher (exitazo de ese año), que bailé como una loca. Pero después pusieron la típica balada para terminar de ligar (creo que era una de Laura Pausini), y el amigo de Gari dio un peligroso paso en mi dirección (oh, oh).

Le dije que salía a fumar y me marqué una cobra de las que hacen época.

Pasé junto a mi hermana, que bailaba pegada a Gari y que me puso mala cara: «¿qué haces?». Yo le hice un gesto de «déjame» y salí a la terraza del Club a echarme un cigarrillo a escondidas (porque todavía pululaba por allí algún adulto).

Bajé por las escaleras de la rampa y me senté a fumar, oyendo la ñoña letra de la balada y preguntándome dónde estaría Javi Porta esa noche, cuando escuché algo entre las barcas que estaban arrumbadas en la pequeña rampa. Una brasa de un cigarrillo encendido. Unos sollozos entrecortados. ¿Había alguien allí?

Resultó que era Alba.

—Hola —la saludé.

Me sorprendió verla allí sola. ¿No estaba bailando con todos esos chicos? Ella se removió en su escondite, pero no se marchó. Yo me acerqué.

Bueno, mi relación con ella se había limitado a ser cordial hasta ese día. Era la prima de Anita, que era mi amiga y nos había pedido que la integrásemos, pero también se había enemistado con Gurutze y había roto el corazón de Oliver (por no hablar del comentario que hizo de mi cuento). Digamos que nos tratábamos de lejos, pero me dio pena verla allí sola, llorando.

—¿Te pasa algo?

Silencio. En la oscuridad de la noche solo vi la brasa encenderse y sus ojos enrojecidos, acuosos.

—Solo necesitaba estar sola —respondió.

Yo conocía toda la historia que le precedía en Madrid y había oído que su padre iría a prisión definitivamente…; o quizá era el tema de Oliver. Quién podía saberlo.

—Si es por lo de Oliver, tranquila. Seguro que se le pasará.

—Me da igual eso —respondió Alba rápidamente.

Me callé. No dije nada.

—Es que todo el mundo se equivoca conmigo, ¿sabes? Creen que soy una cosa, pero nadie me conoce. —Se tragó las lágrimas, después fumó—. Quizá sea culpa mía. Seguramente lo sea.

—No digas eso —le dije.

Me senté a su lado, en el casco de un bote, y fumamos en silencio mirando a la negrura del pantano.

—He oído que escribes un diario —le dije.

—Sí —respondió Alba.

Suelto todas mis mierdas en él. Y me quedó tan ancha.

—Yo quizá debería tener uno —dije—. También tengo muchas mierdas que soltar.

—Pues hazlo. Te ahorras una pasta en psicólogos.

Sonreí, aunque ella no lo vio en la oscuridad. Tampoco se imaginó que yo estaba bastante a gusto allí, hablando con ella. En aquel momento sentí que Alba era una de esas personas a las que podría contarle casi cualquier cosa, que podría llegar a convertirse en una... ¿amiga?

Pero entonces oí a alguien llamándome desde la terraza. Era Gurutze, que me estaba buscando, claro. Y reconozco que temí que me viera allí con Alba. Eso podía considerarse alta traición. Y a esa edad, las lealtades están muy claras.

—Yo...

—Lo entiendo —dijo Alba detectando mi inquietud—. Vuelve con ellos, Quintana. Ya estaremos.

Yo me puse en pie y comencé a caminar a la terraza. Oí que Alba se encendía otro cigarrillo... y me sentí fatal por dejarla allí.

Y todavía hoy lamento haber sido tan cobarde, tan poco humana, aquella noche en la que, estoy segura, Alba hubiera necesitado una voz amiga por encima de todo.

Quizá las cosas hubieran sido muy diferentes si yo hubiera dado el paso de quedarme allí, pero no lo hice. Corrí a juntarme con los míos, con lo que conocía y era correcto y dejé atrás la posibilidad de conocer a alguien nuevo, interesante y profundo. ¿Alguien que quizá hubiese cambiado mi vida?

Además, la vida me tenía reservada una sorpresa terrible a la vuelta de la Navidad. Mi madre enfermó con la entrada del año y mi vida dio un giro radical. Y Alba y yo nunca volvimos a tener una oportunidad como aquella.

71

Anita y compañía tardaron una hora y media en llegar al Gregorio Marañón. Las reglas de la UCI establecían un máximo de un visitante por paciente, así que salí de allí y me encontré con ellos en el vestíbulo del hospital.

Hacía por lo menos veinte años que no veía a la madre de Gurutze, una mujer bajita y nerviosa que parecía desquiciada después de aquel viaje horrible por la autopista. «¿Cómo está mi hija? ¿Dónde está?». Nos dimos un fuerte abrazo, pero enseguida la dejé marchar al interior de los boxes y me quedé con Oliver y Anita.

—¿Queréis un café?

—Nos vendría bastante bien —dijo mi amiga, que lucía unas buenas ojeras—. Ha sido una noche muy larga…

Oliver también tenía mala cara. Estaba pálido y con un ojo inyectado en sangre.

Fuimos a la cafetería del hospital y, mientras esperábamos a unos cafés con leche, Anita me contó que su madre había llamado a don Iñaki la noche pasada y que fueron los tres en comitiva, aunque le había tocado a ella ser la portadora de las terribles noticias.

—... aunque no he querido decirle demasiado. La mujer cree que Gurutze solo está «herida».

—¿Y el padre de Guru?

—Tiene una asistenta de día, así que mi madre y don Iñaki se han quedado con él a pasar la noche. Y yo he llamado a «este» —dio un codazo a Oliver— para que me acompañara. Creo que lo he sacado de la cama. Menudo ayudante, he tenido que conducir yo su coche.

—Joder, anoche anduve de fiesta —se defendió Oliver.

Y yo le miré en silencio unos segundos. «¿Fiesta?», pensé. «¿Podrás demostrarlo si te llama la policía?». Lo cierto es que tenía unas ojeras como dos fosas marinas... Pero eso también podría deberse a un «viaje relámpago».

—¿Te han llegado las noticias? —dijo entonces Oliver, según daba un largo sorbo a su café con leche en vaso.

—¿Noticias?

—La policía está buscando a Luken Arroniz.

—¿Qué?

Anita asintió con la cabeza.

—Parece que lleva desaparecido desde ayer. Han ido a buscarle a su casa y al bar: nada.

—Pero ¿por qué?

—Ni idea. —Se encogió de hombros.

Se habían enterado de la historia de Luken a través de radio macuto, ya que en el pueblo no se hablaba de otra cosa. La Ertzaintza se había personado en su tasca y en su domicilio de Elosu. Al parecer querían hablar con él por algún motivo, pero Luken no estaba por ninguna parte. Su hija, que estudiaba en Bilbao, tampoco sabía nada sobre su padre. Se hallaba «oficialmente» desaparecido.

—Es demasiada casualidad que todo ocurra justo ahora, ¿no? —dijo Oliver.

—¿Qué quieres decir?

—Bueno, todos hemos leído el artículo de *El Correo*, Quintana. Y también te vimos ayer en *La Trinchera*... Por cierto, ¿llevas la misma ropa? —Arqueó las cejas.

«Gracias por ser tan observador», pensé.

En ese momento le sonó el móvil. Estaba encima de la mesa y todos pudimos ver que se trataba de un número muy raro, más largo de la cuenta. Oliver frunció un poco el ceño, pero terminó cogiéndolo, «seguro que es algún marrón del restaurante, perdonad...». Se fue con el teléfono hacia el vestíbulo y de nuevo nos quedamos Anita y yo a solas.

—¿Has hablado con Javi Porta? —preguntó ella—. Quizá sepa algo más de todo este asunto de Luken.

—No, pero lo haré ahora mismo.

Saqué el móvil del bolsillo, y vi que no tenía batería. Claro, llevaba desde ayer a la tarde sin cargarlo (y el cargador estaba en casa de Juan Balaguer). Así que le pedí a Anita que llamara a la oficina municipal de Urkizu.

Lo hizo y me pasó su teléfono mientras estaba todavía sonando.

—Ayuntamiento de Urkizu, *bai ezan?* —contestó una voz femenina; me imaginé que era la aburrida administrativa del consistorio, que siempre respondía en dos idiomas—. ¿Dígame?

—¿Eres Amaia? Quería hablar con Javi Porta.

—Lo siento —dijo ella—, Javi no ha venido esta mañana. Parece que se encuentra indispuesto... ¿Quiere que le deje algún recado?

«¿Indispuesto?», pensé yo.

Sí que le dejé un recado: «Que me llame en cuanto pueda. Soy Quintana». Después le pedí a Anita un cargador para mi Android, pero solo tenía iPhone; no obstante, en la barra me prestaron uno y puse a cargar el móvil. Y de paso, pedí otro con leche.

—¿Qué vas a hacer ahora? —le pregunté a mi amiga según regresaba a la mesa—. ¿Os quedáis por aquí?

Anita dijo que iba a aprovechar su visita a Madrid para reunirse con un par de socios de su marca de ropa deportiva.

—Además, supongo que lo mejor será buscarle un hotel a la madre de Gurutze. En el mejor de los casos, esto irá para largo...

—Pero ¿no tiene más familia? —pregunté yo.

—Unas primas suyas están de camino. Y también alguna gente aquí en Madrid, que ya está avisada. ¿Tú qué planes tienes?

Yo no sabía qué iba a hacer con mi vida, la verdad. No podía quedarme eternamente en el hospital y, después de la bronca con Ana Pons, tampoco me sentía cómoda quedándome en la casa del director editorial... Pero entonces, ¿qué?, ¿a dónde ir? En ese momento mi casa no era una opción.

—¿Por qué no vuelves con tu hermana? —propuso Anita—. Es lo que yo haría hasta que la policía aclare todo esto...

—¿Con Leire? Bufff..., no sé si quiero ser otro dolor de cabeza para ella.

—Bueno..., siempre tienes nuestra casa. Estoy segura de que mi madre te recibirá de mil amores.

Yo hice un gesto que Anita captó a la primera.

—Lo digo muy en serio, Quintana. Ayer leyó la noticia en *El Correo* y me dijo que quería invitarte a casa. También se sintió terriblemente mal por haberos pasado una oferta por la casa de tu padre.

—La oferta —resoplé yo—. Eso sí que quisiera tratarlo con Lidia.

—Pues llámala, en serio. Mi madre os tiene en muchísima estima. Se enteró de que la casa iba a salir a la venta por un amigo de Gari y quiso adelantarse. Pero creo que en estos momentos está un poco en duda. No quiere ofenderos ni nada por el estilo.

«Ahora sí que mi hermana se va a poner muy contenta...», pensé.

72

Oliver regresó al cabo de unos minutos. Traía una cara terrible, como si alguien le hubiera dado una malísima noticia.

—¿Problemas? —preguntó Anita.

—Movidas, sí... —dijo con la mirada perdida—. Oye, Quintana. ¿Me invitas a un cigarrillo fuera?

—Pensaba que solo fumabas con el *drinkin* —le vacilé.

—Hoy lo necesito —replicó con tono áspero.

Bien pensado, a mí también me apetecía fumar.

Anita dijo que se quedaba allí haciendo llamadas y gestiones para encontrarle un hotel a la madre de Guru. Yo salí con Oliver a las escaleras de la entrada del hospital, las que daban a la calle Doctor Esquerdo. Saqué la cajetilla y le ofrecí un cigarro, pero Oliver no lo cogió. Me estaba mirando fijamente a los ojos.

—¿Qué demonios has hecho?

—¿Qué?

Estaba visiblemente enfadado. El ojo inyectado en sangre casi lloriqueaba de la rabia.

—Me acaba de llamar un agente de la Ertzaintza para pedirme que explique dónde estaba anoche a las nueve. Al parecer, alguien me ha nombrado como sospechoso en el ataque de Gurutze. No me ha costado mucho imaginarme quién ha sido.

Me quedé congelada, con el cigarrillo en la mano. Supuse que Oliver ya no lo quería, así que me lo llevé a los labios.

—No eres el único, si te sirve de consuelo.

—Pero ¿¡estás loca!? —gritó Oliver de pronto.

Y gritó tan fuerte que di un paso atrás. Había algunas personas por allí, sentadas en las escaleras fumando, y todo el mundo se giró.

—Baja la voz —le pedí.

—Haré lo que me dé la gana —resolvió él, todavía enfurecido—. Lo primero quizá sea hablar con mis abogados.

—Bueno... Haz lo que creas necesario, Oliver. Yo he actuado conforme a mi conciencia.

—¿Qué conciencia es esa? ¿La de destrozar la vida de tus amigos?

—Solo quiero llegar al fondo de esta cuestión. Alguien ha atacado a Gurutze y estoy segura de que hay un motivo. Ella intentaba decirme algo. Vino a Madrid solo para eso.

—¿Algo sobre qué?

—Sobre la muerte de mi padre. Creo que Gurutze sabía algo.

Oliver se quedó callado, atemperándose un poco. Algunos de los que estaban en las escaleras ya se habían girado hacia sus móviles, pero vimos a un guarda de seguridad del hospital aparecer en lo alto y mirarnos con cara de pocos amigos.

—Vamos a dar una vuelta —dijo Oliver mirándolo de reojo—. Y te agradecería el cigarrillo... y una explicación.

Bajamos las escaleras hasta Doctor Esquerdo y nos pusimos a andar sin dirección. El tráfico de la ciudad ya era espeso a esas horas. Y la gente se apresuraba a llegar a sus trabajos, escuelas...

—Mira, Oliver: si leíste el artículo de *El Correo*, y luego me viste en *La Trinchera*, entonces ya sabes lo que pienso: hay un asesino suelto. El de Jokin, el de mi padre... y posiblemente el que atacó a Gurutze. Sea quien sea, quiere evitar que el diario de Alba salga a la luz.

—Bien, ahora dime qué pinto yo en todo esto —dijo Oliver.

—Hablé con Carmelo —solté de pronto en la confluencia con Sainz de Baranda.

—¿Carmelo? —se extrañó—. ¿El profe de Gimnasia?

—Era el orientador de Alba en 1999. Según él, Alba sufrió un cambio drástico en sus últimos meses de vida. Carmelo asegura que alguien le había hecho daño. Estaba como «oscurecida».

—¿Daño? Quieres decir ¿algo sexual?

—No lo sabe con certeza, pero en una ocasión detectó un cardenal en su brazo...

—¿Cuándo?

—Fue a final de curso.

—¡Y qué tiene que ver eso conmigo! —Cayó de pronto—: ¡¿Me acusó a mí?!

—Tranquilízate, Oliver... Solo estoy repasando la historia. Poniendo las cartas boca arriba. Carmelo me dijo que había hablado con Luken, pero también contigo. Bueno, todos sabemos que no te tomaste demasiado bien la ruptura con Alba.

Oliver se rio.

—Carmelo siempre me tuvo manía. Lo saben hasta en China. Él era el profe enrollado y jovencito... «Carmelo Caramelo», ¿no te acuerdas? Algunos le teníamos pillado el rollo y por eso nos odiaba.

—Pero ¿es cierto que habló contigo?

—Si lo llamas «hablar»... Un día me llevó a su despacho y me puso contra la pared. Me amenazó. Estaba completamente fuera de sí. Lo empujé y salí de allí.

—¿Con qué te amenazó?

—Me dijo que me alejase de Alba.

—¿Por qué motivo?

—No lo sé... Sinceramente, yo creo que Carmelo estaba un poco loco por ella. A Alba le gustaban los maduritos. Quizá tuvieron un lío, yo qué sé.

En el acto pensé en esas bragas que habían aparecido en el despacho de Carmelo. Pero me mordí la lengua. Era mejor jugar esa carta de tapadillo.

—¿Hiciste algo al respecto?

—Se lo conté a mi padre. Le dije que Carmelo se había pasado tres pueblos conmigo. Y sé que mi padre habló con el director. Después me enteré de que Carmelo dejaba el colegio... y mucho después supe que le gustaba tomar el JB sin hielo para desayunar. Aunque de eso ya estarás enterada también.

Asentí con la cabeza. Oliver fumó. Se relajó un poco.

Yo también fumé en silencio. Pero había algo más que quería preguntarle. Algo sobre las últimas palabras que Gurutze me dijo en el Club.

Alba dejó escritas algunas cosas sobre él. Cosas privadas, que no deben ser demasiado, ¿cómo decirlo?... Bonitas.

—La Noche de San Juan le pediste a Alba que arrancase unas hojas del diario —le solté sin rodeos—, ¿por qué?

—¿Que por qué? —Oliver perdió la mirada en el tráfico, antes de mirarme de nuevo—. ¿Tanto te interesa?

—A ver, estamos hablando de los motivos para matar a unas cuantas personas…

—Me daban gatillazos —me interrumpió muy serio—. A veces…

—¿Gatillazos?

—He tenido problemas con eso toda mi puta vida…, pero para Alba resultaba algo gracioso. Aseguraba que yo era un gay encubierto y escribió una sarta de burradas sobre mí. Decía que «el macho alfa del instituto era en realidad un pollafloja»… ¿Contenta con esta información?

Oliver tiró el cigarrillo al suelo. Lo aplastó con su zapato.

—¿Por eso le pediste el diario aquella Noche de San Juan?

—Solo le pedí que arrancase las páginas en las que hablaba de mí…, no me fiaba de que Luken u algún otro pudiera llegar a leerlo… Pero una cosa es soltar un par de hostias y otra es matar alguien… Jamás le toqué un pelo.

Yo me había quedado helada, sintiéndome bastante culpable por haberle sonsacado ese tema tan sensible. Nos habíamos desviado por Sainz de Baranda y llegamos a un parquecillo (creo que se llama parque Roma). Lo cierto es que el sol empezaba a apretar, pero sobre todo, buscábamos algo de privacidad. Oliver me señaló un banco a la sombra.

Nos sentamos allí y saqué otros dos cigarrillos.

—Si buscas a alguien con motivos para enterrar el diario de Alba, creo que tu mejor candidato es, sin duda, Luken Arroniz.

—Luken —dije yo—. Ya veo, tu eterno enemigo.

—Mucha gente piensa que lo nuestro son solo rencillas estúpidas entre pijos y macarras, pero no te equivoques. Luken es mala hierba, siempre lo ha sido. Y nos odia profundamente. Además, yo sé algo de él... Un secreto que no mucha gente conoce.

—¿A qué te refieres?

—¿Puedes prometerme que no dirás nada, ni a Anita? —preguntó entonces Oliver—. OK, pues ponte cómoda y te cuento una bonita historia sobre ETA, Urkizu y los años noventa.

—Como sabes, el pantano de Urkizu se creó a finales de los cincuenta... —empezó a decir Oliver—, pero realmente aquella zona no despegó hasta bastante más tarde, cuando algunas personas de dinero empezaron a construirse casas por allí. Lidia y Ernesto fueron de los primeros. Después llegaron los Betolaza, los Ortiz de Zárate..., familias que acabarían fundando el Club. Lo que la mayoría de la gente ignora es que muchas andaban huyendo de los centros urbanos, donde se sentían vigilados... Eran los años noventa y el terrorismo estaba muy vivo... ¿Recuerdas el «impuesto revolucionario»? Una forma fina de llamar a la extorsión que se hacía a la gente con pasta, empresarios... Un día recibías una carta en la que te describían tus rutinas, a qué colegio iban tus hijos, dónde te tomabas el café por la mañana... y te pedían un millón de pesetas «por la causa».

—Claro que conozco la historia. Crecí en Euskadi y tengo más de treinta años.

—No te creas, mucha gente se está olvidando de todo esto a una velocidad de vértigo.

—En fin, ¿qué tiene que ver todo esto con Luken?

—Bueno... Urkizu era un lugar idílico donde parecía que

nada de eso tenía cabida. Pero de pronto, de buenas a primeras, empezaron a llegar cartas. Muy bien dirigidas, con mucho tino. Sabían a quién pedir y cómo amenazarte.

Oliver fumó en silencio.

—¿Los Guirao? —le pregunté yo, y él asintió con la cabeza.

—Pagaron, y no fueron los únicos. Mi padre también recibió una...

—Joder... ¿Y también pagasteis?

—¿Qué íbamos a hacer? Lo sabían todo sobre nosotros... y eso significaba que había alguien echando un ojo. Teníamos un vigilante por la zona. En mi casa nunca albergamos ninguna duda de quién era. Y si lo piensas un poco, tú también llegarás a la misma conclusión.

—Luken.

—¿Quién si no? —dijo Oliver—. Siempre simpatizó con el «movimiento». De hecho, unos años más tarde estuvo en la cárcel por colaboración... Siempre pensamos que sedujo a Alba para poder acercarse al Club... Qué casualidad: fue aparecer él, y las cartas comenzaron a llover del cielo. El problema es que Alba no era tonta, y, además, lo escribía todo en su diario... Quizá fue demasiado lejos en los secretos que contaba. Y tal vez Luken se vio contra la espada y la pared y optó por ahorrarse un problema.

—¿Cómo es posible que nunca haya oído esto? —me pregunté en voz alta.

—Porque de estos temas no se hablaba —dijo mirando la brasa de su cigarro—. Pagabas y punto... Entre otras cosas porque te podían acusar de colaboración con banda armada. Pero Luken siempre fue el sospechoso número uno para nosotros. Y lo mismo con la muerte de Alba. Siempre tuvo todas las papeletas —siguió diciendo Oliver—. Nadie le vio llegar a Elosu, nadie le vio meterse en su cama esa noche. Fue la última persona que estuvo con Alba. ¿Qué más necesitaba la policía? Pero la cagaron.

—O sea, que ahora crees que está huido por todo esto.

—¿Y por qué si no? —dijo Oliver—. Jokin encuentra el diario y Luken, el mayor sospechoso del caso, desaparece. Piénsalo. De hecho, podría haber venido a Madrid. Podría estar detrás de lo de Guru.

Yo pensé en eso durante un instante. No era algo que se podía descartar a la ligera.

Oliver miró su reloj.

—Será mejor que vayamos volviendo —dijo levantándose de repente.

—¿Te puedo hacerte una última pregunta?

—Sí.

—¿Tuviste algo que ver con unas bragas que aparecieron en el despacho de Carmelo a final de curso?

Oliver arqueó las cejas. Aquello le había pillado a pie cambiado (exactamente mi intención).

—¿Unas bragas?

—Parece que alguien le hizo una jugada sucia para apartarlo del colegio...

Oliver se quedó unos segundos en silencio.

—Pasados tantos años, no tendría ningún motivo para mentirte, ¿no?

—No.

—Pues créeme. Colarse en los despachos de los profesores no era nada fácil. Siempre estaban cerrados a cal y canto. Lo sé porque lo intenté unas cuantas veces para robar algún examen.

—No me has respondido.

—No tuve nada que ver con eso. Pero si alguien le hizo una jugada, quizá fue alguien del cole. Otro profesor. O quizá Alba se las dejó allí de verdad…

73

Anita ya se estaba preguntando dónde demonios nos habíamos metido cuando aparecimos de regreso por la cafetería del hospital.

—Las primas de Guru están llegando —dijo—, voy a salir a recibirlas. ¿Venís?

—Yo me marcho ya —anunció Oliver.

—¿Ya? ¿Seguro que no quieres descansar un poco? —le preguntó Anita—. He cogido una habitación para la madre de Guru... o el que la necesite.

Negó con la cabeza.

—Tengo un montón de líos con el nuevo restaurante. Es mejor que me marche ahora —respondió él.

Nos dimos un abrazo un tanto frío y Oliver se marchó. Justo según salía por la puerta, me di cuenta de que se me había olvidado preguntarle una última cosa: ¿tenía o no tenía coartada para la noche pasada?

«Bueno, que se encargue la poli del trabajo sucio».

Anita se acercó a la recepción a esperar a las primas de Gurutze y yo fui a la barra de la cafetería a por mi móvil, que ya debería estar cargado. El camarero que me atendió dijo que la noche anterior me había visto en *La Trinchera*.

—Unas señoras que estaban por aquí también te han reconocido. Han dicho que iban a comprar un libro al quiosco, a ver si luego seguías aquí y se lo firmabas.

Yo sonreí dándole las gracias y pensé en eso: llevaba exactamente la misma ropa y el mismo peinado que anoche en la tele. Menos mal que aquello era solo la cafetería de un hospital y no la Gran Vía madrileña.

Encendí el móvil y empecé a recibir una descarga de mensajes, además de un repertorio de llamadas perdidas. El wasap más reciente era de Patricia Beitia, la agente de la Ertzaintza.

Llámame en cuanto puedas, Quintana.
Es urgente

De nuevo a las escaleras, cigarrillo en los labios. Me empezaba a doler la cabeza de tanto café, tanto tabaco y tan poco dormir. Me senté entre otras caras cansadas que había por allí y fumé mirando el tráfico de la calle Doctor Esquerdo y el trasiego de otro día que comenzaba.

Devolví la llamada a la agente Beitia, que respondió casi al primer tono.

—Nos hemos enterado de lo de Gurutze. ¿Sigues en Madrid?

—Sí —dije—, estoy en el hospital. He pasado la noche con ella. Ahora acaba de llegar su madre…

—¿Cómo está?

—Estabilizada, pero sigue inconsciente… ¿Habéis hablado con la policía?

—Bueno, antes de responderte quisiera que aclarásemos algo... Por aquí hay un cabreo monumental con lo del artículo de *El Correo* de Álava. Y no hablemos de tu aparición de ayer en la tele... Esto no ayuda para nada en nuestro trabajo.

—¿Creéis que lo hemos filtrado nosotros?

—Por decirlo de una manera fina, sí, pensamos que ha podido salir de tu entorno.

—Yo no he dicho nada y mi editora, Ana Pons, es maquiavélica, *ma non troppo*, dudo mucho que ella haya lanzado el tema. En cuanto a lo de la televisión, tenía la entrevista concertada. No me quedó otra que salir y hablar de la noticia... ¿Estás segura de que no se os ha escapado a vosotros?

Casi la oí resoplar al otro lado del teléfono, pero se mordió la lengua y se limitó a decir:

—Nosotros no hacemos esas cosas.

—Bueno, es que me pareció que a tu compañero le hacía todo mucha gracia...

—¿Salazar? Puede ser un capullo, pero no lo veo capaz. En fin, ¿puedo contar con tu discreción a partir de este momento?

—Puedes y debes —respondí.

—De acuerdo. Nos ha llamado un tal Santiago Cortes de Homicidios de la Policía Nacional. Nos ha explicado los detalles del ataque a Gurutze y nos ha contado la conversación que mantuviste con él anoche. Están tan sorprendidos como nosotros, no te voy a engañar. Nos han pedido nuestra colaboración aquí, para interrogar a una lista de sospechosos que le diste. ¿Es correcto?

—Sí.

—Bueno. Hemos llamado ya a unos cuantos. Por ahora, todo el mundo puede demostrar que ayer a la tarde estaba en

Urkizu o, al menos, en algún lugar lejos de la casa de Gurutze Azkargorta. Supongo que terminaremos el repaso durante el día de hoy… Pero hay otro tema: Santiago Cortes me ha dicho que no podía localizarte esta mañana. Parece que querían corroborar tu coartada.

—¿Mi coartada? ¿Soy sospechosa?

—Bueno, el agente artístico de Gurutze ha informado de que le llamaste para pedirle su dirección esa misma tarde y la policía tiene que hacer su trabajo en estos casos. Pero al final no ha hecho falta: han hablado con la productora. Por lo visto el ataque se produjo unos minutos antes de que entraras al plató. Y tu llamada al Arista Management ocurrió cuando ya se había dado aviso al 112. Gurutze debió de abrirle la puerta a alguien mientras hablaba por teléfono.

Entonces yo recordé aquella última frase de su llamada:

¿Dígame? Sí, es aquí… Vaya, qué casualidad. ¿Para mí? Le abro…

—Por lo que nos cuentan, parece que hubo una intención clara de causar la muerte. Por el ángulo de las puñaladas, Gurutze ya estaría herida en el suelo cuando el atacante intentó rematarla. Y después se efectuó un registro de su apartamento, pero a simple vista no se llevaron nada de valor.

—¿Un registro?

—Sí… Levantaron un par de colchones, tiraron una estantería de libros…

«El diario», pensé yo. «¿En casa de Gurutze?».

—¿Saben algo del atacante? —pregunté.

—Lo siento, pero es su investigación y no dan demasiados detalles. De todas formas —continuó Beitia—, quieren hablar contigo otra vez. Llámalos en cuanto termines conmigo, por favor.

Le dije que lo haría. De hecho, les hablaría de ese «timbrazo» que me había parecido oír al otro lado del teléfono.

—En cualquier caso, te he llamado porque nosotros sí tenemos novedades.

Beitia guardó unos segundos de silencio, antes de soltar la bomba:

—Hemos identificado el coche que atropelló a Jokin Elizegi en Bilbao: era un SUV Audi Q8 robado en Santander el día anterior al atropello.

—¿Un coche robado en Santander?

—Sí. Por eso hemos tardado tanto en dar con él. Un ordenador, un poco de Inteligencia Artificial y unas imágenes malas de una cámara de tráfico han sido la clave. El coche sigue desaparecido, pero ya se ha pasado la información a nivel estatal.

—Un coche robado —repetí yo.

—Además, hay algún otro avance. No sé si has oído que Luken Arroniz se encuentra en paradero desconocido...

—Me acabo de enterar.

—Queríamos charlar con él y no hemos podido localizarlo. Su vehículo registrado ha aparecido aparcado en Elosu, así como su lancha..., y su teléfono se mantiene desconectado desde anteayer a la noche. Dadas las circunstancias tan excepcionales que están en marcha, hemos decidido lanzar una orden de búsqueda.

—Pero ¿es sospechoso de algo?

—Encontramos una huella suya en la cabaña de Jokin, una huella bastante reciente, y digamos que eso lo convierte en una «persona de interés» en el caso. Además, Luken tiene antecedentes variados...

—Así que me creéis —dije entonces—, creéis que todo puede estar conectado.

—Honestamente, no sabemos ni qué creer. Esto es un galimatías como no he visto en años. Pero hay algunas cosas ciertas. El atropello de Jokin ya no parece algo tan fortuito. Tenemos un delito previo, el robo de un vehículo. Aunque podría ser un delincuente sin conexión con nada, un butronero que pensaba dar un golpe esa noche, por ejemplo: suelen robar coches grandes para empotrarlos. Aunque también...

—... podría ser alguien que quisiera matar a Jokin... —«O a los dos».

—No se puede descartar. Y si eso no es descartable...

«... quizá tampoco lo sea lo de mi padre», completé para mí. Siguiendo ese hilo, le pregunté a Beitia si había algún avance con el registro de nuestra casa en Urkizu.

—Aquí no ha habido tanta suerte con las huellas —reconoció—, pero justo por eso estamos convencidos de que hay algo raro.

—¿Qué quieres decir?

—Tu hermana Leire nos ha confirmado que limpió la casa una vez después de la muerte de tu *aita*. Lo hizo ella, junto con su marido, y no fue una limpieza muy a fondo. No recuerda, por ejemplo, haber pasado un trapo por la barandilla de la escalera. Y estaba segura de que tampoco limpió la manilla exterior de la puerta.

—¿Y?

—Normalmente, una manilla de una puerta o una barandilla son lugares donde las huellas se acumulan a montones. Pues bien, tanto en la barandilla como en la manilla exterior de la puerta, solo han sido capaces de encontrar huellas tuyas y de tu hermana.

Yo me quedé callada pensando en lo que eso implicaba.

—¿No había huellas de mi padre en la barandilla de la escalera?

—Eso es lo que quiero decir —dijo Beitia—. Lo normal es que hubiera huellas de tu *aita*, que era el que vivía en la casa, ¿no?

—O sea, que alguien las borró después de su muerte.

—Es una posibilidad. Lo cierto es que no supone algo determinante como prueba, pero sí un indicio sólido que se suma a tu observación sobre la puerta sin cerrar. Así que la jueza nos ha dado permiso para seguir con el tema. Hemos estado investigando un poco las llamadas de tu padre y necesito que me proporciones tu correo electrónico. Voy a enviarte una relación de llamadas salientes y entrantes del teléfono de tu *aita*. ¿Podrías echarle un vistazo y ver si hay algo fuera de lo común? En un primer cribado es más fácil que lo haga un familiar.

—No se hable más. ¡Mándamelo ahora mismo! —Le di mi correo electrónico a la agente y ella me dijo que me lo estaba enviando ya.

—Míralo y llámame si ves algo raro —pidió—. Ah, por cierto... ¿Estás con alguien en Madrid?

—Ahora mismo estoy con Anita Guirao, ¿por qué?

—Es preferible que no te quedes sola en estos momentos. No quiero alarmarte, pero están empezando a pasar demasiadas cosas y tú pareces el centro de todas ellas. Y por añadidura, eres un personaje público; todavía más después de tu aparición de anoche en televisión...

Era la segunda vez que alguien hablaba de mi seguridad personal, pero en aquella ocasión lo hacía un poli. Motivo de sobra para tragar saliva.

«Búscate a alguien que te proteja», pensé al colgar a Beitia, pero ¿a quién? Mi lista de candidatos era bastante reducida y eso me recordó que todavía no había hablado con el bueno de Javi Porta, que esa mañana se había levantado indispuesto.

Le puse un mensaje: «He oído que estás pachucho. Espero que te mejores», y después me quedé mirando la pantallita, esperando algo («Javi está escribiendo...») que no llegó.

Lo de la «fama» es como un chiste de mal gusto. Ayer noche estaba en las casas de medio país hablando de mi vida a millones de personas, y hoy no tenía dónde caerme muerta. Ni un timbre que tocar en Madrid, exceptuando una humillante petición de auxilio a Eduardo... Pero preferiría que alguien me acuchillase antes que optar por eso.

Así que terminé por hacer caso del consejo de Anita y le puse un mensaje a mi hermana. «¿Te puedo pedir asilo en Vitoria? Serán solo un par de noches...».

Entretanto, abrí el correo de Patricia Beitia en mi móvil. El mensaje tenía un adjunto, un archivo Excel que descargué inmediatamente. Pero al intentar abrirlo, mi teléfono me sacó el dedo. Y eso me llevó a pensar en mi ordenador... ¡Mierda! Marta Donada se lo había dejado olvidado sobre mi cama en el apartamento de Alonso Martínez. Ese sitio al que tenía prohibido volver...

Al mismo tiempo, la lista de llamadas era lo único en lo que pensaba después de hablar con Beitia. El asunto de las huellas en la barandilla solo podía significar una cosa: que yo había tenido razón desde el principio... Y quizá era porque estaba allí, en aquel hospital, sensibilizada después de haber pasado una noche en la UCI, pero de pronto me vino una imagen demasiado nítida a la mente: alguien empujó a mi padre. Lo hizo caer por esas escaleras... y después también lo dejó morir. Quizá escuchó sus últimas palabras pidiendo ayuda, mientras se dedicaba a limpiar sus huellas. Y esa sola idea, la de mi padre muriendo, me hizo daño. Me enfureció. Me hizo llorar.

Anita apareció a mi lado.

—Hey, ¿estás bien?

—No, la verdad es que no... —le dije—. Todo esto empieza a superarme...

—Las primas de Guru ya están con su madre. ¿Que nos releven y nos vamos de aquí?

74

Le conté a Anita mis nuevos planes: que quizá me fuese a casa de Leire unos días, tal y como ella me había aconsejado. Pero antes necesitaba hacer un par de recados por Madrid para recoger mi equipaje, que estaba desperdigado por la ciudad.

Pedimos un taxi y fuimos hasta la casa de Juan Balaguer, donde recogí mi equipaje mientras Anita esperaba abajo. Dejé las llaves sobre la isla de la cocina y me sentí un poco mal por cómo había terminado la cosa anoche con mi editora... Pero, al mismo tiempo, me sentía orgullosa de haber puesto los puntos sobre las íes.

—Mi madre siempre la culpó a ella —dijo Anita cuando ya estuve de vuelta en el taxi y le expliqué el asunto del apartamento—. Cree que tu editora ha sido la verdadera artífice del mal uso que se ha hecho de la historia de mi prima. Si no te molesta que te lo diga..., mi madre siempre ha pensado que te manipularon un poco.

—Puede que tenga razón en eso.

—En fin. Lo principal es que te has dado cuenta. —Se encogió de hombros—. Como se suele decir, lo único importante siempre es el siguiente paso.

Llegamos a mi barrio y le pedí al taxista que nos dejase dos calles más allá de mi portal. Salí del taxi escondida tras mis gafas de Gucci y mi peinado nuevo, y caminamos como dos turistas, tirando de *trolley*, hasta mi calle. No parecía haber periodistas o curiosos por allí, solo la siempre animada y tranquila vida de barrio. Así que Anita me acompañó a mi piso. Subimos las viejas escaleras de madera y abrí mi alta puerta de casi dos metros y medio.

—¡Me encanta! —dijo nada más entrar—. Es exactamente como me habría imaginado que vive una escritora.

—Me alegro de que te guste.

Dejé el equipaje en la entrada y le enseñé mi casa. El salón-cocina-comedor que era pura luz, las habitaciones. Llené la regadera de agua e hidraté un poco mis plantitas, ya que me iba a marchar por una temporada.

—¿Vivías con alguien?

—Bueno, Eduardo se mudó aquí una temporada. El último año solamente.

—La verdad es que es una casa preciosa —dijo ella mientras acariciaba las hojas de una de mis plantas—. Siempre he soñado con vivir en un sitio así.

—¿En serio? —me extrañé—. ¿Con la pedazo casa que tienes en Urkizu?

—Bueno, me refiero más a vivir sola. Nunca he vivido sola, ¿sabes? Pasé de estar con mis padres a casarme. Y ahora, de nuevo, en la casa familiar… con mi madre.

—Pero en las competiciones sí viajabas, ¿no?

—Siempre iba acompañada. Mi entrenadora, mi madre… ¡No me dejaba sola ni un minuto entonces y tampoco ahora!

Se rio un poco de aquello, pero en el fondo era cierto y yo lo recordaba igual: Lidia había sido ese tipo de madre controladora que hay detrás de muchísimos éxitos deportivos o artísticos. Se podría decir que Anita, más que su hija, fue su proyecto.

Le ofrecí que se diera una ducha, ya que había pasado la noche en ruta, pero Anita dijo que no hacía falta. «Solo necesito comer algo, me muero de hambre». Así que dejé el equipaje en mi apartamento y bajamos a la calle.

—Te llevaré a uno de mis bares de tapas favoritos.

Fuimos a El Rincón Abulense, donde comimos unas tapas mientras hablábamos de mil cosas. De los viejos tiempos en el pueblo, en el Club. De la gente que había pasado por nuestras vidas y que después había desaparecido. De los novios, de los amigos. Incluso de los profesores del instituto.

—¿Te acuerdas de cuando Rober y Almudena anunciaron que estaban juntos?

—En realidad, muchos ya lo sabíamos —bromeó Anita.

Aquello fue el chisme número uno del cole cuando teníamos catorce años. Rober y Almudena, dos solteros que se conocieron y se enamoraron en el instituto de Uretamendi.

—Muchos los criticaron, pero ahí siguen, treinta años más tarde —dije yo—. Y son una de las parejas mejor avenidas que conozco…

Entonces le sonó el teléfono. Lo sacó del bolso y se quedó mirando el número…

—Un número raro —cortó la llamada sin más—, seguro que es spam.

Pero yo había visto que se trataba de un número larguísimo, como el que había llamado a Oliver en la cafetería del Gregorio Marañón. Y me imaginé que era la Ertzaintza siguiendo la lista de nombres que les había dado, así que me sentí en la obligación de confesar.

—Anita, creo que deberías coger esa llamada —le dije—, y creo que te debo una explicación.

Lo hice lo mejor que pude. Le expliqué que había incluido «por defecto» a todas las personas que habíamos pasado por comisaría en 1999. Anita se quedó de piedra al principio, pero acto seguido, se echó a reír.

—¡Ay, Quintana! ¿De verdad piensas que alguno de nosotros puede estar detrás de esto?

—No lo sé, Anita —tuve que admitir—. Pero estoy decidida a llegar al fondo de este asunto. Por ella, por Jokin, por mi padre.

—¿Y yo soy otra sospechosa? —preguntó tras unos segundos de silencio—. Bueno, sí... Claro que lo soy. En tu libro, de hecho, yo era la asesina.

—Eso era una ficción, Anita.

—Sí, pero todo, incluso las ideas de una novela, vienen de alguna parte, ¿no? Yo era esa prima envidiosa que no soportaba la atención que Alba me estaba robando. Y leí su diario. Y le hice la vida imposible...

—¿Lo hiciste?

—Pues..., no te voy a mentir: resultaba difícil convivir con ella. Yo era hija única, la niña «buena» que hacía todo lo que mi madre mandaba. Y mi casa era un reino de paz y tranquilidad hasta que llegó ella. Alguna vez tuvimos alguna discusión. Y alguna vez me quejé. Pero mi madre fue contundente en ese sentido: Alba era «familia» y la familia es lo primero. Ni siquiera le dijo nada cuando empezó a traer a Luken a casa o al Club... Y realmente había cambiado. Se lo dijimos a Carmelo cuando habló con nosotros.

—Así que también habló contigo.

—Y con mi madre —respondió Anita—. Estábamos preocupados por ella. Alba parecía como aislada. No quería participar en nada, dejó de salir con nosotros. Aunque yo siempre pensé que era por mi culpa.

—¿Por tu culpa?

—Ya sabes. Yo leí su diario, se lo conté a Gurutze y Gurutze se lo contó a todo el mundo. Alba debió de sentirse terriblemente traicionada. Había pasado un curso terrible. Primero aquella movida con Gurutze, que poco a poco habíamos olvidado, después la ruptura con Oliver (que también parecía superada) y ahora esto. Desde ese punto dejó de hablarme. Se encerró en sí misma.

Fumé en silencio.

—A raíz de aquello se emparanoió. Escondía el diario, siempre lo llevaba cuando salía de casa… Aquel día, cuando registraron su habitación, lo había metido detrás de un armario. Por eso nadie lo encontró.

«Detrás de un armario», pensé, «así que no era la primera vez que lo hacía».

—Háblame otra vez de ese día.

—¿El día del robo? ¿Qué quieres saber?

—Bueno…, tengo la sensación de que podría ser una pieza importante de este rompecabezas. ¿Quién estaba ese día por la casa? ¿Quién pudo hacerlo?

—Cualquiera —barrió el aire con la mano—, ya sabes cómo es mi casa, gigante, con mil puertas que en los días de calor permanecen abiertas. Y ese día estábamos todos, cada uno en su lado. Mis padres habían recibido a unos conocidos en el comedor de cristal. Bueno, precisamente acabamos de hablar de ellos: Rober y Almudena.

—¿Rober y Almudena? —dije yo sintiendo que se me secaba la garganta—. Pero ¿eran amigos de tus padres?

—No exactamente. Mi madre quería agradecerle a Rober las molestias que se había tomado con Alba durante el curso. Le estuvo dando algunas clases de refuerzo ese año y no quiso cobrar nada.

—¿Clases de refuerzo?

—Alba iba muy mal en Química y Física... Y bueno, supongo que todo el mundo estaba volcado con ella —dijo Anita—, y mi madre quería asegurarse de que Alba aprobaba todas, como mínimo.

Recordé que Almudena me había contado que Alba había tenido algunos problemas con Rober, pero no había llegado a contarme eso de las clases particulares.

—Oye —frunció el ceño Anita—, no pensarás que ellos...

—Qué va —atajé yo—, Rober y Almu son las últimas personas en el mundo de las que desconfiaría.

«Pero ¿por qué no me había contado eso Almudena?», volví a rumiar para mis adentros.

—Bueno, también estaban Gurutze, Oliver... —siguió Anita—. Habíamos pasado la mañana en el embarcadero, nadando y tomando el sol. Alba también andaba por allí, un poco a su rollo. Ya habían pasado meses desde sus movidas con Guru y Oliver y más o menos habíamos vuelto a estar tranquilos. En algún momento se fue a buscar a Luken... ¡Ah! y también apareció Javi Porta por allí, que venía a traer el pedido semanal.

—Javi Porta —repetí.

—San Javi Porta —remarcó Anita—. Siempre se encargaba de meterlo todo hasta la cocina. Mary le adoraba por eso. Bueno, ¿quién no le adoraba? Y por cierto, ¿no te parece que ha mejorado mucho con los años?

—Como un buen vino —le seguí el juego.

—¿Y vosotros qué? —dejó caer con una sonrisa pícara—. Siempre he querido preguntarte qué os pasó aquella noche.

Yo resoplé.

—Nada. Se comportó como un perfecto caballero en la oscuridad... Yo diría que demasiado perfecto: no me tocó ni un pelo.

—¿También le has incluido en la lista de sospechosos? —preguntó entonces Anita.

Tuve que admitir que sí.

—Había un pequeño agujero en su coartada, pero la poli nunca se lo tomó muy en serio. Apenas tenía relación con Alba, ¿no?

Anita no dijo nada, pero hizo un gesto un poco extraño con los ojos.

—¿O sí la tenía? —pregunté.

Anita carraspeó.

—Bueno, supongo que es una historia sin importancia —arrancó al fin—. Javi traía la compra una vez por semana. Muchas veces mis padres estaban fuera, yo estaba remando... y, quitando a Mary, la interna, Alba era la única que estaba en casa. Una vez me contó que el chico de los recados era un poco raro. Que le había pillado espiándola algunas veces, cuando estaba en el jardín tomando el sol... Me preguntó si era de fiar...

—¿En serio?

—Sí... Yo le dije que era un bendito. Pero Alba dijo que a ella le parecía «un lobo con piel de cordero... En fin... Mi prima también tenía bastante imaginación, ¿eh?

Yo no sabía qué decir. ¿Le pegaba a Javi ser un *voyeur*? ¿Algo más? Y, por cierto: aún no había respondido a mi mensaje...

Eran ya las cinco y Anita dijo que se le hacía tarde... Nos dimos un abrazo y me repitió lo de su madre:

—De verdad. Ven un día a casa a tomar un café. A mi madre le encantará charlar contigo de todo esto.

Se lo prometí. Ya era hora de marcharse y yo también debía recoger mis cosas. Anita había conseguido un vuelo a Bilbao esa misma noche, a las diez. ¿Quizá podríamos coincidir en el mismo? Nos dimos un abrazo y se metió en un taxi. De nuevo, no se me ocurrió preguntarle sobre su coartada la noche anterior. Ya estaba bien de ofender a gente por un día.

Salí caminando en dirección a mi portal.

75

Enfilé mi calle, que seguía igual de tranquila que hacía un par de horas. Tal vez era culpa de los vermuts de El Rincón Abulense, pero me sentía extrañamente relajada, incluso después de las advertencias de la agente Patricia Beitia.

No te quedes sola.

Me estaba acercando al portal cuando pasé junto al quiosco de revistas. Recordé que el día anterior había estado a punto de ir allí a recoger mis paquetes, pero entonces me había entrado la llamada de Ana Pons... Bueno, pensé que era un momento como cualquier otro para hablar con el quiosquero gruñón y dejar que me echase la bronca por haberle obligado a guardarme el correo durante tanto tiempo. Qué diablos, me apetecía volver un poco a mi vida y a mi normalidad.

Me desvié y me dirigí al quiosco. Había un par de personas antes que yo, así que saqué un cigarrillo y me lo puse en los labios mientras buscaba un mechero en mi bolso. Pero entonces apareció una mano a mi lado, sujetando un mechero.

—Vaya —sonreí—, muchas gracias.

Me giré para mirar a aquel amable desconocido. Era un hombre de ojos verdes, tez oscura y una larga sonrisa.

—Es usted Quintana Torres, ¿verdad?

Fumé asintiendo con la cabeza. «Vaya, un fan».

—Es que la he reconocido según se acercaba —dijo el tipo—. Anoche la vi en *La Trinchera* y... no he podido evitar saludarla. Soy un gran admirador suyo.

Yo le di las gracias. Era un hombre ligeramente más bajo que yo, de unos cincuenta y con cara afable. Llevaba una camisa de color verde, de esas con bolsillos estilo explorador. El quiosquero se estaba enrollando a hablar con la señora a quien atendía en ese momento, así que no tenía excusa para salir de allí. Actué como suelo hacer con muchos lectores que me abordan por la calle y le pregunté su nombre. Y según lo hice, noté que aquello le pillaba por sorpresa. Me dio un nombre, Mario, pero algo en su forma de decirlo me indujo a pensar que se lo acababa de inventar.

Mentía, ¿por qué?

Y de pronto, se encendieron todas las alarmas.

—Me leí *La chica del lago* y la siguiente —continuó diciendo el tal Mario—. La última la tengo en casa... a punto de hincarle el diente.

Me fijé un poco más en él. A pesar de no ser muy alto, tenía buenos brazos. Un tatuaje en uno de ellos. Una cadena de plata. Aspecto de marinero o de soldado...

Se sacó un paquete de tabaco de uno de esos bolsillos y se llevó un cigarro a la boca. Entonces me fijé también en un pequeño corte en el borde de la palma derecha, justo en lo que se llama «borde cubital».

—¿Es usted del barrio? —preguntó.

—No..., bueno, sí —dije un poco nerviosa.

Un corte en el borde de la palma, pensé. Una escritora de novelas de misterio sabe que es ahí donde uno se corta cuando apuñala con fuerza y la hoja se desliza al interior de la mano.

—Oiga, ¿sabe una cosa? Yo también he empezado a escribir una historia. ¿Puedo preguntarle algo? O mejor, ¿puedo invitarla a un café? ¡Sus consejos serían oro para mí!

—Oh —dije yo—, no creo que... En realidad soy malísima dando consejos...

De pronto escuché mi propia voz y estaba temblando. Miré hacia el quiosquero. Seguía charlando con la vecina, y después de ella, había otro señor que claramente también se estaba impacientando.

—Además —decidí sobre la marcha—, creo que tengo que irme. ¿Sabe? Debo... coger un avión.

El tipo del nombre falso y la sonrisa larga bajó un poco la vista.

—Lo siento —dijo—, debe usted de estar harta de tipos como yo.

Yo no quería decir nada más, pero lo dije:

—No es eso... Es que tengo prisa realmente.

Entonces el tipo me cogió del brazo. No fue algo violento, pero tampoco fue agradable. Sin perder un ápice su sonrisa, me sujetó unos pocos segundos, mirándome con fijeza.

—Otro día, entonces...

A mí ya ni me brotaba la voz. Estaba muerta de miedo, sonreí asintiendo con la cabeza y salí de allí medio mareada, caminando hacia mi portal. Aunque ya había cometido el error de decirle que «vivía por ahí», tuve la buena idea de no ir a mi casa directamente. Seguí caminando por la acera de la calle Hortaleza hasta que encontré un bar y entré. Pedí un café solo con hielo y estuve allí por lo menos cinco minutos, flanqueada por la clientela, que, a esas horas, andaba concentrada en un partido de básquet en la televisión. Después me atreví a asomarme de nuevo. El hombre ya no estaba junto al quiosco. De hecho, no había nadie allí, pero pensé que no merecía la pena exponerse.

«Otro día volveré a por mis paquetes», pensé. «Tendré que comprarme un expositor completo de chicles para compensar».

Pagué el café, me lo bebí de un trago y salí apretando el paso hasta mi portal. Las llaves me temblaban en las manos mientras abría, mirando a un lado y al otro por si aquel tipo aparecía como una sombra. El interior era un recibidor amplio, de suelo ajedrezado y escaleras de madera. Había un pequeño ascensor «de obra» y una cabina de portería. No había demasiados recovecos donde uno pudiera esconderse, pero registré hasta la cabina del portero. Después, subí las escaleras corriendo. Entré en mi casa con las sienes a punto de estallarme, y lo primero que hice fue ir a la cocina a por un cuchillo. Encontré uno lo bastante grande como para sentirme segura (quizá no era el más afilado, pero era grande).

Armada con él, registré la casa. Miré debajo de las camas. Acuchillé el aire en el interior de los armarios. Solo después de saberme absolutamente sola en el apartamento, fui a la puerta a echar la cadena y tres vueltas de llave. Entonces sentí que necesitaba romper a llorar allí mismo, con la frente apoyada en la madera.

76

Tardé un buen rato en racionalizar todo aquello.

«Un fan un poco insistente, solo era eso».

El hombre de los ojos verdes y la larga sonrisa que había mentido al decir su nombre. ¿Qué otra cosa podía ser? ¿Un asesino a sueldo?

No, no, no... Yo estaba condicionada por todo lo que estaba ocurriendo, por el aviso que me había dado la agente Beitia esa mañana..., y había necesitado muy poco para asustarme y salir corriendo.

De todas formas, no estaba de más mantener la guardia alta. Me parapeté en mi ventana mirador y estuve allí un rato largo, a ver si volvía a ver al extraño tipo de los ojos verdes deambulando por el barrio. Pero no vi a nadie ni remotamente parecido. Y cuando empecé a relajarme (gracias entre otras cosas a una copa de Godello), comencé incluso a sentirme fatal por ese pobre hombre de aspecto bonachón que ¿solo intentaba ser amable? (Aunque eso de invitarme a un café era un poco excesivo, pero supongo que solo había intentado ser cercano...)

Fui a por mi portátil, lo encendí y descargué el Excel que Beitia me había enviado. Se trataba de un largo listado de llamadas que incluían los meses de marzo y abril. Había un montón de números con sus prefijos, etcétera, y pensé que aquello me iba a llevar un buen rato. Aunque en realidad, muchos de los números se repetían bastante. De un vistazo, encontré mi móvil y el de Leire. Supuse que habría otros tantos así.

Pero antes de meterme en faena hice unas cuantas cosas. Lo primero de todo, intentar saber algo sobre el estado de Gurutze.

Llamé al hospital, donde me dijeron que no daban información por teléfono a menos que fuese un familiar. Entonces insistí un poco, les expliqué que yo era la persona que había pasado la noche con Gurutze, que podían comprobarlo y que Luis del Oso (el jefe del servicio) me conocía y había emitido un permiso especial a mi favor. Al final conseguí hablar con alguien que me dijo, sucintamente, que Gurutze «seguía igual».

Bueno, como se suele decir: *No news, good news.*

Después, por fin, me quité esa ropa que llevaba puesta casi veinte horas, me duché y me vestí unos pantalones de hacer yoga y una camiseta de running. Caminé descalza por el suelo de mi apartamento, abrí la nevera y me quedé un rato frente a ella disfrutando del frío. Saqué la botella de Godello, me serví otra copa... Y por fin, cogí el teléfono y llamé a Santiago Cortes para decirle que seguía viva y que estaba en mi apartamento.

—Me alegro mucho —respondió—. Sobre todo de que estés viva.

Le pregunté si sabían algo más sobre lo de Gurutze, pero

no me quiso dar demasiados detalles acerca de sus progresos. Supongo que a esas alturas yo ya era conocida como la Garganta Profunda de Urkizu. Pero le dije que creía tener un detalle importante que darle.

—Creo que el asesino se hizo pasar por un repartidor —expliqué—. Oí cómo le tocaban el timbre antes de que la llamada terminase.

—Gracias —dijo él—, es un buen dato.

—¿Habéis contactado a toda la gente de mi lista?

—La Ertzaintza se está encargando de eso. Pero ya tenemos unos cuantos sospechosos sin coartada, incluso un desaparecido.

—Luken Arroniz —me adelanté—, ¿quién más?

—Carmelo, el director del instituto, asegura que se pasó la tarde en casa, pero no tiene testigos. Oliver Prieto estuvo en una fiesta ayer por la noche, pero todavía no nos ha proporcionado ningún nombre que lo respalde...

—Vale.

—Ah, y el policía del pueblo, Javier Porta. Nos ha contado que ayer tuvo que ausentarse de su casa y que durmió en el coche.

—¿Qué?

—Suena a una bronca familiar... pero tampoco tiene testigos...

«Joder, ¿por eso decía que estaba indispuesto?».

—En cualquier caso —le dije—, creo que hay dos nombres más que deberían investigar.

—¿Dos nombres?

Lo hice, aunque me sentí terriblemente mal nada más decirlos en voz alta. Después, colgué al policía y me quedé quieta, con el teléfono en las manos. «Tienes que llegar al fondo de esto..., tenías que hacerlo... Solo por descartar posibilidades».

Únicamente confiaba en que Rober y Almudena lo comprendieran también.

Miré otros mensajes que burbujeaban en mi WhatsApp, concretamente los de Javi.

Resultó que tenía un audio suyo:

«Quintana, perdona por haber tardado tanto en contestar. No estoy enfermo, pero pasé una noche terrible el otro día. Las cosas se han puesto un poco difíciles en casa. Cuando tengas un minuto, me gustaría hablar contigo».

Escuché el mensaje un par de veces. Sonaba a cordero degollado, pero ¿qué había pasado en casa para que terminara durmiendo en el coche? ¿Una discusión con Estefanía? Buff..., solo esperaba que eso no tuviera nada que ver conmigo... Aunque algo me decía que podía estar muy relacionado con la última conversación que mantuvimos en su coche.

Le respondí con otro audio:

«Lo siento muchísimo, Javi. Estoy pensando en volver a casa de mi hermana unos días. Te avisaré y hablamos».

Lo cierto es que en el fondo de mi cabeza, por mucho que me costara aceptarlo, había una vocecita previniéndome sobre Javi... «No te fíes de nadie, ni siquiera de san Javi Porta». Tenía un agujero en su coartada de 1999. Tenía un agujero en su coartada de 2025. ¿Y sus motivos? Bueno... Alba le había pillado espiándola. ¿Quizá pasó algo entre ellos dos? ¿Podía el bueno de Javi esconder algo más?

Pensé que se lo preguntaría en cuanto lo tuviera delante. Lo cual me llevó a recordar que quería intentar sacar los mismos billetes que Anita. Pero cuando entré en la página de Iberia, todo estaba vendido para el vuelo de esa noche a las diez. Como mucho, tenía un autobús. Y odiaba intensamente la idea de ir en bus hasta Vitoria.

Tercera copa de Godello. Una miradita más por la ventana.

Eran las ocho de la tarde y la plaza de Santa Bárbara estaba un poco más animada, pero no distinguí a ningún señor de camisa verde por allí. Regresé a mi escritorio y me senté en mi silla superergonómica (una Biplax personalizada que me había comprado con los primeros royalties de *La chica del lago*). Abrí la página Excel y empecé por el primer número...

Lo primero que hacía era marcar los números en mi teléfono y ver si correspondían con algún contacto conocido, y así me salieron varios. La carnicería del pueblo, el Club Náutico, el Ayuntamiento, la sucursal de la BBK, el móvil de Leire, el fijo de Almudena y Rober, mi móvil...

Después empezaron a aparecer otros números que pude ir identificando de diferentes maneras. Llamé a un par de ellos y resultaron ser una aseguradora (me saltó un robot) y una empresa de reparación de maquinaria agrícola de Elosu (saltó el contestador, pero me imaginé que era por la segadora, que se rompía puntualmente cada cuatro meses); la cosa seguía así, con llamadas rutinarias. Había muchísimas llamadas entrantes que resultaron ser spam. Me atendieron amables señoritas con acento latino ofreciéndome televisores a color si accedía a cambiar mi compañía de teléfono. Tardé aproximadamente una hora en repasar todo marzo. Después comencé con el rastreo y cribado de abril.

Había una llamada entrante, el 7 de abril a las 11.14 de la mañana, de un teléfono móvil que me sonaba tremendamente.

Me levanté y fui a por mi maleta. Dentro encontré la fotografía que Jokin me había entregado en Bilbao. Le di la vuelta y miré aquel número que había escrito bajo la palabra LLÁMAME: era el mismo.

—Jokin llamó a mi padre el 7 de abril —dije en voz alta, e inmediatamente abrí el calendario y vi que se trataba del mismo lunes en el que Almudena vio a Jokin salir de la casa de mi *aita*.

Cogí un cuaderno que solía utilizar para pensar, dibujar mapas o aburrirme haciendo flores y castillitos... y escribí lo siguiente:

> 5 de abril de 2025, sábado:
>
> Jokin tiene una bronca en el Club Náutico. Mi padre le ayuda.
>
> 7 de abril de 2025, lunes:
>
> Jokin llama a mi padre por la mañana.
>
> Almudena ve a Jokin salir de mi casa.

¿Le había llamado para quedar y charlar en casa de mi padre? Seguramente, aunque ya no había nadie que pudiera responder a esa pregunta. Seguí adelante con el listado de llamadas.

Otra despertó muchísimo mi interés. Estaba hecha solo tres días después de la visita de Jokin a casa de mi padre y tenía un prefijo raro (985), pero un rápido vistazo a Google me resolvió la cuestión. Era uno de los prefijos telefónicos de Asturias.

—¿Asturias?

Llamé, dio varios tonos, pero nadie cogía. Bueno, pensé que lo intentaría más tarde. Después continué adelante por la lista de llamadas, que prácticamente desaparecían entre los días 11 y 14 de abril. ¿No hizo ni recibió ninguna llamada esos días? Finalmente, el 15 de abril, el teléfono volvió a cobrar vida. Mi padre realizó algunas llamadas por la mañana. Una de ellas, a Jokin. El Excel desvelaba que estuvieron hablando por lo menos una hora larga. ¿De qué?

Actualicé mi pequeña cronología:

> 10 de abril de 2025, jueves:
> ¿Llamada a Asturias?
>
> 11 a 14 de abril de 2025:
> No hay llamadas.
>
> 15 de abril de 2025, martes:
> Llamada larga a Jokin.

Solo dos días después, detecté otro número que no conocía. Era un número fijo de Álava, pero no estaba en mis contactos. Así que lo marqué. Esperé a que sonase el teléfono... Lo hizo. Un tono. Dos.

—¿Dígame? —dijo la voz de una mujer (que me resultó familiar).

—Hola... ¿Quién es?

—¿Cómo que «quién es»? —protestó la voz con algo de enfado—. Me está llamando usted.

Entonces la reconocí.

—¿Lidia? ¿Lidia Guirao?

77

—¿Quintana? Dios mío, ¿cómo estás?

—Bien... Sorprendida, para serte sincera...

—¿Sorprendida?

—¿Este es el número fijo de tu casa?

—Lo lleva siendo toda la vida. ¿Por qué? ¿No te lo ha dado Anita?

—¿Anita?

—Bueno, le he dicho que quería hablar contigo y...

Resultó que Lidia estaba de algún modo esperando una conversación conmigo, aunque claro, no de ese tipo. Le expliqué que estaba repasando las llamadas que hizo mi padre desde su teléfono fijo los meses antes de su muerte. Y que había encontrado su número en un listado proporcionado por la policía: la llamada que mi padre hizo a su casa el 17 de abril a las diez y veinte de la mañana.

—¿El 17 de abril? —respondió ella—. No tengo ni idea... No recuerdo haber hablado con tu padre por teléfono, si te soy sincera.

—¿Podrías intentar refrescar la memoria? —le insistí—. Es importante...

Lidia guardó silencio un segundo y temí haberla molestado, pero después regresó con una voz amable.

—He leído el artículo de *El Correo*, lo de tu denuncia... ¿Me imagino que todas estas pesquisas están relacionadas con eso?

—Exacto.

Ella guardó silencio otra vez. Yo me di cuenta de que ni siquiera le había preguntado qué tal estaba. «Joder, qué maleducada puedes llegar a ser, Quintana».

—¿Cómo estás, por cierto? ¿Y el padre de Gurutze?

—Yo medio dormida, la verdad... —dijo Lidia—. El padre de Guru no se entera de nada, pero notaba la falta de su esposa y ha estado muy inquieto, el hombre. En fin, ¿sabes algo más de ella? Anita me ha dicho que permanecía en coma esta mañana.

—He llamado hace un rato y sigue igual.

—He rezado por ella... Hacía mucho tiempo que no rezaba, pero no sabía qué más hacer.

—A veces es más que suficiente —dije yo.

Silencio.

—Vamos con este asunto de la llamada —se recompuso entonces Lidia—. ¿Qué día de la semana era el 17 de abril?

—Jueves —dije mirando el calendario.

—Un jueves a las diez y veinte de la mañana... —repitió pensativa—. Los jueves suelo ir al pueblo, a la peluquería. Lo más probable es que no estuviera en casa cuando sonó el teléfono.

Yo miré otra vez en el Excel, por si hubiera una llamada justo después a un móvil y pudiera ser el de Lidia. Pero no la había. Y a continuación observé la columna que indicaba la duración de la llamada: dos minutos y cuarenta segundos.

—¿Tenéis contestador en este teléfono?

—No lo sé —dijo Lidia—. Si lo tuviéramos, yo no lo utilizo. Esas cosas tecnológicas las llevaba Ernesto. Y ahora Anita.

«Anita», pensé de pronto.

—¿Quizá Anita estaba en casa esa mañana?

Otro corto silencio.

—Puede ser. A esa hora suele regresar de su entreno mañanero. Quizá estaba en casa desayunando. Pero ¿no habéis estado juntas hoy?

—Acabamos de despedirnos —respondí—. Lidia, ¿se te ocurre algún motivo para que mi padre os llamara?

Esta vez el silencio al otro lado del teléfono fue larguísimo.

—¿Lidia? ¿Estás ahí?

—Sí..., pero no sé qué decirte, Quintana. Estoy intentando recordar cuál fue mi última conversación con Bernardo. Reconozco que todo este asunto de tus novelas nos había distanciado... Sin embargo, apareció en el funeral de Ernesto a primeros de año y se lo agradecí mucho. Aparte de eso, nos encontrábamos por el Club, nos saludábamos... Poco más. —Se detuvo un instante—. Bueno, hubo algo...

—¿Algo?

—Un asunto a principios de abril... —Sonaba como si le costara hablar de ello—. El tema de Jokin. Creo que ya sabes de qué te hablo...

—La trifulca que tuvo en el Club —repuse.

—Sí. Tu padre andaba por allí y se lo llevó, pero fue algo muy desagradable porque el chico estaba en muy mal estado.

—Todo eso lo sé. Jokin había ido allí a encontrarse con alguien.

—Conmigo —dijo entonces Lidia—, había venido a hablar conmigo.

—¿Cómo?

Otro silencio.

—Anita me dijo que era conveniente guardar ese secreto, pero qué demonios. A estas alturas es mejor poner las cartas boca arriba.

Yo me levanté, necesitaba un cigarrillo. ¿Dónde había puesto el tabaco?

—Me llamó un día en abril —empezó a contar Lidia—. Hacía un par de meses que había cogido la baja y yo había contratado a otra empresa. Pero le debía dinero, y pensé que me llamaba por eso.

—¿Qué es lo que te dijo?

—Vaguedades, para serte sincera —dijo Lidia—. Quería verme para comentar algo urgente, así me lo dijo: urgente. Yo le pregunté de qué se trataba, pero él me respondió que era mejor vernos cuanto antes. Pensé que sería lo del dinero —insistió—. Ese día yo tenía algunas reuniones inaplazables, así que le dije que quedáramos al día siguiente en la biblioteca.

Encontré mi bolso en la encimera de la cocina. Saqué un pitillo, me lo encendí y fui a la ventana a fumar. La plaza de Santa Bárbara cada vez estaba más vacía.

—Es algo de lo que todavía me arrepiento —seguía Lidia—. Tendría que haberme levantado, dicho algo en aquel momento cuando entró por la puerta..., pero cuando le vi, borracho como una cuba, entrando a gritos en la biblioteca..., no tuve el coraje. Oliver y Roger, el camarero del Club, lo habían cogido de los brazos. Le estaban echando y Jokin me miró, supongo que preguntándose por qué no me levantaba y hacía o decía algo para defenderle. Y entonces fue cuando se puso a decir aquello: que el Club estaba lleno de criminales. Y mencionó a Alba, su diario... Imagínate cómo me quedé...

Todo eso encajaba con la historia que yo conocía.

—¿No intentaste hablar con él después?

—Se lo comenté a Anita, pero ella le quitó peso: Jokin y su imaginación, ¿no? Ellos creían que todo era un delirio del chico. Pero yo estaba dispuesta a escucharlo. ¿Sabes la cantidad de gente con la que traté en 1999? Detectives privados, policías retirados, médiums... La hija de mi hermana había muerto bajo mi custodia. Y eso es un peso que he llevado desde aquel maldito día. No me ha importado hablar con quien hiciera falta sobre este tema, así que al día siguiente me acerqué a tu padre y se lo conté todo. Le expliqué que Jokin me había citado allí para contarme algo urgente, ¿qué demonios era eso del diario de Alba? Tengo que decir que tu *aita* estaba también muy alterado por todo el asunto. Me aseguró que hablaría con el chico... y, bueno, esa fue nuestra última conversación. Después no supe nada de él hasta el día en que me enteré de que se había caído por las escaleras... Quizá esa llamada del 17 de abril tenga relación con todo esto.

—Estoy segura de que así fue, Lidia —dije yo expulsando el humo—. ¿Puedes hacerme un favor? Revisa vuestro contestador cuando puedas. Quizá mi padre te dejó un mensaje.

—Lo haré —prometió Lidia—, pero tendré que esperar a que llegue Anita.

Entonces se hizo un pequeño silencio en la línea.

—Quintana... ¿Crees que lo de Gurutze también está relacionado con todo esto?

—Totalmente, Lidia.

De pronto vi que alguien cruzaba la plaza, a lo lejos. Por un instante me pareció ese hombre de la camisa verde que me había abordado en el quiosco. Me puse en tensión y pegué la cara al cristal, pero el tipo se diluyó entre las sombras.

«No te emparanoies».

—¿Quintana?

—Sí —respondí—, perdón. ¿Decías?

—Quiero ofrecerte toda la ayuda que puedas necesitar en este asunto —dijo Lidia—. Desde mi familia, todo lo que podamos hacer está a tu disposición. Y me refiero a todo. Dinero incluido.

—Bueno..., gracias, Lidia.

—Soy la primera interesada en este caso. Nunca te olvides de eso...

En ese momento oí un par de pitidos en mi teléfono. Era una llamada entrante. Me aparté el móvil de la cara y vi ese número de Asturias que había marcado unos minutos antes.

—Disculpa, Lidia. Me entra una llamada importante. ¿Te puedo llamar después?

—Claro.

—¡Gracias!

Colgué y cogí la otra llamada.

—¿Dígame?

—Le llamo del Hotel El Pinar... Tenemos una llamada suya.

—Hotel El Pinar —repetí—. ¿Desde dónde me llaman? ¿Asturias?

—Correcto, señora. Estamos en Puerto de Vega, concejo de Navia.

—¿Puerto de Vega?

Solté un pequeño chillido que debió de asustar a mi interlocutora, pero no pude contenerme.

«P DE VEGA».

La anotación que mi padre tenía en su calendario de mesa...

¡No era una persona, sino un lugar!

78

—Entonces ¿quería algo? —dijo la chica (de voz joven, ¿cuántos años tendría?, ¿veinte?)

Yo estaba todavía en shock. Me bebí de un trago el vino que me quedaba en la copa.

—Mi padre, Bernardo Torres, llamó a su hotel... —miré el Excel— el pasado 10 de abril. ¿Es posible que se alojara allí?

—Lo siento, pero no damos información sobre nuestros clientes y mucho menos por teléfono...

—Lo entiendo —respondí.

Podría decirle que había una investigación de la policía en marcha y que podía ahorrarme mucho tiempo si miraba su maldito ordenador... o podía cagarla aún más y preguntarle por «la persona al mando». Pero si alguna vez has trabajado en un mostrador, o en una tienda, o detrás de la barra de un bar... (y yo había trabajado en esos tres sitios y alguno más), sabrás que esa es la peor manera de conseguir algo.

Así que templé un poco la voz, sonreí y traté de reconducir aquello.

—Quisiera hacer una reserva en su hotel.

—De acuerdo —dijo ella—. ¿Para qué fechas sería?

Le dije que para el final de la semana. Un par de días. Ella me dio unas cuantas opciones de habitación.

—Ya sé que me has dicho que no me podías decir nada de mi padre...

—Y no puedo, lo siento.

—... pero ha fallecido hace poco. Una de las últimas cosas que hizo fue viajar a Asturias y creo que se quedó en vuestro hotel...

—Lo siento mucho.

—Gracias. La muerte de mi padre ha sido un tanto inesperada, ¿sabes? Al igual que este viaje que realizó a Asturias... Por eso estoy intentando reconstruir sus últimos días... y si pudiera, me quedaría en la misma habitación que usó él.

La chica guardó silencio al otro lado de la línea.

—De verdad, es que no puedo...

—Tranquila... Mira, haz lo que puedas. Viajaría sola.

Fue entonces cuando me pidió los datos para la reserva y yo le dije mi nombre y apellidos.

—¿Quintana Torres? ¿No será usted la escritora?

—La misma.

—¡Me he leído todos sus libros!

—No me digas.

—Sí... uno detrás del otro, sin poder parar.

—Gracias, de verdad. Si quieres, te los firmaré cuando pasé por allí.

Si algo sabía yo en el mundo era dar jabón y sobornar. Entonces ella, la chica de la recepción, bajó un poco la voz.

—La 208 —susurró—, su padre se quedó en esa.

—Mil gracias —respondí—. ¿Sabes en qué fechas estuvo exactamente?

—Sí. Llegó el 11 de abril y se marchó el 14... ¡Pero yo no le he dicho nada!

—¡Gracias!

Del 11 al 14 de abril. Exactamente los días en los que desaparecían las llamadas en el registro de mi padre.

Volví a mi cronología y la actualicé así:

5 de abril de 2025, sábado:

Jokin tiene una bronca en el Club Náutico. Mi padre le ayuda.

6 de abril de 2025, domingo:

Lidia Guirao habla con mi padre sobre Jokin.

7 de abril de 2025, lunes:

Jokin llama a mi padre por la mañana.

Seguramente, quedaron para hablar en casa.

Almudena ve a Jokin salir de la casa de mi padre.

10 de abril de 2025, jueves:

Aita anota «P de Vega» en su calendario de mesa. Ese mismo día hace una reserva en el Hotel El Pinar.

11-14 de abril de 2025:

Se aloja en el Hotel El Pinar, en Puerto de Vega (Asturias).

15 de abril de 2025, martes:

Mi padre ya está en casa (llamadas salientes, una bastante larga con Jokin).

17 de abril de 2025, jueves:

Mi padre llama a Lidia Guirao. ¿Para qué?

Una nueva pieza de puzle quedaba colocada en su sitio. Ahora ya sabía el destino de aquel extraño viaje por «la costa» que mi padre había realizado apenas diez días antes de su accidente, en su propio coche, a pesar de que no debía conducir debido a los mareos y los vértigos que había ido sufriendo durante todo el año.

Pero ¿por qué había viajado a Puerto de Vega? ¿Buscaba algo en concreto en ese lugar?

Cogí el teléfono y, sin pensar demasiado en la hora que era, marqué el número de mi hermana.

—¿Puerto de Vega? —dijo Leire cuando terminé de explicárselo todo—. ¿Dónde dices que está?

—Es un pueblo del occidente de Asturias. Un sitio precioso, la verdad, en las fotos parece que estés mirando un pueblito de Irlanda.

—Asturias... Bueno, *aita* tenía un buen amigo en Oviedo. Quizá fue a visitarle. Pero, oye, ¿has leído mi mensaje? ¿Cuándo vienes? Tengo la habitación de invitados lista.

—No he leído nada, lo siento, llevo una tarde de locos.

—Bueno, da igual. Ven a casa. Tenemos todo listo. Te quedas el tiempo que haga falta.

—Pero si no hay vuelos. Solo me queda la opción de coger un bus nocturno.

—Un taxi, joder. Para qué demonios tienes tanto dinero.

—Vale, vale..., pero no vas a estar toda la noche despierta.

—Escúchame, Quintana: soy autónoma. Ni siento ni padezco, ¿eh? —Nos reímos—. Si tengo que permanecer en guardia toda la noche, lo hago.

79

Me planteé la opción del taxi, pero volví a recordar el consejo de Beitia (no te quedes sola), así que miré los horarios de los buses: había uno a las diez de la noche. Tenía solo veinte minutos para atravesar Madrid y cogerlo. Imposible. Encontré otro que salía a las doce y media de la noche y llegaba a Vitoria de madrugada. Bueno, cuando estaba en la universidad, aquel era mi medio de transporte a casa.

Supongo que podría amoldar mis burguesas posaderas a la butaquita de un autobús nocturno.

Compré los billetes online, después me comí las empanadillas de Almudena para cenar (lo cual volvió a recordarme mis sospechas sobre ellos dos, no sin cierta culpabilidad) mientras terminaba de repasar la lista de llamadas de mi *aita*.

No encontré nada llamativo después del 17 de abril, excepto una llamada a Leire y otra a mí, el 20 de abril, concretamente. Traté de recordar aquella llamada. Yo andaba preparando la promo de la tercera novela y mi padre me llamó para preguntar qué tal estaba. Era una de esas llamadas sin prisa que solíamos hacer los fines de semana, pero ese día yo —por algún motivo, supongo que el maldito trabajo— estaba un poco estresada y no tenía ganas de charla. Cuántos errores así cometemos a diario.

Ese día, cuando mi padre me llamó, creo que estaba especialmente gruñona. Hablamos de la novela, ¿estaba contenta con el resultado final? Yo hacía mucho tiempo que ya no estaba contenta con nada. Había dejado de disfrutar con aquello que una vez fue mi sueño. El sueño que me ayudó a sobrellevar tantas cosas. Tantas faltas en mi vida, tantos errores imposibles de arreglar... Y ahora, ese sueño era mi látigo, como decía Capote. Y ya solo sabía fustigarme con él, esperar que doliera un poco menos cada vez.

En resumen, que ese día mi padre tuvo que aguantar el chorreo de su hija enfadada con la vida. Ni siquiera le pregunté cómo estaba (maldito egoísmo de hija). ¿Quizá me hubiera hablado de Jokin si llego a estar un poco más tranquila?

Me levanté y caminé hasta una cómoda que tenía en la entrada de casa. Allí tenía una foto preciosa de él, colocada en un marco de cristal de Murano que compré hace muchos años en Italia. En la foto, que yo misma le había sacado en un día de pesca en Urkizu, estaba guapo, sonriente, con el pelo blanco y unas gafitas colgando del cuello.

—Si hubiera sido un poco menos egoísta, un poco menos idiota —dije cogiéndola—, quizá todavía estarías vivo...

La hondura de ese pensamiento me sobrecogió. ¿No era cierto, a fin de cuentas? Quizá mi padre me querría haber contado algo de todo esto en esa última llamada... Quizá no se atrevió a hacerlo porque me vio estresada con la novela. ¡Yo tenía que haber estado allí! ¡Tenía que haberle ayudado!

Me senté en el sofá con la fotografía pegada al pecho. Necesitaba llorar por muchas razones y aquella última idea fue la navaja que cortó la tensión y me permitió estallar en una congoja tremenda.

Lloré durante un buen rato y el llanto tuvo un efecto balsámico. Y eso era todo lo que mi cuerpo necesitaba para caer después de una noche de mal sueño en el hospital.

Me dormí casi sin darme cuenta.

80

En algún momento, soñé con la casa del pantano. Yo estaba allí sola, de noche...; de pronto la puerta principal estaba abierta. ¿Quién la había abierto? Alguien había entrado en la casa, ¿quién?

Bueno, yo sabía quién. El suelo estaba mojado. Había huellas de un pie descalzo.

Alba estaba de pie en la cocina. Muerta, blanca, hinchada y con el pelo revuelto sobre la cara. Alzó su mano para señalarme, y en la punta de sus dedos se perfiló una larguísima uña amarillenta.

—¡Tú!

Salí corriendo escaleras arriba y sentí que ella venía detrás. Me metí en mi habitación y cerré la puerta, pero nada más hacerlo, su mano intentó colarse dentro. La aplasté con la puerta. Una, dos, tres veces... Hasta que despareció. Pero entonces empecé a escuchar unos ruiditos. Eran esas uñas negras que arañaban la madera. Quería entrar. Alba, la monstruosa. La niña muerta que habían sacado de aquella ciénaga en la que se había hinchado de una forma terrible durante varios días. Quería entrar y decirme que «no estaba bien hacerse rica con la muerte de otro».

Y de paso, clavarme las uñas en los ojos.

O arrancarme la lengua de un mordisco.

Me despertó un ruido pequeño, como de unas llaves. Era como un sonido brillante en una vasta oscuridad de sueños. ¿Quién estaba intentando abrir la puerta de casa? Pensé que era Leire. Pensé eso porque, en mi duermevela, creía que todavía estaba en Urkizu. Pero entonces vinieron a mí otros ruidos de fondo. Una ambulancia. El rumor del tráfico de la ciudad.

«No... no», pensé, «estoy en Madrid... en mi apartamento».

¿Quién andaba en la puerta?

Y entonces otra vez ese ruidito como de una llavecita entrando y saliendo de una cerradura y por fin abrí los ojos.

Estaba repantigada en mi sofá, todavía con el marco de cristal de Murano pegado al pecho. ¡Me había dormido! Rápidamente me puse en pie, corrí a mi escritorio y miré la hora. Las 23.59. ¡Y mi autobús salía a y media!

La maleta estaba hecha, solo tenía que meter el portátil en la bolsa de viaje y ponerme unas zapatillas de running. Iba descalza por la casa. Me senté en el suelo, cogí un par de deportivas y me las estaba calzando cuando volví a oír ese ruido en la puerta. Pensaba que lo había soñado, pero no. ¿Alguien estaba intentando entrar?

Me puse en pie y me quedé callada, conteniendo la respiración. La puerta principal estaba a unos cinco metros, al fondo de un recibidor que veía perfectamente desde el salón. Entonces recordé el cuchillo que había cogido esa tarde para registrar mi apartamento. Seguía encima de la isla de la cocina. Volví hacia allí muy despacio. Lo cogí y me quedé otra vez quieta, escuchando el silencio. Ahora el sonido había parado un instante. ¿Seguro que era mi puerta?

Me acerqué muy despacito, dando pasos cortos, mientras notaba que la sangre me burbujeaba en las sienes. Tenía miedo, sí, pero aquella noche, por la razón que fuera (por Gurutze, por Jokin, por mi padre), había algo nuevo en mi interior. Había ganas de revancha, de una justicia salvaje.

Nunca en toda mi vida había estado tan dispuesta a clavar un cuchillo en las tripas de alguien.

Estaba entrando en mi recibidor cuando el ruido comenzó de nuevo. Esta vez no me cupo ninguna duda. Alguien andaba hurgando en mi puerta. Estaban intentando abrirla... Pero mis tres vueltas de llave se lo estaban poniendo difícil (y el pasador al que se enfrentaría si lo lograba).

«Siempre tuviste razón, *aita*», pensé mientras daba el siguiente paso, empuñando mi cuchillo. «En muchas cosas, pero también en esta».

Seguía oyendo el soniquete de algo que entraba y salía por mi cerradura, como el ruido sordo y amortiguado de un ratón comiendo un trozo de pan duro. Pero entonces mi pie se apoyó sobre uno de los tablones del viejo parquet. Y el tablón crujió. Y el soniquete se detuvo de inmediato.

Me había oído.

Pude escuchar el ruido de un llavero, muy rápido, y de unos pasos que salían corriendo escaleras abajo.

—¡Eh! —grité—. ¡Quieto!

Corrí hasta la puerta y pegué el ojo a la mirilla, pero no se veía nada. Todo estaba oscuro, aunque podía percibir los ruidos de alguien que bajaba las escaleras a todo meter, dando tremendos saltos.

Quité el pasador, di tres vueltas de llave… ¿Salir detrás de él? Pero ya debía de estar en el portal, así que corrí hasta las ventanas que daban a mi calle. Me asomé al balcón a tiempo de ver una sombra que aparecía por la acera.

—¡Quieto! ¡Al ladrón!

Pensé que quizá cruzaría la calle y podría verle, pero el tipo (o tipa), fuese quien fuese, era más listo que todo eso. Corría pegado a mi fachada, bajo los balcones. Imposible verlo.

—¡Fuego! ¡Fuego! —grité (porque un policía me enseñó que eso era mucho más efectivo que todo lo demás si querías que la gente se asomara a una ventana).

Aun así, para cuando los primeros vecinos se asomaron, la silueta ya se había esfumado en la esquina más próxima. La noche de Madrid seguía su curso de ruidos, ambulancias, y la gente muy pronto dejó de mirar en busca de esas señales de alarma.

Otra locura más en la noche de la ciudad, pensarían.

Otra loca gritando para atraer la atención.

Ni siquiera me planteé llamar a la policía. Bajé a la calle con mis cosas y paré el primer taxi que apareció por allí.

SEXTA PARTE

Si te bloqueas, vuelve al principio

81

En el autobús nocturno, una mujer africana viajaba con sus hijas, y la más pequeña no me quitaba ojo. Advertí que cuchicheaba algo con su madre. ¿Quizá también me habían visto por la tele?

El bus era bastante incómodo, aunque al menos, a esas horas, apenas tuvimos tráfico para salir de Madrid. La mitad de los asientos iban vacíos y pude elegir uno doble para mí sola. Traté de encontrar la postura apoyando la cabeza en un maletín, en una sudadera hecha un ovillo..., pero no lograba dormirme. No podía dejar de pensar en que alguien había intentado entrar en mi casa. ¿Qué hubiera pasado si no llegó a despertarme a tiempo? ¿Si no llego a tener la puerta cerrada por dentro y la cadena echada?

Posiblemente, nada bueno.

Pensaba en todas las posibilidades. La primera, claro está, era que fuese la misma persona que atacó a Gurutze. ¿El hombre que me encendió el cigarrillo en el quiosco? Por alguna razón mis pensamientos se desviaban a esa cara una y otra vez. Ese rostro amable, pero con cierto aire a soldado.

Me parecía haberlo visto por la plaza de Santa Bárbara esa noche, mientras hablaba con Lidia. Entonces me había dicho a mí misma: «No te emparanoies». Pues ahora era todo lo contrario, todas las advertencias sobre mi seguridad personal cobraban sentido de golpe.

EMPARANÓIATE: VAN A POR TI.

Me sentí idiota por haber subestimado la situación. Yo allí, en mi casa, poniéndoselo fácil al asesino... Y ¿por qué no había llamado a la policía de inmediato? Pero ¿qué hubieran podido hacer? El tipo había salido corriendo. Ya no me sentía segura en ninguna parte. Solo quería llegar a casa, con Leire, desaparecer por completo antes de tomar ninguna otra decisión.

Aunque también podría tratarse de un vulgar ladrón. La noche anterior había aparecido en *La Trinchera* y quizá alguien pensaba que tenía los cajones de casa llenos de joyas... En cualquier caso, pensé que tendría que vender ese apartamento y mudarme a otro sitio. A una de esas anodinas urbanizaciones de chalets de las afueras... o a otra parte (¿a Urkizu?). Solo la perspectiva de tener que dejar mi barrio me deprimía, pero es lo que te pasa cuando por fin eres famoso, ¿no?

«Ten cuidado con lo que sueñas... porque podrías conseguirlo».

—Mi hija dice que tiene usted el pelo más bonito que ha visto nunca —dijo la mujer africana desde el asiento contiguo.

La niña me sonreía, avergonzada, apretujada entre los pechos de su mamá.

—Pues a mí me encantan tus rastas —le respondí—. Eres guapísima.

Hicimos parada en Lerma y avisé a mi hermana de que estaba a dos horas de Vitoria. Me dijo que me esperaba despierta.

—¿Has cenado?

—No, pero comeré un bocata de tortilla.

—Vale. Avísame cuando llegues y te voy a recoger.

—Puedo pillar un taxi.

—Ni se te ocurra.

En la gran cafetería de Lerma confluían los pasajeros de un buen número de autobuses de la ruta entre Madrid y el norte (Bilbao, Santander, Donosti, Vitoria...). A esas horas de la noche era un lugar sórdido, de caras cansadas, fumadores solitarios bajo las farolas de la calle, móvil en mano... Yo aún tenía el miedo metido en el cuerpo y preferí quedarme allí dentro, bajo una buena luz. Terminé sentándome con la mujer africana y sus dos niñas de cinco y diez años. Hablé un poco con ellas: iban a Vitoria a reunirse con su papá, que había conseguido un trabajo de camarero.

—¿Y tú? —me preguntó la mayor.

—Yo voy a casa de mi hermana.

—Es bueno tener familia —respondió la madre.

—Sí —dije pensativa.

Leire vino a buscarme en el coche familiar. Llevaba un abrigo por encima del pijama, unas zapatillas Veja y el pelo recogido en una coleta.

—Me encanta tu nuevo corte —dijo nada más verme—. ¿Te lo hiciste para la tele? Deberías llevarlo siempre así.

Le di las gracias. Ella estaba guapa, como siempre, aunque se notaba a la legua que había pasado una nochecita toledana.

—No hubiese podido dormir ni aun queriendo —dijo.

—Pues no te he contado lo peor... —respondí yo.

Le relaté aquel intento de intrusión que había sufrido en casa.

—¿Por qué no lo has denunciado?

—Buff... Leire, estoy harta de la policía...

Le dije que solo quería escapar de Madrid, subirme a ese autobús y alejarme de todo. Supongo que parecía lógico, pero entonces pensé en las implicaciones que eso tenía para Leire y su familia. ¿Y si esa persona venía pisándome los talones? Hubiera sido sencillo seguir mis pasos hasta la estación de avenida de América, y desde allí, en coche, escoltar al autobús en su trayecto hasta Vitoria.

De nuevo, mi cabeza dando vueltas...

Tardamos diez minutos en alcanzar el barrio de casitas y chalets de Armentia, y en ese tramo no pude evitar mirar hacia atrás unas cuantas veces. No se veía un alma. Ni un coche. Para cuando llegamos a Armentia, estaba bastante segura de que nadie nos había venido siguiendo.

Leire vivía en un precioso chalecito unifamiliar con algo de terreno y una piscina. A esas horas de la madrugada, de un día de finales de mayo, el resplandor se perfilaba en el horizonte. Entramos en la casa en silencio. Me preguntó si quería picar algo y le dije que no. Las mellizas de Leire se iban a despertar en un par de horas y, aunque Gari se haría cargo de todo, convenimos en que lo mejor era irse a dormir y desayunar juntas al día siguiente.

Esa noche me tomé una doble ración de lorazepam, sobre todo porque necesitaba parar la maldita cabeza, descansar para afrontar lo que fuera a pasar al día siguiente. Y la cosa surtió efecto. Cuando me desperté, era cerca de la una del mediodía. Olía a tilos, a hierba recién cortada. Sonaban los pajaritos y el motor de una segadora en alguna parte. Tardé un buen rato en salir de la cama. ¡Se estaba tan bien allí!

Leire andaba en la cocina, entre sartenes, y mirando correos electrónicos en un iPad Pro. La mesa redonda del *office* estaba llena de papeles: recortes de disfraces, diagramas de coreografías y partituras.

—¿El festival de fin de curso? —le pregunté.

—Es esta noche —dijo Leire—. Este año el tema son los viajes espaciales... Una locura total. ¿Quieres un café? ¿Tostadas?

Se puso a prepararlo todo. Yo me senté y contemplé aquella mesa, un verdadero guirigay de escaletas, diseños de disfraces de marciano, decorados. Leire organizaba un festival de cierre de curso todos los años, y todos los años se volvía loca y se quejaba por liarse de esa manera.

—Eres una perfeccionista —le dije—. Aunque después siempre sale bien.

—Gracias, hermana... Supongo que en el fondo me gusta. Igual soy masoca.

—Puede —me reí—. Cuando por fin te jubiles, lo echarás de menos.

Se hizo un pequeño silencio entre ambas. Quizá eso de la jubilación nos había recordado el tema de la venta de la casa.

—Me llamó Lidia —dijo entonces Leire—. Por ahora, ha retirado la oferta.

—Joder, lo siento. Yo te iba a decir que la editorial...

—No hablemos de ese tema, ¿vale? —cortó ella—. La casa de *aita* ya no está a la venta. Hemos avisado al amigo de Gari para que la retire de Idealista y de su portal.

—En serio, no hay por qué... Siento mucho todo esto. Yo...

—No lo sientas, Quin, lo has hecho por una razón. Una buena razón. Y yo llevo veinte años con la academia, puedo esperar uno o dos más. No me voy a morir, ¡soy autónoma! Pero ahora hay que llegar al fondo del asunto: si alguien le hizo algo a nuestro padre, quiero que termine entre rejas. Sobre todo, si es la misma persona que atacó a Gurutze y a Jokin... y posiblemente fue a por ti anoche. ¿Has llamado ya a ese policía?

—Lo iba a hacer ahora.

—Bueno, pues hazlo.

Entonces, sin mediar palabra, me acerqué y le di un beso.

—¿Y eso por qué?

—Por creerme. Por apoyarme.

A Leire se le empañaron los ojos.

—Siento haberme puesto burra con lo de la casa —dijo—. Si la hubiéramos vendido, nada de esto habría salido a la luz.

—No digas eso... Además, con ese precio tampoco la hubiéramos vendido tan rápido —bromeé.

Santiago Cortes me echó una buena bronca por haber tardado tanto en denunciar el intento de allanamiento.

—Las primeras horas después de un delito son cruciales. Ahora todo será más difícil.

—Lo siento —dije—. Solo quería salir de allí.

Estaba sentada en el bonito jardín de Leire, en su preciosa mesa de madera, con un café y un cigarrillo («A ver cuándo lo dejas», me había regañado Leire al traerme mi tabaco). Santiago me puso al día del estado de Gurutze. Me dijo que esa noche había presentado una leve mejoría.

—Al parecer ha movido los dedos y ha balbuceado algunas palabras, pero después se ha vuelto a quedar dormida.

Yo retomé mi mantra: alguien tenía que hacer guardia en la UCI, porque Gurutze intentaba decirme algo cuando fue atacada.

Entonces le hablé de ese extraño hombre que me había abordado junto a mi casa la tarde anterior. «Un tipo de ojos verdes, un metro setenta como mucho, tatuajes, una pequeña herida en la palma de la mano...». Le dije que me había parecido verlo por los aledaños de la plaza de Santa Bárbara esa noche.

—Un nuevo sospechoso —reflexionó el policía—. ¿Hay algo más que quieras contarme, Quintana?

—¿Algo más?

—Bueno... Tenemos noticia de un coche de alquiler accidentado en Segovia, a la altura de Honrubia de la Cuesta. Un Toyota, ¿te suena?

—Joder, sí...

—La aseguradora se ha puesto en contacto con la policía para ver si había habido alguna denuncia al respecto. Al parecer, casi te matas esquivando un jabalí. ¿En serio?

Yo resoplé con una sonrisilla en los labios. ¿Había manera de engañar a un viejo zorro como Santiago Cortes? Miré al cielo azul del mediodía. Fumé una calada y bebí un sorbo de café.

—En realidad, no fue un jabalí —admití.

Le conté toda la historia tal y como había pasado. Ya no estábamos para hacer el idiota.

Veinte minutos más tarde volví a la casa. Las últimas palabras de Santiago todavía resonaban en mi cabeza: «Lo de hacerse la valiente termina aquí y ahora. Quiero que me informes de cualquier cosa rara que veas: coche, persona o carrito de bebé... En cuanto a Gurutze, mi compañero sale ahora para el hospital. Se quedará allí haciendo guardia y esperando a que recobre el habla. Y también voy a avisar a la colega de la Ertzaintza. Quédate en casa de tu hermana hasta nueva orden».

Le había dicho que sí a todo, aunque eso último, lo de quedarme en casa de Leire, no entraba exactamente en mis planes.

—¡¿Que te vas a Puerto de Vega?! —Leire, que seguía en la cocina pegándose con su escaleta para el festival de baile, levantó la mirada de la mesa y la fijó en mí como si acabara de volverme loca.

—Sí —dije—, al mismo hotel y a la misma habitación donde se hospedó *aita*. He reservado para esta noche.

—Pero ¿qué piensas hacer allí?

—No tengo ni la más remota idea —respondí—. Llevo una foto de *aita*. Supongo que empezaré a enseñársela a todo el mundo y a hacer preguntas. Pretendo descubrir si alguien lo vio o si lo recuerda. Quizá fue a reunirse con alguna persona. O quizá acudió allí por otro motivo... Sea lo que sea, debo ir.

—¿No te estás precipitando? Además, el poli te ha dicho que te quedes aquí.

—Será nuestro secreto, Leire, tuyo y mío. Desapareceré como Agatha Christie.

—¿Qué?

—Nada.

Ella se echó para atrás en la silla, se recogió el pelo con las manos.

—He estado intentando acordarme del amigo asturiano de *aita*, pero no recuerdo cómo se llamaba. Igual lo tiene apuntado en algún sitio en casa.

Yo le expresé mis dudas sobre esa teoría. Había repasado

las llamadas de nuestro padre y no había dado con ningún «amigo asturiano», y tampoco me lo imaginaba yendo de visita sorpresa a ninguna parte, a esas alturas de su vida.

—Puede que le enviase un email.

—¿Un email, Leire?, *¿aita?*

—Es verdad... Pero ¿qué razón tendría para irse solo hasta Asturias? Es que no me entra en la cabeza.

—Lo sé..., pero lo había apuntado en su calendario. Y ese mes de abril pasaron muchas cosas. Creo que ese viaje está conectado con todo.

Llevaba aquel cuadernito conmigo, en donde había ido perfilando la cronología de esas últimas jornadas en la vida de Bernardo Torres. Se lo mostré a mi hermana, como prueba palpable de que nuestro *aita* estaba realmente detrás de algo esos días.

—Todo comenzó con la trifulca en el Club. Después, *aita* mantuvo algunas conversaciones con Jokin, y por algún motivo apuntó Puerto de Vega en su calendario. Un día más tarde salió de viaje...

Leire miraba mi cuadernito, con los ojos abiertos como platos.

—Madre mía, hermanita. ¡Al final vas a tener razón! Por algo dicen que eres el cerebro de la familia.

—Dejémoslo en que soy única obsesionándome con algo.

—En todo caso —dijo Leire—, no sé si me gusta la idea de que viajes sola. Además, supongo que has oído lo de Luken Arroniz. Dicen que está en búsqueda y captura.

—Lo he oído...

Recordé toda esa historia que Oliver me había trasladado el día anterior y me planteé muy en serio: ¿debería temer a Luken?

—¿No puedes esperar unos días a que acabe el curso? —siguió Leire—. Yo tengo el festival esta noche, al menos que te acompañe alguien...

«Javi Porta», pensé en el acto, y casi se me escapa.

—¿Qué?

—Nada, nada... —sonreí.

El problema era el coche. No quería alquilar uno porque eso quedaría registrado en alguna parte. Además, dudaba de que ninguna empresa de alquiler de vehículos accediera a confiarme ni un triciclo después del incidente de la autopista.

—Supongo que tú no puedes prestarme uno de los tuyos, ¿verdad?

Era imposible. En esa casita apartada de Armentia necesitaban los dos coches para ir a trabajar y a por las niñas. Sin embargo, Leire me recordó que había un coche en la casa de nuestro padre, el Scenic, que además necesitaba que alguien lo pusiera en marcha de vez en cuando.

—No había planeado acercarme por allí —admití—, pero bueno...

—Lo entiendo... Quizá te pueda acompañar —miró su reloj—, aunque tendría que ser ahora.

—No te preocupes —dije—, bastante tienes con llevar todo este pandemonio. Solo es un taxi de media hora.

Desde Urkizu hasta Puerto de Vega se tardaba cerca de tres horas y media. Pensé que lo mejor era ir moviéndose, pero Leire dijo que no iba a permitir que me fuera sin comer algo primero.

—Estás raquítica, pálida y ojerosa.

Nos sentamos en la barra americana de su cocina y, por primera vez en mucho tiempo, probé algo de comida caliente y casera: unas lentejas que me supieron a gloria bendita. Después me di una ducha, me puse mis pantalones de yoga y una camiseta, y Leire me maquilló como en los tiempos en los que nos preparábamos para salir juntas. «¿Te acuerdas?».

El taxi llegó a su hora y nos dimos un fuerte abrazo junto al murete de su casa.

—Llámame en cuanto llegues a Asturias —me dijo.

—Lo juro.

Era como si las dos tuviéramos un presentimiento: algo estaba a punto de suceder.

82

Me monté en el taxi y el conductor me preguntó por la dirección. Yo preferí darle una ubicación aproximada.

—El camping de Uxue —indiqué—, en Urkizu. ¿Lo conoce?

Lo vi mirándome a través del espejo retrovisor, solo por un segundo antes de ponerse a conducir. ¿Me habría reconocido detrás de mis gafas de sol y mi visera y embutida en aquel chubasquero que Leire me había prestado porque daban un tiempo malísimo para las dos noches siguientes? O quizá solo le parecía raro que una tía con mis pintas y un *trolley* sólido quisiera ir a un camping.

Aquel viaje debía hacerlo en absoluto secreto. Leire había jurado que no se lo contaría ni a Gari (le diría que me había marchado con una amiga), y yo tampoco tenía la intención de decírselo a nadie, ni a la policía. Por mucho que Beitia me jurase y perjurase que la filtración de prensa no era cosa suya, la experiencia de los últimos dos días me había hecho espabilar a golpes. Alguien me la estaba jugando por algún motivo. Bien, pues no iba a darles ni una oportunidad más.

Hablando de eso, me había llegado un mensaje de Marta Donada esa misma mañana. Era un email para compartir conmigo la contraseña de mis redes.

> Nos ha comunicado Ana Pons que quieres volver a retomar el control de tus redes sociales. Te envío las credenciales de todas tus cuentas (puedes cambiar la contraseña desde dentro). También te comento que, siguiendo tus instrucciones, se han cancelado el resto de los eventos hasta el verano, pero deberías hacer un anuncio público en redes. Si necesitas ayuda con esto, no dudes en pedírmela.
>
> Un abrazo,
>
> Marta

Se me había olvidado por completo este tema y reconozco que me arrepentí un poco. No iba a ser capaz de llevar la cuenta, crear posts y responder a los comentarios tan bien y tan rápido como Marta (una chica de veintiséis años que casi había nacido con el iPhone pegado a la mano y tecleaba a la velocidad del rayo). Pero, en fin, había tomado una decisión y lo adulto era bregar con ella.

Saqué mi teléfono del bolso y me logueé en Instagram con las credenciales que Marta me enviaba en el email. Fue un auténtico flash ver que tenía tropecientos mil seguidores nuevos. Supuse que era el empujón de la tele y las últimas noticias. Había, además, miles de notificaciones, *likes*, comentarios... Leí algunas cosas por encima, solo por curiosidad. *La Trinchera* había compartido un clip de mi paso por el programa, lo que había suscitado una riada de *likes* y casi dos mil comentarios. Había de todo, desde los fans («Es una gran escritora. Lo demás no importa») hasta los *haters* («¿Esta es la tía que más libros vende en España? Pues dice mucho del nivel intelectual del país»).

También había varias menciones a un artículo en el que me etiquetaban. El título logró que me detuviera un segundo a leerlo: «Whisky, orfidal, problemas mentales y cierto aroma a impostora. Lo que nadie te ha contado sobre Quintana Torres, el gran fenómeno del best seller nacional».

—Guau —dejé escapar entre dientes según lo abría.

¿Quién había escrito eso y por qué?

Lo leí reprimiendo una carcajada. Era un articulillo de un pseudomedio dedicado a celebridades. El bosquejo de una escritora drogadicta que bebía demasiado y a la que el éxito estaba empezando a presionar hasta límites insoportables. También hablaba de mis problemas mentales. Y de cómo la muerte de mi padre me había desequilibrado hasta el punto de «no poder empezar un día sin empastillarse». Eran mentiras, claro, pero mentiras muy bien elegidas; se diría que por alguien que me conocía demasiado bien. Pero... ¿quién?

Dejé de mirar aquella maldita pantalla, aparté el teléfono de mi vista. «Basta», me dije, «o te volverás loca».

Había empezado a llover. Los cristales del taxi comenzaban a llenarse de gotitas y unos nubarrones de color gris pizarra nos aguardaban al norte de la autopista, encima de Urkizu, con los brazos abiertos.

El taxista llevaba puesta la SER, y hasta ese momento habíamos ido escuchando un programa de tarde, pero entonces dieron las señales horarias de las cuatro en punto y arrancaron las noticias. Yo iba con el codo apoyado en el borde de la puerta, la mirada perdida en el paisaje verde y mojado, cuando de pronto escuché un nombre, «la popular actriz Gurutze Azkargorta...», y se me paró el corazón.

«...conocida por su papel de sor Miren en la serie *Flores del pasado* sufrió anteanoche un violento ataque en su domicilio de La Latina en Madrid. Las primeras investigaciones apuntan a un allanamiento con violencia y han descartado el móvil sexual. La intérprete, natural del pueblo alavés de Urkizu, fue hallada por una vecina con graves heridas y trasladada de urgencia al hospital Gregorio Marañón, donde permanece ingresada con pronóstico reservado...».

«Pronóstico reservado». Respiré con alivio. «Nada nuevo».

Santiago me había informado de que al parecer había movido los dedos y balbuceado algunas palabras. ¿Conseguiría salir del coma? ¿Decir aquello que iba a contarme cuando la acuchillaron? Quizá ella tenía una de las claves de todo este misterio, pero no podía esperar tanto.

El teléfono empezó a vibrar entre mis manos, donde continuaba tras haberme logueado en Instagram.

Javi Porta.

Solo con ver su nombre en la pantalla, me puse a temblar de los pies a la cabeza.

«Habías decidido que esto sería un secreto —me dije—, pero eso no significa que no puedas charlar por teléfono».

—¿Estás en Madrid? —preguntó él nada más saludarnos.

—No, ¿por?

—Necesito que nos veamos. —Empleó un tono que hizo que me removiera en el asiento—. Hay una persona que quiere hablar contigo.

—¿Una persona? ¿Quién?

—Lo siento, Quintana, pero me ha pedido que no diga nada por teléfono. Sería en Urkizu. Yo te acompañaría, por supuesto...

Guardé silencio unos segundos.

—Mira, Javi, entiendo que en este punto de la historia nadie se fíe un pelo de mí, pero… —Noté los ojos del taxista desviándose en el espejo—. Anoche alguien intentó entrar en mi apartamento.

—¿Qué? ¿Estás bien?

—Sí, gracias a Dios tenía la llave echada, tal y como mi padre me enseñó. Pero no estoy como para meterme de cabeza en una emboscada, ¿entiendes?

—Es un amigo —aseguró entonces Javi—, alguien de total confianza. Acudió a mí porque no podía localizarte por su cuenta. Marca tú el sitio y la hora, si te sientes más cómoda, pero ha insistido en que tiene algo importante que decirte.

«Un amigo», pensé.

—Podría estar en el pueblo esta misma tarde —dije sin entrar en más detalles.

—¿Esta tarde? Muy bien. ¿Dónde?

Por alguna razón, Javi sonaba algo áspero. Y tanta insistencia me incomodó un poco.

—Déjame que lo piense. Te escribiré con un lugar y una hora.

—Perfecto —dijo él—, espero tu mensaje.

Me despedí y colgué.

¿Quién podía ser ese misterioso amigo? Pensé en Luken de inmediato, era la posibilidad más sólida, pero eso convertiría a Javi en cómplice de un fugado, ¿no? A menos que ambos supieran algo que nadie más sabía.

Recordé mi última conversación con Luken aquella noche, en el pantalán del Club Náutico. Él, que estaba encantado con ser el macarra sexy de mi novela, insistió en invitarme a una copa en su bar. Parecía que quería contarme alguna cosa… ¿Solo pretendía ligar conmigo o era algo más?

La lluvia había ido a peor cuando salimos de la autopista. Quedaba muy poco para entrar en Urkizu. En cuestión de unos minutos llegaríamos al pantano. Entonces se me ocurrió un sitio perfecto para el encuentro. Se lo escribí a Javi por WhatsApp y él me contestó:

La presa? Pero ahí no se puede pasar

Lo sabía, dije, y precisamente por eso me gustaba. La presa tenía algunas cámaras de seguridad que controlaban cualquier acceso. Y esa era mi condición para un encuentro secreto. Le escribí:

Además, tú eres el poli del pueblo,
no? Seguro que puedes arreglarlo.
A las 18.00

Joder, Quintana, okey

Solo tardé otros quince minutos en llegar a Urkizu. El taxista me dejó en la entrada del camping de Uxue. «¿Aquí?», preguntó dubitativo. «Sí, aquí mismo». Llovía a mares y no tenía ni un mísero paraguas a mano, pero no quería acercarme en coche a la casa de mi padre porque no sabía cómo andaban las cosas por allí, si habría policía o curiosos... Y tampoco me sentía con fuerzas para llamar a Almudena y Rober solo para preguntarles por eso, no después de haberlos incluido en la lista de sospechosos de Santiago Cortes. Recordaba el mosqueo que Oliver se había pillado y me temía que ellos pudieran haberse molestado también.

Una cosa así solo se podía arreglar cara a cara.

Sonó un trueno.

Me refugié bajo el alero de la cabaña de recepción aguardando quizá que la lluvia parase un poco, aunque no tenía pinta de hacerlo en breve. El tejado vertía chorros de agua y la chica del camping salió a decirme que podía esperar dentro si quería. Le dije que no, pero que muchas gracias. Después se me ocurrió pedirle un paraguas prestado.

—Te lo devuelvo en un rato.

—Claro —dijo ella—, llévate uno del camping.

Así que me eché el choto, cogí mi *trolley* y tiré a caminar por el robledal, en dirección a la casa de mi padre.

83

La borrasca de esa tarde era de las buenas. Las nubes estaban tan bajas que apenas se distinguían las cumbres de colinas poco elevadas como Haizegazti, y eso significaba que la cosa duraría. Los velos de lluvia danzaban sobre el pantano, empujados por el viento, y la superficie del agua era como una piel erizada por los miles de gotas que chocaban y exasperaban la tranquila lámina de agua.

Yo no sabía cómo colocarme el paraguas para evitar la lluvia, así que al final me lo apoyé en el hombro y dejé que se me mojaran los pantalones de yoga y las zapatillas. Tiré del *trolley* por la vieja carretera, cuyo asfalto se iba quebrando conforme me acercaba a las viejas casas de la punta de la península.

Leire me había contado que la Ertzaintza había instalado una patrulla en los alrededores, pero la casa apareció solitaria bajo la lluvia. No había ni un coche aparcado fuera. Ni un alma a la vista.

Me aproximé a buen paso hasta la puerta roja de nuestro jardín, mientras echaba una mirada culpable hacia la casa de

Rober y Almudena. ¿Quizá estaban esperando una explicación por mi parte? Pero qué demonios, ¿no podría decir yo lo mismo de ellos? ¿Por qué no se le ocurrió a Almudena mencionar esas clases particulares que Rober le había dado a Alba en 1999? Habría tiempo para aclararlo, pensé, en cuanto volviera de mi viaje.

Metí al mano a través de los listones de madera y moví el pasador, que estaba frío y mojado. Empujé hasta el fondo las dos hojas del portón y las dejé abiertas, ya que la idea era salir con el coche en un minuto. El Scenic de mi *aita* seguía donde lo había aparcado la última vez. La hierba había crecido otros tres o cuatro centímetros en ese tiempo y con esta lluvia, a nada que saliera algo de sol, el jardín pronto iba a parecer una selva.

«Le daré una segada en cuanto termine con todo esto, lo juro».

Empujé mi maleta hasta colocarla junto al coche. Después caminé a la puerta principal. Pegado sobre la madera, a la altura de los ojos, había un papel con el membrete de la Ertzaintza. Se trataba de una notificación oficial: la casa estaba precintada debido a unas labores de investigación. Pero ¿seguía vigente? Beitia me había comentado que ya habían terminado con el trabajo de las huellas. Y, además, allí no se veía a nadie.

«Solo quiero coger las llaves del coche y punto», pensé dudando un poco.

Miré a un lado y al otro. No podía detenerme ahí.

Metí la llave, di tres vueltas y abrí la puerta.

«Vamos, será un segundo».

La casa era silencio. Olía a un producto químico. ¿Quizá algo que la Científica había utilizado para sacar las huellas?

Había algunas cartas en el suelo (el cartero seguía cumpliendo con su labor), junto a unos cuantos cubrezapatos de los que usaban los polis el último día que estuve aquí. Seguramente se los habían dejado por si volvían, pero no era el momento de ponerme a recoger nada. Vi las llaves del Scenic sobre la cómoda. Entré de puntillas, las cogí intentando no tocar nada más y salí fuera de nuevo. Di otras tres vueltas de llave y me dirigí al coche.

El Renault Scenic de color blanco me esperaba para emprender aquel viaje juntos. «Buen chico», pensé al llegar a su lado. Era un coche del año 2008, creía recordar. Mi padre lo compró después de que su coche anterior, un Seat Toledo del 92, sucumbiera en un viaje a Vitoria. Así era él. Algunos podrían decir que era tacaño, pero yo creo que, sencillamente, le gustaba que las cosas durasen. Y tampoco se fiaba demasiado de la tecnología. El Scenic no tenía ni aire acondicionado ni ventanillas eléctricas. Era el modelo básico. Sencillo y duro. Como él.

Abrí el maletero, metí el *trolley* y mi bolsa del ordenador, cerré y entré en el asiento del conductor. El coche estaba frío, olía a la esencia de eucalipto que mi padre compraba a Sorkunde, una mujer del pueblo que algunos considerábamos medio bruja. Me quedé allí un rato sentada con las manos encima de aquel viejo volante, escuchando la lluvia tamborilear sin tregua sobre el tejado del Renault y mirando hacia el pantano, los árboles del jardín, el cobertizo...

«Bien, *aita*. Allá vamos —dije—. Échame un cable, estés donde estés».

Metí la llave en el contacto, pisé el embrague y dejé la marcha en punto muerto, pero antes de arrancar, me fijé en la bandejita que había junto a la palanca de cambios, que estaba llena de papeles, recibos... Y eso, de pronto, me encendió una bombillita.

«Espera...».

Detuve la mano en el contacto.

Me acababa de dar cuenta de que el viaje de mi padre a Puerto de Vega era, seguramente, el último que se habría realizado con aquel coche, a excepción del día que marché al pueblo a comer. ¿Habría quedado algún rastro de esa escapada entre los papelitos y el desorden de la bandeja?

Cogí todos aquellos tíquets de papel y los fui repasando uno por uno. Enseguida encontré algo. El primero era de una gasolinera en Cantabria, cerca de Llanes, el 14 de abril. No necesitaba repasar mi cronología porque me la sabía de memoria: ese era el día en que mi padre hizo el camino de vuelta. Habría repostado a mitad de trayecto. Bien, encajaba. Siguiente tíquet. Este era mucho más interesante: se trataba de un almuerzo que mi padre había pagado en un restaurante llamado La Moura, en la localidad de Busto.

—¡Joder! —exclamé dentro del coche—. Ya podía haber mirado la maldita bandeja la primera vez que me senté en el coche.

El tíquet era del 13 de abril, ochenta y cuatro euros por dos menús especiales de fin de semana. Abrí Google Maps y descubrí que Busto era una pequeña aldea situada junto a un cabo, a unos cuantos kilómetros de Puerto de Vega. En las primeras fotos que Google me devolvió, se veía un impresionante faro.

Faro Cabo Busto.

Era un faro curioso, una torre cilíndrica anexa a un pequeño edificio en forma de U, emplazado en un acantilado majestuoso. Pero ¿qué pintaba este nuevo lugar en la historia de aquel viaje?

Bueno, estaba claro que mi padre había acudido allí para comer con alguien ese domingo de abril. Posiblemente con la persona a la que había ido a visitar. Pero ¿quién era? ¿Por qué en ese pueblo?

Mi intención era arrancar ese viejo trasto e ir a descubrirlo, pero pensé que no me costaba nada probar con una llamada al restaurante... El teléfono venía escrito en el mismo tíquet. Marqué el número y esperé. Sonaron dos o tres tonos, entonces respondió una voz femenina con acento latino.

—Restaurante La Moura, dígame.

Yo no sabía ni por dónde empezar aquello. Supuse que lo mejor era ir de frente.

—Me llamo Quintana Torres y esto que voy a decirle le va a parecer un poco raro, pero estoy buscando a una persona que comió en su restaurante el pasado 13 de abril. Es un asunto muy importante, de otra forma no le molestaría. ¿Cree que puede ayudarme?

Me esperaba un no rotundo por respuesta. Algo así como «¿Quién se cree que somos?» o «¡Nunca le daríamos una información así por teléfono!».

Para mi sorpresa, la mujer respondió cálidamente.

—Le paso con el jefe...

Apareció otra voz, un tipo con marcado acento asturiano. Le repetí la misma frase, palabra por palabra, añadiendo una descripción aproximada.

—Un hombre de setenta años, pelo canoso, algo de barba. Anchote.

—¿También vasco? —Debía de haberme notado un poco de acento que resistía al exilio madrileño.

—Sí, era mi padre. Falleció unos días después.

—Lo siento mucho, señora…

—Gracias. ¿Le recuerda?

—La cosa es que creo que sí —dijo entonces—. Si fue el 13 de abril, como dice, entonces era el Domingo de Ramos, y ese día trabajé en la barra. Su padre estuvo tomando un café a media mañana y después reservó una mesa. Yo le atendí… Permítame ver en el libro.

Oí un ruido como si dejara el teléfono apoyado. El corazón me iba a mil. El hombre se tomó su tiempo.

—¿Bernardo? —dijo al fin—. ¿Se llamaba así?

—Bernardo Torres —respondí con un nudo en la garganta—. ¿Sabe con quién almorzó ese día? Aunque le cueste creerlo, es un asunto de vida o muerte.

—Solo aparece su nombre. Aunque, si le sirve de algo, creo que había quedado con alguien del pueblo.

—¿Por qué lo dice?

—Uy, su padre era un tío dicharachero. Me preguntó por el camino del faro y le estuve dando algunas indicaciones. Después continuamos hablando de lo bien que se comía en el País Vasco y todo eso… Entonces él me contó que alguien del pueblo le había dicho que este era el mejor restaurante. Yo le pedí que le diera las gracias y él me respondió: «Déselas usted mismo, que viene a comer conmigo».

—Por favor, necesito saber quién era.

—Se lo voy a intentar resolver. Este es un pueblo pequeño y nos conocemos todos. Deje que pregunte a la camarera que estaba de turno ese día en mesas, quizá ella pueda decirle algo más. Deme un número de teléfono y la llamo en cuanto sepa algo.

Se lo di y volví a remarcarle lo importante que era todo esto.

—Yo salgo ahora mismo para allí. Tardaré unas tres horas y media según el GPS..., pero llámeme en cuanto sepa algo.

—No se diga más —dijo aquel hombre—, nos ponemos a ello.

84

Terminé de repasar los tíquets: otro de una gasolinera en Cantabria el 11 de abril (día en el que salió) y la factura del Hotel El Pinar, donde ya sabía que se había alojado. Pero ahora quedaba claro que la cita de mi padre había tenido lugar en Busto, un pueblo a unos kilómetros de Puerto de Vega. Había almorzado con una persona de ese pueblo..., pero ¿quién?, ¿por qué?

Algo me decía que estaba a punto de resolverlo. Giré la llave en el contacto.

«Allá vamos». Apreté hasta el fondo esperando oír el rugido de aquel motor, pero solo obtuve un clic seco seguido de un tremendo silencio. Vi encenderse la luz roja de la batería en el salpicadero. ¿En serio? Volví a girar la llave, esta vez con ímpetu, dejándola unos segundos en el fondo del recorrido mientras el motor gemía incapaz, amagando entre bufidos.

—¡Vamos! —golpeé el volante—. ¡No me jodas ahora!

Lo intenté otro par de veces, pero el piloto de la batería se encendía testarudo; estaba muerta. *Kaputt*. Leire ya me había comentado que solía desgastarse en los días húmedos... «Ahora piensa en cómo arreglarlo».

Abrí la guantera y busqué los papeles del seguro, que encontré en una carpetita negra. Allí estaba el teléfono de la aseguradora y de la asistencia en carretera. Llamé y entré en el clásico flujo de voces programadas que me pidieron el número de póliza. Se lo di. Entonces, una voz electrónica muy amable me informó de la situación: «En este momento su póliza no se encuentra en vigor por falta de pago».

Las cuentas de banco de mi *aita* estaban bloqueadas y algunos recibos se habían devuelto. Recordé que nos había sucedido algo similar con la luz de la casa y tuvimos que pagar la factura de nuestros bolsillos. Posiblemente con el seguro había pasado lo mismo.

Merde...

El plan se complicaba. En primer lugar, ¿iba a irme hasta Asturias sin seguro? Bueno, la respuesta rápida era sí, siempre que pudiese arrancar aquel coche por mis propios medios. No quería llamar a nadie, si podía evitarlo. Mi plan debía permanecer en el secreto más absoluto.

Pero ¿cómo coño arrancas un coche en el secreto absoluto?

Pensé en que podría encontrar algo en el cobertizo. A mi padre solía descargársele la batería, quizá tuviera unas pinzas o un arrancador, un generador, tal vez... Abrí la puerta y salí del coche.

Afuera seguía lloviendo a mares. Corrí hasta el cobertizo y tiré del viejo portón para ponerme a cubierto.

Entré y la puerta se entrecerró a mis espaldas (siempre pasaba lo mismo, para eso teníamos el taco de madera). Apreté el interruptor de la luz, pero la bombilla debía de haberse fundido. En todo caso, sabía que las herramientas y trastos estaban todos criando telarañas en las estanterías de la derecha. Allí fui con la linterna del móvil encendida. Me puse a rastrear entre cajas de herramientas, bombillas fundidas, bidones de combustible…; tardé un poco en dar con un par de pinzas de batería. ¡Por fin la sección coche! Saqué las pinzas de allí y me fijé en una caja de cartón que había detrás, con las palabras JUMP STARTER rotuladas en el exterior. Resulta que era un arrancador portátil. ¡Bien!

Saqué el arrancador de la caja. Venía con sus propias pinzas de batería. También tenía un par de botones, uno de ellos era para testear la carga del aparato. Al pulsarlo, vi que la luz ni siquiera se encendía, pero eso suponía un problema menor. Podía volver a la casa y enchufarlo, y tomarme un café mientras se cargaba. Me lo llevaría a Asturias conmigo. No quería quedarme colgada a la vuelta.

Volví a meterlo todo en la caja y me encaminé a la salida. El portón se había cerrado por completo y solo veía una franja de luz entrar desde el exterior, pero entonces me pareció escuchar algo a través de la lluvia.

Una voz susurrando unas palabras, pasos en la hierba…

Me acerqué muy despacio, casi de puntillas, hasta la puerta. Asomé un solo ojo y vi a alguien de pie junto a mi coche, de espaldas a mí, con un impermeable oscuro… Me quedé quieta, sin respiración. ¿Quién era? ¿Qué hacía allí? Había dejado las puertas del jardín abiertas de par en par, así que no le había costado nada colarse. Pero ¿por qué?

Entonces escuché una voz familiar.

—¿Dónde crees que está? —susurró Almudena desde alguna parte a mi derecha, aunque no podía verla.

La figura del impermeable se giró. Era Roberto. Y llevaba

algo en la mano. Un cuchillo. Hizo un gesto con él, hacia la casa.

—Vamos por detrás —dijo llevándose un dedo a los labios.

Escuché los pasos de aquellos dos viejos profesores del instituto caminar sobre la hierba. ¿Qué estaba pasando allí? ¿Por qué se movían en silencio por mi jardín como dos intrusos?

La lluvia arreciaba y los truenos golpeaban en lo alto de las montañas, Rober y Almudena habían desaparecido en algún punto de la casa y yo dejé de escuchar sus movimientos.

«A lo mejor han oído algún ruido y han venido a echar un vistazo», me dije. Pero había algo en aquellas voces susurrantes. En el cuchillo que había visto en la mano de Rober. ¿Y si era otra cosa?

Rober y Almudena, nuestros vecinos de toda la vida. Nuestros amigos.

¿Y si eran ellos?

Almudena me ocultó que Rober había dado clases particulares a Alba, ¿por qué? ¿Qué motivo tenía para hacerlo? ¿Pasó algo entre Rober y Alba? ¿Quizá era eso? ¿Quizá Rober fue el monstruo que hizo que Alba cambiara?

Me pasó toda la historia por la cabeza, pero con Roberto y Almudena como protagonistas principales. El intento de robo del diario. El asesinato de mi padre, de Jokin...

Mi ritmo cardiaco se había desbocado. Mi respiración volvía a estar por encima de unos niveles sanos. Dejé el arrancador en el suelo y cogí unas tijeras de podar que había justo en la estantería de la entrada.

Entreabrí la puerta un poco más. En ese momento Rober y Almudena habían desaparecido al otro lado de la casa de mi padre. El coche no era ninguna opción, ¿qué iba a hacer? ¿Salir corriendo bosque a través? Desde luego los ganaría a la carrera... Pero no, no pensaba salir huyendo de mi propia casa. Al contrario.

Lo decidí en un segundo. Eran cuatro zancadas largas hasta la puerta principal y en ese momento tenía vía libre. Empujé el portón y salí corriendo bajo aquella manta de agua.

Di una zancada, dos... Entonces, con el rabillo de ojo, los vi aparecer en el fondo. Roberto pegó un grito: «¡Eh!», pero yo no me detuve.

Llegué a la puerta. Tenía el llavero en la mano, las tijeras de podar en la otra. Se me cayó el llavero al suelo mientras buscaba la llave... Estaba muerta de los nervios, las manos me temblaban.

—Vamos, vamos, maldita sea.

Oí sus pasos apresurándose por el césped. Doblaron la esquina de la casa justo cuando ya había conseguido coger la llave.

—Quintana, ¡qué haces! —Almudena se quitó la capucha—. ¡Somos nosotros!

—No os acerquéis —dije empuñando las tijeras de podar—. Por favor...

—Pero... ¿qué pasa? —preguntó Rober—. Hemos oído ruidos de motor. Creíamos que era un ladrón.

Yo seguía amenazándolos con las tijeras de podar. Ellos estaban quietos, bajo la lluvia, con sus impermeables.

—Lo siento... Ahora mismo no puedo fiarme de nadie.

—Tíralo, Rober —indicó Almudena—, tira el cuchillo. ¿Es eso lo que te asusta, Quintana?

No contesté. A esas alturas, yo solo quería entrar en casa y ponerme a salvo. Se habían encendido todas las alarmas y mi cuerpo ya no respondía a nada. Metí la llave en la cerradura, di las tres vueltas, abrí.

—Perdonad —dije como si me hubiera levantado de la mesa para ir al baño.

Rober avanzó un paso hacia mí, pero Almudena le sujetó por el brazo.

—Déjala.

85

Entré en la casa, cerré la puerta a mi espalda, tres vueltas de llave, pasador... El corazón estaba a punto de salírseme por la boca.

«¿Qué estoy haciendo?».

Corrí a la cocina, desde la que podía ver el jardín delantero. Roberto y Almudena seguían allí, en silencio. Entonces Almudena le dijo algo a su marido y los dos se encaminaron a la salida de la casa. Los vi atravesar el portón del jardín muy despacio, abatidos y cabizbajos.

¿Quizá era cierto y solo habían venido a cuidar de la casa, como hacían siempre, como llevaban haciendo desinteresadamente desde la muerte de mi padre? Me sentí culpable, idiota... Pero seguí quieta donde estaba, ante la ventana de la cocina. Necesitaba tiempo porque todo iba muy deprisa. Demasiado deprisa.

«Recuerda: se acabó hacerse la valiente. Alguien ha atacado a Gurutze. Alguien ha intentado entrar en mi piso de Madrid».

«Emparanóiate, todo esto es REAL».

Me senté en la mesa de la cocina y traté de respirar. Ni siquiera podía fumarme un cigarrillo porque me había olvidado el tabaco en el coche. ¡El coche! También me había dejado el arrancador en el cobertizo. Y necesitaba marcharme de allí. Eso era lo que tenía que hacer. Llegar a ese pueblo perdido de Asturias y encontrar a la persona con la que mi padre se había reunido. Todas mis malditas esperanzas estaban puestas en ese alguien.

Me levanté y miré otra vez por la ventana. Nadie. Salí corriendo por el pasillo hasta el cuarto de baño de la planta baja, que tenía una ventana al lateral. Desde allí, a través de los árboles, se podía ver la casa de Rober y Almudena, ¿habrían llegado ya? No podía vislumbrar gran cosa, realmente. Entre la lluvia y las ramas de los árboles, apenas distinguía nada.

Volví a la cocina. «Relájate, estás a salvo en casa».

Entonces el timbre del teléfono rugió en mi cocina. Sonó tan fuerte como si estuviera en un campanario y casi pego un salto del susto. Me acerqué y me quedé mirando el aparato de color blanco, con su cable rizado. ¿Iba a cogerlo?

Sonó una vez, dos veces, tres…

«No lo hagas, te engañarán».

Pero solo era el maldito teléfono, por Dios.

—Dígame.

—Soy yo, Quintana.

La voz de Almudena, suave, templada como siempre.

—Siento haberte asustado, solo habíamos ido a echar un vistazo. Eso es todo, ¿vale? En los últimos días esto ha estado un poco movidito. Roberto ni siquiera quería ir, me ha dicho que llamase a la policía, pero de pronto yo he pensado que podías ser tú. No me preguntes cómo, pero he intuido que eras tú.

—Almudena…

—No digas nada. Ya lo he visto. Te hemos asustado. Sabemos lo que le ocurrió a Gurutze en Madrid. Me imagino por lo que estás pasando. Entendemos que no te fíes de nadie.

—Yo…

—Tranquila, Quintana. No me debes ninguna explicación. Ya te lo dije el otro día: harías lo que fuera por encontrar el sentido de las cosas, ¿eh? —Parecía sonreír mientras decía eso—. Cuando tu madre murió, estuviste obsesionada con aquello. Ibas al cementerio y te quedabas sentada con ella durante horas, porque no aceptabas aquella explicación que el mundo te había dado. «Nadie se puede ir así, de un día para otro».

—Esto es diferente, Almudena.

—Lo sé, pero en cierta manera es igual. Llegarás hasta el fondo de este asunto. Cueste lo que cueste, le pese a quien le pese… Nos ha llamado la Ertzaintza para preguntarnos dónde estábamos antes de ayer por la noche, la noche del ataque a Gurutze en Madrid. Ha sido toda una sorpresa, no te voy a engañar.

—Siento si os ha molestado, pero…

—Lo cierto es que estábamos los dos en casa, delante de la tele, esperando a que salieras en ese programa. Así que no tenemos una gran coartada… Quitando el hecho de que hace mil años que no conducimos mucho más lejos de Bilbao. Pero esto, claro, supongo que no se puede demostrar.

—Se puede demostrar, Almudena. Hay cámaras en las autopistas, en los peajes… —Dije eso sin saber muy bien por qué lo decía.

—Bueno, en ese caso, me quedo tranquila —respondió ella—. Y ya que estamos hablando por teléfono, ¿quieres preguntarme algo más? Si tenías cualquier duda, podías habernos llamado directamente.

Me quedé callada unos segundos.

—¿Quintana?

—Descubrí algo sobre vosotros dos... Algo que no esperaba.

—De acuerdo. ¿Qué es lo que descubriste?

—Que Roberto dio clases particulares a Alba en 1999.

—Es cierto. Lo hizo.

—Y ¿por qué no me lo dijiste aquella mañana en tu casa? Estábamos hablando sobre Alba. Sobre aquel año escolar y los problemas que tenía... No entiendo por qué tuviste que omitir eso. No me creo que se te pasara.

—Y no te falta razón —dijo ella—. No se me pasó.

—¿Qué?

—Te lo oculté, Quintana. En ese momento no supe qué más hacer. Aunque debería haber imaginado que, tarde o temprano, te enterarías.

—¿De qué, Almudena? Enterarme ¿de qué?

Se hizo un silencio al otro lado de la línea. Un largo silencio.

—Ese diario... puede que tenga una página dedicada a nosotros dos.

—Explícate.

—No —dijo—, no por teléfono. Esto que tengo que contarte..., solo lo haré cara a cara.

—Almudena, quiero que me entiendas. Yo...

—No vamos a hacerte daño —me interrumpió—. Jamás en la vida te haríamos nada malo. Puedes creértelo o no. Tómate tu tiempo. Piénsalo. Sabes dónde estamos.

86

El timbre de la puerta de Rober y Almudena sonó especialmente alto, especialmente irritante aquella tarde bajo la lluvia.

Había ido hasta allí sin avisar, con un paraguas en la mano, el móvil en la otra (el 112 tecleado y listo) y un pequeño cuchillo oculto en la parte trasera de los pantalones. Había dejado el arrancador cargando en la casa y había cruzado el robledal con media cabeza diciéndome que era un error... y la otra media buscando reconciliarme con la idea que tenía de Rober y Almudena.

Vi moverse las cortinillas. Oí los pasos en el vestíbulo. Rober abrió la puerta, Almudena estaba tras él.

—Quintana...

—Leire sabe que estoy aquí —dije levantando el móvil en el aire.

Ellos arquearon las cejas y sonrieron ligeramente.

—De acuerdo —dijo Almudena—, me parece muy bien. ¿Quieres pasar?

Asentí con la cabeza, pero no me moví.

—Vosotros primero, por favor.

Roberto no dijo nada, pero me miró con un gesto de ¿tristeza?, ¿enfado? No obstante, hicieron lo que les pedía. Se encaminaron por el pasillo hasta su saloncito. Se sentaron en el sofá, uno al lado del otro. Yo me quedé de pie junto a la puerta.

—¿De verdad que no te vas a sentar? —Almudena arqueó una ceja.

—Lo siento mucho —lo decía de verdad—. Han pasado algunas cosas y..., sencillamente, prefiero tener a mano la salida.

Ellos se miraron en silencio.

—De acuerdo —cedió Almudena con su tono sosegado, de maestra—. En todo caso, debo avisarte de algo: en teoría no puedes entrar en la casa. Lo sabes, ¿verdad? Sigue con el precinto de la policía.

—Ya han terminado —respondí con seguridad—, me llamaron para informarme.

—¿Encontraron algo? —preguntó Almudena con timidez.

—Sí, pero prefiero guardarme esa información —dije fríamente—. De todas formas, esto está a punto de acabarse. Estoy a un paso de hallar todas las respuestas.

Era un farol, claro. Aunque había llegado el momento de tirármelo.

Ambos acusaron aquella frase con un profundo silencio. Se miraron de nuevo el uno al otro.

—Bueno, en cualquier caso, ya habíamos decidido que te contaríamos esto —dijo Almudena—, queríamos que fueses la primera en saberlo. Es cierto que te hemos ocultado información. —Sacó algo que llevaba en el bolsillo interior de su chaquetilla de lana.

Era un sobre. Un sobre negro.

—La fotografía —dije yo—, el diario.

—Alguien la dejó en nuestro buzón hace dos semanas.

—Así que lo sabíais todo…

—No —dijo Almudena—. Nadie lo sabe todo. Solo Jokin… o quizá tu padre. Pero ambos están muertos… Los demás, supongo, nos hemos ido enterando de algo gracias a ti.

—¿Qué quieres decir?

Ella dejó el sobre sin abrir sobre la mesa.

—A través de ti supimos que no éramos los únicos que habíamos recibido esto. Hasta ese momento pensábamos que alguien quería asustarnos o chantajearnos. No sabíamos qué hacer…, pero ahora todo encaja: alguien ha enfocado esto a lo grande, buscando una reacción o preparando un chantaje.

—Ese alguien es Jokin y está muerto —dije yo.

—¿Estás segura? ¿Crees que Jokin se encontraba en condiciones de organizar algo así? Un chico torturado por sus demonios, lastrado por el alcohol, que ni siquiera salía de casa…

—¿Quién, entonces?

—No lo sé. Pero es alguien que sabe exactamente a quiénes tiene que lanzar sus misivas. Todos los que hemos recibido esta carta aparecemos en el diario de Alba. Cada uno por sus propios motivos.

—¿Cuál es el vuestro?

Silencio. Los rostros de Roberto y Almudena nunca habían estado tan apagados, tan tristes. Se oía llover. Un rayo acababa de restallar en alguna parte.

—Te hemos querido siempre como a una hija, Quintana —empezó Almudena—. Jamás se nos ocurriría hacerte daño. Ni a ti ni a tu hermana... ni a tu padre, si es que has llegado a pensarlo en algún momento.

Me callé.

—Te digo todo esto porque voy a contarte algo que no hemos contado a nadie, jamás. Algo terrible que va a cambiar tu percepción sobre nosotros. Solo quiero que sepas que llevamos toda una vida cargando con esa culpa... Temiendo a un fantasma que volvió a aparecer esa mañana, cuando abrimos el buzón y encontramos esto.

Abrió el sobre negro y sacó la copia de la fotografía del diario de Alba.

—Creo que todo el mundo conoce nuestra historia, ¿eh? Fuimos uno de los grandes chismes de aquella época. Almu y Rober, los profes que se enamoraron. En 1997 yo tenía treinta y dos años y acababa de empezar de maestra en Uretamendi. ¿Sabes? Yo era una chica muy parecida a ti, Quintana, romántica, un poco solitaria... Nunca había tenido demasiada suerte con el amor hasta que una mañana de septiembre llegó el nuevo profesor de Ciencias —dijo mirando a Rober—. El chico de Donosti que apareció por el claustro y me preguntó cómo podía hacerse un café. Recuerdo que me presenté, le estreché la mano... y saltaron las chispas. ¿Conoces esa sensación, las chispas que estallan en el estómago?

Chispas... Yo asentí con la cabeza, pero ¿la conocía? Almudena le acarició el hombro a Rober y después el cabello. Él estaba muy abatido. Jamás le había visto así...

—Fue un flechazo, para los dos. Creo que los alumnos fuisteis los primeros en daros cuenta, porque era muy difícil de ocultar. Nuestras miraditas por los pasillos, nuestras risotadas. Al principio era casi como una historia de espías porque temíamos que la dirección del cole pudiera objetar algo. Pero al mismo tiempo, fue el momento más bonito de nuestras vidas. Aquellos primeros viajes juntos, en secreto, seguidos de aquel largo verano en el que nos fuimos por Europa con un coche... A la vuelta en septiembre, decidimos enfrentarnos al director, Juan Carlos, y decirle que estábamos locamente enamorados el uno del otro y que si no le gustaba la idea podía echarnos a los dos... ¡Así de locos andábamos!

Almudena miró a Rober, le arrancó una sonrisa que duró solo unos instantes.

—Ese fue el mismo curso en el que Alba llegó a Uretamendi..., el año que cambió nuestras vidas...

Rober le cogió entonces la mano para interrumpirla.

—Creo que a partir de aquí seguiré yo...

Los dos se quedaron en silencio y yo noté que estaba temblando. Movía la pierna sin parar. Temía lo que aquellos dos viejos amigos estaban a punto de desvelarme.

—Una de las primeras cosas que Almudena me preguntó nada más conocernos fue: «¿Qué se te ha perdido aquí, en Urkizu?». Entonces yo le conté la única mentira que le he contado en mi vida: le dije que había tenido una ruptura sentimental muy dura en Donosti y que quería alejarme de mi hogar. Y bueno, algo de verdad había en aquello. Yo había roto con una mujer, pero por motivos de otra índole. Y había venido a Urkizu huyendo de ella... y de lo que la rodeaba.

Rober perdió la mirada en un recuerdo.

—Todos tenemos deudas con el pasado, Quintana, pero la mía era muy grande. A finales de los ochenta, principios de los noventa, yo estuve metido en Donosti en lo que se llamaba «el Movimiento». Era solo un simpatizante: acudía a las manifestaciones, me movía en el ambiente... Y allí conocí a mi novia, Ziortza, una persona que estaba plenamente concienciada con el Movimiento.

—Estás hablando de...

—El Movimiento Vasco de Liberación. Sí, de ETA.

87

—Jo-der... Roberto...

Las tres letras se habían quedado flotando en el aire, cargadas de historia. Él inspiró hondo, soltó el aire muy despacio. Le temblaban las manos.

—Éramos jóvenes y muchos nos vimos arrastrados en aquello que parecía una causa justa. Aglutinaba muchísimos ideales con los que yo estaba de acuerdo, menos uno: la violencia. Sin embargo, Ziortza, mi novia, estaba absolutamente convencida. Se inició en los primeros pasos que se suelen dar hacia la clandestinidad: participar en pequeñas acciones de violencia callejera, acudir a reuniones secretas... Debo reconocer que yo la acompañé un par de veces... y fue entonces cuando empecé a asustarme. En esas reuniones hablaban de atentados, de pertenecer a comandos... Y yo comencé a darme cuenta de la gigantesca equivocación en la que me estaba metiendo. Hablé con Ziortza, le expliqué que quería salirme de todo aquello y su reacción fue decirme que era demasiado tarde, que ya «sabía demasiado». No obstante, lo hice. Me desvinculé de todo eso y viví atemorizado durante meses. Al final decidí largarme de Donosti, desaparecer en un sitio lo más perdido posible, y Urkizu se presentaba como un buen lugar para ello. Y durante aquel primer año parecía que lo había conseguido. No volví a tener noticias de nadie. Entre tanto, conocí a Almudena, me enamoré... Todo era perfecto. Demasiado perfecto, claro. Aquel mes de septiembre, cuando comenzaba mi segundo curso en Uretamendi, recibí un mensaje de Ziortza. Me dijo que necesitaban mi ayuda.

—Las cartas de extorsión —dejé escapar entre dientes—. Así que era cierto...

—¿Cómo lo sabías? —se sorprendió Roberto.

—Me he enterado hace muy poco, alguien me habló de ello —pensé, recordando a Oliver—, pero creo que apuntaba al sitio equivocado. —Noté que me temblaba la voz—. Así que los vigilantes erais vosotros...

Mis vecinos fueron incapaces de sostenerme la mirada. Bajaron la vista.

—Almudena no participó en nada. Solo era yo...

—Te encubrí —dijo ella—, más que suficiente.

Sentí que me mareaba.

—Dios mío, Rober... ¿Qué hicisteis exactamente?

—Lo que me pidieron, Quintana. Me dijeron que habían permitido que «desapareciera» del mapa y que eso era una gracia excepcional que me habían otorgado, pero que había que pagarla de alguna manera. Por supuesto, lo sabían todo sobre mí. Sobre mi nueva relación con Almudena..., que no se olvidaron de mencionar por supuesto. Me pusieron contra la pared. Querían datos de las familias pudientes del pueblo. Una labor de inteligencia completa. Me prometieron que una vez entregada, me dejarían en paz para siempre. Y así fue... Solo hubo un fleco en toda la historia.

—Alba —dije yo.

—Exacto. La niña rica de Madrid que cateaba Ciencias una y otra vez.

—Pero ¿cómo se enteró?

—A mediados de ese curso, Lidia se puso en contacto conmigo por las malas notas de su sobrina en Ciencias y le sugerí que Alba tomara unas clases de refuerzo. El problema es que no había profesores particulares por la zona y me lo propuso a mí. Yo le dije que no podía aceptarlo. Era incompatible cobrar por unas particulares y ser el profesor que después evaluaba sus exámenes. Así que me ofrecí voluntario. Sin cobrar. Le dije que lo haría por empatía con la chica, que estaba pasando un momento tan malo. Sobra decir que, en realidad, lo vi como una oportunidad de acercarme a ese entorno y terminar cuanto antes con mi «otra tarea».

—¿Cómo se enteró Alba de lo que hacías…?

—Por un despiste —dijo Rober—. Yo tenía un cuadernito donde iba apuntando datos y observaciones. Era bastante críptico, pero había nombres de familias, horarios, lugares. Lo llevaba siempre conmigo, ya que esa labor me obligaba a viajar, a pasear mucho… Un día, por accidente, me lo dejé olvidado en una gabardina, en la habitación de Alba después de una clase. El problema es que solo me di cuenta al día siguiente… Me puse de los nervios y la llamé para preguntarle si podía ir a recogerla aquella misma mañana. Se ofreció a llevármela al cole, pero yo insistí en pasarme. Creo que ella sospechó algo…

—¿Lo leyó?

—Estoy seguro. Dudo mucho que lo entendiera del todo, pero lógicamente tuvo que mosquearse. Aquello estaba lleno de nombres y ella conocía ya a muchas familias del Club y reconoció sus nombres en los apuntes. También los nombres de algunos amigos del Club...

—¿No se lo contó a nadie? ¿A su tía?

—Creemos que no... Al menos nadie vino a por nosotros. Eso sí, pasamos una semana terrible, de incertidumbre, por si Alba sabía qué suponía eso que había visto. Entonces un día Lidia nos invitó a su casa. Dijo que era un almuerzo para agradecerme el tema de las clases gratis. Bueno, podía ser eso o que Alba les había hablado de mi cuadernito. Aceptamos la invitación y fuimos a su casa temblando. Lidia y Ernesto nos habían preparado un almuerzo de lujo, charlamos de mil cosas..., y el asunto del cuaderno ni se mencionó. Yo creo que se trataba de un soborno muy sutil de Lidia para favorecer a su sobrina en los exámenes de primavera.

—¿Cuándo fue eso? ¿En mayo?

Rober asintió con la cabeza.

—El día del registro —dije.

—¿Qué?

—Ese día en el que fuisteis a comer, alguien se coló en la habitación de Alba en busca de su diario. ¿Tuvisteis algo que ver en eso?

—¡No!

—Para nada —apuntaló Almudena—, no nos movimos de la mesa. No sabíamos nada de un registro. ¿Qué es lo que pasó?

Se lo conté muy por encima. Todo el mundo que estuvo en la casa ese día, las puertas abiertas... Cualquiera podría haber sido.

—Terminaron culpando a la interna, Mary, una mujer que llevaba toda la vida en la casa.

—La recuerdo —dijo Roberto—, una mujer rubia, muy

discreta, que iba de uniforme y con cofia, ¿no? La primera vez que vi una cofia en mi vida.

—Igual que yo —asentí.

—Ese día, cuando nos despedimos de Alba —continuó Rober—, noté otra vez su mirada sobre mí, una especie de media sonrisa. Pero de nuevo, por algún motivo, no dijo nada. Al cabo de una semana, Alba hizo su examen de Biología y sacó un nueve y medio. No es broma, fue el mejor examen de la clase. Y me dejó escrita una nota a pie de página «Gracias por tu ayuda este año, Rober. Nadie había tenido tanta paciencia conmigo. En cuanto a lo demás… Favor por favor».

—Favor por favor… —repetí.

—Sí, una manera sutil de decirme que guardaría el secreto sobre mi cuadernito…, pero también venía a confirmar nuestras sospechas: lo había leído y lo había entendido.

Fuera, la lluvia arreciaba. El viento movía los árboles y silbaba al pasar rozando los ángulos del tejado. Almudena le tomó el relevo a Rober.

—En dos semanas acabó el curso. Llegó aquella noche de San Juan… y, por duro que sea decirlo, nuestro secreto quedó a salvo, porque Alba había muerto… Entonces oímos hablar de su diario desaparecido —prosiguió—. Yo sabía que ella escribía, me lo dijo una vez en clase de Literatura: «Escribo todo lo que me parece interesante, que es mucho». Así que era posible que el asunto de Rober hubiera quedado reflejado allí. Y ya sabes el resto de la historia: el diario nunca apareció, Rober entregó sus notas a Ziortza y la pesadilla terminó.

—Para vosotros —dije con severidad—. Para los que estaban en esas notas empezaba justo en ese momento.

—Lo sé… —respondió Rober—, pero lo hice por salvar

mi vida y la de la mujer que amaba. Esa es la única explicación que puedo darte, Quintana. Nosotros también estábamos amenazados.

—Pudisteis ir a la policía, Rober. O largaros aún más lejos... Esas cartas hicieron sufrir a mucha gente.

Creo que nunca había visto llorar a Almudena. Fue durísimo ver a mi amiga de toda la vida, casi una tía para mí, llevarse las manos a los ojos y gemir.

—Lo sé... Nunca he pretendido ser inocente de nada —dijo Rober—. Pensé que si huía me alcanzarían algún día. O a mi familia... Solo te pido que no culpes a Almudena, por favor. Ella no tiene ninguna responsabilidad en este asunto.

Guardé silencio. No sabía qué hacer ni qué decir.

—¿Qué pasaría si ese diario saliera a la luz? —pregunté—. ¿Irías a la cárcel?

—No lo creo —respondió Rober—. Dudo que el diario íntimo de una adolescente pudiera admitirse como una prueba. Y es posible que el delito haya prescrito a estas alturas. Pero imagino que, si la historia se publica, nuestra vida se complicaría mucho... Supongo que tendríamos que irnos de Urkizu...

—¿A dónde?

—No lo sabemos... Puede que al sur. No lo hemos pensado demasiado, sinceramente, Quintana. ¿Crees que el diario va a aparecer pronto? Has dicho que estabas a punto de resolver esto.

Almudena seguía llorando. A Rober le asomaba el pánico en la mirada. Eran dos jubilados que, en su juventud, se habían visto obligados a colaborar igual que mucha gente en su época.

—Solo os diré una cosa —empecé—. Si yo consiguiera ese

diario, y si realmente Alba dejó escrito algo sobre vosotros..., os daría la oportunidad de prepararos. Contad con ello.

Rober me dio las gracias entre dientes, mientras intentaba consolar a su mujer.

En ese momento me sonó el teléfono: un mensaje de Javi Porta.

Estamos aquí

—Mierda —dije mirando el reloj. Eran ya las seis de la tarde, el tiempo había volado—. Tengo que irme...

Pero ¿cómo iba a llegar hasta la presa? Se hallaba a media hora andando bajo la lluvia, el coche estaba sin batería y el arrancador acababa de empezar a cargarse... Podía llamar a Javi y pedirle que viniera a buscarme, pero él ya esperaba en el punto de encuentro que yo había fijado. Me quedaban muy pocas opciones.

—¿Os puedo pedir un favor? —pregunté.

—Lo que quieras —respondió Rober.

88

Rober dijo que me llevaría. Almudena no tenía cuerpo para moverse de casa, pero nos acompañó hasta la puerta, deshecha. Mientras Rober iba a arrancar el coche, ella se cruzó de brazos, todavía con un clínex en la mano y los ojos rojos.

—Siento mucho haberte decepcionado, Quintana... Lo siento de verás.

Yo suspiré con fuerza.

—No sé ni qué decir... —respondí yo—. ¿Lo sabía mi padre?

Ella negó con la cabeza.

—A menos que leyera el diario. ¿Crees que lo hizo?

—Todavía no lo tengo claro...

Entonces apareció Rober con el coche. Yo dudé unos segundos, pero terminé dándole un abrazo.

—Ojalá podamos volver a ser amigas algún día —me dijo.

—Ojalá —respondí.

En coche eran solo cinco minutos y los hicimos en absoluto silencio. Le pedí a Rober que me dejara junto a la estación de transformadores, donde también vimos aparcado el coche de la Policía Municipal.

—¿Has quedado aquí? —se extrañó.

—Sí. Es una larga historia...

—¿Quieres que te espere?

—No hace falta, supongo que Javi me llevará de vuelta.

Salí del coche y abrí el paraguas. Llovía un poco menos en ese momento, pero seguía calando. Rober maniobró para dar la vuelta. Después frenó y bajó la ventanilla.

—Una última cosa, Quintana...

—¿Sí?

—Todo lo demás es cierto, ¿vale? Que os hemos querido como a las dos hijas que nunca tuvimos. Que la muerte de tu padre nos ha roto el corazón. Que haríamos lo que fuera por ti... y que estos últimos veinticinco años hemos intentado vivir haciendo el bien... Todo eso es cierto, ¿vale?

—Gracias, Rober.

—Gracias a ti —dijo él antes de acelerar y salir de allí.

Yo me quedé en silencio bajo mi paraguas mientras el coche se perdía por la carretera del pantano.

«Ese diario es como una maldición», pensé según me daba la vuelta y enfilaba la carretera. «Como una venganza perfecta que ha esperado años para resurgir y venir a por todos nosotros. A recordarnos nuestros pecados. A hacernos cumplir nuestra condena».

Dejé atrás la subestación eléctrica, desde donde partían los cables de alta tensión que repartían la electricidad generada en la presa. Caminé bajo la lluvia por el arcén, mirando la superficie del agua que seguía rompiéndose en mil gotas. Iba escuchando el sonido de la lluvia al empapar el bosque, su repiqueteo en los árboles y en la hierba. Pero toda esa paz y esa belleza no eran capaces de aplacar mis nervios. ¿Quién me estaba esperando ahora? ¿Luken? Aunque ahora sabía que Luken nunca tuvo nada que ver con las cartas de extorsión de ETA, así que ¿cuál era su historia? ¿Cuál era su motivo en todo esto?

De repente me vi sola, acercándome al muro de la presa y me pregunté qué demonios estaba haciendo allí. ¿Podía confiar en Javi Porta? Recordé las palabras de Santiago Cortes: «Lo de hacerte la valiente termina aquí y ahora». Bueno, por lo menos Rober sabía que había quedado allí con Javi. Eso era un seguro.

Además, todavía tenía el cuchillo escondido en la parte de atrás de mis pantalones, y ahí se iba a quedar.

Según me aproximaba al punto de encuentro, distinguí dos figuras en el centro exacto de la presa; unos grandes paraguas negros me impedían distinguir mucho más. Supuse que ellos me veían, pero no hicieron ademán alguno de moverse. Seguían mis instrucciones: «En el centro de la presa».

Yo sabía que había cámaras apuntando allí: cámaras que pertenecían a Iberdrola o a la Confederación Hidrográfica, me daba igual. El caso es que se trataba de un lugar seguro.

De pronto un estruendo de motores me sacó de mis pensamientos. Empezaron a pasarme motos. Una detrás de la otra. Una peña de moteros que iban haciendo una travesía alrededor del pantano, imaginé. Los vi avanzar despacio por las curvas que se formaban en los aledaños de la presa. Sus luces rojas de freno se iban encendiendo junto al muro. Supongo que curioseaban, como todo el mundo que pasa por allí, pero no se pararon. «Mejor».

La última moto me rebasó y yo tardé otros cinco minutos

en llegar a la presa. Allí un muro de cuarenta metros repartía el agua en dos alturas. A la izquierda el pantano; a la derecha el aliviadero, desde el que se formaba un riachuelo que más adelante iba a engrosar el río Zadorra. Una verja metálica protegía la coronación (el paso por el que se podía recorrer el muro por arriba), y también estaba cerrada aquella tarde. Pero Javi Porta se encontraba allí, con su uniforme de policía, un chubasquero verde y un paraguas. La otra figura esperaba lejos, oculta por su paraguas.

—Te he visto llegar —me dijo.

Al aproximarme le vi unas leves ojeras y una inusual barba de dos o tres días.

—¿Te ha costado conseguir el sitio?

—He pedido unos cuantos favores... —Abrió la verja con una llave—. Pero tenemos que ser rápidos, ¿vale?

—Vale —dije mientras cruzaba dentro.

De pronto estábamos muy cerca y sentí como algo natural darle dos besos. Javi los recibió con frialdad y yo me aparté un poco avergonzada. Me puse nerviosa. Saqué un cigarrillo y me lo encendí mientras miraba hacia delante.

—¿Quién es? —Señalé a esa figura escondida bajo el paraguas, que nos daba la espalda en ese momento—. ¿Luken?

Solo que Luken no tenía esas piernas tan cortas. Ese hombre parecía mayor...

—Ahora lo verás —se limitó a contestar Javi, y me hizo una seña para que le siguiera.

Caminamos en silencio, bajo la lluvia que ahora se había suavizado en forma de un fino sirimiri. En lo alto del muro, el viento soplaba con fuerza y el agua empapaba igual. Javi iba callado, por delante, ¿qué le pasaba? ¿Eran paranoias mías o estaba enfadado?

El hombre misterioso continuó de espaldas hasta que nos encontramos a apenas tres metros de distancia. Entonces Javi carraspeó para hacerse notar y el otro se dio la vuelta.

De todas las personas que me hubiera imaginado allí, quizá el cura del pueblo, don Iñaki, era la última en mi lista.

—¿Cómo estás, Quintana?

—Sorprendida, la verdad... Me esperaba...

—¿... a cualquier otro?

—No sé cómo decirlo... Sí.

Don Iñaki sonrió. Ese día vestía una camisa de cuadros y un pantalón de pana. Con ese atuendo y el cabello totalmente encanecido, lograba recordarme un poco a mi padre. Pero ¿qué quería contarme? «No me digas que también recibió un sobre», pensé.

—Bueno —interrumpió Javi—. Os dejo a solas...

—¿Te vas? —le pregunté según comenzaba a caminar.

—¿Quieres que me quede? —replicó con algo de rudeza.

—Necesito que alguien me lleve después. No tengo coche.

Javi asintió sin decir nada. A continuación, pasó a mi lado en silencio y yo volví a preguntarme qué mosca le habría picado.

Me quedé a solas con don Iñaki, que comenzó a caminar en el sentido opuesto, entre otras cosas para dar la espalda a aquel viento con sirimiri que apretaba en la presa.

—¿Cómo está Gurutze? —preguntó—. ¿Se sabe algo más?

—He oído algo por la radio, parece que sigue igual. Un policía de Madrid me ha dicho que anoche recobró un poco el conocimiento... O sea, que mal no pinta.

Don Iñaki guardó silencio unos segundos.

—¿Crees que lo suyo tiene relación con todo este asunto de tu padre? —preguntó al fin.

«Todo este asunto de tu padre»... A veces me olvidaba de que era algo de dominio público.

—Sí, lo creo firmemente...

Don Iñaki guardó silencio detrás de sus gafitas gruesas. Seguimos caminando por aquel estrecho corredor. Yo estaba en el lado más alto. Una barandilla demasiado baja protegía la caída mortal en el aliviadero de aguas. De pronto se me pasó por la mente que aquel sitio no era exactamente seguro. Giré la cabeza, vi a Javi en el fondo.

—Pero ¿a qué viene todo este secretismo, don Iñaki? —pregunté un poco nerviosa—. ¿Qué hago aquí?

—Verás, Quintana, yo soy de la vieja escuela, como lo era tu padre. Creo que algunas cosas se han de hablar en persona. Además, tengo la sensación de que los acontecimientos te están superando últimamente. Hay gente a tu alrededor con mucha prisa por publicar cada cosa que te ocurre...

—Lo sé.

—Y, por otro lado, está el miedo. No voy a negarlo.

—¿El miedo a qué?

—Al asesino que nos acecha —dijo él.

Me detuve y me giré. Don Iñaki frenó su paso también.

—Estuve a punto de hablarte de todo esto el día del funeral de Jokin —me confesó—, cuando escuché tu conversación con Edurne. Sí, antes de que lo preguntes: era yo el que estaba detrás de la puerta de la sacristía.

—¿Por qué?

Él hizo un gesto con la mano para que siguiéramos con nuestro paseo.

—Digamos que yo también he ido recomponiendo esta historia a mi manera. La muerte de tu padre fue algo que me tuvo completamente mosqueado durante semanas..., pero cuando me enteré de que Jokin había muerto en Bilbao, terminé de creerme mis sospechas. Ese día tras el funeral, me acerqué a la puerta y te escuché hablar del diario de Alba... Entonces empezó a conectarse todo. Al día siguiente fui a buscarte a casa para hablar contigo, pero no estabas; creo que habías salido a darte una vuelta en kayak. Y después, bueno, con todo lo que ocurrió no me diste tiempo, Quintana...

El viento arreció un instante y casi nos arranca los paraguas a los dos.

—¿Tiempo de qué? —pregunté—, ¿qué querías contarme?

—Quería hablarte de la última charla que tuve con tu padre. Unos pocos días antes de morir...

89

—Tu padre vino a verme a primeros del mes pasado… No solía venir mucho por la iglesia, la verdad, así que me sorprendió verle sentado en uno de los primeros bancos ese día. Después de la misa, me preguntó si tenía un minuto para hablar.

»Yo conocía bien a tu padre. Hace quince años fue el primer amigo que hice aquí en Urkizu. Una vez me llevó a pescar por el pantano, y después a su casa, a cocinar las truchas que habíamos capturado. Y desde entonces hemos sido buenos amigos; por eso puedo decir que le conocía bastante, y ese día, según le miré a los ojos, supe que algo le pasaba, así que lo invité a pasar a la sacristía y allí nos sentamos. En realidad, me estaba temiendo algo sobre la salud. A estas edades empiezan a caer las malas noticias, y tu padre…, bueno, ya había tenido algún mareo y algún olvido raro. No sé por qué pensé que iba a ir por ahí el tema. Pero me equivocaba totalmente.

»Le serví un vino, me serví yo otro y, cuando por fin se hubieron marchado las sacristanas, Bernardo me dijo que necesitaba hablar con alguien de confianza. Pedirme un consejo de amigo, pero también de cura.

—¿Un consejo?

—Así lo planteó él. Aseguró que tenía una decisión muy difícil que tomar. Tu padre me explicó que había accedido a una información sobre unos cuantos vecinos de Urkizu. Que era algo muy grave, pero antiguo... Y que ahora tenía que decidir qué hacer con ella.

—¿Lo definió así, «información»? ¿No dijo que se trataba del diario?

—Así es. Supongo que hubiera tenido que explicarme demasiadas cosas.

—¿Sobre el diario?

—Y sobre el caso de Alba —dijo él—. Recuerda que yo solo llevo quince años en el pueblo. Conozco el caso de oídas, principalmente por el libro que tú escribiste... Esta última semana he tenido que hacer un cursillo exprés sobre el tema.

—Pero entonces ¿no sabías de lo que te estaba hablando ese día?

Don Iñaki negó con la cabeza.

—No lo relacioné... Entendí que era una información antigua que había llegado a sus manos por accidente. Y que implicaba a varios vecinos del pueblo. Yo le pregunté cómo de grave era, pensando que quizá se trataba de algún asuntillo de corrupción municipal. Bueno, ya sabes, en todos los pueblos pasa... Pero Bernardo dijo que era algo mucho más grave: «un asunto criminal» que podría afectar a gente conocida suya, y que tenía un dilema al respecto.

—¿Qué dilema?

—Afirmó que, entre otras cosas, había descubierto algo gravísimo sobre alguien de Urkizu. Pero que, para poder denunciarlo, tendría que destapar los secretos de otros vecinos..., algunos amigos suyos.

—Vale. Es el diario —confirmé pensando en que uno de esos secretos sería la historia que Rober y Almudena acababan de contarme—, no me cabe duda.

—A mí tampoco, aunque he tardado casi un mes en encajar las piezas, claro.

—Continúa. ¿Qué más te contó mi padre?

—Realmente no mucho más —respondió don Iñaki—. Dijo que se sentía presionado, que debía darse prisa, porque era una información peligrosa si caía en las manos incorrectas. Temía que alguien pudiera hacer un uso mezquino de ella. «Me gustaría tener más tiempo», decía, «más tiempo para tomar una decisión».

Un uso mezquino de la información, pensé. ¿Se refería al chantaje? ¿A las fotos? Las gotas de lluvia volvieron a coger grosor y cayeron con furia sobre nuestros dos paraguas. Noté el agua en mis pantorrillas, en mis zapatos.

Don Iñaki continuó:

—Ver a tu padre tan nervioso me preocupó un poco. No me malinterpretes, pero tuve mis dudas sobre aquella historia. Bernardo siempre ha sido un tipo creíble, lógico y duro de mollera —hablaba en presente sin darse cuenta—, pero los años caen para todos y lo vi..., no sé cómo decirlo..., vulnerable, deshecho. Como amigo suyo, me quise asegurar de que nadie le estaba tomando el pelo o tendiéndole una trampa. Le pregunté cómo había accedido a esa información. ¿Era alguien de su confianza?

—¿Y qué te dijo?

—Me garantizó que no tenía ninguna duda sobre «el material» (así lo llamó), que era auténtico. Aunque me dijo que se iba a asegurar. Iba a conseguir una prueba que respaldase sus conclusiones.

—¿Una prueba?

—Eso es. Habló de un viaje…, o eso me pareció.

Yo me callé.

—¿Recuerdas el día exacto en el que tuvisteis esa charla?

—Un jueves, a primeros de abril.

Yo no necesitaba mirar ningún calendario. Había memorizado esas primeras semanas de abril en las que pasaron tantas cosas.

—El 10 de abril —deduje—. El mismo día en el que hizo el apunte en su calendario.

—¿Un apunte en su calendario?

Asentí con la cabeza.

—Iba a encontrarse con alguien en un pueblo de Asturias. ¿Te habló de ese plan?

—¿Asturias? No, no mencionó nada de eso.

Pero estaba claro, pensé, las fechas encajaban. Y en ese momento me sentí más segura que nunca de que el viaje de mi padre era crucial en todo este asunto.

—No me dijo mucho más. Después estuvimos un rato hablando sobre el bien y el mal. Recuerdo que cité a san Agustín en *La ciudad de Dios* y en la necesitad de obrar correctamente, aunque con eso se cause el sufrimiento de otros. Aunque en este caso, sin saber demasiado sobre lo que tu padre se traía entre manos, le dije también que debía valorar «las proporciones de esa justicia que se disponía a impartir». ¿Era el pecado tan grave como para sacrificar la felicidad de inocentes?

—¿Y cuál fue su respuesta?

—Me dijo que sí, totalmente. Lo que había descubierto era algo terrible, un pecado capital.

—¿Un asesinato?

—No llegó a decirlo, pero por el tono de su voz podría serlo.

—Continúa.

—Le di mi opinión. Le dije que en ese caso debía seguir adelante: reunir sus pruebas y denunciar los hechos, aunque con eso desatase una tormenta. Bernardo me dio las gracias, se levantó y, en ese momento, sufrió un pequeño vahído. Yo le cogí del brazo, le pregunté si estaba bien. Me miró a los ojos y me dijo: «Estoy asustado, Iñaki, eso es todo. Pero fui el policía de este pueblo durante cincuenta años. Cuando ocurrió aquello... Es mi obligación: tengo que hacer lo que tengo que hacer».

A don Iñaki le tembló un poco la voz y a mí se me hizo un nudo en la garganta. De pronto pude imaginar a mi padre asustado, solo, con aquella responsabilidad que había decidido asumir sin pedir ayuda a nadie... Tuve que tragarme las lágrimas.

—¿Estás bien? ¿Quieres que...?

—No —dije temblando yo también—. Sigue, ¿qué más?

—Nada más. Esa fue la última vez que vi a Bernardo con vida. Salió por la puerta de mi sacristía y lo siguiente que supe de él fue que estaba muerto. Aquel domingo, cuando acudí a casa de Roberto y Almudena a reunirme con vosotros... He de admitir que tenía muchas dudas, pero no creí que fuera el momento de decir nada. Estabais las dos destrozadas, Leire y tú, y empezasteis a hablar de los mareos de tu *aita*... Todo apuntaba a un accidente. ¡Yo mismo le había visto marearse en la sacristía! Después, la autopsia lo certificó y yo... Supongo que me conformé también con aquella explicación, aunque durante este último mes ha habido muchas noches en las que me he despertado entre pesadillas, preguntándome cuál era esa información que tu padre estaba a punto de desvelar, y pensando que su accidente había sido una casualidad demasiado grande... Pero ¿qué podía hacer?

»Entonces me llegó la noticia de la muerte de Jokin, en Bilbao. ¡Otra muerte de alguien del pueblo en menos de un mes! Cuando me enteré de cómo había sido todo (que Jokin había ido a verte a una presentación y que un coche lo había arrollado y se había dado a la fuga), inmediatamente pensé que había gato encerrado. Y ese día, mientras hablabas con Edurne, terminé de hilar mis sospechas. El diario de Alba, que Jokin había encontrado. Ese era el material al que tu padre se había referido un mes antes...

Habíamos recorrido toda la cresta del muro y nos topamos con una verja. Nos dimos la vuelta. Desde allí se podía atisbar el pueblo de Elosu, el de Luken; frente a él, la parte trasera de la isla de Soroa. La cara oculta de la isla, si la mirabas desde Urkizu. Las ruinas del pueblo fantasma de Garaio. El bosque en el que se situaba la cabaña de Jokin...

—¿Por qué no me lo dijiste ese mismo día en la iglesia? —le pregunté—. ¡Me tenías allí!

—No lo sé, Quintana... Quizá no quería admitir que os había estado espiando detrás de la puerta. Preferí ir a verte al día siguiente. Pero como te digo, no estabas... Y los rumores de tu llamada a la policía me llegaron muy tarde, el domingo a la noche. Me enteré de que habías abierto la caja de los truenos sobre la muerte tu padre, que habías puesto en duda que fuera un accidente. ¡Exactamente lo que yo llevaba todo un mes pensando! Pero de nuevo llegué tarde: te habías marchado a Madrid y no respondías a ninguna llamada. Te vi en televisión, y después me avisaron del ataque a Gurutze... Y tengo que reconocer que me entró miedo. Por eso el misterio de esta reunión, entre otras cosas.

Yo me callé al respecto. ¿Dónde estaríamos ahora si hubiera tenido conocimiento de todo esto con unos días de antelación? Imposible saberlo.

Nos acercábamos a la verja de salida, donde Javi Porta esperaba quieto como un guardián, debajo de su paraguas. Don Iñaki dijo entonces que volvería caminando al pueblo. Supuse que no quería romper el secretismo del encuentro apareciendo por Urkizu conmigo a bordo del jeep del poli local.

Cruzamos la verja y Javi se apresuró a cerrar.

—Gracias por esto, don Iñaki —dije—, me ha ayudado mucho.

—De nada, Quintana. Solo quería que lo supieras. Tu padre fue un buen policía hasta el final...: un buen hombre, a fin de cuentas. Eso es lo que era, por encima de todo, un buen hombre que quiso hacer las cosas bien.

«Un buen hombre que quiso hacer las cosas bien». ¡Qué fácil suena eso y qué difícil es!

90

Don Iñaki se alejó caminando y nos quedamos los dos solos.

—Bueno —Javi Porta habló sin mirarme siquiera—, ¿a dónde quieres que te lleve?

Yo me planté frente a él, con los brazos en jarras.

—Antes de eso, dime qué demonios te pasa.

—¿A mí? ¿Tú qué crees?

—No lo sé, Javi, no te leo el pensamiento.

Saqué un cigarrillo del bolso, me lo puse en los labios, me lo encendí.

—Quizá me gustaría saber por qué la Ertzaintza necesita chequear mi coartada del martes pasado.

—Ah, eso... —murmuré mientras daba una calada.

—Sí, ¡«eso»!

Estaba a punto de decir algo, pero en ese momento vi que un coche asomaba al fondo de la carretera. Era oscuro, venía un poco rápido y supongo que me quedé mirándolo fijamente, porque Javi también se giró al verlo.

—¿Qué ocurre?

El vehículo pasó a nuestro lado. Era un coche familiar y la

parte trasera iba llena de niños que nos saludaron al pasar. Solo entonces me di cuenta de que había estado en tensión y tenía el cigarrillo aplastado entre los dedos.

—¿Quintana?

—Perdón, sí... Tuve que darle una lista de sospechosos a la policía —dije—, eso es todo. Mencioné a las personas que aparecían en los vídeos de 1999, y a alguno más, para ser sincera.

—Tú no lo sabes, pero la noche del martes dormí en mi coche, así que no me vio nadie —soltó de repente.

En realidad, sí lo sabía, me lo había contado la agente Beitia, aunque tampoco hacía falta que le llevara la contraria, ¿no?

—¿Qué ha pasado?

—Estefanía y yo tuvimos una discusión muy fuerte, Quintana... Llevo dos días fuera de casa...

—Vaya, Javi, lo siento muchísimo —dije—, aunque si es para bien...

Sonó a absoluta falsedad, pero qué otra cosa se podía decir.

—Ya veremos —siguió Javi—. La cuestión es que no tenía coartada en 1999, y tampoco la tengo ahora. ¿Puedes hacerte una idea de cómo pinta eso? —seguía él—. Pero ¿qué motivo tendría yo para matar a Gurutze?

—No lo sé... Gurutze iba a decirme algo sobre mi padre. Quizá sabía quién lo mató...

—¿Y crees que yo...? —Javi alzó la voz, se llevó una mano al pecho—. ¿De verdad? ¡Joder, Quintana! —Estaba furioso, se había puesto rojo y todo—. Tu padre era como un padre para mí, joder... —Se le empañaron los ojos—. ¿Crees que le podría hacer algo?

—No lo sé, Javi, lo siento... de verdad. Pero piensa como un poli. Solo por un instante, ¿no habrías hecho lo mismo que yo?

Javi se contuvo un poco.

—¿Sabes la que me has liado ahora? Soy policía local, y la Ertzaintza me ha abierto un expediente como sospechoso del caso. Han tenido que informar a la alcaldesa, que me ha llamado para pedirme explicaciones.

—Lo siento, Javi.

—Mira, aquí todo el mundo me toma por el pito de un sereno, ¿sabes? La Ertzaintza me manda a pasearme por ahí, dar malas noticias y a hacer el trabajo que deberían estar haciendo ellos, y después nadie me cuenta nada... ¿Y ahora tú también me ocultas cosas? Joder, Quintana. Creía que éramos..., no sé, algo.

—Lo siento mucho, en serio —repetí.

—Y ¿qué maldito motivo podía tener yo en este asunto?

—No lo sé —admití—, esa es la cuestión. Hipotéticamente, ¿hay algo que Alba pudo escribir sobre ti en su diario?

Aquello cortó el chorreo en seco. Javi se había quedado con la boca abierta, como si hubiera estado a punto de hablar, pero le hubiera faltado el aire.

—¿Por qué lo dices? —preguntó.

Fumé despacio.

—Estuviste en la casa Guirao el día que intentaron robar el diario, y Anita me contó que Alba te había pillado mirándola algunas veces, mientras tomaba el sol... Es solo una anécdota, pero, bueno, es cierto que tú solías pasar por allí todas las semanas.

Noté que Javi se ruborizaba, soltó una especie de carcajada extraña.

—¿Eso te contó Anita? ¿Y nada más?

—No... —dije yo—, ¿qué más tendría que haberme contado?

Entonces Javi metió la mano en su chubasquero sin dejar de mirarme a los ojos. Yo retrocedí un paso. Estábamos solos en aquella carretera, junto al muro de la presa. ¿Quizá había confiado en el tipo equivocado?

Sacó la mano. Llevaba un sobre negro en ella.

—¿Qué?

—Quieres poner las cartas boca arriba, ¿no? Venga, hagámoslo.

—¿Una foto? ¿Desde cuándo la tienes?

—La encontré en el buzón de la oficina municipal el domingo por la mañana. Aunque podía llevar días allí…

«Domingo por la mañana —pensé—, eso era el día siguiente a mi llamada al 112».

—Pero ¿por qué no me has dicho nada hasta ahora?

—Bueno, pensé que esto te haría desconfiar de mí…

—Joder, ¡y acertaste!

Javi bajó la cabeza.

—¿Por qué te han enviado una foto, Javi? ¿Qué pudo escribir Alba sobre ti?

—Tengo una sospecha. Pero siempre pensé que aquello era una bobada.

—¿Qué os pasó? ¿Le hiciste algo?

—No, al contrario. Ella me lo hizo a mí.

—¿Cómo?

—¿Podemos ir al coche? Está lloviendo y tiene pinta de que va a ir a más —dijo señalando una nube muy negra que se acercaba despacio por el norte.

Yo dudé y Javi debió de captarlo.

—Quintana, si yo fuera el asesino habría tenido ya mil oportunidades de hacerte algo, ¿no crees?

Yo le miré con media sonrisa.

—Toma. —Le di mi paraguas para que lo llevase él.

La lluvia arreciaba en ese momento. Javi extendió el paraguas para taparme sin acercarse demasiado, pero yo le pasé el brazo por la cintura y me quedé entrelazada a él.

Llegamos al jeep justo cuando empezaba a tronar y se levantaba un viento fuerte. Javi abrió, lanzó el paraguas dentro y nos metimos en el coche. Al cerrar las puertas, la lluvia literalmente nos envolvió. Apenas se podía ver nada ahí fuera. Estábamos empapados. Javi se quitó el chubasquero por encima de la cabeza y lo tiró al asiento de atrás. Yo hice lo mismo con el mío. Y también saqué el cuchillo de cocina que había llevado todo ese tiempo y lo dejé en el suelo del jeep.

—¿Y eso?

—Una tiene que cuidarse —dije—. Anda. Vamos. Desembucha. ¿Qué tienes que contarme? ¿Qué pasó con Alba?

Javi se quedó callado, vista al frente.

—Yo he sido el hermano mayor de una familia de cuatro. Mis padres trabajaban los dos y aun así en mi casa siempre hemos llegado justos a fin de mes, por lo que no había lugar para bobadas. Me he pasado la vida cuidando de mis hermanos, trabajando y haciendo lo que me decían..., pero también había un chico ahí, ¿eh? Y en 1999 era un chico de diecisiete años que sentía, que sufría como cualquier otro de su edad. Y que miraba, claro que miraba y deseaba...

—¿Qué deseabas, Javi?

—No lo sé... ¿Ser como vosotros?

—¿Nosotros?

—Vuestro mundo, Quintana, que para vosotros era tan natural como la vida misma. El Club Náutico, las clases de vela, las fiestas de primavera... Esa luz, esa música que se oía desde todos los rincones. ¿Sabes que hacía yo algunas noches? Me sentaba en el parque de Landa después de trabajar y os miraba desde un banco. Oía la música. Os veía en aquella terraza bailando, riéndoos..., y me preguntaba cómo sería estar allí.

—Guau, eso es el cuento de Cenicienta.

—Los cuentos vienen de alguna parte, ¿no? En fin —siguió diciendo—, todo esto para contarte que el chico de los recados también tenía sus secretos y sus ambiciones. Que no soy ese chicarrón feliz que describías en tu novela.

—Yo siempre te he visto así.

—Una cosa es lo que ves, Quintana. Pero a los diecisiete años todos llevamos dentro el mismo volcán en erupción: amor, deseo, ambiciones. ¿Crees que fue fácil quedarme en Urkizu mientras veía que todo el mundo se marchaba a hacer sus vidas en otra parte? ¿O que me gustaba la idea de convertirme en el tendero del pueblo? Yo tenía sueños. Viajar, como hacíais vosotros. Ver el mundo. Pero mis padres no eran ricos y la vida me dio esa dura lección muy pronto. «Tú no eres como ellos. Agacha la cabeza y confórmate».

—Pero ¿qué tiene que ver esto con la historia de Alba?

—Bueno, yo era el chico de los recados. Iba a las casas de la gente rica, les llenaba la nevera y veía cómo vivían. Y a cambio me daban una propina... Pero un día, Alba quiso algo más de mí. Eso es todo.

—¿Qué? ¿Qué te hizo?

—Fue una de las veces que me tocaba reparto en la casa Guirao. Un jueves a la tarde. En la casa no había nunca demasiada gente a esas horas, como mucho Mary, la interna, y Ernesto, que solo trabajaba de mañana. Anita solía estar entrenando en el lago y su madre, con ella. Resumiendo: esto sucedió un día de primavera, el curso acababa de empezar después del parón de Semana Santa. Yo llegué con el pedido, pero nadie me venía a abrir, así que entré, crucé el jardín y me encontré con Alba, que estaba tumbada en una hamaca, con su bikini rojo y unas gafas de sol. Y oye, ¿qué quieres que te diga?, reconozco que se me fueron los ojos. Ella se levantó, vino hasta mí y me dijo que Mary había salido y que si necesitaba algo, así que le dije que me abriera la puerta de la cocina y que ya colocaba yo las cosas.

»Ella vino conmigo hasta la cocina y se quedó allí mirándome mientras yo iba guardando todo en la despensa. Los pedidos de los Guirao siempre eran abultados y me daban una buena propina por dejárselos ordenados. Mientras tanto, Alba no me quitaba ojo. Por si no lo dicho, seguía en bikini, apoyada con el codo en el marco de la puerta, como si aquello fuera lo más normal del mundo, mientras que a mí las pulsaciones me iban a cien. Terminé con mis cosas y me dispuse a irme, pero Alba no se movió de la puerta, como haciendo una broma. Se quedó allí plantada, con el brazo en alto, y me preguntó si no me daban propina. Yo le dije que sí..., pero que, como no había nadie, pues ya me la darían en la próxima. Y entonces ella..., bueno, me puso un dedo en el pecho y lo deslizó hacia abajo. Me dijo que me había visto mirarla...

—Joder con Alba —solté sin pensarlo.

—Sí...

—¿Qué hiciste?

—Para empezar, me puse rojo como un tomate. Le dije que no sabía a qué se refería. Ella me respondió que no fuera tan tímido, que me había pillado varias veces mirándola y que eso no era nada malo, que a ella le gustaba... Siguió jugueteando con su dedo... y yo..., pues eso: creo que tuve una erección.

—¿Qué?

—Sí, me empalmé… y Alba lo vio y se rio. Dijo algo sobre lo rápido que se me había levantado. Yo le dije que me tenía que ir y ella me cogió de «ahí».

—¿Qué?

—Sí. Para ella era todo un juego, pero para mí… Pensé en lo que podía pasar si me pillaban, si aparecían Ernesto o Mary por allí, y lo que se diría en el pueblo y lo que podría afectar a la tienda de mis padres… Así que, en vez de dejarme llevar, la aparté de un empujón. Ese fue el problema, que se cayó y se dio un golpe.

—¿Un golpe?

—Sí, se dio con una esquina de la mesa en la cabeza. Se hizo daño y empezó a insultarme. Me llamó marica, de todo…

Javi hablaba impactado, como si todavía estuviera allí, en la casa Guirao.

—Tendría que habérmela follado allí mismo, ¿no? Posiblemente es lo que debería haber hecho, pero salí corriendo, con mi empalmada en los pantalones… y Alba gritándome por detrás.

—Hostia, Javi… ¿Por qué no me has contado esto hasta ahora?

—Hombre, tampoco es que sea algo de lo que estar orgulloso.

—¿Por qué? ¿Qué pasa? ¿Que los tíos tenéis que follaros a todo lo que se os pone a tiro por obligación? No querías hacerlo con ella y te fuiste. ¿Qué problema hay?

—No lo sé…

—¿O quizá en el fondo sí querías?

—Bueno. Ella estaba muy buena, no te voy a engañar… Pero yo andaba enamorado de otra chica.

—¿Ah, sí? —dije notando un calentón en las mejillas.

Javi se recostó en el asiento del conductor, pegó la nuca en el reposacabezas y se quedó mirando al techo del jeep.

—Sí... —dijo—. Y lo peor es que creo que sigo enamorado de ella.

Giró el rostro y nos quedamos los dos mirándonos en silencio. De pronto el cielo se había oscurecido todavía más. Llovía más fuerte, se oyó un trueno retumbar justo encima de nosotros.

—Y después de mil años ya me había autoconvencido de que ella no era para mí. Igual que todas aquellas otras cosas bonitas que tampoco llevaban mi nombre.

El coche estaba cada vez más caldeado. Las ventanas comenzaban a empañarse.

—Pero entonces un día me llamaron para decirme que ella estaba en un hospital, así que fui a verla sin pensarlo. Cuando llegué todavía se hallaba dormida, con los ojos cerrados. Y en el momento en que la vi, allí tumbada entre sábanas, tan bonita, comprendí que toda mi vida era un error. Que nunca tendría que haberme alejado de ella... Y entonces abriste los ojos, Quintana. Me sonreíste...

Se detuvo. Me puso una mano en la mejilla.

Y en ese instante empezó a granizar. Primero un toque, luego otro sobre la chapa del tejado. Llámalo magia, llámalo cambio climático. Llámalo como quieras.

—Javi... Yo... —No quería cagarla preguntando por Estefanía, ni nombrándola siquiera, pero tenía que hacerlo de algún modo—. ¿Estás seguro?

No dijo nada. Me colocó la otra mano en la cara, acariciándome por debajo del pelo. Y entonces se lanzó hacia mí, sin pensarlo. Yo recibí el beso con las manos quietas en el regazo y los ojos cerrados. La granizada caía con toda la furia del mundo. Y recordé lo que Almudena me había dicho sobre las chispas.

Eran chispas. Estaban ocurriendo dentro de mí…

91

La granizada duró unos diez minutos y creo que solo nos separamos para tomar aire y volver a besarnos. Tampoco cuando volvió a llover y paró... y volvió a llover de nuevo. Cuando por fin nos soltamos, yo me sentía medio mareada, con el sabor de Javi en mi boca, feliz, excitada.

—¿Qué hora es? Debo de tener mil llamadas. —Cogió el teléfono—. ¡Dios! Son casi las ocho.

¿En serio habíamos estado allí dos horas? Pensé en lo tarde que se me iba a hacer en la carretera, pero me importó muy poco. Me sentía borracha y feliz como una niña de quince años... y todo por culpa de él.

Javi estaba contestando un mensaje y yo le miré de perfil mientras lo hacía. Sus piernas eran como dos pilares y se me pasó por la cabeza meterle mano allí mismo, pero después me dije que un jeep de la Municipal no era lugar para una primera vez.

—¿Qué haces este fin de semana? —le pregunté en cuanto dejó el teléfono—. ¡Vente conmigo!

—¿A dónde?

—A Asturias.

—¿Asturias?

—Voy tras una pista... Mi padre se reunió con alguien en un pueblito llamado Busto. Lo he descubierto todo esta misma tarde.

Le expliqué a Javi el asunto de Puerto de Vega. El apunte de mi padre en el calendario. Su extraño viaje, que ahora coincidía con lo que don Iñaki me había contado.

—Fue a aquel lugar a encontrarse con alguien, a buscar una prueba que respaldase la acusación que estaba a punto de hacer.

—Pero ¿tienes que ir hasta allí? Quizá baste con que te den su número —dijo Javi.

—Pero es que todavía no sé ni quién es...

Entonces me acordé del restaurante de Busto y de que tenía pendiente su llamada. Miré el teléfono: nada.

—Espera..., voy a salir a fumar y a hacer una llamada.

—Vale, pero dame un beso más.

Lo hice y, según salía, noté que me daba un pellizco en el culo.

—¡Eh!

—Lo siento —dijo con una risilla pícara—. Llevo veinticinco años queriendo hacerlo.

Había dejado de llover otra vez. Me puse un cigarrillo en los labios, me lo encendí y miré el móvil. Eran las ocho de la tarde, joder, se nos había echado la noche encima. Si salía ahora mismo, llegaría a Puerto de Vega cerca de la medianoche. Y aún tenía que pasar a recoger el Scenic y asegurarme de que arrancaba.

Llamé de nuevo al restaurante, pero no me cogió nadie. Volví a intentarlo y esta vez respondió una chica.

—Restaurante La Moura, ¿dígame?

—Hola, quisiera hablar con el encargado —dije.

—Un segundo...

Oí cómo apoyaba el teléfono en alguna parte. De fondo se escuchaban ruidos de una cocina, platos, gente que hablaba alto.

—¿Oiga?

Era la misma voz de mujer.

—Sí.

—El encargado ha salido ahora mismo. ¿Le puede llamar más tarde?

—Sí..., bueno, no. ¡Espere! ¿Es usted camarera? Estoy buscando a una persona que almorzó allí el 13 de abril con mi padre. Un vasco... Antes se lo he explicado todo a su jefe. Me ha dicho que la camarera trabajaba de tarde.

Se hizo un corto silencio.

—Ahora tenemos mucho lío —se excusó—. Mejor llame dentro de un rato, gracias.

Colgué con frustración y marqué un nuevo número, el del Hotel El Pinar, para informarles de que iba a llegar muy tarde, quizá rozando la medianoche.

—De acuerdo —dijo la chica (que me pareció que era la misma que me había atendido la otra vez)—, habrá alguien por aquí.

—Oye, soy Quintana Torres, ¿me recuerdas? Hablamos el otro día.

—¡Claro! Estoy muy emocionada. Tengo aquí tus libros para firmar.

—Genial, claro, cuenta con ello. Solo una pregunta: ¿te suena ver a mi padre con alguien por el hotel?

—¿Con alguien? Um, creo que no.

—Es que sé que se reunió para comer con una persona en Busto. Es un pueblo que está por allí, ¿verdad?

—Sí, el pueblo del faro. Es famoso. Una excursión típica.

—Pero no te comentó nada de eso, ¿verdad?

—No, lo siento.

—De acuerdo. Te veo en unas horas.

Volví al coche.

—¿Cómo ha ido? —preguntó Javi.

—Creo que tengo que seguir adelante con mi idea del viaje. ¿Me puedes llevar a casa?

—¿En serio? ¿Vas a salir ahora?

—Sí, y me encantaría que me acompañaras —dije poniéndole la mano en el hombro—. Tengo una habitación de hotel... y parece cómoda.

Javi se puso un poco rojo.

—Y yo quisiera ir, Quintana. Pero antes debo hablar con Estefanía, dejarle las cosas claras.

—Pensaba que ya habíais hablado —me sorprendí—. Que por eso lo de vuestra discusión...

—Le hablé de separarnos, pero no mencioné el motivo..., aunque ella se lo imagina.

—¿Se lo imagina?

—Durante estos años, tu nombre ha salido unas cuantas veces. Cuando me compré tus libros. Cuando veía tu serie... Ella sabía que yo había estado enamorado de ti y aquello le sentaba mal. Me decía que le molestaba aquella «adoración»..., y cuando empezó todo este asunto, se puso peor. Se enteró de que había ido a verte al hospital y me prohibió que hablase contigo.

—¿En serio?

Yo intenté recordar a Estefanía. No la había visto en años

y por algún motivo solo era capaz de visualizarla a sus quince años, en aquella última noche de San Juan. Una muchacha de belleza lánguida, de piel demasiado pálida y aspecto un poco enfermizo. ¿En serio podía ser tan posesiva?

—De acuerdo —le dije a Javi—, arregla tus cosas con ella. Me parece justo.

Y también me parecía genial estar muy lejos cuando todo eso pasara.

92

El viento había vuelto a levantarse y el cielo, que había clareado un rato, se llenaba otra vez de nubes. Arriba, en la cima del Gorbea, comenzaba a acumularse una nueva tormenta. Más negra, más poderosa y temible que la que acababa de pasarnos por encima esa tarde.

Volvimos a Zabalain en el coche de Javi. Por el camino intenté ponerme en contacto con el restaurante una vez más, pero sin resultado: línea ocupada. Cuando quise darme cuenta, habíamos llegado a mi casa. Javi aparcó enfrente, salimos del jeep y yo me dirigí a abrir el portón. Después me encaminé hacia la puerta principal y noté que Javi se frenaba.

—¿A dónde vas? —dijo—. No se puede entrar en la casa mientras tenga el precinto.

—¡Ah! —dije—, creo que no te había explicado esa parte. El Scenic de mi *aita* se ha quedado sin batería y tengo un arrancador dentro. —Señalé hacia la casa.

—Tengo pinzas en el coche —respondió él.

—Ya..., pero es que prefiero llevarme el cacharro conmigo, por si vuelve a descargarse.

—Pero, Quintana, el precinto…

—Joder, Javi, si ya he entrado esta tarde. No va a enterarse nadie: ni siquiera voy a encender la luz, ¿vale? Si no quieres mirar, date la vuelta, anda.

Abrí la puerta. La casa estaba a oscuras y otra vez me vino a la nariz el olor de los productos químicos que habían utilizado los de la Científica. Encendí la luz de mi linterna y avancé por el pasillo hasta la cocina, donde estaba el arrancador. Ya tenía el led indicador de la batería en verde. Lo desenchufé, lo metí en su caja e iba a salir de allí cuando me topé con una sombra en la puerta.

—Joder, Javi, ¡qué susto, tío! ¿No decías que no había que entrar?

Javi no dijo nada. Estaba callado, en la oscuridad. Apoyado en el marco de la puerta.

—¿Y si no te dejo salir? —sonrió.

Sin decir una palabra, me cogió de la cintura y me soltó un beso, allí en la oscuridad. Me atrajo hacia él con fuerza y yo tuve que hacer equilibrios para que la caja no se estrellara contra el suelo.

—Vaya ímpetu —le dije mientras notaba sus dos grandes manos en mi culo.

Nos empezamos a morrear. Aquello tenía pinta de que iba a terminar conmigo empotrada contra la nevera. Pero ¿no quería hablarlo con Estefanía antes de ir a mayores?

—¡Hey! ¡Hey, espera, tigre!

—¿Qué?

—A ver, por partes: yo también estoy cachonda, pero esto es la cocina de mi padre…, y me tengo que ir.

—Perdón… Yo…, ah… Te he visto y no me he podido aguantar.

—Y me encanta que me lo digas —le acaricié el pecho—, pero… no creo que debamos dejar más ADN del necesario en la escena del crimen.

Javi volvió a disculparse por aquel arranque. Yo le dije que no hacía falta. «Tendremos tiempo para esto, en cuanto vuelva de Asturias y tú le hayas contado todo a tu mujer». Salimos al vestíbulo y vi aquellas cartas desordenadas en el suelo. Las recogí y las puse sobre la cómoda. Javi estaba mirando el rastro de polvo dactiloscópico que había sobre el mueble.

—Está la casa llena de polvo de huellas —dijo—. ¿Encontraron algo?

Me sorprendió que Javi no supiera nada de ese asunto. Le expliqué lo que Beitia me había contado sobre la ausencia de huellas en la barandilla.

—Pensaba que Beitia te habría puesto al día.

Javi negó con la cabeza.

—Pasan de mí —respondió con frustración—. Aunque me hicieron recorrerme todo el valle preguntando por Luken. Para eso sí les debo de valer…

—¿Qué pasa con Luken? —dije entonces—. ¿Se sabe algo?

—Pues que se lo ha tragado la tierra. Hemos preguntado en Elosu e investigado a amigos, pero no da señales de vida; tampoco se ha puesto en contacto con su ex ni con su hija. La búsqueda ya está activa en todo el país, fronteras… Es algo muy extraño. A menos que se haya echado al monte. Pero ¿por qué haría algo así? ¿De qué puede huir?

—Bueno, él fue el sospechoso número uno en 1999 —le recordé—, y Beitia me contó que había encontrado huellas suyas en la cabaña de Jokin.

—Sí, había unas cuantas huellas de Luken en las fotografías que encontraron en el escritorio.

Ese dato era nuevo para mí. Me quedé en silencio un instante.

—¿En las fotos del diario?

—Eso es... Había huellas de Luken allí. Es de lo poco que me he enterado. Es como si las hubiera manipulado él mismo.

Un temblor me recorrió de los pies a la cabeza. De pronto, otra vez, volvía a mí la sensación de que algo estaba a punto de revelárseme. Una idea.

—¿Tienes la foto que me has enseñado antes?

Javi la sacó y la coloqué sobre la cómoda. Yo había visto esa foto una veintena de veces, pero volví a escrutarla en silencio a la luz de mi linterna.

—¿Qué miras? —dijo Javi.

—Este escritorio... y esa alfombra verde. Siguen siendo una pieza que no logro encajar.

—¿El escritorio y la alfombra?

—El lugar donde se hizo la foto. Nadie lo ha identificado, que yo sepa, ¿no?

—No lo creo —Javi frunció el ceño—, pero ¿por qué te preguntas todo eso ahora?

Me quedé pensativa un segundo.

—Hoy he tenido dos conversaciones con dos personas diferentes y ambos han mencionado la misma idea.

—¿Cuál?

—Que las fotos podrían ser una carta de presentación de un chantaje. Que alguien ha estado preparando el terreno, asustando a todo el mundo con la amenaza de que tiene algo que ocultar en ese diario. Eso sería lógico, ¿no? Don Iñaki ha dicho que mi padre temía que alguien hiciera «un uso mezquino» del diario...

—¿Jokin? —preguntó Javi.

—Ese es el problema —dije—, que no me imagino a Jokin orquestando todo eso. ¿Imprimir una foto? ¿Buzonear sobres con fotografías en las casas del pueblo? Suficiente tenía Jokin con mantenerse sobrio.

—Pero él te entregó la foto en Bilbao.

—Sí —admití—, y hasta hace muy poco eso ha sido suficiente para conectarle con todo este asunto... Pero ¿y si no tuviera nada que ver con las fotos?

—¿Y las copias en su escritorio?

—Llenas de huellas de Luken. Puede que él las pusiera allí. Carmelo dijo que alguien había entrado en la cabaña antes que él, ¿no?

—¿Quieres decir que Luken podría ser...?

—... el chantajista. Eso es. Recordemos que Jokin iba a beber a su bar... ¿Y si le contó algo sobre el diario? Imagínate que se le escapó. Que Luken fue su primer confesor en todo este asunto.

—Y Luken empezó a pensar en cómo sacarle partido.

Volví a mirar la foto del diario.

—Este escritorio, esta alfombra —le dije a Javi—. ¿Tú has estado alguna vez en el bar de Luken?

—No, pero, sinceramente, no tiene pinta de ser un sitio con alfombras.

—¿Y su casa?

—Está encima del bar. Es todo parte del mismo edificio...

Yo me quedé mirándolo en silencio.

—No estarás pensando lo que creo que estás pensando, Quintana.

—Exactamente eso.

—No puedes hacerlo. Y menos contárselo a un poli...

—No te pido que me ayudes. Solo que te vayas a dar una vuelta. ¿No hay alguna vaca extraviada a estas horas?

Javi se rio. Me cogió de la barbilla con dos dedos. Me besó.

—Ya estoy harto de perseguir vacas...

93

Elosu era una entidad mucho más pequeña que Urkizu, situada en un recodo más oscuro, más húmedo e inclinado del pantano.

Jarreaba cuando vimos aparecer las primeras luces del pueblo. El jeep de la Policía Municipal desfiló despacio junto a la ermita de San Roque y su placita con su frontón. A esas horas parecía un pueblo abandonado. No creo que nadie reparase en nuestra llegada.

El bar de Luken estaba junto al agua, pegado a la orilla. Era una de las casas que se salvaron en la creación del pantano, cuando la mitad del pueblo quedó anegado. Hoy en día, solo los buceadores podían pasear por los edificios sumergidos de lo que antiguamente fue «la parte baja del pueblo», recorrer sus antiguas calles y toparse con sus nuevos habitantes: los lucios, los cangrejos de río, los siluros…

Aparcamos frente al edificio que se hallaba completamente a oscuras. Javi había dicho que era mejor llevar el coche de la policía por si teníamos algún problema, pero yo dudaba que fuéramos a tenerlo. No había un alma alrededor, y la casa de Luken quedaba muy aislada y lejos del resto.

Podía distinguirse el letrero de bar sobre la puerta de madera, cerrada a cal y canto desde que Luken no estaba allí para abrirla. Las ventanas que daban a la calle se encontraban protegidas con rejas y me imagine que así lo estarían las demás. El bar tenía una parcelita de hierba de cara al pantano, donde solían ponerse mesas en los días soleados. Había montones de sillas, mesas y bases de sombrillas recogidas contra la pared. También una chalupa volteada en el césped. Y a unos metros de la orilla, una embarcación flotaba solitaria bajo la lluvia. La reconocí: era Daphne 3.

Todo tenía un aire de mortal quietud. A lo lejos se veía la parte norte de la isla de Soroa. Las ruinas del pueblo fantasma y los oscuros bosques donde se escondía la cabaña de Jokin...

—¿Qué piensas hacer ahora? —preguntó Javi.

—Hay que entrar.

—Sí, pero ¿cómo?

—Puff, no sé..., rompiendo una ventana, supongo. A menos que tengas una idea mejor.

—Pero las ventanas tienen rejas.

—Solo las de la planta baja —respondí señalando al primer piso—, y que yo recuerde hay una escalera exterior.

En efecto, la casa contaba con una escalera volada en la fachada como muchas otras que se construyeron en los tiempos en los que había establos y las familias vivían en la primera planta.

Salimos del coche. Javi fue al maletero y sacó una linterna, una palanca de metal y un par de guantes de jardinero. Después maldijo y recordó que aquello era un allanamiento en toda regla. Yo le volví a recordar que estaba a tiempo de darse la vuelta y dejarme tranquila. Pero, por toda respuesta, dijo:

—Terminemos cuanto antes.

Subimos las escaleras con cuidado. Lo primero era cerciorarse de que no había nadie. Tocamos la puerta unas cuantas veces, pero aquello estaba en silencio.

—Sujétame del cinturón. —Javi se encaramó a la balaustrada con la palanca en la mano.

—No hace falta que lo hagas tú. A fin de cuentas, ha sido idea mía.

Aunque reconozco que no me veía jugando a ser Spiderman por la fachada. Así que hice lo que Javi me decía: le cogí del cinturón y de la pierna mientras él se deslizaba con bastante agilidad.

Había una ventanita a medio metro de la escalera. Menos mal que empezaba a tronar en ese momento y el golpe pudo confundirse con los ruidos de la tormenta. Pero después Javi se tomó su tiempo para terminar de romper los cristales de los bordes y aquel sonido estridente se elevó sobre el resto. Yo miraba a un lado y al otro, en la oscuridad de las casas del pueblo, esperando ver alguna luz encenderse alarmada por los ruidos.

—Sujétame esto. —Me entregó la palanca de hierro.

Se puso de pie en la barandilla, se agarró del canalón del tejado y estiró una pierna hasta alcanzar la repisa de la ventana. A continuación, dio un saltito y colocó el otro pie en la repisa, quedándose pegado a la fachada como una araña. Y yo pensé que no me gustaría estar su pellejo. ¿Cómo iba a entrar en la casa desde ahí?

Pero el bueno de Javi Porta estaba en forma. Con una

mano se sujetó en el marco de la ventana, se agachó y con otra la abrió por dentro.

—Espera ahí —me indicó mientras empujaba una de las hojas hacia dentro.

Le vi colarse al interior de la casa y me dije que ni en mil años conseguiría ser tan ágil como ese tío.

En menos de dos minutos abría la puerta.

—*Voilà!*

—Impresionante trabajo, Spiderman —dije palmeándole el hombro.

Javi me guiñó un ojo y me urgió a que entrara.

—Y procura no tocar nada con las manos.

Entré y cerramos la puerta a nuestras espaldas. El vestíbulo era una pieza donde había, como en mi casa, una cómoda a la antigua sobre la que reposaba un cuenco lleno de llaves. Desde allí comenzaba un largo pasillo que conectaba varias habitaciones.

Javi encendió su linterna.

—Apunta al suelo —le susurré—. Buscamos una alfombra verde.

Fuimos pasando por diferentes habitaciones. Se veía que Luken no se había vuelto demasiado loco con la decoración: todo estaba prácticamente como lo dejaron sus padres, que tampoco parecían unos hachas eligiendo papeles de pared. Enseguida me di cuenta de que casi todos los muebles eran de madera oscura, como el suelo.

Llegamos al salón, que tenía dos grandes ventanas orientadas al pantano. En el centro de aquel suelo de madera oscura, la linterna de Javi iluminó una alfombra de tonos verdes.

—Vamos —susurré—. Creo que lo hemos encontrado...

Entramos. Se trataba de una pieza de unos treinta metros cuadrados con diferentes muebles antiguos. Iluminé aquella alfombra y tanto el color verde como el suelo encajaban con lo que se veía en las fotos. Sin embargo, ¿dónde estaba el escritorio? No tardé en localizar una especie de buró de madera oscura apoyado junto a una de las ventanas. Me acerqué allí y se lo señalé a Javi.

—¿Segura?

Asentí con la cabeza.

—... pero vamos a hacer una última comprobación.

Saqué mi teléfono e hice unas cuantas fotos del escritorio. No me costó demasiado encontrar el encuadre y el *zoom* que Luken había utilizado para hacer la suya. Después la comparamos con la foto de Javi. A excepción del diario de Alba, las fotos eran idénticas. Se veía el mismo trozo de mesa. La alfombra verde asomando...

—¡Coincide! Así que las fotos las sacó Luken. ¡Tenías razón!

—Lo que yo me pregunto es cómo no se le ha ocurrido a nadie más... La policía debió de venir por aquí cuando buscaba a Luken. ¿Es que no miran en los cajones?

—Supongo que buscaban a una persona, no un escritorio de madera oscura y una alfombra verde.

—Pero ¿no se dieron cuenta de que era lo que se veía en las fotos?

—No todo el mundo es como tú, Quintana.

—Una loca obsesiva quieres decir.

—Una preciosa loca obsesiva —dijo él soltándome un pico.

El buró era de madera oscura, probablemente nogal envejecido. Encima de la tapa se alzaba una crestería de cajoncitos perfectamente alineados. Le pedí a Javi sus guantes y él arqueó las cejas...

—No sé si eso es una buena idea.

—El diario podría seguir aquí. No pienso marcharme sin echar un vistazo, aunque sea rápido.

Javi cedió y me puse sus guantes. Los cajoncitos superiores no dieron grandes resultados, pero entonces abrí el cajón central y canté bingo.

Mi linterna iluminó un paquete de sobres negros, idénticos a los que se habían utilizado para entregar las fotografías. Después fui desvelando más cosas. Había otras copias de la foto del diario, pero hechas con otros encuadres (en algunas, incluso, se veían los zapatos de alguien, ¿Luken?). Entonces descubrimos una foto que Luken había sacado por error, en modo selfi, y se veía su cara, seria, concentrada...

—Bueno, esta es la prueba definitiva..., el muy cazurro se la dejó aquí olvidada.

—Pero ¿significa eso que Luken tenía el diario?

—Al menos lo tuvo.

Fui sacando el contenido de aquel cajón y encontramos un cuaderno de espiral de hojas blancas. Nada más abrirlo, en la primera página, se leía una lista de nombres y direcciones que incluían a los siguientes vecinos de Urkizu:

Carmelo
Anita Guirao
Oliver
Javi Porta
Quintana Torres
Gurutze
Roberto y Almudena

—¿Rober y Almudena? —preguntó Javi—. ¿Qué pintan aquí?

Yo tardé medio segundo en decidir que aquello debía seguir siendo un secreto.

—Supongo que, al igual que el resto, salían en el diario.

—¿Crees que ellos tienen algo que ver con Alba?

Yo me callé.

—No tengo ni idea. Pero yo también aparezco en esta lista y sinceramente no comprendo la razón... Mi relación con Alba siempre fue lejana. Tuvimos un pequeño desencuentro porque ella se metió con mi manera de escribir..., y después, una noche, bueno..., me porté como una cobarde con ella.

—¿Una cobarde?

—Fue la semana que rompió con Oliver. Una noche me la encontré deshecha en lágrimas afuera, en el Club..., pero en vez de sentarme allí y apoyarla, me entró miedo de que mis amigos me vieran con Alba la rara... y la dejé allí sola. Siempre me he arrepentido un poco de eso... Después de aquella vez, no volvimos a hablar demasiado. Supongo que ella no me lo perdonó. Pero no fue más que eso. Así que lo de Rober y Almudena también puede tratarse de algo así.

Javi pareció conformarse con esa explicación, aunque yo seguí pensando, internamente, que algo no acababa de encajar. ¿Por qué estaba yo en aquella lista de objetivos? ¿Cómo pretendía chantajearme Luken?

Algo no cuadraba.

Pasé la hoja. Aquí comenzaban una serie de bocetos de lo que podría llamarse «mis primeros pinitos como chantajista». Se ve que Luken había querido practicar un poco antes de enviar sus misivas. Había cosas escritas y tachadas, frases emborronadas, diferentes caligrafías...

TENGO EL DIARIO Y HE LEÍDO LO QUE DICE SOBRE TI
¿Quieres evitar que se publique?

CONOZCO TU SECRETO
puedo destruirlo por 50.000 €

¿QUÉ PASARÍA SI TU SECRETO SALE A LA LUZ?
puedes evitar que pase por ~~50.000~~ 80.000 €

VENDO DIARIO LLENO DE SECRETOS (incluidos los tuyos)
precio: 100.000 €

—Joder, iba subiendo el precio a medida que escribía —bromeó Javi.

—Sí... Pero ¿no te parece que hay algo extraño en estas frases?

—¿Extraño?

—Me suena todo demasiado inespecífico, como si se estuviera echando un farol, en realidad... Además, ¿crees que tu anécdota de Alba en la cocina vale ochenta mil euros? ¿O mis movidas de adolescente con ella?

—Bueno, quizá le pusiera precio a cada cosa. Un asesinato, doscientos mil euros. Una historia humillante, veinte mil...

—No sé... Hay algo que no encaja para nada.

Javi se quedó callado, mirando las frases del cuaderno. Después consultó su reloj.

—Lo único que sé es que debemos dejarlo todo donde está... y largarnos de aquí cuanto antes. Estamos alterando una prueba importante en la investigación.

—Me gustaría seguir mirando en esa estantería, la verdad.

—No, Quintana —dijo Javi—, te he permitido llegar hasta aquí, pero ya basta. Recuerda que ahora soy un sospechoso de la investigación... Nos largamos. Mañana a la mañana llamaré a la Ertzaintza y les contaré que me he pasado por aquí con el coche y he visto la ventana rota. Dejemos que ellos descubran esto y que pidan una orden de registro si hace falta. Si el diario está en alguna parte, lo encontrarán...

Yo miré a mi alrededor. Enfoqué la estantería de libros y me quedé observando todos aquellos viejos tomos...; pero ¿qué iba a hacer?, ¿sacarlos uno a uno? Además, algo me decía que no, que allí no estaba el diario.

—Quintana... —insistió Javi.

—Tienes razón —dije—, vámonos.

94

Llegamos al jeep cuando una fría llovizna comenzaba de nuevo a alimentar el pantano. Entramos y nos sentamos dentro, en silencio. Yo estaba un poco frustrada.

—Oye —dijo Javi—, espero que no te hayas mosqueado, pero si nos pillan en la casa, todas estas pruebas no valdrían para nada.

—Lo sé, lo entiendo. No te preocupes... Supongo que ya hemos hecho bastante encontrando todo eso, ¿no?

—Tu hallazgo ayuda a entender muchas cosas. Entre ellas, la desaparición de Luken. Ahora está claro que huyó para no tener que dar explicaciones sobre esas fotos.

—¿Crees que ha desaparecido por eso?

—Sería un buen motivo, ¿no? Tu denuncia hizo que la policía empezara a investigar. Luken se asustó y puso los pies en polvorosa.

—Es una posibilidad. —Guardé silencio unos instantes, pensativa—. Pero ¿no habrías destruido todas esas pruebas antes de desaparecer?

Javi también permaneció callado, parecía contrariado.

«Pobre, para una idea que se le ocurre...», pensé. Le dejé inmerso en sus pensamientos mientras yo buscaba un cigarrillo en mi bolso. Me lo llevé a los labios y noté que Javi seguía mirándome fijamente.

—Lo fumaré fuera, tranquilo.

—No es eso... —dijo.

Se abalanzó hacia delante y yo pensé: «Aquí viene otra embestida». Solo que esta vez Javi no venía a besarme. Apoyó una mano sobre mis muslos y le vi escudriñar algo con la mirada puesta en el pantano.

—¿Qué?

—Mira —señaló a través de la ventanilla.

Giré la cabeza y de pronto lo vi yo también: el haz de una linterna bastante potente se colaba por entre las ramas de los árboles en la parte norte de la isla.

—Es la zona de la cabaña de Jokin —apuntó Javi.

Dejé escapar un silbido entre dientes.

Salió del jeep y yo fui detrás. Nos cubrimos con las capuchas y nos quedamos los dos callados en la orilla, mirando la isla, que era ya casi una silueta fundida en la oscuridad del paisaje. Arriba, en el cielo, restallaban los relámpagos y arreciaban la lluvia y el viento.

De nuevo, vimos surgir el haz de luz. Avanzaba desde el pueblo fantasma de Garaio en dirección a la cabaña de Jokin, que quedaba orientada hacia el oeste. El mismo camino que había hecho yo unos días atrás.

—¿Quién puede estar allí a estas horas? —me pregunté.

—Y con esta lluvia —añadió Javi—. Desde luego, no creo que se trate de un excursionista...

—¿Y si fuera Luken? Puede que se esté escondiendo en la isla...

Javi sacó el teléfono móvil y se quedó mirándolo en silencio. Después levantó la vista.

—La Ertzaintza tardará media hora como mínimo —dijo como si pensara para sus adentros—, y, de todas formas, tendré que esperarlos con un bote...

—Que les den, Javi —y añadí con un codazo—: Vamos.

—¿Qué?

—¡Vamos! Tú eres la policía aquí, en Urkizu.

—Y tú debes marcharte a Asturias. Además, tengo que ir a por mi bote en el pueblo.

—Ahí mismo hay un bote —señalé la chalupa que estaba dada la vuelta en la hierba (supuse que el Daphne 3 requería una llave de contacto, pero no íbamos a volver a la casa a buscarla)—, y, sea quien sea, se nos va a escapar como sigas pensando.

Javi guardó silencio unos segundos mientras escrutaba las luces.

—Iré a echar un vistazo, pero tú te quedas aquí. Puede ser peligroso.

—Ni en tus sueños. ¿No tienes una pistola?

—Sí, en la guantera del coche, pero...

—Venga, pues cógela. Tengo el presentimiento de que esto puede ser importante.

Vimos de nuevo el haz de luz moviéndose entre los árboles. Y, por fin, Javi se decidió.

—Voy al jeep. Tú comprueba si esa chalupa tiene remos en alguna parte. Pero una vez en la isla te quedarás en la barca y punto. Es mi última oferta.

—Vaaale.

Fui al terreno que había frente al bar y examiné la chalupa. Era un pequeño *tender* que posiblemente se usaba para recoger a la gente que fondeaba cerca del bar, un sitio muy frecuentado por pescadores. Le di la vuelta y encontré un remo pequeño, de canoa, metido bajo la bancada. Javi volvía del coche con un estuche negro en las manos. Ni siquiera había desenfundado el arma. Yo me pregunté desde cuándo no la disparaba...

—Hay un remo —le dije— y esto parece que flota.

—¿Estás segura de que quieres venir, con la que está cayendo?

Reconozco que me dolió en el orgullo que Javi dudase de mí. Levanté la pala en el aire.

—Quiero ir contigo, Javi. A menos que el problema sea de sobrepeso.

Javi sonrió.

—Creo que puedo contigo —dijo—, ya lo verás...

Empujamos el *tender* hasta la orilla y Javi me dijo que me metiera dentro para no mojarme los pies. Después, él la botó en el agua metiéndose hasta las rodillas. Lo ayudé a subir.

—¿Está fría?

—No preguntes.

Javi se situó en la popa y echó a remar. El viento nos impulsaba porque iba como nosotros: de norte a sur. Pero el mismo viento hacía más incómoda la lluvia, que llegaba casi al bies, en un chaparrón antológico. Yo iba recogida en mi chubasquero, como un gnomo, recibiendo ese aguacero en el rostro y pensando en que quizá nos habíamos lanzado demasiado pronto a esa última aventura.

—Solo espero que no se hunda el bote...

—Aguantará —dijo Javi con esfuerzo, mientras iba dando unas fuertes paladas que nos hacían avanzar bastante rápido—. Voy a remar hacia Garaio... Así lo sorprenderemos por detrás, ¿vale?

—Vale —dije.

Seguimos avanzando casi a la par que la tormenta, que de vez en cuando iluminaba el pantano con sus flashes. La escena recordaba al mito de Caronte, el barquero que transporta el alma de los muertos hacia el Hades. Pero si Javi representaba a Caronte..., entonces ¿era yo la muerta?

Y quizá por esta asociación de ideas, me asaltó un terrible presentimiento según nos acercábamos a las ruinas fantasmales de Garaio... Pensé en Leire. En el abrazo que nos habíamos dado esa misma tarde en Vitoria. En Roberto y Almudena, en don Iñaki, de los que también me había despedido. Y en la isla, que parecía esperarme regocijada. Como una gran araña que por fin notaba el tirón en su tela...

SÉPTIMA PARTE

La chica del lago

95

Estábamos empapados cuando por fin llegamos a una de las orillas del poblado fantasma de Garaio. El chaparrón había amainado un poco, aunque seguía lloviendo y el viento era cada vez más fuerte. Sin embargo, ese viento nos benefició para desembarcar furtivamente en la isla. El ruido que provocaba en las ramas de los árboles nos encubrió mientras Javi encallaba la chalupa sobre la arena.

Salté a tierra. Después tiré de la proa para sujetar el bote mientras Javi desembarcaba. Lo llevamos tierra adentro unos metros, en completo silencio, junto a una de las paredes en ruinas de Garaio. Allí, empapados de los pies a la cabeza, nos sentamos un minuto. Javi desenfundó la pistola y noté que le temblaban las manos al hacerlo.

—Vale... —dijo susurrando—, tú te quedas aquí.

—¿Calándome hasta los huesos como una idiota? No.

—De acuerdo, buscaremos otro sitio. Permanece detrás de mí todo el rato —continuó él—, y si te digo que te tires al suelo, lo haces, ¿okey?

—Comprendido.

Javi echó hacia atrás la corredera de su pistola con un movimiento seco. Después levantó la mano y apuntó con el arma al cielo. Me hizo un gesto para que lo siguiera.

Hacía un buen rato que no veíamos la linterna moverse entre los árboles, si bien es cierto que Javi había desviado un poco el bote hacia el este, con la intención de pillar desprevenido a quien fuera, y habíamos perdido de vista la zona de la cabaña de Jokin.

Salimos a la callejuela principal de aquel antiguo barrio, justo por debajo del gran cartel metálico que avisaba del estado ruinoso de los edificios y prohibía el paso «a toda persona ajena». En ese preciso instante vimos un relámpago cruzando el cielo de punta a punta, por encima de la cumbre de Haizegazti. Por unos segundos se iluminó el bosque que teníamos delante.

—Guau —murmuré, pero Javi no estaba para admirar paisajes.

—Vamos a salirnos del camino —dijo—. Iremos bosque a través.

Salirse del camino nunca era una buena idea, pensé. En todas las novelas, cuentos y películas del mundo, el que se sale del camino paga tarde o temprano las consecuencias. Supuse que se estaba tomando aquello muy en serio (¿quizá demasiado?), quizá era su oportunidad de resarcir su orgullo herido de poli local al que la gente tomaba por el pito de un sereno... En fin, no dije nada y lo seguí mientras invadía una zona de helechos y hierbas altas cargadas de agua que terminaron de empapar las partes de mi cuerpo que resistían medio secas. No iba a quejarme, claro. Me había hecho la dura en Elosu y ahora no tenía la más mínima intención de empezar a dar problemas en el pelotón. Solo que avanzar a oscuras por un bosque mojado no era fácil (lo de agradable lo dejamos para otro día) y de pronto vino a mí la imagen de una bañera en un hotel de cinco estrellas, y una bomba de sales...

«Oh, por Dios, nena, aguanta un poco, ¿vale? Estás en la puta isla de Soroa, no en el Vietnam... Y, además, estás con Javi».

Eso me hizo pensar que estábamos allí haciendo lo mismo que hicimos aquella noche de junio de 1999: caminar por la isla, a oscuras, sin linternas, cumpliendo con la «consecuencia» que Oliver había dictado para nosotros en la hoguera.

Y ahora volvíamos a aquel lugar a resolver algo que se quedó atascado aquella noche. La noche en la que Alba murió y ocultó su diario detrás de un armario... veinticinco años más tarde. ¿Estábamos a punto de descifrar el misterio?

Al menos, nos hallábamos cerca.

Tuve un par de tropezones con las raíces y las rocas que eran imposibles de prever, pero no dije nada. Nos aproximábamos a la cabaña y Javi iba en completo silencio, dando cuidadosas zancadas con su arma todavía apuntando hacia arriba. Según mis cálculos, debíamos de andar cerca de la recta final de ese tramo del camino, y la linterna había desaparecido, ¿quizá porque estaba dentro de la cabaña? El viento se había detenido un momento y el frufrú de nuestros chubasqueros contra las ramas y las hierbas resultaba traicionero.

Y justo entonces comenzó a sonarme el móvil. Fue algo estrepitoso, en medio de aquella quietud. Javi se dio la vuelta y me hizo un gesto nervioso para que lo parase, pero tardé tres largos segundos en sacarlo y apagarlo casi sin mirar la pantalla.

—Mierda, Quintana —susurró Javi.

Y tenía razón en enfadarse, eso se había oído hasta en el Club Náutico.

—¡Lo siento mucho!

Miré la pantalla. Era una llamada perdida de un número que reconocí en el acto, por su prefijo: el restaurante La Moura, de Busto.

«¿Toda la puta tarde esperando y me tienes que llamar ahora?».

Nos quedamos unos segundos completamente callados, conteniendo la respiración, a la espera de oír algo. Goteos, ramas que se movían con el viento, poco más.

—Espérame aquí —susurró Javi—, ¿vale?

—Okey —dije.

Javi siguió avanzando y entonces vi la llamada entrando otra vez, en esta ocasión ya sin sonido (había bajado el volumen a tope). Pensé que quizá aquello revestía algún tipo de urgencia, así que me di la vuelta y caminé en sentido contrario, alejándome todo lo que pude para evitar que se oyera nada.

Estaba ya unos cien metros cuando acepté la llamada y me coloqué el teléfono en la oreja.

—¿Dígame? —susurré mientras me agachaba entre los helechos, como si así fuera a conseguir atenuar la intensidad de mi voz.

Entonces escuché algo parecido a un ruido de nieve electrónica sin sentido. *Bzzzzkkk.*

—¿Dígame? ¿Oiga?

Me aparté el teléfono de la oreja y miré la pantalla. Tenía una raya de cobertura. Pero ¿por qué demonios sonaba si después no me dejaba hablar? Volví a ponerme el teléfono en la oreja.

—¿Diga?

—Hola... Llamo... restaurante...

—Sí, sí... Le oigo muy mal, pero siga.

—... padre... vasco...

—Sí, sí...

—*Bbzbzbkkkkkz.*

—Mire, le volveré a llamar más tarde, ¿de acuerdo? Ahora no escucho nada.

—... mujer... anciana *bzzz* pueblo... ¿Sabe?...

—¿Una mujer anciana? ¿Oiga?

Entonces la nieve volvió con fuerza y de pronto se oyeron los tonos de finalización de la llamada.

Miré de nuevo la pantalla. En efecto, la comunicación se había cortado. Pero no merecía la pena devolver la llamada. Allí no había quien entendiera nada, y como era un número fijo, no había manera de enviar un mensaje. Me metí el teléfono otra vez en el bolsillo y me puse en pie.

«Una mujer anciana», pensé. ¿A eso se refería el hombre del restaurante? ¿La mujer con la que mi padre había comido allí? Y ¿quién podía ser?

Me quedé quieta, en medio del bosque, tratando de oír algo. Javi ya debía de haber llegado a la cabaña, pero todo estaba en absoluto silencio. ¿Es que no se había topado con nadie?

Avancé con cuidado de vuelta al punto en el que nos habíamos separado.

—¿Javi?

Le llamé otra vez, un susurro un poco más fuerte por si estaba escondido en alguna parte, pero nada. Había aprovechado la oportunidad para adelantarse y tratar de resolver aquello por su cuenta. Sin ponerme en peligro, como haría un caballero.

El muy idiota.

Así que me tocaba seguir sola, cosa que hice mientras soltaba sapos y culebras entre dientes.

Salí de nuevo al camino porque tenía la intuición de que nos encontrábamos ya muy cerca de la cabaña de Jokin. La oscuridad no ayudaba demasiado, pero yo ya había pasado por allí una vez, y enseguida reconocí el palet de madera que servía como portón al terreno de Jokin. Estaba completamente apartado y supuse que Javi ya había entrado por allí...

Me fui acercando muy despacio, con los ojos y los oídos bien abiertos. Atravesé el hueco dejado por el palet y di unos cuantos pasos sobre la hierba, en dirección a los dos arbustos que ocultaban la casa de Jokin.

Entonces fue cuando el cielo se abrió sobre mí. Fue un estallido seco y brutal. Un latigazo que sacudió el aire y me hizo vibrar de los pies a la cabeza. Primero pensé que se trataba de un trueno. Me fui de rodillas al suelo. Lo había sentido muy cerca.

Solo unos segundos más tarde, con los ecos todavía resonando, me di cuenta de que acababa de escuchar un disparo.

96

Me quedé allí, sin respiración.

¿Javi había disparado? ¿A quién?

Me imaginé que iba a llamarme ahora. Que algo ocurriría en breve. ¿Había matado a alguien? ¿Estaba herido? Pero ¿quién...?

Logré escuchar unos pasos que corrían de un punto a otro, invisibles para mí porque todo sucedía al otro lado de aquellos arbustos. Supuse que era Javi. Pero si había disparado, tenía la situación bajo control, ¿no? El hecho es que nadie decía nada. No se oía ni una voz. Y no iba a ser yo quien rompiera ese silencio.

«Joder, Quintana, piensa, piensa...».

Mi única ventaja era que conocía aquel lugar. Sabía, por mi anterior visita, que los arbustos de la izquierda eran un buen sitio donde parapetarse y ver algo. Así que me arrastré hasta allí como una tortuga (una muy lenta, asustada y calada de los pies a la cabeza) sintiendo que el corazón estaba a punto de salírseme por la boca. Las balas no tienen ojos. ¿Y si volvían a disparar y me daban a mí?

Cuando alcancé el primer arbusto, me asomé para descubrir un paisaje que me resultaba familiar. La cabaña en el pequeño claro del bosque. La vista del pantano detrás de los árboles de la orilla. El bote que estaba allí encadenado, con sus dos remos..., pero de pronto, entre las penumbras, intuí algo en el suelo, junto a una de las paredes laterales del bungalow: se trataba de un cuerpo. El cuerpo de alguien tumbado. No era capaz de distinguir gran cosa. Solo una sombra que yacía inmóvil.

Se me aceleró el pulso. Me asomé de nuevo sobre aquellos arbustos y observé a la figura que yacía en el suelo... En ese instante un relámpago quebró la noche y su luz me sirvió para reconocer, en una décima de segundo, el chubasquero verde.

—¡Javi! —grité.

Entonces aquella silueta hizo un pequeño movimiento.

Arranqué a correr sin pensar demasiado, sintiendo un latido que golpeaba en mis sienes como un tambor sordo. Era el pánico. Se estaba apoderando rápidamente de mí, de mis acciones, de mis pensamientos, empezaba a estrechar mi ángulo de visión..., pero, quizá porque llevaba unos cuantos días conviviendo con él, supe reconocerlo y darle con la puerta en las narices. Respiré hondo. Una vez. Dos veces.

«Recomponte».

Eché una mirada en profundidad a la cabaña, al terreno... No se veía a nadie por allí. Conseguí llegar a la altura de Javi. Yacía tumbado de lado, con la mirada perdida. Los ojos negros, sin fondo. Pensé que estaba muerto.

—¡Dios mío!

¿Qué había pasado? ¿Se había disparado su propia arma?

Pero él movió una mano. Hizo el gesto de llevarse el dedo

índice a los labios. Después, con la otra mano palmeó el césped indicándome que me agachara.

Lo hice y pude oír su respiración. Estaba como ahogándose.

—Me han herido, Quintana. Con un cuchillo.

—¿Qué? ¿Quién?

—N-no lo sé... Esperaba escondido y me ha atacado por detrás...

—¿Dónde te han herido?

—En la espalda..., arggg. —Gimió de dolor—. Coge la linterna..., en mi bolsillo.

La saqué de su chaqueta. La encendí y me arrastré sobre la hierba para poder iluminar su espalda.

Tuve que reprimir un grito.

Javi tenía un reguero de sangre manando sobre el plástico del chubasquero, a la altura de su clavícula. Toqué el desgarrón del plástico: era un agujero de unos dos centímetros.

—¡Hay que taparlo! ¡Hay que...!

—Llama al 112 —dijo Javi con un hilo de voz—, llama...

Cerró los ojos y noté que su cuerpo se relajaba. ¿Se había muerto? Eché una mano a su cuello, en busca de pulso, pero mis manos estaban heladas y apenas tenía sensibilidad. Me incliné sobre su rostro y pegué la oreja a su boca. Sentí un aliento cálido. Quizá solo se había desmayado. O quizá estaba a punto de morir...

Levanté la cabeza y escruté el bosque. El miedo me decía que me levantase de allí y saliera corriendo hasta el bote, pero Javi necesitaba ayuda urgente.

«Respira».

Saqué el teléfono de mi bolsillo. Las manos me temblaban de tal forma que tuve que sujetarlo con ambas. Lo desbloqueé y entonces vi que la pantalla se había manchado de la sangre que impregnaba mis dedos. Marqué el 112 con la vana esperanza de que allí, por una buena casualidad, hubiera algo de cobertura..., pero la isla respondió con su habitual empeño en aislarme del mundo exterior.

—Joder... —proferí entre lágrimas.

Tenía que actuar, pero no lograba desbloquearme. Debía taponar aquella herida como fuese, aunque al mismo tiempo sabía que necesitaba pedir ayuda. En el bosque, unos cuantos metros más allá había conseguido medio hablar con el restaurante... Quizá el 112 pudiera recibir mis coordenadas en una llamada de auxilio. Lo ignoraba, pero había que arriesgarse.

—Espérame aquí, Javi, ¿vale? Vengo ya. ¡Vengo ya!

Me puse en pie y al hacerlo, de pronto, sentí algo. ¿Se habían agitado los arbustos que había detrás de la cabaña? Recordé que había escuchado los pasos de alguien corriendo un momento después del disparo.

¿Y si el agresor seguía por allí?

Apunté con la linterna al suelo y vi la pistola de Javi tirada en la hierba a unos pocos centímetros de él. Pensé en el disparo que había oído. Posiblemente Javi lo había hecho para avisarme. ¿Podía usarla para lo mismo? Quizá ese ruido se oiría desde Urkizu y Elosu y alguien llamaría a la policía. Así que apunté al cielo y presioné el gatillo mientras apretaba los ojos y los dientes.

Aquello no resultó ser una gran idea.

Lo primero que sucedió fue una gran explosión que me dejó sorda. Y lo segundo, muy de cerca, un dolor indescriptible en la muñeca. El retroceso del arma, sumado al hecho de que yo nunca había pegado un tiro, me la dobló de un latigazo.

Dejé caer la pistola y la linterna al suelo y aullé de dolor mientras me rodeaba la muñeca derecha con la otra mano.

«Respira. Respira. Respira...».

Empezó a llover y el pánico ganó terreno. Todo era una estupidez. Yo era una estúpida por pensar que podía manejar aquella situación. Que podría disparar un arma... Que podría enfrentarme a un asesino...

Pero de pronto, se cruzó por mi mente la imagen de mi padre. Cogiendo un coche que sabía que no debía conducir y yéndose hasta Asturias para hacer lo que tenía que hacer.

«Échale ovarios, Quintana».

Recogí la pistola con la mano izquierda y saqué el móvil, a duras penas, con la derecha. Deje allí la linterna, encendida junto a Javi y apuntando a la orilla, por si alguien había oído el disparo en alguna parte y se acercaba a ver.

Eché a correr hacia el bosque. Llegué al camino y volví a mirar el móvil, con la esperanza de que la cobertura hubiera mejorado, pero no..., seguía sin una raya siquiera. Pensé que Garaio, por ser el punto más cercano a Elosu, podía suponer alguna ventaja. Así que me encaminé hacia allí a toda prisa, esta vez por el sendero para llegar antes.

La lluvia redobló su intensidad, pero eso ya había dejado de importarme. Estaba empapada desde los calcetines hasta la punta del pelo. El dolor de la muñeca era como un latido. Solo tenía que llamar y pedir ayuda...

El primer crujido que escuché a mi lado lo achaqué al viento o a la lluvia. Pero después hubo uno mucho más obvio que hizo que me detuviera en seco. Alguien corría detrás de mí... o a mi lado.

Frené de golpe, me giré y levanté el arma, que llevaba en la izquierda.

—¡Voy armada!

El bosque respondió en silencio. La lluvia caía sobre las ramas de los árboles, sobre el camino... Como no tenía linterna, no podía ver nada más que una negrura en diferentes tonalidades. Volví a mirar el móvil..., todavía nada. Ni una raya... Me di la vuelta para continuar y en ese mismo instante el haz de una linterna se encendió desde un punto en el bosque.

Era una linterna muy potente, que me deslumbraba. Cogí la pistola con las dos manos (móvil mediante) y apunté hacia allí.

—Sal de ahí ahora mismo —dije—, o dispararé. Y no estoy bromeando.

Pero nada. La linterna ni se movió. Nadie dijo nada.

—¿Eres Luken? —continué en voz alta—. ¡Sal de ahí ahora mismo o te pego un tiro!

Era un farol, claro. Entre mi tembleque y el dolor de la muñeca, no le acertaría a nadie ni aunque lo tuviera a un metro.

La linterna permanecía fija en la oscuridad, deslumbrándome. Y de pronto me di cuenta de que estaba demasiado quieta. Di dos pasos a un lado. La linterna continuaba apuntando en la misma dirección. No me seguía..., ¿por qué?

Tardé unos segundos en entender lo que pasaba. Avancé un par de pasos hacia el borde del camino, rodeando aquel haz, y así descubrí que la linterna estaba colocada en el codo entre dos ramas, en uno de los árboles que había allí. Alguien la había encendido y la había dejado apoyada, ¿por qué?

Estaba tan embobada que no logré comprender lo que eso significaba hasta que oí un ruido a mi espalda. Unos pasos que correteaban a toda velocidad.

La linterna se trataba de un truco.

Ya era tarde cuando me giré e intenté defenderme. Sentí un golpe, un terrible dolor en el brazo. Y me caí al suelo, justo mientras la luz de esa linterna iluminaba a mi atacante.

97

Iba con la cara tapada, eso es todo lo que pude apreciar en aquel vistazo fugaz. Un pasamontañas negro. Dos ojos verdes que destellaron bajo la luz de la linterna. Yo me había caído al suelo y notaba un dolor terrible en el hombro derecho, que se sumaba al de la muñeca. Me había hecho algo, supuse que me había clavado un cuchillo. Pero no había tiempo de nada. Lo tenía encima. Y entonces levanté la pistola y disparé.

Sonó como un trueno y el aire se llenó de humo y olor a pólvora. Esta vez el retroceso no me hizo daño, pero la pistola se me escapó de la mano izquierda y se cayó en alguna parte. Y al mismo tiempo oí una suerte de gemido que provenía de ese pasamontañas. La bala le había alcanzado.

No me quedé a comprobarlo. Con el cuerpo invadido por la adrenalina, me puse en pie sin sentir dolor y salí corriendo a través del bosque. Desatada por el instinto de supervivencia, fui dando las zancadas más largas que he dado en mi vida. Salté por encima de troncos, arbustos, iba prácticamente volando sin percatarme de nada. Aquello duró un minuto, quizá dos, hasta que alcancé la orilla. No sabía ni cómo había llegado hasta allí... Estaba rota, jadeando, muerta de miedo. ¿Le había matado? Ojalá.

Había dejado de llover de nuevo. Otra pausa en la tormenta. Me agaché y me escondí detrás de un tronco. Me llevé la mano al hombro y palpé un desgarrón en el chubasquero. Metí el dedo y sentí los gruesos bordes de una herida, como dos labios abiertos que dolían con solo rozarlos. Y la humedad de mi sangre que seguramente estaba manando de ella.

Entonces advertí que no tenía mi móvil. Debía de haberse caído conmigo, cuando el enmascarado me dio la cuchillada. Y ahora no había manera de llamar al 112... Empecé a respirar más aprisa. Ya no conseguía racionalizar nada. Tenía que salir de allí. Solo eso. Y mi mente se concentró en la barca, que seguiría encallada en la orilla de Garaio.

Me tapé la herida con la otra mano y presioné. Después me puse en pie y volví a escuchar el silencio del bosque. No se oía nada, de modo que eché a andar por aquella estrecha orilla invadida de arbustos y maleza. En pocos metros me resultó imposible seguir avanzando, así que terminé entrando en el pantano para poder rodearlos.

El agua fría me abrazó las piernas, se coló dentro de mis zapatillas, pero daba igual, todo daba igual. Tenía que llegar a Garaio, coger la chalupa y remar hasta el pueblo de Elosu..., y una vez allí llamar a todas las puertas pidiendo ayuda.

Lentamente fui sumergiéndome más. Mis gruesos pantalones de yoga se llenaron de agua, y yo era incapaz de controlar unos jadeos que sonaban demasiado alto.

Estaba ya casi por la cintura cuando escuché ruidos muy cerca. Me detuve y miré al bosque. El haz de una linterna surgió entre las ramas. Alguien que se abría camino entre la maleza. ¡No lo había matado!

Oí ruidos de ramas rotas, de pasos entre el follaje. Me buscaba y en nada iba a llegar a la orilla. Yo estaba junto a un árbol medio sumergido. Me hundí hasta el cuello para ocultarme debajo de él. Me tuve que tapar la boca con la mano para detener mis jadeos.

La luz sobrevoló mi cabeza. Vi iluminarse las ramas del árbol. Después, aquella silueta siguió adelante. Iba en mi misma dirección, hacia el pueblo fantasma de Garaio, ¿por qué? Bueno, quizá porque era allí donde me dirigía cuando me pilló en el camino.

Le dejé pasar. Oí cómo se alejaba, pero solo unos cuantos metros. De pronto se detuvo y se quedó en silencio. Como yo. Los dos tratando de escucharnos el uno al otro.

«¿Quién eres? —me pregunté—, ¿te conozco?».

«¿Eres tú el que atacó a Gurutze, el que asesinó a Jokin…, a mi padre?».

Pero el miedo era muy superior a cualquier instinto de lucha. Además, no tenía armas, y posiblemente el enmascarado habría recogido mi pistola del suelo. Ir a por él sería un suicidio.

Por otro lado, no podría aguantar mucho tiempo allí sumergida sin moverme. ¿Qué podía hacer? ¿Qué me quedaba?

Y lo supe… Me quedaba el pantano.

Era mi mejor opción. La única, quizá. Nadar hacia tierra firme. ¿Cuántos metros habría hasta la orilla? Calculé un kilómetro, quizá un poco más hasta la orilla opuesta… Hacía siglos que no me metía en una piscina a nadar en serio, pero de niña había hecho esa distancia muchas veces.

Tampoco tenía más opciones.

Me quité las zapatillas bajo el agua, un pie contra el otro. Acto seguido, vacié los bolsillos del pantalón y los dejé volteados. Me bajé la cremallera del chubasquero para quitármelo también. Si tenía que echarme a nadar, lo mejor era llevar poca ropa.

Una vez que estuve lista, me empujé hacia atrás suavemente, boca arriba, sin perder de vista el bosque. Di una brazada con la izquierda, con cuidado de no mover las piernas (quería evitar que el chapoteo pudiera oírse), casi conteniendo la respiración. Después di otra. El viento que soplaba en ese momento me hacía la cobertura, ya que azuzaba los árboles del bosque donde estaba mi perseguidor.

Fui alejándome poco a poco. Primero braceé solo con el lado izquierdo, pero después me di cuenta de que tenía que forzar el derecho a colaborar de alguna manera. Conseguí aletear un poco sin provocarme demasiado dolor.

Y continué adentrándome cada vez más, en silencio, siguiendo la línea de la orilla en dirección contraria a Garaio. Solo quería poner distancia de por medio con la isla y que el ruido de mis brazadas no se oyera. Y boca arriba lograba respirar bien... por el momento.

El dolor de mi hombro derecho iba en aumento, el frío del agua me empezó a hacer daño. Noté pinchazos en la piel, pero apreté los dientes y seguí adelante.

Restalló un relámpago, seguido de otro trueno. Comenzó a lloviznar en el agua. Era una sensación extraña, un tanto claustrofóbica. Logré seguir otros cinco minutos y entonces me sentí lo bastante segura como para detenerme un momento.

Dejé de nadar y me quedé flotando, manteniendo las piernas en movimiento, mirando a la isla que ya estaba a unos cien metros.

De pronto me vi allí sola, sumergida en aquella hoja de

agua inmensa, en plena noche..., y me acordé de Alba. Exactamente como ella. Descalza, nadando en medio de la oscuridad... ¿Quizá le pasó lo mismo?

Me estaba agobiando. Mis pantalones de yoga resultaban un lastre y aquello era agua dulce, no de mar, cuya sal te ayudaba a mantenerte a flote. Era como una gigantesca piscina con una profundidad de treinta metros y yo estaba en su centro. En la oscuridad más absoluta.

La lluvia caía ya con más fuerza y eso lo empeoró todo. Me sentí completamente perdida. Pensé que me hundiría sin remedio.

Empecé a respirar demasiado rápido.

«No, no..., regula la respiración».

Me giré para atisbar el horizonte. ¿Qué había cerca? ¿Elosu? Aunque, en realidad, me daba igual. Se trataba de trazar la línea más recta posible y llegar a tierra. Había casas, carreteras. A alguien encontraría.

Así que volví a ponerme de espaldas y seguí nadando, intentando olvidarme del miedo. Era difícil, la lluvia arreció y comenzó a darme en la cara. Cerré los ojos.

«Nada, llegues a donde llegues. No dejes de nadar».

Pero entonces sucedió otra cosa. El silencio del pantano se vio roto por un nuevo ruido. Un sonido terrible que me sonó como una carcajada diabólica en aquella noche de pesadilla.

El sonido de un motor. El de una lancha.

98

Tardó un rato en aparecer por detrás de la isla. Una lancha que en ese momento estaría a unos doscientos metros, en la oscuridad de la noche. Pero la luz de esa linterna delataba su posición. El haz se movía como una guadaña, de un lado para otro, rastreando el pantano.

Era él. Estaba buscándome.

Se había dado cuenta de mi escapada a nado. Y, como es lógico, disponía de una embarcación. ¿De qué otra forma hubiera llegado hasta la isla si no?

Me quedé quieta, observando esa luz que era como el ojo de la muerte, cada vez más cerca, mientras yo daba patadas intentando flotar bajo aquel chaparrón. Era como si mi cuerpo empezara a pesar más, o mis fuerzas a rendir menos... Esa aparición había venido a romper el fino equilibrio mental sobre el que yo me había sostenido todo ese tiempo.

La lancha estaba ya a unos diez metros y el haz de luz cortaba la oscuridad más y más cerca. Así que cogí aire y me sumergí.

Fui fácil dejar que mi cuerpo se hundiera.

Abajo, el ruido de la noche se convirtió en un zumbido amortiguado; el sonido del motor, en un siseo; la oscuridad, en una negrura total.

Miré hacia arriba. Vi la luz de esa linterna todavía más cerca, oí el ruido del motor aproximándose, mientras mi cuerpo iba cayendo y cayendo...

Una gran sombra pasó justo por encima. La lancha. El remolino del motor.

El pecho había comenzado a arderme ahí abajo y notaba la presión en los oídos. ¿Qué distancia había descendido? El pantano tenía treinta metros en su punto más profundo, ¿cuánto podría aguantar?

La lancha aminoró la velocidad, lo pude percibir en el siseo del motor. Se había quedado al ralentí y la luz zigzagueaba de un lado al otro. ¿Me había visto?

Empecé a bracear para no seguir hundiéndome. El pecho me quemaba. Tuve que abrir la boca y expulsar un poco de aire. Unas burbujas que vi cortadas contra la luz, elevándose muy despacio.

Si hubiera un fondo en el que rebotar..., pero quizá estaba en la zona más profunda: treinta metros hasta tocar arena resultaban demasiados, no podía aguantar más. Era mejor subir y enfrentarme a lo que fuera que morir ahogada. Comencé a nadar hacia arriba, a hacer impulsos nerviosos y desesperados por elevarme, y comprendí que me había sumergido mucho más allá de lo sensato. Mi ropa había actuado como un lastre y debía de estar seis o siete metros por debajo de la superficie.

De pronto me di cuenta de que no iba a remontar.

Volví a soltar otro poco de aire. Di otra patada. Noté que mi cabeza empezaba a irse.

«Esto debe de ser —pensé—, esto es lo que se debe de sentir».

Cuando escribía *La chica del lago*, en el pasaje sobre la muerte de Alba, me pregunté cómo sería morir ahogado. ¿Qué es lo que piensas? ¿Qué se te ocurre en ese momento?

Abrí la boca casi por instinto. Quería respirar y, en vez de eso, dejé entrar el agua dentro. Un trago de agua amarga y extraña que se introdujo hasta los pulmones y me hizo toser violentamente. Y soltar todo el aire que me quedaba.

Esto era el final.

Cerré los ojos.

¿Y qué vi? A mi madre, a mi hermana, a mi padre. Íbamos los cuatro cogidos de la mano, paseando juntos por el camino del pantano. Un día feliz que seguramente existió, pero que yo ya había olvidado.

«Eso era, querida escritora, lo que debiste poner en tu libro».

La muerte comenzó como un color blanco que se expandía desde mi nuca. Y era una sensación agradable. De pronto, ese aire por el que habías luchado ya no tenía ninguna importancia. Solo había que dejarse caer dulcemente. Dormir.

Ya estaba allí. El final.

Solo que había alguien más.

Y esto es lo que nunca pondría en un libro, porque nadie me creería, pero allí, debajo del agua, había alguien más conmigo.

Alba flotaba a mi lado, una visión sobrenatural. Su cabello oscuro flotaba inerte, revolviéndose en círculos y remolinos.

«¡Te están buscando! —le grité con mis pensamientos—, la gente piensa que has muerto».

Ella sonrió sin decir nada. Después se acercó a mí y me cogió por los hombros.

«Quítate la ropa».

«¿Qué?».

«Tu ropa te está hundiendo. Quítatela».

Todo era un sueño que yo vivía con los ojos cerrados.

«A mí me pasó eso... Yo me ahogué así, pero tú te salvarás... Todavía tienes algo que hacer».

«¿El qué?».

De pronto volví a abrir los ojos. Estaba en aquel cosmos negro, flotando..., y fui consciente, quizá por última vez, de que me estaba ahogando. No sé de dónde saqué las fuerzas o el oxígeno, pero hice tal y como ¿Alba? me había dicho.

Mis pantalones de yoga eran como un lastre, me di cuenta en cuanto me libré de ellos; habrían absorbido litros y litros de agua a modo de esponja. Ya en camiseta y ropa interior, di las últimas patadas, a ciegas, con una furia tremenda. También braceé a la desesperada, aunque eso me produjera estallidos de dolor en el brazo derecho. Daba igual. Debía salir de allí, tenía que vivir.

«Todavía tienes algo que hacer».

Emergí con fuerza y aspiré una primera bocanada de aire. Hasta ese día, jamás en mi vida había notado el aire entrar en mi cuerpo. Pude sentir el oxígeno recorriendo cada arteria, reclamando mis brazos, mis piernas, borrando la muerte blanca que se había apoderado de mi cabeza.

Me quedé allí, jadeando mientras flotaba de espaldas, durante minutos..., y solo entonces me acordé de la lancha, de la linterna. Parecía algo como de otro mundo. Ya no estaba cerca. Creí distinguir el rumor lejano de un motor en alguna parte. Era lo de menos. Que viniera a por mí. Estaba dispuesta a lo que fuera, ahora que había muerto una vez.

Un frío que no había experimentado hasta ese instante hizo acto de presencia. Un frío helador, penetrante. Sentía que no tendría fuerzas ni para avanzar medio metro, pero nadie iba a venir a sacarme de allí... y no quería volver ahí abajo, no después de lo que me había costado. Así que di una primera brazada de espaldas con el brazo izquierdo, y luego repetí el gesto con el derecho. Y empecé a nadar de nuevo.

Ahora iba mucho más rápido, sin esos pantalones que casi me arrastran al fondo... y que Alba me había dicho que me quitara. ¿En serio? ¿O había sido un delirio producto de la falta de oxígeno?

Recordé lo que siempre he pensado sobre los muertos: que toda esa energía no puede desaparecer sin más, que tiene que ir a alguna parte. ¿Y si me había topado con ella al filo de mi último aliento?

No pensé en nada durante un largo rato. Solo en nadar hasta que mi cuerpo conquistara la otra orilla... y, curiosamente, nadar era muy fácil sin miedo.

Todo es mucho más fácil si te quitas todo ese miedo de la cabeza.

Estuve nadando de espaldas con la mirada perdida en las nubes que se iban desmenuzando hasta mostrar un trozo de luna. La tormenta había pasado por ahora y solo podía pensar en Javi, desmayado en la isla. Recé para que aguantase un poco más.

«Solo un poco más. Tengo que llegar a tierra».

De repente mi mano golpeó contra algo en una de las brazadas. Era algo que flotaba. Una boya.

Me giré y me agarré a ella. Era una boya amarilla no muy grande, pero para mí era como encontrar el maná. Un punto en el que descansar. Y eso es lo que hice durante un rato. Me abracé a ella y pegué la mejilla como si fuera el vientre de una gran madre. Y di gracias otra vez por mi fortuna.

Tras un par de minutos reaccioné. Me fijé en que había una boya igual a unos diez metros. De hecho, había unas cuantas por allí marcando una especie de circuito...

«Claro —pensé—. Son las pistas de la escuela de remo de Anita».

Hundí la mirada y atisbé la orilla, a unos doscientos metros, y el camino sembrado de boyas. ¡Estaba salvada! Descansé otro minuto y después nadé hasta la siguiente boya y la abracé otra vez. Así fue como en unos quince minutos conseguí acercarme a tierra. Allí se encontraban las instalaciones del club de remo, que estaban cerradas. Pero daba igual. Solo tenía que llegar hasta ellas.

La casa de Lidia y Anita se hallaba a menos de cinco minutos de distancia.

99

Por fin toqué tierra. Mis pies se hundieron en un fango que, en cualquier otra circunstancia me hubiera parecido asqueroso, pero esa noche lo hubiera besado...

Me fui arrastrando a gatas hasta quedarme tumbada en la orilla y de pronto me entró una congoja terrible. Me eché a llorar, quizá porque necesitaba liberar toda la tensión de esa tarde. Estuve un rato allí tirada, llorando sin preocuparme por nada más. Después recordé a Javi, que había dejado atrás, moribundo...

Tenía que levantarme por él. Tenía que llegar a la casa Guirao y pedir ayuda.

Las piernas me temblaban cuando por fin me puse en pie. En bragas y camiseta y calada hasta los huesos, el frío era atroz. Me recorría el cuerpo en forma de sacudidas incontrolables. Además, el dolor se había extendido por todo el brazo y el hombro derechos. Había maltratado esa herida y ahora apenas podía moverlos; parecía que me hubieran hundido clavos de acero a lo largo de toda la extremidad. La sentía como un tentáculo muerto e inflamado... Comencé a andar como si acabara de aprender a hacerlo, como un potrillo.

Llegué a la parte frontal del edificio de la escuela de remo, un almacén con una persiana echada. Mis calcetines, empapados y rebozados en fango, resultaron ser un buen calzado. Lo crucé en silencio y llegué a la ruta que rodeaba el pantano. Caminé por allí en completa soledad y pensé que debía de resultar una visión monstruosa. En bragas, con el pelo ensortijado y sucia por los cuatro costados, con los dientes castañeteando de una forma que nunca habría imaginado posible, entre gruñidos y jadeos.

Tardé poco en llegar a los límites de la finca de los Guirao, demarcados por un murete bajo coronado con unos altos setos perfectamente cortados. En todo ese tiempo no había dejado de vigilar el pantano, pero no había rastro de la lancha ni de la luz de aquella linterna.

Alcancé el portalón, en cuyo dintel se leía el apellido familiar GUIRAO esculpido en piedra. Dos macizas hojas de madera y una puertecilla peatonal impedían ver más allá. Toqué el timbre y me quedé esperando, abrazada a mí misma, tiritando, entre gruñidos y jadeos. La pequeña carretera vecinal contaba con unas farolas que iluminaban los alrededores. No había un alma por allí a esas horas.

Esperé un par de minutos que se me hicieron eternos, ¿es que no estaban en casa? Yo había hablado con Lidia ayer mismo, y Anita —que yo supiera— había cogido un vuelo de vuelta el día anterior.

Volví a tocar. Al hacerlo pude ver mi propia mano temblando de una manera grotesca. Me moría del frío, pero tenía que intentarlo. Y si no, saldría a la carretera, pararía el primer coche… Aunque eso se me antojaba como una misión colosal en esos momentos.

Me apoyé en el quicio del portalón y me puse en cuclillas. Justo entonces oí unos ruiditos sobre mi cabeza.

—¿Sí? ¿Dígame?

—¡L-l-lidia! —grité mientras luchaba por volver a incorporarme.

—¿Hola?

—L-l-lidia, s-s-s-soy Quin-t-t-tana... Quin-t-t-tana T-t-torres, ¡ayuda!

Mi voz sonaba rota, los castañeteos de los dientes me impedían vocalizar bien.

—¿Quintana?

Se oyó una especie de zumbido eléctrico a mi lado. Empujé la puerta peatonal y entré. Conocía aquel jardín que apenas había cambiado desde que era niña. Sabía que mediaban unos quince metros hasta las escalinatas de la entrada principal, pero en aquel momento solo era capaz de ver el sendero de asfalto que tenía ante mí. Supuse que Lidia no podía imaginarse el estado el que me encontraba, así que me estaría esperando en la entrada de su casa.

Me arrastré por aquel senderito de lajas de piedra que tantas veces había recorrido en mi infancia. Con mis padres, yo vestida de punta en blanco y con unos pasteles o un bizcocho que mi madre se había afanado en cocinar. O en una de aquellas maravillosas fiestas de cumpleaños de Anita, en las que había magos, payasos y tartas de varios pisos.

«Y mírate ahora, quién te iba a decir que un día, veinticinco años más tarde, ibas a estar en bragas, caminando sobre unos calcetines llenos de barro».

Lidia debió de verme mucho antes de que yo llegara. El camino tenía farolillos y supongo que ella había salido a recibirme en la puerta principal cuando me descubrió caminando como un zombi. De pronto noté sus manos en mis brazos.

—¡Dios mío, Quintana! ¿Qué te ha pasado?

—Alg-g-guien nos at-t-tacó a J-j-javi P-p-porta y a mí... —El frío quemaba—. Él est-t-tá en la isla... Hay q-q-que llamar a la p-p-policía...

—¡Vamos! —Me cogió del codo y se puso a mi lado para ayudarme a andar—. Entremos en la casa. ¡Estás helada!

Lidia Guirao me guio con firmeza hacia la escalinata. Siempre había sido una mujer fuerte. Y esa noche necesitaba a alguien fuerte.

Me costó un poco llegar hasta arriba. El amplio vestíbulo de la casa, del cual partían unas escaleras en forma de L, estaba tal y como lo recordaba. Unas grandes alfombras, la decoración un poco barroca y antigua. Me sorprendió que no hubiera nadie allí. Murmuré el nombre de Anita, pero Lidia no pareció oírme. Cerró la puerta, echó la llave y miró a través de una de las ventanas laterales.

Después se dio la vuelta y me observó a la luz de las lámparas del vestíbulo.

—Dios mío, ¡si también estás herida!

Me miré yo también el hombro. La camiseta estaba tajada y una mancha oscura se extendía hacia abajo.

—N-n-no es n-n-nada... —Intentaba hablar, pero cada sílaba costaba—. Hay q-q-que llamar... 1-1-2.

—Lo primero es que entres en calor... —me cogió de la cintura y me empujó suavemente hacia delante—, y curarte esa herida, parece que estás sangrando.

Supuse que Lidia tenía razón. Quizá yo estaba peor de lo que pensaba. Aunque intenté insistir en que llamara al 112, pero mis castañeteos y jadeos se pusieron en el camino de las palabras.

Avanzamos por el largo pasillo central. Yo recordaba perfectamente aquella casa. Las paredes enmaderadas con paneles. Los apliques en oro.

—¿Estás s-s-sola?

—Sí... —dijo Lidia—, pero no te preocupes. Estás a salvo.

Entramos en el gran espacio de la cocina. Era una pieza amplísima con una isla de cocina, fogones, incluso una chimenea asador. A través de las ventanas podía ver los árboles del jardín, iluminados por algunos focos de suelo. El viento los agitaba como sonajeros.

Pegada a la cocina se encontraba la zona de la despensa de alimentos y las cámaras frigoríficas. Vi la puerta de la calle (por donde solía entrar el bueno de Javi, recordé, a poner las cosas en su sitio) y fue entonces cuando me pregunté a dónde me estaba llevando Lidia.

—¿A d-d-dónde vamos?

—La habitación de invitados tiene un baño —dijo Lidia—. Es la única, escaleras abajo.

Abrió una puerta de color blanco y entramos en una habitación. Lidia encendió la luz. Era una pieza de buen tamaño que parecía haber sido una habitación de servicio (por dónde estaba ubicada) y que ahora habrían reconvertido en cuarto de invitados. Había una cama de matrimonio, un armario, una mecedora. Una vez dentro, Lidia me condujo hasta otra puerta que daba a un baño anejo. Encendió aquella luz y me indicó que me sentara en el inodoro.

—¿Puedes quitarte la camiseta?

—N-n-no sé.

—Te ayudaré. Levanta los brazos.

Lidia me ayudó con eso y dejó la camiseta en el lavabo. Al hacerlo, me di cuenta de que estaba empapada en sangre. Ella se arrodilló a mi lado y observó la herida.

—No sangra mucho —dijo—, pero hay que desinfectar cuanto antes…

Yo continuaba temblando de frío.

—Hay q-q-que dar aviso —insistí—. Javi s-s-sigue en la isla.

—De acuerdo. Espera.

Abrió el armario que había bajo el lavabo y sacó varias toallas y un albornoz, que me puso en la espalda. Acto seguido, cogió una toalla de mano y me la pegó en el hombro.

—Apriétate con esto. Voy a llamar por teléfono. No te metas en la bañera sola, ¿de acuerdo? Podrías caerte…

Asentí con un gesto, no podía hablar.

Antes de salir abrió el grifo de la bañera y dejó el agua corriendo. Después se fue y yo me quedé sentada en el inodoro, todavía temblando de frío, presionando esa toalla contra la herida.

El cuarto de baño olía a cerrado y el albornoz picaba sobre la piel desnuda, pero aquel era el mejor sitio del mundo en aquellos momentos. Ya comenzaba a entrar en calor. Los pequeños terremotos se iban deteniendo. El temblor de las manos se apaciguaba y mi boca empezó a recobrar el control. El grifo de la bañera escupía el agua con un estruendo metálico. Por encima de ese ruido, a lo lejos pude oír una voz. Seguramente era Lidia comunicándose con la policía.

«Aguanta, Javi».

Estuve allí cinco minutos o más, oyendo el ruido del agua caer en la bañera, de donde se elevaba un vapor denso y cálido. Resultaba una imagen reconfortante y pensé en las veces que había deseado meterme en una bañera desde que empezó todo esto… Hundir mi cuerpo en agua caliente y cerrar los ojos de una vez por todas.

Lidia regresó con un maletín de color negro en las manos. El maletín de un médico. Recordé que Ernesto se dedicaba a eso.

—Está todo el mundo avisado —dijo Lidia mientras se arrodillaba a mi lado y se colocaba un par de guantes—, creo que irán a la isla en primer lugar. Después quieren venir a hablar contigo, por supuesto.

—Gracias.

—De nada. Ahora vamos a limpiar y cerrar esto rápidamente. Debes entrar en calor. Creo que tienes una ligera hipotermia.

Yo se lo agradecí entre dientes (todavía castañeaban un poco) mientras pensaba que en realidad no hacía falta. Que en unos minutos llegarían los salvadores del 112 con sus sirenas y sus ambulancias y alguien se podría ocupar de ello. Pero no quería ser maleducada, así que no dije nada más.

Lidia me limpió la herida con unas gasas y me aplicó desinfectante. Aquello me empezó a escocer de lo lindo, aunque aguanté.

—¿No está Anita? —pregunté.

—No —respondió Lidia—. Tenía una cena de negocios.

—¿No hay alguien del servicio?

—Hace años que no tenemos interna —dijo ella—. Pero no te preocupes. La puerta es blindada y he cargado el rifle con dos cartuchos.

Terminó de colocarme aquellas tiras adhesivas de sutura en el hombro.

—Bueno, la herida está cerrada. Voy a ayudarte a entrar en la bañera, ¿de acuerdo? Hay que hacerlo despacio y no quiero que te desmayes. Si lo prefieres, puedes terminar de desnudarte dentro.

—No, tranquila —dije yo—, lo haré aquí.

Me quité la ropa interior y dejé que Lidia me ayudase a entrar en el agua, que estaba caliente, pero no demasiado. Me senté muy despacio y terminé de sumergir mi cuerpo.

—Gracias, Lidia.

—Dios mío, ni se te ocurra dármelas... Te he traído esto también, por si lo necesitas —dijo mostrándome una pastilla—, es un tranquilizante muy suave.

Fue al lavabo, llenó un vaso de agua y lo dejó todo en el borde de la bañera: el vaso y la pastilla.

—Gracias —repetí.

—Descansa —respondió ella—, ya estás a salvo, Quintana.

Salió de allí y cerró la puerta.

Yo me tomé la pastilla y di un trago al vaso. Tenía un sabor amargo. Eché la cabeza hacia atrás. Cerré los ojos y volví a pensar en Javi.

«Aguanta, Javi, la ayuda está en camino».

100

Soñé que seguía en el pantano. Ahí abajo, a seis o siete metros de profundidad. Intentaba subir, pero no podía. Era como si tuviera algo atado a los pies... Miraba hacia el fondo. Había unas largas manos blancas aferradas a mis tobillos. La cara de Alba aparecía entre un torbellino de cabellos negros. Sus ojos vacíos me observaban con furia.

¿Alba? Pero ¿por qué?

Abrí los ojos mientras pataleaba en el agua, luchando por respirar. Pero de pronto me di cuenta de que todo era una pesadilla. Estaba en el agua, sí, pero no en la del pantano. Seguía dentro de aquella bañera en la casa de Lidia Guirao.

Me había dormido, ¿cuánto tiempo llevaba allí?

El agua, que recordaba caliente y vaporosa cuando me metí en ella, se había quedado templada. La casa se hallaba en silencio. La puerta del baño, cerrada. ¿Qué estaba pasando?

Permanecí quieta tratando de escuchar algún ruido o conversación, pero no llegaba nada. La policía ya debería andar por aquí, ¿no? ¿Quizá estaban muy lejos, en el salón principal? ¿O en la calle? Pero lo que sí podía escuchar era el ruido del viento y la lluvia ahí fuera. ¿Entonces?

Aquello me inquietó un poco. Me hubiera esperado un ruido de agentes, sirenas, alguien que me despertara para hacer mil y una preguntas... Estábamos hablando de un intento de asesinato. Y ya no me refería al mío, sino al de Javi: un agente de la autoridad que había sido apuñalado por la espalda.

Me incorporé en la bañera y sentí un leve mareo. Joder, era como si mi cabeza fuese una cascara de nuez con una esponja de agua dentro. Entonces vi el vaso y me vino a la memoria la pastilla de Lidia. Vale, estaba un poco colocada todavía. Seguramente se trataba de eso.

Seguí esforzándome en escuchar algo. El viento silbaba fuera.

Recordé que Lidia había dicho que primero irían a por Javi y pensé que quizá esa era la explicación. En todo caso, decidí salir de allí y enterarme de lo que estaba pasando.

Me levanté con cuidado. Me sentía un tanto mareada y mi cuerpo no andaba como para echar cohetes. No quería resbalarme y matarme allí después de lo que había conseguido esa noche.

Había un par de toallas y un albornoz sobre el inodoro. Me sequé con ellas y me vestí el albornoz. Después abrí la puerta del baño y salí a la habitación.

Allí la puerta también estaba cerrada. Era una pieza cuadrada con una gran alfombra persa y una cama doble con una colcha de motivos escoceses. Contaba con un escritorio de madera y una pequeña librería. Y en sus paredes colgaban cuadritos. Algunos mostraban lugares (había un par de marinas, una calle de pueblo empedrada), otros eran bordados: un patrón floral cosido a mano, un parche de lino con puntadas que dibujaban una flor. También había uno de motivos musicales: una clave de sol, otra de fa…

Me pareció que aquella habitación estaba vivida, como si alguien la hubiera personalizado a su gusto. ¿Alba? Pero no parecía la habitación de una adolescente.

Escuché el ruido del viento y la lluvia en el exterior. Algún trueno que sonaba lejos… Me acerqué a la ventana y descorrí una de las cortinas. Esa era la parte de la casa que daba al pantano, pero los altos setos no dejaban ver nada. Desde aquella planta baja solo alcanzaba a distinguir algunos árboles agitándose por el viento y la lluvia iluminada por los focos del jardín. Ni un resplandor de luces azules… ni una sirena de una ambulancia. ¿Es que no iba a venir el séptimo de caballería?

Si no recordaba mal, había una puerta de acceso a la playa del pantano. Desde allí podría verse la isla de Soroa, supuse que a esas horas estaría rodeada de embarcaciones. Podía mojarme un poco más e ir a echar un vistazo.

Me giré y me dirigí a la puerta de la habitación, pero en ese mismo instante se abrió y apareció Lidia con una taza en la mano.

—Vaya, justo venía a ver cómo estabas…

—Bien…, pero ¿cuánto tiempo he estado dormida?

—No lo sé, ¿quince minutos? Tienes mejor cara… y ya no te tiembla todo el cuerpo.

Yo pensé en eso: ¿solo quince minutos? Podía ser…

—¿Están ya por aquí? —pregunté—, la policía…

Lidia negó con la cabeza.

—Llegan en nada. Debe de ser por esta tormenta. He oído que hay inundaciones en varios puntos de la provincia, pero me han llamado para decirme que ya han encontrado a Javi.

—¿Está bien?

—Sí. Lo van a llevar al hospital de Txagorritxu. Se recuperará.

—Oh, Dios, gracias.

—Te he traído una infusión. Ven, siéntate y cuéntame con calma lo que ha pasado.

Ella tomó asiento en el borde del colchón y yo dudé un segundo. Me hubiera gustado salir fuera a echar un vistazo. O hacer unas cuantas llamadas, pero algo dentro mí (cierto sentido del respeto o del ridículo) me convencieron para sentarme un minuto y ser educada con Lidia.

—Toma —me tendió la taza—, es una infusión de arándanos e hibisco, la preparo yo misma. Pero dime, ¿qué hacíais Javi y tú en la isla a estas horas?

—Bueno, vimos unas luces... —empecé a decir—. Parece que había alguien rondando en la cabaña de Jokin. Estaba con Javi y decidimos ir juntos. Al llegar allí nos separamos un instante...

La llamada, recordé, la llamada del restaurante. Pero mi móvil se había quedado en algún sitio de la isla.

—¿Tienes un teléfono? Necesitaría llamar.

—Ahora mismo —dijo Lidia—, pero termina: ¿quién os atacó?

—No lo sé. Lo primero que oí fue un disparo...

—¿Un disparo?

—Javi lo hizo para avisarme... El otro, el que lo había atacado, seguía por allí. Fue el que me provocó la herida. —Me señalé el hombro.

Tenía aquella taza en las manos y me la llevé a los labios casi por instinto. Di un sorbo pequeño porque seguía caliente. El sabor intenso y afrutado del arándano me llenó la boca, cosa que agradecí porque todavía conservaba cierto regusto agrio del agua que había tragado esa noche.

—Está muy buena, gracias.

—De nada.

Aunque, nada más pasar el primer trago, noté un cierto toque amargo que me recordó a la pastilla de la bañera.

—Sigue, sigue… —dijo Lidia—. ¿Viste a quien te atacó?

—No —respondí—, llevaba puesto un pasamontañas. Pero tengo la sensación de que era un hombre, no sé por qué.

—¿Puede que fuera Luken…?

—Puede… Precisamente estábamos en su casa cuando vimos las luces. Hemos descubierto algo.

Volví a dar un sorbo a la taza. El sabor dulzón me sentaba bien, pero ahora noté mucho mejor el regusto amargo del final. Se me pasó por la cabeza que aquello contuviera algo más que una infusión de arándanos…, aunque quizá me encontraba demasiado cansada o atontada…

—¿Qué habéis descubierto?—preguntó Lidia.

—Era Luken quien estaba detrás de esas fotografías que aparecieron en los buzones de las casas. Creemos que había planeado chantajearnos a todos.

—Dios mío… —murmuró Lidia.

Empecé a hablarle de esas fotos y esos anónimos que habíamos descubierto en Elosu. Lidia me escuchaba con atención, pero yo no conseguía entrelazar bien las frases. Me notaba abotargada, como si las palabras tardasen en acudir a mis labios. Pensé que el shock del ataque, la persecución y mi casi ahogamiento en el pantano me estaban pasando factura. De todos modos, seguí con ello.

—Había incluso una foto que se sacó a sí mismo… —añadí—, esa es la prueba definitiva.

Me encontraba sentada al borde del colchón, junto a Lidia, mirando en dirección al cabecero de la cama y por un instante perdí la mirada en la pared, que estaba llena de esos cuadritos decorativos tan *kitsch*. Uno de ellos mostraba a un gatito, enroscado en un cojín con los ojos cerrados («justo lo que me apetece hacer a mí: cerrar los ojos»). El siguiente era de un sol y una luna. Y de repente, debajo de ese, cerca de la lamparita de noche, vi algo que penetró en mí como una aguja.

Se trataba de una lámina rectangular con una ilustración en blanco y negro.

Era el dibujo de un faro.

Me quedé absorta contemplando aquello. Se apreciaba claramente un faro de torre cilíndrica y blanca, adosado a dos alas de un edificio rectangular.

Escrito a los pies de la foto, se leía lo siguiente:

FARO CABO BUSTO.

101

—¿Quintana? —Lidia seguía esperando mis explicaciones—. Te has quedado muda de pronto…

Yo tardé en contestar. Continuaba con la mirada clavada en aquel cuadrito de la pared. Era una imagen que yo había visto esa misma tarde, sentada en el coche de mi padre, cuando había googleado el pueblo de Busto.

—Sí… Yo…

Sabía que tenía que decir algo, pero era incapaz. Mi mente se había embarcado en un viaje a mil kilómetros por hora. El faro de Busto…, ¿qué hacía allí? ¿En esa pequeña habitación de la Casa Guirao? ¿Qué podía significar esa coincidencia?

Entonces noté la mano de Lidia sobre la mía.

—¿Quintana? —Su cara apareció de pronto ante mí—. Me estabas contando lo de Luken.

—Eso es, sí, eso es… —dije yo—. Fue… Las sacó él…, las fotos. Ahora lo sabemos. —Hablaba sin decir gran cosa, sacudida otra vez por un temblor indomable.

—Oye, ¿te encuentras bien?

—No —tuve que admitir—, la verdad es que no.

—Anda, termínate la infusión y guarda fuerzas para cuando venga la policía.

Yo miré la taza que tenía entre las manos. Con ese regusto amargo que tanto se parecía al sabor de la pastilla. De pronto pensé que no debía seguir bebiendo. De hecho, hasta la última fibra de mi cuerpo opinaba que había que largarse de allí cagando leches.

Pero a la vez sentía que mi cuerpo pesaba más y más…

—Oye, Lidia, ¿qué es esta habitación? —Miré a mi alrededor—. ¿Pertenece a alguien de la familia?

Noté que el ceño de Lidia se arrugaba ligeramente. Giró la cabeza y observó la pared en la que yo había clavado la vista.

—Es un cuarto de invitados —dijo volviendo la mirada hacia mí—. No la usamos demasiado, solo cuando las de arriba se llenan… He pensado que era mejor no hacerte subir más escaleras. Pero ¿por qué lo preguntas?

—No, sin más… Me ha llamado la atención toda esta decoración de bordados. Parece, no sé cómo decirlo…, muy personal. Como si alguien hubiera vivido aquí.

—Bueno, alguien vivió aquí —asintió ella—. ¿Recuerdas a Mary?

—Mary… —repetí yo con una repentina sequedad en la garganta—. Sí, claro que la recuerdo… La sirvienta que despedisteis.

—Después de ella, no volvimos a tener interna. Por cosas de la vida, nunca hemos redecorado esta habitación. No quiso llevarse sus artesanías y las dejamos aquí; son un poco demodé, pero tienen su encanto…

Yo volví a mirar la lámina del faro de Busto, buscando confirmar conmigo misma que aquello era real.

«Mary, la interna... Mary, la interna», pensaba... Pero ¿por qué?

—¿Sabes qué fue de ella? —seguí preguntando.

—¡Qué curiosidad te ha entrado de repente! —exclamó Lidia.

—Sí, lo siento, ya me conoces... Es que esta habitación parece tan llena de historias...

—Por lo que sé, después de salir de nuestra casa trabajó para alguien más en Urkizu, pero creo que finalmente se volvió a su pueblo. Era de una aldea de Asturias, en la zona de Navia.

—Busto —dije entre dientes.

—¡Eso es! ¿Cómo lo sabes?

No contesté a su pregunta.

—Anita me contó que la despedisteis aquel año... —dije notando que mi voz sonaba como la de alguien que está a punto de dormirse— por aquello del registro en la habitación de Alba.

De pronto, Lidia suspiró hondo y miró de nuevo hacia atrás... Supongo que yo había logrado mosquearla con el interrogatorio.

—Vaya... Sí que te has enterado de cosas. —Sonrió—. Lo cierto es que nos dio un disgusto muy grande, porque Mary llevaba con nosotros muchos años..., aunque es verdad que habíamos empezado a notar algunas faltas y teníamos nuestras sospechas. Aquella semana, a cuenta de lo que pasó en la habitación de Alba, Ernesto se coló aquí y registró la habitación. Resulta que le encontró algunas cosas, entre ellas, dos pendientes míos de oro puro.

Yo me había quedado callada, con aquella infusión entre las manos. Quizá fuese solo una paranoia, pero notaba algo en la parte de atrás de mi cabeza, un pequeño mareo...

—Pero ¿qué te ocurre, Quintana? Todas estas preguntas sobre Mary, de repente. Y estás blanca como una vela...

—Me gustaría hacer una llamada, Lidia.

—¿A quién? —dijo ella—. Ya está avisado todo el mundo.

—¿Leire también?

—También —respondió, y por una milésima de segundo vi cómo sus ojos se movían. Y en esta ocasión, por fin, tuve la absoluta certeza de que estaba mintiendo.

—¿Estaba en casa?

Lidia asintió.

«Mentira», pensé. Esa noche tenía el festival de fin de curso y una cena posterior con los profesores. Noté un escalofrío recorriéndome el espinazo. Lidia no había llamado a nadie. Todavía no era capaz de entender qué pintaba Mary en aquella ecuación..., pero daba igual. Debía salir de allí. Ya.

—Vamos, acábate la infusión y acuéstate hasta que llegue la policía. —Lidia palmeó la cama—. Vas a necesitar estar descansada para lo que viene.

—No —dije con brusquedad—. En serio, quiero llamar por teléfono.

Me levanté todo lo rápido que pude. Me di cuenta de que la sensación en el fondo de mi cabeza no era solo una sensación. Estaba mareada.

Lidia se puso en pie a mi lado.

—Cuidado. —Me cogió de un brazo—. Creo que no deberías moverte.

—¿Dónde está Anita, Lidia? Dime la verdad.

—¿La verdad? ¿A qué te refieres?

Me solté de su brazo. Fue un gesto un poco brusco, pero no era momento de sutilezas. Dejé la infusión en la mesilla.

—Quintana...

Me di la vuelta.

—Lo siento, pero tengo que hacer esa llamada.

Lidia se interpuso en mi camino.

—Creo que no estás en condiciones de ir a ninguna parte —repitió, con los brazos en jarras.

Sin mediar palabra, la empujé. Esto debió de pillarla por sorpresa. Cayó sobre la cama soltando un pequeño grito.

—¡Quieta! —me ordenó mientras yo salía corriendo.

Abrí la puerta y la cerré según la veía ponerse en pie y venir hacia mí. Me quedé fuera y mantuve la mano en el tirador para evitar que Lidia pudiera abrirla, cosa que intentó unos segundos más tarde.

—Abre la puerta, Quintana —ordenó desde el otro lado.

Yo me giré y miré al espacio de la cocina. ¿Había algún teléfono por allí? Los teléfonos fijos suelen estar en las cocinas, pero aquella era una casa muy grande.

Afuera la tormenta arreciaba. Solo se veía oscuridad, ni una luz, ni un ruido.

Volví a notar la manilla presionando hacia abajo. La sostuve allí.

—Quintana, estás gravemente afectada por lo que ha sucedido —dijo Lidia con voz firme—. Creo que estás en shock.

—Es mentira. No has llamado a nadie: Leire tenía el festival de fin de curso.

—He hablado con ella, la he llamado al móvil —dijo Lidia—. Quintana, estás cometiendo un grave error.

—Y Javi sigue en la isla, ¿no?

Silencio.

—Mi padre fue a reunirse con Mary en Busto. Ahora lo he comprendido. Pero ¿qué tiene que ver ella con todo? ¡Responde!

Se hizo un silencio al otro lado. La manilla dejó de apretar. ¿Quizá Lidia había desistido? ¿Iba a confesar?

Yo volví a girarme en busca de un teléfono en alguna parte de la cocina. Entonces lo vi, apoyado en un mueble esquinero. Parecía uno de esos inalámbricos con base de recarga. Pero puede que, en cuanto soltase la puerta, Lidia saliese a por mí. Así que tendría que hacerlo a la carrera.

Conté hasta tres: uno, dos..., ¡ya!

Solté la manilla y salí corriendo sin mirar atrás. Al hacerlo me di cuenta de que sentía un mareo algo más profundo de lo que había percibido en la habitación. De pronto era como si las paredes se movieran, como si no estuvieran del todo rectas. Todo parecía más grande o más pequeño por momentos... Esa maldita pastilla, esa infusión, ¿qué contenían?

Me tropecé con una silla y el ruido debió de delatarme. Oí cómo se abría la puerta de la habitación. Lidia. Pero casi al mismo tiempo, llegué al mueble esquinero donde estaba el teléfono. Lo cogí de su nido y seguí corriendo por el pasillo de madera con apliques de oro. Hacia la salida.

Vi la puerta del vestíbulo al fondo. ¿Estaría abierta? En cualquier caso, también podía subir por las escaleras y encerrarme en algún sitio de la planta de arriba. Escuché pasos a mi espalda. Lidia venía correteando como una araña. Me dije que podía ganarle. Mientras tanto, la sensación de barco iba a más. Era como si todo el pasillo estuviese inclinado; tuve que extender un brazo y tantear la pared para no caerme.

De pronto, según llegaba a la desembocadura de ese pasillo, vi aparecer a alguien. Una silueta se recortó contra la luz de la entrada.

Un grito escapó entre mis labios.

Primero pensé que se trataría de Anita, pero la persona

que apareció llevaba un pasamontañas. Y un cuchillo en la mano.

Me detuve tan en seco que me caí al suelo y frené como los jugadores de fútbol que meten un gol y se deslizan por la hierba para celebrarlo. Me quedé de rodillas mirando aquella aparición monstruosa que continuaba plantada allí, cortándome el paso.

—¿Quién...?

La sombra estaba quieta y yo aún sostenía el teléfono en una mano. No sé ni cómo, pero tuve la frialdad de mirar el teclado y marcar el 112. Empecé a retroceder por el suelo, mientras lo dejaba sonar.

—¡Detenla! —gritó Lidia a mi espalda.

—112, dígame... —dijo la voz en el auricular.

Yo respondí desde la distancia.

—¡Socorro! Estoy en...

Pero en ese instante la línea se cortó.

—¿Oiga? ¿Oiga?

El enmascarado avanzó hacia mí en el pasillo. Yo comencé a gatear hacia la cocina y allí me topé con los pies de Lidia.

—El hombre..., el asesino —gemí casi sin respiración.

Alcé la vista y vi que Lidia tenía la base del teléfono inalámbrico en una mano. El cable suelto en la otra.

—Lo siento, Quintana. Esto se acabó.

102

Seguía en el suelo, incapaz de levantarme, mirando a Lidia Guirao, que, por efecto de alguna droga hipnótica, parecía un gigante.

—Lidia..., ¿por qué?

El teléfono de la casa volvió a sonar en alguna parte. Ring. Ring...

—¡Maldita sea! —exclamó ella mirando al otro tipo que venía por el pasillo—. Sujétala mientras arreglo esto.

Lidia pasó a mi lado apresuradamente, con el nido del teléfono en las manos. En mi bruma mental comprendí que iba a responder esa llamada, que, con toda probabilidad, procedía del 112. Entonces noté que alguien me quitaba el inalámbrico de la mano.

—¡Arriba! ¡Muévete! —dijo el enmascarado apuntándome con el cuchillo.

Esa voz me resultaba familiar. Pero ¿quién era?

Me levanté a duras penas, apoyándome en el respaldo de la silla que había movido en mi carrera. Vi el jardín al otro lado de las ventanas.

«Aquí no hay nada más que hacer. Si te quedas, vas a morir».

Tiré de la silla con fuerza y me impulsé hacia delante. Quería llegar a la puerta del jardín. Abrirla. Salir a la playa del pantano y después, ¿qué? Me tiraría otra vez al agua, intentaría nadar... Cualquier cosa era mejor que quedarse allí a que me mataran.

Ni siquiera logré alcanzar la puerta. El tipo me cazó y me dio tal empujón que me estrellé contra una pared.

—¿Te vas a estar quieta de una puta vez?

Noté la punta del cuchillo en la garganta. Después me cogió del pelo y tiró de él.

Grité con todas mis fuerzas.

—¡Socorro! ¡Ayuda!

—Aquí nadie te va a oír —dijo él—. Venga. A la habitación.

Obedecí como un animal camino del matadero. Hay algo en todos nosotros que quiere evitar el dolor, sean cuales sean las circunstancias. Además, ¿qué más podía intentar? Estaba acabada, mi única esperanza era esa corta llamada que había conseguido hacer al 112. Y la escueta palabra («Socorro») que había logrado colar por el cable.

Entré en la habitación y recibí un nuevo empujón, esta vez hacia la cama. Me quedé boca abajo y noté que me subía los pies al colchón. Yo estaba desnuda debajo de aquel albornoz. Por un instante se me pasó por la cabeza que ese hombre podría hacerme lo que quisiera.

—Las manos a la espalda —ordenó esa voz mientras me ponía la punta en una mejilla.

Obedecí muy despacio. El hombro aún me dolía, pero él pegó un tirón que me hizo gritar. Después me puso las muñecas en cruz y las aplastó con una rodilla. Noté que tiraba del cinturón del albornoz. ¿Me iba a desnudar? Pero no: lo usó para atarme las manos.

Yo asistía a todo esto como si no fuera conmigo. Como si se tratara de una película en la televisión… En realidad, mi cabeza estaba medio ida por el efecto de aquello que había tomado en la bañera, puede que incluso de los dos sorbos de la infusión de arándanos «con ingrediente extra».

Estuve un rato allí, sintiendo la presión de aquellos nudos en las muñecas mientras recuperaba el resuello (a pesar de que era un poco difícil). El dolor del brazo iba remitiendo, pero noté que la herida del hombro había vuelto a abrirse.

Al cabo de un rato oí unos pasos y la puerta se cerró de nuevo.

—Ya está —dijo Lidia—, solucionado.

—¿Qué les has dicho? —habló el hombre.

—Que me ha parecido ver a alguien en el jardín, pero que después no era nada. ¿La has atado con el cinturón del albornoz?

—Para no dejar marcas.

—Muy bien.

«Para no dejar marcas», pensé en esa frase. No sonaba esperanzador.

Vi a Lidia aparecer a mi lado. Se sentó otra vez en el borde del colchón y cogió aquel cuadrito del faro.

—Busto —dijo ella mirándolo—, así que ese fue el viaje que hizo tu padre… Tendría que haberlo imaginado.

—Hija de perra —balbuceé—. Mataste a mi padre…

Lidia dejó el cuadro en su sitio.

—Dale la vuelta —le ordenó al otro—. Quiero hablar con ella.

—No es buena idea —respondió él—. Lo mejor es acabar cuanto antes.

—Haz lo que te digo.

Noté dos brazos que me cogían como si fuera una muñeca de trapo. Me volteó de lado y me provocó más daño, pero ni me quejé. Nada más girarme, vi que el tipo se había quitado el pasamontañas. Le reconocí.

—Tú...

De pronto regresé a la plaza de Santa Bárbara en Madrid. Al tipo que me encendió el cigarrillo mientras esperaba en la cola del quiosco. El hombre afable de ojos verdes que tenía tatuajes y aspecto de soldado. Así que era verdad. Se traba de él.

Esa paranoia sí que estaba más que fundada.

—¿Quién demonios eres?

—Un humilde artesano —respondió él con una sonrisa.

—Un profesional —intervino Lidia—. Nada más. Alguien que trabaja con nosotros desde hace años. Por encargo.

—Encargos como matar a Gurutze, Jokin..., mi padre —dije yo.

Lidia cruzó una mirada con ese hombre.

—¿Qué tal tu herida?

El tipo se levantó la camisa y mostró un apósito cubierto de sangre y pegado en la zona de las costillas.

—Por muy poco —sonrió.

—Ve a curarte —dijo Lidia—y dame unos minutos.

El sicario sin nombre asintió y salió por la puerta. Lidia cogió entonces la taza que yo había dejado en la mesilla y la olisqueó antes de acercármela a los labios.

Yo giré la cabeza.

—No.

—Esto es lo mejor que puedo ofrecerte, Quintana. Un final dulce. Y lo hago en honor al cariño que, por mucho que te cueste creerlo, aún te tengo.

—Claro... Me encanta tu forma de querer a la gente. —Todavía me quedaban fuerzas para el humor—. Pero ¿crees que te vas a salir con la tuya? ¿Cómo vas a explicar todo esto?

—Bueno, tú misma eres una fuente de ideas, Quintana —respondió—. Quizá aparezcas mañana en la bañera de casa, con las venas cortadas y unos cuantos tranquilizantes a tu alrededor. Y el cuchillo con el que mataron a Javi en el suelo. Con tus huellas impresas...

—Javi... ¿está muerto?

—Sinceramente, si no lo está, lo estará antes de que acabe la noche. Nuestro profesional se hará cargo de todo.

—Pero ¿qué motivo podría tener yo para actuar de esa manera?

—Uff... Quién sabe lo que puede pasarle por la cabeza a una escritora de novela negra, ¿eh? —sonrió de nuevo Lidia—. Siempre he pensado que hay que estar un poco loco para vivir imaginando asesinatos, ¿no? Y tú, Quintana, en realidad nunca has estado bien. Cuando eras niña veías fantasmas en todas partes..., ¿recuerdas? Hasta fuiste al psicólogo porque no aceptabas la muerte de tu madre... ¿Qué pasaría si filtramos toda esa información a la prensa? Sería un colofón ideal para el cuadro que hemos ido dibujando estos días.

—Fuiste tú, claro... Lo de la prensa y las filtraciones...

Lidia arqueó las cejas como diciendo «¿Con quién crees que estás hablando? Por supuesto que fui yo».

—La prensa se muere por una polémica, ¿sabes? Cuando empezaste a revolverlo todo, pensé que lo mejor sería acelerar a fondo y colocarte a ti en el centro de la cuestión. Y, bueno, he de decir que ayudaste mucho con tu errática aparición en *La Trinchera*... Será fácil vender el relato de la escritora desequilibrada... Quizá el éxito repentino te hizo perder la conexión con la realidad. O puede que la muerte de tu padre te haya sumido en una terrible depresión... En cualquier caso, creo que la gente tragará con la idea de que eres una asesina. ¿Sabes por qué? Porque a la gente le encanta ver caer a sus ídolos. Es un placer morboso que los ayuda a sobrellevar la mediocridad de sus vidas.

—No te saldrá bien —respondí—. La policía sabe que alguien mató a mi padre...

—Ya veremos, ya veremos —dijo Lidia—. La policía tiene mucho trabajo y los casos raros se les atragantan. Sobre todo, cuando hay muy pocas pistas... Y te puedo asegurar que nuestro profesional va a dejar muy pocas huellas contigo. El caso de Bernardo fue diferente. Culpa mía.

—¿Tuya?

Lidia me acercó otra vez la taza.

—Dale un sorbo, por favor. No lo compliques, Quintana.

—Responde —presioné—. ¿Mataste a mi padre?

—Sí, pero aquello fue un accidente, lo creas o no. Discutimos, yo intenté convencerle de que dejase las cosas como estaban, pero tu padre siempre se creyó un justiciero... Y pasó lo que pasó. Tuvimos una enganchada en lo alto de las escaleras. Le empujé...

—Lo mataste.

—¿Me creerías si te digo que lloré por él? Tus padres fueron dos de nuestros mejores amigos. Le pedí a Bernardo que recordara cuánto os habíamos ayudado con la enfermedad de tu madre. Ernesto usó toda su influencia para que entrara en aquel tratamiento experimental en Barcelona... Pero ni con esas logré convencerle.

—¿Convencerle? ¿De qué?

—De que me entregara el diario, claro.

103

—¿Lo tenía él?

Las palabras de Lidia abrían el suelo bajo mis pies. Todo este tiempo, y el diario había estado en manos de mi padre. Quizá en el mismo sitio en el que yo había pasado días...

—¿Que si lo tenía? No lo creo... A menos que lo haya escondido magistralmente en algún lugar de vuestra casa. Pero hemos entrado ya dos veces a registrarla, sin resultados.

«Dos veces —pensé—, y no han dejado ni un rastro...».

—Por eso querías comprarla... —dije —. Pero ¿qué hay en el diario, Lidia? ¿Qué escribió Alba sobre vosotros?

—¿No te lo has imaginado todavía? —respondió ella—. Pensaba que la reina del thriller habría llegado ella solita a ciertas conclusiones.

El brazo me dolía. Me moví un poco para coger una postura cómoda.

—Solo sé que Mary tuvo algo que ver... —dije—. Mi padre fue a visitarla porque debía corroborar sus sospechas. Pero ¿qué podía saber Mary sobre algo que ocurría entre las paredes de esta casa? ¿Ernesto abusó de ella? ¿La dejó embarazada?

Entonces se me encendió la bombilla.

—¡No! ¡Ernesto y Alba!

Lidia asintió en silencio.

—Muy bien. Muy bien...

—¿Tenían un *affaire*?

—No exactamente. Llamémoslo un accidente.

—¿La violó?

Lidia perdió la mirada en un recuerdo.

—¿Te acuerdas de aquel último cotillón de Nochevieja? —empezó a contar—. El de 1998... Aquella noche fue cuando me di cuenta, viéndolos bailar juntos: Alba con aquel vestidito tan explosivo, Ernesto con esa sonrisa que ponía cuando estaba deslumbrado por alguien. Supe que mi marido se había encandilado con mi sobrina... No fue ninguna sorpresa por otra parte, ¿eh? Ernesto era un seductor, el médico del pueblo, que además era un hombre guapo y elegante... La mitad de las mujeres del Club se lo comían con los ojos, incluso le perdoné alguna aventura. Siempre supe que lo tenía en un puño, enamorado de mi fortuna... Pero Alba resultó ser como un huracán... Una mujer sabe esas cosas. Aunque en todo momento pensé que Ernesto lograría contenerse.

De pronto éramos otra vez dos mujeres hablando. Aunque yo estuviera atada por las manos, y ella, sujetando la droga que habría de enviarme al más allá. Lidia debía de sentir algún tipo de necesidad de contarlo y yo pensé en mi llamada al 112: ¿habrían sospechado algo? ¿Estarían poniéndose en movimiento ahora mismo, según hablábamos? Aunque Lidia había dicho que lo había solucionado..., mi única esperanza es que alguien, en alguna parte, se hubiera mosqueado.

«Tienes que ganar tiempo como sea».

—¿Qué pasó? —le pregunté.

Lidia bajó la vista al recordar.

—Fue en marzo. Después de uno de los campeonatos de Anita, en Banyoles, en Girona. Ernesto y Alba habían venido a pasar día y luego se volvían juntos porque nosotras nos quedábamos con el equipo. Ocurrió a su vuelta. Creo que cenaron en alguna parte... Ernesto dijo que había una botella de vino y que Alba insistió en beber un par de copas, que empezaron a hablar, a bromear y que una cosa llevó a la otra... Ernesto siempre juró que ella se le había insinuado. «Soy un hombre», me dijo entre lágrimas. «Perdí el control. Ella, de pronto, empezó a insultarme..., pero no supe parar».

—¿Te lo confeso así?

—No le quedaba más remedio —prosiguió Lidia—. Al parecer había habido golpes, incluso sangre... Él me llamó al día siguiente a Girona... Me dijo que había pasado algo muy grave y que tenía que regresar a casa cuanto antes. También me pidió que dejase a Anita en Banyoles con alguna excusa. Lo hice. Llegué aquella misma noche. Alba se había encerrado en su cuarto y no quería salir.

—¿Qué?

—Tuve que convencerla para que no acudiese a la policía. No fue nada fácil, la verdad.

—¿La convenciste de que no lo denunciase?

—¿Qué otra cosa iba a hacer? Se trataba de mi marido. Mi familia. Mi apellido. Ese que está escrito en piedra en el dintel de la puerta. Le dije que ese escándalo no ayudaría en nada a nadie, y menos en su casa, donde su padre estaba a punto de ir a la cárcel. Además, Alba había sido una descarada desde el día que entró por la puerta. Se paseaba con un batín por la casa... Le encantaba llamar la atención de los hombres, sentirse deseada... Bueno, pues esa era una de las consecuencias de actuar de esa manera. Y así se lo expliqué.

—¿Tu marido violó a una niña y la culpa la tuvo ella? Eres un bicho, Lidia. Peor de lo que imaginaba.

—Alba no era ninguna niña, eso te lo garantizo. Creo que con esa experiencia aprendió una dura lección y ya está. Me encargué de que aquello terminase ahí. Conseguí una pastilla del día después y la llevé al ginecólogo para quedarme tranquila. Pudimos hacerlo pasar por un resfriado en el colegio... aunque, hablando de Uretamendi, también tuve que ocuparme de otra mosca que estaba empezando a molestar un poco.

—Carmelo..., las bragas...

Lidia hizo un esbozo de rápida sonrisa.

—Después mandé a Ernesto un par de semanas de viaje. Le prohibí que volviera acercarse a ella... Y solo me quedó un fleco —dijo mirando de nuevo aquella lámina de Busto.

—Mary... —Yo notaba la voz cada vez más apagada, casi me estaba durmiendo.

—La buena de Mary, que era una mujer muy discreta, pero no podía ocultar que algo sabía. Lo podías ver en su mirada asustada y culpable. Todo había ocurrido en la habitación de Alba, escaleras arriba, pero algo debió de oír. Quizá desconocía exactamente cómo, pero se lo podía imaginar. Y aunque no tenía pruebas de nada, decidí que lo mejor sería esperar un poco y despedirla con alguna excusa. Aproveché aquella torpeza de Ernesto en la habitación de Alba, aquel día.

—El registro...

—Conocíamos esa manía de Alba por escribirlo todo en su diario. Estaba claro que allí había otro fleco que debíamos controlar, pero Alba siempre iba pegada al dichoso cuaderno.

Así que decidimos hacerlo un día que estuviera en casa. Organizamos aquel almuerzo con Roberto y Almudena, invitamos a los amigos de Anita... Pensamos que sería fácil con tanta gente en casa... Pero Ernesto se volvió loco buscándolo. Alba lo había escondido detrás de un armario y no lo encontró. Entonces, creyó oír a alguien acercarse y lo dejó todo patas arriba... Un desastre.

—¿Alba no sospechó de vosotros?

—Supongo que sospechaba de todos, así que esa misma noche despedimos a Mary. Le dimos una excusa cualquiera y mucho dinero para que se fuese contenta..., y a las chicas le contamos que la habíamos pillado robando. Así matábamos dos pájaros de un tiro..., o eso pensábamos. Alba sabía de sobra que alguien venía a por su diario... Una semana antes de la sanjuanada, le hablé de ello. Le dije que el capítulo de marzo era algo que nos convendría olvidar a todos, y le pregunté si había escrito en su diario sobre ello. Me respondió que no era de mi incumbencia. Y ahí quedó todo...

Se hizo un silencio.

—¿La mataste?

—No. —Lidia negó enérgicamente con la cabeza—. No tuve nada que ver en eso. Créeme, no tengo razones para mentirte.

Eso era cierto.

—Pero pediste una segunda autopista. Intentaste reabrir el caso. ¿Llegaste a creer que había sido un asesinato?

—Hice todo aquello por varias razones. La primera es que, genuinamente, la muerte de Alba fue algo extraño. Pero también me preocupaba que el diario había desaparecido... Y si alguien la mató, es posible que se lo hubiera quedado. Todas mis sospechas recaían en Luken.

—O sea, que lo hiciste para proteger vuestro secreto...

—Si quieres decirlo así... Aunque había otro motivo: Anita.

—¿Anita?

Lidia se quedó callada un instante. Vi cómo bajaba la vista.

—Antes te lo he dicho: una mujer lo sabe. Anita también era una mujer. Vivía en nuestra casa y tenía ojos y oídos. Debía de haber empezado a imaginarse algo... y esa noche, en la isla, encontró la oportunidad de aclararlo por fin. Cuando fueron a buscar a Alba, ella se la encontró en el camino... Alba regresaba hacia el albergue, con su diario bajo el brazo. Aquella era posiblemente la última noche que iban a verse a solas, porque Alba regresaba a Madrid a finales de mes. Así que Anita se lanzó y le preguntó lo que llevaba meses queriendo saber. «¿Qué ha pasado entre mi padre y tú?». Alba le respondió que no estaba preparada para escucharlo. Anita volvió a repetirle la pregunta y entonces Alba se lo contó. Imagínate lo que fue aquello para mi hija. Se lanzó contra su prima. La acusó de mentir. Alba entonces se dio la vuelta y marchó en busca de Luken... Y así se explica aquel entuerto que volvió loco a todo el mundo...

—¿Anita lo sabe? ¿Está al tanto de esto: del sicario, de Jokin, de Guru...?

—No... Ella no sabe nada. Siempre la he protegido en ese aspecto. Aquella noche cuando volvió a casa entre lágrimas, le dije que Alba mentía, que había sido justo al revés: Alba era la que había intentado seducir a Ernesto...

»Cuando al día siguiente se dio a Alba por desaparecida, recé para que fuera otra cosa. Pero entonces apareció el cadáver y la autopsia concluyó que todo apuntaba a un accidente de natación... Anita se vino abajo. La culpabilidad la destruyó hasta el punto de que intentó quitarse la vida... Y ese fue otro de los motivos para que yo luchase por mi teoría del asesinato.

—Liberar de culpa a tu hija...

—Exacto. Salvar a mi hija. Todo lo he hecho por ella. He dado mi maldita vida para que Anita sea feliz.

—Aunque hayas tenido que matar a otras personas...

Lidia miró su reloj, suspiró.

—Se hace muy tarde, Quintana —dijo acercándome la taza a los labios—. Bebe esto, por favor. Te dormirás. Será fácil.

Pensé que podría darle un sorbo para contentar a Lidia. Me mojé los labios, pero acto seguido aparté la cara. Tenía que alargar aquella conversación lo que pudiera, como Scherezade, que moriría en cuanto se acabase su último cuento...

«Venid, amigos del 112. Mosqueaos porque esa llamada ha venido de Urkizu, de la casa de Lidia Guirao, donde comenzó todo este lío hace veinticinco años».

—Queda una cosa —dije—: mi padre.

Lidia sonrió.

—¿Qué quieres saber?

—Cómo entró en esta historia...

Lidia volvió a mirar el reloj. Otro suspiro. Supongo que pensó: «Al menos, se merece esa explicación».

—Jokin le entregó el diario. Él lo leyó... Fue después de aquella trifulca en el Club Náutico...

—Jokin —dije pensativa—. Pero ¿habíais quedado en el Club realmente?

—Sí... Jokin me llamó para contarme que había leído el diario de Alba y que hablaba de algo terrible que le hizo Ernesto. Yo le contuve en aquella primera llamada: le dije que era todo mentira, solo imaginaciones, ficción... En cualquier caso, le aseguré que estaba dispuesta a pagarle muy bien por ese antiguo objeto de Alba, puesto que era un recuerdo familiar. Ese día, en el Club, había quedado para hacer el intercambio. Pero a Jokin debió de darle un arranque de heroísmo o de moralidad alcohólica y terminó montando aquella escenita. Tu padre lo sacó de allí... y enseguida supe que tenía un problema importante que resolver.

—Sigue. ¿Qué pasó con mi padre?

—Bernardo también lo leyó. Él fue quien me confirmó la gravedad del asunto. Alba lo había escrito todo, hasta el mínimo detalle. La violación de Ernesto y cómo yo se lo había puesto todo muy negro si se le ocurría denunciarlo. Además, el diario estaba lleno de verdades..., detalles que dotaban de verosimilitud a sus palabras. Incluso mencionaba cosas sobre el caso de su padre que nadie sabía y se han demostrado mucho más tarde. Publicar aquello sería el fin de mi familia... Mis negocios, empresas... Anita... Y en parte, todo fue culpa de tu novela, Quintana. Tu éxito siempre supuso una amenaza, el amplificador que nos destrozaría. Bernardo tenía algunas dudas (el diario contenía secretos de otras personas del pueblo, amigos suyos...), así que le intenté convencer de que aquello era agua pasada. Le dije que me diera el diario y lo destruiríamos por el «honor» de Ernesto, que había fallecido en enero. Él me respondió que lo pensaría, pero que en ningún caso lo iba a destruir. Quizá lo terminara enviando a la familia de Alba, a mi hermana... o a la policía. Me dijo que me daba tiempo para prepararme: un favor en honor a nuestra amistad. Lo demás sucedió como te lo he contado: fue un accidente... Le empujé en un arranque de ira... Aunque una vez muerto, decidí que esa desgracia tenía que valer para algo. Registré la casa, pero no había ni rastro del diario. Después me marché de allí, pero la mala suerte quiso que me topase con Gurutze en el robledal, nada más salir de la casa.

—Gurutze.

—Sí... El suyo fue uno de esos casos de «el sitio equivocado en el momento equivocado». Ella venía haciendo footing, ¡esa manía que le ha entrado a todo el mundo con correr!, y yo me encontraba justo al lado de vuestra puerta. Supongo que en aquel momento no ató cabos, o quizá pensó que tu padre y yo teníamos un *affaire*... El caso es que la muerte de Bernardo se consideró un accidente... Pero después...

—Cuando leyó lo de mi denuncia de asesinato...

—Exacto. El día que salió la noticia, pensé que Gurutze recordaría aquella noche en la que me vio por Zabalain. Mandé a nuestro hombre a vigilarla y así nos enteramos de que había salido de viaje a Madrid de manera un tanto precipitada. (Su madre , que pensaba que estaba hablando con un productor de TV, le dijo que apenas había hecho maletas). Entonces decidimos actuar.

—Otro encargo. Como el de Jokin, ¿verdad? ¿O el atropello en Bilbao me incluía a mí también? Todo con mucho cariño, claro...

Lidia encajó mi sarcasmo sin decir nada...

—Me he resistido a la idea de hacerte daño, Quintana. Pero cuando empezaste a investigar, supe que no pararías hasta dar con algo. Ayer tú tendrías que haberte «suicidado» en tu piso de Madrid, pero fuiste rápida, desconfiaste... y eso te salvó la vida... Al menos hasta hoy.

Me acercó la taza a la boca otra vez.

—Vamos, bebe.

Lo hice. Bebí otro sorbo muy pequeño, aunque ella giró la taza para intentar que entrase mucho más líquido. Me di cuenta de que se me habían acabado las ideas. Mi mente estaba cada vez más borrosa. Mis ángeles del 112 no habían acudido al rescate. Un último esfuerzo. ¿Qué carta podía jugar?

—Hay algo que se te ha escapado, Lidia —dije de pronto.

—¿El qué?

—Luken —respondí—. Luken tiene el diario. No sé cómo lo consiguió, pero lo tiene. Y estoy segura de que lo hará llegar a la policía en cuanto yo aparezca muerta.

Lidia sonrió.

—Buen intento —dijo ella—, pero no creo que Luken pueda hacer gran cosa ya... A menos que sepa volver de entre los muertos.

—¿Qué?

—Así es, pero antes de morir nos contó una bonita historia... Aunque lo cierto es que tuvimos que hacerle un poco de daño para que lo soltara.

Me puso la taza en la boca. Di un sorbo.

—Cuando Jokin empezó a beber otra vez, frecuentaba el bar de Elosu. Una de aquellas noches, en plena melopea, le contó a Luken que había encontrado el diario y que había unas cuantas personas que deberían preocuparse por ello. Luken enseguida vio una oportunidad de vengarse de todos nosotros... Invitó a Jokin a casa y le habló de la idea del chantaje. Jokin no era muy dueño de sus actos y se dejó llevar, pero enseguida se arrepintió. Dijo que Alba no había escrito eso para que Luken o él se hicieran ricos..., pero Luken ya tenía una foto y una lista de nombres, aunque no supiera mucho más. Siguió adelante con su plan, buzoneando las fotografías. Solo que fue un poco torpe al creer que mi casa no tiene cámaras de vigilancia... Y acabó en una bañera de ácido.

Entonces se oyeron unos pasos junto a la puerta. Se abrió. Era el profesional.

—Ya ha pasado demasiado tiempo. Mi consejo es que actuemos.

—Sí —dijo Lidia—, vamos... Es la hora, Quintana. Te dormirás y ya está...

De nuevo, acercó la taza a mi boca, yo aparté los labios.

—¿Y si te dijera que tengo el diario?

—Diría que es un farol —repuso Lidia—. ¿Por qué habrías venido aquí en ese caso? Vamos, bebe...

—Pero ¿hasta cuándo vas a seguir matando? ¿Cuántas vidas vas a segar para mantener intacto ese apellido escrito en piedra?

—Las que haga falta, Quintana. Tú jamás lo comprenderías... —Empujó la taza contra mis labios—. Piensa que al menos tu hermana se hará rica. Dejaré que pase un tiempo y le ofreceré un buen precio por la casa. Después levantaré hasta la última tabla del suelo. Encontraré el maldito diario y acabaré con esa amenaza...

—Pero...

—¡Basta de charla!

El profesional se abalanzó sobre mí. Me cogió de la nariz con los dedos y me levantó el rostro hacia el techo mientras con la otra mano me sujetaba la cabeza. Me había taponado la nariz y al cabo de unos segundos tuve que abrir la boca.

—Ahora.

Y noté que Lidia vertía la taza en mi garganta. Por mucho que me resistí a hacerlo, terminé dándole dos buenos tragos a su veneno.

104

Y ya está. Aquí termina la historia. Javi muerto en la isla, desangrado en la soledad de aquel bosque. Yo asesinada en la casa de mi padre, igual que él, por el mismo motivo. Lidia Guirao había vuelto a ganar. Su poder inevitable, arrollador, que hace veinticinco años arruinó la vida de Alba..., ahora nos destruía a nosotros.

Terminé bebiéndome casi toda la taza. El efecto de la droga comenzó a expandirse casi en el acto, por eso me dolió bastante poco cuando el profesional me levantó por los brazos, pero yo no estaba dispuesta a colaborar en nada.

—¡Camina!

—¡No!

—Te ayudaré —dijo Lidia—. ¿No deberíamos amordazarla?

—Lo haré en la barca —respondió él.

Lidia me cogió de los pies mientras el otro me sujetaba por las axilas, y así me sacaron de la habitación.

—Lidia... ¿Cómo puedes hacer esto? —fue lo último que se me ocurrió decir.

Ella ni siquiera me miró. Tenía la vista clavada en lo que estaba haciendo, como alguien que ya ha perdido la perspectiva del bien y el mal y solo quiere terminar su trabajo. Yo tan solo era un problema que había que resolver. Como Alba. Como mi padre. Como todos los demás.

Tenía la mentalidad de una perfecta asesina.

Llegamos al distribuidor de la despensa y yo ya había dejado de controlar las piernas. Parecía como si una blancura cegadora fuese conquistando mi cuerpo poco a poco, pero mi cabeza era todavía un bastión que se resistía a rendirse. «Vamos, piensa, piensa algo que puedas hacer para retrasarlo todo».

Abrieron la puerta del jardín. La misma puerta, recordé, en la que Alba se había apoyado con su bikini rojo aquella vez... Javi.

«Lo siento mucho, Javi, justo cuando nos hemos vuelto a encontrar...».

Intenté revolverme, pero mi cuerpo ya no respondía. Entonces sentí el viento. Estábamos en la calle, supuse que camino de la playa. Iban a montarme en el bote, claro... Era la manera más discreta de llegar a mi casa, por el pantano... Posiblemente dejarían el kayak de mi padre fuera para que todo terminara de cuadrar: «La autora Quintana Torres se suicida después de asesinar al policía local de su pueblo».

¿En serio alguien iba a tragarse esa sandez?

Mi albornoz desanudado apenas me cubría y yo estaba desnuda. Sentía la lluvia fría sobre mi pecho. Ya ni siquiera era capaz de mantener los ojos abiertos. Noté que se me iban cerrando, que me dormía mecida por el bamboleo de aquellos pasos.

Era la segunda vez que moría esa noche. Aunque algo me decía que iba a ser la definitiva. El blanco cegador estaba ya en mi cuello, subiendo centímetro a centímetro. Ahora en la barbilla. Mientras tanto, cada gota de lluvia en mi pecho emitía una especie de onda expansiva electrizante, incluso agradable.

Fui cerrando los ojos, lentamente..., cuando de pronto escuché un grito.

—¡Mamá!

Ese sonido rompió la noche en dos. Noté que el bamboleo se detenía. Todo quedó suspendido. Algo no iba bien... ¿Quién demonios perturbaba mi sueño?

—¡Anita! —dijo la voz de Lidia—. ¿Qué haces en casa? Tú no deberías estar...

«¿Anita? —pensé en mi duermevela—. ¿Anita está aquí?».

—¿Qué estás haciendo? —respondió mi vieja amiga con su voz aflautada.

Logré abrir los ojos y vi a Anita de pie en el jardín, junto a uno de los focos del suelo. Llevaba uno de esos bonitos vestidos de falda corta que le quedaban tan bien. El pelo, arreglado como para una cena. Maquillada pero discreta, como era ella.

Tenía la cara descompuesta.

—¿Quintana?

Entonces noté que yo me iba al suelo. Mis piernas y mis brazos volaron y chocaron contra la húmeda hierba. Me habían soltado.

—Deja que te explique —intervino Lidia.

—He venido con la policía —dijo Anita—, me han llamado. Me han dicho que pasaba algo en casa... Pero ¿qué hacéis con Quintana?

—Quintana es la asesina —contestó su madre—, se ha presentado aquí para matarme…

En ese instante vi el reflejo de una luz azul. Se oyeron pasos. Voces. Joder, justo lo que llevaba horas esperando.

A nuestra espalda un grito:

—¡Quietos, policía!

Habían entrado en el jardín por los costados. Yo solo lo supe más tarde, pero Anita había llegado acompañada de dos coches patrulla.

Vi al profesional llevarse la mano a la espalda. Allí, en el cinturón, llevaba la pistola de Javi… La que yo había dejado caer en la isla después de dispararle.

Cogió a Lidia por detrás, le apuntó a la cabeza.

—¡Que nadie se mueva o la mato!

—¡Mamá! —gritó Anita, echando a correr.

Yo estaba tumbada en aquella hierba húmeda. Sintiendo las gotas de agua por todo mi cuerpo, sintiendo que me hundía más y más en aquel césped esponjoso, mientras a mi alrededor sucedía una escena trepidante.

De pronto oí otro grito.

—¡No te acerques!

Un disparo.

Otro. Otro.

El aire se llenó de pólvora y advertí que alguien caía a mi lado. Oí un ruido sordo, como el de un fardo al golpear el suelo.

Me giré con esfuerzo para ver quién era.

Anita estaba allí, tumbada junto a mí, con esa cara tan bella y fina manchada con un brochazo de sangre que procedía de su cuello.

No dijo nada. Tenía una extraña sonrisa en el rostro. Llevó su mano a mi mejilla y la dejó ahí.

—Anita… —balbuceé.

Y entonces oí un gemido desgarrador que sonó como el aullido de un animal.

Era Lidia gritando el nombre de su hija.

105

Mi hermana estaba de pie junto a una ventana por la que entraba la luz del día. Yo acababa de abrir los ojos y la intensidad de esa claridad me hizo entrecerrarlos para fijar la mirada en ella.

—Leire...

Vino a mi lado. Llevaba un maravilloso vestido negro que se habría puesto para el festival de fin de curso. Tenía la cara cansada y el rímel corrido. Había llorado.

—¿Dónde estamos? —pregunté.

—En Vitoria. Estás a salvo, todo ha terminado...

Miré a mi alrededor. Una habitación de hospital (otra), el sol entraba por la ventana. No había nadie más allí y notaba la mente embotada, como con bruma.

—¿Qué haces aquí?

Tardé un poco en recordar la pesadilla de la noche anterior. El pantano, Lidia, los instantes finales... Los disparos en el jardín de la casa...

—Anita.

—Ha muerto —dijo Leire llevándose un clínex a los

ojos—. Hubo un tiroteo. El sicario disparó a la policía y ellos respondieron. Anita corrió a salvar a su madre y se metió en medio. Una bala la alcanzó...

—Dios mío...

Acudió a mi memoria su rostro en la hierba. Noté que me brotaban las lágrimas.

—Pobre chica de la sonrisa triste —dije—, era demasiado joven.

—Lo era.

—¿Y Javi? —recordé de pronto—. Él está...

—Vivo. Lo sacaron de la isla y lo trajeron aquí. —Leire me cogió la mano—. Lidia les contó todo. Ha confesado, Quintana.

Poco a poco fui aterrizando en la realidad. Mi cuerpo seguía aún bajo los efectos de aquella droga, tenía una sensación de náusea y molestias en la garganta.

Mi hermana me explicó que me habían metido una sonda para practicarme un lavado de estómago de emergencia. Al parecer había llegado a Vitoria con una sobredosis de benzodiacepinas. Había estado muy cerca de un paro cardiaco.

—Te has salvado por un pelo, Quintana. Por poquísimo... Si no hubieras llamado al 112.

—¿Eso funcionó?

—Ya lo creo que funcionó —dijo Leire.

Resultó que mi llamada al 112 había cumplido su objetivo. En efecto, el centro de emergencias no había pasado por alto el punto de origen de la llamada. Aunque Lidia había estado muy convincente, sus explicaciones escamaron a la operadora, que revisó las grabaciones y detectó una diferencia clara entre la voz de la primera llamada («Socorro») y la segunda, de Lidia asegurando que había sido un pequeño susto. Quisieron chequear el asunto con la otra residente empadronada en la casa, que era Anita, y la contactaron por el teléfono móvil. Y así es como Anita, que estaba en una cena de negocios en Vitoria, salió a toda velocidad de vuelta a Urkizu, escoltada por dos coches patrulla. La policía debió de indicarle que esperara fuera, pero Anita se coló detrás de ellos...

—Todo fue por *aita*, ¿sabes? —dije—. Él me ha salvado la vida...

—¿Cómo?

Era algo difícil de explicar, pero para mí era una cadena de acontecimientos muy clara. Si no hubiera reconocido aquel cuadro del faro de Busto en la habitación de Mary habría seguido bebiendo aquella infusión de arándanos hasta el final. No habría tenido ninguna oportunidad. Pero la tuve.

—Gracias a la nota que *aita* dejó escrita en su calendario de mesa.

Javi también tuvo su oportunidad gracias a esa nota.

El médico que pasó a media mañana me contó que se había salvado por la mínima.

—Le hemos realizado tres transfusiones de sangre. Ahora está inconsciente, pero estable. Si no llegan a sacarlo de allí en el minuto que lo hicieron, estaríamos hablando de algo muy diferente...

Después me dijo que yo seguía en observación tras mi lavado de estómago. Pasaría ingresada todo el día, quizá también el siguiente. Y tendría que guardar un largo reposo.

«Bueno —pensé—, definitivamente estoy de vacaciones».

La habitación la guardaban dos agentes uniformados. Al parecer, el asunto ya había llegado a la prensa y, según me dijo Leire, habían comenzado a aparecer furgonetas de televisión en los alrededores del hospital de Txagorritxu.

Esa tarde, tras el almuerzo, pasó por allí la agente Beitia. Venía sola. Su compañero, Salazar, había tenido que atender un «asunto de última hora».

—Qué casualidad —le dije.

Ella sonrió como pudo.

Beitia me confirmó que Lidia Guirao había confesado todo. El asesinato de mi padre y su implicación en otros dos homicidios: el de Jokin y el de Luken. Además del intento de asesinato de Gurutze. También me desveló la identidad del «artesano» que Lidia había contratado.

—Bruno Ferrez, alias Viper. Un sicario de la vieja escuela, buscado desde hace años por la policía de todo el país. Lidia ha explicado que lo conoció a raíz del caso de Alba. Dice que lo contrató para que buscara el diario tras la muerte de su sobrina..., aunque Viper lo niega todo. En realidad, todavía no ha abierto la boca. Se ha limitado a llamar a su abogado. Pero Santiago Cortes me ha contactado desde Madrid para decirme que han localizado el coche que usó para atropellar a Jokin. Intentó quemarlo, pero han quedado algunas partes intactas y quizá puedan encontrar algún resto de ADN que lo conecte con todo. También se están analizando unas grabaciones de cámaras de seguridad en la calle de Gurutze y sus alrededores.

—¿Sabes cómo está?

—Despertó anoche —dijo Beitia—y, por lo que me cuentan, la primera palabra que salió de sus labios fue «Lidia», aunque después volvió a quedar inconsciente. El compañero de Cortes corrió a llamarnos, aunque a esas horas ya estábamos desplegados en Urkizu, sacando a Javi con un helicóptero... Y eso me lleva a mi siguiente pregunta: ¿qué hacíais anoche en la isla?

Le conté la historia de la casa de Luken, pero en primera persona. Le dije que había entrado sola y había descubierto las fotografías. Y que después me encontré con Javi...

—Entonces vimos unas luces rondando la cabaña de Jokin y creímos que podría tratarse de Luken.

—¿Por qué no llamasteis a la Ertzaintza?

—Habríais tardado demasiado en llegar. Además, Javi es policía, ¿no?

Beitia respiró hondo y me lanzó una miradita que podía significar muchas cosas.

—Bueno, tuvisteis suerte... —terminó diciendo—. Un tipo como Viper no suele dejar heridos. Todavía no sé cómo lograste escapar.

«Bueno, muriendo ahogada en el pantano», pensé.

Según Beitia, Lidia se había enfrascado en una «carrera maniaca» por conseguir el diario de Jokin. Había ordenado a Viper registrar unas cuantas viviendas, entre ellas la de mi padre, la de Jokin y la de Carmelo (que tenía razón al estar alarmado por esos merodeadores nocturnos). También habían entrado en casa de Luken... y allí encontraron todo aquel material que preparaba para chantajear a sus convecinos.

—Le torturaron, pero Luken tampoco sabía dónde estaba el diario. Y hablando de eso, debo preguntarte si tú has descubierto algo más sobre el tema.

—¿Sobre el diario?

—Sí —dijo—. Ahora se ha convertido en un objeto codiciado, en la prueba central del caso... Y la jueza ha emitido varias órdenes de registro. La casa de Luken, la de tu padre...

Aunque si Viper no consiguió nada en sus búsquedas, dudo mucho que lo hagamos nosotros... ¿Tienes alguna remota idea de dónde puede estar?

Le hablé a Beitia del viaje de mi padre a Asturias. De su encuentro con Mary, la antigua sirvienta de la casa Guirao. Le dije que quizá buscando allí sonase la flauta.

Ella tomó nota de todo eso y me entregó un teléfono de la policía. «Hasta que logres recuperar el tuyo». Se marchó recordándome que ahora yo era la testigo principal del caso. «No puedes salir del país y tienes que informarnos de cualquier movimiento».

«No pienso ir muy lejos», le dije.

Esa noche por fin me puse en pie y le pedí a Leire que me acompañara a ver a Javi, cosa que tuvimos que consultar con los agentes que guardaban mi habitación. Era un lío caminar por el hospital, en el que se habían visto obligados a desplegar un equipo extra de seguridad privada para controlar a la prensa que rondaba por los pasillos aprovechando los horarios de visita. Mi hermana me dijo que la noticia había salido en todas las televisiones. También me enseñó algunos titulares grandilocuentes destacados en los medios más importantes.

La autora superventas Quintana Torres sobrevive a un intento de asesinato

La escritora de misterio se enfrenta a un asesino y resuelve el caso en el que basó su primera novela

Quintana Torres es la verdadera Chica del Lago

Un celador nos acompañó a través de una serie de túneles de servicio para evitar «al gran público». Llegamos a la zona de cuidados intensivos, donde también había una patrulla de la policía desplegada. Javi se encontraba en uno de los boxes y, nada más entrar, vimos que no estaba solo.

Estefanía.

Yo sentí que se me arrugaba un poco el estómago al acceder allí.

—No os quiero molestar... —dije—. Solo he pasado a ver cómo estaba.

Estefanía se puso en pie y se aproximó a mí. Se la notaba pálida, más pálida de lo que realmente era. Tomó aire como si fuera a decirme algo..., pero no llegó a hacerlo. Emitió una lenta exhalación.

—Se está recuperando poco a poco —dijo al fin—. Perdió mucha sangre.

—Gracias...

—Gracias a ti —dijo ella—, por salvarle la vida...

Y sin decir nada más, salió por la puerta y se quedó hablando con Leire afuera. Supongo que había demasiadas emociones juntas en aquella habitación.

Yo me acerqué a Javi, que estaba medio consciente, pero aún sedado.

—Eh... —murmuré cogiéndole de la mano—, ¿cómo te encuentras?

Javi abrió un ojo y sonrió.

—Hecho mierda.

—Oye... —dije—, creo que con esto te has ganado el respeto de la policía. Ya nunca más te llamarán para perseguir vacas.

Él se rio con dolor.

—Ahora echo de menos a mis vacas…

Nos reímos.

—Me he enterado de lo de Anita —dijo entonces.

Volvió a mí la imagen de su rostro cayendo a mi lado la noche anterior. Aquella sonrisa de liberación.

—¿Crees que ella sabía algo?

Negué con la cabeza.

—Creo que su madre lo manejaba todo. O quizá hizo lo que hacemos muchas veces con nuestras familias: mirar a otro lado, actuar como que no vemos. Quizá siempre supo que Ernesto le había hecho algo a Alba, pero se conformó con las mentiras de su madre. Ella misma también había mentido con naturalidad en los testimonios de 1999, cuando aseguró que no se había encontrado con Alba esa noche…

—Tuvo que ser una carga terrible en su vida —dijo Javi.

—Sí… De hecho, creo que es algo que le ha perseguido siempre.

Javi me señaló la tablet que tenía apoyada junto a la mesilla. En ella, la página de un periódico online en el que hablaban de «la medallista olímpica muerta durante una detención policial; un fenómeno del deporte que escondía una oscura historia familiar».

—A veces —pensé en voz alta—, los campeones son gente que corre para escapar de sus fantasmas…

106

Pasaron dos semanas. Gurutze salió del coma y conseguí hablar con ella. Estuvimos llorando juntas un rato, por teléfono, mientras recordábamos a nuestra amiga. Intentamos no mencionar a Lidia, pero resultó imposible.

—Fue una controladora toda su vida. Y Anita era su creación, su proyecto... Nunca la dejó volar libre...

Me enteré de que Oliver había intentado promover un pequeño homenaje en memoria de Anita, pero la directiva del Club no lo había visto apropiado. Temían que el escándalo que había caído sobre los Guirao pudiera afectar a su maltrecha economía.

—Los ha mandado al cuerno —dijo Gurutze—. Ahora está haciendo gestiones para comprar la escuela de remo y que siga en marcha... Creo que Oliver nunca se ha tomado algo tan en serio como esto.

—Eran amigos —dije yo—, amigos de verdad.

Terminé de recuperarme en casa de Leire, en Vitoria, donde intenté compensar las molestias que les causaba segando el césped o regando las plantas. Entre tanto, en aquellos largos desayunos en casa, ayudé a mi hermana a perfilar su nueva academia de yoga, de la que yo estaba decidida a convertirme en socia a partes iguales.

—¿Estás segura?

—Todo esto tiene que servir para algo, hermanita.

Habíamos hablado del dinero, claro. Las ventas de los libros se habían disparado y todo parecía indicar que los royalties iban a sumar una pequeña fortuna. Le dije a Leire que compraría su mitad de la casa de Urkizu.

—De entrada, me gustaría arreglarla. El tejado, la terraza..., quizá construir un cobertizo nuevo. Después, ya veremos... Puede que termine viviendo allí unos meses al año.

La policía encontró mi móvil en la isla de Soroa, aunque solo pude salvar la tarjeta SIM e instalarla en otro teléfono, que creo que todavía sigue descargando mensajes. Entre tanto, conseguí que la Ertzaintza me devolviera la maleta que seguía en el Scenic de mi padre y así pude acceder a mi correo electrónico.

Ana Pons me había escrito para preguntarme cómo estaba. Solo eso. No mencionaba el nuevo contrato ni las ventas de los libros que, como sabía por algunas páginas de internet, habían vuelto a colocarse (todos ellos) en el top de los más vendidos del país. Ahora, *La chica del lago* era algo así como la novela que todo el mundo tenía que haberse leído. Presentadoras de televisión, deportistas de élite..., la gente corría a dar su opinión en las redes y Netflix quería preparar un nuevo documental titulado *La chica del lago: la resolución*, en el que yo explicaba mi investigación del caso real. Me lo estaba pensando, quizá aceptase.

Escribí una respuesta a Ana Pons dándole las gracias por el correo y diciéndole que me recuperaba muy bien de las heridas, aunque había decidido tomarme el resto del año de reposo. Iba a grabar un vídeo para Instagram explicando mi decisión de «desaparecer un tiempo debido a las graves circunstancias que me han rodeado recientemente».

También le adelanté que recibiría otro mensaje que llevaba demasiado tiempo en mi bandeja de borradores.

Releí aquel correo antes de mandarlo:

> Estimada Ana:
>
> Muchas gracias por enviarme esta nueva (y generosa) propuesta para convertir la trilogía de la inspectora Barrios en una tetralogía.
>
> Me faltan palabras para agradecer vuestro apoyo y confianza continua desde la primera novela; sin embargo, lamentablemente, debo comunicarte que he decidido poner punto final a esta serie...

Coloqué el cursor del ratón sobre el botón de ENVIAR e hice clic.

—¿Qué te parece? —le dije a Leire—. ¿Crees que me he vuelto loca?

—Totalmente —dijo ella—, pero ¿sabes qué? Pienso que te lo puedes permitir. Te has ganado el derecho a escribir lo que te dé la gana... Y, además, no creo que te vayan a faltar lectores. He mirado tu cuenta de Instagram esta mañana.

—¿Y?

—Tu número de seguidores dice MILL con elle. Eso son millones, ¿no?

—Uff... —suspiré—, eso suma un poco de presión para mi próxima novela.

Leire sonrió.

—*Ama* lo dijo: eres una escritora de verdad. Y a *aita* le encantaban tus primeras novelas… ¿Por qué no tiras por ahí?

—Puede que lo haga… —dije—, pero después de unas largas vacaciones.

—Bueno, hagamos el vídeo-despedida en primer lugar.

107

Pasó un mes. Las noticias sobre el caso fueron perdiendo relevancia en los titulares de los periódicos. La gente empezó a interesarse por otras cosas, pero los libros siguieron copando las listas de ventas. Mi vídeo en Instagram acumuló millones de visitas y comentarios que nunca miré ni respondí. De hecho, llevaba sin loguearme desde el día que lo subí.

Una mañana me despertó el sonido del teléfono. Abrí los ojos. Un sol radiante se colaba por la ventana e iluminaba las sábanas deshechas de mi cama.

Dejé que el móvil sonara unos segundos hasta que se apagó. Después me quedé allí despierta, escuchando el rumor de la ciudad, el tráfico que comenzaba a despertarse..., pero también un ligero rumor de ronquidos.

Era Javi, que seguía dormido, totalmente desnudo a mi lado.

Me apoyé de costado en la cama y me quedé mirándolo en silencio. Las cicatrices de su espalda iban curándose poco a poco. Le acaricié con los dedos sin tocarlas. Me encantaba su espalda. Me encantaba su cuello, sus piernas... Habíamos llegado la pasada noche y nada más entrar por la puerta del apartamento, empezamos a comernos a besos, hasta que alcanzamos la cama. Había sido nuestra primera vez y resultó fantástica. Así que esa mañana, mientras le miraba dar esos pequeños ronquiditos, me entraron ganas de despertarlo y volver a la carga.

Pero entonces el teléfono volvió a sonar.

Me deslicé por el borde de la cama en busca del aparatito de marras. Era el móvil que la agente Beitia me había prestado, el de la policía. Lo encontré en el fondo de mi bolso, que estaba apoyado en el butacón de la entrada de mi apartamento junto a algunas prendas que nos habíamos ido quitando a lo loco. Lo cogí y me lo llevé al cuarto de baño.

—Quintana, buenos días. —Se trataba de la propia Beitia—. ¿Dónde estás?

—En mi apartamento de Madrid. Llegué anoche.

—¿Sola?

—No —reconocí—. He venido con Javi Porta.

Se hizo un pequeño silencio cómplice. Ella ya debía de olerse el tema, pero era bastante discreta.

—Pensaba que ibas a poner el piso a la venta.

—No. En realidad, he decidido que lo alquilaré. He venido a meter todas mis cosas en cajas y a limpiarlo un poco. Además, esta tarde tengo una reunión en la editorial.

—De acuerdo —dijo Beitia—. El juicio no empezará hasta después del verano, así que puedes tomártelo con calma. Solo quería ponerte al tanto de algo que te gustará saber. Por fin conseguimos charlar con Mary Valdés, en Busto.

—¡Ah!

Volver a oír el nombre de Mary me arrancó escalofríos. Había pasado un mes, pero mi mente luchaba por enterrar aquella historia tan rápido como era capaz.

—La mujer tiene ochenta años, ahora es voluntaria en una pequeña biblioteca rural que han montado aquí en el pueblo. Por cierto, tienen todos tus libros.

—Oh, qué bien.

—Mary nos ha explicado el resto de la historia. En efecto, tu padre vino a buscarla a Busto y la invitó a comer. Fue toda una sorpresa para ella volver a ver al policía local de aquel pueblo en el que había trabajado tantos años de su vida. Durante el almuerzo Bernardo le habló de Alba Fernández y de su diario. Mary recordaba perfectamente a la chica... y, cuando Bernardo le preguntó por «cierta noche de marzo», Mary tuvo que admitir que siempre sospechó algo. «Son cosas que difícilmente se olvidan —dijo—, pero en esos tiempos, el trabajo de una sirvienta era oír y callar». Según Mary, aquella noche, Ernesto y Alba habían cenado fuera y llegaron a la casa tarde, cuando ella ya estaba recogida en su habitación. Entonces, sobre la una de la madrugada, Mary oyó unos gritos en la planta de arriba y subió a ver lo que pasaba, pero se encontró con Ernesto en el pasillo, cortándole el paso. Él le dijo que Alba estaba sufriendo un pequeño ataque de nervios y aseguró que ya estaba todo bajo control... Pero había algo en el aspecto del señor (su cara enrojecida, la ropa mal colocada...) que le hizo temer que estuviera pasando algo «de otro tipo»..., aunque nunca llegó a confirmar sus sospechas. Esto fue lo que le contó a tu padre cuando se vieron en Busto..., y para Bernardo fue suficiente, según Mary.

—Supongo que lo era. Mi padre solo necesitaba confirmar lo que Alba había escrito allí.

—Así es... Por lo demás, Mary dijo que tu padre mencionó el diario, pero que no lo llevaba encima. De modo que sigue siendo todo un misterio... que ahora la jueza está decidida a resolver. Parece que se va a reabrir el caso de Alba Fernández...

—¿Qué?

—Lidia sigue insistiendo en que ella no tuvo nada que ver con la muerte de Alba, así que la jueza quiere revisarlo. Ahora el tema se ha vuelto mediático...

—Pero yo pensaba que ese delito, si lo hay, habría prescrito.

—No tras la reforma legal de 2015. Alba era una menor y, si su muerte fue provocada, estaríamos hablando de un asesinato. Si quieres mi opinión, creo que es un pequeño paripé de cara a la galería, pero seguramente te llamarán a testificar de nuevo... ¿No te vas a ir muy lejos verdad?

Le dije a Beitia que, después de Madrid, viajaría con Javi a Cádiz, cerca de la playa de Bolonia, donde había alquilado un chalet frente al mar, apartada de todas las miradas. Mi plan era escribir por las mañanas, ir a nadar, comer atún de almadraba y dormir pegada a mi novio todas las noches.

—Pero si quieres mi opinión... —continué—, pienso que Alba murió ahogada aquella noche. Creo que se encontró con Anita y ocurrió lo que Lidia me contó: Anita quiso saber lo que había pasado entre ella y su padre, y Alba le dijo la verdad. Pero Anita, en vez de creerla, la insultó..., discutieron y Alba intentó volver con Luken, que ya se había marchado. Al ver que se había quedado sola en Soroa, escondió el diario en el almacén (cuya ventana habían roto los gamberros del pueblo) y después echó a nadar. Pero cometió el error de no quitarse la ropa... La ropa pesa terriblemente en esa agua tan fría, y es muy probable que eso la llevara al fondo. Aunque quizá hubo algo más...

—¿El qué?

—No lo sé... Estos días he recordado muchas cosas y creo que Alba pasó el peor año de su vida en Urkizu. Todos los que debíamos ser sus amigos la traicionamos de alguna manera..., y los adultos, los que en teoría debían protegerla, le fallaron catastróficamente. Nadie estuvo a la altura ese año y puede que por un momento, en la soledad de ese pantano, decidiese que no podía luchar más.

—¿Tienes alguna evidencia de que fuera así?

—Ninguna —dije recordando aquella aparición que había visto en el fondo del pantano, aquel bello fantasma que me había salvado de morir—; en realidad, solo son suposiciones.

—Bueno, cuéntale tus teorías a la jueza... A menos que aparezca el diario y Alba contase algo nuevo en él, creo que ese será un misterio que no se resolverá jamás.

Colgamos y salí del baño. Eran ya las diez de la mañana y Javi seguía dormido. En la casa no había nada para desayunar y pensé que podría bajar a la calle y subir un par de cafés y una selección de churros y porras.

Me vestí a toda prisa. Salí por la puerta a la plaza de Santa Bárbara, que comenzaba a desperezarse a esas horas. Gente yendo al trabajo, otros dando el primer paseo de la mañana a sus perros, algunos tomando café, comprando la prensa... «¡Ah, el quiosco! —pensé—. Esta es la mía».

No había nadie en ese momento, así que me acerqué y saludé al quiosquero.

—Buenos días —le dije—. ¿Se acuerda de mí? Soy la vecina de...

El hombre me miró con sus dos aburridos ojos que parecían dos lunas reposando sobre dos océanos de profundas ojeras.

—Quintana Torres —gruñó, borde como de costumbre—, tengo aquí unos paquetes tuyos desde hace medio siglo.

—¡Lo sé y lo siento! He estado de gira, con los libros... Últimamente no he tenido ni un minuto para pasarme...

«Y cuando lo he tenido, había un asesino a sueldo esperándome justo aquí», pensé.

—Ya, ya me he enterado de tus andanzas. —Me guiñó un ojo y vi un atisbo de su sonrisa por primera vez en años—. Pero no te preocupes. Para una clienta famosa que tengo... ¿No me firmarías unos libritos para el quiosco?

—¡Claro está! Lo que haga falta.

Me sacó unos cuantos ejemplares de *La chica del lago* «edición especial, incluye mapa», que firmé gustosamente mientras él iba a la parte de atrás de su quiosco a por mi correo. Regresó con una pequeña montaña de correspondencia. Lo cogí todo, le compré tabaco, dos revistas y unos paquetes de chicles para compensar el espacio que le había estado ocupando esos meses.

Después entré en la cafetería, donde pedí un par de cafés con leche para llevar y unas cuantas porras y churros.

Allí, sentada en la barra, me puse a revisar el correo que llevaba meses varado en el quiosco. Había algunos paquetes de mensajería que provenían de editoriales. Otro llegaba de la productora de la serie (supuse que sería algún guion). También había un par de envíos de compras online que ni siquiera recordaba haber realizado.

Pero entonces me topé con un sobre acolchado. Mi nombre y dirección estaban escritos a mano con una caligrafía que me resultó tremendamente familiar.

Era la letra de mi padre. Miré el remitente:

Bernardo Torres
Zabalain, 12, Urkizu

El sobre estaba franqueado el 9 de abril pasado...

No necesitaba mirar mi cuadernito ni mis notas para saber que ese fue el día en que mi padre sufrió el pequeño desmayo, la semana anterior a su «accidente». ¡Claro, aquello le pasó en la oficina de Correos!

—Solo me quedan cuatro porras —dijo la camarera—, churros tengo los que quieras.

—Me las llevo todas.

Rasgué el sobre mientras sentía que mi cuerpo entero se había puesto a temblar. Dentro, protegido por dos capas de papel burbuja, vi asomar la esquina de un tomo.

De tapas amarillas.

Sentí que estaba a punto de gritar. No sé si de emoción, de risa... o de tristeza.

Lo cogí con los dedos, suavemente. Noté el tacto de sus tapas de policuero. Lo saqué muy despacio y con manos temblorosas lo sujeté ante mis ojos, que comenzaban a llenarse de lágrimas.

Allí estaba. La última pieza del rompecabezas.

Lo abrí muy despacio, escuchando el pequeño crujido de la vieja costura que unía sus páginas.

En la primera de todas, solo se podía leer lo siguiente:

DIARIO DE ALBA FERNÁNDEZ
1 de septiembre de 1998

Había una nota intercalada allí mismo. También estaba escrita a mano.

Quintana:

Creo que reconocerás esto en cuanto lo veas. Te daré más detalles por teléfono, pero ahora lo importante es que esté a salvo, y he pensado que tú eres la persona indicada para ello.

Yo lo he leído y me ha roto el corazón varias veces. Pero siempre he creído que la verdad debe salir a la luz. Duela a quien le duela.

Hablemos para pensar en cómo manejamos esto.

Te quiero mucho.

Aita

—Oye —la camarera venía ya con los cafés—, ¿te encuentras bien?

Yo estaba deshecha en lágrimas, incapaz de articular palabra. Respiré un par de veces, me limpié con unas servilletas que ella se había apresurado en traerme.

Tomé aire.

—¿Necesitas algo? —preguntó la camarera.

—No, gracias. Voy a estar bien... —le aseguré mientras devolvía el diario a su sobre y me ponía en pie—, en cuanto haga lo que debo hacer.

23 de Junio de 1999

Hoy me he levantado rara, con una sensación extraña en el cuerpo. Supongo que he soñado algo estremecedor y no me acuerdo. Por lo demás, ha sido un día tranquilo «en prisión». He estado preparando maletas y he ido a Urkizu a devolver un libro a la biblioteca. Después he comido sola (Lidia y Anita estaban entrenando. Ernesto, en su consulta). La verdad es que echo de menos tener a Mary por aquí..., que me hable de su pueblo, o verla cosiendo sus cuadritos. Era un bálsamo entre estas frías paredes.

Después he llamado a mamá y hemos estado hablando un poco. De pronto nos ha ilusionado la idea de tomarnos unas vacaciones juntas. Ya no tenemos casa en Málaga (otra de las cosas que nos han quitado), pero continúa habiendo hoteles, ¿no? En general, la veo bien. Se está acostumbrando al nuevo piso y al nuevo barrio. Y las amigas, las pocas que tenía de verdad, todavía la siguen llamando.

Ella me ha preguntado por mí. ¿Sigo tan rara? ¿Con esa vocecilla triste? Bueno, intento ser fuerte cuando hablo con mi madre. Que no se me note. Fue idea suya mandarme a esta casa y confiar en esta familia de monstruos. No creo que necesite saber que todo ha sido una pesadilla últimamente. Y en cualquier caso esto va a ser un recuerdo dentro de muy poco. Solo me quedan un par de días aquí... ¿Echaré de menos algo de Urkizu? ¿Ha habido algo realmente inspirador durante este año? Metí la pata con la única persona de la que pensé que podía hacerme amiga (Quintana, la otra «freakie» de este pueblo, que, por cierto, ESCRIBE MUY BIEN). En cuanto a los demás..., Oliver, Carmelo, Luken, Guru... Todos se mueven por la decepción, el tedio y el terror (esto último va por los adultos)... Solo hay algo que me da pena de marcharme: dejar a mi prima sola en este castillo encantado, presa del hechizo de su MADRE-BRUJA y PADRE-DEMONIO... Diosss, a veces me gustaría darle un sopapo y decirle: «Despierta, Anita». Vive tu maldita vida y no la de tu madre.

Ojalá lo haga algún día, pero no lo sé: es un personaje trágico.

Bueno... Me voy a preparar porque al final saldré esta noche. No me apetecía demasiado, pero Luken dice que lo de la sanjuanada está divertido. Además, la tía Lidia insiste en que no me puedo quedar en casa. Y bueno... En eso estamos de acuerdo. Sin Anita y sin Mary, casi que prefiero salir toda la noche..., así que mañana vuelvo y os cuento cómo me fue con la última fiesta del pantano.

¡Ah! Acabo de recordar lo que he soñado. Era otra pesadilla con esa maldito agua negra. He vuelto a soñar que me tragaba hasta el fondo. ¿A qué vienen esos terrores nocturnos? Supongo que mi terapeuta de Madrid le podría sacar un significado a todo..., aunque yo tengo mi propia interpretación... Es el miedo a quedarme aquí.

Pero eso no va a suceder. Soy una jodida superviviente. Este año me he dado cuenta. Saldré de este pantano. Viviré una larga vida y les contaré a todos lo que me hicieron pasar este maldito año de 1999.

Agradecimientos

Yo escribía diarios cuando era joven. Tuve unos cuantos, pero el primero (uno de policuero color verde y candadito) fue quizá el más especial. Allí aprendí la magia de escribir a solas, soltarme a hablar de cosas que no podía hablar con nadie: amores, desamores, atracciones imposibles, odios profundos, celos, envidias... Siempre he pensado que aquella etapa de escritor de diarios tiene mucho que ver con el hecho de que, años más tarde, yo me sentase a escribir mi primera novela con cierta naturalidad (era como escribir en mi diario, aunque con un disfraz puesto, ¿no?).

Nueve novelas más tarde, sigo pensando que escribir es un acto de suprema soledad, pero que es imposible hacerlo solo.

Quiero empezar agradeciendo a Ainhoa, mi pareja, su infinita paciencia durante el largo y muchas veces abrupto viaje en la construcción de *La chica del lago*. Las conversaciones que hemos logrado tener, incluso cuando nuestras tres hijas pululaban por la casa (con su detector de conversaciones activado; *ergo*, «voy a interrumpir con algo»), y las muchas ideas que me ha dado han sido fundamentales para construir y terminar la historia. Es una gran lectora, tiene toneladas de sentido común (lo cual ayuda mucho cuando hablas de ficción) y, sobre todo, sabe mandarme a hacer la compra cuando me pongo demasiado pesado.

Carmen Romero, a quien dedico este libro, es mi editora desde hace muchos años (y es bastante más maja que Ana Pons). Además ejerce de psicoterapeuta, coach y donante de entusiasmo en los días en los que parece que no sale el sol. Gracias otra vez por esas interminables llamadas en las que arreglamos tantas cosas.

Hay más personas que me han ayudado en este largo camino. Mi amigo el doctor Pedro Varela siempre me coge el teléfono cuando le pido consejos sobre heridas, tratamientos médicos y formas horribles de morir.

Borja Orizaola es otro que no ha bloqueado mi número todavía. Gracias por tu valiosa información sobre todo lo relacionado con los procedimientos policiales.

Maya Granero, que, además de ser la primera correctora del manuscrito, me ayudó con las localizaciones de una ciudad que se nota que ama: Madrid. Y me dio notas muy valiosas que han mejorado la novela.

Juan «a secas» me contó una historia sobre un programa de TV y una diva con un perrito.

Igor Imaz, Txiripi, por aquella larga conversación sobre la vida en los pantanos de Álava que me permitió «meterme de lleno» en la ambientación de esta parte tan bonita del País Vasco.

Que no se me olviden los buenos amigos que me hacen trasnochar de vez en cuando, tomarme un vino y dejar a un lado los nubarrones durante esta larga carrera de escribir una novela.

Antes de terminar, un mensaje de gratitud especial para muchos libreros y bibliotecarios que recomiendan las novelas y hacen que muchos nuevos lectores las descubran.

Y por supuesto, siempre, un agradecimiento para ti, lector, que eres el motivo fundamental de todo esto y que sigues ahí, novela tras novela, al pie del cañón. Mil gracias por apoyar mis libros, bien sea a través de tus reseñas o de tus recomendaciones.

¡Nos vemos en la siguiente!

Canciones y mensajes

Os dejo un par de enlaces en forma de QR:

Una playlist de las canciones que aparecen o que, por diferentes motivos, creo que tienen algo que ver con esta novela... Arranca con «Last Dance With Mary Jane», de Tom Petty&The Heartbreakers, cuya letra inspiró la creación del personaje de Alba. Espero que os guste.

Un enlace a mi página web (www.mikelsantiago.info), donde podéis encontrar más información sobre los libros y mandarme un mensaje a través del formulario de contacto.

¡Espero que lo disfrutéis!

Mikel